阴　雷

李大发　著

江苏凤凰文艺出版社
JIANGSU PHOENIX LITERATURE AND
ART PUBLISHING

图书在版编目（CIP）数据

阴雷 / 李大发著 . -- 南京：江苏凤凰文艺出版社，
2023.5

ISBN 978-7-5594-7479-7

Ⅰ . ①阴… Ⅱ . ①李… Ⅲ . ①长篇小说 – 中国 – 当代
Ⅳ . ① I247.5

中国国家版本馆 CIP 数据核字 (2023) 第 017219 号

阴雷

李大发　著

责任编辑	丁小卉
特约编辑	谢晴皓　　张敏倩
装帧设计	陈艳丽
责任印制	刘　巍
出版发行	江苏凤凰文艺出版社
	南京市中央路 165 号，邮编：210009
网　　址	http://www.jswenyi.com
印　　刷	河北鹏润印刷有限公司
开　　本	889 毫米 × 1270 毫米　1/32
印　　张	15.5
字　　数	427 千字
版　　次	2023 年 5 月第 1 版
印　　次	2023 年 5 月第 1 次印刷
标准书号	ISBN 978-7-5594-7479-7
定　　价	59.90 元

江苏凤凰文艺版图书凡印刷、装订错误，可向出版社调换，联系电话：010-87681002。

- 序幕 -

二十八岁那年，徐炳辉终于如愿以偿，把自己卖到了最高价。

他十八岁就想通了很多人一辈子都不愿意明白的道理：人生就是一件反复出售的货物。

所以当他面临人生选择的时候，他毫不犹豫地放弃了继续留美深造，或者回国进公立医院，而是追随在学术界声名狼藉但拥有一家私立疗养集团的导师柴镛阁左右，并娶了柴镛阁的女儿。

一个男人通过婚姻改变命运和阶层似乎不那么好听，认贼作父的名声就更坏了，但他知道这都是没机会吃到葡萄的男人说葡萄酸。现实是对面两个以祝贺他新婚之喜为名寻求商业合作的大学同学，从落座起就偷瞄他手上的全金款腕表，眼中尽是艳羡。

如此金表，还有楼下的百万级别的越野车，以及与明星为邻的中央别墅区独栋别墅，这些都只是柴镛阁送给他的新婚礼物。更重要的是，柴镛阁几乎带着他跨越了整座社会金字塔，跻身顶端。

他发誓不惜一切代价也要守住金字塔顶端的席位，因为他太了解在底层挣扎的痛苦了。就像这两位老同学，尽管他们也只是平民家庭出身，但在大学期间最常欺负自己的就是他们。

如今自己发达了，第一个找上门来的也是他们。

两人一唱一和地介绍了自家的设备，然后给徐炳辉报了个离谱的高价。徐炳辉知道他们还以为自己是那个农村出来的傻蛋，才敢狮子大开口。不过他没有拒绝他们，反而说自己很有兴趣。

"咱们都是老同学，做生意嘛，做熟不做生。"徐炳辉憨厚地笑着，"但是我们对这个设备的需求量很大，所以过几天我还得专程向董事长提个案，如果没什么问题就走采购流程了。"

两人没想到徐炳辉答应得这么爽快，对视了一眼，兴奋之情溢于言表。

"这事你得抓紧啊。"坐右边的摆出一副不好商量的架势，"我们的设备你也知道，供不应求。"

徐炳辉心里冷笑，你们不过是个连代理商都算不上的销售公司，还好意思说设备是你们的。不过他依旧憨厚地点了点头，他不想现在就回绝他们，他要吊着他们，让他们满怀希望。

人有了希望就会有欲望，没有什么比欲望更能折磨人了。他要一点一点折磨他们。

也许是觉得同伴装得有点过了，坐左边的打圆场道："还得靠老同学替我们向柴董事长美言几句啊。"

"那是自然。"徐炳辉一边说一边看了眼手表，还不到上午11点。

两人没有要走的意思，徐炳辉知道他们想拖到中午，一起吃个饭，今天就把他搞定。

果然，两人开始聊起大学生活。

"你和阿满都是98年出去的吧？"坐左边的问道。

徐炳辉点了点头。阿满是他们同学，徐炳辉和他都是同届中凤毛麟角的寒门贵子。

"他是咋回事啊？"对方又问道。

徐炳辉叹了口气，目光飘向窗外那棵在春风中摇曳的五角枫树。

阿满刚到美国时就被自由世界迷住了眼，他玩命打工，每赚够五十美元就去找女人。直到他给某省首富女儿做接待员时，两人一见钟情谈起恋爱，这才停止荒唐的浪子生涯。

"这不挺好的吗？"对方摇了摇头。

"是啊。"徐炳辉本该就此打住，他知道对方聊起阿满是投他所好——寒门贵子的敌人永远只有另一个寒门贵子。显然，徐炳辉在这场竞争中取得了最终胜利，这让他无法控制说下去的冲动。

　　"本来都挺好的，但是他在婚检时发现自己感染了艾滋病病毒。"说到这里，徐炳辉停顿了片刻，然后继续说道，"三天后他在我的更衣柜里留了一封遗书，让我替他向父母解释，我怎么解释？"

　　在两人的唏嘘声中，徐炳辉再次把目光飘向窗外。他很喜欢那棵枫树，它让他平静，让他相信这是个真实的世界。感染艾滋病病毒的为什么不是他？他也曾为了满足生理需求四处鬼混，为什么他会如此幸运？

　　遗书字里行间流露的绝望让徐炳辉无比震撼，他太理解阿满对改变命运的渴求了。杀死阿满的不是对病毒的恐惧，而是这种眼睁睁看着三生难求一次的机遇从指尖溜走时的绝望。

　　这时，前台余诗诗敲门进来，一脸古怪的表情。她在徐炳辉耳边说外面来了一位自称他老家亲戚的年轻女士，还带着个男孩。

　　徐炳辉有些诧异，他从上大学就再也没回过老家，怎么会有亲戚来投奔他？他让余诗诗把访客带到外面的咖啡厅，他不想让别人知道这件事。为了塑造知识新贵的形象，他一直有意回避自己出身寒门的事实。

　　徐炳辉看到女人的时候愣了足有三秒钟，才猛然想起她是村主任的女儿吴小莉。接着一阵飓风冲进他的记忆深处，搅得飞沙走石，该想起来的、不该想起来的一下都想起来了。

　　在他考上大学的那个夏天，作为村里第一个大学生，他和吴小莉订了婚并一起生活了两个月，直到他坐上开往北京的火车。他并不喜欢吴小莉，但他必须和吴小莉结婚，这样村主任才会给他出具特困家庭证明，有了证明才能申请助学金。只有助学金还不够，他还需要村主任资助他剩余的学费。

　　彼时的记忆已经模糊，但他永远记得吴小莉在月光下向他袒露身体时，他看着那耀眼的光芒，理智瞬间被欲望的海啸淹没。

吴小莉说他走后不久她便发现自己怀孕了。父亲命令她生下孩子，等他回来扯结婚证。但他一去不回，音信全无。她生了个儿子，独自带着儿子生活。

徐炳辉在听她说这番话的时候看向远处和余诗诗玩耍的小男孩，他简直复刻了自己儿时的样子，就连那羞怯的神态也一模一样。

徐炳辉浑身僵直，吴小莉说的每一个字都像是一道晴天霹雳，狠狠砸在自己头顶。他甚至来不及斥责吴小莉的愚昧，因为他现在脑子里都是阿满，此刻他也站在了绝境的边缘——如果吴小莉说的是真的。他很想质问吴小莉知不知道生下这个孩子意味着什么，但是他没有。他知道这个问题很可能会刺激她，毕竟她已经找到自己公司，天知道还能发生什么事情。他必须稳住吴小莉，因为下周就是结婚典礼了。

"我们换个地方说话吧。"他低声说道。

"怎么？"吴小莉抬头看了眼徐炳辉，"你嫌我们娘俩丢人了？"

"求你了。"他继续低声说道。

吴小莉站起身，冷冷地看着他，毫不掩饰自己的鄙视和愤怒。

半小时后，徐炳辉跟着吴小莉和小男孩来到他们投宿的快捷酒店。徐炳辉又开了个房间，把孩子关进去。两人回到吴小莉的客房，狭窄的房间里充斥着潮湿的霉臭味，两张单人床上散落着衣物。徐炳辉坐到床边，看着吴小莉拧开一大瓶矿泉水，倒进黑色电水壶，用力把水壶对到底座上。她坐到徐炳辉对面的床边，狠狠瞪着他，她的身体里仿佛埋着一包炸药，随时会爆炸。

"为什么不早点儿找我？"徐炳辉开口了。

吴小莉的肩膀开始颤抖，双手死死抓着白色的被罩。

"这么多年，我一直很想你。"

吴小莉疯了似的扑过来，伸手往徐炳辉的脸上抓去。徐炳辉攥住她的手腕把她抱在怀里，她拼命挣扎，朝着徐炳辉的脖子咬过去。她忽然停了下来，因为她感受到徐炳辉全身在颤抖，接着这个男人号啕大哭起来。

吴小莉人生中第一次见到男人哭，如同狂风海啸，冲毁了她的心防。她的身体软了下来，环抱住徐炳辉的后背。

"我真的很想你！我真的很想你！"徐炳辉一遍遍哀号着。

电水壶开始冒热气，开水从壶嘴涌出来，接着咔嗒一声响，一切又恢复了平静。

徐炳辉咳嗽了一声打破沉默，接着他终于问出那个问题："你为什么要把孩子生出来？"

"我爹说你家种好。"吴小莉坦白地说道。

徐炳辉点了点头，他依稀想起父亲是个知青，在他很小的时候就去世了。

"你怎么想的？"吴小莉问道。

该来的终究会来。

徐炳辉摇了摇头，坦白道："我马上要结婚了。"

吴小莉的脸立刻冷下来，质问道："我们怎么办？"

"我不知道。"徐炳辉颓丧地搓了搓脸，"我知道这件事才不到一小时。"

"你会负责任吗？"吴小莉继续质问。

"如果你指的是经济上的，没问题，我一定负责。"

"如果我要和你结婚呢？"

徐炳辉无言以对。

吴小莉点点头，然后冷笑道："你当初和我在一起，就因为我爸能出钱供你上学吧？"

这时候否认没有任何意义，徐炳辉继续保持沉默。

"你不想和我结婚可以拒绝，谁逼你了？你为什么要骗我爸，说什么一辈子对我好、给他养老送终的鬼话？"吴小莉气得噎了一下，"我爸就是信了你的鬼话，死活不让我把孩子打了，说你肯定会回来找我们娘俩。结果怎么样？你就像个屁似的，放出去就没影了！你知道这么多年，我一个未婚女人带着个孩子生活我有多苦吗？我连个家都成不了！"

现在我爸死了，我也找到你了。我没有别的要求，你把孩子领走，从此以后，你走你的，我走我的。我这个要求不过分吧？"

吴小莉说完这些，冷眼看着徐炳辉的反应，但他双手捂着脸，什么都看不到。

"这样，我给你两条路选。"吴小莉继续说道，"你刚才说这些年你一直都想我，我信了。你现在就回去和你女朋友说你老婆找你来了，你和她分手，然后咱俩结婚，过去的事以后就不提了。或者你就把孩子领走，你们自己去养。"

"没有第三个选择吗？"闷闷的声音从徐炳辉的指缝中飘出来。

"没有。"吴小莉一字一顿地说道，"要么和我走，要么带你儿子走。"

徐炳辉感觉自己一只脚已经伸到半空中，下面就是使人绝望的深渊。他也会像阿满那样错失唯一一个改变命运的机会吗？还是老天爷在捉弄自己，无论如何努力奋斗都逃不脱命运的手掌，非要在鱼跃龙门的前一秒将他打回原形吗？

"你别忘了，要不是我爹栽培你，你现在就是个地里刨食儿的农民。我们家对你大恩大德，我还给你传宗接代，让你妈死的时候能闭上眼。徐炳辉，做人不能忘本！"说到这里，吴小莉又哽咽起来。

徐炳辉摊开手掌，定定地看着吴小莉。

"你说得对，做人不能忘本。我决定了，明天和未婚妻把情况说清楚，把婚退了。咱们在一起。"

听徐炳辉这么说，吴小莉倒愣住了。

"你，还有儿子，"徐炳辉一边柔声说着，一边攥住吴小莉的手，"就是我的全世界！"

徐炳辉挪到吴小莉身边，轻轻抱住她。吴小莉全身颤抖，却没有反抗。

"亲爱的，你这次来找我，家里人都知道吗？"

"这种丑事，和谁说啊？"吴小莉终于哭了出来。

徐炳辉问儿子想去哪儿玩，儿子怯生生地说想去看大海。这倒是个好主意，徐炳辉想着，至少能从空间上隔开吴小莉和未婚妻。于是他推掉了安排，带着吴小莉母子驾车往天津去。

吴小莉和徐炳辉说了家乡变故。父亲死后，往常走动的族亲们都跑去了新村主任家里，再没人过问他们娘俩，之前各家轮番替她家种的自留地也荒了。所幸父亲之前在县城公务员小区买了一套单元房和两间门市房，于是她带着儿子搬到县城生活。

至于她打听到自己的消息，是因为他之前为工作和老家驻京办的领导们吃了个饭，结果就有个和他同届的办事员回家跟老婆说当年的穷小子现在竟然也成了成功人士。消息就这样一路传回县里，最后传到了在公务员小区里开小卖部的吴小莉耳中。

徐炳辉轻车熟路地来到滨海新区一处游艇码头。现在是淡季的工作日，码头冷冷清清，泊位上停满了游艇。

徐炳辉把车停到VIP专属车库，这里可以直通柴锦阁的游艇泊位。儿子看到大海和游艇无比兴奋，拽着码头管理员问东问西。吴小莉虽然没坐过游艇，但也能猜到价格昂贵，于是拽着徐炳辉，说让孩子在沙滩上玩会儿就行了。

徐炳辉攥住吴小莉的手，看着不远处玩假船舵的儿子说道："我不能给他全世界最好的，但至少要给他我能给的最好的。"

在码头上一家三口羡慕的目光中，徐炳辉驾驶游艇离开泊位。儿子在甲板上来回疯跑，吴小莉只好给他穿上救生衣，时不时把他从围栏上拽下来。

黄昏时分，儿子看到妈妈和男人在夕阳下抱在一起，于是乖乖跑到卧室睡下。

等他一觉醒来，四周漆黑一片，床前后摇摆着。一连串闪电划过舷窗，他看清了卧室，空空荡荡。

他下了床，猛然感觉一阵头晕目眩，胸口泛起恶心。他叫了两声妈妈，没人回答。地面摇晃得越来越厉害，他冲到门前，打开门，小脑袋探出去，走廊里黑得伸手不见五指。

他记得这条走廊的尽头是客厅，他摸着黑走到走廊尽头，悄悄打开门，客厅里也是漆黑一片。这时，又是一连串闪电划过，客厅里有了隐约的亮光。他看到通往甲板的大门紧闭。

他拧开冰凉的门把手，顺着旋转楼梯爬到甲板上。刚一冒头，冷风卷着雨点就打在他脸上。他向两边望去，这是个纯粹的黑色世界。他什么都看不见，只能听到大海低吼的声音。

他想回到卧室，回到床上，也许等明天一早，他就能回到真实的世界。但是妈妈在哪儿？他摸索着往前走，一道闪电划过，远处闪现了一个黑色的影子。

他朝着影子走过去，一连串闪电照亮了天空。他猛地看到一只面目狰狞的恶鬼站在船舷上，凸出的眼球死死瞪着他，舌头伸出嘴巴，双爪向他抓过来。

他尖叫一声，跌倒在地。

恶鬼向后仰去没入黑暗中。一道强光打过来，小男孩被晃得闭上了双眼。

他忽然全身麻痹僵直，因为他意识到那不是鬼，那是他的妈妈。

徐炳辉听到响动，用手电循着声音照过去，看到了瘫在地上的儿子。这孩子竟然看到了。徐炳辉吸了口气，缓缓向儿子走去。

徐炳辉抓起儿子，把他抱到船舷上，看着他在狂风骤雨中瑟瑟发抖。多像一只可怜的小羊羔啊，徐炳辉想着，那么无辜，那么可爱。

一道闪电划过，手腕上的金表反射出耀眼光芒。

来吧，老天爷，这就是我给你下的战书。

徐炳辉松开了双手。

- 1 -

余诗诗从梦中惊醒，心脏狂跳，接着出了一身冷汗。

最近她总做同一个梦：她亲手把老公从天台上推下去；一瞬间她和老公调换了身体，坠楼的变成了她。那种失重感是如此逼真，让她以为自己真死了，灵魂掉进了一个陌生的空间。

她挣扎着坐起身，窗外电闪雷鸣，窗帘在风中狂舞。她发了好一会儿呆，终于确定自己是真的醒过来了。

可是，她睡觉前明明已经把窗户关好了。刚刚停止供暖的早春时节是一年中最冷的时候，她都要开着空调睡觉，怎么会打开窗户呢？

她后背一阵发麻，这样的怪事已经不是第一次发生了。

两个月前，一个普通的早晨，她正在洗漱，忽然发现丈夫的牙刷也插在刷牙杯里。丈夫已经去世快两年了，他的个人用品也都扔掉了，怎么会忽然出现支牙刷？

再仔细一看，原来那支牙刷是新的，是丈夫常用的颜色。她通常会在折扣季囤积日用品，比如牙刷一下就买十几支。自己用粉色的，丈夫用绿色的。丈夫去世后那些绿色牙刷就丢在浴室柜角落里。可即便如此，独居的她从来没有用过绿色牙刷，难道自己拿错了？

她虽然有些困惑，但当时还没往心里去。过了几天，新的怪事发生了——她起床后发现桌上的杯子里竟然有半杯水，可是她为了避免眼睛浮肿，晚上10点后从不喝水。

她吓得不轻，立刻去找物业看监控录像。这栋楼里有很多小公司，人员复杂，而且除了一楼大堂和电梯间，其他公共区域都没有覆盖监控设备，所以看了半天也没看出所以然。

她看出物业经理表面上对她毕恭毕敬，却根本不信她说的话，把她当神经质一样看待。

接下来的一周平安无事，她的心情也逐渐放松下来。就在这时，又发生了一起灵异事件，让她彻底抓狂。

这天她醒来的时候，迷蒙间看到身边有双眼睛盯着自己。她猛然惊醒，竟然看到了丈夫的脸。她尖叫一声滚到床下，半天才敢抬起头，看到她和丈夫的婚纱照立在床上，她吓得直接打了110报警。

民警查看过她家门窗，都没有破坏痕迹，又耐心看了当天的监控录像，也没有发现可疑人。最后民警建议她去看看心理医生，是不是对丈夫思念太深，精神方面出了问题，自己梦游时拿着丈夫的照片放在床上。

退一万步说，就算她说的是真的，可一没人身侵害，二没财物损失，单凭床上一张婚纱照就想让警方立案，是绝无可能的。

民警走后，她却失眠了，整整失眠了一周。最后她看到镜子里眼眶深陷的自己，面盆里大把大把的头发，知道再这么熬下去自己就完蛋了。于是她去看了心理医生，开了抗抑郁药和安眠药。

吃上药以后，虽然她的精神状况没有好转，但好在夜里能睡着觉了，至少白天可以像个正常人一样去上班了。

但药物也有副作用，比如她开始做噩梦，同样的噩梦，反反复复。她开始对周边环境极度敏感，总觉得有人在跟踪自己。她和心理医生说了自己的遭遇，心理医生每次都耐心听完她的倾诉，然后向她解释这属于精神过度紧张，建议她去尝试健康的社交活动，以分散对丈夫的思念。

这样又过了一段日子，她适应了吃安眠药入睡，抑郁也得到了缓解。唯一让她不满的是没有人真正愿意倾听她的声音，他们都只把她当成一项工作，只要能把属于自己的那部分问题解决掉就好了。

她害怕的是她明明看到了鬼，但是没人相信她说的话；她更害怕的是时间久了，就连她自己也慢慢怀疑自己到底有没有看到鬼。

就像现在，她明知道自己又看到鬼了，但脑子里有个声音在责备她：你怎么又开始疑神疑鬼了？你难道忘了因为抑郁症你已经业绩垫底一个月了？这个月再完不成指标连工作都保不住了。你都快活不起了，还有什么资格胡思乱想？

是啊。她天不亮就要坐地铁去二十公里外的地方上班，等再走出写字楼的时候天都已经黑了。她每天靠便利店售卖的食物和各种外卖填饱肚子，从中汲取可怜的能量。她小心翼翼呵护着这些能量，再把它们仔细地分配到地铁、客户和老板身上，生怕哪天忽然储备不够，自己就像耗尽电池的机器人，栽倒在地。

她关上窗户，拉好窗帘，接着拿出一片安眠药。如果非要做梦的话，希望这次是部喜剧片。她暗自祈祷着，一口吞了下去。她现在必须赶紧睡觉，明天还有两个重要客户要见，她绝不能再为那些破事分神了。

况且，也许真的是自己没关紧窗户呢，那个把手最近总脱扣。

卧室里恢复了黑暗，不久后响起均匀的呼吸声。

黑洞洞的门口不知何时多出了两颗红点，悬浮在半空中。就在这时，一连串闪电从窗帘透进来，照出了一个站在卧室门口的人影。

光亮很快被黑暗吞没，人影也重归于黑暗，只留下两颗红点，继续盯着睡梦中的余诗诗。

马烁看着两颗红点变成四颗红点，再变成十二颗，红点慢慢发出蓝光，跳动起似有若无的火苗。早点铺老板又添了一块蜂窝煤，然后把水壶架到煤炉上。

马烁从小就被禁止接近煤炉，更不用说像其他住胡同的小孩那样，半夜被父母赶起来给炉子添煤了，因为他姥姥就是烧蜂窝煤中毒去世的。

惨白的灯光照在马烁清秀的脸上，值班一宿没睡的他神情有些疲惫，唇边冒出青色的胡楂儿。他深吸了一口潮湿的空气，呼出淡淡的哈气。空气中弥散着泥土的味道，电闪雷鸣了两夜以后，这座城市终于迎来今年第一场春雨。

他吃着第一锅的鲜虾馄饨和油条，远处传来北京站整点报时的钟声，现在是凌晨5点，一天中气温最低迷、最脆弱的时候。

他九年前从东城刑侦支队被下放到东部队。上个月，也就是春节后，他的老搭档牛卫平和前任队长一起退休。新任队长还没到任，所以他的新搭档和工作也没人安排。这段日子他跟着各组上日勤备班，干些打下手的活儿。

如果这种状态一直持续下去，马烁就会失去办案的机会，办不了案就立不了功，立不了功就升不了职，这在刑警眼中是1＋1＝2的基本道理。很多人都认为这是一种孤立，但马烁不会这么去想——因为就算他这么想也无法改变现状。

马烁扫二维码付了钱，这东西普及之前老板总是拒绝收钱。马烁不像焦闯那帮中年人一样能心安理得地吃免费早点，他更讨厌他们因为摊煎饼的大姐不给他们优惠说人家不开窍。

老板把两个装得满满当当的塑料袋放到桌上，讪笑着说道："这是焦警官点的早点，他让您帮忙给带回去。"

焦闯是今晚的值班警官，一个月前因为出警一小时就破获重大杀人案而成为东部队新任副队长的热门候选人。焦闯的徒弟刘斌昨晚临时请假，已经上了一天白班的马烁被焦闯扣下，又连了一个夜班。

马烁指了指塑料袋，问道："给钱了吗？"

老板点了点头，脸上的讪笑更勉强了。

马烁扫了一眼桌上的袋子，这些食物少说也得五六十块钱。老板每天起早贪黑能挣几个五六十块钱？

"多少钱？"马烁又掏出手机。

"不用，焦警官付过了。"老板急忙摆手。

"没事，回头我管他要。"马烁一边说一边扫码。

"哦……那，六十五。"老板忐忑地回答道。

马烁拎着两个大袋子往队部走，忽然两道远光灯打过来，紧接着一辆闪烁着警灯的轿车冲到自己面前。

焦闯降下车窗，把头探过来喊道："上车！"

焦闯只是简单和马烁说了声有个男人跳楼了，然后一路上都在和一个声音甜美软糯的妹子语音聊天。他和妹子说自己是开货运公司的，有一百多辆福田重卡，正处于离婚空窗期。妹子在言语中表达了对他的崇拜和好奇。焦闯一点也没有避讳马烁的意思，每次妹子发来语音，他都用外放模式播出来。

妹子说了一些"叔叔好棒啊！""想想大叔开大卡车就很萌！""大叔一宿不睡拼事业太让人崇拜了！""我也想陪大叔跑长途呢！"之类的话。

马烁很想建议焦闯换自己开车，让焦闯踏踏实实聊天。这样一来，他也不用把手机卡在支架上，每次想说话的时候都把上身探过去，粗壮的手指按住屏幕，一脸呆滞望着前方，结果憋了好久也没憋出一句俏皮话，只好向上滑动取消录音，听妹子发来的新语音。

每次妹子发来暧昧的语音，焦闯都会先昂起头，揉搓下巴上的胡楂儿，然后绷起泛着油光的脸，低头看向前方，再露出一丝暗戳戳的微笑，好像看着猎物走进射程的猎人。

焦闯把车开进高铁轨道南侧一个名叫锦绣园的住宅小区。这是一个由五栋高层建筑组成的小区，地面停满了车。事发地点在最北边的那栋楼北侧，已经有三辆警车到达了现场。

外号"收尸队"的支队技术科很快就做完了现场勘查。这些年跳楼自杀案越来越多，工作失败、婚姻失败、投资失败甚至一次考试失败都会成为压垮人生的最后一根稻草。有个刻薄的知名人士在节目上说选择跳楼自杀的人都是虚荣的，他们在离开这个世界时还想着如何最后一次吸引别人的注意，把动静搞得再大点。

可现实是除了把巡夜保安吓得半死、给几个就快要下班的夜班警察增添一项烦琐的公务，没人知道这个男人死了。他摔到地面上的声音甚至被小区北侧高铁驶过的噪声盖住了，以至于快天亮了才被巡逻保安发现。

技术员把尸体放进麻布做的收尸袋，装到皮卡车改装的运尸车里。

一个穿着黄色反光马甲制服的警员指挥运尸车在停满老年代步车的单行小道上倒车离开。这时技术科带队的中年男警官走过来和焦闯交接勘查结果。

"死者叫张宏，男，三十七岁，家住锦绣园3号楼5单元3304室。死亡地点是锦绣园3号楼北侧空地，就是花坛后边。死因是高坠致死，死亡时间在3月11日23时到3月12日1时之间。我们和物业人员于5点05分到达死者住所，入户门没有破坏痕迹，家中无人。进入室内后发现北侧卧室窗户平开，防盗金刚纱窗打开，初步判断死者从这扇窗户坠楼。"

马烁和焦闯顺着警官手指的方向往上看去，一片黑漆漆的窗户中只有一扇是亮着的，那就是死者张宏的家。

"详细情况自己看邮件吧，"警官一边说一边拍了下焦闯的肩膀，"都在附件里了，你写报告的时候直接粘贴就行。"

"得嘞！多谢老哥！"焦闯惊喜交加。

对于大多数一线刑警来说，写报告简直是一件比破案还辛苦的差事。尤其是推行报告两核三审制以来，他们的报告将直接出现在支队领导的未读邮件里。不同领导的习惯和要求又不一样，所以报告经常会被打回来重写，让他们无所适从。

写报告最标准的肯定是技术科，有这位警官帮忙，焦闯觉得自己这次一定能顺利过关了。

"听说老弟要高升了？"警官第一次露出笑脸。

"嗐。"焦闯跺了下脚，"八字还没一撇呢！"

"谦虚。以后常来又常往，我们也能背靠大树好乘凉。"警官笑着说，往外走去。

"借您吉言了！"焦闯笑呵呵地送警官离开。

"尸检报告什么时候能出？"马烁忽然问道。

警官停下脚步，转身看了看马烁，又看了看身边的焦闯。刑警出外勤时的规矩森严，出警通常是师徒关系，一主一辅，没经过师父问话，徒弟是不能随便开口的。

焦闯的脸色立刻拉下来，他和马烁只是临时搭班，谈不上师徒关系，最多是前辈和后辈。他听说过马烁连老牛的面子都不买，所以也不敢贸然呵斥，否则马烁真在外人面前和他顶撞起来，就更加不好收场了。

警官似乎看穿了两人的关系，他微微一笑，对焦闯说道："这些天我们一大半的人都抽调到35专案组了，支队现在还压着十多具尸体没检呢。我们这组人已经一星期没回家了。"

"是吗？我听说35案把支队折腾得不轻，没想到闹得这么厉害！"焦闯也皱起眉头。

"可不是。上头发话了，这次要举全区之力，不惜一切破案。谁要是能把这案子破了，立马破格提拔两级。"警官说道，"抽调骨干的通知估计今天就到你们东部队了。老弟，这种机会可不常有。"

焦闯听到破格提拔两级，双眼瞬间迸射出精光。

"多谢老哥提点。"焦闯递上去一根烟。

"谢什么，都是自己人。你要是决定验尸就给我发邮件，我给你安排。"警官点上烟，瞟了一眼马烁，转身离去。

现场只留下焦闯、马烁和两个属地派出所的老民警。通常处理这种跳楼案的时候派出所都会派老民警出马。老民警更通晓人情世故，安抚死者家属的经验也更为丰富。有些老民警甚至还有殡葬服务的渠道，很多六神无主的家属都会本能地接受他们推荐的殡仪公司。

相反，如果家属有"讹人"的征兆，比如质疑物业没有锁好天台设备房的大门，甚至保安没有及时发现有人坠楼而耽误救治——这种一张嘴就知道是碰瓷的无理质疑，通常会演变成分不清对错的混战，最终以物业赔点钱了结——老民警的临场处置能力也更强，至少不会像初入社会的年轻民警因为说话不谨慎被家属质疑和物业勾结。

物业经理已经联系到死者的妻子，派了保安去接她。左右无事，焦闯招呼两个老民警去物业办公室吃早点。

这时马烁的手机响了起来，来电联系人是徐炳辉。

-2-

徐炳辉一大早打给马烁，是因为他公司一名女员工昨天晚上被尾随了。幸亏女员工是退伍野战医护兵，从路边捡起一把废弃的墩布，大喝一声，用大腿折断木柄，变成两根短棍，与尾随者对峙。见她气势如虹，尾随者便转身逃走了。

女员工随即报了警，很快被巡逻警车接走。徐炳辉给马烁打电话是想咨询他这种情况能不能立案，因为当地派出所认为对方与女员工相距十米开外，单凭在一条街上走就立案，依据不足。

马烁忽然想到35案。35案起始于3月5日凌晨，环卫工人在路边发现了一名被杀的年轻女性。被害人被乱刀砍死，惨不忍睹，但没有遭到性侵和财物抢劫。

3月8日凌晨，另一具年轻女性的尸体被发现，同样是被乱刀砍死。两起案件都发生在东城区，因此由东城刑侦支队成立专案组调查。

3月10日凌晨，第三个受害者出现，这次是朝阳区。经市局刑侦总队批准，朝阳支队也成立了专案组，和东城支队平行调查，共享信息。如果35案被朝阳支队破获，东城区所有刑警都会丢尽脸面，所以东城支队才提出举全区之力破案。

3月12日，也就是今天，至今还没有出现新的受害者，而徐炳辉公司的女员工昨天夜里在通州区遇到尾随者。

马烁告诉徐炳辉不用担心，通州支队肯定已经展开调查了。

马烁走进物业办公室，两个老民警正在专心致志地听焦闯讲故事。

"你说现在这人一天天都想什么呢？放着好日子不过，非得作死。"焦闯吐出个烟圈，"前几天，就北边四季城那个小区，两口子在家吵架。你说你俩吵就吵吧，谁家两口子不吵架啊。结果男的一把拎起来几个月大的孩子，啪一下就给摔地上了，当场就把孩子给摔死了！"

"是啊，我们都看了，网上都是这事的视频呢！"老民警点头道，"那女的也够新鲜的，都他妈这样了也不说过去拦一下，还有闲心拿个手机在旁边录像！"

"这事你们觉着新鲜吧，我跟你们说，还有更新鲜的呢！"焦闯又分别给他们散了根烟。

听到这里，马烁就知道焦闯又要显摆他破的重大案件了。

果然，焦闯继续说道："他们两口子在楼上吵架，闹的动静太大。楼下住着俩吸毒的，正嗨着呢，被楼上的动静给弄烦了，直接拎着菜刀就上去了，结果把楼上一对母女给杀了！闺女肚里还有个七个月大的胎儿……"

"哎哟！"两个老民警都在皱眉叹气。

"可是吸毒的楼上不是两口子打架吗？"其中一个问道。

"是啊。"焦闯用手指比了个七，"那俩吸毒的住七楼，两口子住八楼，但是吸毒的脑子嗑坏了，按电梯按了个十八层。那对母女住十八层。"

"这不是飞来横祸吗？"老民警一拍大腿。

"后来怎么着了？"另一个问道。

"我们冲进吸毒的家里，哥俩还满身是血呢，连件衣服都不换，又躺那儿嗨起来了，好像根本就没砍死两个大活人一样。"焦闯顿了顿问道，"你们说，这俩吸毒的和摔死孩子的谁可恨？"

"要我说都应该毙了！"

这时物业经理推门进来，报告死者张宏的妻子已经回来了。

张宏的妻子名叫鲁娟，三十五岁，长得很漂亮，一头棕红色的长发半遮着伤心欲绝的憔悴面容。她身材高挑，穿着黑色及膝大衣和长靴，大衣下摆和靴子上沿中间露着肉色丝袜。马烁发现焦闯总是偷偷打量鲁娟，鲁娟似乎也发现了，于是回答问题时都在有意无意冲着焦闯说。

马烁对着写满楼道白墙的催账涂鸦拍了几张照片。鲁娟哽咽着向他解释，张宏生前沉迷赌博，催债的常年上门骚扰，光是物业让她刷墙就刷了十几次。现在墙上这些催债的大字都是最近刚写上去的。

"我老公已经卖了三套房还债，还一直赌……"鲁娟哭着说，"谁劝他都听不进去，非要翻本。前段日子他还说这种小打小闹没意思，要搞个大的。结果没几天催债的就上门了，说他这次赌输了五百万……"

说到这里，鲁娟已经泣不成声。焦闯从兜里掏出一包纸巾，给她递了过去。

"谢谢警官……"鲁娟用纸捂住脸，哭得更厉害了。

"我看你从外面回来，你昨晚上哪儿去了？"焦闯问道。

"回家照顾我妈了。"鲁娟哭道，"我妈让我和他离婚，我总不忍心，就把我妈气病了……"

"那你觉得你老公坠楼，是个什么情况？"焦闯柔和地问道。

"他肯定是赌输了，知道这次把房子都卖了也还不上，就……就跳楼了。"鲁娟哭诉道，"赌场那些人都知道他有多少家底儿，不把他刮干净是不会罢休的。"

"你没劝过他吗？"焦闯问道。

"怎么没劝过？什么法子都想过了。他也知道对不起我，每次清醒一点就回来，跟我撕心裂肺地哭，但就是控制不住自己，脑子一糊涂就又回去了。"

鲁娟这番话让焦闯和两个老民警都不禁摇头。这么漂亮的老婆，还有衣食无忧的日子，都不知道珍惜，非要去赌博，这种垃圾男人也是死不足惜。

马烁忽然问道："你们家有多少家底？"

"啊？"鲁娟抬起头，困惑地望着马烁。

"具体点，几套房？"马烁继续问道。

"七……七套……"鲁娟说着又哽咽起来，"已经卖了三套……"

"那就是还有四套。"马烁一边自言自语，一边走进张宏家。

这是一套南北两室一厅的房子，客厅和主卧朝南，次卧和厨房朝北。房子看起来是新装修的，家具都是同一个网红品牌的，虽然不算昂贵，但风格统一、搭配美观，能看出主人有自己的品位和审美。

两间卧室的床都铺得十分平整，看起来昨晚没睡过人。南侧客厅连着阳台落地窗，窗户拉着窗帘。阳台上摆着一套单人休闲沙发和一张玻璃圆茶几。沙发脚下放着一提六个空啤酒罐。马烁拿起一个啤酒罐，里面还有残留的啤酒。

"你老公平时有喝酒的习惯吗？"马烁问道。

"有，他只要回家，每晚都要喝一提。"鲁娟站在门口，双手环抱在胸前，像是走进一座坟墓，瑟瑟发抖。

马烁的目光越过鲁娟，望向北边卧室窗户边的焦闯和两个民警，他们正在比画张宏是怎么打开窗户跳下去的。

马烁拉开窗帘，初升的阳光洒进来。南侧的楼与这栋楼有七八十米的间距，周围便再无高层建筑。顺着沙发摆放的方向望去，半个南城的风景尽收眼底。

"你们这房子挺贵吧？"马烁问道。

"也不贵，拆迁房。"鲁娟回答道。

"你老公平时晚上都是坐在这里喝酒的吗？"

鲁娟点了点头。

焦闯和两个老民警走进客厅，焦闯对马烁说道："你还有什么要看的吗？没有就去所里把程序过了吧。"

两个老民警也一脸疲倦地看着他，毕竟他们已经值了一宿夜班，想在下班之前赶紧把程序走完。而且，这个无依无靠的遗孀看起来也需要一家服务周到的殡仪公司帮忙打理后事。

马烁看了看三个人，又看了看鲁娟，问出一个奇怪的问题："你老公每天晚上坐在这喝酒，是拉上窗帘还是拉开窗帘？"

"是……"鲁娟一时语塞。

"肯定是拉开窗帘吧，这么漂亮的风景。"马烁看着窗外说道，"否则也没必要在这儿喝酒了。"

"对。"鲁娟点点头。

"也就是说，他昨晚喝酒的时候窗帘是拉开的。"马烁继续说道，"然后他决定跳楼自杀，于是喝完六罐啤酒，拉上窗帘，穿过整个客厅，走到北卧，打开窗户跳下去。客厅是落地窗，北卧窗户离地90厘米，他为什么不直接从客厅跳？"

最后一句话是朝着焦闯和两个老民警说的，三人的表情也开始严肃起来。

"刚才技术科收集死者身上物品时没找到手机，"马烁对焦闯说道，"所以手机现在应该就在这房子里。"

焦闯打开交接单快速浏览了一遍，然后点了点头。

"给你老公打电话。"马烁对鲁娟说道。

鲁娟拨通张宏的手机号，很快传来"您拨打的电话已关机"的提示音。

焦闯和两个老民警把整个房子翻了个遍，也没有找到手机。

"会不会丢了？"鲁娟抹了把额头上的汗。

"你老公心有多大？手机丢了还能坐在这儿喝啤酒？"马烁冷冷地说道。

"我怎么知道？"鲁娟似乎被马烁的语气冒犯到了，语气生硬地反驳道。

"那我问个你知道的。"马烁盯着鲁娟，"昨天晚上你都干什么了？"

"我？"鲁娟睁大眼睛，过了一会儿才反应过来，转向焦闯求助道，"他是在怀疑我吗？"

焦闯狐疑地看着马烁，眼睛迅速转了几下，然后对鲁娟问道："你昨天一直在娘家吗？"

"我……"鲁娟迟疑了一下。

马烁默默掏出执法记录仪，打开后放在边柜上，摄像头对准鲁娟。

"说一下你从昨晚8点到现在的活动，和谁在一起。"马烁平静地说道，"你也知道现在查一个人的行踪非常简单，所以不要说假话，没用的。"

鲁娟脸色忽然变得煞白，然后回答道："我和朋友出去了。"

"这中间有没有回来？"马烁又问道。

"我……"

"不要说谎。"马烁说道，"你们小区门口、电梯里都有摄像头，我们一查就能查清楚。"

"回来了。"鲁娟的身体开始抖动。

"几点回来的？"

"大概10点左右。"

马烁看了一眼焦闯，继续问道："你自己吗？"

鲁娟忽然剧烈地颤抖了几下，就像被什么东西钻进身体。她抬起头木然地看着马烁，微微张着嘴唇，想说又说不出来话，双手死死抓住大衣下摆。

"那就是和你朋友一起回来的？"马烁指着门口说道，"你回忆一下，如果你们是一起坐电梯上来的，那就不要对我们隐瞒。现在说谎对你很不利。"

"和朋友……"鲁娟轻声吐出三个字。

"男的还是女的？"马烁又问道。

鲁娟低下头，棕红色的长发遮住面容。

"你和你朋友回家时，你老公在不在家？"马烁换个问题。

鲁娟摇了摇头。

"你和你朋友在你家这段时间，你老公回来了，对吗？"

鲁娟点了点头。

"你朋友是个男的？"马烁又回到了之前的问题。

鲁娟定格了很久，终于慢慢点了点头。

"然后发生了什么事？"

鲁娟忽然跌坐在地，双手抱住头，号啕大哭起来。

马烁转头对焦闯说道："提起刑事调查吧。让技术科加个班，尽快把她老公的尸检做出来。"

鲁娟猛然抬起头，哭号道："不是你想的那样！真不是你想的那样！"

但是电梯监控录像让鲁娟无话可说。昨天22点05分，鲁娟和一个男人乘坐电梯回家。二十六分钟后，也就是22点31分，死者张宏乘坐电梯回家。23点40分，鲁娟和男人乘坐电梯离开。技术科出具的张宏死亡时间是23时至次日凌晨1时。

鲁娟被赶来支援的日班同事带回东部队，焦闯打电话给徒弟刘斌，吩咐先晾着她，他要亲自审讯。自从成为副队长候选人，焦闯的工作积极性空前高涨，尤其是再次碰上命案，而且很可能再次闪电破案，那他的副队长位置就稳了。

"我忽然想起来，你在楼下的时候就问技术科的人什么时候做尸检。你那个时候就怀疑死者不是自杀了？"焦闯盯着马烁问道。马烁刚才的表现让他颇为惊讶。

"因为他家的窗户。"马烁说道，"北卧窗户离地90厘米，他想跳楼得先爬上窗台。客厅落地窗最多离地30厘米，一迈腿就出去了。如果他真想自杀，为什么不直接从客厅跳？如果他既不是自杀又不可能是失足，那就只能是他杀了。"

"可当时你是在楼下……"

"你围着楼转一圈就知道窗户高低了。"马烁淡淡地说道。

焦闯点了点头，继续问道："那上楼之后呢，还有什么发现？"

"刚进他家的时候，客厅窗帘是拉上的。"

"对。"

"死者不可能自己拉上窗帘，因为他要躺在阳台喝酒看风景。"马烁顿了顿继续说道，"这也就是为什么他会从北卧掉下去。"

"为什么？"焦闯皱起眉头。

"因为这栋楼的北边是高铁轨道，轨道的北边是二环路和护城河，北侧最近的建筑距离这栋楼至少有两公里，"马烁说道，"而这栋楼的南侧不到一百米就有另一栋住宅楼。"

"所以呢？"

"假设死者是被人谋杀的，凶手拉上窗帘和把死者拖到北卧丢下去，都是为了不让南侧楼里的人看到作案经过。"马烁说道，"还有一点，就算死者自己拉上窗帘，下一个动作也一定是去卧室睡觉，但卧室的床明显是没睡过人的。"

"所以你一上来就怀疑他老婆了？"

"你不也怀疑吗？"

"是啊，你问她家里有几套房，她说还有四套。"焦闯撇了撇嘴，"她老公留给她的遗产太多了，这就是动机。"

马烁点点头，他也是从这一点开始怀疑鲁娟的。对于普通人来说，这种带有偏见和恶意的揣测固然是极不礼貌甚至卑鄙的；但对于刑警来说，为了谋财而杀害配偶是几千年来经过反复验证的犯罪模式，几乎是所有刑警接手此类凶杀案后的首选调查方向。

两人并排站在阳台，透过落地窗看着洒满阳光的城市。有句话怎么说的？太阳底下没有新鲜事，悲剧总是换个名字反复上演。

"还有件事。"马烁忽然说道。

"什么？"焦闯转头看着他。

"死者的手机哪儿去了？"

- 3 -

消防楼梯间里堆满了杂物：饮水机、旧电视、废电瓶、旧床垫，甚至还有两大口袋瓶子。马烁和焦闯一前一后绕过各种障碍物，走进32层的电梯厅。

焦闯敲开了张宏家楼下住户3204室的门，一股混合着烟味和奇怪味道的热气扑出来。门后探出一个消瘦驼背的中年男人,他剃了个光头,虽然消瘦但一脸横肉,斜眼看着焦闯和马烁。

焦闯掏出警官证,对男人说道:"警察。有个……"

男人眼睛一瞪,从焦闯身边钻出来,冲到隔壁3203室门前大力地拍打户门。

"你至于吗!我们不就是在楼道里放点东西吗?怎么还真报警了!"男人一边大喊一边拍门,"谁家没点东西啊,就你丫事多!我又没放你家,你管得着吗!你牛你住别墅去啊!都住这儿了你还穷讲究什么!是不是有毛病啊!别装聋,出来!"

"不是你邻居报的警。"马烁说道,"我们是来了解点别的情况。"

"别的情况?"男人揉着手,狐疑地问道。

看来他还不知道楼上的住户已经死了。马烁指了指天花板说道:"你家楼上3304的住户你认识吗?"

"认识啊。"男人点了点头。

马烁点了点头,继续问道:"昨天晚上你在家吗?大概10点到12点。"

"在啊。"

"听到什么了?"

"听……"男人忽然眼睛一亮,"噢!"

就在这时,一个身材矮胖的中年女人从3204的门里出来,狠狠瞪着马烁和焦闯,把男人拽回家,然后哐一声关上门。

马烁和焦闯四目相对,门里传来男人和女人的争吵声。

"你是不是闲的?别人怎么不跟警察说?就显你知道!"女人喊道。

"我也没说啊!"男人吼道,"我说什么了?"

"要不是我拦着你,你早说秃噜嘴了!说正经的狗屁不行,一有这事比谁都来劲!"

"滚蛋!"

"你再说一句!"

接着传来一阵丁零当啷的声音。

门忽然又打开了，一对二十来岁的年轻男女跑出来。两人低头等电梯，屋里时不时传来吵架和摔盘子的声音。电梯门一打开，他们就迫不及待地钻进去。

调查走访时吃闭门羹也不奇怪，现在有些人对警察怀有敌意，还有人觉得和警察打交道是不吉利的。焦闯朝马烁做了个向上的手势，示意他去张宏家楼上看看。马烁却越过他再次敲响3204室的门。

门里安静了下来。过一会儿门打开了一道缝，女人探出头来，一脸警惕和排斥的表情。

"刚才出去的是你儿子？"马烁问道。

"怎么着？"女人没有否认，依旧警惕地看着马烁。

"刚才他们等电梯的时候很尴尬。"马烁顿了顿继续说道，"你知道吗？这种尴尬的事情多了，会让年轻人变得自卑。自卑会影响他们一辈子。"

女人条件反射似的瞪起眼睛想要反驳马烁，但是张开了嘴却说不出话，因为她正在思考自卑会怎样影响她儿子一辈子。

马烁把警官证递到女人面前，说道："我们是东城刑侦支队的。你家楼上昨晚发生了一起刑事案件，我们过来就是想和你们了解下情况。你们觉得不方便或者有顾虑也没关系，就是以后尽量不要当着孩子面吵架。还有，消防通道里确实不应该放东西。我看你们放也不是一天两天了，如果你家孩子因为这点事遭人白眼，你也觉得不值当吧？"

"又不是我们一家这么放！"女人又瞪起眼睛。

马烁看出她的虚张声势，于是说道："至少楼上就没有。"

"他家是没有，他家哪有工夫管这事啊！"女人一脸阴阳怪气，"我们也就是占点地方，但我们没赌博、没让要债的堵门泼墨啊！我们也没兔子吃窝边草，跟一个小区的搞破鞋啊！"

马烁和焦闯对望了一眼。

"你知道死者老婆的情夫是谁？"焦闯问道。

"死者？"女人和身后的男人瞪大眼睛，异口同声道。

得知张宏昨晚坠楼死亡后，夫妻俩一脸幸灾乐祸地打开了话匣子，向马烁和焦闯说起张宏家的八卦。

　　"就是那谁，王玉明的儿子。"男人点了支烟，"那孩子叫什么来着？反正打小就是个油头粉面的色坯子，长大之后据说还是什么在道上混的，我们都不愿意搭理他。他可没少给他爹惹麻烦，头几年经常有你们的人过来抓他。王玉明和我们都是老街坊，这小区的人基本当年都住一个胡同，是拆迁分的房。"

　　"叫王文佳吧？"女人说道。

　　"对。小崽子也没个正经工作，天天就知道跟大姑娘小媳妇身边转。他和张宏老婆好了挺长时间了，全小区就张宏自己不知道。"男人说到这里忍不住露出猥琐的笑容，"别人吧还知道躲着点，他俩简直是明目张胆，百无禁忌。张宏去玩牌一玩就是好几天，前脚出门，王文佳后脚进门，多咱张宏回来之前才走。"

　　"就没人和张宏说吗？"焦闯问道。

　　"王文佳是个混子，谁愿意因为嚼点舌根子再招上他这种臭狗屎啊！"男人解释道，"再说张宏天天神出鬼没的，也见不着个人。"

　　"张宏经常彻夜不归吗？"马烁问道。

　　"基本上是上二歇一吧。"男人自以为幽默地回答道。

　　"你怎么知道得这么清楚？"焦闯问道。

　　"他俩那动静，"女人撇着嘴说道，"站前门都能听见！就我们这破楼隔音还不好，他俩在家的时候我都不好意思让孩子回来。"

　　"那你们昨天晚上听到什么了？"马烁问道。

　　夫妻俩对视了一眼，露出心照不宣的微笑，然后由丈夫发言："昨晚张宏本来是去打牌的，不知道怎么忽然提前回家了。这不就撞上了吗？张宏和王文佳应该也是打小就认识的，这就更那个了。然后仨人就在家里一顿吵吵，是不是还动手了？"

　　"肯定动手了，"女人点头道，"桌子椅子哐哐响。"

　　"大概位置呢？客厅还是哪儿？"

"就这儿。"男人一边说一边走进门里，指着天花板说道，"这叫门厅吧，反正就一进门这块儿。肯定是一开门就看见了，就原地开干了呗。"

"你家能听到楼上的开关门声吗？"马烁问道。

"能啊，"男人点点头，"可清楚了。"

焦闯让楼上的警员开关一次入户门，站在门厅，果然能够听到关门的声音。

"这个人认识吗？"马烁把手机递到两人面前，屏幕上是昨晚的电梯监控画面，鲁娟挽着一个男人。

"这不就是王文佳吗？"男人立刻回答道。

马烁收回手机，继续问道："你们一共听到几次关门？"

"王文佳和那女的回来一次，张宏回来一次。"男人想了想说道，"他们折腾了一阵之后就没什么大动静了。再后来就没了吧。"

"确定吗？"焦闯问道。

"确定。"女人点头道，"我们俩还聊呢，怎么打着打着还就没声了，难道他们仨还说和了？"

"11:40左右听到什么动静了吗？"马烁问道，正是鲁娟和王文佳离开的时间。

"没有，我们11点多点就睡了。"男人摇头道。

"也就是说，你们睡着之前，他们就已经没有动静了。"焦闯问道，但目光却投向马烁。

焦闯和马烁回到队部的时候，王文佳已经被带回来了，按照焦闯的要求单独关在一间候审室里。两人刚下车，焦闯的徒弟刘斌正好从办公楼里小跑出来。

刘斌比马烁小一届，和焦闯一样中等身材，梳着油亮的背头，穿着一套黑色短款夹克和紧腿裤，系着镀金扣头的皮带，夹克敞开着，露出紧身白色T恤上的飞鹰图案。

他看了一眼马烁，把焦闯叫到一边说了几句话。焦闯面露喜色，正要招呼马烁过去，刘斌又把他拉住，在他耳边嘀咕了几句。焦闯若有所思地点点头，然后打发刘斌先进去。

焦闯走到马烁面前，和蔼地说道："这个案子看来一时半会儿也完不了，后面的事就交给刘斌他们弄吧。你一个夜班熬到现在，赶紧回去休息吧。"

马烁知道焦闯这话的意思是这个案子已经和自己没关系了，这就是他的现状——没有搭档，没有自己的案子，说被踢就被踢，一个有编制的"临时工"。

他平静地点点头，没有表达任何质疑或不满，默默回到更衣室换衣服。

九年前他来东部队报到，当时的队长说他反正在这里待不长，就不给他安排固定更衣柜了，于是给他安排到最后一个号码，在更衣室的另一侧。

没想到他一待就是九年，每天上班前其他人一边换衣服一边聊天，他则在远处的角落里独自换衣服，从来没参与过更衣室话题。越是这样，他和其他人的关系就越疏远。就连他的搭档牛卫平，也只是和他在工作范围内交流，下班后从来没一起喝过酒。

他知道大家为什么疏远他，他不在乎，也不想解释。他甚至觉得这种状态还挺舒适的，这个地方仅仅是证明他个人价值和社会存在感的道具，他不再奢求更多，也不想和这里有更多牵连。

他关好柜门，正准备离开，却看到值班协警站在旁边。协警从兜里掏出一包喜糖塞到他手里，脸上挂着歉意的笑容。

"我要结婚了。"协警哈着腰说道。

"恭喜啊。"马烁笑着回应道。

"对不起。"协警鞠了一躬。

"对不起？"

"那个……"协警磨叽了一会儿，终于说道，"婚礼就不叫你了。"

"噢!"马烁恍然大悟。

不过这还算好的,协警还给他发了包喜糖,说清了自己的难处,其他人结婚根本就不通知他。

这一切都是马烁九年前一个决定的代价。

十年前马烁毕业分配到东城刑侦支队,和他搭档的是一个被所有人寄予厚望的警界新星——这个人的名字在之后很长一段时间内都是不能提的禁忌,再之后就真的被所有人遗忘了。

两人搭档了一年,搭档是主,马烁是辅。这时出了个大案子:前任队长遭到仇家报复,引诱他的独生女吸毒。马烁和搭档奉命调查这个案子,很快抓回了一个小喽啰。

由于破案心切,搭档不顾马烁阻止对嫌疑人动了手,但嫌疑人咬死不招,最终被释放。可就在他刚走出东城支队大门不久,却暴毙在大街上。

嫌疑人的家人到支队讨要说法,市局也专门组织调查组进驻支队调查。因为嫌疑人尸体上有伤痕,所以调查组最关注的问题就是审讯时到底有没有动手。搭档承认那些伤是自己打的,他说那是在抓捕时造成的。调查组问了马烁同样的问题,只要马烁回答不知道或者没注意,调查很可能就到此结束了。

但是马烁向调查组说明了真相。

最终的结果是搭档调到其他区的派出所,马烁下放到东城支队下辖的东部区域刑侦队。领导提出一年之期,如果他们一年内表现优秀,就把他们重新调回支队。搭档在派出所工作的最后一个星期,巡逻时卷入了一起前王牌刑警持枪拒捕的枪战,当场牺牲。

马烁也永远失去了重返支队的机会,在东部队一待就是九年。

搭档在东城支队人缘很好,又是为前任队长复仇才动手,很多人都认为情有可原。因此他们把所有问题都归咎于马烁:如果马烁当时没有出卖搭档,两人就不会被下放,搭档就不会遇到这起枪战而牺牲,前任队长女儿被引诱吸毒的案子也不会拖成无人问津的悬案。从那时起，马烁就过上了被孤立和排挤的日子。一开始大家还记得这么做的理由，时间一长就变成了一种习惯。后来的人也不知道为什么要这么对待一个看起来还不错的人，但就得这么做，否则就是犯规。

这种疏远是双向的。当一个人认为自己在群体中被视为异类，他会本能地防御所有人，尽管可能并不是所有人都视他为异类。时间长了，这种防御就演变成漠然，习惯所有人对他的孤立，甚至会享受那种存在于一个群体中而又不属于它的孤独。

牛卫平退休那天和马烁说过几句肺腑之言，建议马烁趁年轻换个职业，因为他在这个行当里已经"臭了"，再无出头之日。牛卫平说自己用了九年时间验证他是个好人，但别人没有这份耐心。

可马烁不想走，一旦走了，就等于承认自己真的错了。

- 4 -

马烁被人轻轻拍醒，迷迷糊糊睁开眼，看到一个穿着地铁公司制服的年轻女人。女员工微笑着对他说："先生，未来科学城到了。"

未来科学城是相反的终点站，马烁立刻惊得从座椅上弹起来。他想自己不可能坐反，难道已经到了麦庄后又往回坐了一圈？

"别紧张，先生，"女员工笑着说，"这是麦庄站。现在精神了吧？"

马烁长舒了口气，无奈地朝她竖起大拇指，缓缓走出车厢。

今天早上徐炳辉给他打电话时，提醒他有空过来看看妹妹。他忽然想起自从牛卫平退休后，自己已经一个月没过去了。

徐炳辉的康养中心在市区东南的新兴卫星城麦庄，于是马烁离开队部后走到了地铁站，坐上开往麦庄的地铁。中午时分，终点站几乎没什么乘客，出入口外面停着一排黑车和三轮车。从这里到康养中心还有三公里，通常他会打个车过去，但今天天气很好，他决定跑步过去。

跑步是能让他甩掉负面情绪的最好办法，马烁不想让妹妹看到自己被坏情绪缠身。妹妹是个敏感的人，也是他在这世上唯一的亲人。

他努力不去想过去的事情，因为他知道自己可能永远都无法面对。换作任何人也许都接受不了自己的家庭在意外事故中毁灭，至少他接受不了。如果他守护的和坚守的一切都这么不堪一击，那他的存在还有什么意义呢？可他又不能不接受。所有在天灾中失去家庭的人，他们既没法追究老天的责任，也没法怪罪于某个人，只能选择承受，或者逃避。

在两年前的一场死亡人数为35人的高速公路连环车祸中，他的父母遇难，妹妹重伤瘫痪。他独自驾车七百公里前往事故当地，他以为自己到了那里会疯，但他没有。就像其他匆匆赶来的家属一样，他默默地完成各种手续，给妹妹挑选医院，为父母操办后事。等他忙完这一切后，他忽然发现自己连眼泪都流不下来了。尤其是看到从昏迷中醒来的妹妹后，他发誓以后决不流泪，因为他要带着妹妹继续活下去。妹妹做完手术后，他用父母的意外保险金和家里全部积蓄把妹妹送进泰谷康养中心的复健特需部。

复健是个长期过程，特需部的费用更是奇高，大部分费用不在医保范围内。马烁已经做好准备，一旦他无法承担就卖掉家里的房子。

好在妹妹很快适应了新的人生，不仅积极复健，还加入了一个名叫康复者之家的互助组织，相互扶持鼓励。上次他来看望妹妹，徐炳辉告诉他，他妹妹很快就能具备居家复健的条件了，这样他们每个月可以省下一大笔开销。

如果生活像跑步一样简单就好了。马烁奋力奔跑着，前面就是康养中心的大门了。笑起来，笑起来，他默念着咒语，咧开嘴，好像差不多了。

马优悠坐在凉亭里的石桌旁，她旁边坐着一个清瘦的年轻男人。男人戴着墨镜，双手熟练地将两根红绳编成一串金刚结。

马优悠专注地画画，画板上是个穿着黑色恶魔小礼服的可爱女孩。

她是学服装设计的，之前学了十几年绘画，现在设计动漫形象是她的工作和爱好。

"库——肉——米。"马烁念着画板左下角的英文Kuromi。

"哥，你怎么来了！"马优悠转过头，一脸惊喜。

戴墨镜的男人闻声也放下活计，微笑着和马烁打招呼。

"杜芃也来啦。"马烁绕过去，拍了拍男人的肩膀。

杜芃抬手拍了拍马烁的手背，他是个盲人，所以时刻戴着墨镜。他是康复者之家的志愿者，也是马优悠的朋友。

"这又是个啥？"马烁看着画板问道，他想起今早和焦闯聊天的妹子好像就叫这个名字。

"库洛米。现在超火的。"马优悠举起画板，"好不好看？"

马烁不知道库洛米是什么，但他不想打扰妹妹的兴致，于是点头道："嗯，好看。"

马优悠满意地点点头，放下画板，问道："哥哥工作还好吧？"

"挺好的，忙。"马烁点了点头，说出提前编好的谎话，"换了新领导，天天给我安排工作。"

马优悠眼睛眯了起来："哥，午饭吃了吗？"

"没。"

"正好！"马优悠高兴地说，"我们今天中午包了饺子，三鲜虾仁的。"

"这么好？"马烁摸了摸肚子，还真有点饿了。

"是啊，我们正在筹备彩虹基金周年庆，这些天好多义工过来帮忙，我们又没钱给人家，还不得在伙食上找补一下？"马优悠笑着说。

"噢。"马烁点了点头。彩虹基金是徐炳辉以他女儿的名义成立的基金，专门用于扶持复健人士，到现在已经十几年了。

"十五年了吧？"马烁问道。

"十六年了。"马优悠纠正道，"今年是老徐女儿成年礼，所以老徐打算大操大办，顺便拉点赞助。哥，这几天你不忙的话过来当义工呗。"

马烁立刻答应了马优悠的请求。这两年徐炳辉对妹妹格外关照，马烁一直心存感激，可他只是个普通的小警察，也没什么能回馈徐炳辉的。

马优悠自己推着轮椅在前面，马烁跟在后面，只有这时，马烁才能稍微松口气。

"哥，"马优悠忽然开口，"我想回家住了。"

马烁的心脏被什么揪了一下，好像一份早已淡忘的宣判书忽然下来了。人生的坎儿也许会迟到，但从不缺席。

"好啊，你想住哪儿？"马烁立刻接口道，"哥去安排。"

马烁家有两套房，一套50平方米的老房子是父母住的；还有一套70平方米的房子是父母给马烁准备的婚房。家里出事后，马烁和谈了一年的女友分手，把婚房租出去应付高额的医疗费用，自己回到老房住。

"哥，我想回家里住。"马优悠小声说道，"要不要把那些老家具处理掉？"

"没问题啊！"马烁从后面摸了摸马优悠的头，"咱买新的。"

"好啊！"马优悠的语气又活泼起来，说出了一个网红家具品牌的名字，与张宏家的一致，"你这几天没事就去逛逛呗，我超喜欢那种简约风的。"

"那咱们这回就连家具带装修，重新收拾一遍。"马烁说道。

重新装修是马烁早就计划好的，因为马优悠行动不便，家里要安装一些无障碍设施。比如卫生间要加装扶手，厨房设备也要换成无障碍设计的。他要尽可能让马优悠独立做到更多的事，心理老师说这对她恢复长期生活的信念有帮助。

况且，他也不想让妹妹回到老房子睹物思人。

两人走到一座二层建筑外面的回廊，遇到了西装革履的徐炳辉和一个年轻女士。徐炳辉向两人介绍了年轻女士是财经记者，在为公司上市做专栏访谈，接着又向记者介绍马优悠："这就是我刚才和你提起的优悠。"徐炳辉蹲下，目光和马优悠平行，"她是我们的顾客，也是彩虹基金的志愿者。听说你们中午包了饺子。"

"我正要带我哥去吃。"马优悠笑着说。

"还有吗？太好了，我们也一块儿去吃吧？"徐炳辉一边说一边站起身和马烁握了握手，"马警官，你说得真对，今天来了几个便衣警察，和我们的女员工谈了一上午。"

听到"便衣警察"这个古老的词，马烁忍不住笑了起来。

"对了，马警官和优悠是我们很有代表性的顾客，你也可以采访他们，听听他们对这里的评价。"徐炳辉认真地说道。

"要采访吗？"马优悠有点兴奋，也有点紧张。

"听说我们要上市了，就有人冒出来骂我们。"徐炳辉看向记者，"他们说什么来着？"

"第一条就是价格高、乱收费。"记者说道。

"价格是很高，但我觉得没有乱收费。"马烁回答道。

"那您能说一下选择这里的原因吗？"记者又问道。

马烁看了一眼妹妹，回答道："因为这里是最好的。"

"外界普遍担心康养行业成为医疗监管的死角，请问你在这里治疗或者购买过药物吗？"记者又问道。

"没有，"马烁摇了摇头，"药都是医院开的。说到治疗，检查和理疗算吗？"

"我们的检查结果三甲医院都是承认的。"徐炳辉补充道。

"可是外界有很多传闻。"记者看了眼马烁和马优悠，便不再说了。

"没事，你可以当着我的顾客说，我们这里所有事情都是可以摆在太阳下面说的。"徐炳辉胸有成竹地说道。

"有人说康养中心盯着病患的保险金，利用家属哪怕倾家荡产也不能让亲人受委屈的心理高收费。"说到这里，记者看向马烁，"请问你们怎么想？"

"保险金当然就是干这个用的，难不成你还想用它买车买房？"马烁反问道。

"可是没有保险金的人就无法负担高额费用。"

"所以我们有平价部。"徐炳辉接过话头,"虽然平价部从运营第一天起就处于饱和状态,而且到现在一直是非营利的,但我们确实在做这个事情。我无意批评别人,但你说的这个问题不是靠一两家企业能解决的。"

"可是您的岳父,泰谷健康集团的董事长柴镛阁先生似乎并不支持康养中心的发展,他宁可拿钱去投医院也不投您。您到现在还只是康养中心副总,都没有进入泰谷的董事会。"

"哈哈,"徐炳辉笑了起来,"你说对了两点。第一,我现在还是副总裁,因为总裁是我岳父;第二,我岳父确实没投资,但不是不支持,恰恰是因为康养中心运营得很好,不用他投钱,可以找社会资本。"

"可是披露的几个关键投资人没有一个是在传统医疗行业的,这是不是也反映出业内对康养中心发展趋势的判断?"

"这才是资本投资正确的打开方式。专业的事交给专业的人,他们会看报表就行了。"徐炳辉一边说一边推开玻璃门,"参观一下康复者之家,这就是用彩虹基金的收益建的。我不懂金融,不也照样建了这个?"

这座建筑的一层装修成了文艺清新的咖啡厅,马烁曾在这里参加过几次亲人互助会。病人家属们坐成一圈,分享各自的心情和困苦,寻求安慰,互相鼓励。大多数人会先介绍自己的情况,什么亲人患上了何种疾病,多久了;也有人直接进入倾诉环节,比如遇到经济困难,比如亲人身体健康状况忽然恶化,比如自己的精神濒临崩溃。接下来其他人就会用自己的经历安慰倾诉者,给他们提供建议,哪怕只说一句我理解你,也会让倾诉者觉得自己不是孤独的。

马烁记得第一次参加互助会时有个女人让他深受震撼。女人的丈夫患有严重的心脏病,不能工作,连性生活都不能有。女人要挣钱糊口,还要带丈夫四处求医,十几年来生活困苦,一贫如洗。后来丈夫病情恶化，不得不做一次成功率只有30%的心脏手术，但手术奇迹般地成功了。听到这里，马烁习惯性鼓了掌，却发现只有他一个人鼓掌。大家都默默看着女人，空气都凝固住了。

不知过了多久，女人忽然哇的一声大哭起来，一边哭一边跑了出去。

后来马烁又参加过几次互助会，再也没见过那个女人，转眼间快两年了吧。他笔直地坐在落地窗边的咖啡桌旁，看着窗外的五角枫又冒出了绿色的新芽，时间过得真快啊！

马优悠和同伴们围坐在一起制作周年庆的伴手礼。两年来，马烁最喜欢像这样坐在远处看着妹妹，这能让他疲惫焦躁的心脏暂时安定下来。

手机震了起来，马烁拿出来一看，竟然是刘斌打过来的。他叹了口气，悄悄走到门外，接起电话。

"新队长要开全体会，你知道吧？"刘斌一上来就问道。

"什么时候？我不知道啊！"马烁闭上眼想了想，确实没看到通知。

"你没看通知吗？今天中午贴的。"

"我今天下夜班。"马烁说道，"11点走的。"

刘斌沉默了一下，下夜班的同事是要打电话通知的，很显然他漏掉了马烁。

"可是……"刘斌顿了顿说道，"班表上你今天是备班啊。"

马烁想骂人，不就是你昨晚请假了我才上的夜班吗？装什么糊涂！

"反正你班表是备班，你自己看着办吧。"刘斌开始耍无赖。

"会什么时候开始？"马烁忍着气问道。

"四点。"

马烁看了眼时间，现在是15:50。

"你怎么不开会了才跟我说！"马烁终于忍不住喊了起来。

"我不看签到表怎么知道你没来！"刘斌不耐烦地说道，"再说这会跟你也没什么关系，来不来的你自己看着办吧。反正今天轮休的好几个都不来了，也不差你一个。你要是决定不来，我就赶紧帮你请假了。"

马烁犹豫了一下，照刘斌这么说，他的确没有赶回去的必要了。

他挂断电话，转身看到马优悠。

"你怎么出来了？"马烁问道。

"哥，你是不是又有事要忙了？"马优悠笑着说。

马烁蹲在妹妹面前，笑着说道："没事，晚上哥给你们做打卤面。"

"我都听见啦，你去忙你的吧！"马优悠说道，"工作是正事。"

马烁叹了口气。马优悠探身过来，把双手放到他脸上。

"高兴点。"马优悠把他的嘴角往上拽，"有人欺负你了？"

马烁立刻摆出一个大大的笑脸。

马烁走进队部会议室的时候已经是16:40了。他还是决定赶回来开会，因为请假的那几个人都是常年浑水摸鱼的，他不想给新任领导留下他和他们是同一种人的印象。就算不能改变处境，也不能让新领导更讨厌他了。

他忽然发现会议室的氛围与往日不同，接着反应过来今天竟然没人抽烟。他看到一个身穿警服的短发女警官端坐在中间，她在一群衣着单调的男人当中格外显眼。坐在她对面的焦闯正在手舞足蹈地讲述自己如何从一起普通的跳楼案中找出谋杀案的线索。现在他正说到死者从北侧卧室坠楼的疑点，这些都是马烁告诉他的。

众人的目光都集中到马烁身上，有惊讶的、同情的、蔑视的、幸灾乐祸的，还有人甚至掏出手机看时间，好像在提醒那个穿制服的女警官，会都快开完了这家伙才来。

焦闯回头看到马烁，也有一点惊讶，但他面不改色，继续说他是如何"发现"死者有在客厅喝酒看风景的习惯，但客厅窗帘却被拉上的疑点。马烁忽然想，也许刘斌不是忘了通知他，而是故意不通知他。

就在这时，女警官忽然抬起手臂，朝着站在门口的马烁招了招手，然后指向自己身边的空位。

这个动作让所有人都流露出惊讶的表情，他们立刻看向马烁，眼中全是同样的疑惑：你俩认识吗？

马烁自己也蒙了，但他此刻无暇多想，于是在众人的注视下走到女警官身边坐下。刘斌带着一脸难以置信的表情递过来一份会议材料，马烁翻开文件，才发现自己手心都是汗。

这个意外也打乱了焦闯的节奏，他潦草地结束发言。女警官挺直身体，环视四周，然后用清脆洪亮的声音说道："感谢焦警官分享办案思路。散会。"

众人愣了几秒钟才反应过来，他们相互传递眼神，都不确定女警官还有没有别的话说，没人敢第一个站起来。

女警官摊开笔记本，低下头快速写了起来。

这时大家才意识到是真的散会了，不知道谁第一个站起身，挪动椅子时发出了一声吱呀的噪声，就像打响发令枪，众人立刻纷纷起身，向外走去。

马烁刚站起来，女警官对他说道："马烁，你留一下。"

女警官的声音不大，却足以让所有人听到。会议室立刻又安静下来，众人停下动作，第三次把焦点集中在马烁身上。

在这短短几分钟里，马烁受到的关注甚至比这九年加在一起还多。

- 5 -

刘斌最后一个走出会议室，他焦躁又困惑地看了眼马烁，轻轻关上会议室的门。这时女警官合上笔记本，起身向马烁伸出手："认识一下，我叫武桐。"

竟然是她。马烁愣住了。

武桐在市局系统里曾名噪一时。她是朝阳刑侦支队近二十年最年轻的副队长，市局重点打造的新生代榜样人物之一，但是前段时间她却引发了一场巨大的风波。起因是她在主持改组优化时大刀阔斧地砍掉了号称朝侦支队气氛组的几个老人，没想到引起对方的强烈反弹。这几个人别看工作能力一般，但搞事的能量极大，竟然一路闹到了市局。最后这几个老人被安置进刚成立的重案指挥部，这场风波才告一段落。据说武桐也因此事被架空，没想到竟然降格派遣到了这里。

在听说这场风波时，马烁并没有像焦闯那些人一样抱着看笑话的心态，相反他很钦佩武桐的魄力，他也赞同清理掉那些滥竽充数的老油条。

马烁就像路人遇到明星，惊讶地问道："你就是那个武桐？"

看到马烁的眼睛里震荡的光芒，武桐笑了一下，点头道："对，我就是那个武桐。"

马烁在裤子上擦了擦手，拘谨地和武桐握手。

"我很早就听说过你的事，"武桐用力握了下马烁的手，"可惜一直没机会认识你，所以过了这么多年才能当面和你说，我认为你做得很对。"

马烁感觉一股巨大的力量击中胸口，让他浑身麻痹。九年了，第一次有人说他做得对。他深吸了口气，艰难地点了点头。

"对了，我要买张桌子放在休息室，你跟我去趟家具商场吧？"武桐说道。

"办公家具不是上面发吗？"马烁疑惑地问道。

"我要放咖啡机，等不及了。"武桐笑了一下，从包里掏出一把车钥匙，"你去停车场等我，我去换下衣服。"

马烁来到停车场，一眼就看到了武桐的车，毕竟在一堆经济型轿车里，这辆又长又宽、充满商务气质的轿车格外醒目。

武桐从远处走来，她已经换上了便装：黑色西服外套、浅蓝色牛仔裤和白色T恤，搭配一双白色老爹鞋，时尚又干练。

"这是你的车？"马烁指着那辆商务轿车问道。

"是啊。"

"为什么买这个车？"马烁问道。在大多数人的观念里，这类轿车通常是商人的选择，同等价位比它适合家用的选择太多了。

"等你有孩子就知道了。"武桐一笑，去拉副驾驶的门。

马烁赶在武桐前面拉开后排车门。

"不用吧？"

马烁坚定地点点头。

他看着武桐坐进去，关上车门，轻轻说了声谢谢。

武桐选择的正好是马优悠心仪的家具品牌，商场的第三层是家具展示区，他们把不同家具和小物件组合到一起，弄成一个个类似样板间的空间，叫作生活场景。

武桐左看看右看看，似乎对每样家具都感兴趣，马烁则对那些琳琅满目的商品天生就有一种抵触感。这两年他只逛了三次商场，每次都直接走进他熟悉的服装店，按照功能和尺寸选出一筐衣服，然后结账走人。

人只有面对熟悉的东西时才会有安全感，所以马烁在这家家具商场里感觉无所适从。

他忽然看到一个眼熟的东西，注意力立刻被吸引过去。他想起来，这不就是死者张宏家客厅的休闲沙发吗？他坐到沙发上，全身被软绵绵包裹住的感觉真是很舒服。他想看看价钱，却没看到货签。

他四下找了一圈，发现沙发扶手外侧的下面有一个和沙发同色的暗兜，因为十分密贴，乍一看很难发现。货签就被塞到了那个暗兜里，3999元的价格被人用圆珠笔打了个"×"，旁边写着"傻×才买"。

应该是理货员发现货签破损去换新的，旧货签临时被塞进暗兜里。

马烁忽然意识到张宏家的沙发暗兜里或许也藏着什么东西，比如一直没有找到的手机。他抬起头，看到武桐站在自己面前。

"他们后来又从死者家的客厅沙发里找到什么了吗？"马烁问道。

"没有。你发现什么了？"

马烁看着武桐闪亮的眼睛说道："希望能有发现。"

马烁和武桐来到死者张宏家门口的时候，值班警察带着两个辅警已经等候多时。值班警察耷拉着脸打开户门，站到一旁，一双死鱼眼看着马烁和武桐走进去。

两人直奔客厅，马烁把手伸进沙发的暗兜，果然碰到了个什么东西。他朝武桐兴奋地点点头，把那个东西掏了出来。结果不是手机，而是一个沉甸甸的硬质皮袋。马烁打开皮袋，里面躺着一只钢带手表，钢带中间插着一张白色的绒面硬卡片，应该是防止钢带和手表后盖之间产生摩擦。他小心翼翼拿下硬卡片，看到手表的透明后盖里面的齿轮还在转动。

马烁把手表翻过来，表盘上有三个小圈，秒针还在转。他不懂表，但认识那个大名鼎鼎的电阻标志，知道这是一只欧米茄手表。

他把手表交给武桐，又从里到外认真搜查了一遍，确认没有其他东西。这时外面传来急促的脚步声，接着焦闯和刘斌冲了进来。

"武队！您怎么来了？"焦闯一溜小跑过来，"有什么事您给我打电话，我安排人干就得了。"

一股浓烈的酒气扑面而来，马烁看到焦闯的眼睛都红了。

"没事。"武桐笑着说，"我们去看家具，正好看到这个沙发，发现沙发有个暗兜，所以过来看看。你们怎么也来了？"

"哎哟！领导真是太敬业了！休息都不忘工作！"焦闯打着哈哈，伸手去拿手表。

"戴上手套。"武桐说道。

焦闯哦了一声，掏出手套戴上，然后接过手表，翻来覆去看了起来。

"这是个仿的。"焦闯撇着嘴说道，"仿的。"

"你怎么看出是仿的？"武桐问道。

"首先分量就不对，"焦闯摆出一副行家的样子说道，"现在手表都讲究钛合金什么的，没这么重。这还是个低仿，不舍得花钱，用的全是钢，戴手上不得压出静脉曲张来？"

"还有呢？"武桐点点头。

"还有就是这玻璃。"焦闯继续说道，"现在人家都用蓝宝石当表面，拿灯一晃都反蓝光；要么就是绿宝石，反绿光。你看劳力士那绿水鬼，人家就是用绿宝石做的表面。哪像这个，拿一白玻璃凑数。"

"还有吗？"武桐继续问道。

"不用再看了，一眼假。"焦闯装作不经意地把手表递给刘斌，"拿回去吧，估计也没什么价值。"

"给马烁。"武桐忽然说道。

"谁拿着不一样？"焦闯还往刘斌手里送，却看到刘斌朝他使眼色，他回过头看到武桐不知什么时候变得面沉似水，于是不情愿地递给马烁。

"行了，那咱们回去吧，这里怪瘆人的。"焦闯打了个酒嗝。

"等一下，"武桐看向焦闯，"我看报告有几个疑惑，正好你们来了，咱们现场讨论讨论。"

武桐一边说一边走到门口，三个人跟着走过去。

"是鲁娟和王文佳先回来的吧？"武桐向焦闯问道。

焦闯怔了一下，才反应过来武桐说的是死者妻子和情夫。

"电梯监控显示，是……他们先回来的。"焦闯想要把语言组织得尽可能严谨一些，但酒精已经干扰到他的大脑，无法想起两人的名字。

"你把鲁娟和王文佳列为重大嫌疑人？"武桐继续说道。

"对。"焦闯点头道，"鲁娟和王文佳。"

"你认为他们是临时起意还是蓄谋？"

"嗯……"焦闯感觉这个问题是个坑，于是谨慎地回答道，"从他们在电梯里的状态看，都挺轻松的，不像是蓄谋，所以我倾向于他们在家偷情，被死者……死者撞上了，他们发生了冲突，然后鲁娟和王临时起意把死者杀死。"

"但是张宏坠楼的时候还是活着的。"武桐说道。

"那有可能是被打晕了。"

"然后鲁娟和王文佳离开了？"

"是的。"焦闯点点头。

"好。"武桐看着焦闯，"按照你的推测，冲突发生在哪里？"

"就在这儿吧。"焦闯冲着马烁扬了扬下巴，"楼下的是不是也说听见他们在这里打架？"

"楼下邻居说听到桌椅摩擦碰撞的声音，应该就在这里。"马烁指着靠墙的餐桌和餐椅说道。

"对。"焦闯立刻点头。

"也就是说，张宏回家时发现鲁娟和王文佳偷情，他们发生了冲突，鲁娟和王文佳临时起意打了张宏，把他从北侧卧室扔下去，然后两人离开。你是这个意思吧？"武桐问道。

"对。"焦闯又点了点头，"大概就这么回事。"

"那张宏什么时候在客厅喝的啤酒？"武桐问道。

焦闯愣住了。他已经工作了二十多年，立刻就反应过来他忽略了检验一个重要的物证——啤酒罐。那些啤酒罐应该已经拿回去了，但肯定没有送检，不知道放到现在还能不能检验出有用的证据。

"也有可能是王文佳喝的。"刘斌见焦闯语塞，于是接口道。

武桐看向刘斌，眼中迸发出凌厉的光芒："王文佳喝的？"

刘斌被武桐冰冷的声音吓得发怵，但事已至此，只能硬着头皮说道："不能排除这个可能。"

武桐冷笑一声，问道："既然如此，啤酒罐送去检验了吗？"

这不是开玩笑吗？他们又不是捡破烂儿的。再说一个啤酒罐还去送检，人家技术科的不得把他们打出来？刘斌求助地看向焦闯，但是焦闯接下来的话让他彻底绝望："对啊，不是让你去送到技术科了吗？你送没送啊！"

"还没来得及。"刘斌低下头，他从焦闯的语气里听到了事情的严重性。他知道现在说瞎话只会罪加一等，只好先把责任揽到自己身上。他后悔刚才非要多那一句嘴，结果引火上身。

"早让你去送！这么重要的事！怎么拖拖拉拉的？"焦闯黑着脸喊道。

"是。"刘斌低着头说道。

武桐看向焦闯，冷冷道："如果不能及时保全，很多证据都会随着时间推移而灭失，这个你应该了解吧？"

"了解了解。"焦闯点头道。

"行了，没事了。走吧。"武桐一边说一边往外走去。

她走到门口，看了一眼守在门口的值班警察，值班警察依旧耷拉着脸，目光飘向别处。武桐又看了看焦闯。焦闯知道她已经发现了值班警察给自己通风报信的把戏，尴尬地低下头。

电梯门打开，武桐对焦闯说道："你们再留一会儿吧，把该做的工作都做了。"

"请领导放心。"焦闯对着徐徐关上的电梯门哈腰道。

马烁和武桐走了，焦闯回到张宏家，刘斌和值班警察耷拉着脑袋。

"没事没事，新官上任三把火。"焦闯笑着说道，然后又打了个酒嗝。

值班警察走过来，默默掏出烟递给焦闯。

"师父，要不别在这儿抽了。"刘斌说道。

"怕个屁！几句话就把你唬住了，真没出息。"焦闯笑道，"就在这儿抽！"

他点上烟，狠狠抽了两口，然后说道："咱们就是干活儿的，干活儿的听喝儿，天经地义。不过以后我要是当了头儿，绝对不搞这套。"

"听说她来头不小呢。"值班警察第一次说话，一双死鱼眼盯着焦闯。

"什么来头？"焦闯好奇道。

"据说是老梁的人，亲戚还是什么就不知道了。"值班警察抽了口烟，阴阳怪气地说道，"要不就凭她怎么当上朝阳支队副队长的？"

"真的吗？"焦闯问道。

"都这么说。"值班警察看向楼下，"你看，还开这么贵的车呢。"

焦闯也凑过去，看到黑色轿车正在缓缓驶出小区。

"嘻！我跟你们说，她在这儿长久不了，就是下来挂个职镀个金，好往上提拔。"焦闯说道，"咱犯不着和她较劲。要我说，斌子，咱们赶紧把这破案子结了，借调到支队查35案是正差。现在我红运当头，一个自杀案都能翻出谋杀案来，真没准儿35案就能在我手里破了。到时候我连升两级，不就和她平起平坐了？当务之急是赶紧借调到支队，别让人给截和了！"

"您说得对！"刘斌兴奋地点点头，"要我说咱们也别心疼技术科那帮人了，反正领导发话了，咱们这就把技术科的人找来，今晚一宿把这房子翻个底儿掉，也显得咱们有执行力。"

"好！那今晚就辛苦你了！"焦闯拍了拍刘斌的肩膀说道。

马烁跟着导航的指引把武桐送到她家的小区门口，路边已经停了两排车，马烁只好把车停在行车道上，打开双闪。

武桐前后左右看了看，然后说道："你一会儿再去趟技术科，让他们刷下这块表的指纹，然后就把车开走吧。"

"我开走？"马烁迟疑地点了点头，"那明天早上我来接您。"

"不用！"武桐连忙说道，"我明天坐地铁就行。还有，别老'您您'的，我比你大不了几岁。"

"好。"马烁看着后视镜，"你去家居商场，其实不只想看桌子吧？"

武桐微微一笑，没有说话。

"其实我也没有想到喝啤酒那个疑点。"马烁老实地说道。

"我知道，我从报告上就看出来了。你们之所以犯这个错误，是因为漏掉了一个更大的疑点。"武桐说道。

"更大的？"

"这个明天再说吧。"武桐神秘一笑，推门下车了。

马烁看着武桐走进大门，正要发动汽车，忽然手机响起来，来电是个陌生号码。在呼呼风声中，一个带着哭腔的女人声音引起了他的警觉。

"喂？请问是马警官吗？我叫余诗诗，我们一起参加过亲人互助会。"

- 6 -

余诗诗坐在便利店的高脚凳上，售货员在不远处盯着她。她已经在这里待了两个小时，一开始还算正常，买了份快餐和饮料，独自坐在落地窗前吃。后来她想起明天要拜访的客户，于是打开手提包拿工作手机——公司为了避免客户流失给每个销售员配备了加密手机。她是个爱整洁的人，手提包里永远就只有两部手机、一个钥匙包、一盒粉饼和一支口红。

包里不知什么时候多出一个塑料手环，她拿出来一看，立刻吓得蹦起来。这是医院挂在尸体上的手环，上面印着她丈夫的名字。

可是，丈夫的手环已经和他一起火化了。

她浑身颤抖，牙齿碰撞出嗒嗒嗒的声音。就在这时，她的手机响了起来，她尖叫一声，引来了售货员。

售货员经常能遇到精神不正常的人，他看余诗诗一身白领打扮，也不像流浪汉或者神志不清的人，转了一圈就走了。

她接起电话，一个男人的声音响起来："你好，我是换锁的。是不是你要装安全锁？"

"对。"她捂住脸，极力抑制情绪。

"你家地址说一下。"

"地址？我家在……"余诗诗刚要说自己家的地址，忽然发现手环上粘了张小纸条。她拿起来一看，上面写着四个字：不要相信。

她立刻触电一样扔掉手环，结结巴巴地说道："我……我在网上填了啊。"

"我知道，你再说一遍。"男人似乎有些不耐烦。

"你知道为什么还问我？"她一直看着那四个字，心里起了怀疑。

"这是规定。"男人说道。

"那你说我登记在哪个小区？"她问道。

"你登记的你问我？"男人的声音听起来有些心虚，"不要浪费时间，要不然我就把你的订单取消了。"

"那你说我在哪个平台填的订单？"

"同城宝嘛。"

余诗诗心脏一颤，她明明是在微信同城下的单。

"我叫什么？"

"算了，你把订单取消吧……"男人又嘟囔了几句，然后挂断电话。

余诗诗松了口气，这才发现身上被冷汗湿透了。

这时她又看到那个手环，这是谁干的？为什么要写上这四个字？这个人怎么会有这个东西？

手机铃声再次响起，余诗诗已经快崩溃了。

"你好，常营派出所的。"一个男人的声音响起，"你是余诗诗吧？"

"对。"余诗诗的手在颤抖。

"你是不是在网上报了一个安装门锁的业务？"

"对。"

"刚才有没有号称开锁的联系你？"

"有。"余诗诗整个人立刻都抖了起来。

"你有没有把你家的详细地址告诉他？"

"没有。"余诗诗急中生智，一边说一边按下录音键。

"还真是万幸。行了，简单跟你说一下，近期不管谁联系你都不要告诉他你家的具体地址，还有身份证之类的个人隐私，明白吗？"

"明白。"余诗诗的语气已经带着哭腔。

"我们派出所的人联系你，会主动跟你说你家住哪儿，你的身份信息，让你做确认，不会多问，你能明白吗？"

"明白。"余诗诗顿了顿说道，"请问出什么事了？"

"也没什么事。对方不是问你家住哪儿吗，就说明他其实不知道。平时多提高警惕吧，现在因为身份信息泄露导致的案件越来越多，尤其是针对你这种独居女性的诈骗和暴力案件。行了，我还得通知其他人，先这样吧。"

挂断电话，余诗诗终于忍不住哭起来。

售货员过来问她需不需要帮忙，她问售货员有没有卖刀，水果刀也行。售货员吓了一跳，连忙说没有，还问需不需要帮她报警。

她现在就想找个人帮她拿个主意，可她翻遍通讯录，竟然找不到一个能倾诉的对象。她机械地刷着微信，除了公众号推送、工作群和几个代购群时不时冒出几条信息，已经很久没人和她说过话了。此外，还有一个康复者之家互助会的群在聊天，已经有好几百条信息了。她平时都不看这个群，现在却不由自主点开，看到一群人聊得正欢。最活跃的两个人一个叫马优悠，一个叫杜芃。

她忽然想起马优悠说过她哥哥是警察，于是抱着姑且一试的心态申请加马优悠好友。马优悠很快通过了她的好友验证，她也不管是否冒昧，把自己遇到的事告诉对方，请对方帮忙。马优悠立刻把哥哥的手机号给她，让他们直接联系。她急匆匆收拾好东西离开便利店，用快步走的方式平复心情，然后拨出电话。

电话那头的男人听完她的描述和电话录音，久久没有说话。

"你还在吗？"她痛苦地呻吟道。

"在。"对方简短地应了一声，又恢复沉默。

沉默预示着不祥，她不敢再说话，继续往前走。

"确实有问题。"男人终于开口了，"但问题不在开锁的身上。后面给你打电话的那个人，不是警察。"

余诗诗猛然停下脚步，她感觉一个冷冰冰的东西钻进了她的后背。她艰难地转过头，周围完全暗下来，便利店的灯光已经消失在路口的转角处。

马烁去技术科给手表提取指纹，技术员只在皮袋上找到张宏的指纹，手表擦得非常干净，没找到指纹。

他一直想着那个奇怪的电话，他正在说那个自称警察的人有几个疑点，这时候通话中断了，他再打过去，系统提醒对方电话已关机。他再打电话给马优悠，马优悠说自己也不认识那个女人，估计是常年在群里潜水的人吧。马优悠问他开会怎样，马烁想告诉她领导对他非常看重，但话到嘴边又咽了回去。

这么多年他终于等来了一个机会，这让他忽然之间如履薄冰。他甚至不敢告诉马优悠自己获得了新领导的赏识，他怕事先张扬会引来不好的结果。尽管理智告诉他，这两者之间一点关系都没有，但他还是选择避讳。也许所有努力的人最终都会变得迷信，因为越努力就越了解不可控的外界力量有多强大。

回到家中，客厅里的家具都盖着白色床单，在黑暗中就像被积雪覆盖。他没有开灯，穿过客厅来到小卧室，这曾是马优悠的房间，所有家具也都盖上了白色床单，只有一张单人木板床，被子叠得整整齐齐。

他在黑暗中脱掉衣服，设定了凌晨5点的闹钟，他要在天亮之前离开。然后他轻轻躺在床上，凝视着黑暗。

武桐走出小区，立刻就看到自己的车停在路边。她走过去，见马烁坐在驾驶座低头摆弄着手机。副驾驶座位已经调到最靠前，她只好打开后排车门坐进去。

"不是说不用来吗？"武桐一坐进车里就问道。

马烁不想告诉她自己5点钟从家里出来，有大把的时间没地方消磨，过来接她反而让这个早晨没那么无聊了。

"你刚才说要权限查张宏的消费记录，你想到什么了？"武桐问道。

"我想到你说的那个疑点了。"马烁看着后视镜说道。

"那你说说。"

"鲁娟和王文佳经常在家约会，从来没有出过事，说明一方面他们了解张宏的活动规律，而且张宏的活动一定非常规律，所以前天晚上张宏按理说不应该回家的。"马烁说道。

"也可能是偶然。"武桐说道。

"他是个赌徒。"马烁看着后视镜，"赌徒怎么可能轻易下赌桌？"

"所以呢？"

"所以他一定有什么特别的事才会回来。"马烁说道，"有一种可能性，就是专程回来捉奸的。"

"你这是要去哪儿？"武桐问道，她看到马烁开的路线不是去队部的。

"去验证一下。"

马烁开车来到旧宫北路，这里都是由六层砖混小楼组成的小区。这里没有一点工作日早高峰的喧嚣，街上行人稀稀拉拉，道路也很空旷，去往主城区的车道不时有一辆车驶过。

马烁把车停到一栋居民楼下面，这栋楼看起来和其他楼没什么区别。他敲开一个小卖部的窗户，一个睡眼惺忪的中年女人探出头来。

"警察。"马烁出示了证件，然后拿出张宏的照片，"这个人见过吗？"

女人看了眼照片，摇摇头，正要关上窗户，被马烁伸手拦住。马烁掏出手机扫了下窗户上的二维码，显示收款人叫喜多超市。

"这个人每天在你这儿买烟，你是想现在说，还是想和我们回去说？"马烁点开一张PDF格式的图片，抬头是市网络安全中心查询报告，下面一行行都是同一个ID编号在喜多超市的消费记录。

"这人怎么了？"女人瞥了一眼手机屏幕。

"死了。"

女人吓了一跳，急忙说道："我什么都不知道！"

"我知道。"马烁双手搭在窗框上，小声说道，"我知道他经常在这附近一家赌场里玩儿。你告诉我赌场在哪儿。"

"这个……"女人为难地皱起脸。

"那我换个问法。"马烁说道，"这个人经常在你这儿买烟，你知道他住在哪个单元门吗？"

女人松了口气，指着对面的8号楼说道："那个楼3单元。"

马烁点了点头，继续说道："3月11号晚上，也就是前天22点11分，这个男人在你这里买了一包烟。他买完之后是往外面走，还是往家走？"

"嗯……"女人想了想，指了指往外的方向。

"谢了。"马烁说道，"我们现在走了，一会儿有警察过来抄那个赌场。你可千万不要犯傻给他们通风报信，现在科技特别发达，你干什么我们都能监控到。"

"您放心。"女人点头道，"我哪敢干那事？"

马烁带着武桐回到车里，然后说道："你通知焦闯他们带人过来吧。"

"那你呢？"

"咱们完事了。"马烁拿出笔记本念道，"鲁娟和王文佳是11号22点06分坐电梯上楼，张宏是22点11分在这里买烟，然后离开。晚上不堵车的情况下从这儿开到他家大概15到20分钟。张宏22点31分坐电梯上楼，所以他应该是离开这里后直接回家了。"

武桐点了点头："所以呢？"

"你不觉得好像有人在监控鲁娟和王文佳，他俩一上楼，这个人就通知了张宏吗？"

"有人？"武桐看向窗外，沉吟道。

"否则，为什么鲁娟和王文佳前脚到家，张宏后脚就出发？咱们在他家又没有找到摄像头，肯定有人通风报信。"

武桐收回目光，看着后视镜里马烁的眼睛，问道："你有什么想法？"

"找到这个人，也许就知道张宏是怎么死的了。"马烁说道，"如果我是私人侦探，绝对不会错过捉奸之后的好戏。"

武桐点点头，示意他继续说。

"要想找到这个人，首先要找到张宏的手机。"马烁说道，"根据张宏的消费记录，他最后的消费是从这里叫专车回家，也就是说他回家时手机还在。"

远处驶来两辆警车，马烁启动汽车，和他们擦肩而过。

"你就停在这儿吧。"武桐看着前方变红的信号灯说道。这个十字路口距离队部还有两个路口。

马烁把车停到路边，现在是早上8:15，武桐步行过去时间绰绰有余。

"你要去哪儿？"武桐问道。

马烁掏出表袋，说道："我想找个表行看看。"

"东方广场有一个欧米茄旗舰店，你就去那儿吧。"武桐说完就下车走了。

马烁看着她的背影淹没在人群中，因为初见时武桐对他说的那番话，他非常信任武桐，而他也能感觉到武桐也很信任他。这种感觉真好。尽管只相处了不到一天，却像多年老友一样默契、轻松。

他刚把车掉头过来，手机响了起来，是焦闯打来的。

"兄弟，哪儿呢？"焦闯一上来就问道。

马烁有一瞬间的慌张，焦闯这句话问得就像他站在路边，刚刚看到武桐从自己开的车上下来一样。

"外面呢，咋了？"马烁反问道。

"噢。"焦闯停顿了几秒，继续说道，"没事，你今天休息吧？"

"对啊。"马烁回答道，他感觉焦闯在没话找话。

"噢，那这样吧，中午一起吃个饭。你、我、斌子，就咱仨。"

"吃饭？"

"对，一起坐坐。"焦闯说道，"中午细聊吧。欸，你开车呢？"

"嗯。"

"开谁的车？"

马烁犹豫了一下，说道："朋友的车，帮朋友验车去。"

"行，那你忙吧。"说罢焦闯挂断了电话。

马烁吐了口气，他越来越怀疑焦闯真的看到了。

－7－

马烁推开欧米茄亚洲旗舰店厚重的玻璃门，两个导购女孩立刻跑过来。她们笑脸相迎，眼中却露出疑惑的目光。

也许从来没有客人这么早来逛手表店吧，马烁有点尴尬，于是掏出了证件。

"您稍等。"其中一个女孩快步跑开。不一会儿，一个正在系领带的小伙子跟着她快步走来。小伙子一脸阳光的笑容："警官您好，我叫阿珞，有什么可以帮您？"

"我有块表，想让你们看看。"马烁说道。

"是您的表吗？"阿珞热情地问道。

"不，受害者的。"

"噢，真遗憾。"阿珞脸上的笑容还没来得及退去，"咱们到楼上谈吧。"

阿珞带着马烁来到二层，这里摆着四对单人沙发，沙发区后面是接待区，三个女孩站在后面收拾工位。女孩们的身后有一面巨大的玻璃墙，穿着白大褂的工程师在墙后走动。

"这是我们的维修保养区。"阿珞拿来一瓶矿泉水，"您随便坐。"

三个女孩都投来好奇的目光，马烁找了个离她们最远的沙发坐下来，阿珞坐到他对面。

马烁掏出表袋放到茶几上的绒面托盘里。阿珞半蹲在地上，戴上手套，轻轻拿出手表，仔细查看。他很快放下手表，对马烁说道："这样吧，我把维修经理叫出来，他是我们技术大拿。"

不一会儿，一个穿着白大褂的中年男人和阿珞走过来。

"这是我们王经理。"阿珞介绍道。

王经理坐到马烁对面，拿起手表认真看起来。接着他拿出一个放大镜似的东西卡在眼睛上，认真看着表的背面，然后郑重地把表放在托盘里，看着马烁。

"王经理，您看这块表……"马烁开口道。

"是真的。"王经理点头道。

"真的？"阿珞睁大了眼睛，蹲在地上认真看这块表。

"我不懂手表。"马烁说道，"您能介绍一下吗？"

"这款手表叫超霸，复刻了321机芯，是款非常好的表。"王经理简明扼要地回答道。

马烁一点也没听懂，于是继续问道："价格呢？"

"十几万吧。"王经理轻描淡写地说道。

"十几万？"马烁真的惊讶了，尽管他知道张宏是个拆迁户，但他没想到张宏能花十几万买一块手表。

"这块表的编号我有印象，应该就是从我们店出的。"王经理转头对阿珞说道，"你去查一下半年前的销售记录。"

阿珞离开，马烁探过身子，低声道："这块表的主人前天晚上死了。"

"死了？"王经理拿起手表看了看，又看了看自己的手表。

"有什么问题吗？"马烁来了精神。

"这块表你们动过吗？"王经理问道。

"应该没人动过。"

"那就奇怪了。这是一块手动上链的表，如果他是前天早上上的链，到现在也早该停了。但是你看，表还在走，而且日期也对。"

马烁忽然明白了什么，他立刻追问道："为什么是早上上链？"

"因为晚上调日历可能对机芯造成损害，所以我们建议顾客早上调表，包括上链、调日历和对时。久而久之，腕表圈就形成了早上调表的惯例。"王经理解释道，"当然这只是惯例，一些早上时间比较紧张的顾客也会在其他时间上链。"

"上满一次链能走多久？"马烁继续问道，这是他最关心的问题。

"您是指动储吗？四十四小时。"

"也就是说……"

"手表现在还在走，说明最后一次上链时间应该是前天13点以后。"王经理立刻给出答案。

"有没有可能超过四十四小时？"

"有。"

"四十五小时？"

王经理摇了摇头，说道："那广告就会说45小时了。"

阿珞拿着一份客户登记表回来，他没有直接给马烁看，而是念道："购买这块表的客人姓张，登记名是张宏。"

马烁认为自己有必要重新对张宏建立认识了。他点了点头，问道："通常什么人会买这款表？"

王经理耸耸肩说道："宇航员。"

"他开玩笑的，因为太空是零重力的，只能用这种手动上链的表款。"阿珞解释道，"买这款表的通常都是非常懂表的藏家，毕竟它只是一只钢表，在很多客户眼里，这个价格非常贵了。"

"而且和它一模一样的普通超霸手表只卖三四万，"王经理直白地说道，"这就排除了那些靠手表炫富的客人。"

"所以你们认为，能买这块表的人……"

"懂表，有钱，低调。"王经理总结道。

"这真是一块好表。"马烁的注意力第一次放到手表上。

"老实说，您拿来这块表的时候我也有点奇怪。"王经理说道，"因为这款表的产量非常少，几乎都被藏家买走了，所以这个张先生一定是个非常懂表、有品位还低调的人。"

"所以一个滥赌鬼、暴发户买了这块表，是不是有些蹊跷？"马烁问道。

王经理思考良久，缓缓说道："必有蹊跷。"

马烁坐在车里，正琢磨该怎么向武桐汇报这个事情，武桐先打来电话："张宏家北卧室窗户和防盗纱窗上都没有找到张宏的指纹，但是发现了鲁娟的指纹。"

"我记得张宏家的玻璃窗是在纱窗里面，就算开窗通风也不会碰纱窗。"马烁说道，"其他房间的纱窗有没有发现指纹？"

"没有。"

这可算是一个非常重要的进展，马烁想着，就像第89分钟的进球，基本可以锁定胜局。看来他也不用再忙了。

两人沉默了片刻，武桐继续说道："刚才焦闯找我，想让你去他们组，你考虑一下。"

马烁一愣，这些年自己和焦闯总共也没说过几句话，他为什么要自己到他的组里？

"他和你说了吗？"武桐问道。

"没有，但他刚才给我打电话，约我中午吃饭。"他也不知道自己为什么要把这些全告诉武桐，但他觉得应该说。

"你那边怎样了？"武桐换了个话题。

"有新进展，但是估计用不上了。"马烁挠了挠头，"一会儿我把车开回队部，钥匙还给你。"

"对了，你说到这个，我有个事想请你帮忙。"武桐语气忽然迟疑起来。

"你说吧。"

"嗯……我今天下午要去支队开会，估计要开很晚。"武桐顿了顿说道，"但是今天周五，我儿子小学……"

"哪所学校？"马烁立刻问道，解救了武桐的尴尬。

"我给你发个定位吧。真是麻烦你了。"武桐的语速又快又轻，完全不像她之前的样子。

让马烁更惊讶的是，武桐看起来比自己还年轻，她居然能有一个已经上小学的儿子？

"喂！家长会你去吧！我今天有事！"焦闯不耐烦地挂断电话，举起酒杯和马烁、刘斌碰杯。

马烁喝可乐，他说自己喝酒过敏。焦闯和刘斌这些年都没和他喝过酒，于是也不勉强，三个人各喝各的。

"孩子的事就是麻烦。"焦闯对马烁说道，"兄弟你还没结婚呢吧？我跟你说，结了婚生了孩子，你这小夹板就套牢了。别的不说，就每天接送孩子上学，真的就能熬死你！"

一瞬间，马烁忽然怀疑焦闯是不是在自己手机里装窃听器了。

"我深有体会！"刘斌附和道，"别看我家孩子才一岁多，光排队打疫苗就把我给整怕了。"

"你这刚万里长征第一步。"焦闯端起酒杯，看向马烁，"兄弟，你也抓紧找对象吧，到时候哥给你证婚！"

"车队我给你安排！一水儿大奔E级起步！"刘斌附和道。

马烁举杯向两人道谢。焦闯喝了一口酒，点上一支烟，定定地看着马烁。

"兄弟，我呢，一直很看好你。"焦闯说道，"咱们明人不说暗话，以前的领导呢，对你可能有点看法，所以我也不敢拉你。为什么呢？人都得先自保。"

"这话对。"刘斌附和道。

"现在新领导没这回事了，你就可以……怎么说，蛟龙出海，猛虎下山。从现在开始没人能拦着你了，这你一百个放心。"焦闯顿了顿说道，"但一个好汉三个帮，尤其是你，想要把这些年落下的都给追回来，还要超过别人，那就非得有靠谱的搭档不可。"说到这里，焦闯倒了一杯满满当当的白酒，再端起酒杯，"兄弟，这些年多有怠慢。好在现在拨开云雾见青天，这杯酒我干了，咱们来日方长。"说完焦闯将杯中酒一饮而尽。

"哥！你悠着点，下午还得审鲁娟呢！"刘斌急忙说道。

"没事，下午让兄弟主审！"焦闯闭着眼睛，一脸被酒折磨的表情，"从这个案子开始，以后凡我办的案子，都有你一份！"

马烁正要说话，热烈的音乐忽然响起，接着一个沙哑的金属女声唱起歌来。

焦闯随着音乐摇摆了两下，然后接起电话，故意把嗓音压得低沉："大哥忙呢，啥事？"

马烁看了眼墙上的电子钟，13:45，武桐拜托他接孩子的时间是16:00。他犹豫要不要和武桐说一下，但这样一来，武桐肯定不会让他去接孩子了。他知道武桐没有其他可以托付的人了，否则也不会找认识不到一天的他。

他理解这种无助，决定速战速决。

鲁娟被女警带进来，她身体蜷缩、目光呆滞，像一具被抽干灵魂的行尸走肉。这是激情犯罪后的显著特征，因为他们本身是普通人，犯罪前没有考虑到后果，所以在面对不可挽回的后果和人生坍塌时，精神会被绝望和恐惧摧毁。

　　房间里足足安静了五分钟，鲁娟偶尔抬起头，迎上马烁的目光，又吓得立刻低头。

　　马烁放在桌面上的手机震了一下，这是他设的闹钟。他拿起手机，装模作样翻了翻，说出审讯的第一句话："王文佳招了。"

　　"啊？"鲁娟抬起头，失声尖叫。

　　"他说这件事和他没关系，是你一个人干的。"马烁划着手机说道，"他说张宏回来后，把你们堵在家里，他和张宏发生了肢体冲突。这时你让他出去，你要自己和张宏谈，于是他就跑到消防楼梯里坐着，直到你出来带他离开。"

　　王文佳还没有受审，这是马烁根据已知信息替王文佳编的一个故事，没有透露案情细节，因此属于合理的审讯技巧。

　　"他说你出来以后，快速关上门，拉着他坐电梯走了。他不知道房间里发生了什么，也再没看到张宏。"马烁说道，"这些是真的吗？"

　　"他怎么能这么说呢？"鲁娟不可置信地质问道，气得浑身发抖。

　　"他的律师已经来了，今天晚上就能走。"马烁拍了拍手边的报告，"他说的和我们在现场采集的证据是吻合的，所以我要提醒你现在的处境，你是本案唯一嫌疑人。"

　　"他……他胡说！"鲁娟又急又恨地辩解道，"他怎么能胡说呢？他怎么能为了自己出去就……就诬告我呢？"

　　"他哪里胡说了？"

　　"他……他……"鲁娟闭上眼睛，深呼吸了两口气，才说道，"我和王文佳确实是婚外情，我真是瞎了眼，找了这么个王八蛋！"

　　"你们前天晚上回家后都干什么了？"马烁引导她的思路，否则任由她这样骂下去，一下午都骂不完。

　　"没干什么。"鲁娟气得发抖，"没待一会儿张宏就回来了。"

　　"这期间没聊什么吗？"马烁又问道。

　　"没有，他玩游戏，我刷视频。各玩各的。"

"然后呢？张宏回来时发生什么了？说得详细点。"马烁问道。

"他一进门就拿手机拍我们，骂我们，还说要和我离婚。"鲁娟低下头，"然后我们就走了。"

"这些话说了一个小时？"

"对。"鲁娟低着头说道。

"所以你有没有让王文佳出去，自己和张宏交涉？"马烁问道。

"当然没有！"鲁娟急道。

"可是现在没人能替你做证。"马烁说道，"三个知情者，一个死了，剩下你俩各执一词。现在要么你取信于我们，要么我们就只能相信王文佳。"

"我要怎么取信于你？"鲁娟恨恨道。

"把那一个小时的事情都和我们说清楚，让我们相信你说的是真的。"马烁说道，"你刚才说的这点事绝对撑不到一小时，所以你现在的处境非常危险。"

马烁早就意识到这一个小时是非常关键的黑盒子，而鲁娟不会乖乖交代，所以他才编造王文佳的供词，用情人的背叛和唯一嫌疑人的身份把鲁娟逼到绝境。

"好，我说。"鲁娟崩溃了，"张宏一进来就拿着手机对我们拍，然后王文佳就和他打起来了。王文佳打不过他，被他打了几下就不敢动手了。然后张宏就说要和我离婚，让我签离婚协议，否则就把视频发到网上，还要打官司。我知道打官司也赢不了，还把名声都毁了，就签了。"

说到这里，鲁娟呜呜地哭了起来。

马烁在记事本里写上"离婚协议"，这是一个至关重要的发现。

"离婚协议是怎么写的？"马烁不动声色地问道。

"让我……让我净身出户。"鲁娟呜咽着说道，然后低下头委屈地哭起来。

她完全没有意识到自己随口两句话提供了证据链上最重要的一环，

那就是她的杀人动机。如果没有这份离婚协议，鲁娟的杀人动机还不那么强烈，但现在的情况是只要张宏不死鲁娟就要净身出户，直接损失千万以上；而张宏死亡，鲁娟就可以继承他的全部财产。

更重要的是，警方并没有找到这份离婚协议。它消失了。

"然后呢？"马烁问道。

"我签完字就走了。"

"你应该有一份离婚协议。"马烁试探道。

"他没给我，说去领离婚证的时候再给我。"鲁娟沮丧地说道。

鲁娟身后的墙上亮起黄灯，这是隔壁观察室里的焦闯发出的终止信号。马烁让女警带鲁娟回去休息，和刘斌一起来到观察室。

"牛啊！干得漂亮！"焦闯兴奋地抓住马烁的肩膀，"我是真没想到还能挖出个离婚协议来！"

"他一说那个王文佳已经招供了，我当时就蒙了！"刘斌也很兴奋，"心想这也太他妈的真了。有那么一会儿我都怀疑是不是真审过王文佳了。"

"鲁娟一个人肯定弄不了张宏，必定是他俩一起干的。"焦闯分析道，"鲁娟已经打出缺口，下一步就是王文佳了。现在看他俩的感情也不牢固，一调唆就反目，对付鲁娟的招数可以再对王文佳用一次。咱们再接再厉，一鼓作气！今天就是兄弟你的封神之日！"

马烁看向电子钟，已经15:00了。

"我一会儿还有事。"马烁推辞道，"让刘斌主审吧。"

马烁赶到育英学校时，终于理解了武桐为什么要买这辆商务轿车。路边停满了各式豪车，这辆车已经是最普通的了。

他在保安的指引下把车斜插着停在路边。这里距离学校门口还有五百米，按照五米停一辆车算，前面已经停了一百辆车，但现在才15:45，距离放学还有15分钟，后面还不断有车停靠。

这番景象刷新了马烁对接孩子放学这件事的理解。他往前走去，一路上看到很多家长坐在车里淡定地敲打笔记本，还有一些人三三两两站在一起，看起来在分享教育经验。这些家长已经算是成功人士，但他们在教育孩子方面还是如此拼命，生怕在这场竞争中失去领先位置。

因为不是指定监护人，马烁要先在保安室登记才能进入等候区。他还在想如何向保安做自我介绍，大屏幕上已经打出了他的照片。这是他十年前入职时提交的证件照，他穿着警服，脸上一副不会装酷还硬装的青涩表情。

一定是武桐交给学校的，想到武桐也看到自己这张不成熟的照片，马烁多少有点尴尬。

"呀！这不是马警官吗？"

马烁回过头，看到了徐炳辉。

- 8 -

徐炳辉惊讶地走过来和马烁握手，问道："你也有孩子了？"

"替同事接孩子。"马烁尴尬地解释道。

"噢。"徐炳辉转了转眼睛，"我好像听说过，有一位漂亮女长官的公子比我儿子大一级，原来是你的同事。"

"是我领导。"马烁下意识解释，然后笑着说道，"我也不知道您还有个儿子。还有，我发现您对我们公安民警的称呼总是很奇怪。"

"有吗？"徐炳辉笑着往后一闪，"我得进去了，低年级的孩子先走。"

马烁看着徐炳辉走进等候区，和几个相熟的家长攀谈起来。那些家长衣着体面，气质不凡。马烁想起校外的家长们和他们比起来似乎差了一些，所以家长也有不同的圈子吗？想到这里，马烁怀疑自己是不是进来早了。

学生们终于纷纷涌出来，和家长一起从另一个通道离开。马烁习惯性地想这个单向进出的设计还挺合理的，避免有人趁机混进来。

指定监护人接的学生们走得差不多了，才轮到非指定监护人接学生，因为生活老师要逐个核实家长的身份。马烁看到武桐的儿子背着书包走出来，他长得虎头虎脑，又继承了武桐的精致五官，是个可爱的小男孩，但他低着头一个人往外走。

"江临！"生活老师叫道。

旁边几个调皮的小男孩立刻凑上来围住他，其中一个还大喊："江临，你漂亮妈妈没来啊？"

老师过去驱散了小男孩们，把江临带到马烁面前。江临抬起头看着马烁，马烁从他黑漆漆的眼睛里竟看到了自己最熟悉的东西——孤独。

江临向马烁深鞠一躬，然后礼貌地说道："叔叔好，给您添麻烦了。"接着他又立刻垂下眼睛，乖巧地站着，丝毫没有七八岁小男孩常见的天性使然的淘气，显然是受过严格的训练。马烁走过去，拿走他的书包。

"叔叔，不用您……"

江临还想把书包要回来，马烁顺势把手搭在他后背上，带他向外走去。

马烁在学校门口再次看到了徐炳辉。徐炳辉把孩子抱上保姆车的后排座，正要关车门，看到马烁和江临走出校门，于是朝马烁招了招手。

马烁忽然想起什么，三步并两步走到保姆车旁，低声问道："有个叫余诗诗的女人，你有印象吗？"

"余诗诗？"徐炳辉愣了一下。

"她说她和我一起参加过亲人互助会，但我也对不上号。"马烁说道。

"她怎么了？"徐炳辉问道。

"昨晚她给我打了个奇怪的电话。"马烁说道，"我们正在通话时，她的电话忽然断了，我再打回去就没人接了。我担心她遇到麻烦，所以想问问你对她有没有印象。"

"我去问问。"徐炳辉做了个打电话的手势，"有消息联系你。"

"好。"马烁点点头。

徐炳辉微笑着按下自动关门的按钮，自动门慢慢关闭。

徐炳辉把儿子送回西山华府的家中，自从大女儿要上小学，他们就搬到了这个以优质学区著称的西山第一高档住宅区。

妻子柴韵正和几个女性朋友在会客厅喝茶。徐炳辉过来打招呼，柴韵把他拉进书房里。

"你怎么了？"柴韵问道。

"什么怎么了？"

"你刚才进来的时候脸色很差，是遇到什么事了？"柴韵一边说一边帮徐炳辉脱掉西服。

徐炳辉摇了摇头，应付道："没事，就是今天有点累。"

"你确定没事？"柴韵摘掉他的领带，盯着他问道。

徐炳辉疲惫地点点头，解开衬衫的扣子，坐到单人沙发上。

柴韵见他这么说，似乎也没什么要说的了，于是转身往外走去。

"我一会儿要出去一趟，"徐炳辉说道，"晚饭不在家吃了。"

"那正好，我们一会儿也要去逛街。"柴韵说完拉门出去了。

徐炳辉在书房里换上POLO衫、灯芯绒休闲裤和皮夹克，摘下金表，换上一块低调却价值不菲的限量钢表，从保险柜里拿出一部诺基亚非智能直板手机和两沓百元钞票，然后从书房直通地库的电梯离开。

地库里停放着各种豪车，他按下钥匙，一辆老款SUV亮起了双闪。这辆车是他八年前买的，现在已经很少开了。他开车驶出小区，找了一条偏僻的小路停在路边，从包里掏出诺基亚手机，按下一串数字。

电话接通，他松了口气。

"喂？"一个女人的声音响起。

"余诗诗？"

"你是谁？"女人神经质般尖叫起来。

"徐炳辉。"

余诗诗骂了句脏话，但语气明显放松了下来。

"你遇到什么事了？怎么招惹到警察了？"徐炳辉开门见山地问道。

"我……"余诗诗只说了一个字，就陷入了沉默。

"你在哪儿？我去找你。"徐炳辉看着车载电子钟说道，"一起吃个晚饭。"

"你要来找我？"余诗诗不可置信地问道。

"是啊。"

"好。"余诗诗似乎笑了一下，"您来吧，恭候大驾。"

"你在哪儿？"徐炳辉又问了一遍。

"我和我老公在一起。"

"……"徐炳辉无奈地揉着额头，"你老公已经去世一年多了。"

"对啊。"

徐炳辉赶到西郊陵园时太阳已经滑下西山，空气中弥漫着阴森的湿气。他远远看到余诗诗站在陵园空荡荡的停车场里，于是开车过去。

余诗诗上了车，徐炳辉看到这个把嘴唇涂得猩红、眼神涣散的女人，奇怪到底是什么把她折磨成这样，不禁起了一身鸡皮疙瘩。

"我以为你早就不记得我这个手机号了。"余诗诗首先开口道。

徐炳辉没有理会余诗诗，他踩下油门，想要尽快离开这个阴森的地方。

"你怎么会招惹上警察？"徐炳辉问道。

"如果我说我老公阴魂不散来找我，你信吗？"

徐炳辉转头看向余诗诗，她看向窗外，脸上是平静的表情。

两人沉默了许久，徐炳辉终于再次开口："你老公是病死的，你不要有太大心理压力。再说你照顾他十几年，对得起他了。"

"我老公是不是病死的我自己知道，"余诗诗转脸看向徐炳辉，"你也早就猜到了吧？"

徐炳辉感觉握着方向盘的手心冒出汗，后背一阵针扎般地刺痒。

"那你别和我说了，"徐炳辉说道，"我什么也猜不到。"

余诗诗冷笑了一下，说道："别人猜不到，你还猜不到吗？我觉得咱们应该是一种人吧？"

"总之都是过去的事了，"徐炳辉直视着前方说道，"人还是要往前看。你到底遇到了什么事，把你折磨成这样？"

他从手包里拿出一包没拆封的软中华香烟，余诗诗熟练地拆开点上，吸了大半支，终于把这段日子发生的一切都告诉了徐炳辉。徐炳辉越听脸色越差，直到余诗诗讲到和那个警察通话时手机没电，徐炳辉问她之后为什么不开机。现在那个警察在四处打探她。

"我开机了，只不过没用那张卡。"余诗诗说道，"因为我忽然想起，我怎么能去找一个警察？我这不是自投罗网吗？"

"什么叫自投罗网？你有什么好做贼心虚的？"徐炳辉皱起眉头。

"难道你不做贼心虚吗？"余诗诗反问道。

徐炳辉猛然刹住车，车子停在没有路灯的小路上。他喘了几口粗气，冷冷地说道："这件事你已经说了……"

"十七年了。"余诗诗打断徐炳辉的话，"可是你别忘了，我从来没有找过你，更没要挟过你。每次都是你找上我的，是你做贼心虚吧？"

徐炳辉无心和她争论，于是从后座把手包拿过来，把钱放到扶手箱上。

"我听你说这事，好像有人在装神弄鬼。"徐炳辉说道，"这几天你先不要上班了……最好也不要回家了。"

余诗诗看了看钱，又看了看徐炳辉。

"你是不是招惹上什么人了？"徐炳辉问道。

余诗诗惨然笑了一声，缓缓说道："我都这样了，还能招惹上什么人？"

"那到底是谁呢？"徐炳辉陷入了思考。这件事看似和他没任何关系，但他隐隐感觉危险已经潜伏在黑夜中了。

余诗诗在徐炳辉的注视下给马烁打了电话，说自己昨晚手机没电关机，和男朋友出去喝酒，醉到现在才醒。刚才有个康养中心的工作人员联系她，她才想起来一直没和马烁联络，于是打电话向他道歉。

马烁坐在长椅上，看着远处玩室内攀岩的江临，说道："你没事就好。"

"对了，你昨晚说那个警察是假的，为什么呢？"余诗诗又问道。

"因为如果这个警察只是奉命联系信息泄露的当事人，他怎么可能知道你是独居女性？所以我怀疑这个人已经跟踪你一段时间了。"马烁说道，"还有，你知道安全锁是什么吗？"

"不知道。"

"安全锁和门锁是两个独立的装置，安全锁结构非常简单，极少有损坏的情况。"马烁说道，"如果你的门其他部分都完好，安全锁基本不会坏，那么就要考虑是不是被人故意破坏。想要破坏安全锁必须从门内侧拆除，说明有人趁你不在家时进过你的房间。"

一阵长时间的沉默，余诗诗终于低声说道："马警官，你吓到我了。"

"我建议你这两天先别回去住了，这也是我着急找你的原因。"马烁看了看时间，晚上7点了，"如果你还没有回家的话，去找个管理规范的酒店住下，明天找人把门锁和安全锁全换掉。"

"好的。"

"还有，开锁师傅找你核实详细地址是正常的，"马烁继续说道，"他们也要确认开锁的人是住户。下次再有开锁师傅问你，不用那么敏感。"

"可是，真的很吓人啊……"

"放心吧，开锁师傅都是公安局备案的。你下次换门锁的时候，他不仅要核实地址，还要看房产证和租房合同呢。"

"你这么说我就放心了。"余诗诗长舒了口气。

"如果你觉得自己有危险，或者认为有人骚扰你，立刻报警。"马烁看着江临矫健的身影，他已经爬到了反斜面的位置。

"我之前报过警了，但警察什么都没发现。"

江临像个小猴子一样在空中荡着身体，马烁看得手里都出了汗。

"那肯定是因为你有什么事没说清楚。"

一阵沉默，余诗诗说道："麻烦你了，马警官。再见。"

马烁放下手机，目光还在江临身上。

他接上江临后，原本把江临送到家就可以了，这时武桐发信息说支队开会要到晚上，问他能不能多待一会儿，如果可以的话带江临去商业广场吃个晚饭，江临每周末都去那里玩攀岩。于是马烁带着江临来到这个广场，两人说好先玩两个小时攀岩，然后去江临常吃的餐馆吃晚餐。江临十分乖巧，点了常吃的菜，然后坐在沙发上看着外面来往的客人。

"你爬得很不错。"马烁给江临倒了一杯柠檬水。

"谢谢叔叔。"江临说道，然后又看向外面。

"你做过很多训练吧？"马烁又问道。在他和这个小男孩中间，很明显他要担负起打破沉默的重担。

"每天晚上睡觉前做一些。"江临礼貌地回答道。

"为什么是睡觉前做？"

"因为早上起床时间很紧张，还要收拾内务，还要出早操。"江临盯着面前的杯子说道。

马烁点了点头，这种在寄宿学校生活的孩子果然自我管理意识比较强，利用睡觉前的时间锻炼。他忽然联想到张宏晚上调表的事，那块表还在车里。

"叔叔，你是不是有事？"江临看出马烁表情变化。

"你能不能在这里等叔叔？叔叔去停车场拿个东西就上来。"马烁说道。

江临认真点了点头。

马烁跑到停车场，可是他忘了自己把车停在了哪个区，只好挨个儿找。地下停车场都差不多，他找了十几分钟才找到武桐的车。他从扶手箱里找到那个装着欧米茄超霸手表的皮袋，然后往电梯一路小跑而去。

他回到餐馆，看到江临还在，莫名其妙松了口气。他走到江临身边，摸了摸江临的脑袋，然后坐到沙发上。他有些气喘吁吁，心跳也在加快。他深呼吸了两口气，打开表袋，拿出那块价值不菲的手表。

秒针还在转动。

现在是19:45了，按照44个小时计算，最后一次上链时间应该是前天夜里23:45，而鲁娟和王文佳坐进电梯的时间是23:40。他看着转动的秒针，一扇隐蔽的大门在他脑海中缓缓打开。

"叔叔，你怎么了？"江临看着马烁一副失神的样子问道。

"没怎么。"马烁随口说道，他已经沉浸在思考中了。

"妈妈刚才给我打电话，说她快到了。"江临说道。

－ 9 －

马烁被一阵混合着香水和烟草的味道惊醒，他侧过头，看到武桐气喘吁吁地站在身边。桌面上的三盘菜都是对着江临那一侧的吃完了，对着马烁这边的纹丝未动。

"你怎么不吃啊？"武桐一边说一边用手拿起一块糖醋里脊塞到嘴

里，然后坐到江临身边，一把将他揽在怀里。江临皱起眉头，拿出酒精湿巾给武桐擦手。

"先去洗手！"江临命令道。

"妈妈手不脏。"武桐用酒精湿巾擦手，看向马烁，"你发什么呆呢？"

"叔叔刚才下了趟楼，回来就这样了。"江临说道。

"你吃完了吗？"武桐看了看江临面前的半碗米饭和整整齐齐的菜盘，指着旁边的儿童活动区说道，"吃得真好！一会儿奖励你冰激凌。你去玩会儿，妈妈和叔叔有工作要谈。"

江临乖巧地离开了，武桐拿过半碗米饭，就着菜大口吃了起来。等她吃得差不多了，马烁把手表递到武桐面前，然后低声说道："如果我和你说，鲁娟和王文佳走了以后，张宏还活着呢？"

武桐拿起手表仔细看了看，秒针最后时间定格在20:31。马烁告诉武桐手动上链44小时动储的原理，加上一小时极限误差，这块表最后上链的时间在前天夜里23:31到00:31之间，而鲁娟和王文佳离开进入电梯的时间是23:42。

"也就是说有两种可能，一是鲁娟和王文佳走后，张宏躺在沙发上，一边喝啤酒一边上链；二是鲁娟和王文佳也知道这块表动储44小时，杀害张宏后特意给表上链来迷惑我们。"马烁分析道。

"如果是鲁娟和王文佳上的链，他们为什么不把手表留在桌面上？还要藏在沙发口袋里呢？是觉得我们一定能找到吗？"武桐反问。

"鲁娟和王文佳的嫌疑没有百分百排除，但是，"马烁顿了顿说道，"我认为现在应该启动一个新的调查方向了。除了张宏、鲁娟和王文佳，那天晚上还有第四个人去过张宏家。"

"第四个人。"武桐点了点头。

"鲁娟和王文佳走后，张宏一如往常坐在沙发上，一边喝酒一边玩表，然后他可能睡着了。这时候这第四个人进入他家，拉上客厅窗帘，将张宏从北卧室扔下去。"马烁顿了顿说道，"我不知道这个人的动机是什么，也不知道他是怎么在北卧室的纱窗上留下鲁娟指纹的，但这个人有意识地布置过现场，让它看起来像是被伪装成自杀，实则连这层伪装也是伪装的。否则他大可不必费这么大周章，直接把张宏从客厅窗户扔下去就OK了。"

"伪装成自杀。"武桐又重复了一遍，"这个人是故意引导我们怀疑鲁娟的？"

马烁点点头，继续说道："但他没想到张宏还藏了一块可能会证明鲁娟不在场的手表，于是鲁娟的指纹不仅没有帮到他，反而暴露了他。他还不如把张宏的指纹留上去，因为有了这块表，张宏自杀的逻辑都比被鲁娟杀死说得通。"

"你现在等于推翻了之前所有的调查，"武桐说道，"重新开始。"

"如果鲁娟和王文佳是凶手为了误导我们特意设下的圈套，我们在这条路上走得越远就错得越离谱。"马烁说道，"我觉得有必要开始调查死者张宏的其他社会关系了。"

"你有什么想法？"武桐问道。

"张宏长期泡在地下赌场里，可以从赌场老板切入，"马烁说道，"而且老板已经被抓了，他为了早点儿出去应该愿意配合。"

"好。"武桐说道，"明天上午开案情分析会，你也过来……"

这时武桐的手机弹出一个文件，她大概翻了一遍，脸色凝重起来。

"焦闯把王文佳的笔录发来了，你看看吧。"武桐起身望向江临招呼道，"江临回家啦！"

马烁和武桐先把江临送回家，然后两人一起回到队部。焦闯和刘斌见两人一起回来，暗中对视了一眼。

武桐让刘斌调出监控视频，四个人坐在会议室里看王文佳的审讯过程。审讯由刘斌主持，记录员是新来的实习警员。

刘斌问王文佳3月11日晚上的行迹，王文佳好像早就准备好了一样，滔滔不绝地说起来：

"3月11号晚上，我和鲁娟去吃了老四烧烤，喝了点酒，然后去了她家，就是张宏家。我和鲁娟是情人关系，她和张宏是两口子。张宏经常在外面赌博，她一个人寂寞，就勾引了我。我和她在一起纯粹是为了追求刺激，我家里也有七八套回迁房，压根儿也不缺钱。我就是看她长得漂亮还不黏人，所以才和她搞上的，就是纯炮友。我也有女朋友，本来也打算结婚的，但是现在估计又黄了。"

马烁看着屏幕里的王文佳，那张脸上丝毫没有愧疚的表情。他经常能在审讯室里见到人性中最丑陋的一面，只要能撇清自己，什么话都能往外说。

"那天晚上，我们进屋没多久，张宏就回来了，吓了我一跳。因为他现在每天赌博，拿赌博当班上，一去就好几天不回家，回来一趟都臭了，在家睡个一天半天的又回去了。这些都是鲁娟和我说的。那天正好还是他休息完刚走，按理说怎么也得三五天才能回来，谁想到下午去了晚上就回来了。

"然后他就要打鲁娟，我虽然对鲁娟没什么感情，但也不能眼看着一大男人打女人啊，再说他天天"撸铁"，再打出个好歹。所以我俩就动手了，但很快就被鲁娟拉开，也都没受伤。对，我们都是空手打的，谁也没拿东西。

"接着他就说要和鲁娟离婚，说自己已经掌握证据了。他还给我们看了一段视频，是我和鲁娟在他家干事的视频。我也不知道在哪儿拍的，他就给我们晃了一下，反正里面的人肯定是我们俩，就在他家卧室。我当时也吓得够呛，没敢仔细看。

"他预备好了离婚协议，让鲁娟签字，鲁娟不想签。这我也理解，毕竟鲁娟跟他也是为了他家这几套房，后半辈子有个保障，否则就他那德性，哪个女的愿意跟他啊？鲁娟之前还跟我说过好几次，连说带哭的，什么要是早遇上我多好。但我跟她就是逢场作戏，她真要是跟我，我还不要呢。

"所以其实我是理解张宏的，这事搁我身上我也得离婚，不仅离婚，我还得让她净身出户呢。而且人张宏也没说非要跟我如何如何，冷静下来了，冤有头债有主，该找谁聊找谁聊。搞破鞋这种事，还不都是女的招的，女的不发骚，哪能搞得起来？归根结底，这都是鲁娟给他老张家招的丑事，跟是不是我没关系。

"然后他俩就去北屋聊了，聊什么我就不知道了，没让我进去。我在外面等了有半个小时吧，具体我也记不住了，也没闹什么大动静。再说他俩说事我也不好扒门缝听，就到客厅坐着。后来鲁娟一个人出来的，拉着我就走了。张宏就再没露过面。

"鲁娟从北屋出来的时候把门关死了，这我印象深刻。本来我还说过去跟张宏打个招呼呢。说白了也没多大点儿事，就我们这个身价，您也知道，找个女人那不是分分钟的事。但是鲁娟死活非拦着我，不让我过去，我就跟她走了。

"我们之后就去南宫酒店了，我们经常在那儿开房。但是那天我俩什么都没干，她就和我说她签离婚协议净身出户这些破事来着，哭了大半宿，把我烦得够呛。然后我就睡着了。记得是凌晨5点左右，她接了个电话就走了，我迷迷糊糊也没注意，以为张宏找她呢。再就是你们来找我了。"

刘斌关掉视频，一脸得意地看向武桐，却看到她铁青着脸。

"他在说谎。"武桐看向马烁，"和他们说说你的发现。"

马烁拿出手表，向两人讲了用手表走时判断张宏死亡时间的逻辑。按照王文佳的供词，张宏在两人离开前没有进入过客厅，更没有接触过沙发，这块表只可能是张宏在两人走之后上链并放进沙发口袋的，所以两人走之前张宏还活着。

听到马烁说完这番话，焦闯和刘斌的脸也沉下来了。会议室的气氛变得十分压抑，四个人都沉默着。

过了良久，武桐打破沉默，她问道："王文佳怎么知道北卧纱窗上有鲁娟的指纹？"

焦闯和刘斌面面相觑，焦闯清了清嗓子说道："我没明白您这是什么意思。"

武桐冷笑了一下，说道："你们真不明白吗？这里没外人，你们最好说清楚有没有诱供，现在说还来得及。"

"我是真没明白。"焦闯讪笑着说道。

武桐冷冷地看着焦闯，缓缓问道："想让我把话挑明了，是吧？"

"您这么突然地来了这么一句，我们也不知道哪儿出问题了。"刘斌软中带硬地说道。

"王文佳和鲁娟走的时候张宏根本就没死，王文佳也不可能知道张宏从北卧室坠楼，他怎么可能编出这样的瞎话，还专往北卧室引？"武桐质问道。

"可能……当时的情况就是这样，张宏和鲁娟去北卧室谈话了，我觉得这个也合理吧。"焦闯强行辩解道。

"我知道你们的策略，想让王文佳说出对鲁娟不利的话，再拿这些话去刺激鲁娟，让他们互相咬。"武桐看着焦闯说道，"这个策略没问题，但前提是这两个人真是凶手。而且，就算是利用他们的供词瓦解他们的同盟，也不能向他们透露真实的案情细节，这是诱供！"

会议室里沉默了良久，焦闯终于说道："我明白您的意思，但我们并没有向王文佳透露任何细节，尤其是北卧室纱窗上有鲁娟指纹的信息，这都是有全程录像的，是禁得起检验的。刘斌，你也没私下和王文佳说，对吧？"

刘斌僵硬地点了点头。

"好。"武桐无奈地点了点头，在口供记录上签署了自己的名字，"把这份口供入档吧。"她站起来说道，"这个案子已经有了新线索，你们继续查。马上就到48小时了，争取在72小时之前取得进展。"

"是。"焦闯耷拉着脑袋应道。

"马烁，你今晚再审一次鲁娟，搞清楚他们是不是在北卧室谈的。"武桐继续说道。

"是。"马烁回答道。

"就这样，明天早上给我简报。"说完这番话，武桐转身离去。

会议室里只剩下马烁、焦闯和刘斌，气氛又变得诡异起来。

最终还是焦闯先开口说道："手表的事，你为什么不早和我们说？"

"我忘了。"马烁说道。

"那你怎么不忘和武队长汇报？"焦闯继续质问道。

马烁不能告诉他，自己今天下午去接武桐的儿子放学，一起逛商场，晚上还和武桐一起吃晚饭。

"我……"马烁顿了顿说道，"我也没想到你们把王文佳审成这样。"

刘斌一听这话就急了，喊道："审成哪样……"

"嘭！"焦闯用力拍了下桌子："你闭嘴！"

刘斌吓得立刻缩了回去。

"我还没说你的事呢！你到底有没有像武桐说的那样？"焦闯吼道。

刘斌抿着嘴，沉默以对。

"你不会真诱供了吧？"焦闯问道。

"他也是这么干的啊！"刘斌指着马烁说道，"怎么他就没事！"

焦闯用力挠了挠头皮，然后无奈地问道，"你干了七年刑警，是连诱供和审讯技巧还分不清楚吗？"

"我给鲁娟讲的故事里没有涉及任何案情细节。"马烁说道，"我只是把她骗进了一个绝境，逼她说出真相，这是合理技巧。但你告诉王文佳北卧室的纱窗上有鲁娟的指纹，他为了自保而编出不利于鲁娟的供词，这就叫诱供。"

"师父，那怎么办？"刘斌也慌了。

"那你刚才怎么不说！"焦闯戳着桌面的口供吼道，"你刚才说了，这份口供一碎，录像一删，这事就过去了，顶多让她骂两句。现在可好，她都签字了，你让我怎么收场！"

焦闯生气也有道理，这种事可大可小，往小了说就是队长口头批评两句，拨乱反正也就是了；如果往大了说，让检察院甚至法院发现他们在审讯时采取了诱供的手段，不光刘斌，就连焦闯也得吃不了兜着走。

"师父，对不起。"刘斌小声说道。

焦闯又气愤又无奈地问道："你什么时候跟他说的？我怎么都不知道？"

"就是……您让我准备审讯材料的时候。"刘斌意识到事情的严重性，慌张地看向马烁，焦闯也把目光投向马烁。

"这件事只有咱们三个人知道。"焦闯说道，"王文佳翻不起什么浪来，所以只要你不和领导说，这事就能过去。"

马烁皱了皱眉，明明是刘斌犯了错，到头来被威胁的却是他。他厌恶这种混沌的不公平，原本天经地义的道理和原则，却好像和这个世界格格不入。

"时间不早了，先去审鲁娟吧。"马烁说道。

焦闯和马烁坐在审讯室里，他们对面坐着鲁娟。这次是焦闯主审，他要把这个案子扳回到正常的轨道中。他不厌其烦地使用各种技巧审问鲁娟，比如经常在问了七八个问题后又重复问之前的问题，判断鲁娟回答的真实度；又比如他经常会插进一些毫无意义的问题，观察鲁娟在说实话时的状态。当鲁娟回答时的状态和说实话时不符，他就会注意这个问题。

这是测谎仪的原理，像焦闯这样天生的审讯者，就是一部最灵敏的测谎仪。

鲁娟描述了当晚的所有细节，最重要的就是推翻了王文佳的口供。张宏进来后先是和他们在门厅发生了肢体冲突，然后就坐在餐桌旁边谈离婚的事，而且这时王文佳也在场。他不仅在场，还表示自己会和鲁娟结婚，让张宏成全他们。正是有了王文佳的承诺，鲁娟才有底气签署离婚协议。接着她开始痛斥张宏的种种不是：沉迷赌博、败掉家产、辜负她的感情，她才会出轨。这种架吵到最后也没有结果，鲁娟发泄完情绪后便和王文佳离开。

　　焦闯认为已经无法从审讯中获得更多信息了，便把审讯权交给马烁。

　　"你知道张宏有块手表吗？"马烁问道。

　　"嗯，好像有吧。我见他戴过。"鲁娟点了点头。

　　"你知道那是什么表吗？"

　　"不知道，但也不会是什么好表吧。他这个人连双像样的皮鞋都没有，走出去跟五十多岁老大爷似的，他能买什么好表？"鲁娟说这番话的时候，嘴角、眉梢自然流露出不屑和鄙视。

　　"前天晚上你看到他戴这块表了吗？"

　　"没注意。"鲁娟摇了摇头。

　　马烁终于问出最关键的问题："你回家后动过北卧室的窗户吗？"

　　"嗯……"鲁娟忽然想起来什么似的，点头道，"动过啊！"

　　"为什么要动？"马烁不动声色地问道。

　　"我也不知道，就回家看见次卧那窗户四敞八开的，纱窗都打开了。我想可能是张宏在家通风，走的时候忘了关，就给关上了。"鲁娟说道。

　　"可你刚才说，你们一进门就直接去客厅了。"马烁质问道，"你说你急着去看综艺。"

　　"是啊，我是过一会儿才发现的。"鲁娟说道，"就是忽然有特别大的过火车的声音，我才发现次卧窗户没关。"

　　"大概几点？"马烁问道。

　　"进门能有个五分钟？"

　　半分钟后，马烁和焦闯的手机同时收到刘斌的信息。

　　"确认。22:38有高铁驶过。"

- 10 -

22:38，马烁和焦闯站在张宏家客厅里，听到了列车驶过的巨大噪声。站在北卧室窗边的刘斌关上窗户，噪声立刻消失了。

"我觉得这不能说明什么问题。"刘斌一边往客厅走一边说道，"鲁娟长期在这里生活，她肯定知道这个时间有趟火车经过，而且夏天开窗睡觉肯定会被火车的声音吵醒，他们家应该夏天都不敢开窗睡觉。所以她对火车印象深刻，有可能用这个细节编了个瞎话骗咱们。"

"手表怎么解释？"马烁问道。

"她和张宏生活了这么久，她说不知道张宏有这块表你能信啊？你看她浑身上下的名牌，一看就是个虚荣的女人，我就不信她不认识欧米茄！"刘斌不屑道。

"行了！"焦闯暴躁地打断刘斌，转头看向马烁，"通过这块手表的时间能不能百分百确定是在他们走后上的链？"

马烁摇摇头。

"所以不能排除鲁娟和王文佳将张宏推下楼，然后给这块手表上链，假装张宏的习惯放到沙发口袋里。对吧？"焦闯又问道。

马烁点点头，尽管这种可能性极小，但不能完全排除。

"从目前的情况看，鲁娟的嫌疑仍然是最大的。"焦闯继续说道，"她的犯罪动机最充分，张宏父母都去世了，他们也没有孩子，所以她是张宏死亡最大的受益者，现场证据也指向她。她刚才说回家后发现窗户和纱窗是开的，假设她说的是真的，那窗户和纱窗是谁打开的？"

"肯定不是张宏，纱窗上没他的指纹。"刘斌说道。

"这个人有四个特征。"马烁说道，"第一，他想让张宏死。第二，他十分了解张宏、鲁娟和王文佳的行踪。第三，这个人的思维非常缜密，那天晚上发生的所有事都是他计划好的。"

"第四呢？"刘斌问道。

"他能随意进入别人家。"马烁说道。

焦闯点了点头，对着马烁问道："你有什么想法？"

"有个人替张宏监视鲁娟和王文佳，并在两人回家后给张宏报信，所以张宏才能在半小时内赶回家。张宏回家时随身带着离婚协议，说明他早有准备。从这两点看，张宏和这个人应该认识一段时间了，而且应该是这个人和张宏说了鲁娟的外遇，并怂恿他捉奸离婚。"马烁说道，"这个人至少符合一条特征。"

"他了解张宏、鲁娟和王文佳的所有行踪。"焦闯说道。

"你说这个人是凶手？"刘斌不服气地问道。

"就算他不是凶手，他也很有可能是目击者。"马烁回答道。

焦闯看向窗外，南城夜景尽收眼底。他缓缓说道："这个人的确很重要。"

三人在锦绣园小区门口分别，焦闯忽然叫住马烁。

"今天早上武队协调旧宫派出所抄了张宏常去的那家赌场，好像是走访了一个小卖部的老板，确定了张宏当晚的行迹，才推断出有个人在替张宏报信。"焦闯看着马烁，停顿了片刻，这时一道闪电划过，照亮他紧绷的脸。

"这个报告我记得只发给我了。"焦闯眯起眼睛，"你是怎么推断出这个人的存在，还是说你也跟着武队去了现场？"

马烁既不想骗他也不想回答，于是朝他点了下头算作告别，转身离去。

夜空忽然亮了一下，徐炳辉抬起头，透过风挡玻璃看向前方。排列在道路两侧的摩天大厦形成一道钢筋水泥的峡谷，一团乌云挂在峡谷的上空。忽然，一声巨雷在他耳边炸响，车子都跟着震了起来。

云团中又连续闪烁了几下，他下意识握好方向盘等待雷声。轰隆隆，这次是一连串闷雷。他松了口气，不知何时，手心已经布满汗水。

他看向路边的24小时自助银行，余诗诗进去把两万块钱存进银行卡。他知道现金最麻烦，但他不想留下任何转账记录。不光对余诗诗，他对所有人都心怀警惕，所以他的保险柜里总有十几万现金。

余诗诗出来了，坐在背风墙角里的流浪汉忽然冲她一声怪叫，余诗诗吓得差点摔倒。她踩着高跟鞋一路跌跌撞撞跑回车里，惊魂不定地喘着粗气。

"你一会儿回凯宾斯基住吧，我开了一周的房。"徐炳辉说道。

几个小时前，徐炳辉问余诗诗想吃什么，余诗诗说想吃烤猪肘和酸菜，于是徐炳辉带她去凯宾斯基的德国餐厅吃饭。这家餐厅开了十七年，他们是最早一批客人。徐炳辉想起那时他为了拿到一家德国医疗设备公司的政策性优惠，在这家餐厅和德国人吃了无数次饭，费尽唇舌地解释康养中心虽然是盈利的，但属于公益机构。

每次他喝完酒都是余诗诗过来送他回家。那时妻子柴韵去美国生孩子，他每天公务繁忙，几乎没有身体的欲望。那天不知道怎么了，余诗诗在前面走，他死死盯着余诗诗的腰臀线，好像那里有磁铁一样。他回过神来，看到余诗诗通过电梯里的镜面墙看到了自己的欲望，但是余诗诗并没有反应，电梯门开，她走进飘散着酒店定制香水味的停车场。他跟在余诗诗后面，他能听到自己的心跳，和余诗诗脚下高跟鞋的响声是同样的节奏。车子停在一个角落里，余诗诗打开后备厢，取出平底鞋，然后脱掉一只高跟鞋，露出了涂着红色指甲的脚。

徐炳辉忽然冲了上去，一把搂住余诗诗，掐住她的下巴，狠狠吻了下去。余诗诗颤抖着，生疏却热烈地回吻着他，把他仅存的理性全部吸走。

那晚他们在凯宾斯基酒店开了房，之后半年里，余诗诗成了他的秘密情人，直到柴韵回国，他才恢复了正常的生活。

两年后余诗诗忽然提出辞职，原因是前台加行政助理的工作无法满足她的收入需求。在徐炳辉的介绍下，她进入一家医疗设备公司，之后又跳了几次槽，两人的联系就断了。

转眼间，光阴走过了十二年。两人再次相逢，是余诗诗带着重病的丈夫入住康养中心。徐炳辉一时间没认出余诗诗，那个健康、活跃、性感的女人，竟然变得如此苍老。而余诗诗看到了和十二年前几乎没有变化的徐炳辉，心中更是翻起滔天巨浪。

她告诉徐炳辉，她的丈夫患有先天心脏病，需要长期治疗，不能工作，甚至不能有性生活。她辞职就是因为要赚钱给丈夫治疗，但是这个病是个无底洞，无论花多少钱，病情都会无可挽回地变坏。但是她还不能离婚，因为她丈夫的家族在老家颇有势力，一旦她离婚让婆家颜面受损，她的父母和哥哥就永远无法在老家立足了。

没有存款、没有娱乐、没有孩子，家里甚至连能响的东西都不能有。她每天都在拼命工作，把赚来的钱送进医院。这样的苦日子持续了十四年，丈夫的病情终于到了生死攸关的地步。

她想自己终于可以解脱了，虽然她为了照顾这个男人耗尽青春，但她至少还有自由的后半辈子。

没想到成功率只有30%的手术居然成功了，她崩溃了。

"一年了吧？"徐炳辉端起酒杯问道。

余诗诗放下正在切烤肘子的餐刀，也端起酒杯，说道："一年半了。"

两人碰杯，徐炳辉喝下一大口啤酒。他年轻的时候总觉得啤酒是苦的，不知从什么时候开始，他发现啤酒变成甜的了。

"没再找一个？"徐炳辉随口问道。

"你还是上一个。"

徐炳辉抬起头，正好撞上余诗诗的目光。她叉着一块肉慢慢送进嘴里，她那猩红艳俗的嘴唇、无法遮掩的皱纹和变厚的臂膀，以及湿漉漉的眼睛，让徐炳辉心底泛出一股又湿又热的氤氲之气。

他拽着余诗诗冲进客房，把她扔到床上。再次看见余诗诗的身体，徐炳辉竟生出了恍若隔世的感慨。十五年的光阴压缩在同一个画面中，涌动着一种无以描述的澎湃情感。

这种感觉徐炳辉曾经体验过一次，那是十七年前，在那艘游艇上。

徐炳辉乘坐直接到达书房的电梯回家，摸黑走进房间。他的身上、衣服上、手指上都是余诗诗的味道。他想赶快洗个澡，这时灯却亮了，柴韵穿着睡衣站在门口。

"去哪儿了？这么晚回来。"柴韵一边问一边向他走来。

"有点事。"徐炳辉含糊不清地回答道。他担心柴韵发现余诗诗的味道，于是从沙发后面绕着朝浴室走去。

"明天要参加凯文的生日会。"柴韵说道。

凯文是西北一省首富的孙子，也是他们小儿子的同学。

"知道了。"徐炳辉用小拇指扳开门把手，然后把自己反锁在浴室里。

他把所有衣服一股脑儿扔进洗衣机，然后又拿出来，扔进垃圾袋。他在花洒下冲澡，冲了很久，直到把对柴韵和孩子们的所有负罪感全部洗刷掉才出来。柴韵已经离开书房了，他坐在书桌后面，这是他的世界。年纪越大，他就越能体会到一个人的世界有多小，小到只有一张书桌那么大。

诺基亚手机的屏幕忽然亮起，接着在桌面上跳起了舞蹈。徐炳辉接起电话，一个男人的声音传了出来："情况有变。"

沉默了许久，徐炳辉终于开口问道："为什么？"

"你不应该问我为什么。"

"你也不应该这个时候给我打电话。"徐炳辉低沉地说道。

对方沉默了，听筒传出粗重的呼吸声。不知过了多久，呼吸声消失了。徐炳辉拿下手机一看，对方已经挂断了电话。

破旧的走廊里黑漆漆的，廊灯早就坏了。走廊左侧是三扇紧闭的户门，右侧是临街窗户，偶尔打进来的车灯照出锈迹斑驳的窗框和残缺的玻璃窗。

他走到中间的户门前，左右看了看，摸索户门旁边的花架，从一盆吊兰后面取出一把钥匙。他轻轻打开房门，走进去，一股浓郁的腐坏味道扑鼻而来。

　　嘭！一阵突如其来的妖风把户门撞上，发出一声脆响，门框顶上的玻璃窗也跟着振动。

　　黑暗中，一个老太太躺在墙边的破床上，身上盖着厚厚的被子。她睁大眼睛望着面前的黑影，既没有惊讶，也没有害怕。也许她早就在等这一天了。

　　他轻轻坐到老太太旁边，掀开她身上的被子，一股腐臭飘了出来。这是所有瘫痪在床的病人终将承受的痛苦。他摘下背包，从里面取出一支微型手电、一支针管和一瓶注射液。

　　"做个好梦，"他自言自语道，"安心上路吧。"

　　他用手电照亮了老太太枯树一般的手臂，却一时找不到血管。这时门外传来哐哐的敲门声。他立刻关掉手电，退到房门旁边。

　　隔壁门打开，一个女人笑着说："不是那家！来多少次还不认门！"

　　"哎呀，这家没人吧？"一个男人尴尬地说道。

　　"有啊，刚才还有人进门呢。快进来吧。"

　　一声关门声，外面安静了。

　　他走到老太太面前，小心抬起她的手臂，轻拍出血管，然后把药剂注射到她的静脉里。老太太好像舒了口气，缓缓闭上眼睛，脸上竟然露出幸福的笑容。

　　"明天吧。"他轻声说，"这针就送您了。"

　　他把老太太的胳膊轻轻放回去，把厚重的棉被重新给她盖好。尽管她的身体正在腐败，但她已经感觉不到痛苦了。刚刚那一针吗啡足够她在天堂里待到明天这个时候。他轻轻打开户门，外面十分安静。他闪身出来，将钥匙放回到花盆后面，然后轻轻带上房门。隔壁传来低音炮的声响，他松了口气，背好外卖背包，放下头盔的防风镜片，从消防楼梯下楼。他走到一层，正好电梯门打开，里面走出两个外卖员。他跟在他们身后一起走出楼门。

外面下起了大雨，往年的春天可没有这么大的雨水。街上一个人也没有，昏黄的路灯在积水的柏油路上映出温暖的光泽。他骑上一台破摩托车，追随着路灯的光亮，穿过一栋栋安静的红砖楼和一条条胡同，驶上了大街，融入由各种颜色的外卖员组成的车流。

十分钟后，他骑着摩托进了一个黑黢黢的桥洞。两分钟后，一辆黑色面包车从桥洞里驶出。他降下车窗，让风雨打进来，吹起他满头雪白的头发。

副驾上的手机响起，他接起电话。

"靳哥，我是安泽，大晚上打扰你，不好意思！"一个女人的声音响起。

"没事，你说。"他平静地说道。

"那个，咱们的试验机又出BUG了，他们几个值班的搞不定，老板的意思是你能不能来一趟？"安泽急切地说道。

"好。"他一边说一边把车开上主路。

安泽没想到他答应得这么痛快，可能也觉得不好意思，于是试探地问道："还需要我做什么吗？"

"不用。"

他挂断电话，踩下油门，车子在雨幕中加速。

公司的那些机器人和无人机对他来说毫无意义，他之所以答应去帮忙，是因为他无事可做，又不想孤独地面对漫漫长夜。更重要的是，他要刷一份存在感。

没有家人，没有朋友，每天下班后，他会到港式快餐店吃一份单人晚餐，然后回到家里随机看一部电影。在从卧室窗户跳下去的念头吞噬自己之前，做一组高强度的运动消磨掉剩余精力，再洗个热水澡，吃上一片安眠药，躺在床上等待黑暗的到来。他就像一个自己制造的仿生机器人，一个不生不死的鬼魂，他的欲望永远无法得到真正的满足。再烈的酒也无法刺激到他的灵魂，再漂亮的女人也浇不灭他的欲望之火。

他唯一能感觉到宁静、真实而有意义的时刻，就是穿上从网购平台买的外卖员制服，潜入这座城市的不同角落，将一个个搁浅在忘川河畔的灵魂送上那通往彼岸的一叶方舟。

帮助他人解脱，便是他存在于这个世界上真正的意义。

－ 11 －

凌晨5点，马烁在日出之前准时醒过来。他摸黑穿好衣服，铺平被褥，然后以极快的速度跑下楼。这时天空泛起鱼肚白，他松了口气，好像刚刚从一场火灾中逃出来。

他跑步前往队部，这段五公里的路程是他每天唯一的享受。美中不足的是脚上的运动鞋越来越软了，这提醒他要换一双新鞋了。他跑到队部，洗脸、刷牙、刮胡子，换上新衣服，换下来的衣服放进洗衣袋里，晚上再拿到街角的大众澡堂。澡堂老板为周边洗衣服不方便的住户提供洗衣服务，包月一百块钱。马烁家里当然也有洗衣机，但他不想动家里的任何东西。若不是实在无处可去，他甚至不想回去。这样的生活处处不便，但他早已习惯了。

早上7点，焦闯右手举着手机，左手拎着沉甸甸的塑料袋走进队部。他正在看一个女孩的小视频，在活泼可爱的背景音乐中，原本睡眼惺忪的女孩随着一声高亢香甜的"库洛米"变装成身穿黑色性感服装的形象，然后每隔两秒钟变换一套又可爱又性感的造型。焦闯眼睛盯着手机，把塑料袋扔到桌上，夜班值班警员立刻围过来，一边向他道谢，一边分发塑料袋里的早餐。他找了张沙发躺下，点了支烟，对着手机说道："你这个十分哇塞啊！"

马烁走过来，坐在旁边的单人沙发上。焦闯瞟了一眼马烁，继续对着手机说道："那哥试试，你可别发到网上。"

焦闯坐直身体，举起手机，开启前置摄像头模式，对了对角度，一脸深沉地说道："大哥没文化，大哥也不会说话，但是，大哥爱你……"然后他跟着配乐"请把我的歌带回你的家……"摇摆了几下，笑着说道，"哥只能配合到这儿了，妹妹凑合用吧。"

妹子发过来一条语音："大叔真可爱。我给你看看我姐的视频，你看完一定要点赞哟！"

焦闯这才抽空和马烁说了句话："咱们7点半出发，桌上有早点。"

屏幕上出现一个女人，看样子已经步入中年，但她风韵犹存，嗓音也是对中年男人颇有杀伤力的烟酒嗓。她在街上走着，一边走一边向镜头倾诉："去年这个时候，我发现前夫外遇。我离了婚，带着两个孩子离开了这个生活了八年的家。结婚八年了，我为了照顾这个家，辞了工作，断了社交，变成了一个只知道柴米油盐的家庭妇女。被赶出来的我，那时真是两眼一抹黑，卡上只有八百块钱，以后该怎么活？天知道！也有不少男人找上我，但我知道他们都靠不住。不怕告诉朋友们，我那时寻死的心都有。"

说着女人走到一辆豪华越野车旁边，打开车门。

"短短一年，我现在什么都有了。三个饭馆、四家美容院，卡上趴着一百多万闲钱，市中心两套大平层，还有三处门面房。你想听我的故事吗？点击右下方的点赞收藏评论转发，听姐和你聊。"

焦闯立刻大拇指连戳屏幕，然后动了一下身体，点开了这个名叫"红尘一梦"的用户头像，翻看她的其他视频。

"下午1点要开会，你知道吧？"马烁忽然问道。

"什么会？"焦闯随口问道。

"安排人去支队的事，公告栏贴着通知呢，你没看吗？"

焦闯回过头看了一眼马烁，然后坐起身，说道："那就现在出发。"

半小时后，马烁和焦闯在旧宫街道派出所羁押室里见到一个光头男人。他一脸横肉，充满敌意地看着两人，脖子后面窜出一截直到耳根的文身。信息采集表上显示这个名叫左志军的男人已经四十九岁了，但他还穿着一身花花绿绿的潮服，看起来像个花蛤蟆。

相比花里胡哨的外表，左志军的档案倒是很干净。他年轻时做过涉外酒店的服务员，卖过电脑，做过房产中介，人生最辉煌的成绩是开了家歌厅，歌厅倒闭后开了几年出租车，然后经营了这家棋牌室。他被派出所治安处罚过几次，但没有留下过刑事案底。以捞偏门为生的混混们进来后通常都会服软，只要能快点出去，把自己亲爹点出来都不会有半点迟疑。所以看到他这副豪横的表情，马烁也有点意外。

焦闯拿出张宏的照片放在他面前，问道："这个人认识吗？"

左志军歪着头看了两眼，然后倔强地摇了摇头。

焦闯一巴掌扇在他的光头上，发出啪的一声脆响，吼道："我没工夫和你扯淡！"

左志军眼睛看向别处，抿上了嘴唇，意思是我不会再开口了。

马烁拉开焦闯，坐到左志军面前，低声说道："你在和我要光棍是吗？穿一身花里胡哨的假福神，肩膀上文个皮皮虾就是社会人了？要不要我去养老院问问你妈，再跟她的老伙伴们聊聊，看看以后还有没有人带你妈跳广场舞？"

左志军依旧一脸凶相，眼睛里却闪烁着一丝恐惧。

"开棋牌室犯法吗？"他喘着粗气问道。

啪！又一声脆响，焦闯吼道："你电影看多了？用不用我再给你找个律师？"

"开棋牌室犯法吗？"左志军也吼了起来，"我他妈就开了个棋牌室，犯法吗？你们还让不让人活了？"

"开棋牌室当然不犯法，"马烁说道，"但是以开棋牌室为幌子组织赌博就是犯法了，判处三年以下有期徒刑，情节严重的三年以上十年以下。"

"你当我傻啊？"左志军不屑地说道，"赌博那是要到一定金额的好吧？国家也说了，小打小闹的不算赌博。"

　　"你还挺懂。"马烁点了点头，把照片推到左志军面前，"那我问你，这个人在你们那儿输了三套房，这算不算小打小闹？"

　　"什么！"左志军瞪大了眼睛。

　　啪！焦闯又扇了一下他的光头："别给我装傻！"

　　"你们是不是搞错了！他什么时候输了三套房了！"左志军大喊道，"你们不能张嘴胡呲啊！我们最多是一百块钱底儿的，都是文明麻将！再说……再说这人不是张宏吗！他也没怎么输钱啊！我记得他还是赢得多输得少呢。"

　　此刻焦闯正站在左志军身后，他和马烁对视了一眼。

　　马烁抽出一张纸拍在左志军面前，说道："这是你老妈名下的银行账户，这几年往一个香港公司的账户转了几百万。我已经查过了，这家公司是专门搞境外赌博的。你还有什么要狡辩的？"

　　"这些都是我代买的，我……"左志军慌了，"再说我每人每次最多买两千块钱，多了我也不买。"

　　马烁盯着左志军的脸问道："那你一定有个账本吧。"

　　左志军立刻闭上了嘴巴。

　　"账本藏哪儿了？"马烁问道。

　　左志军又抿住了嘴唇。

　　"我看过你的档案，你也没干过什么坏事，"马烁继续低声说道，"只要你配合我们调查，很快就能出去。相反，如果你拒不配合，我们就只能认定张宏在你的棋牌室里输了上千万。"

　　"他怎么可能输了上千万！"左志军像是被电了一样蹿起来，"他在我这儿输了上千万，不得砍死我！"

　　"给我看账本。"马烁说道。

　　马烁通过左志军的神态就知道他说的基本靠谱，因为左志军不具备吃掉别人上千万的气场，那真得是亡命徒才能干出来的事。可是左志军为什么不肯拿出账本呢？刑警的本能反应就是你越不给我什么，我就越要拿到什么，所以马烁必须让左志军吐出账本，彻底击垮他。

"你妈七十二了吧？"马烁问道，"你想想她还有几年。"

这句话就像一根刺，扎漏了左志军张牙舞爪的外皮。沉默了一会儿后，他像个蔫了的茄子一样瘫在椅子上，低声说道："在关二爷座底下的抽屉里。"

"好。"马烁点点头，"现在回答我，既然张宏在你们这里没输钱，你们为什么要上门要债？还在人家门口泼墨？"

"啊！你是问这个啊！哎呀！"左志军懊恼地叹了口气，"大哥！你早问我就早告诉你了！那是他花钱雇我上门刷的！我一个开棋牌室的，哪敢放高利贷啊？"

"你说，是张宏雇你上门要债？"马烁重复道。

这个信息一下颠覆了整个案件，马烁需要重新建立逻辑。

"是啊！全是演戏的！一次去仨人，给两千！"左志军用手搓着光头，"我拿八百，他们仨一人四百。"

"他为什么要雇你们上门要债？"焦闯问道。

"我也不知道啊。"左志军委屈地回答道，"这钱就跟白来的一样，我也不敢问啊，怕问多了他不找我了。"

马烁掏出记事本，他很少需要提词，但刚刚左志军的供述让他忘了接下来该问什么了。

"你现在回忆3月11号晚上，我提示你一下，张宏那天下午去了你开的棋牌室，你有印象吗？"马烁问道。

"有。"左志军点点头。

"他去了之后玩什么？"

"德州扑克。"

"还他妈挺洋！"焦闯接口道，"和谁玩？"

"和几个男男女女，在楼上包间里。"左志军说道。

马烁点点头。左志军的棋牌室开了三层，一层是麻将，二层是斗地主，三层是包间和餐厅。麻将和斗地主是按桌收费，包间是按小时收费。

"他们打得多大？"马烁问道。

"玩得不大，一晚上也就几千块钱输赢。"左志军说道，"说实在的，玩德州扑克的素质都还可以，就是图个消遣。"

"他们都是固定的牌友吗？"马烁又问道。

"基本就那些人。"

"11号那天晚上，你注意到张宏有什么不一样的地方吗？"

"有啊，那天他们本来要打通宵的，结果张宏打到一半就走了。我印象还挺深刻的，他们少了个人，又临时叫来个替补，折腾了半天。"

"把当天晚上打牌的人都写下来，还有上门催债的那三个人。"马烁站起身说道，"只要我们能联系上这些人，你就没事了。"

马烁和焦闯按照刘斌提供的地址来到了毗邻高速公路的新城家园小区。这个小区由三十几栋高层住宅组成，是一个超大规模的社区。小区里铺着柏油路，有商业街、电影院、幼儿园、小学，还有两家医院，生活配套一应俱全。焦闯看着窗外的钢铁丛林，不禁感叹道："谁要跟这儿当警察，那可是倒了八辈子血霉了。"

鲁娟说的七套回迁房，有六套在这个小区里，只有一套在锦绣园。

"我就说，七套锦绣园的房得多少钱！"焦闯说道。

"这个小区的房也不便宜，有地铁有配套，也得四万一平了。"马烁说道。

"四万！"焦闯惊叹道，"就这破地方？"

这三十几栋楼分成了七八个组团，当年是按照拆迁的不同村子区分的，后来转手率高了，组团的意义也就没有了，只剩下一排排爬满藤蔓的铁栅栏。马烁在房屋中介门店前停好车，一个穿着衬衫西装的中年女人小跑出来。"两位是焦警官和马警官吧，我是这个店的经理，我姓张。"她一边说一边殷勤地递上名片。

"这小区可真够大的，找你们店转了半天。"焦闯抱怨道。

"是，咱们这个小区是整个城南体量最大、配套最全的社区，生活、教育、医疗各方面资源应有尽有，光地铁站就有两个，去中心城区特别方便。"张经理习惯性地介绍起来。

"哦。"焦闯点了点头，环顾四周，"那你们这儿房子都多少钱了？"

"现在业主报价已经有上四万七的了，上一套出的是78平方米两居，每平方米四万五。"张经理笑着说，"咱们这儿的房子已经算是性价比很高了，高速对面的商品房社区价格已经上五万五了。"

"张宏卖几套了？"焦闯问道。

"张宏先生是我们的老客户，在我们店卖两套房了，都是我经办的。"张经理颇为自豪地说道，"我们店三分之一的房子都是我操作的。"

"那你得挣多少钱？"焦闯背着手往店里走去。

"嗨，大头都让公司拿走了，我们就是挣点辛苦钱。"张经理抢在焦闯前面拉开大门。

张经理把两人带进会议室，一个穿白衬衫的小伙子抱着文件盒进来，取出三个文件袋放在桌面上。张经理拿出其中两个档案袋放到马烁和焦闯面前。"这两套是已经卖了的。"张经理打开一个档案袋，从里面抽出一摞文件，"这是第一套，卖了二百七十五万，78平方米两居室，单价是每平方米三万五。"张经理看着文件说道，"这是8个月之前卖的，没错，当时价格还没上来。"

"那这个就是第二套，这个我有印象，一模一样的两居室，卖了三百三十五万，半年涨了六十万。"张经理摇了摇头说道，"他这两套房其实都可以再卖高点的，但是张先生可能急着出手吧，价格出得也比较低。"

"两套房加一起六百一十万了。"焦闯问道，"他有没有和你透露为什么卖房？"

"好像说是要在中心城区置换个好房子吧。"张经理笑着说，"我们通常也不问客户为什么卖房。"

"这个呢？"马烁指着第三个档案袋问道，"按说他的要价不高，这套房应该也卖出去了。"

"这个啊，唉……"张经理叹了口气，"这个房就有点一言难尽了。"

"怎么了？"焦闯问道。

"这个房里呢，死过人，在我们行业里叫事故房，所以看的人比较少，也卖不上价。"张经理解释道，"再说咱们小区出房量本身就大，价格也不高，所以更没人看这种房了。"

"死人？谁死了？"焦闯问道。

"张先生的父亲，张老爷子。"张经理回答道。

"可是老人在家里去世，这不是很正常吗？"马烁问道，"难道所有家里走过老人的房子就都没人买了？"

"不不不，"张经理急忙摆手，"这是两回事，刚走过老人的房子可能会便宜一点，但是都属于正常范围内，最多让个五万十万的。主要是张老爷子不是正常的寿终正寝，他是跳楼自杀的。"

- 12 -

阳光洒进空旷的客厅，复合木地板上满是灰尘，空气中弥漫着一股许久没住过人的味道。除了主卧地板上扔着一张脏兮兮的床垫，还有厨房的橱柜，房子里什么家具电器都没有。

"这个房子本来也很不错的，高层纯南两居，要不是有那个事，应该是非常好卖的。"张经理介绍道。

"东西搬得挺干净啊。"焦闯边看边拍照。

"是啊，摆一屋子张老爷子用过的家具，客户看见不是更晦气？"张经理耐心地回答道。

"张老爷子生前是一个人住在这里吗？"马烁问道。

"这我就不太清楚了。"张经理笑道。

"你知道他是从哪里跳的吗？"马烁又问道。

"好像就是从这里跳的。"张经理指着客厅窗户说道。

马烁走到客厅窗边，戴上橡胶手套，打开窗户，一股清凉的空气涌进来。玻璃窗外面是纱窗，纱窗上有个按扣。马烁按下去，纱窗并没有打开。

"这是双锁的，带儿童锁。"张经理介绍道，"咱们小区所有房子的纱窗都是交房就配双锁的，比很多商品房都好，也说明房子的品质和细节都很到位。"她在纱窗侧沿摸到一个按钮，按进去，然后按住纱窗的按扣，按到一半时向下滑动，咔嗒一声，把手弹了出来。她转动把手打开纱窗，再把把手按回去。

"这么麻烦。"焦闯尝试着开另一侧纱窗，开半天也打不开。

"这得使巧劲。"张经理过去，轻轻一按一滑，咔嗒一声，按扣弹出来。

"嘿，你这个劲儿真巧，我这山炮都不会使。"焦闯笑嘻嘻地说道。

张经理笑着退到一边，说道："这怎么说也是老产品了，您家里肯定比这个高级多了。"

马烁看到焦闯油腻的样子，就莫名其妙地尴尬。他走进厨房，燃气灶上积满了灰尘，橱柜柜门的红色贴皮也卷了边。他蹲下打开橱柜，里面空空如也，只剩下破破烂烂、沾满油渍的报纸和硬纸板垫在木板上。他把报纸和纸壳拿出来，报纸大概是一年前的，说是报纸，其实是印成报纸样子的广告，都是各种电视导购节目里常见的产品。硬纸板大多是房地产项目的楼书，还有一些广告单。

马烁把这些花花绿绿的硬纸板铺在地上，这里面竟然有一张彩虹基金成立十五周年的广告单。马烁想起马优悠说过今年是彩虹基金成立十六周年，广告单印成的时间大概也就是去年这个时候。广告单的正面印着彩虹基金的简介和徐炳辉的照片，背面是十五周年的各种公益活动，有免费体检、康复顾问等，每一项前面都有一个小方块。其中有一项叫作脑瘫复健计划，前面的方块被记号笔打了个对钩。

马烁意识到这个社区距离康养中心很近，他或许该顺道去看看妹妹。他起身走到客厅，正要说话，身后忽然传来吱吱呀呀的声音。他转过身，就看到户门缓缓打开，一个满头白发的老太太站在门口。

"哟，陈大妈。"张经理叫道，脸上的笑容瞬间凝固了。

陈大妈没有搭理她，慢条斯理走进来，冲着马烁一仰头，问道："你们要买这个房子啊？"

"他们是……"

"对，我们来看房的。"不等张经理说完，焦闯走过来，笑呵呵地说道，"您是这家的邻居啊？"

"哼。"陈大妈用力摆了摆手，"别提！造了八辈子孽，和这家当邻居。"

"怎么了？惹您这么大气。"焦闯走到陈大妈旁边。

"你听我的，这房子，千万别买。"

"为什么？"

"这是一个凶宅！当年张全友扒了娘娘庙，我就说他迟早遭报应。"陈大妈狠狠道，"你看吧，天理循环，因果报应。他干丧良心的事，老天爷就让他有命挣没命花，连个全尸都没留下。"

"陈大妈……"

"你闭嘴！"陈大妈打断了张经理，继续对焦闯说道，"听老太太一句劝，赶紧走人，找个澡堂子洗个澡，去去晦气。"

"可是他家的房子便宜啊。"焦闯接着话。

"便宜？"陈大妈冷笑一声，"你知道他怎么死的不？"

"不是跳楼死的吗？"焦闯问道。

"跳楼死的？"陈大妈冷笑着说道，"他是被他儿子害死的！"

马烁和焦闯对视一眼，焦闯笑着说道："怎么可能！父子哪有这么大仇！您这话说得可就不着调了。"

这句话果然刺激了陈大妈，她双手背在身后，斜眼瞅着焦闯说道："那我说给你听听？"

"那您说说。"焦闯一脸不信的表情，同时对马烁使了个眼色。

马烁绕到陈大妈斜后方，悄悄打开手机的录音功能。

"张全友家拆迁没几年，他老婆就死了。他光有一个儿子，他儿子那会儿在国外打工，听说也不是什么正经工作。张全友家拆迁，你猜拆了多少？"

"三套？"焦闯明知故问道。

"三套？七套！"陈大妈左手比了个六，右手比了个一，"永定门外一套，这小区六套。"

"嘿，可以啊！非常六加一啊。"焦闯学着陈大妈摆了个手势。

"小子你甭笑。"陈大妈轻蔑地摆了摆手，"你是不是觉得这就该过人上人的生活了？那你就大错特错了。有人能擎得住财，有人他就擎不住。张全友就擎不住。他找了个后老伴，还要把这堆房子都给她！"

这时马烁已经悄悄站回到陈大妈的侧面，他问道："那他儿子能干吗？"

"小伙子，你这问题问得太好了！这就是矛盾！"陈大妈说道，"你要是他儿子你能干吗？那肯定不能啊。然后就是天天打仗，鸡飞狗跳！哎呀，他家这点热闹整个新城小区都够瞧了！"

"那怎么说他儿子害了他呢？"焦闯问道。

"他一个身体没灾没病，站着房躺着地，资产几千万的老光棍，他凭什么跳楼自杀啊？"陈大妈反问道。

焦闯点头表示同意，然后问道："可是这事警察没管吗？"

"警察怎么没管，来了好几趟。可是后来听说确定了张全友跳楼的时候家里没别人，他儿子儿媳妇都干别的去了，"陈大妈说道，"这才给定了个自杀。"

马烁和焦闯又对视一眼，张全友和他儿子的死法竟然一模一样。

"他儿子也他妈会聊着呢，反咬一口，说那女的如何如何，搞传销诈骗，他爸就是被那女的骗了才跳楼自杀。你说这不是臭狗屎找臭狗屎嘛。那女的一看房子也捞不着了，再惹一身臊多不值当啊，人家就拜拜了。"陈大妈摆手道。

"得了，那咱们也撤吧，别在这屋里沾晦气了。"焦闯给马烁使了个眼色。

"真是！这一家子，把整个一栋楼都给坑了！"陈大妈往门口走去，一边走一边摇头道，"半年横死俩人！整个楼估计十年内都卖不出去了！"

"死两个人？"焦闯追上陈大妈，"还有谁啊？"

陈大妈瞪着张经理，指责道："你们干中介的连这么大的事都不说？你们良心都喂了狗了？"

"这事我也不是很清楚。"张经理连忙解释道。

"整个新城小区谁不知道他家这房死过俩人？你们就为了挣那点破钱，真是昧良心啊！"陈大妈对焦闯说道，"小伙子，这房千万别买，要不全小区的人都戳你们家脊梁骨。"

"得嘞，大妈，您再跟我说说这是怎么回事？"焦闯说道。

"嗨，该说不说，那就是意外了。"陈大妈叹了口气，接着说道，"之前张全友把房子租给一家从外地来看病的。老爹带着儿子，儿子得了脑瘫。脑瘫你们知道吧？就是傻的，我看着都替他受罪。有天他爸出去办事，儿子就从窗户掉下去了。我说句心里话，这孩子真是早死早投胎，活着也是受罪！但是我跟你们说，就张全友他家这风水……"

后面的话马烁已经听不进去了，那个连焦闯都打不开的儿童锁，一个脑瘫儿有多大概率能把它打开？他从焦闯的眼睛里看到了同样的疑问，这两起坠楼案就像张宏之死一样，绝不是自杀。

"我们当初也怀疑过。"河北街道派出所的副所长房国屏缓缓说道。他因为长期操劳眼圈又黑又肿，一脸憔悴。他把弄着手里的圆珠笔，思考接下来的话该如何说，才不会让眼前这两个家伙抓到小辫子。

"我们区支队技术科的同事也出了现场，特意看了门锁，没有被破坏的痕迹。和死者共同居住的那个父亲呢，当天晚上也不在家里。"房国屏看向焦闯，"从现场看，没有发现任何打斗、破坏之类的可疑迹象，而且死者是个十来岁的孩子，也没什么复杂的社会关系。综上所述吧，我们当时判断这个属于意外坠楼。"

"门锁没有坏，就不能是用钥匙开的吗？"马烁忍不住问道。

"可是我们到了现场啊，发现房门上的安全锁是锁住的。"房国屏依旧平静地叙述道，"说明房间里不可能有人嘛。"

"安全锁？"马烁脑海中有个影子一闪而过。

"是啊，房门上的安全锁，是只能从里面锁上的那种。"房国屏说道。

"我多问一句，"焦闯说道，"那你们是怎么进去的？"

"我们找了专业的开锁师傅，费了老大劲儿，把门锁钻下来，再从锁眼里把安全锁拨开。全程都有录像，你们可以带走。"

"锁芯还在吗？"焦闯追问道。

"应该在吧。"房国屏扭了下身体，"我回头让人找找。"

"你现在就让人找，我要带走。"焦闯不客气地说道。

房国屏打了个内线，让人去找张全友家的锁芯，对方不知道说了什么，他一脸不耐烦地说："我也不知道，你赶紧找就是了。"这句话明显是甩给焦闯的，房国屏挂断电话后，房间里陷入沉默。

"所以你们这边刑侦的也没意见？"马烁打破了沉默。

"老实说一开始大家都怀疑，但是安全锁这个东西放在这儿，大家就没话讲了嘛。"房国屏摆出一副公事公办的架势，"刑侦也是看到安全锁才排除了刑事案件的可能。"

"所以张全友坠楼案，也是因为安全锁才定性为自杀？"马烁又问道。

"是一样的。"房国屏点头道，"当时刑侦那边也怀疑，还特意去调了死者的儿子和儿媳妇，也详细了解了他们家的矛盾。这些都在卷宗里，你们可以复印一份带走。但是他儿子和儿媳都有不在场证明，而且他们和脑瘫儿的父亲也没有任何交集。脑瘫儿的父亲租房是通过中介，房租是直接打给张全友的，跟儿子两口子不认识。所以最后就定成自杀了。"

"有没有可能是同样的犯罪手段？"马烁问道，"凶手把人推下楼以后，先离开这个房子，再用什么方法关上门里面的安全锁？"

"用什么方法呢？"房国屏耸耸肩，看着马烁说道，"这个我还真不懂了。"

焦闯也有点担忧地看向马烁。马烁提了一个别人无法回答的问题，如果他自己也无法回答，那么这就不再是提问，而是挑衅了。

"可是窗户还开着呢。"马烁说道。

"你的意思是……"房国屏皱起眉头。

"他其实没有从门出去，而是爬窗户逃走了？"焦闯猜测道。

"窗台我们也检查过了，有人踩过一定会留下痕迹的。"房国屏立刻说道，"除非他会飞！"

"他不会飞。"马烁摇了摇头，"无人机呢？"

焦闯和房国屏都是一愣，接着开始思考，房间再次安静下来。

这次是房国屏咳嗽了两声打破了沉默，他略有些尴尬地说道："还是你们干刑警的见多识广，这个我是真没想到。打在我的知识盲区了。"

"我也是猜的。"马烁说道。

"你这么一说，好像还真是那么回事。"焦闯说道，"凶手把人推下去，然后大摇大摆从正门出去，再找个地方遥控无人机从窗户飞进来，拧一下安全锁。"

"现在无人机的技术都能送快递了，拧一下安全锁不难吧。"马烁说道。

"这个事我得赶紧报告！"房国屏掏出手机说道，"兄弟们等我一下，一会儿一起吃个饭！"

"不用了，我们下午还有会。"马烁站起来说道，"咱们互相通气吧。"

马烁把车停在队部停车场时已经是12:45了。他和焦闯拿着在路上买的热狗，靠在车头吃起来。

"你是怎么想起无人机的？"焦闯嘴里塞满了食物。

"你还记得王文佳说过，张宏拍了他和鲁娟约会的视频吗？"

焦闯点点头，咽下嘴里的食物，又塞了一大口。

"我当时就想视频是怎么拍到的。要么就是楼上楼下，要么就是从南边的楼里拍。可是两栋楼相距七八十米，想拍到至少要用800mm的长焦镜头，这种镜头光圈都很小，室内光线也不行，拍张清楚的照片都难，更别说拍视频了。"

"所以你想到了无人机？"焦闯说道，"可我还是觉得有点科幻。"

"你没看新闻吗？一个人操纵无人机群表演，结果撞大楼……"马烁忽然停了下来。

"怎么了？"

"你知道无人机信号没法穿过建筑物吧？"马烁问道。

"不知道。"焦闯摇了摇头，"所以呢？"

"所以操纵无人机的人就在附近。"马烁说道，"可是一个人站在楼下，手里拿着个遥控器往对面楼上瞄，肯定会引起别人的注意。"

"站在对面楼顶呢？"焦闯猜测道。

"这个位置合理。"

焦闯吃掉最后一口热狗，用纸巾胡乱擦了擦手和嘴，然后对马烁说道："这个案子你很了解情况，我一会儿建议武队，这个案子以后由你负责。"他拍了拍马烁的肩膀，接着说道，"等你这个案子忙完了，就到支队来帮我破35案。"

"你要抽调到支队了？"马烁问道。

"我和刘斌，支队领导点名要的。"焦闯撇着嘴说道，"你别着急，先把这个案子办好了，我想法儿和领导建议，把你也拎上来。"

下午1点钟，马烁和焦闯走进会议室，人已经到得差不多了。武桐穿着便装坐在中间，其他人三三两两地坐着。武桐朝两人点了点头，然后宣布开会。

"35案大家都知道，首次发现受害者是3月5号，在我们东城辖区。今天是3月14号，已经过去九天了，还没有突破。"武桐严肃地说道，"今天早上，顺义新城发现了一具女性尸体，尸检结果还没有出来，但很可能是新的受害者。"

武桐话音未落，大家已经开始窃窃私语了。武桐索性停下，拿起一个圆滚滚的玻璃杯，打开杯盖，一股浓郁的咖啡味道飘出来。她喝了口咖啡，等会场安静下来了，才继续发言。"上面领导多重视我就不赘述了，"武桐顿了顿说道，"昨天支队开会，决定从咱们队抽调四名同事加入35专案组。今天开会的目的，一是宣布抽调同事的名单，二是安排接下来的工作。咱们常年不满编，现在一下调走四个人，压力就更大了，所以大家做好心理准备，克服困难。下面我宣布名单：王鹤翔、李海陆、邱明则和刘斌。"

马烁愣了一下，他转过头，看着焦闯脸上的笑容凝固了。

- 13 -

武桐宣布的名单对焦闯来说无异于晴天霹雳。所有人都知道，在竞聘副队长的关键时期，谁能参与35案，谁就最有可能赢得最终的胜利。本来焦闯破获恶性杀人案为他积累了领先优势，但现在局势逆转，他被踢出下半场比赛了。

直到武桐宣布会议结束，焦闯都没有回过神来。会议室的人都走光了，他还坐在椅子上发呆。最后会议室就剩下马烁、焦闯和武桐。

"怎么了？"武桐看了看焦闯，又看了看马烁，"有什么事吗？"

"领导，"焦闯开门见山地说道，"名单上应该有我的。"

"名单？"武桐想了想，然后点头道，"名单最后调整了。"

"为什么？是因为我不够好吗？刘斌都在名单上，为什么我不在？"焦闯生硬地问道。

他看抖音里有人说一个男人一辈子最多有七次成功的机会，掐头去尾，能把握住的也只有三四次。他相信这个理论，他觉得现在是他职业生涯中最重要的机会，无论如何也不能错过，所以一上来就摆出破釜沉舟的架势。

武桐并没有被他挑衅到，她平静地说道："你没有不够好，借不借调和你好不好也没关系。谁借调、谁留下，这些队里都要整体统筹。"

"您说得对，工作要整体统筹，但是既然我已经在名单上了，为什么非要把我拿下来呢？邱明则就不能干队里的工作？他就非要借调到支队吗？"焦闯盯着武桐质问道。

"可是你手里有案子。"武桐顿了顿补充道，"命案。这次借调的第一个条件就是正在查命案的人不动。"

"这个案子可以交给他啊！"焦闯指着马烁说道。

武桐静静地看着焦闯，脸上露出一丝失望的表情："你确定吗？如果你执意想去，我现在给支队打个电话，多你一个不多。"

焦闯听到这句话愣了一下，好像气势忽然被灭掉一半，接着也开始莫名其妙地动摇立场了。

武桐看着焦闯，再次问道："你确定吗？我现在就打电话，立刻生效。"

"我也不是那个意思。"焦闯颓丧地搓了搓脸，低沉地说道，"我只是觉得这个借调的机会难得。"

"是那个意思也没问题，"武桐说道，"想立功是好事，但不是只有借调到支队这一条路。你真有本事，把手上的案子破了照样能立功。否则的话，就算把你调到支队，天天在领导面前晃悠也没用。"

焦闯点了点头，他知道武桐说得对，但他也觉得武桐是站着说话不腰疼。

"这样，我答应你，只要你能把这个案子破了，如果到时35案还没破，我立刻把你调过去。"武桐说道。

"好，我服从您的安排。"焦闯点点头。话说到这个分儿上，他也没什么好说了。毕竟武桐是新官上任，如果现在就闹得关系紧张，往后他的处境就困难了。而且一旦让其他人知道新领导不待见他，难保不会有人落井下石，那么他的职业生涯就真的完蛋了。

武桐看向马烁，语气缓和了一些问道："今天有成果吗？"

"有。"马烁回答道，接着把去新城家园的发现报告给武桐。

这时焦闯也完全平复下来，他接口道："我们接下来要做两件事，一是去脑瘫儿父亲的老家外调，二是调查张宏卖房款的去向。"

"你们认为张宏把卖房款给了杀害他父亲的凶手？"武桐问道。

"从他卖房、赌博、假要债这套操作来看，很像买凶杀人。"马烁回答道。

"凶手用无人机伪造自杀现场？"武桐又问道。

"这是一个猜测，但我认为他们肯定不是自杀。"马烁回答道。

"当务之急是找到脑瘫儿的父亲。"武桐说道，"你们打算什么时候出发？"

"随时可以。"焦闯回答道。

"你们定吧，先把家里安排好。"武桐微微一笑，起身离开。

会议室里就剩下马烁和焦闯，空气又安静下来。

焦闯忽然猛捶了一下椅子的扶手，脸上写满了怨愤和委屈。这一瞬间，马烁甚至有点同情这个男人。马烁正想说点什么，刘斌推门溜了进来。

"师父，这事我也不知道。"刘斌看到焦闯一脸怨气，立刻解释道。

"跟你没关系，"焦闯面无表情地摆了摆手，"你该去去你的。"

"没您罩着我，我心里也没底啊。"刘斌殷勤地给焦闯点了支烟。

"好好干，别给我丢脸。"焦闯一边说一边掏出记事本。

"行嘞！那师父，我就先撤了！"刘斌说道，"周一一早我就去那边报到了。"

"赶紧走吧，好好陪陪家里人。"焦闯挥手道。

刘斌出去后，焦闯看了看手里的半根烟，扔到纸杯里。

"说说你的想法，"焦闯摩挲着记事本封皮上的烫金警徽说道，"你觉得还有哪些疑点要解决？"

"有个非常重要的疑点。"马烁说道。

"哦？"焦闯来了精神。

"王文佳说过张宏经常健身，他都打不过张宏。这话可能有点夸张，但一个身心健全的成年男子怎么会乖乖被人拖到窗台上扔下去呢？"马烁说道，"不光是张宏，还有他父亲张全友。哪怕被扔下去之前喊两嗓子，也有点动静。"

"你这么一说，还真是。"焦闯在记事本上写写画画。

"除非他们当时处于昏迷状态。"马烁说道，"张宏的尸检报告出来了吗？"

"对！尸检报告！我一会儿就去问。"焦闯头也不抬地说道。

"还有，我想带鲁娟再回趟张宏家。"马烁说道。

"好。那咱们兵分两路，我去蹲技术科，我给你安排两个学员，你带鲁娟再回趟现场。"焦闯起身说道，"电话联系。"

再次站到张宏家的客厅里，马烁终于感觉自己开始看到了什么。夹在两名女警员中间的鲁娟看起来苍老了二十岁，马烁不由得想起那句话：时间不是一成不变的，它时慢时快。它可以慢到十年才过一天，也可以快到一天就过了十年。

"3月11日晚上，你和王文佳回来后，就坐在客厅里，是吗？"马烁问道。

"是。"鲁娟回答道。

"当时客厅有没有拉着窗帘？"

鲁娟抬起头，困惑地看了眼马烁，又看了看窗户。

"没有吧。"鲁娟想了想又补充道，"我忘了，但我没有拉客厅窗帘的习惯。"

马烁点点头，继续问道："张宏回来后，给你们看了一段视频，对吧？"

鲁娟立刻低下头，接着轻轻点了点头。

"你能判断那个视频大概是什么时候拍的吗？比如几月？"

"2月14日。"鲁娟遮着脸说道。

"你确定吗？"马烁问道。

鲁娟捂着脸点了点头。

"你给我指一下，视频里的你们在哪儿？"马烁命令道。

鲁娟走进南侧主卧，指着双人床。

马烁走到卧室窗边，看了看窗帘，又往外看了看，转头问鲁娟："卧室窗帘拉上了吗？"

"没有吧。"

"为什么？"

鲁娟刚要回答，忽然怔住了。

"为什么？"马烁走到她面前。

鲁娟的身体开始颤抖，她极力压抑着情绪，低声说道："窗帘让他洗了。"

"张宏洗的？"

"对。"鲁娟忽然拿起梳妆台的香水，拼命向床头的婚纱照砸去，她嘶吼着正要扔第二瓶香水的时候，被女警员按住手臂，坐在地上。房间里弥漫着五号香水的味道，相框扣在床上，背板上贴着一张类似地图的纸。

马烁走过去查看，这是一张以地图为底手绘的路线图，用英文标注着各种英文手写的专业数据，上方写了几个字母：Le Dakar。

"张宏参加过达喀尔拉力赛吗？"马烁转身对鲁娟问道。

"不知道。"鲁娟明显慌了一下，"我只知道他之前出过国，我们是他回国后认识的。"

"所以他也没和你聊过以前的事情？"

"没有。"鲁娟低下头，"他不愿意提起以前的事。"

"那他为什么会把这张路书放在你们的婚纱照后面？"马烁问道，"你也没好奇过吗？"

"他没说过，我也没问过。"鲁娟抬起头，凄苦一笑，"都是成年人了，知道什么话能说、什么话不能说。"

马烁点了点头，不动声色地问道："他父母都去世了，家里没什么人了吧？"

"没了。"

"他和他父母关系怎么样？"

"挺好啊。"

"我查到一个张宏的治安处罚记录，是个三方的。"马烁说道，"他，他父亲和一个女的，时间大概是去年这时候，你记得是怎么回事吗？"

"噢，那个啊，"鲁娟捋了捋头发，沉吟了片刻说道，"就是普通纠纷吧。这个事我也不太清楚，好像是他爸和那女的有矛盾，他是替他爸出头去了。"

"是吗？"马烁说道，"可是记录上写着张宏和他父亲是主要矛盾双方。"

"那个事就说来话长了。"鲁娟有些慌乱，"那女的是干传销的，拉着他爸搞什么投资。我们知道的时候，他爸都扔进去好几万了。结果那女的还敢上门勾搭他爸，他爸也是鬼迷心窍，非要再接着投资。这样张宏就跟他爸急了，也把那女的给打了。"

马烁点点头："除了这个事，他和他爸还有矛盾吗？"

"别的就没什么了。"鲁娟肯定地说道。

"他爸后来怎么死的？"马烁问道。

"嗯……"鲁娟看着马烁，犹豫起来。

"怎么了？"马烁探过头问道。

"嗯，他爸是自杀的。"鲁娟回答道。

"自杀？"

"他爸查出来癌症，一查出来就是晚期。"鲁娟赶紧说道，"他爸以前在南郊肿瘤医院上过班，知道癌症晚期多惨。他这人还胆小，所以……所以……再说治这病也是无底洞，他可能还想着给儿子多留点，所以就没想开。"

"想着给儿子多留点，"马烁点点头，"可怜天下父母心啊。"

"是啊，"鲁娟哽咽起来，"老爸怎么能那么想呢？我们能不管他吗？花多少钱也得治病啊！他一死，张宏也跟着丢了魂似的，就变成那样了！"

鲁娟坐在地板上埋头哭了起来，不过在马烁看来，这就是一场拙劣的表演。鲁娟这番对答证实了马烁的推测：张全友的死和张宏有关系，鲁娟至少知道一部分内情。她之所以说谎，是因为张宏继承了张全友的全部财产，而她现在又继承了张宏的全部财产。如果证实张宏害死了张全友，张宏就丧失继承权，鲁娟也将失去这笔财产。她为了保住财产，就必须隐瞒张宏和父亲的真实矛盾，以免警方产生怀疑，而这恰恰证明了她知道张宏害死了张全友。

这就是另一种形式的做贼心虚。马烁想着，示意女警员带鲁娟出去，因为焦闯给他打来了电话。焦闯告诉马烁张宏的尸检结果：他生前曾服用麻醉剂。这个意料之外的结果又在情理之中，解释了张宏为什么会乖乖被人扔下楼。

焦闯立刻把啤酒罐送到技术科检验，也在罐子里检测出了麻醉剂成分。技术科对啤酒罐进行检查，发现了被蜡封住的针眼。这提啤酒被人动过手脚。

"家里啤酒都是谁买？"马烁看着冰箱里各种开始打蔫的食物问道。

"我买的。"鲁娟回答道。

"一般买多少？"

"买一提吧。我家冰箱小。"

"3月11号晚上，你买啤酒了吗？"

"应该买了吧。"鲁娟说道，"每次张宏出去赌博时家里肯定没酒了。如果他回来发现家里还没酒就会和我闹，所以我一般都会在他走那天买点存上。"

马烁闭上眼睛，过了几秒钟睁开，问道："你什么时候买的？你坐电梯的时候手里没拎着啤酒。"

"我都是叫外卖送啊。送到门口，我拎进来就行了。"鲁娟回答道。

"你和王文佳在家喝不喝酒？"

鲁娟摇了摇头，说道："我们喝红酒。"

马烁让女警员带鲁娟回队部。他站在张宏家客厅的落地窗前，张宏被谋杀的过程基本拼出来了：

3月11日，嫌疑人A潜入张宏家中，打开北卧室窗户和纱窗后离开，在门口留下做过手脚的啤酒。鲁娟和王文佳回来，将啤酒带进家中。鲁娟发现北卧室窗户打开，去关窗并留下指纹。张宏回来，威胁鲁娟签署离婚协议。鲁娟和王文佳离开，张宏如往常一样在客厅沙发旁调表喝酒，不久后昏迷。嫌疑人A再次进入张宏家中，拉上客厅窗帘，将张宏带到北卧室，把他扔下楼。

嫌疑人A处心积虑栽赃给鲁娟和王文佳，如果不是找到了那块手表，推测出张宏有可能是在鲁娟和王文佳走后死亡，所有证据和线索都会指向他们。

想到这里，马烁背后冒出一层冷汗。

一个小时后，焦闯拎着两瓶可乐，风尘仆仆地出现在马烁面前，脸上洋溢着兴奋之情。

"但是，你说的这个人能进张宏家里开窗户，为什么不把啤酒带进来？万一鲁娟没把啤酒拎进来呢？"焦闯问道。

"他是故意的。"马烁说道，"他也许一开始打算把啤酒拿进房间，但是他在门口看到了快递送上门的啤酒，于是决定替换掉。他知道鲁娟肯定会把外卖拿进房间，说明他经常看到鲁娟这么做。"

"经常？"

"是的。"马烁盯着南边的那栋楼说道，"他在监视他们的生活，所以才能准确预判他们的每一个动作。"

"是那栋吗？"焦闯也向窗外望去。

夜幕降临，南边的楼里亮起了一片明亮的灯火。

"2号和3号是全南户型，只有1号和4号能看到这里。"马烁说道，"单身男性，整租，短租，用别人的身份证，或者根本没找中介，直接联系房东。"

马烁转过头，看到焦闯正在往记事本上写字。

"我有预感，这次肯定能中。"焦闯说道。

这时一个警员带着开锁师傅走进张宏家，焦闯让开锁师傅把门锁卸下来。

焦闯拿着锁芯翻来覆去看了一会儿，然后对马烁说道："你今晚有事吗？没事我带你见个人。"

- 14 -

马烁站在不足十平方米的客厅里，客厅中间摆了一张折叠饭桌，桌上放着一个热气腾腾的电火锅。

焦闯坐在椅子上，抱着一个五六岁的小男孩玩耍。一个四十多岁的瘦小男人忙活着上菜，不大一会儿，桌上摆满了肉和菜。男人从柜子里拿出一瓶剑南春，小心翼翼地擦掉灰尘。小男孩玩得兴起，不断在客厅蹦跶，震得楼板直响。男人大声喝止他，小男孩不知所措，站在原地不动。

"吓唬孩子干吗！"焦闯不满地喊道。

"楼下邻居经常找来。"男人赔着笑脸说道。

"没事！儿子！蹦！使劲蹦！"焦闯说道，"我看今天谁敢来。"

听到焦闯这么说，小男孩又高兴地蹦起来。

"行了行了，越说越来劲。"男人为了不让孩子蹦，索性把他抱在怀里。

这时女人从厨房出来，手里端着一个不锈钢盆，盆里是拌好的作料。

"谁家孩子不蹦！是不是，儿子？"焦闯把男孩接到怀里，"甭理他们，咱该玩儿玩儿咱们的。"

"孩子一蹦楼下就来找，楼下一来他就给人赔礼道歉。"女人笑着解释。

"孩子能蹦几年？"焦闯瞪起眼睛，"有什么好道歉的，耽误我儿子发育了谁能负得起这个责任！"

马烁看到男人一脸讪笑，女人看着焦闯，目光中流露出复杂的情绪，既有对生活的不满和委屈，也有对焦闯的赞同和仰慕。

"来，这位警官，咱们入座吧。"男人端起酒瓶开始倒酒。

"他开车，给他整点可乐。"焦闯指使道，"来，儿子坐我边上。"

焦闯坐在主位，女人坐他右边，马烁坐他左边，男人坐他对面。女人殷勤地给焦闯倒酒夹菜，焦闯毫不客气，大吃大喝的样子好像这是在他家。

酒过三巡，焦闯从手包里拿出一个纸袋子，直接从饭桌上递给男人。男人立刻起身双手接过，马烁这才注意到男人的右手没有大拇指。焦闯打了个酒嗝，指着男人对马烁说道："你知道他谁吗？他是十年前全北京最牛的贼，让我给抓了。"

马烁愕然看向男人，他尴尬地朝自己笑了笑。马烁又看向焦闯，他不理解焦闯怎么能当着一个孩子的面说他父亲是贼。可焦闯丝毫没有觉得不妥，他依旧红光满面哈哈大笑。"妈的，逮他可是费了老劲了。要换别人，再过十年也没戏。"焦闯说到这里还冲男人仰了仰下巴，"是不是？"

"您老确实厉害，但我违法犯罪，早晚落入法网。"男人谦卑地说道。

"这就对了！"焦闯拿起酒杯和女人碰了一下，"咱俩喝一个。"

焦闯和女人喝酒的时候，男人轻轻打开纸袋，拿出三把锁芯。

"你看看这三把锁有什么蹊跷。"焦闯淡淡地说道。

男人像是奉了圣旨一样，立刻端着三把锁芯起身走进旁边的房间。焦闯又端起酒杯，和女人碰了一杯。

"怎么样最近？"焦闯直勾勾地盯着女人。

"还那样。"女人坐直了身体，脸上似笑非笑，目光飘向别处。

焦闯点了支烟，静静地看着女人，过了好久才小声说道："一会儿找你。"

"嗯。"女人点了点头。

马烁看向坐在焦闯身边的孩子，他正在专注地吃着牛丸，并没有注意到大人之间的谈话。即便如此，马烁也如坐针毡。

过了一会儿，男人端着三把锁芯回来了，脸上带着狐疑的神色。

"您说这锁怎么了？"男人小心翼翼地问道。

"这不是问你吗？"焦闯笑着拿起筷子，眼睛盯着沸腾的火锅。

"这三把锁都很正常啊。"

焦闯一边往碗里夹菜，一边问道："没有撬过的痕迹吗？"

"没有。"男人立刻摇摇头，"全看过了，没撬过，都是钥匙开的。"

"你怎么能看出是钥匙开的？"马烁第一次开口。

男人一愣，然后讪笑道："报告警官，锁眼里头有好多小棱齿，用钥匙开的时候，不会碰到这些棱齿的根部，但是用工具开的时候多少会碰到。"

"你看我说得对吧？他当年可是最牛的！"焦闯哈哈大笑。

"你能确定吗？"马烁又问道。

"百分百确定，"男人笑了一下，"就连我都不可能一下都不碰到，只要用了家伙一定能看出来。"

"对了，这叫什么锁？B型锁还是C型锁？"焦闯问道。

"对，也有叫C型的，实际原理都一样。"男人毕恭毕敬地回答道。

"钥匙好配吗？"焦闯挑了挑眉毛。

"能配这种钥匙的，反正不多，"男人摩挲着手里的锁芯说道，"要不也不能叫C型锁了。"

"行嘞。"焦闯忽然站起身，"吃饱了，撤了。"

小男孩缠着焦闯，被男人一把拉到身后。马烁第一个走出户门，听到焦闯对男人低声说道："这两天我找你。"

"是是。"男人忙不迭点头。

焦闯往身后一看，女人立刻点了下头，拿起外衣说道："我送他们。"

女人送马烁和焦闯来到楼下，焦闯让马烁到车里等他，然后带女人钻进旁边黑漆漆的胡同里。

马烁在车里坐了十分钟，焦闯和女人终于从胡同里出来。两人急匆匆地各走各路，焦闯一边接电话一边钻进车里。

焦闯哼哼哈哈地挂断电话，对马烁说道："走，去新世界接你嫂子。真麻烦。"

二十分钟后，马烁把车开到崇文门新世界。焦闯的妻子侯琳正站在路边，身边放着食用油、卫生纸等一大堆日用品。焦闯一脸烦躁推门下车，对着侯琳喊道："你买这些破玩意儿干吗！网上买直接送到家多好！"

"你们发的卡，不用也浪费。"侯琳小声说道，往后备厢拎东西。

马烁也下车帮忙，侯琳下意识用手遮脸，轻声和马烁打招呼。她虽然长得很漂亮，但衣着非常朴素，也没化妆，神态举止更是流露出一股不自信，可见长期生活在焦闯的影子下。

焦闯一边搬东西一边抱怨："你买点儿别的不行吗？买件衣服也

行啊！"

"看了，没合适的。"侯琳说道，"再说今天超市打折，这一大桶'胡姬花'才70块钱。"

侯琳越说焦闯就越烦躁，他把侯琳推进后排座，然后闷头把剩下的东西堆进后备厢里。焦闯回到车里，转身对侯琳正式介绍："这是我们组新调来的，小马，在我们队年轻人里是数一数二的。这是我媳妇。"

"嫂子好。"马烁点头道。

"辛苦你了，小马！下周找时间上家里吃饭。"侯琳殷勤地说道。

刑警圈里有个老派的传统，身为前辈的妻子要主动邀请后辈吃饭，一是体现作为嫂子的热情和关怀；二是拉近感情，万一以后执行任务时遇上什么危险能关照前辈。现在讲这种传统的人越来越少了，侯琳能这么说，至少证明她很在意焦闯的安危。

"哎呀，现在不兴那套了。"焦闯立刻说道。

"下周三吧，我休班，正好能在家准备准备。"侯琳执意道。

焦闯又不耐烦起来，说道："准备啥，去外面吃还方便。"

"小马，那就说定了，下周三晚上来家里，嫂子给你做打卤面。"侯琳对马烁说道。

马烁应付了两句，车里又恢复了安静。过了一会儿，一个被侯琳称为琪琪妈的女人打来电话，商量给孩子报名奥数班的事情。"王老师给我打电话了，说琪琪和你家君君都挺有潜力的，如果能报名的话最好报上。只要能拿上名次，将来进重点初中就稳了。"琪琪妈高亢的声音在安静的车厢里格外清晰。

"是啊，我也是这么想的。"侯琳温柔地说道，"可是奥数班在海淀呢，这每天来回接送不是小事啊。大人还好说，孩子受得了吗？"

"嗨！谁家不这样啊？"琪琪妈立刻说道，"要不怎么说想要人前显贵必得人后受罪呢。反正就这几年，咬咬牙就过去了。要是你家君君也去，咱们两家就轮流接送孩子，也好有个照应。"

"行，我和老焦商量商量。"侯琳看了一眼焦闯，"他还没下班呢。"

"那我等你电话。王老师今晚就要回信，你抓紧吧。"

侯琳挂断电话，转头看向车窗外，车里又恢复了安静。

过了好久，焦闯清了清嗓子，说道："该去还得去啊。"

"可是王老师侄子的事……"

焦闯叹了口气。王老师侄子叫王东，是东部队的协警，他能说会道，和刘斌等人关系很好。他偶然得知焦闯的儿子在王老师的学校上学，再一打听，竟然就是王老师班里的学生。于是没过多久，焦闯的儿子就成了进步生。焦闯对刘斌的多嘴十分不满，但事已至此，也只能和王老师搞好关系。不久前东部队协警队空出个副队长，王老师便拐弯抹角让焦闯帮忙运作。焦闯本来不怎么看好王东，但碍于情面又不好直说。这次王老师推荐焦闯的儿子上奥数班，就是想告诉焦闯，你要抓紧了。更深的意思是：你攥着我侄子的前途，我攥着你儿子的前途，咱们谁也别大意。

就算焦闯有心帮忙，他也没这个能力。这种事从来都是队长安排，连分管协警队的副队长都只有建议权。他要想运作这个事就得打通武桐的关系，或者当上副队长。可是现在无论哪条路他都看不到希望；就算有希望，他也不愿意为王东这个油滑的家伙浪费这么宝贵的资源。

"昨天家长会，她和你说这个事了吗？"焦闯问道。

"没说。"

"嗯，没那么快。"焦闯降下车窗，烦躁地点了支烟。

"别拖了，王老师要给君君他们班送小升初呢，"侯琳低声说道，"再拖也拖不过三年吧。要不我直接和王老师说不去算了。"

"不行！"焦闯忽然吼了起来，"我这不是想办法呢吗！"

侯琳看了马烁一眼，似乎在为他们夫妻间的争吵向马烁道歉，接着缩回到角落里，转头看向车窗外。车里又恢复了安静，就这样一直到焦闯家。

焦闯住在一栋20世纪90年代盖的高层塔楼里，在中心城区，这样的居民楼正处于最尴尬的时期：住着不舒服，又轮不到拆迁。焦闯从家里推出一辆平板车，把东西拉上去，然后又返回来。

"你今晚有事没事？"焦闯问道。

"没事。"

"没事现在就出发吧。"焦闯说道。

马烁愣了一下，问道："去哪儿？"

"去脑瘫儿家。"焦闯把烟头踩灭，"找他爸聊聊。"

焦闯说得轻描淡写，但脑瘫儿家远在山西大同，开车要5个多小时。

"明天早上出发的话，到地方也下午了，"焦闯说道，"又耽误一天。"

马烁看着这个藏在灯影里的男人，他虽然不知道他们夫妻刚才为什么吵架，但能理解他们遇到了麻烦。能让一对中年夫妻摆到桌上讨论的麻烦，肯定不是用钱就能解决的简单麻烦。焦闯无能为力，所以他想逃避。男人逃避生活困境的方法通常都是工作，他们甚至幻想只要自己成功了、有钱了就能立刻化解所有麻烦，万事顺遂皆大欢喜。这一点马烁也深有体会，因为他的爸爸是这样，他曾经的搭档是这样，他自己又何尝不是？

余诗诗坐在堆满化妆品的梳妆台前，专注地敲打笔记本电脑的键盘。她从下午开始坐在这里，不吃不喝，到现在已经四个小时了。她唯一一次离开梳妆台是在两个小时前，开锁师傅上门修锁。

师傅指着拆下来的安全锁和她说，这被人为改造过，所以她每次上锁的时候能扳过去，也能听到咔嗒一声，但是锁舌弹不出来。师傅建议她再换一套C级防盗门锁。她想起马烁也是这样建议她的，于是换了一套新锁。开锁师傅走后，她又回到梳妆台前拼命工作。

今天上午10点，她在凯宾斯基的豪华客房里醒来。微信里的工作群已经吵成一锅粥：昨晚她公司的另外一个销售团队抢走了他们团队谈妥的客户，而且老板已经认可了这个结果。这意味着他们团队所有人第一季度奖金都泡汤了，更意味着她无法支付下季度房租和透支的信用卡。

她躺在床上，看着天花板发了一个小时呆。然后她翻身坐起，打电话给酒店前台问房间一天多少钱。前台告诉她一千八百元，徐先生付了十天。她问能不能把房退掉，现金退给她。前台回答可以，她立刻收拾好，拿钱走人。

她用昨晚徐炳辉给的两万块钱还了信用卡，再用酒店退给她的现金去中介公司交了房租，还剩下两千多。她不是不想换套房子，可是换房不像徐炳辉说得那么轻松，她在中介押了一个月的房租，如果现在退租这笔钱就要不回来了。而且她一年前租这套房子时租金还很低，现在再也找不到这个价格了。

所以她只能换把锁继续住在这里，她没有矫情的本钱。

经理是个比她小三岁的刻薄男人，他曾经暗示她和自己上床，就能在团队里活得舒服一点。但她没有同意，她讨厌这个长着一副穷酸相还龅牙的男人。结果就是她成了经理的情绪垃圾桶，只要有事情出了偏差，不管谁的错，经理都会把黑锅扣在她身上。这次被抢走大单，经理说是因为她PPT做得不好，甩过来十几个文件，让她周一之前全部改好。她也想一走了之，但一个年过四十的女人，没有过硬的背景或技能，哪里还有她的立足之地？

周围忽然漆黑一片，她尖叫一声，手忙脚乱地保存文件，很快那台老款笔记本就关机了。她在黑暗中待了一会儿，眼睛适应了黑暗，拿起手机，打开手机的手电筒模式，房间里才有了一点光亮。

她打着手电走到门口，打开墙头的闸盒，所有电闸都是合上的。她想起前几天刚交了电费，不应该是欠费停电，那就是走廊里的总闸掉了吧。她穿好鞋准备到走廊看看，刚把手搭在安全锁上，心里忽然打了个冷战，立刻停下开门的动作。她想起新闻里经常出现歹徒拉断电闸引诱户主开门，然后入室抢劫的案件，瞬间惊出一身冷汗。

她悄悄打开猫眼，把眼睛对上去。外面没有人。她正要松口气，忽然看到了一个反常的细节：斜对面楼梯间的两扇消防门竟然反搭着。

消防门因为闭门器出了故障，只要两扇门反搭，一刮风就会哐哐响。隔壁住户为了这事和物业吵了好几次架，而且只要发现有人去楼梯间抽烟反搭门就在走廊里骂街，所以这一层的住户都很自觉地正确关门。

她感觉自己的腿在发软，身体麻痹地倚在户门上，慢慢向下滑去，她能感觉手在惯性推动下慢慢转动把手，但身体却无法控制，就像一场现实中的梦魇。

就在这时，手机猛地响起来。

- 15 -

余诗诗听到手机铃响，立刻打了个激灵，从梦魇中醒来。

电话是徐炳辉打来的，徐炳辉问她为什么退了房间。她瘫坐在门边和徐炳辉诉说这一天发生的事情，说着说着就开始号啕大哭。徐炳辉听她哭诉完，淡淡地说道："你现在收拾东西回酒店，周一去康养中心报到，我给你安排个职务。"

"真的吗？"

"你把贵重东西带好，其他的就扔在那里吧，到期也不用续租了。我给你找个好点的地方住。"徐炳辉说道，"你先回酒店，不要让我担心。"

"你为什么要帮我？"余诗诗哽咽地问道。

"不知道。"徐炳辉沉默了片刻说道，"可能人到了一定年纪就会怀旧吧。"

徐炳辉挂断电话，余诗诗在黑暗中坐了很久。她初识徐炳辉的时候，很有些看不起这个攀龙附凤的男人，但现在看，也许遇到徐炳辉是她这辈子最大的造化。

她起身再次看向猫眼，却发现里面一片漆黑。她拍打了两下门，这个声音足以点亮外面的声控灯，但猫眼里还是黑的。

她又想起新闻里说过歹徒会把口香糖贴在猫眼上，阻止业主查看外面的情况。她好不容易才攒起来的勇气又一泄而光。

好在这扇门是坚固的。她回到卧室，把自己扔到床上，闭上眼睛。如果眼睛一闭一睁，这个世界就能重启该多好。

手机发出叮的一声，屏幕亮了起来。她拿起手机，屏幕上弹出一条陌生号码发来的短信息。

"我想和你交换一个秘密。"

她哆嗦了一下，像扔掉热山芋一样扔掉手机。很快手机又亮了起来，又弹出一条短信息。窗外划过一连串闪电，她慢慢拿起手机。

"有人帮你杀了你丈夫，对吧？"

她捂住嘴巴，在黑暗中颤抖起来。

就在这时，一连串巨雷炸响，窗户都跟着震起来。她缩成一团惊声尖叫，这时手机又亮了。

"你想保护你们的秘密，就用另一个秘密交换。"

这个人怎么可能知道她丈夫死亡的秘密？这件事只有她和他知道。

余诗诗的丈夫在做那场成功率只有30%的手术之前，曾在康养中心的平价部疗养了一段时间，当然这是靠余诗诗和徐炳辉的老关系，特需部的费用以他们的财力是绝对无法承受的。她丈夫和婆婆觉得这个地方很好，点名要求继续回来复健。余诗诗只能厚着脸皮求徐炳辉再给她开次后门。

丈夫重回康养中心当天，所有人都祝贺她，只有她知道自己的后半生已经掉进绝望的深渊。这时病友家属邀请她参加亲人互助会，用她的亲身经历为大家鼓舞士气，她不好推辞，只好硬着头皮参加。她听到其他家属抱怨照顾病人的辛苦和生活的窘迫，往日种种立刻浮现在她眼前。她太了解这种痛苦了，她原以为这痛苦马上就要结束了，没想到老天爷竟然跟她开了如此恶毒的玩笑。

轮到她发言，她原本想说些不咸不淡的话，然后赶紧走人。没想到说出丈夫手术成功的那一瞬间，她的情感崩溃了，她大哭着跑了出去，跑到小树林里号啕大哭。

那个男人来了。

他年纪不大，但头发都已经花白。男人递给她纸巾，然后坐在一旁默默陪着她。

不知过了多久，她终于平静下来，向男人道谢，然后转身离开。男人喊住了她，说了那句改变她一生的话："我帮你吧。"

"什么？"她转过头，疑惑地看着男人。

"没人应该把一辈子搭进去，"男人淡淡地说，"就为了照顾另一个人。"

她震惊地望着男人，男人站起身，慢慢走到她面前。

"我听到你丈夫和他母亲谈话，"男人小声说道，"他说不必汇钱，因为你的收入足够养他。他提到你的时候没有任何愧疚，甚至连感谢都没有，好像你受的苦都是理所应当的。"

余诗诗的身体开始颤抖。

"他母亲也认为这是理所应当的。"男人继续说道，"他们这样对你，你还不离开，说明他们手里有东西可以要挟你，对吧？"

余诗诗魔怔地点了点头。

男人靠近她，低声说道："一个月后他就回家了，你上班的时候把钥匙放到消防柜里。"

余诗诗怔了一下，旋即明白了他的意思，身体颤抖得更厉害了。

"你为什么要这么做？"余诗诗看着男人木讷老实的脸问道。

"最后一个月，咬咬牙就过去了。"男人说完这句话就离开了。

那一个月，余诗诗每天都在做激烈的思想斗争，她恨丈夫是一回事，但杀人是另一回事。最终让她下定决心的是丈夫竟然买了一部最高档的手机，说是重获新生送给自己的礼物，而那时的她每天都发愁如何凑够信用卡最低还款。

从那以后，她对丈夫格外好，丈夫没发现她的变化，美滋滋地生活，逢人便说自己妻子多么贤惠听话。

回到家的第二天，余诗诗找到了备用钥匙，离开家后放进消防柜里。那一天她也不知道自己是怎么过来的，好像过了一辈子那么长，又好像一转眼就过去了。她急匆匆地回家，在楼下看到家里的灯亮着，心里一块石头落了地，也不知道是失望还是庆幸。

她打开消防柜，备用钥匙还在。她拿起钥匙，心脏却忽然怦怦跳起来。她特意压在钥匙下面的头发不见了。

一周后的某天傍晚，她一如往常赶回家，在楼下张望时，却发现家里今天没有开灯。她的心脏提到嗓子眼儿，脚下踩着棉花一样回到了家。她打开门，房间里一片寂静，她知道那是死亡的寂静。

在这寂静中，她听到了开启新生的惊雷。

树林密谈那晚之后，她就再也没见过那个男人，她也没有他的联系方式，他好像从来没有出现过一样，一切都像一场梦，她丈夫好像真的就是心脏病发作而死的。

但她无时无刻不在感恩着那个男人为她做的一切。

"你是谁？"余诗诗躺在黑暗里回了一条短信。

灯忽然亮了，接着响起冰箱电机启动的嗡嗡声和各种轻微的嘀嗒声。她立刻捂住眼睛，过了一会儿才适应光亮。

对方没给她回信息，她拨出这个号码，提示已关机。

她走到门口，看向猫眼，猫眼也恢复了通透，走廊里一个人也没有，那两扇消防门已经严丝合缝扣在一起。

外面下起大雨，雨水从斑驳的窗户涌进来，噼里啪啦打在窗台上。她过去关窗户，看到街上闪过一个人影。她有一瞬的恍惚，因为她好像看到了一个花白头发的男人。

他坐在摩托车上，雨水浇着他的雨衣，两臂之间积攒了一片水洼，溢出来的积水倾泻而下。他盯着不远处，那里藏着一个治安摄像机，正对着单元门。昨天他没注意到这个摄像机，这是个疏忽。

摄像机是枪式的，虽然不能像云台摄像机那样随意转动，但分辨率和成像效果比后者强得多。现在单元门口灯光明亮，几乎能达到最优拍摄效果。他穿着一身外卖员的制服，又披着雨衣，按说不会有什么风险。再说那个老太太的死亡99%不会惊动警察，但他一发现摄像机，就立刻感觉那个东西可能会给自己造成麻烦。

他已经在雨中待了五分钟，盘算要不要上楼。他曾给自己定下规则，只要有一点风险就立刻收手。连续两天出现在同一个地方，这对他来说是第一次，也是意料之外的，但理智告诉他，只要按照计划行事就万无一失。而且他真的不忍再看那个老太太受苦了。最后他咬了咬牙，走向单元门口。

他坐电梯到了八层，如果没有外面的摄像机，他就不用坐电梯了。他想起昨天就没坐电梯，这可能又是个隐患。他出了电梯，钻进楼梯间，把雨衣搭在楼梯扶手上，从楼梯间下到五层，顺利潜入老太太家中。

这次他开门非常轻，他不想让隔壁邻居听到开关门的声音。他也没有想到这种门挨门的设计居然隔音这么差。以后再来这种地方可要小心了。

他给老太太注射了吗啡，老太太幸福地入睡了。每当他看到这样的情景，心里都会涌上一股暖流，接着鼻子会发酸。

他又给老太太注射了一剂药物，这是送她上路的药物。他松了口气，又帮助一个人体面地结束了人生。每个人都会死，所以死有什么可怕的呢？如果人死如灯灭，意识消失了，那他根本不会记得自己来过这个世界，好像什么都没发生过一样，更谈不上痛苦。如果灵魂不灭，那么这辈子无非是一段旅程，早点儿结束就能早点儿开始，无论天堂还是地狱，总归都要走进新世界。

他经常会坐在逝者身边遐想，好像在完成一个告别仪式。但他从来没有想明白生和死的问题，他知道自己永远也想不明白。心理医生说这是抑郁症，他觉得这样很好。如果有一天，他的好奇心膨胀到能促使他亲身验证死亡的猜想，那就更好了。

他走出那栋楼，看着天空中电闪雷鸣，他觉得自己又获得了力量。

凌晨2点，马烁按照导航的指引，终于把车开进黑漆漆的小镇。

焦闯一路上都在和娇滴滴的小女生语音聊天，看她发来的各种小视频，手机没电了就瘫在副驾呼呼大睡，直到进入小镇时，车子连续通过十几个减速带才把他摇晃醒。

小镇只有这一条主干道，道路两侧排列着三层或四层的建筑，少部分建筑披着艳丽的霓虹灯带，在黑夜中格外显眼。马烁很快就找到了凯宾商务酒店，这是镇上唯一一家能提供发票的宾馆，它的霓虹装饰也比其他建筑更花哨。除了"凯宾商务酒店"六个字的大红色灯牌，还有"棋牌""洗浴""汗蒸""按摩"四块粉红色的灯牌。

清晨5:30马烁就醒了，两年的生物钟不是开了一路夜车就能打乱的。他站在窗边等着日出，他喜欢光明冲破黑暗的那一瞬间。

上午8:00，两个警察到酒店找他们，一男一女，都穿着制服。男警官挂着二级警督的警衔，年纪和焦闯相仿，长得五大三粗，总是警觉地环顾四周，和每个经过的人打招呼，一副好汉护三村的架势。女警官年纪稍小一些，化着淡妆，她挂着学员的警衔——这样就无法准确猜出她的年龄。

男警官张罗着把他们带到咖啡厅，其实就是酒店大堂里用绿植和屏风隔出的一块地方。

男警官从兜里掏出小本子，打开念道："你们要找的这个人叫窦勇，住在镇西二十公里的窦寨村，父亲和两个哥哥也都住在窦寨，他还有两个妹妹，嫁到了邻乡。"

听到这句话，马烁和焦闯都暗自松了口气。这是个有家有业的男人，他的根基就在这个名叫窦寨村的地方。

"他结婚没？"焦闯问道。

"结了两次，第一次是十年前，两年前老婆死了……"

"您稍等，"马烁打断了男警官的话，"他儿子死的时候都十二岁了？"

"噢，我们这边好多都是十六七岁就结婚了，"女警官笑着解释，"到法定年龄再补结婚证。严格说是未婚生子。"

"理解，您接着说，第二次结婚是什么时候？"焦闯问道。

"半年前。"男警官回答道。

"女方什么情况？"马烁问道。

"也是个丧偶的，老公跑长途的，出车祸没了。"男警官回答道。

"也就是说，这个窦勇老婆死了，儿子死了，然后和这个女人结婚，是这个时间顺序吧？"马烁确认道。

"对。"

"这女的也是窦寨村的吗？"马烁问道。

"是附近东沟村的。"女警官回答道。

"他儿子这个事呢我印象挺深刻，因为人口死亡的手续是我办的。"男警官接着说道，"他儿子也挺命苦的，从小就得了那个甜式什么病。"

"田氏？"马烁问道。

"什么甜式！唐氏！"女警官白了男警官一眼，接过话头，"唐氏综合征，您二位应该都听过吧，就是先天呆傻。"

马烁和焦闯对视一眼，马烁问道："你确定是唐氏吗？"

"确定。"女警官认真地说道，"今天早上我查了下窦勇的个人信息，发现他儿子没有接受过义务教育，就是因为这个病。"

"可是唐氏……"焦闯迟疑地问道，"妊娠期间不都要做唐筛吗？"

"您说的是大城市，"女警官苦笑了一下，"乡村哪有这种条件？

再说，窦勇老婆怀孕时还不到法定年龄，她肯定也不会去正规医院建档体检什么的，没准儿在家里就把孩子生下了。"

焦闯点点头，看向马烁，问道："你怎么看？"

"既然是唐氏，不是脑瘫，那就说得过去了。"马烁冲焦闯点点头，向对面的两名警官介绍道，"我们在窦勇租的房子里找到了一张针对脑瘫患者康复的公益活动宣传单，窦勇应该是带孩子去参加那个活动的。但是主办方告诉他，他儿子不是脑瘫，是唐氏，所以窦勇的孩子不能接受免费治疗。而且和脑瘫不同，唐氏是没法康复的，于是窦勇在绝望之下就只能杀了孩子。"

"杀了孩子？"对面的两人异口同声道。

"这是我们的猜测，"焦闯说道，"但可能性很高。"

"那还聊个屁啊，赶紧走吧。"男警官着急道。

窦寨村的规模属于中等偏大，至少有二百户人家。一眼望去，各家各户都是砖瓦房了，部分人家还盖了二层楼。村里通了一条柏油路，其余也都是水泥路。

村里静悄悄的。男警官介绍说，这是因为年轻劳力都外出务工了，村里基本都是老人和儿童。联防队员早已把窦勇家的定位发过来，男警官按照导航把车开到窦勇家门口。这时从旮旯里钻出来几个戴红袖箍的男人，为首的红脸老头挺着大肚子，正是村主任。

马烁看着几个拎着扁担木棍的男人围过来，想起之前看过民警去村里解救被拐妇女儿童时被村民围攻的案例。这时女警官走过去叫村主任舅姥爷，村主任咧开嘴笑着和她拉了几句家常，一张脸就像个熟透的大枣。

"从你打了电话到现在，一只苍蝇也没飞出去。"村主任笑呵呵地说道，然后上前敲门。不一会儿门开了一道缝，一个女人探出头来。

女警官对马烁、焦闯小声说道："这就是他老婆。"

"窦三儿呢？"村主任问道。

"不在嘛。"女人慌张地回答道。

听到这句话，一群人呼啦一下围上来。

"去哪儿了？"村主任追问道。

"去外地打工了。"女人吓得往后缩去。

"不可能！"男警官大声说道，"他身份证连张汽车票都没买过，你说他去哪儿打工了？"

- 16 -

马烁打量着窦勇父亲家的客厅，地上铺着瓷砖，墙上刷着乳胶漆，天花板四周打了吊顶，家具电器一应俱全。从房间的装修和布置就能看出这家人已经过上了小康生活。客厅里坐满了人，窦勇父亲、村主任和男警官坐在中间的沙发上，窦勇的两个哥哥坐在左边沙发上，马烁和焦闯坐在右边沙发上，女警官和两个嫂子陪着窦勇的妻子在旁边卧室里，联防队的几个男人坐在门外抽烟。

窦勇老婆说不清窦勇的去向，村主任只能找到窦勇父亲。于情于理，窦家这么多人也不能让一个半路的儿媳妇应付这种事，但是窦勇父亲和哥哥也说不清窦勇去哪儿了，他们只知道一个月前窦勇忽然说要去打工，还给媳妇留了两万块钱，说这是老板预支的工资。

这些话窦勇老婆也说过，她甚至还拿出了一沓还没拆开过的百元大钞来证明自己的诚实。但是窦勇去哪里工作，干什么，老板长什么样，她一无所知。当马烁问她窦勇一个月没和她联系她也不觉得奇怪吗，她好像很纳闷，已经把钱留下了，还联系个啥？

"老爷子，我和您说清楚，我们现在来找窦勇，还是在调查的层面。如果他真没事，和我们说清楚也就没事了，可如果我们今天没见着他，回去再用别的手段找他，那就不是调查了。"焦闯停下来环视一听到这句话，一群人呼啦一下围上来。

"去哪儿了？"村主任追问道。

"去外地打工了。"女人吓得往后缩去。

"不可能！"男警官大声说道，"他身份证连张汽车票都没买过，你说他去哪儿打工了？"

- 16 -

马烁打量着窦勇父亲家的客厅，地上铺着瓷砖，墙上刷着乳胶漆，天花板四周打了吊顶，家具电器一应俱全。从房间的装修和布置就能看出这家人已经过上了小康生活。客厅里坐满了人，窦勇父亲、村主任和男警官坐在中间的沙发上，窦勇的两个哥哥坐在左边沙发上，马烁和焦闯坐在右边沙发上，女警官和两个嫂子陪着窦勇的妻子在旁边卧室里，联防队的几个男人坐在门外抽烟。

窦勇老婆说不清窦勇的去向，村主任只能找到窦勇父亲。于情于理，窦家这么多人也不能让一个半路的儿媳妇应付这种事，但是窦勇父亲和哥哥也说不清窦勇去哪儿了，他们只知道一个月前窦勇忽然说要去打工，还给媳妇留了两万块钱，说这是老板预支的工资。

这些话窦勇老婆也说过，她甚至还拿出了一沓还没拆开过的百元大钞来证明自己的诚实。但是窦勇去哪里工作，干什么，老板长什么样，她一无所知。当马烁问她窦勇一个月没和她联系她也不觉得奇怪吗，她好像很纳闷，已经把钱留下了，还联系个啥？

"老爷子，我和您说清楚，我们现在来找窦勇，还是在调查的层面。如果他真没事，和我们说清楚也就没事了，可如果我们今天没见着他，回去再用别的手段找他，那就不是调查了。"焦闯停下来环视一再说，窦勇老婆怀孕时还不到法定年龄，她肯定也不会去正规医院建档体检什么的，没准儿在家里就把孩子生下了。"

焦闯点点头，看向马烁，问道："你怎么看？"

"既然是唐氏，不是脑瘫，那就说得过去了。"马烁冲焦闯点点头，向对面的两名警官介绍道，"我们在窦勇租的房子里找到了一张针对脑瘫患者康复的公益活动宣传单，窦勇应该是带孩子去参加那个活动的。但是主办方告诉他，他儿子不是脑瘫，是唐氏，所以窦勇的孩子不能接受免费治疗。而且和脑瘫不同，唐氏是没法康复的，于是窦勇在绝望之下就只能杀了孩子。"

"杀了孩子？"对面的两人异口同声道。

"这是我们的猜测，"焦闯说道，"但可能性很高。"

"那还聊个屁啊，赶紧走吧。"男警官着急道。

窦寨村的规模属于中等偏大，至少有二百户人家。一眼望去，各家各户都是砖瓦房了，部分人家还盖了二层楼。村里通了一条柏油路，其余也都是水泥路。

村里静悄悄的。男警官介绍说，这是因为年轻劳力都外出务工了，村里基本都是老人和儿童。联防队员早已把窦勇家的定位发过来，男警官按照导航把车开到窦勇家门口。这时从旮旯里钻出来几个戴红袖箍的男人，为首的红脸老头挺着大肚子，正是村主任。

马烁看着几个拎着扁担木棍的男人围过来，想起之前看过民警去村里解救被拐妇女儿童时被村民围攻的案例。这时女警官走过去叫村主任舅姥爷，村主任咧开嘴笑着和她拉了几句家常，一张脸就像个熟透的大枣。

"从你打了电话到现在，一只苍蝇也没飞出去。"村主任笑呵呵地说道，然后上前敲门。不一会儿门开了一道缝，一个女人探出头来。

女警官对马烁、焦闯小声说道："这就是他老婆。"

"窦三儿呢？"村主任问道。

"不在嘛。"女人慌张地回答道。

人，他的根基就在这个名叫窦寨村的地方。

"他结婚没？"焦闯问道。

"结了两次，第一次是十年前，两年前老婆死了……"

"您稍等，"马烁打断了男警官的话，"他儿子死的时候都十二岁了？"

"噢，我们这边好多都是十六七岁就结婚了，"女警官笑着解释，"到法定年龄再补结婚证。严格说是未婚生子。"

"理解，您接着说，第二次结婚是什么时候？"焦闯问道。

"半年前。"男警官回答道。

"女方什么情况？"马烁问道。

"也是个丧偶的，老公跑长途的，出车祸没了。"男警官回答道。

"也就是说，这个窦勇老婆死了，儿子死了，然后和这个女人结婚，是这个时间顺序吧？"马烁确认道。

"对。"

"这女的也是窦寨村的吗？"马烁问道。

"是附近东沟村的。"女警官回答道。

"他儿子这个事呢我印象挺深刻，因为人口死亡的手续是我办的。"男警官接着说道，"他儿子也挺命苦的，从小就得了那个甜式什么病。"

"田氏？"马烁问道。

"什么甜式！唐氏！"女警官白了男警官一眼，接过话头，"唐氏综合征，您二位应该都听过吧，就是先天呆傻。"

马烁和焦闯对视一眼，马烁问道："你确定是唐氏吗？"

"确定。"女警官认真地说道，"今天早上我查了下窦勇的个人信息，发现他儿子没有接受过义务教育，就是因为这个病。"

"可是唐氏……"焦闯迟疑地问道，"妊娠期间不都要做唐筛吗？"

"您说的是大城市，"女警官苦笑了一下，"乡村哪有这种条件？

他经常会坐在逝者身边遐想，好像在完成一个告别仪式。但他从来没有想明白生和死的问题，他知道自己永远也想不明白。心理医生说这是抑郁症，他觉得这样很好。如果有一天，他的好奇心膨胀到能促使他亲身验证死亡的猜想，那就更好了。

他走出那栋楼，看着天空中电闪雷鸣，他觉得自己又获得了力量。

凌晨2点，马烁按照导航的指引，终于把车开进黑漆漆的小镇。

焦闯一路上都在和娇滴滴的小女生语音聊天，看她发来的各种小视频，手机没电了就瘫在副驾呼呼大睡，直到进入小镇时，车子连续通过十几个减速带才把他摇晃醒。

小镇只有这一条主干道，道路两侧排列着三层或四层的建筑，少部分建筑披着艳丽的霓虹灯带，在黑夜中格外显眼。马烁很快就找到了凯宾商务酒店，这是镇上唯一一家能提供发票的宾馆，它的霓虹装饰也比其他建筑更花哨。除了"凯宾商务酒店"六个字的大红色灯牌，还有"棋牌""洗浴""汗蒸""按摩"四块粉红色的灯牌。

清晨5:30马烁就醒了，两年的生物钟不是开了一路夜车就能打乱的。他站在窗边等着日出，他喜欢光明冲破黑暗的那一瞬间。

上午8:00，两个警察到酒店找他们，一男一女，都穿着制服。男警官挂着二级警督的警衔，年纪和焦闯相仿，长得五大三粗，总是警觉地环顾四周，和每个经过的人打招呼，一副好汉护三村的架势。女警官年纪稍小一些，化着淡妆，她挂着学员的警衔——这样就无法准确猜出她的年龄。

男警官张罗着把他们带到咖啡厅，其实就是酒店大堂里用绿植和屏风隔出的一块地方。

男警官从兜里掏出小本子，打开念道："你们要找的这个人叫窦勇，住在镇西二十公里的窦寨村，父亲和两个哥哥也都住在窦寨，他还有两个妹妹，嫁到了邻乡。"

听到这句话，马烁和焦闯都暗自松了口气。这是个有家有业的男他坐在摩托车上，雨水浇着他的雨衣，两臂之间积攒了一片水洼，溢出来的积水倾泻而下。他盯着不远处，那里藏着一个治安摄像机，正对着单元门。昨天他没注意到这个摄像机，这是个疏忽。

摄像机是枪式的，虽然不能像云台摄像机那样随意转动，但分辨率和成像效果比后者强得多。现在单元门口灯光明亮，几乎能达到最优拍摄效果。他穿着一身外卖员的制服，又披着雨衣，按说不会有什么风险。再说那个老太太的死亡99%不会惊动警察，但他一发现摄像机，就立刻感觉那个东西可能会给自己造成麻烦。

他已经在雨中待了五分钟，盘算要不要上楼。他曾给自己定下规则，只要有一点风险就立刻收手。连续两天出现在同一个地方，这对他来说是第一次，也是意料之外的，但理智告诉他，只要按照计划行事就万无一失。而且他真的不忍再看那个老太太受苦了。最后他咬了咬牙，走向单元门口。

他坐电梯到了八层，如果没有外面的摄像机，他就不用坐电梯了。他想起昨天就没坐电梯，这可能又是个隐患。他出了电梯，钻进楼梯间，把雨衣搭在楼梯扶手上，从楼梯间下到五层，顺利潜入老太太家中。

这次他开门非常轻，他不想让隔壁邻居听到开关门的声音。他也没有想到这种门挨门的设计居然隔音这么差。以后再来这种地方可要小心了。

他给老太太注射了吗啡，老太太幸福地入睡了。每当他看到这样的情景，心里都会涌上一股暖流，接着鼻子会发酸。

他又给老太太注射了一剂药物，这是送她上路的药物。他松了口气，又帮助一个人体面地结束了人生。每个人都会死，所以死有什么可怕的呢？如果人死如灯灭，意识消失了，那他根本不会记得自己来过这个世界，好像什么都没发生过一样，更谈不上痛苦。如果灵魂不灭，那么这辈子无非是一段旅程，早点儿结束就能早点儿开始，无论天堂还是地狱，总归都要走进新世界。

凑够信用卡最低还款。

从那以后，她对丈夫格外好，丈夫没发现她的变化，美滋滋地生活，逢人便说自己妻子多么贤惠听话。

回到家的第二天，余诗诗找到了备用钥匙，离开家后放进消防柜里。那一天她也不知道自己是怎么过来的，好像过了一辈子那么长，又好像一转眼就过去了。她急匆匆地回家，在楼下看到家里的灯亮着，心里一块石头落了地，也不知道是失望还是庆幸。

她打开消防柜，备用钥匙还在。她拿起钥匙，心脏却忽然怦怦跳起来。她特意压在钥匙下面的头发不见了。

一周后的某天傍晚，她一如往常赶回家，在楼下张望时，却发现家里今天没有开灯。她的心脏提到嗓子眼儿，脚下踩着棉花一样回到了家。她打开门，房间里一片寂静，她知道那是死亡的寂静。

在这寂静中，她听到了开启新生的惊雷。

树林密谈那晚之后，她就再也没见过那个男人，她也没有他的联系方式，他好像从来没有出现过一样，一切都像一场梦，她丈夫好像真的就是心脏病发作而死的。

但她无时无刻不在感恩着那个男人为她做的一切。

"你是谁？"余诗诗躺在黑暗里回了一条短信。

灯忽然亮了，接着响起冰箱电机启动的嗡嗡声和各种轻微的嘀嗒声。她立刻捂住眼睛，过了一会儿才适应光亮。

对方没给她回信息，她拨出这个号码，提示已关机。

她走到门口，看向猫眼，猫眼也恢复了通透，走廊里一个人也没有，那两扇消防门已经严丝合缝扣在一起。

外面下起大雨，雨水从斑驳的窗户溜进来，噼里啪啦打在窗台上。她过去关窗户，看到街上闪过一个人影。她有一瞬的恍惚，因为她好像看到了一个花白头发的男人。

础，于是马烁开门见山地说道："我要告诉你，窦勇是一起谋杀案的嫌疑人。他涉嫌杀害了自己患有痴呆症的儿子。"

"啊！"女人尖叫一声。

"你是嫌疑人的现任妻子，他杀的又是和前妻生的孩子，你现在的处境非常危险。如果你想洗清自己的嫌疑，就只有配合我们这一条路，明白吗？"马烁又问道。

女人立刻点了点头，在这个可怜的乡村女人眼中，马烁看到了恐惧和服从。

"窦勇到底是去打工了还是跑路了？"马烁问道。

"他真的和我说是去打工了。"女人几乎哀求地说道。

"去哪儿打工？"

"说是去郑州。"

"窦勇走之前见过什么人？"马烁问道。

"我也不知道，他走之前那天出去了一整天，"女人说道，"但他什么都不和我说。"

"他之前做什么工？"

"我俩结婚之前他在煤场打工，后来煤场关了，在家待了半年。"女人想了想又补充道，"他在煤场开那种大车的，从煤场开到火车站，一个月能赚七八千块钱。"

"他有什么朋友？同学，同乡，一起做工的，酒肉朋友也算。"马烁问道。

"嗯……对了！"女人眼睛一亮，"他有个朋友，也是一起开大车的，好像叫朱欢吧，欢乐的欢。他俩好像一起找的工作。没错，我听他给朱欢打过电话，问他这个工作靠谱不靠谱。"

马烁看向身后的单向玻璃墙，很快问讯室的门开了，两个女警把窦勇老婆架了出去。

朱欢三十多岁，长了一张长脸，脑门和下巴格外长。他脸色黝黑，圈，然后一字一顿地说道，"那就是通缉了。"

窦勇父亲听到"通缉"两个字，身体猛地一颤，然后求助地看向两个儿子。

"我们早就分过家了，"大哥立刻说道，"就是逢年过节聚一聚，平时也没咋联系。我和老二也没咋联系，对吧老二？"

"对。"二哥接话道，"我们实在是不知道他去哪儿了。"

"他回来后有什么变化吗？"马烁问道。

大哥随口说道："没啥变化啊，还不那样……"

二哥捅了大哥一下，抢过话头说道："孩子没了，肯定伤心嘛。"

"你们没见窦勇和什么人接触吗？"马烁问道。

"没有。"父子三人几乎同时说道。

"窦勇不在家的时候，通常都在什么地方活动？有没有固定地点？我们来的时候看到村口有家酒馆，他常去吗？"马烁又问道。

"他不好那些。"大哥摇头道，"他这人内向，就在家待着，哪儿也不去。"

"我们要带窦勇的妻子回去配合调查。"马烁一边说一边站起来，其他人也不约而同起身。

"如果窦勇回来了，或者和家里联系了，马上通知派出所。"马烁看着窦勇的父亲说道，"那面墙上都是你两个孙子的奖状，他们很争气，你肯定也对他们寄予厚望，但是如果你和你两个儿子包庇窦勇，哪怕知而不报，老人家，你两个宝贝孙子的前途就完了。"

马烁在说这番话的时候，窦勇的父亲不住点头，一张脸憋得通红，眼泪在眼眶里打转。

回程路上，马烁拨打窦勇的手机号，不出意料关机了。他让男警官协调当地电信运营商查询窦勇手机的移动轨迹，并腾出一间问讯室给他们用。

窦勇妻子像木偶一样被两个女警拎进问讯室，扣在约束椅上。

她和窦勇刚结婚半年，还是媒人介绍的，应该没有牢固的感情基明显是户外工作者。他剃着短发，发际线靠后，显得脸更长了。

"确实有人过来招工，说是去郑州开车，一个月开一万五。"朱欢一边回忆一边说道，"那还是我带老窦一起去的呢。还有几个司机也去了，招工的把我和老窦选上了。"

"然后呢？"焦闯问道。

"然后？"朱欢苦笑了一声，"然后招工的就让我在家等信呗，可是左等不来右等不来，再一打听老窦已经和人走了。"

"你们在什么地方应聘的？"马烁问道。

"就在煤场。"

"谁组织的？"

"这还有啥组织的？"朱欢摇了摇头，"来个招工的，在镇上随便喊一句，明天在哪儿招什么工，大家你传我我传你的就都知道了。"

"招工的长什么样？"马烁问道。

"一个男的，中等个头，开一辆大吉普。车里好像还有个男的，好像是个老头，但是离了老远就看了个后脑勺。"

马烁拿出手机，打开一个汽车App，检索出各品牌的SUV给朱欢指认。最后朱欢指认了一款进口车。

"应该是这个，"朱欢说道，"反正这个车不常见。"

"再见面你能认出这俩人吗？"马烁问道。

"不知道。"朱欢不确定地摇了摇头。

"他都和你们说什么了？"

"就是让我们拿着身份证站一排，"朱欢比画着说道，"他挨个儿看身份证，问了之前都开过什么车，去过什么地方，家里怎么样，能不能走半年一年的。还有就是问谁和谁是一起的，像我们这里打工都是两三个一伙走的。"

"然后呢？"

"问完一圈就让我们回去了，然后我就接到他的电话，说我被录取了。"朱欢想了想说道，"我给老窦打电话，他说还没接到电话。他想去，就托我问问招工的能不能把他带上。我想外出打工两个人有个照应，就给招工的打了个电话，说老窦这个人挺好的，能不能也带上。招工的问我俩是不是老乡，我说是。招工的就说他们研究一下。最后老窦倒是走了，把我留下了。"

"还有谁选上了？"马烁问道。

"别人我就不知道了。"

"当天去应聘的人你都认识谁，写下来。"马烁说道，"招工的给你打电话是用手机打的吗？"

"对。"朱欢干脆地点头道。

二十分钟后，焦闯举着一张纸走到马烁面前，说道："这个号码的机主是个老太太。2月9号第一次用，就在这里打了几通电话，包括窦勇和朱欢的。第二天上午，也就是2月10号上午在煤场招工，下午和朱欢通话两次，和窦勇通话一次。2月11号上午和窦勇通话两次，然后就再也没用过。"

马烁摸着鼻子，感觉后背一阵发麻。这个号码的通话记录透着诡异，怎么看都像是在做局。

"也就是说招工的根本没联系其他人，"马烁说道，"就是冲窦勇来的。他借着朱欢玩了个欲擒故纵，骗窦勇上钩。"

"这是窦勇的手机定位。"焦闯把打印的路线图放到桌面上，"2月10号来到镇上，应该是去煤场面试，2月11号开始长途移动，一直到13号手机关机。"

路线图是由山西和河南部分地区的行政地图打底，用基站定位法测算出窦勇手机的移动轨迹，以线段表示出来。马烁忽然想起张宏的手机还没找到，他回去要盯住这件事。接着他集中精神，看起这份路线图。2月11日，窦勇先是从本地往西北移动到了东坪镇，然后便一路往东南方向而去，最终在商丘附近关机。

"那个招工的电话呢？查到移动轨迹了吗？"马烁看向焦闯。

"这就是奇怪的地方。"焦闯说道，"那个号码只在煤场原地开了三次，就是那三次打电话的时段，没有找到任何移动轨迹。"

"是老式直板手机。"马烁说道，"智能手机基本都拆不掉电池，关机状态下也会和基站交换信号，直到电量耗尽前都能查到轨迹，只有拆掉电池的直板手机才能避开基站的搜索。"

焦闯点了点头。

"这是什么地方？"马烁指着路线图左上角的东坪镇问道。

一直陪着他们的男警官回答道："那地方以前是煤海，后来煤被挖光了，就只剩下大坑了。"

"大坑？多大的坑？"

"那可大了。"男警官想了想说道，"每个坑都几十米深、几公里长！可壮观了！"

马烁沉默了片刻，对焦闯说道："我有个预感。"

前面明明是一片平原，可走着走着，忽然就走到了悬崖边上，平原变成了一条深渊裂缝，即便是中午，谷底也覆盖着一层阴影。马烁看了看手机，果然已经没信号了。

"当年咱们这地方的煤就在脚下一米，拿个锄头都能挖煤，"男警官看着这片不毛之地感叹道，"都给挖成这样了。"

"为什么挖成长条的？"焦闯问道。

"这是从对面挖过来的，"男警官指着远方说道，"矿床在那边呢。那矿床才叫壮观，听说马上要开发成景区了。"

"这地方归谁管？"马烁问道。

"行政上归我们镇，但是管理归东坪镇。"男警官昂着下巴说道，"当年矿上火的时候，对面住了得有上万人，比镇上还热闹。那时候更乱，县里就开会，明确了东坪镇统一管理，矿开到哪儿就管到哪儿。现在矿没了，也就没人管了。"

"你说窦勇死在这里了？"焦闯向马烁问道。

马烁看着延绵的巨坑，缓缓点了点头。

"这倒真是个抛尸的好地方。"焦闯感叹道。

"你们给我闹糊涂了,"男警官给焦闯递了支烟,"不是说他把自己亲儿子杀了吗?他怎么还被杀了?"

"窦勇带儿子去看病时租了一个房子,他儿子坠楼不久,租给他房子的房东也坠楼死了,两人相同的死法,都排除自杀了。"马烁说道,"前几天房东的儿子也坠楼死了,同样是谋杀。"

男警官一知半解地点了点头:"所以你们判断窦勇也被人杀了?"

"窦勇外出打工这件事疑点太多了,他的身份证没有做过任何登记,招工的人也十分可疑,可是什么人会处心积虑对付一个简单的村夫?窦勇唯一不寻常的社会关系就是那个房东。"马烁回答道,"可是房东父子也被杀了,所以我担心窦勇也有危险。希望我的判断是错的。"

"为什么?"男警官问道。

马烁摇了摇头,没有说话。

这时远处开来五辆中巴,卷起阵阵尘土。车队从他们附近驶过,直接往矿区的方向去。

"我们和民武部借了点民兵。"男警官说道,"他们从矿床那边下去,开车往这边找。这么大地方,靠我们自己猴年马月也找不着。"

巨坑虽然延绵数公里,好在宽度有限,五辆车并排往前开,民兵们排成一排搜索,基本上就能覆盖到所有角落。一个小时后,搜索队传回消息,他们在谷底找到了一具男性尸体。双手和双脚被绳子反绑在身后,衣服上有多处破损和血迹,发现时左侧着地,头部附近的土地有被啃食过的痕迹。

众人开车赶到现场,看到一具惨不忍睹的尸体。

马烁呆在原地愣了几秒,这是他从警至今遇到的最大案件,换言之就是他曾经梦寐以求的天大机会忽然降临到他眼前。这一刻他真的有些不知所措了。

"看来是被人从上面扔下来的,"男警官望着人工挖掘出来的峭壁说道，"结果没摔死，活活饿死了。哥们儿，你真他娘神了。"

马烁从震惊中缓过神，对男警官说道："你能联系刑侦技术科的人吗？让他们派人过来查勘。"

"已经在路上了！"男警官立刻回答。

马烁转身看向焦闯，对方的脸红得发亮，手掌不断摩擦着下巴和脖子。焦闯注意到马烁看他，于是冲马烁点点头，感谢马烁挖出了这笔巨大的宝藏。

马烁和焦闯回到宾馆，在焦闯的房间里梳理案情。两人都像打了鸡血，现在已经有四个受害者了，如果这个案子能破，功劳不亚于破获35案。

马烁在纸上写下"窦勇"，又在窦勇下面画了个圈，里面打了个问号，然后在窦勇右边写下"张宏"。"窦勇是在去参加公益活动时认识凶手的。"马烁拿笔点着问号说道，"这是窦勇社会关系唯一可能出现变量的点，而且那时候他应该还不认识张宏。"

"对，河北派出所的房所长说过，他们已经排查过了。"焦闯点头道。

"这个凶手帮窦勇杀了他儿子，同时制造不在场证明，"马烁说道，"也有可能他们交换杀人。他帮窦勇杀他儿子，窦勇帮他杀了什么人。"

"有可能。"焦闯又点点头。

"儿子死了，窦勇本该完事了，但是张宏发现了破绽，"马烁说道，"他知道唐氏患者不可能打开纱窗的儿童锁。因为案发后纱窗是打开的，只要不锁上儿童锁，正常开关都没问题，就算咱俩去现场也看不出来。这次要不是又锁上儿童锁了，咱们也发现不了，所以只有真正懂这个锁的张宏才能发现。"

"对。"焦闯一拍大腿。

"但是张宏没和警察说，而是用这个把柄威胁窦勇，让窦勇找那个凶手帮他杀了他老爹。"马烁说道，"因为张宏老爹和窦勇儿子的死法都一样，而且都伪造成自杀现场，所以肯定是那个家伙干的。"

说到这儿，马烁再次拿笔点了点问号。

"张宏他爹要把房子过给后老伴，所以他们父子之间本身就有极大的矛盾。然后张宏发现窦勇杀死儿子的内情，于是威胁窦勇也帮他杀人，否则就告发他。窦勇没有办法，只好找了帮他忙的这个'问号'，'问号'为了掩盖罪行只好帮张宏杀了他爹。"焦闯点了点头，"我觉得靠谱。"

"这是前两个人的死法。"马烁说道，"如果'问号'又杀了窦勇和张宏，是为什么呢？"

"杀人灭口？"

马烁一边写一边说道："这还是第二个问题。第一个问题是'问号'为什么要帮窦勇杀他儿子？这才是最关键的。因为这关系到还有没有别的被害人。"马烁盯着焦闯说道，"这个'问号'大哥流程走得这么稳，我不信这是他第一次杀人。"

房间里恢复了安静，两人四目相对，都在回味马烁说的最后一句话。

就在这时，急促的手机铃声划破了安静。

两人同时往马烁的手机屏幕上看去，来电显示是武桐。

-17-

马烁接通武桐的电话，武桐的声音很轻，听起来有一点鼻音："我已经和大同刑侦总队协调好了，后续工作就交给当地，主要是窦勇尸检和查那辆SUV，有新进展会第一时间通知咱们。"武桐顿了顿又问道，"你们还在研究案情呢？"

"是的，武队。"马烁回答道。

"好，你们先忙，完事给我打个电话。"说完武桐就把电话挂了。

焦闯听到了七八分，他知道武桐的言外之意是要和马烁单聊，于是拿起烟说去上个厕所，让马烁回房间休息一会儿。

马烁回到客房，给武桐回拨过去："武队，我现在回房间了。"马烁说道。

"你们完事了？"武桐问道。

"完事了。"

"怎么样？"

马烁把他们的分析向武桐做了简单报告，武桐听完后安静了片刻，才说道："这个案子的确不简单，继续查，队里会全力支持你们。"

"谢谢武队。"

"你们在那边还要做什么吗？"

"目前没有了。"

"好，那个……"一向快人快语的武桐忽然语塞了。

马烁没有说话，静静地听着沉默的听筒。

"是这样，"武桐终于说道，"支队临时通知我去天津开个会，今晚去，明天晚上才能回来，我实在是……明天早上不能送江临上学了，如果……"说到这里武桐尴尬地停了下来，三天之内和一个还不是很熟的下属连续提了两次这种很私人的请求，实在是太令人难堪了。

"我们今晚就回去了，明天早上我去送。"马烁用轻松的语气说道。

"谢谢！"武桐说道。

马烁觉得在"谢谢"两个字尾音的尖上听到了一抹若有似无的伤感。

"我在队里，我把钥匙放到你的办公桌抽屉里。"武桐下意识压低了声音，"真是麻烦你了。"

"没关系，我很喜欢江临，他很有礼貌。"马烁微笑着说道。

马烁理解武桐的处境，一个把自己交给工作的人没有朋友很正常，很多刑警的社交圈其实都小得可怜。而武桐是个女人，在刑侦系统这个男人的世界里注定是个不受欢迎的异类。因为她的存在，让很多男人产生了挫败感——她一个女人凭什么领导我们？凭什么和我平起平坐？所以武桐既没有时间经营自己的社交，又没有关系好的同事，否则以她要强的性格绝不会连续两次求自己。可能因为自己也是个异类吧，马烁想着，孤独的人能看到孤独的人。

马烁走到焦闯的客房门口，房门开着，里面飘出烟味。他敲了敲门进去，看到焦闯侧卧在床上，正对着手机发语音。

焦闯见他进来，立刻笑着说："和武队打完电话了？"

马烁点了点头。

"噢。"焦闯坐直，巴望着马烁问道，"说啥了？"

"没事。"马烁回答道。他看到焦闯眼神忽然暗淡了一下，知道这个回答让焦闯产生了困扰，但是他既不能告诉焦闯实情，又不想编个瞎话应付。

"呵呵，没事就好。"焦闯拍了拍肚子。

"咱们什么时候回去？"马烁问道。

焦闯愣了一下，反问道："你有事？"

"嗯。"马烁点点头，然后补充道，"家里的事。"

"噢。"焦闯脸上露出为难的表情。

"怎么了？"

"是这样，兄弟，"焦闯笑着说道，"我呢，有个老同学在大同，我想趁这个机会过去看看。"

"噢。"马烁点点头。

这时焦闯手机响了一下，焦闯打开手机，传出一个慵懒的女性声音："好呀好呀，你看你什么时候完事就过来，直接上我家，我家你也认识。"

"那我坐火车回去。"马烁说道。

"行！"焦闯一边发信息一边说道，他似乎早就在等马烁说这句话。

马烁看着焦闯油腻的样子，刚刚在办案中积累的那一点好感荡然无存。

"用不用我送你？"焦闯头也不抬地问道。

"不用，我这就走了。"马烁说道。

"行。那个……我最晚明天晚上就回去了。"焦闯终于发完信息，抬起头对马烁说道。

马烁走到门口，终于忍不住转身，对焦闯说道："你听说过变声器吗？"

"啥？"

"变声器，一种软件，能把你的声音变成一个小姑娘的。"马烁说道，"很多人都用它冒充小姑娘和男人语音聊天。"

焦闯愣了一下，然后哈哈大笑起来，用笑声化解自己的尴尬。

"这是我老同学。"焦闯解释道。

"就是提醒你一下。"马烁说完转身离开。

马烁打了辆出租车，用了一个小时赶到最近的高铁站，然后坐了一个半小时的高铁回到北京。他走出火车站时天还没黑，他想先去队部拿上钥匙，把武桐的车开走，因为他不想在天黑之前回家。这时手机响了起来，是一个座机打来的。他接通电话，一个悦耳又有点紧张的女性声音响起："您好，请问是马先生吗？"

"是。"

"您好，我是三宝蛋糕房的。明天就是您妹妹马优悠小姐的生日了，请问您有没有给妹妹订生日蛋糕呢？"对方问道。

马烁摸了摸额头，这件事被他忘了个干净。接着他想起这家蛋糕店，就在队部前面一条街的转角。去年马优悠过生日他就忘了，都快下班了才在马优悠的提醒下想起晚上是她的生日聚会。他临时到这家店订了个蛋糕，没想到口味还不错，获得了大家一致好评。

"对，谢谢你，我还没订呢。"马烁有些慌张。

"要不要我帮您订一个？我们今年新推出了一款红丝绒蛋糕，是我去澳门学了三个月才学成的，大家都很喜欢。价格也不贵，和去年一样。"

"好吧。"

"那生日卡还和去年一样吗？'优悠生日快乐'？"

"好。"

"谢谢您！"对方高兴地说。

又过了一年，马烁忽然生出感慨，这两年他的人生就像按下了暂停键，仔细想想，连值得留下的回忆都寥寥无几。

他不知不觉走到了队部，周日的办公楼里空荡而安静。值班人员都待在值班室里，一边等着吃外卖，一边祈祷值班电话在晚上7点30分前不会响起，这样他们就能回家睡个安稳觉了。

马烁回到自己的办公室。这间办公室很小，窗台下顶头摆着两张办公桌，靠墙两组铁皮柜，门边立着一个老式衣帽架。只有两把靠背上印着白色"警察"字样的办公椅是新发的，其他家具都是从他第一天报到就在这儿了。

牛卫平办公桌后面的墙上贴着北京地图，他到退休都没学会用导航，每次去不熟悉的地方都要戴着眼镜在地图上找好路线，所以他保持着每年更新地图的好习惯。牛卫平的另一个好习惯是办公桌上不放任何东西，他认为桌面上有东西，就说明工作没做完，完成的工作文档都应该放进铁皮柜里。虽然他从来没有这样要求过马烁，但马烁耳濡目染也养成了这个习惯。马烁认为办公桌上什么都没有是件非常酷的事情。

马烁坐下，打开第一层抽屉，里面是他的笔记本电脑和办公用品，还有一个半透明的塑封袋，装着武桐的车钥匙和家门钥匙。家门钥匙的钥匙扣上拴着一个圆形的小相框，里面是武桐和江临的合影。马烁忽然想到了一个问题，江临爸爸去哪儿了？他很快打消了这个念头，武桐这么信任他，他还琢磨人家的八卦，实在辜负了人家的信任。他给钥匙拍了张照片，然后给武桐发了过去，说他拿到钥匙了，让她放心。

就在这时，焦闯给他打来电话。他能听到汽车飞驰的噪声，焦闯应

136

该在去老同学家的路上。焦闯说值班的人已经把张宏家对面楼的租户统计出来了，让马烁先去看看，有什么发现和他联系。焦闯刚挂断电话，就有个人推门进来。马烁虽然在这里工作了十年，但他绝大多数时间只和牛卫平说话，其他的除了焦闯、刘斌这些活跃的人，很多人名还没记全。比如眼前这个人，马烁记得他的死鱼眼，也记得自己和武桐重返张宏家搜查沙发时就是他出的现场，但不知道他叫什么。

对方扫了一眼桌上的钥匙，把一厚摞文件啪地摔到桌面上，然后白了马烁一眼转身离开。

马烁翻了翻文件，简直是一团糟：一单元2501室的租房合同后面竟然是二单元2704室租户的身份证。幸亏死鱼眼走了，否则马烁真想拽着他问问这是什么意思，但是像死鱼眼这种升职无望又不会被开除、每天糊弄事的人，是绝对不会有任何羞耻心的。

马烁只好像拼拼图一样重新整理，还要琢磨哪几张纸之间是有关联的。等他终于把全部283户租户的资料按照单元楼层整理好，天色已经全黑了。这时他的火气已经消散，取而代之的是灰心和失望，因为他没有找到那个独自、短期、整租一套房的男人。

他忽然灵机一动，拿起电话，打到值班室。

"喂？"一个有气无力的声音接起电话。

马烁听出这是死鱼眼的声音，于是说道："我是马烁，你带两个人和我去一趟锦绣园。"

"现在吗？"死鱼眼叫了起来。

墙上的电子钟显示现在是19:05，距离他们下班还有二十五分钟。

"五分钟后门口见。"马烁说道。

"我马上就下班了！"死鱼眼喊道。

"有问题吗？"马烁冷冷道。

就算是再糊弄事的人，也绝不敢在下班之前拒绝出勤。所以即便死鱼眼骂骂咧咧挂断电话，还是乖乖带着两个人到大门口待命。

马烁站在张宏家的客厅阳台，把对面住宅楼的示意图按在玻璃上，图里将近一半已经涂上颜色，代表已经出租的住户。他数着对面楼里亮灯的住户，在对应的格子里画上"×"，最后剩下三十五户既没有出租也没有亮灯。

马烁转过身，对物业经理说道："你们小区入住率挺高，这三十五户你们能确认业主现在自住的先筛掉，剩下的挨户去敲门，问邻居，看电表有没有亮灯，如果亮灯就大概率没人住。"

"好，我这就安排人去做。"物业经理接过示意图走了出去。

半小时后物业经理收到结果，有五家电表处于余额不足而亮灯的状态。保安也询问了这几户的邻居，其中3单元3201室的邻居反映，前段时间这家好像有人。

"3201是赵大妈家吧。我有印象，她家应该没人住。"物业经理说道，"去年咱们小区外立面翻新，统一更换断桥铝窗户，不常住的业主都留下钥匙了。我记得她家应该也把钥匙留下了。"

十分钟后，物业经理打开3201的户门，马烁第一个走进去。他没有闻到常年不住人的房间里特有的浊气，说明有人经常开窗通风。他走到北侧卧室，房间里只有一张铁艺双人床和一套站不稳的板材立柜，墙上贴着一面镜子，显得空空荡荡。南侧主卧和客厅里什么家具都没有，卫生间的卫浴柜和厨房的橱柜里也什么都没有，这显然是套空房子。

半小时后赵大妈赶来了。她六十多岁年纪，衣着朴素，头发花白，手里拎着个帆布口袋。她表面上强装镇定，但焦虑的眼神和说话时混乱的气息都说明她现在非常害怕。

"您别害怕，我们就是来了解点情况。"马烁和颜悦色地说道，"您只要配合我们调查，很快就没事了。"

赵大妈立刻用力点头，双手紧紧攥住帆布口袋。

"您这个房子是不是租给别人了？"马烁问道。

"租？"赵大妈看了眼物业经理，然后紧张地说道，"嗐，是这么回事，我们家这房不是想卖吗？我和我们家老头、闺女和女婿，还有外

138

孙子、外孙女，这么多口人实在住不下了，就想把这房子卖了，往远处换个大的。"

马烁点点头，他没有打断赵大妈的絮叨，如果絮叨一会儿就能让这个老人平复心情的话，他不在乎浪费点时间。

"房子卖出去了吗？"马烁问道。

"别提了，我们当年不是契税交得晚了点吗？这都怪我那老头子，你说这钱早晚也得交，你跟人国家较什么劲，非得拖两年才交上。后来人家的房都能卖了我们这房卖不了。"赵大妈上气不接下气地念叨着，"可我们哪知道啊，新房都买好了家都搬了，才知道这房子到五月份才能卖。话说这都是去年的事了，因为我们家房子的情况中介都知道，就问我想不想短租。我心想房子搁着也是搁着，租出去还能拿点房租贴补家用，就答应了，然后……"

"然后怎么了？您别着急，慢慢说。"马烁说道。

赵大妈一脸懊恼，难以启齿似的说道："然后中介就带人来看，很多人看了就走了，毕竟房子里啥也没有也不好租。后来有个小伙子看完后加我微信，说他想租，但是不想走中介，愿意把中介费也给我，连同三个月租金一次付清。我琢磨房子本身什么也没有，这样也行，就答应他了。我真是财迷心窍，放了个杀人犯进来。我这是不是有连带责任啊？"

"他来看房是哪天？"马烁问道。

"上个月，12号还是13号来着？"赵大妈下意识挠着头皮。

"13号？"

"反正是个周五。"

马烁打开手机日历，2月13号是周五。

"几点？"

"下午2、3点吧，看了不大一会儿就走了。"

"您和他签合同了吗？"马烁问道。

"没有。"赵大妈颤声说道。

"也没要他的身份证？"

"没要。"赵大妈已经带着哭腔。

马烁终于明白赵大妈为何如此紧张，于是安慰道："这事跟您没关系，您也没有连带责任。您唯一做的不合适的地方就是没有核实租客的身份，也没和对方签租房合同，但是您没违法，更没犯罪，完全不用担心。"

赵大妈听到这番话如蒙大赦，喘了几口大气，脸上先是露出笑容，很快就哭了起来。

"小伙子，你不知道我刚才多害怕……"赵大妈左手捂着胸口，右手摆着手说道。

"大妈，最后一个问题，您再坚持一下。"马烁温和地问道，"那个租您房的小伙子，他有什么特征吗？"

"他这么高，"赵大妈一边比画一边说道，"戴着口罩，也看不见他长什么样，但是应该挺清瘦的，话不多。他岁数应该不大，但头发都花白了。"

"头发白了。"马烁一边记录一边问道，"您看他开了什么车吗？"

"我倒是看见了，"赵大妈回答道，"他还特意问我楼下好不好停车呢。"

马烁拿出手机，调出之前朱欢指认的SUV的图片，放到赵大妈面前。

"对！就是这车，美国车嘛。"赵大妈说道，"我女婿也开这牌子的车，美国车又高又大，特费油。"

物业经理送赵大妈回去了，马烁忽然想起一个细节，于是打电话给焦闯。

焦闯接通电话，听筒里的噪声好像他还在开车。

"你记不记得朱欢，就是窦勇的伙伴说过，招工的有两个人，一个岁数大的坐在车里，一个下来和他们说话？"马烁问道。

"记得，一个老头坐车里。"焦闯大声回答道。

"坐车里的不一定是老头，"马烁说道，"也可能是个白头发的年轻人。"

－ 18 －

被委以送江临上学重任的马烁看着江临走进闸口，这时身后响起一个熟悉的声音："马警官，怎么又是你？"

马烁转过身，看到了背着两个书包的徐炳辉，他身边站着一个十六七岁的少女和一个六七岁的小男孩。徐炳辉把书包摘下来，递给两个孩子："你们先进去吧。"

小男孩说了声爸爸再见，少女则冷着脸拽过书包，招呼也不打就进去了。

"那是你大女儿？"马烁看着少女的背影问道。

"青春期嘛。"徐炳辉无奈地耸了耸肩。

"那她怎么还在……"马烁问道。

"噢。"徐炳辉笑了起来，"这里是十二年制的学校，从小学到高中。总之她上大学之前都会在这里学习。"

"原来如此，"马烁说道，"难怪大家都争着把孩子送进来。"

"倒是马警官，你还在替同事送孩子吗？"徐炳辉微笑着说道，"你们同事之间的关系还真好。"

马烁叹了口气，说道："这个男孩的妈妈上周四刚调到我们队当队长，周五就被叫去开会，昨天又被派到天津开会，今天下午才回来。之前的队长也没见这么多会要开。"

徐炳辉随口问道："孩子爸爸不能接送吗？"

马烁看着徐炳辉，摇摇头没有说话。

"会不会是故意的？"徐炳辉忽然问道。

"什么故意的？"马烁愣了一下。

"我只是恶意揣测一下。会不会有人知道她是……她自己带孩子生活，故意难为她的？"徐炳辉又立刻解释道，"职场经常有这种事，可能我过于敏感了。"

马烁以前从没往这方面想过，仔细一想也不无可能。

徐炳辉看马烁发怔，于是拍了拍他的肩膀说道："不过这对你来说可是个利好。能给领导接送孩子，前途不可限量啊！"

两人并排往外走去，马烁似乎还沉浸在有人故意整武桐的假设里，直到两人走到徐炳辉的保姆车旁边，马烁才回过神来，问道："对了，有个事情我还想问问你，彩虹基金去年是不是办了一个脑瘫患者康复的公益活动？"

"是啊，就在康养中心办的，马优悠还是志愿者呢。"徐炳辉颇为骄傲地回答道。

"有个父亲带着儿子去参加活动，但他儿子不是脑瘫，是唐氏综合征，所以被拒收了。"马烁说道，"这个你有印象吗？"

"噢！"徐炳辉点点头，"有，是从内蒙古来的吧？"

"山西。"

"对，山西，好像孩子已经十几岁了。"说到这里，徐炳辉摇了摇头，"他家人也真是够有毅力的，养这么大了，很多孩子最多两三岁就被遗弃了。"

"你见过他父亲吗？"马烁问道。

"我见过。"徐炳辉缓缓点了点头，"他父亲想把孩子留下，跪在那里，我们的人说什么他都不肯听。然后我过去和他说，脑瘫还是有办法康复的，但是唐氏是没法康复的，就算把孩子留在这里也没有用，而且我们的援助名额也有限，还要留给真正需要的人。反正后来他也接受了，就带着孩子走了。他怎么了？你问他干什么？"

"说来话长，"马烁说道，"他被人杀了。"

"被杀了？什么人干的？"徐炳辉皱眉道，"这种可怜人都杀？"

"你有没有印象，在你们的活动现场有一个岁数不大的男人，但头发都已经花白了。"马烁问道。

徐炳辉惊讶地望着马烁，问道："你说他和这事有关系？"

"真有这么个人？"马烁的眼睛放出光来。

"有啊！靳巍。也是彩虹基金的志愿者，和马优悠还挺熟呢！"徐炳辉不可置信地说道，"他怎么可能是凶手呢？"

"靳巍？"马烁念着这个名字，对这个人一点印象都没有。

"你没见过他吗？"

马烁摇了摇头，问道："他是白头发吗？"

"他平时都戴着棒球帽，可能没人注意。"徐炳辉说道，"他是白头发，而且肯定也在活动现场。不过你说他是凶手，我绝对不信。"

"他现在还在做志愿者吗？"

"去年年底就离开了。"徐炳辉说道，"他人很好，好像去临终关怀中心继续做志愿者了。"

"你们有他的信息吧？"马烁问道，"他是干什么工作的？"

"在一家高科技企业工作，"徐炳辉想了想说道，"好像是做机器人和无人机的。"

马烁看到马优悠操纵着轮椅，小心翼翼地从缓坡上滑下来，心里一下就不是滋味了。马优悠从小就胆小恐高，连自行车都不敢骑，过个龙潭湖公园的石拱桥都要拼命拽着马烁的胳膊。就是这么个胆小鬼，又偏偏喜欢玩"激流勇进"，而且每次她都会抱着马烁大喊大叫，引来旁人的目光，搞得马烁十分扫兴，又感觉很丢人。那时候他总说马优悠是他的累赘。后来，进入叛逆期的马烁有了抽烟耍酷的新朋友，就不带她玩了。

马烁没有过去帮马优悠。马优悠和很多残障人士一样不喜欢别人帮助。马烁甚至学会了一个词，叫"适度关照"，大概意思就是只帮助马优悠没法做到的事情，比如应该帮她推开大门，但不要帮她推轮椅。

马优悠终于回到平地，她松了口气，擦了擦额头，抬起头，看到站在阳光下的马烁。这时马烁才朝她走过来，蹲到她面前。两人的脸上都绽放出比阳光还灿烂的微笑。

"哥，你怎么来了？"马优悠惊喜地问道。

"生日快乐！妹妹！"马烁笑道。

马优悠眼圈有点发红，她咬着嘴唇，继续保持笑容。

"抱抱！"马优悠伸出双臂。

马烁和马优悠拥抱，两张笑脸交错的一刹那，阳光都被愁云遮蔽了。

"生日蛋糕呢？"马优悠闭着眼问道。

"下午拿来，哥现在过来其实是忙公事。"

"什么口味？"

"红……红玫瑰？"

"哈哈，"马优悠放开马烁，笑着说，"人家那是红丝绒。"

"对，老板特意去澳门学了好几个月。"马烁认真地说道。他看着阳光下的马优悠，忽然意识到她今天更漂亮了。

"做头发了？"马烁看着马优悠漂亮的刘海儿问道。

"好看吗？"马优悠高兴地抚了一下刘海儿。

"好看！"马烁坚定地点点头。

"你来这儿有什么公事？这里又不是你们辖区。"马优悠问道。作为刑警的妹妹，她对刑警工作的基本规则了解一点。

"对了，你对靳巍有印象吗？"马烁就势往地上一坐。

马优悠从轮椅侧边的口袋里掏出一个垫子递给马烁，说道："你说靳哥吗？当然有印象了，靳哥是个特别好的人。"

"他是个什么样的人？"马烁问道。

"靳哥是个家属，他母亲就是在这里去世的。他母亲去世后，他就在这里做志愿者，帮助那些情况最不好的病人。他最让人钦佩的一点就是坚持，没人比他做得更好。他好像什么娱乐爱好都没有，也没有成家，经常一下班就过来，比正式员工都认真负责。我听说他工资很高，但他吃啊穿啊都很简单，他给彩虹基金捐了很多钱，据说有几十万了。

"去年年底成立了一家临终关怀中心，他就去那边做志愿者了。他走之前我们还给他开了个欢送会，老徐还说等康养中心上市了就送他原始股。大家都挺舍不得他的，但那个临终关怀中心更需要他。那边的病人都处于生命末期，很多人被家人放弃了，他过去应该就是送他们走好最后一程吧。我们都说他是个天使一样的男人。"

马优悠越说马烁就越心惊，这个天使般的男人身上实在有太多信仰型杀手的潜质了：他有强烈的信仰，强烈的献身精神，又极度执着，这三条加在一起就是一旦他认定了某个目标，就会不顾一切追求它，哪怕粉身碎骨。

与此相对的是他没有家庭、没有娱乐和消费，他的全部时间和精力都用在帮助临终之人，这会给他造成巨大的精神压力。那么他如何释放这些压力，从而保持天使的一面呢？

马烁看到一个天使，却想到了一个魔鬼，这种恶意的揣测是刑警的天性，也是一种无奈的职业病。他不能像马优悠一样为靳巍所做的一切而感动，向靳巍学习并可能成为一个更好的人。他永远没法欣赏这个美好的世界，因为他要永远保持警惕，从美好的表面下寻找丑陋和罪恶。

这大概就是十年前他的搭档经常挂在嘴边的那个词：刑警的诅咒。

"哥，你说靳哥是不是个大好人？"马优悠问道。

马烁点了点头，继续问道："去年彩虹基金周年庆的时候，你已经是志愿者了吧？你有没有在活动中看到靳哥？"

"看到了呀，他在……"马优悠想了想说道，"他在脑瘫康复计划那边。那个活动来的人特别多，我都不敢想，竟然有这么多脑瘫患者。"

"是不是也有一些其他病的患者也来参加这个活动，比如唐氏患者。"马烁看似随意地问道，"他们以为这个活动也能帮助自己。"

145

马优悠想了想，摇了摇头："你说这个倒是有可能，但我没看到。毕竟搞了三天活动，我和他们也不在一起。哥，你问这个干吗？"

"那个……"马烁迟疑了一下，说道，"有个诈骗案，骗子说这个活动也能收治唐氏患者，但是得运作。他们收了病人家属的钱就跑了，家属来报警了。"

"这不是去年的事吗？"

"是啊。"马烁面不改色地说道，"这个案子一直没结，现在不是新队长来了搞积压案件清理嘛，就让我负责这个案子。"

"那我帮你联系一下靳哥。"说着马优悠就要掏手机。

"不用。"马烁一把按住了马优悠，严肃地说道，"哥给你透露案情已经是违反规定了，你可不能搅和进来，不然哥会被开除的。你就当什么也不知道，和谁都不能说这个事。"

马优悠立刻点了点头，说道："那我不问了，不给哥当累赘。"

听到"累赘"两个字，马烁心里莫名揪了一下。他迅速转移话题："生日派对准备得怎么样了？"

"我也不知道。"马优悠笑着说，"是杜芃他们准备的，说要给我个惊喜。"

马烁看着她一脸期待的样子，也跟着笑了起来。

"但我和他们说不用准备蛋糕了，因为我哥哥准备了！"马优悠说道。

"杜芃是天生失明吗？还是……"

"他也是意外事故。"马优悠摇了摇头，"他和父母去东南亚旅游，坐船的时候遇到风暴，父母遇难了，他变成这个样子。"马优悠勉强笑了下，"他也是孤苦伶仃一个人，认识我们以后，觉得这里挺好的，就加入我们了。"

"他没有亲人了吗？"马烁问道。

"他有个叔叔，是他的监护人。"马优悠凑过来和马烁说道，"但我觉得他对杜芃不好。有一次他陪杜芃来，我发现他在背后看杜芃的眼神特别阴冷狠毒。"

"不至于吧？"

"你不知道，杜芃父母给他留下一大笔保险金。"马优悠压低了声音说道，"如果他唯一的亲人是他叔叔……"

马烁想起张宏和张全友这对父子，同样是因为财产，他们还是至亲，尚且能狠心下手，更何况叔侄这种脆弱的亲属关系。他想起心理医生多次强调过，亲人的遗弃和谋害是每个残障人士的终极梦魇，也难怪马优悠会如此敏感。他现在要做的就是用实际行动打消她的焦虑，而不是轻易否定她的猜测，这会让她更加缺乏安全感："这样，今晚给你开生日派对的时候，我和杜芃多聊几句，你再和大家说下我是刑警。如果他叔叔真有不轨的想法，还能震慑他一下。"

"谢谢哥！"马优悠攥紧马烁的手。

- 19 -

徐炳辉拿着一个文件夹走来，马优悠知道他要和马烁谈正事，于是推着轮椅离开了。马烁打开文件夹，里面是靳巍的基本资料，还有身份证复印件。

"对了，有件事我正好想和你说一下。"徐炳辉说道。

"什么事？"马烁的眼睛还盯着靳巍的信息登记表。

徐炳辉郑重地说道："我们准备聘用马优悠为彩虹基金的正式员工。"

马烁把目光从表格上移开，惊讶地看着徐炳辉。

"咱们有话直说。"徐炳辉解释道，"第一，雇用残疾人可以享受国家优惠政策，而我们又是这个领域的机构，所以雇用残疾人是正常的

147

人事策略。第二，马优悠作为我们的志愿者，表现一直很优秀。第三，这也是马优悠自己的决定，她希望能相对独立地生活。"

马烁愣住了，这算是个好消息，但他并没有准备好。

"这件事本来要在彩虹基金成立十六周年时宣布，但我想还是提前和你通个气。"徐炳辉郑重地说道，"能够自食其力是每位残障人士的希望，也是我们倡导的理念。你不会有意见吧？"

"我……我没有意见。"马烁摇了摇头。

"我认为马优悠已经做好准备迎接新的人生了，现在该轮到你了。"徐炳辉看着马烁说道，"这不是她的事，这是你们两个人的事。她很勇敢，我们都十分佩服她。你也要勇敢起来，毕竟你是她哥哥。"

"我不勇敢吗？"马烁指着自己问道。

"我是心理学博士，你要相信我的判断。"徐炳辉笑着说道，"马优悠有没有和你提起过她想回家生活？"

马烁点了点头。

"那你准备得怎么样了？"

"正在联系装修公司。"马烁撒了个谎，他忽然意识到自己最近经常撒谎。以前他非常讨厌撒谎的人，认为撒谎是滑向油腻深渊的重要标志。

"尽快吧，马优悠很快就能居家复健了。"徐炳辉顿了顿说道，"她经常和我说想要尽快回家，一方面固然是省钱，另一方面，她也是想把这里的资源留给更需要的人。"

"我会尽快搞定。"

说完这句话，马烁几乎是落荒而逃。

接下来很长时间，马烁都在琢磨徐炳辉和他说的话，他真的很懦弱吗？他真的不敢接受现实吗？

可能还真是。

"咚咚咚！"

马烁从沉思中惊醒，他望向车窗外，一个身穿新式女警礼服的漂亮女人正在俯身看着自己。他愣了一下才认出这是武桐。他慌张地打开车锁，武桐带着一股香甜的清风坐进后排。

半小时前武桐给马烁打电话问案件进展，马烁把昨晚和今天上午的调查作了简单汇报，说现在找到一个嫌疑人，正要去调查，但没说焦闯去大同和老同学见面的事。武桐问他能不能到南站接她，她已经坐上城际高铁，于是马烁开车到北京南站来接武桐。

"咱们的礼服这么漂亮啊！"马烁赞叹道。

"还好吧。"武桐整了整衣领，"就是太显眼了，从上车开始，就好多人拿着手机拍我。还有个大姐问我是不是国旗班的，我说我是警察。"

"这么快就开完会了？"马烁说着把车开进出口专用车道。

"是啊，三八红旗手表彰会，本来上周就应该开，"武桐摘掉帽子，拨了拨头发，"结果部里领导忙，拖到今天才开。"

"然后就没事了？"马烁问道。

"下午还有个研讨会，其实就是玩了。"武桐看着马烁，认真地说道，"谢谢你送江临上学。"

"别客气。"马烁一边说一边小心地跟着前面的车往外挪，建在中心城区的高铁站周边总免不了要堵车。

"对了，焦闯去哪儿了？"武桐换了话题，声调也提高了一些。

"啊？"

"你昨天坐火车回来的，他为什么没和你一起回来？"武桐问道。

马烁愣了一下，反问道："你怎么知道我坐火车回来的？"

"昨天从咱们通完电话到你给我发照片说拿到钥匙，总共就三小时。你们开车怎么可能这么快回来？"武桐回答道。

马烁咽了口唾沫，没有说话。

"你一个人怎么出去办案？"武桐问道。

"所以只能先做点别的功课，等他回来再一起去办案。"马烁回答道。

武桐摇了摇头，不再说话。

"咱们现在去哪儿？"

"去我家。"武桐淡淡地说道，"我先把这身衣服换下来，再吃口饭，下午我和你一起去。"

"你和我一起去？"

"咱俩又不是没一起去过。再说基层单位没领导，人人都得上一线。"武桐伸了个懒腰说道，"最近已经有五个队长因为坐办公室被市局通报了。"

"可是队长不就应该在队里坐镇吗？"马烁问道。

"老梁说了，全市有他一个人坐镇就够了。"武桐说着也不禁笑了。

武桐回家换了身便装，但还是很漂亮。马烁也说不上具体哪里变漂亮了，既没有像马优悠那样改变发型，看着也没怎么化妆，但就是比平时好看。武桐带马烁来到街边的日料店，马烁点了份牛肉饭，武桐点了份拉面，两人坐在角落里吃。

"这次开会，我遇到了一个人。"武桐用筷子挑着面条，面汤腾起的热气挡在她和马烁中间。

"谁？"

武桐看着狼吞虎咽的马烁说道："你之前搭档的女朋友。"

马烁立刻停下咀嚼，像被定住了一样，就连眼神都凝固了。

武桐放下筷子，说道："她在市局工作，你知道她吗？"

马烁缓缓摇了摇头。

"但她知道你。昨晚偶然聊起来的，她听说咱们在一个队还挺惊讶。"

马烁抬起头，仿佛一座被压抑了千年的火山在他瞳孔中爆发。

"我和她一个房间。"武桐一边说一边拆开一双一次性筷子，轻轻放到马烁手边，接着从马烁手里抽走断成四节的筷子，"你有什么要问的我都可以回答，但你先把嘴里的咽了。"

马烁缓缓咽下嘴里的食物，终于开口，但声音像是生锈了一样难听："她怎么说？"

"她没怎么说，就问你过得好不好。"武桐说道，"我和她说你挺好的，是我们队的骨干，现在正主办一个重要案件。"

马烁低下头："不用和她说这个。"

"人家现在是领导了，得有问有答啊。"武桐笑了下。

"领导？"马烁抬起头，惊讶地看着武桐。

"你一点儿都不知道吗？"武桐说道，"你们好歹也搭档了一年呢。"

"他从来没和我说过。"马烁摇摇头，"算了，你们还说什么了？"

"她在调查男朋友牺牲的那个案子。"

"调查？不是已经定案了吗？一个黑警把他当人质杀了。"马烁问道。

"但是最新情报，那个警察一年前出车祸，废了一条胳膊，所以根本打不过你搭档，不可能抓他当人质，更不可能用处决式杀了他。"

"胳膊废了，但他有枪啊。"马烁反驳道。

"那把枪是你搭档的。那个警察徒手制伏了你搭档，然后开枪打死了他。"

"我听说那个警察挺厉害，他也许能单手制伏普通人，"马烁顿了顿说道，"但我搭档可是全市搏击冠军。"

"这就是疑点。"武桐挑了挑拉面，"先吃吧，吃完再说。"

马烁不再说话，使劲把碗中的米饭塞进嘴里，不一会儿工夫他便吃得精光，抬起头来，眼眶有些发红。

武桐也吃了大半碗面，脸蛋热得红扑扑的。马烁去吧台要了一瓶乌龙茶，放在武桐面前。

武桐喝了一口，问道："你从没接触过这个案子吗？"

马烁闷声说道："他们不让我碰。"接着他又问道，"所以他女朋友怀疑他不是偶然碰到了那个警察，而是有人要杀他灭口？"

"大概是这个意思。"

"这么多年，为什么没查？"马烁攥紧拳头，眼中燃烧着火焰。

"好在现在开始查了，"武桐说道，"她想知道你们搭档的时候有没有遇到过什么特别的案子。"

"你是指我们唯一一个未结案吗？"马烁反问道。

武桐也有些惊讶，问道："你们就这一个未结案？"

马烁没有回答，但骄傲之情已经从他脸上每个毛孔中溢出来。

"挺厉害啊！"武桐微笑着点点头。

马烁忽然探过身子，盯着武桐问道："如果我重新查，你会支持我吗？"

武桐也凑过来，低声问道："你想查吗？可能会有麻烦。"

"不是我想不想查，"马烁看着武桐，"而是除了我，没人能查了。"

在马烁的印象中，经济开发区就是座大工厂。宽阔空寂的马路，永远也长不粗的梧桐树，一座座长方体的现代工厂，还有冒着白烟的矮胖烟囱和慢吞吞的重型货车车队。当他看到那座黑漆漆的、长得像外星战舰似的科技大厦，和它旁边各种未来造型的建筑群，才意识到自己的常识就像牛卫平身后的地图一样该更新了。

结束午休的员工三三两两走进大厦富丽堂皇的大堂，有人会去买一杯咖啡，其他人则穿过采用了面部识别技术的闸机，乘坐电梯回到离地一百米的空间继续工作。他们大多数都是典型的程序员打扮，简朴的休闲装搭配双肩包，戴着智能手表。他们乍一看就像高校学生，而不是年薪百万的知识新贵。

就在这时，一个高个儿男人走出闸机，向四周张望了一圈，便朝着马烁和武桐走来。他戴着纽约洋基队的棒球帽，穿着POLO衫、灯芯绒裤子和一双慢跑鞋。他身姿挺拔、肌肉发达，整个人的气质在这个环境中显得颇为另类。

"两位好，我是靳巍。"他说道，声音浑厚有力。

马烁注意到他的左手手腕上戴着一块手表，他认得这块表，正是张宏同款的欧米茄超霸手表。

"你好。"武桐伸出手，微笑着说道，"你怎么知道是我们？"

"整个大堂最不像程序员的就是你们了，"靳巍冲武桐微笑道，"但我真没想到咱们的刑警也这么酷了。"

"抱歉耽误你工作。"马烁上前一步，掏出警官证，"我们是东城刑侦支队的刑警，有些问题想要找你问问。"

"没问题。"靳巍点了点头，又把目光转向武桐，"我请你们喝咖啡吧，我们有5折券。"

靳巍带着马烁和武桐来到大厦的另一侧，这里有家安静的咖啡馆，装修非常考究。三人在咖啡馆的角落里坐好，靳巍要了三杯手冲咖啡和一份当日甜点。

马烁看了眼价单，这里一杯手冲咖啡可以在别的店买两杯咖啡了。

"手表不错。"马烁看着靳巍的手腕说道。

"谢谢，"靳巍抬起手腕，"很多工程师都喜欢这种风格的。"

"是321机芯吗？"马烁问道。

"当然不是。"靳巍笑着摇摇头，然后一副另眼相看的表情说道，"你很懂手表嘛。"

马烁不能说他是上周五刚从东方广场欧米茄旗舰店的维修经理那边现学的，于是说道："我认识的另外一个人也戴这个表，但他那块是321机芯。"

"哇，真土豪！"靳巍摸了摸表盘说道，"我虽然最爱超霸，但还是狠不下心来买块321的。"

"那你认识的人里，有没有喜欢这款表的？"马烁问道。

"很多人都喜欢，但他们都买了智能手表。"

"为什么？"马烁问道。

"因为智能手表能监测血压，"靳巍转头对武桐笑道，"程序员是个高危行业。"

一个留着络腮胡的外国男人端着餐盘过来，放下咖啡和点心，然后将一枝玫瑰摆在武桐面前。靳巍和他说了几句外语，听起来不像英语。两人说着说着都笑了起来，外国男人笑着朝武桐挥了挥手，转身离开。靳巍对武桐说："意大利男人都这样，见到漂亮的女士就飘。我和他说你们是警察，专门来调查Mafia（黑手党）的，才把他吓跑了。"

"你刚才说的是意大利语吗？说得很好。"武桐说道。

"我留学时教一家意大利人的孩子中文，他们教我意大利语。"

"你留学后就一直待在美国吧？三年前才回来。"马烁问道。

"对。"靳巍点了点头，然后看着马烁，"你对我做了调查。"

"因为有些事情想问你。"马烁准备切入正题。

"好的。"靳巍离开椅背，喝了一口咖啡，然后双手搭在木质圆桌上，目光炯炯地看着马烁。

"方便摘掉帽子吗？"马烁看着靳巍说道。

"当然。"靳巍摘掉棒球帽，露出花白的头发。

马烁的心跳加速，他几乎本能地闻到了这个男人身上散发出的危险味道。他从兜里掏出一本黑色记事本和一支笔，用更锋利的目光回敬对面的男人："今年3月11日晚七点至3月12日凌晨两点，你在哪里，做什么？"

靳巍一直表现得非常放松，但在马烁的注视下终究紧张了起来。他借着掏手机的动作避开马烁的目光，然后点亮屏幕，说道："3月11日，你稍等。3月11日是上周三……噢，对，那天是我们公司年会，我在三亚。"

"三亚？"马烁问道，"什么时候去的？什么时候回来的？"

"今天是周一了，那就是上上周五出发的，上周四，也就是3月12日下午3点落地的。"靳巍想了想又补充道，"我们一起乘车回到这里，时间大概是下午4点30分，然后就各回各家了。"

－ 20 －

靳巍提供了完美的不在场证明，但马烁并不感到意外，因为窦勇被杀案已经确定是双人团伙作案，所以靳巍的不在场证明也只能如字面意思一样证明他没有在现场，仅此而已。杀人的可能是他同伙。于是马烁拿出真正的撒手锏，看靳巍如何应对："今年2月11日到2月12日期间，你的行程是什么？"

靳巍又翻看了一会儿手机，然后说道："那一周我在休年假。"

"2月11日是正月初十，刚过完春节你就休年假吗？"马烁立刻追问道。

"对。"靳巍点头道。

"说一下你的行程。"马烁盯着靳巍说道。

"那一周我一直在家休息。"靳巍说道，"你知道，像我们这种公司，员工来自全国各地，通常正月十五以后才会回到正轨。我虽然是本地人，但是只有我自己去上班也没有意义，所以老板就强制给我们本地人休了年假。"

"强制休假？"马烁问道。

"是的。"靳巍笑道，"我一天带薪年假的工资是一千五，没有哪个老板愿意真正支付这个成本。"

"这一周你在做什么？"马烁问道。

"在家。"靳巍看向武桐，"看看书，健健身，做做饭，一周很快过去的。"

"整整一星期都在家，没出去过吗？"马烁问道。

靳巍想了想，然后谨慎地说道："应该是的。"

"谁能证明你待在家里？"马烁问道。

靳巍想了想说道："我会从网上购买食物和日用品，应该有消费记录。"

"有快递员或者外卖员能证实你在家吗？"马烁又问道。

"我会让他们把东西放在门口，等他们走了我再拿。"靳巍看向武桐解释道，"现在流行无接触配送，但我和他们通过电话。"

马烁点了点头，继续问道："你有没有下过楼？倒垃圾之类的，电梯摄像头或者小区监控能拍到你的？"

靳巍摇了摇头说道："我想不起来你说的那两天我有没有下楼了，但我的生活垃圾非常少，基本三四天倒一次就可以了。"

"三四天倒一次？"马烁问道。

"对，我崇尚环保。"靳巍认真地说道。

"可是你刚才说你会在家做饭，做饭没有厨余垃圾吗？"马烁问道。

"几乎没有。"靳巍笑着说道，"我在留学时改变了饮食习惯，现在以牛排和意大利面为主。我可以连续一个月吃牛排。当然这只是我居家时的状态，工作日我会在外面解决温饱，所以也不会真的连吃一个月牛排。"

"你单身吧？"武桐问道。

"是的，我是真正意义上的单身主义者。"靳巍说道，"我选择了一种不太主流的人生观，并基于这种人生观选择了我的生活方式。"他转向马烁，接着说道，"但我的人生观也不会影响别人。"

"能聊聊你的人生观吗？"马烁问道。这是他从警十年来第一次问出这样的问题，他想听听靳巍还会怎么扯淡。

"嗯。"靳巍想了想说道，"简单说，人生就是一场炼狱。命运教我们用几年甚至几十年爱上一个人，又在一瞬间夺走她。命运教我们用几十年建立希望和信念，又在一瞬间摧毁它。命运让我们得到，又让我们失去，我们的一生都在重复这个过程。这不是炼狱吗？"

"所以呢？"马烁问道。

"我不能选择我的母亲，如果这是我来到世间的入场券，那么作为代价,我必须承受失去她的痛苦。"靳巍平静地说道,"我们去爱一个人,这份感情就长在我们的心里,有一天她死了,感情被扯断,留下一个永远无法愈合的伤口。也许一场车祸、一起意外、一个拿着刀的疯子,甚至更加荒诞的理由,都可以把她从我身边夺走。哪怕她躲开了所有的灾祸,终有一天,一个细胞的分裂错误也会随随便便杀死她,而我什么都做不了。为什么生死离别会让我们哭?是为了对方的死而哭,还是为了自己的疼而哭?很多事我想不明白,也无力改变,我唯一能做的就是逃避痛苦,哪怕孤独。"

靳巍说完这番话,三人陷入沉默。

马烁咳嗽了一声打破沉默,他拿出手机,找出窦勇的照片,把手机放到靳巍面前:"你见过这个人吗?"

"见过。"靳巍立刻说道,然后又补充道,"其实你们来之前,康养中心的徐总已经给我打过电话,我也认真回忆了他们父子来参加活动时的情景。"

"那你说说。"马烁点了点头。对于徐炳辉向靳巍透露办案信息,他早有心理准备,因为这就是人之常情。就像他去找徐炳辉帮忙,徐炳辉没有要求查看任何执法文书就痛快协助,这也是人之常情。

"这个人的儿子是唐氏,他以为脑瘫康复活动也可以接收他儿子,但实际不行,而且他儿子的病没法治好,只能是永远的拖累。"靳巍说道,"当然,这些我都直言不讳地告诉他了。"

"他知道后有什么表现?"马烁问道。

"很绝望,虽然他的儿子是呆傻的,但是养了这么多年毕竟有感情。所以他要做出选择,要么带着这个累赘继续生活下去,要么遗弃。你们可能不知道,在临终关怀中心,每天都会上演这样的抉择,而绝大多数人的处境更惨,他们要么和累赘一起死,要么遗弃累赘自己活下去。"

"所以你在暗示我们他杀了自己的呆傻儿子,是吗?"马烁问道。

"我知道他儿子死了。"靳巍看着马烁说道,"因为我们除了接收脑瘫儿之外还有一些善款可以分配，当我通知他可以领取五千块钱补助金的时候，他告诉我他儿子去世了。"

"你知道孩子是怎么死的吗？"马烁问道。

"不知道，我没问。"靳巍停顿了片刻，然后说道，"我能猜到这里或许有内情，但我选择假装不知道。我不想去举报一个养育了呆傻儿子十几年的父亲，就算他杀了儿子，我也能理解。从法律上说，他的确杀人了，但是他的儿子真的是个完全意义上的人吗？我不这么认为，他儿子是个生命，但不是真正的人。或许还有另一种可能，的确有个悲惨的灵魂被困在那具畸形的躯体里承受煎熬，想着早日解脱吧。"

马烁清了清喉咙，将谈话拉回到之前的话题："也就是说，从2月9号到2月15号，整整一周，你都待在家里，但是没有任何人或者监控能证明。是这个意思吧？"

"是的。"

"整整一周，你没和任何人交流，发微信或者视频语音，甚至打电话？"

"没有。"

"你也没去做志愿者？"马烁又问道。

"是的。"靳巍想了想又补充道，"本来我是想去的，但是刚过完春节的那些日子相对轻松些，他们也希望我能休息一下。"

"你最近有出国打算吗？"

"没有。"

"暂时不要有任何出行计划，我们随时会找你。"马烁说着从包里掏出便携式指纹采集器，让靳巍录入指纹。

"对了，你们公司是研究无人机的吧？"马烁看似随意地问道。

"是啊，无人机和机器人。"

"我有个问题想请教。无人机大多在户外飞，因为水泥会屏蔽信号，所以在建筑密集的区域容易失去控制。那么，无人机从户外飞进室内是不是也会因为丢失信号而失去控制。"

"那要看飞进室内多久，如果在窗边的话倒还好。"

"假设从窗户飞进来，一直飞到房间的最里边呢？会不会丢失信号？"马烁继续追问道，"如果丢失信号，会有什么后果？"

"那肯定会失控。"靳巍点点头，"这种情况下，为了保障安全，无人机通常会启动缓降功能，平稳落地。"

"一定有解决方案吧。"马烁看着靳巍说道。

"有。"靳巍淡定地回答道，"比如室内有网络的话，就可以在进入房间前连接上，通过互联网对无人机进行操控。"他看着马烁直直地盯着自己，于是对武桐问道，"我是不是说错什么了？"

武桐微笑着说道："你看起来很健谈，不像你说的那么孤僻。"

"我的确很孤僻。"靳巍看着武桐，"孤僻不意味着不健谈。而且，不知道为什么，我很愿意和你们谈话，也许我们有什么共同点，只是还没发现罢了。"

"你住在至美家园？"马烁问道。

"对，我在那里租的房子。"靳巍回答道。

"你没有房产、汽车、股票。"马烁说道，"你的年收入有七十万，这些钱都用在什么地方了？"

"我母亲治病花了一笔钱，我要偿还这些债务。"靳巍回答道，"而且我的收入也不是一直那么高。我三年前回国，第一年收入三十五万，第二年五十万，去年才因为股权到了七十万。我还了大约五十万的债务，三年日常开销大约要五十万，还捐了一些钱给慈善基金。"

"你捐了五十五万给彩虹基金。"马烁说道。

"如果没有康养中心，我母亲最后那段日子会非常痛苦，所以我想捐一些钱表达我的谢意。"靳巍说道。

"就算是表达谢意，这也太大手笔了。"马烁说道。

"我赞同他们的理念，我希望他们能发展起来，"靳巍回答道，"我会尽可能支持这些慈善机构。"

"是为了纪念你的母亲吗？"马烁问道。

靳巍没有回答，但他的眼睛里第一次迸发出火光。马烁意识到，这也许是靳巍唯一的弱点。

马烁招了招手，意大利老板走了过来。

"我来买单吧。"靳巍伸手要接账单。

"不，不，"马烁按住靳巍的手，"我们在执行公务，怎么能接受当事人的招待呢？还是我来买单吧。"

马烁用当事人代替嫌疑人，但靳巍好像听明白了，手臂微微一颤。

马烁支付了账单，三人在门口告辞。

"替我祝你妹妹生日快乐。"靳巍忽然说道。

"噢？"马烁微笑着问道，"这也是徐总告诉你的？"

靳巍摇头道："不，因为我忽然想起来，以前我见过你，只不过那时候我穿着志愿者的制服，戴着口罩，你可能不认识我。"

马烁看着靳巍，缓缓说道："我刚才就觉得你眼熟，但是死活想不起来在哪里见过你。我现在终于想起来了。"

"是在马优悠复健的时候？"

"不。"马烁摇了摇头，一边回忆一边说道，"是在一次家属互助会，你戴着棒球帽坐在角落里。轮到一个女人发言时，她不知道怎么了，说着说着就哭着跑出去了，然后你也跟着出去了。对吧？"

"是吗？"靳巍不置可否，"情绪激动的家属经常会有，为了防止他们有过激行为，我们通常都会跟着去看看。"

至美家园是一个商住社区。商住社区通常有漂亮的外观，但仅此而已。因为容积率奇高，人口流动量大，物业管理不力，很多商住小区都沦为城市黑洞。至美家园就是典型的案例。这是个"回"字形社区，三层以下是底商，三层以上是酒店式公寓。靳巍租住的单元每层有十四户之多，很多户门上贴着某某公司的招牌。一条幽长昏暗、散发着臭气的大走廊连接整栋楼的四个单元、八个出入口、八部消防楼梯和十六部电梯。

马烁和武桐站在一个出入口外观察，十分钟内进出了十几个人，其中外卖员占了一半。

　　"想躲开摄像头出入太简单了，随便买一身外卖员的衣服，再戴个头盔就搞定了。"马烁摇着头说道，"我看他选择住在这里就是故意的。"

　　"那就说明他早有防备。"

　　两人来到物业办公室，里面只有一个穿着保安制服的男人，看年纪已经超过五十岁了。马烁表明自己的刑警身份，提出要查看监控录像。男人也不知道是听不懂他的话还是故意装糊涂，操着一口方言和马烁纠缠不清。最后马烁拿过一张纸，写上"叫你领导来"五个字，男人不屑一顾地摆了摆手，转身出去了。

　　两人在物业办公室等了十分钟，男人还没有回来。武桐终于按捺不住，打电话给当地派出所。又过了二十分钟，两个民警带着一个穿西服、自称刘经理的男人走进办公室。

　　"实在抱歉，两位领导，"刘经理满脸堆笑地说道，"老头啥也不懂，两位领导别跟他一般见识。"

　　马烁正要反驳，只听武桐冷冰冰地说道："你知道这个房间是干什么的吗？"

　　"知道啊，这是我们物业办公室。"刘经理点头哈腰地说道。

　　"这还是消防控制室。"武桐指着身后的FAS系统柜说道，"消防控制室必须二十四小时由两名合资格人员值班，他是合资格人员吗？"

　　刘经理见她来真的，立刻谄媚地说道："是是是，我们工作不到位，让两位领导见笑了。"

　　"谁跟你笑！"武桐厉声说道，"你让一个普通话都听不懂的人在这么重要的地方值班，他还说走就走，一走就是半小时。这半小时里出现火灾怎么办？这可是高密度住宅区，你们就这么玩忽职守？"

　　"您批评得对，我们立刻整改。"

"你不用和我说。"武桐说道,"我已经通知消防支队了。"

正说着话,两个身穿武警制服的年轻人走进来,其中一个向武桐敬了个礼。

"武队长好,我们队长说,感谢您替我们发现了辖区里的重大隐患,我们一定会严肃处理,队长以后会当面感谢您。"

马烁看着那个刘经理,他已经笑不出来了,一脸死灰色。

武警转身对刘经理说道:"请出示你们的FAS操作证。"

"我们……"刘经理结结巴巴地说道,"我打个电话。"

"不用打了。"武警打开文件夹,"明天上午9点,请你单位消防负责人到支队领取处罚通知和停业整顿通知。过时不到,我们将按照相关法规对你单位进行进一步处理。"

"那……消防负责人是谁啊?"

"一把手。你们公司的一把手。"说完武警把通知单放到桌面上,"现在马上找两个合资格人员过来值班。"

十分钟后,小区物业总经理亲自带着一班人过来接管物业办公室。总经理恭恭敬敬地把监控视频拷贝递给马烁,可是已经于事无补。他现在唯一能做的就是积极配合,别再惹出新的事端。

马烁和武桐回到车上,武桐打电话回队部,让他们安排三个实习警员看至美家园的监控录像。挂断电话后,武桐仰着头,枕着靠枕,安静地望着车窗外。

马烁知道武桐为什么情绪低落,就算三个实习警员把所有视频都仔仔细细地看一遍,也有很大可能什么都查不到。案子查到现在,已经到了最困难的阶段。越来越多的调查无功而返,但是对哪条线索也不能掉以轻心,否则很可能错失关键信息,和破案失之交臂。

破不了的案子就像债一样,吸附在你的脊椎上,永远甩不掉。不仅如此,它还以你为食,要么吸食你的精神,要么啃噬你的良心,总得占一样。

马烁把手机连到车载娱乐系统,打开刚才和靳巍的对话录音。

两人坐在车里，安静地听完录音。

马烁忽然说道："他好像有个破绽。"

- 21 -

听到马烁说靳巍有个破绽，武桐的眼睛又亮了起来。

马烁看着后视镜里的武桐说道："他一直暗示我们窦勇杀了儿子，你觉得是为什么？"

"贼喊捉贼。"

"那他不怕我们找窦勇核实吗？"马烁说道，"所以他知道窦勇死了，我们死无对证。"

"对。"武桐点点头。

"但他没和我们提起窦勇已经死了。"马烁说道，"我今天早上和康养中心的徐总说过窦勇被人杀了。如果徐总也和他说了，那么按照正常人的反应，一个被无辜牵扯进命案的人肯定会质问我们，会表现得困扰甚至愤怒。"

"如果徐总没和他说，他又是怎么知道窦勇死了？"武桐接着说道，"到昨天为止，窦勇家人都不知道窦勇已经死了，而且窦勇家人也不会向他报丧。所以如果徐总没和他说，就只可能是他杀了窦勇。"

"如果徐总和他说了，他的表现就是做贼心虚。"马烁说道，"如果有警察诬陷我杀人，我绝对不会请他们喝咖啡。他是窦勇在北京认识的屈指可数的几个人之一，还是白头发，又是无人机专家。对了，就因为他和窦勇认识，所以他们在煤场招工的时候他躲在车里不敢下来。他担心窦勇认出他。"

武桐也兴奋起来："可是这些也只是我们的推测，你下一步打算怎么办？"

"只能用笨方法了。"马烁说道，"把他查个底儿掉，找到他的作案动机。他早晚会露出马脚的。"

"你准备深度调查了？"武桐问道。

深度调查永远是效果最好的侦查手段，坏处是万一搞错了嫌疑人，就会前功尽弃，更重要的是错过了宝贵的破案窗口期，甚至可能永远查不到真相。因为客观因素导致案件无法侦破倒还好说，但如果因为办案人员的破案策略导致无法破案，就会变成"人为因素"。所有引入问责机制的部门，人为因素是最大的禁忌。所以大家都知道深度调查是好办法，但是局面不明朗时没人愿意冒险。就像玩德州扑克，没人在下小盲注时就押上全部筹码，那就是纯粹的赌博了。

马烁明白武桐的意思，他说道："这个案子比较特殊，适合深度调查。"

"怎么合适？"

"第一，他还有个同伙。他们之间联系的痕迹不会彻底被抹除掉的，只要深挖就一定能找到线索。他们就是一根绳上的两只蚂蚱，只要让我碰到绳，就能把他们抓住。"马烁说道。

"好。"武桐点点头，"第二呢？"

"犯罪动机。"马烁犹豫了一下说道，"我妹妹认识他，他们都是彩虹基金的志愿者。我妹妹和我说了他的情况。他这个人非常奇怪，就像他把三分之一的收入捐给慈善机构，这种事正常人干不出来。"

"你妹妹认为他是什么人？"

"圣人，天使。"马烁说道，"好像他的人生使命就是扶危救难，但这种人是不存在的，即便存在，对于世俗社会也是危险的。"

武桐若有所思地说道："因为他们有自己的价值体系，也根本不在乎世俗社会的秩序。"

"所以他的犯罪动机不同于一般的名利情仇。"马烁说道，"找到他的犯罪动机就成功了一半。"

"还有第三吗？"武桐继续问道。

"第三，就算不做深度调查，最后也可能破不了案，但如果我知道凶手是他而又让他逍遥法外的话，我没法接受。"马烁想了想又补充道，"如果你担心试错成本太高，我可以自己查。"

"你自己怎么查？"

马烁晃了晃手里的SSD硬盘说道："先从这个开始。"

马烁决定从2月9日开始看起。好在现在有人工智能面容筛选的功能，而且单元门和电梯里的摄像头清晰度也足够高，实习警员很快找到了靳巍在2月9日上午9点下楼倒垃圾的视频。视频里的靳巍没有戴帽子，灰白色的头发辨识度非常高。他按照垃圾分类把垃圾袋放好，然后就回家了。

"继续。"马烁命令道。

靳巍下一次出现在监控画面中是2月13日，几乎同样的时间，靳巍下楼倒垃圾，然后回家。马烁翻看记事本，2月13日的页面写着："下午2时许，头发花白的年轻人去赵大妈家看房，开一辆SUV。"

实习警员操作电脑，靳巍下一次出现在屏幕上已经是2月16日早上了。他背着一个双肩背包、穿着短款夹克走出大门。出门之前，他戴上了棒球帽。

马烁命令暂停，看着靳巍双手一前一后扶着棒球帽时的画面。他的眼睛看向右侧，那是大门外的方向。他的姿态和动作好像是要趁着没人赶快戴上帽子。也就是说，他应该不想让人看到自己花白的头发。他既不想让人看到自己的白发，又不去把白发染了，也许这头白发对他有着特殊的意义。

他不想让人看到自己的白发，却在倒垃圾时不戴帽子，这说明他是故意在摄像头下露脸。

马烁想起来什么，他翻看记事本，找到了赵大妈的电话，给她拨了过去。

"赵大妈，我是刑警队的小马，我们之前见过面。"马烁礼貌地说道。

"啊，马警官，您好。"赵大妈的声音客气又惊慌。

"赵大妈，没事，您别紧张，我就是有个细节想和您核实一下。"马烁尽量温和地说道，"您上次说您看到那个小伙子是白头发。"

"对！花白的！"

"他当时戴着帽子吗？"

"戴了，小年轻都爱戴的那种帽子，正面还有个图案，挺流行的，大街上很多人都戴，我一个老太太也不知道是个啥。"

"那您是怎么发现他是白头发的？"

"嗐！这不是我正和中介说话呢，他站我后面，把帽子摘了捋头发。墙上挂着一面镜子，我就看见了。"

"然后他又把帽子戴上了？"

"是啊，很快就戴上了。可能他也不愿意让我们看见吧。"赵大妈说道，"年轻人谁愿意让人看着自己一头白发。"

"他那帽子是什么颜色的您还记得吗？"

"深褐色吧，白色图案，图案鬼画符似的也不知道是哪国文字。"

"好嘞，就这事。谢谢您了。"

马烁挂断电话，看着屏幕里的靳巍，他戴着有纽约洋基队标志的棒球帽，帽子是深褐色的，中间鬼画符似的白色图案是字母N和Y叠在一起的造型。

"你们看2月13号这天的监控。"马烁说道，"从上午9点到下午2点，把每一个没有露面的男人都记下来，不管是戴口罩的，还是戴头盔的外卖员，或者故意不露脸的，都记下来。尤其是外卖员和快递员，他们应该是先进再出，你们找找有没有没进就出的。"

三名实习警员脸上都露出苦涩的表情，这个工作不仅枯燥，而且一个恍惚就可能出错，到时候不仅没有功劳，反而还会背锅，真是个又脏又累的活儿。

马烁看出他们的情绪。这也不怪他们，他们只是初入社会的年轻人，其他人怎么做事，尤其是那些混得好的人怎么做事，他们就有样学样。现阶段公认前程似锦的是火线借调支队的刘斌，就更是他们的榜样了。刘斌一贯耍鸡贼，挑三拣四，逢功就抢、遇事甩锅，这也是公认的。所以这些年轻人就会直观地感受到：社会的潜规则果然是这样的，还是得尽早并轨，少走弯路。

"这样吧，"马烁只好妥协，"你们两个看A门，我们两个看B门，用2倍速播放，有人进出的时候再放慢。"

马烁打开表格软件，做了个以五分钟为单位的时间轴，要求他们把所有进入这栋楼的外卖员都记下来，用数字编号，等外卖员出来再把数字画掉。这个方法在11点之前还好用，11点之后外卖员逐渐多了起来。到了12点，经常有两三个外卖员同时进出，而且他们穿得差不多，非常容易混淆。

马烁调整了策略，让他们统计进出总数。

时间进度到了13:30，午间外卖高峰过去，统计结果也出来了，离开的外卖员人数比进入的多了一个。

马烁暗自松了口气，感叹这就是运气。靳巍肯定没想到会有人这么查他，所以穿个外卖员的衣服就出来了。哪怕他换个单元出来，这次没查出问题，可能也不会再往下查了。

"现在知道怎么做了吧？"马烁看着三个警员说道，他们的神情已经从刚才的不屑和烦躁转成了惊讶和钦佩。

"知道，把这段时间的录像再看一遍，看看从哪里多出来一个人。"其中一个回答道。

"这个人假扮成外卖员，说明他做贼心虚。他很可能不坐电梯，因为电梯里有监控，但是其他外卖员会跑楼梯吗？"马烁问道。

三人摇了摇头。

"所以你们一边看电梯监控，一边看单元出入口监控，如果电梯里出来的人和出入口对不上，可能就有问题了。"马烁说道。

"也有可能他家住九楼，自己跑下一层，到八楼坐电梯。"另一个举手说道。

"非常好！"马烁拍了下手道，"如果你们比对电梯监控和出入口监控没有结果，就是你说的这种情况了。那就更好了。"

"为什么？"

"中午送外卖的外卖员，不可能只送一份。"马烁笑着说，"他们一定会短时间内反复进出电梯，所以一旦你们发现了可疑人，就去找临近时间他有没有乘坐电梯，如果没有就很可能中了。"

"明白！"三人纷纷点头，眼中都冒出光来。

"只要有耐心，就一定会有结果。加油。"马烁把一张纸铺在桌面上，"我现在去找队长汇报，把你们的名字写下来。"

三个实习警员的脸上露出惊喜害羞的笑容。

马烁向武桐做了简短的汇报，武桐听完后却问了一个毫无关系的问题："你妹妹今天过生日，没有生日派对吗？"

马烁这才意识到，他看向窗外，天已经黑了。他掏出手机，时间是18:15，有两个来自三宝蛋糕房的未接来电和三条马优悠发来的短信。

"坏了！"马烁挠了挠头。

"买礼物了吗？"

"没有，买蛋糕了。"马烁一边给马优悠回短信一边说道。

"礼物呢？"

"啊？"马烁茫然地看着武桐。

武桐叹了口气，把车钥匙放在桌上，说道："开车去吧，记得补个礼物。"

"谢谢。"马烁抄起钥匙向外跑去。

难得今天从中心城区到麦庄的道路没有堵车，马烁一路风驰电掣开到康养中心。即便如此，等他抱起蛋糕盒下车时也已经18:58了。马烁捧着蛋糕朝里面跑去，心里十分自责。去年他赶到生日派对的时候已经

19:30了，大家围坐在桌子旁边等他，大家辛苦做的一桌菜凉了一半。可是马优悠不仅没有不高兴，反而还替他解释。马优悠越这样他就越内疚，那时他下定决心下次绝不再迟到。

前面回廊左转就是餐厅了，马烁加快脚步，就在转弯的一刹那，发现一个人正迎着自己走来。马烁来不及收脚，和对方撞了个满怀，两人倒在地上，蛋糕盒也脱手了，滚到墙边。

马烁定睛一看，和他相撞的竟然是盲人杜芄。杜芄的墨镜甩飞了，睁着一双灰色的眼睛，正在摸索着自己的拐杖。马烁立刻爬起来，把墨镜和拐杖塞到杜芄手里。杜芄戴上墨镜，被马烁搀扶着站起身，因为被撞到胸腔，又痛苦地弯下腰。马烁连声道歉，杜芄听出是马烁的声音，双手扶着他说自己没事，让他不要担心。

马烁想起马优悠多次和自己说过，在康养中心里有很多行动不便的人，一定要注意靠右侧走的规则，更要避开盲道。他因为着急拐弯冲到左边，才撞上了走在盲道旁边的杜芄。

马烁真想抽自己两个耳光，一是为了自己撞到了杜芄，二是为了摔得稀烂的红丝绒蛋糕。

很快马优悠和几个朋友从餐厅里出来，看到眼前的一幕，也不知道该说什么。

"对不起大家，我给大家添麻烦了。"马烁内疚地说道。

大家嘴里说着没事，但表情都十分尴尬，场面很快陷入沉默。

"怎么了？"杜芄问道。

"我把蛋糕摔了。"马烁说道。

"蛋糕在哪儿？"杜芄在马烁耳边说道，"带我去。"

马烁搀着杜芄的手，蹲下来，摸到蛋糕盒。杜芄摸索着把蛋糕盒摆正，摸到了红丝带。他顺着红丝带，一路摸到盖子上的丝带花，脸上露出了笑容。

"这朵花很漂亮吧？"他笑着说，"是红色的吗？"

"粉的。"马烁回答道。

杜芃让马烁托着蛋糕盒，他双手伸到盒底，轻轻一拉，粉色丝带解开了。他又摸了摸盒底的边缘，然后轻轻一转，筒形的盒盖打开了。他举起盒盖，露出了摔坏的生日蛋糕。他把手伸进盒盖里，刺啦一声，取出了装着生日皇冠、蜡烛和一次性餐具的塑料袋。

"你怎么知道在这里？"马烁忍不住问道。

"圆筒蛋糕盒只有两个地方能放这些东西，盒底，或者粘在盖子里。"杜芃笑着说道。

马烁看着一塌糊涂的蛋糕，和挂在边缘摇摇欲坠的白色巧克力生日牌，心情比红丝绒裱花还稀碎。

"马警官，帮个忙，"杜芃端着蛋糕底托站起来，"把蜡烛插上。"

马烁如梦初醒，哆哆嗦嗦撕开塑料袋，把一根蜡烛插在蛋糕中间，顺便把生日牌放回原来的位置。他忘了自己不抽烟，下意识摸着口袋，嘴里喃喃念叨着"火呢火呢"。

杜芃微笑着对马烁说道："我左边兜里有火柴。"

马烁从杜芃兜里掏出火柴，点上蜡烛，夜色中亮起柔和的光晕。

"祝你生日快乐！祝你生日快乐！"杜芃唱起生日歌。

其他人跟着合唱起来，一边唱一边打拍子，一瞬间，氛围变得温馨又浪漫。

"我们去送蛋糕。"杜芃小声说道。

马烁一手护着烛火，一手搀着杜芃，把蛋糕护送到马优悠面前。烛光下，马优悠笑颜如花，眼睛里闪烁着钻石般的光芒。

马烁给马优悠戴上皇冠，马优悠闭上眼睛，许下愿望，然后吹灭蜡烛。

大家又鼓起掌来，然后纷纷拿出手机，打开手电给马优悠照亮。马优悠坐在轮椅上切蛋糕，第一块蛋糕递给了马烁。

马烁蹲在马优悠旁边，小声说："对不起，我搞成这样。"

"没事的，哥，他们都知道你是因为工作才来晚的。"

马烁抬起头，看着周围一张张友善的面孔。

"现在请小寿星发表生日感言。"杜芃坐在地上，微笑地"望着"马优悠。

大家鼓起掌来。

"我在这里已经住了两年，"马优悠认真地说，"我康复得非常好，所以我也该回家了，也该正式面对新的人生了。我觉得我可以的。"

大家再次鼓掌，杜芃鼓得尤为用力。

"但我还是会每天都回来的，"马优悠说道，"而且我要坐地铁回来，我要继续和你们在一起，因为我已经决定把这里当成我的事业。"

大家欢呼起来，挨个儿和马优悠拥抱。

杜芃忽然掏出一个红色镂空金面的小盒子，举到马优悠面前。

"生日礼物。"

－ 22 －

马优悠打开盒子，里面是一条金项链，吊坠是两个扣在一起的吊环。

"希望幸福和你环环相扣。"杜芃笑着说道，"谁来给优悠戴上？"

"马警官戴！"大家欢呼道。

马烁有些尴尬地拿起项链，小心翼翼围到马优悠的脖子上，金色的吊环在黑色高领针织衫的映衬下显得更加闪耀优雅。

大家纷纷和马优悠合影，杜芃坐在地上"望着"马优悠，轻轻地说道："应该很漂亮吧？"

马烁躲在众人身后，脸上发烫。他想起武桐刚才无奈地叹气，他为什么没想到要送马优悠生日礼物？

因为从小到大礼物这件事都是父母负责的，所以自己没有养成送礼物的习惯？他立刻否定了这个借口，他没有借口，他就是不重视妹妹，他就是麻木。所以妹妹过生日，他会连着两年迟到；所以妹妹想要回家住，他迟迟没有着手准备；所以他只记得买蛋糕是自己的义务，完全没考虑到再也收不到生日礼物的妹妹会失落。

他觉得自己把所有钱都拿出来给妹妹住最好的康养中心，自己像苦行僧一样生活，这样做就是好哥哥了？还是说，那不过是做给自己看的一出苦情戏罢了？

一瞬间，他想清楚了很多事。

杜芃推着马优悠往餐厅走去，他们一个失去了眼睛，一个失去了双腿，但他们在一起却是完整的。

马烁跟在众人后面。没人问马烁送什么礼物，也许大家都知道，马烁是不会送礼物的。也许马优悠告诉他们，我哥每年都会给我准备生日蛋糕，这就是最好的礼物了。也许杜芃正是听到她这么说，才决定送礼物。

就连晚餐都是特意为马烁设计的——因为马烁可能迟到，他们为了避免去年的尴尬特意准备了火锅，无论什么时候吃都是热乎的。

好在大家都知道马优悠的哥哥沉默寡言，所以没人在意马烁的失落。

吃完晚饭，大家收拾打扫完毕，准备各自散去。有要回家的，有要回住院部的——有两个是脑瘫患者，还有一个出了车祸双腿截肢的篮球运动员和一个忍受着透析、苦等骨髓配对的女孩。

这时一个中等身材的男人走了进来，他五十岁上下，獐头鼠目，一双小眼睛四处逡摸，见谁都皮笑肉不笑地打招呼。他走到杜芃身后轻轻咳嗽一声，杜芃身体明显颤了一下。

"不早了，该回去休息了。"男人面无表情地说道。

马优悠捅了马烁一下，然后对他使了个眼色。马烁想起马优悠和自己提过的杜芃的监护人，看来就是这位了。

马烁推着马优悠来到杜芃身边，马优悠笑着说道："邦叔来了。"

邦叔皮笑肉不笑地朝马优悠点点头，算是打了个招呼。

"这是我哥。"马优悠指着马烁说道，"我哥是刑警。"

"噢，你好。"邦叔冷淡地打招呼。

"我和杜芄认识好久了，还是第一次见到您。"马烁主动伸出手，"您经常过来吗？"

邦叔不情愿地伸出手，和马烁稍微握了一下就缩回去。他低垂着眉眼，似乎不想让马烁看到自己的表情。

"今天晚了，叔叔担心我一个人回去不安全，所以过来接我。"杜芄笑着接过话头，"平时他在家里照顾我堂兄的儿子，也就是我侄子。"

"噢。"马烁点点头，"邦叔这么年轻都当爷爷了。"

"见笑了。"邦叔挽住杜芄，"走吧，别给人家添麻烦了。"

马烁皱了下眉，这句话让他很不舒服，而邦叔几近劫持地挽着杜芄离开也让他很不舒服，好像生怕他们多说两句话似的。身为刑警，马烁脑子里蹦出来的第一个词就是"做贼心虚"。而且邦叔长了一副坏相。这并非马烁以貌取人，如果一个年轻人长得不好，还可能是先天局限，但是一个年过五十的人还是一脸坏相，那就绝对是相由心生了。

也难怪马优悠会起疑，就连马烁看到这个邦叔的时候，都会后背发凉。

马优悠陪着马烁来到停车场，看到了武桐的商务轿车。马烁向她坦白，自己因为研究案情忘了时间，领导把自己的车借给了他。

"这么好的车应该停到地下停车场。"马优悠说道，"这里园林景观做得好，地方大又安静，附近居民的小孩经常跑进来玩，有一次把好几辆奔驰的车标都掰坏了。"

"没找他们赔吗？"马烁问道。

"当时这里没装监控，家长不承认，还说老徐讹他们，最后还是老徐自己掏钱给人修车。"马优悠摇了摇头，"周边很多居民都靠着这里做生意，你看街两边的水果店和花店，还有那些家庭旅馆。结果他们不但不感谢老徐，还说康养中心破坏了他们的风水，还闹着要赔偿呢。"

马烁嗯嗯啊啊地应付，心里却想着另外一件事。他忽然意识到自己忽略了一个重要线索：赵大妈说她在楼下看到对方开着一辆SUV走了。锦绣园小区是有监控录像的，他调出监控不就能查到那辆车的行踪，继而找到人了吗？

马烁懊恼地拍了拍脑门，果然坐了九年冷板凳，思维都退化了。

"哥忽然想起个事！你先等会儿。"马烁一边说一边给武桐拨电话，然后朝着远处走去。

武桐很快接通了电话。马烁如实说了自己忙中出错，忘记调查这个线索，让武桐派人去查锦绣园小区的监控，找到那辆SUV。

"我已经派人看监控了。"武桐说道。

"啊？"

"今天上午你和我说过，白头发年轻人看房时开了一辆SUV。"武桐淡淡地说道，"你没和我申请查锦绣园的监控，我就估计你忘了。"

"噢。"马烁有些不好意思，但他也找不到得体的话来回答武桐。

因为九年来他和牛卫平一直处理最普通的案件，他不仅思维退化了，就连和领导沟通的能力都退化了。

"没事，"武桐轻松地说道，"车已经找到了，现在正在看交通摄像头，找它的移动轨迹。"

马烁信步走到僻静的第二停车场，这里三面围着树林，唯一进出的路线要通过第一停车场，来回要多走很多路，所以第一停车场有车位的时候，就没人会把车停进来。

远处停了几辆中型客车和几辆救护车，在它们旁边停着一辆黑乎乎的SUV。

马烁怔了一下，那正是他们在追踪的车型。

这款SUV尽管很受男性顾客欢迎，但绝对达不到街车的级别。在这个偏僻的停车场里见到一辆，马烁怎么都觉得诡异，于是走到车子面前。

"车牌号查到了吧？"马烁问道。

"正要和你说，这是一辆公车，挂在一家医疗集团名下。"武桐说道，"明天你可以去查一下。"

"车牌号是多少？"马烁问道，他感觉被一只看不见的手扼住了脖子。

"PSP385。"

马烁看着眼前车头的牌照：PSP385。

"这家公司是不是叫泰谷？"马烁用力才能吐出字来。

"是啊！"武桐的声音立刻高了两个八度。

"我看到这辆车了。"

徐炳辉躺在浴缸里，这是他第一次享受这个价值十万元的顶级恒温按摩浴缸。他对浴缸有着根深蒂固的偏见，浴缸会让他想起温水煮青蛙的故事，然后联想到生于忧患死于安乐的古训。但他今天拖着疲惫至极的身体从凯宾斯基酒店回来，就一头扎进浴缸里。他打电话给家政员，让她送来水果和香槟。

这是他人生中第一次真正享受这个世界。

他想起十七年前，岳父柴镛阁问他想要一块什么样的手表。他明明喜欢百达翡丽古典腕表，却回答想要一块劳力士金表。因为他知道这是个考试，劳力士金表代表野心和进取，而这正是柴镛阁想要的答案。

他得到了一块全金迪通拿手表，他甚至流下了虚伪的热泪，但他知道自己一点也不快乐。他和这块金表一样，都是柴镛阁的棋子。

十五年后，他终于可以自己选择手表了。这一次他依然没有选择心爱的古典腕表，因为人们不认为那块表代表野心和进取。

直到上周五，他又遇到了余诗诗。

除了参加儿子同学的生日派对，他整个周末都泡在凯宾斯基酒店。他让余诗诗把自己所有的内衣都带来。在凯宾斯基酒店地下停车场的角落里，他们躲在那辆陈旧的黑色SUV的后排座里，把它们一条条撕碎。

就像他们第一次那样。

他们累得不行就回到客房里睡一觉，睡醒了就去吃东西，然后继续回到停车场。多少次徐炳辉都觉得自己不行了，再这样下去可能会猝死，但每次走在从餐厅通往电梯的走廊里，他的欲望又开始蠢蠢欲动。

然后他在电梯里按下B3。就像一个循环。

今天凌晨6点，他把SUV开到康养中心，换了专门接送孩子的保姆车，然后回到家里，装作刚刚起床直接去餐厅吃早餐，送女儿、儿子上学。出发前柴韵问他家里那辆很老的SUV怎么不见了，他随口回答送到二级市场准备卖了。

他在学校遇到了马烁，马烁竟然怀疑靳巍杀了那个唐氏病人的父亲。真是荒唐。但他也不禁担心起来，毕竟靳巍招惹上了警察。他打电话给靳巍，但靳巍似乎并不想理他，只是淡淡说了句："我的那部分已经做完了，该轮到你了。"说完就挂断了电话。

他还想打电话质问，就在这时，金融顾问打电话过来，告诉他第四个主要投资人刚刚签署了投资协议，康养中心上市最后的障碍扫清了。

他听到这个消息的一瞬间，忽然有落泪的冲动。

徐炳辉要做的最后一步就是让柴韵劝说柴镛阁同意康养中心申请上市。

康养中心至少五年前就可以上市，就算十年前上市也不算激进。一直阻挠它上市的其实正是柴镛阁，因为他知道康养行业有极为广阔的前景，如果放任康养中心上市，就相当于给徐炳辉一飞冲天的机会，他就再难控制这个女婿了。

柴镛阁想等自己找到合适的资金后拿下康养中心，然后再上市。为了拖住上市进度，柴镛阁甚至暗地里动用关系阻挠康养中心融资，逼着徐炳辉去找行业外的社会资本。最终他还是没能拦住徐炳辉，而且直到现在他也没搞清楚徐炳辉是怎么说服那些金融大佬的。

徐炳辉知道柴镛阁也会第一时间收到这个消息，他决定先缓一缓，至少等到明天再让柴韵找柴镛阁求情。那又是一场精彩的情感大戏了，徐炳辉和柴镛阁的拔河比赛，那条绳子就是柴韵。他相信柴韵是和自己站在一边的，他们共同孕育了一个女儿和一个儿子。虽然正处于青春期的女儿瞧不起他，认为他是个吃软饭的，但他不在乎。这只不过是非常普遍的慕强心态，有一天女儿知道无所不能的外公不过是个欺世盗名的老浑蛋，而父亲才是真强者，她的心态自然会转变过来。

徐炳辉相信所有人都会飞，猪都会飞，只不过不是每个人都能抢到站在风口的机会。现在他抢到了，他实现了自己的理想。不，他做到的更多。

他忽然又变得精力充沛，每一个细胞都在震颤、骚动。作为一个四十多岁的中年男人，他已经很久没有过这种感觉了。他一秒钟都待不下去，他回到酒店，把睡梦中的余诗诗从被子里拖出来。

他忽然冒出一个想法：让这个女人再给他生个后代。私生子、麻烦、丑闻，多么美好的事物，这才是成功男人的特权。

他脑海里闪过一个模糊的画面：破败的土房外面设立着父亲的灵堂，破破烂烂的木条案上摆着几样土疙瘩似的果品，遗像里的父亲盯着对面的土房，纸糊的窗户闪烁着微弱的光芒。村主任吃过晚饭就进屋了，时间过了很久，因为村主任给他的三块水果糖都吃完了。他恨那个死得不明不白的窝囊父亲，恨那个不知道是聪明还是傻的软弱母亲，恨那个贪婪荒淫的村主任，他更恨他们都死了。他把所有的恨发泄在余诗诗身上。他终于知道自己为什么如此需要余诗诗，她就是他的垃圾桶。

夜幕降临，他终于筋疲力尽，躺在凌乱的床上，点了一支中华烟。他从十五岁开始抽烟，因为学长说抽烟能增强记忆力，但是当柴镛阁告诉他，柴韵从小就讨厌自己抽烟时，他就再也没抽过一根烟。

十八年了吧，他想着，自己的灵魂终于可以出来透透气了。

他站在床边，看着趴在床上的余诗诗，从容地穿上衬衫、裤子、戴上手表，系好领带。他知道男人偷情后穿衣回家是对女人最大的折磨，他享受着折磨余诗诗的快乐。直到现在，他还在回味着这卑鄙的快乐。

一阵急促的电话铃声打破了宁静，他猛地睁开眼睛，看向墙上的电话。从这部电话装到墙上以来，这是它第一次响起。他接起电话，听筒里传来柴韵焦急的声音。她喊道："警察来了！你快下来看看！"

"什么警察？"

"什么什么警察？就是警察！来了好几个人呢！"柴韵喊道，"你快下来！"

他用浴巾简单擦干身体，穿上浴袍就下楼了。然后他看到了好几个人站在门厅里，有两个穿着警服的男人，一个漂亮的短发女人和一个瘦高的男人。他认得最后那个男人，那是马烁。

"马警官！"他光着脚，顺着实木地板的楼梯跑下来，一边跑一边裹紧了浴袍。

"徐总。"马烁扬手打了个招呼，表情有些尴尬。

"怎么了这是？"徐炳辉走到马烁面前，和他握了下手。

"这是我们队长，武桐。"马烁介绍道。

"你好，我是徐炳辉。"徐炳辉微微欠身示意。

"是这样，你们公司有辆黑色SUV，车牌号PSP385，对吧？"马烁一口气问道。

"对。"

"这辆车牵扯到一起刑事案件，我们需要您配合调查。"马烁说道。

"好啊，调查什么？"徐炳辉疑惑地问道。

"您知道这辆车现在停放的地点吗？"马烁继续问道。

"嗯，这辆车停在康养中心停车场里。"徐炳辉看着马烁向他点点头，于是继续说道，"停在第二停车场里。"

柴韵看了徐炳辉一眼，但是没有说话。

马烁注意到柴韵的表情，他继续对徐炳辉说道："我们需要您配合我们到现场确认一下这辆车。"

"好，什么时候？"徐炳辉立刻说道。

"现在。"武桐说道。

"那我上楼换下衣服。"徐炳辉指着楼上说道。

武桐点点头，然后向身边的制服民警示意，民警站到徐炳辉身后。

"按规定我们的人要看着您，请您理解。"武桐客气地说道，脸上却是一副不容置疑的表情。

徐炳辉换好衣服下来时，看到柴韵也换好了衣服。

"我和你一起去。"柴韵说道。

徐炳辉默默点了点头，扶着柴韵往外走去。制服民警打开户门，外面停着三辆闪烁着警灯的警车，还有四个全副武装的特警守在门外。

半小时后，徐炳辉和柴韵站在那辆黑色SUV面前。徐炳辉拿着车钥匙，却迟迟没有按下开锁键。

因为车里散落着被徐炳辉撕坏的内衣。

－ 23 －

徐炳辉看向身后，警车开着刺眼的远光灯，他只能看到几个剪影。这些剪影统一把右手放在腰上，徐炳辉知道这个动作意味着什么，他必须打开车门了。他按下开锁键，车灯闪了几下，发出高亢的笛声。

"徐先生，徐夫人，退后。"马烁的声音传来。

徐炳辉拉着柴韵往后退了两步。马烁和两个身穿无尘服的技术员走到车子旁边，马烁戴好一次性手套，轻轻拉开副驾一侧的车门。一股混杂着香水味的独特味道迎面扑来。马烁转身看了看徐炳辉，徐炳辉把目光投向别处。马烁又打开了右后车门，打着强光手电检视车内，看到了无数碎布条和揉成团的纸巾，副驾座椅已经推到了最靠前。马烁又打开尾门，后备厢空空如也。

技术员打开工具箱，三两下把工具箱变成一个简易操作台，并在旁边立起一个小型探照灯。接着他们从车里拿出物品，主要是破布条和纸团，一一放在操作台上，在贴纸上写好编号，把物品和编号摆在一起，用单反相机拍摄，然后装到证物袋里，贴上贴纸，放进纸箱。

所有人都知道这些破布条和纸团意味着什么，但他们早已见怪不怪。徐炳辉表情僵硬，柴韵的脸色更是如死灰一样难看。

两名技术员打开了车内所有储物格，除了几份多年前的纸质保险单和维修记录，就没有别的东西了。一名技术员取下ETC卡，插到笔记本电脑上，显示本年度没有交易记录。

马烁走到徐炳辉面前，问道："徐总，你记不记得今年2月13日这辆车的行驶情况，如果不记得也请如实回答。"

"应该在地库里，我很少开这车。"徐炳辉小声说道。

"是在你现在居住的居所地库里吗？"马烁又问道。

徐炳辉僵硬地点了点头。

"地库里有监控吗？"

"应该……有吧。"徐炳辉回答道。

"就你所知，这辆车有没有被人套牌过？"

"我不知道。"

"好的。"马烁问出最后一个问题，"你有没有把车借给过一个头发花白的年轻男子？"

徐炳辉看着马烁，过了一会儿才说道："没有。"

"这辆车我们要拖走，可能要做进一步检查。"马烁说道，"我们会保护好你的个人隐私，这一点请你们放心。一会儿我会开车送你们回去。"说完这番话，马烁向站在旁边的柴韵点头致意。

一辆救援拖车开过来，技术员关好车门，把车拖上拖车。其他人开始收拾工具箱和探照灯，技术员抱着纸箱往警车走去。

"等一下。"柴韵忽然高喊。

所有人停下动作，大家都看着她。

柴韵的身体在颤抖，但依然声音高亢地喊道："能不能把我的衣服留下？"

技术员看向马烁，马烁看向武桐。

武桐走到柴韵面前，说道："我们会保护你的隐私，但按照规定，我们……"

"我不知道我的内衣和你们的案子有什么关系！"柴韵喊道，"这种事也违反法律了吗？"

"这些衣物都是你的？"武桐审视着柴韵问道。

柴韵艰难地点了点头。

武桐思考了一会儿，在马烁耳边低语两句。马烁到警车里取出一卷封条，把装着破碎内衣的纸箱封上。

"徐夫人，我很理解你的心情，"武桐说道，"这些东西我们肯定要带走，但我可以向你保证，除非涉案，否则没人碰这些东西。我们一旦确认这辆车和本案无关，东西立刻还给你。这点请你放心。"

"你们可以去问我们的物业，这辆车就放在地下车库，我们从来都不开，怎么可能涉案呢？而且车库都是有监控的。"柴韵说道。

"马警官会送你们回家。"武桐安慰道，"我相信很快就有结果了。"

回到家里，柴韵没有开灯，摸黑坐到沙发上。

"那个女人是谁？"她冷冷道。

徐炳辉从窗边看着警车远走，转过头说道："一个女人。"

一阵长时间的沉默。

"离婚吧。"柴韵说道。

"好。"徐炳辉一边说一边打开客厅的灯，挑空九米的客厅瞬间亮了起来。

"把灯关上！"柴韵双手捂着脸，大声吼道。

"为什么要关灯？"徐炳辉走过去，"关上灯就不尴尬了？关上灯就什么事都没发生了？睁开眼睛看着我啊！"

"去你妈的！"柴韵抄起茶几上的花瓶向徐炳辉砸过来。

徐炳辉一动不动，看着花瓶在眼前碎裂。这是个高仿的青花瓷花瓶，他骗柴韵是个古董，套出来十万块钱。他其实并不缺那点钱，他就是单纯喜欢看柴韵被他蒙在鼓里。

"你想好了，离婚，是吗？"徐炳辉转身走到桌子旁边，拿起柴韵的名牌包，打开，倒过来，包里的东西丁零当啷撒了一桌子。他拿起柴韵的手机，走到柴韵面前，轻轻放到她的腿上，然后坐在旁边的沙发上。

"打电话给你爹吧，告诉他你要和我离婚。"徐炳辉平静地说道。

柴韵拿着手机，斜眼看着徐炳辉，气得浑身发抖。

"打电话啊。"徐炳辉继续说道，"告诉他我有外遇了，你要和我离婚。你看看他同不同意咱们离婚。"

柴韵双手死死抓着手机，眼泪簌簌往下掉。

"你爹和你说过吗？这几年行业管控越来越严，钱越来越难赚，越来越多的公司被兼并。现在唯一能给你们家续命的就是康养中心上市。天亮咱们去民政局离婚，然后我辞职，我谈的投资人撤资，康养中心上市计划就会中断。错过这个机会，你家就完蛋了。"

"就算公司没了，我爸也不会容忍你出轨！"柴韵吼道。

"是吗？"徐炳辉冷笑了一声，"那你现在打电话。"

"打啊！"徐炳辉大吼一声。

柴韵吓得浑身一颤，手机掉在地上。

"你知不知道，谁在养你，谁在养你们家，谁在拼了命把你家的生意做大做强？是我！"徐炳辉吼道，"你能当一个高高在上的贵妇，那是因为有你爸和我！就凭你自己，你买得起十几万的包吗？你去得起米兰、巴黎吗？你不是想问那个女人是谁吗？我告诉你，那个女人就是余诗诗！你知道她过的是什么样的生活吗？她伺候半死不活的老公十几年，没有孩子，没有存款，没有房子，连一件体面的衣服都没有，她看起来比你老二十岁！她连房租都付不起，有流氓骚扰她都不敢搬家！你觉得你比她强吗？没有你爹，没有我，你就会活成她那个样子！"

柴韵双手捂住脸，哭号道："那你为什么要和她上床？"

"因为我同情她。"徐炳辉的语气恢复了平静，"因为我有能力帮助她。"

"就算你要帮助她，为什么要和她上床？"柴韵歇斯底里地喊道，
"我不让你帮助她了吗？"

"因为她能给我尊严，"徐炳辉冷冷地说道，"而你从来没有给过
我尊严。在你面前我永远是个吃软饭的。就算我十几年兢兢业业为你家
打拼，甚至即将挽救你爹的事业，在你们眼中我依然是个吃软饭的。我
的一切都是你们赐给我的，哪怕是我用自己的努力获得的成功。"

"我从来没有这么想过。"柴韵哭着摇头。

"是吗？那为什么我的女儿和儿子都姓柴？"徐炳辉问道。

"你也没有反对。"柴韵双手捂着脸哭泣道。

徐炳辉无奈地叹了口气，起身走到柴韵面前，蹲下，把她的双手拿
开，攥到自己手里。

"你刚才在警察面前的表现，我非常感激。"徐炳辉平缓地说道，
"我整个出轨经过，包括我的想法也都和你说了。我告诉你，咱们结婚十
八年，这是我第一次出轨。我对那个女人没有感情，她就是我发泄负面情
绪的垃圾桶。这些负面情绪我已经积攒了十八年，终于爆发了，她只是一
个导火索。再说我今年已经四十六岁了，我每周工作六天，早就对女人没
有兴趣了。她的出现对于我来说是个意外，仅此而已。如果你不原谅我，
我认为也正常，毕竟我出轨了。但是我们不能离婚。婚姻不像你想得那么
简单。在我们的婚姻里，受益多的一方是你和你的父亲。"

柴韵想要抽出自己的手，但是徐炳辉使劲握着，她抽不出来。

"每个人都有坏情绪，有坏情绪就要发泄出来。"徐炳辉说道，
"我不能把坏情绪发泄到你身上，更不能发泄到孩子身上，那怎么办？
我总要发泄出来，才能维持稳定的情绪，扮演好我的角色。我甚至很庆
幸，因为我找到了成本最低的发泄方式。"

"你还庆幸？"柴韵质问道。

"不仅我要庆幸，你们也要庆幸，因为我的坏情绪是你们制造的。
你们从来没给过我哪怕虚假的尊重和平等，你们所有人都在肆意践踏我

的人格和尊严，导致我的亲生女儿都认为我是个吃软饭的。你想象一下，这些怨气积攒了十八年，会是多么可怕的东西。我没有把它回击到你们身上，而是发泄在另一个无辜的女人身上，你不应该庆幸吗？你们应该感谢余诗诗，把我从崩溃的边缘救了回来。否则，不用你和我离婚，我就自己走了。到时候，就凭你和你那个老迈昏聩的爹，还能把你家的生意维持多久？你喜欢文学，你知道家道中落的凄惨吗？不用我提醒你再去看一遍你最爱的《红楼梦》找找感觉吧？"

柴韵陷入了沉思，相比贾琏在外面寻花问柳，更让王熙凤愁苦的是眼看着贾府在她手中跌入万劫不复之境。

徐炳辉松开柴韵的手，站起身，居高临下地望着她，说道："现在有一件更重要的事情需要咱们解决。"

"什么？"柴韵下意识问道。

"你爹不愿意让康养中心上市。"徐炳辉说道，"他不是不看好，相反，他非常看好，他想等他投资的那些项目回款了，自己做最大投资人，再上市。"

"这么做也没错啊。"

"无论什么行业都讲究占得先机，这个道理你明白吧？他投的那些项目没有三五年无法变现，到时候再上市黄花菜都凉了。"徐炳辉顿了顿说道，"我和你说实话，他这么做就是为了防我，代价却是丢掉数十亿甚至上百亿资产，这些资产原本将会属于你。你想想前天我们去凯文家参加生日派对，有个妈妈看不上你，总和你抬杠，甚至说你背的包是打肿脸充胖子。她老公身价才十亿，如果康养中心上市了，明年你就可以踩着她了。"

"你也说了，我爸这么做就是为了防你……"

"如果你不相信我！"徐炳辉打断了柴韵的话，"我现在就和你签协议，所有资产都是你的，未来是我们孩子的。我一分钱都不要！行吗？"

说到最后，徐炳辉几乎喊了起来，柴韵被震慑住了。

"我！在这世界上，除了你，我们的孩子，我一个亲人都没了！我要再多的钱有什么用？我不就是想让你们待在金字塔的最顶端，不被别人挤下去？你就连让我保护自己老婆和孩子的机会都不给我吗？"徐炳辉激动地喊道，"以后你就是我老板，我给你打工，给我们的孩子打工，可以吗？放心了吗？"

徐炳辉扑向沙发柜，扯出第一个抽屉，掏出一份文件，拍到茶几上。

"这就是协议！我早就写好了！"徐炳辉眼中含着泪水，"你可以拿给任意一个律师看。他们只要找到一个陷阱，我徐炳辉天打雷劈，不得好死。"

"别这么说！"柴韵下意识拽住徐炳辉举起发誓的手，"我信了。"

"本来我是想过两天再和你说这个事的，因为我知道你和你爹说让他同意康养中心上市，他一定会说我有坏心思。我就是要用这个证明我的清白，证明我对你们的爱。"徐炳辉流下了眼泪，"我从小就没人保护，像野狗一样长大，所以我就想保护我爱的人。"

柴韵搂住了徐炳辉。

"上周五，最后一个投资人忽然变卦了，"徐炳辉淡淡地说道，任由泪水从脸颊滑落，"我不知道该怎么办。这时候余诗诗忽然联系我，说她被人骚扰，实在没人可以求助，只好来找我。她看我很痛苦，就安慰我，我就把心里的苦恼都和她说了……"

"你为什么不和我说？"柴韵又哭了起来。

"我不想让你知道家里这些事，除了让你跟着着急，也没有任何意义，"徐炳辉哽咽着说，"但是我自己又搞不定。"

"没事，我去找爸爸，让他出点钱。"柴韵摩挲着徐炳辉的后背。

徐炳辉摇了摇头，说道："后来那个投资人又回心转意了。他也知道这是未来十年最大的风口，谁能占领先机，谁就能成为行业老大。"

他托起柴韵的脸，说道："爸爸想当行业老大，他有这个能力。但他不知道一件事，现在早就不是竖起个壁垒就能一家通吃的年代了。他不会分享，不愿意引入资本，他就注定会被这个时代淘汰。为了我们的家，也为了保住爸爸一辈子的成就，你一定要说服他同意上市。"

"我明天就去。"

"好。"徐炳辉拿起协议，"明天我们先去找律师把这个签了，然后你拿着它去找爸爸聊，告诉他，十八年前他看中了徐炳辉，徐炳辉不会让他失望。"

- 24 -

马烁回到队部时，西山华府的物业经理已经带着地下车库的监控视频和车辆进出记录等候多时了。进出记录有两种，一种是值班保安手写登记的，一种是摄像头拍照车牌时自动生成的电子记录。

不愧是顶级物业，马烁一边翻看保安登记记录一边想着。为了避免值班保安偷懒抄电子记录，物业给他们分配了不同颜色的笔。加上这种高级社区进出车辆本来就很少，所以过后根据时间选择不同颜色的笔补抄电子记录，比老老实实记录更麻烦。

"马警官，我来向您介绍一下我们西山华府的出入路线。"西装笔挺的物业经理介绍道，"西山华府是人车分流，所有车辆都走地下，单向进出。"

"好的。"马烁点点头。

"咱们继续往下看。"物业经理彬彬有礼地说道，"我们地下共有531个车位，车位和住户比将近1∶2，全部都是固定车位。外来车辆统一停放到后门外的来宾停车场，所以不存在外部车辆进来的可能。"

"嗯。"马烁点点头。

"这个B053号监控器能够看到业主徐先生家尾号385的车。"物业经理打开一个视频，中间是一条双向行车道，两边是车位，虽然两侧各有一个水泥柱，但是能看出车辆侧面的轮廓。

"您看，左边靠墙这辆就是徐先生家的车。"物业经理指着屏幕说道。

"他是什么时候开出去的？"

"是3月13日17:03驶出地下停车场的。"物业经理在界面的查询时间框里输入"17:03"，选择"出口摄像头"。很快屏幕上出现停车场出口的画面，接着徐炳辉开着黑色SUV通过出口，人脸和车牌都十分清晰。

"他上一次开这个车是什么时候？"马烁问道。

"3月3号，周二。"物业经理调出进出记录，"再上一次2月24号，也是周二。应该是另一辆车限行时用这个车代步。"

"2月13号呢？下午3点，你查一下。"

物业经理输入日期，调出B053的监控画面，SUV停在车位上。

"怎么能看到车牌号？"马烁问道。

"这个……"物业经理沉吟了一下，"您放心，如果车牌号不对，车是绝对进不来的。我们要对华府所有业主的安全负责，而且我们的保安每隔半小时巡逻一次，会核对车牌号和车位上方的车牌卡是否一致。"

马烁点了点头："您再给我调一下2月11日和12日的监控。"

物业经理调出监控画面，SUV仍然停在车位上。

马烁拷贝了全部视频，送物业经理离开，回来后直奔武桐的办公室。武桐站在茶几旁边，茶几上放着纸箱，封条已经撕开，装着布条的证物袋散落在茶几上。

"应该是套牌车。"马烁简明扼要地说道。

"你觉得会不会是巧合？"武桐问道，但眼睛依然盯着纸箱。

"不会。"马烁立刻回答。

武桐抬起头，看着马烁。

"凑巧被套牌，凑巧也认识一个头发花白的男人，死者还凑巧去过徐炳辉的康养中心。"马烁摇头道，"这绝对不是巧合。"

武桐点点头，说道："我也这么想，而且徐炳辉的老婆也在说谎。"

"她说什么了？"

"这些撕坏的内衣不是她的。"

"啊?"马烁愣了一下。

"她一个从小就家境优越的富家女,怎么会穿这种廉价内衣?"武桐拿起一个证物袋说道,"而且这些东西拿出来的时候,我特意观察了她的反应,震惊、愤怒,却没有羞耻。"

"所以她在替她老公遮丑?"马烁问道。

她把证物袋轻轻放在茶几上,说道:"是替自己遮丑。"

"这个要跟进吗?"马烁指着茶几问道。

"这要取决于徐炳辉有没有嫌疑。"武桐说道。

"我先去查那辆车,如果能找到这些东西的主人就更好了。"马烁说道。

武桐点点头,眼睛依旧盯着茶几上的破布条。

"你怎么了?"马烁问道。

武桐看向马烁,摇了摇头。马烁第一次从武桐眼睛里看到某种目光,他无法形容这种感觉。

"对了,有个事情我得和你报备一下。"马烁说道,"我妹妹正在徐炳辉的康养中心复健,而且她过段日子会到徐炳辉的彩虹基金工作。如果调查出徐炳辉真的有嫌疑,就随时让我避嫌吧。"

武桐微微一笑,说道:"如果徐炳辉真有嫌疑,不是应该你避嫌,而是让你妹妹避险。对了,刚才我见到马优悠了。真好,长得可爱,性格也好。"

马烁苦笑了一下,心里有个挥之不去的声音低语:长得可爱,性格也好,却变成了这个样子。

"你妹妹很热情,"武桐笑着说,"我们聊了好一会儿呢。"

"啊?你们聊什么了?"马烁问道。

"随便聊聊。"武桐一边说一边把证物袋都放回纸箱,"过来帮忙。"

两人一起把纸箱重新封住,武桐让马烁把纸箱先放进铁皮柜的最下层。

"我让你给她买生日礼物，你不听，被人家男朋友比下去了吧？"武桐笑着说道。

"男朋友？"

武桐用手指在锁骨前面画了一条线。

"噢。"马烁恍然大悟，又迟疑起来，杜芃真的是马优悠男朋友吗？

"对了，明天你放一天假吧。"武桐忽然换了个话题。

"为什么？"

"休息一天，你已经好几天没休息了。"武桐说道。

"没事，我不用。"马烁急忙说道。

"好吧。"武桐叹了口气，说道，"明天焦闯回来我还要找他聊聊。这种事我眼里不揉沙子，但我不想让你在旁边，你会很尴尬。"

"噢，好吧。"

"明天去给你妹妹补个生日礼物吧。"

马烁立刻点点头，就算武桐不说，他也得买一份大礼补给妹妹。

马烁回到机房，支队技术科的人正在把机房的电脑连接到市局指挥中心的服务器，这样就可以直接查看全市公共场所的监控了。技术科带队警官正是张宏坠楼现场查勘的那个男警官，他看到马烁，脸上立刻露出尴尬的神色。

很快调试完成，马烁让武桐调配给他的三个实习警员坐在三台电脑前，自己操控连接大屏幕的电脑，找到西山华府西侧颐和西路的交通摄像头，输入"3月13日17:00"。大屏幕上立刻弹出监控画面，一条双向车道的小路上，没有车辆驶过。马烁调到4倍速播放，很快目标SUV出现在画面中，由北向南行驶。经过路口的交通摄像头，车辆继续向南行驶，直到经过第三个路口，路口没有监控。

"你们分别按照左前右的路线找这辆车。"马烁说道。

很快一个警员喊道:"找到了!"

马烁把画面切到大屏幕上,目标SUV出现在画面中。

就这样,马烁一直追踪到西郊陵园。车子驶进陵园后,马烁让实习警员立刻找陵园停车场的摄像头。

"马哥!"一个人喊道。

马烁切换画面,空旷的停车场上站着一个女人,SUV缓缓向她驶去。女人上车后两人离开。直到半小时后,车子经过一个高清摄像头,终于拍下了女人的正脸。马烁觉得这个女人有些面熟,忽然想起来她就是那个在亲人互助会上掩面逃走的女人。

马烁拨通了徐炳辉的电话,问他周五晚上是不是和一个女士见面了。

徐炳辉沉默了几秒钟,马烁又说道:"在西郊陵园。"

"是。"徐炳辉立刻承认,现在已经没有任何隐瞒的必要了。

"那位女士是谁?"

"她就是余诗诗。"

这次轮到马烁沉默了。

"是这样。"徐炳辉解释道,"余诗诗以前是我的员工,后来辞职了。直到去年她丈夫做手术又住回到康养中心,这才又恢复了联系。上周五你不是和我说她找你求助,电话打一半就断了吗?我也有些担心,就去找她了,好在没什么事。"

"我记得我问你的时候,你没表现出认识她。"马烁说道。

"对,"徐炳辉沉默了一会儿说道,"我们以前是情人关系,这件事被我夫人知道后她就辞职了。有这么一层关系在,虽然帮她纯粹是出于情分,但是我也不想让我夫人知道,所以那天下意识没和你说实话。"

"她给我打电话的时候,你们在一起。"马烁说道。

"是的。"

"我记得她说有个人冒充警察给她打电话,那个人知道她是独居,"马烁看着大屏幕上的余诗诗,"可我记得她丈夫的手术非常成功。她们离婚了？"

徐炳辉沉默了一会儿，说道："没有，她丈夫去世了。"

"去世多久了？"

"好像是出院没多久就去世了。"徐炳辉说道，"心脏病偶然性很大。"

"噢。所以她去西郊陵园是看她丈夫？"马烁问道。

"对。"

"那天是她丈夫的忌日？"

"应该不是吧。"

"徐总。"

"啊？"忽然被叫到名字，徐炳辉也有一丝慌张。

"她现在在哪儿？"

"在……在凯宾斯基酒店。"

余诗诗赤裸着站在客房的落地窗前，面前就是流光溢彩的三环夜景。

十七年前的一个晚上，她结束了和徐炳辉的幽会，回家路上，她忽然心血来潮，站在街边数着他们刚才开的那间房。她找到了那扇比指甲盖还小的黑漆漆的窗户，原来从上往下看一览无余，从下往上看却什么都看不到。下次幽会的时候，她便关掉了灯，赤裸着站在落地窗前，看着世界在自己的脚下奔流，她觉得整个世界都是自己的。

从那以后，她便养成了裸体站在窗边欣赏夜景的习惯，那是她人生中最幸福的一段时光。之后无数个冰冷的夜里，她都是抱着那段回忆才能入眠。

她拿起香槟小酌了一口，仿佛又回到当年的残梦。我不是在做梦，她提醒自己，这句话在她胸腔里激起一股热血，直冲头顶。

摆在玻璃板桌面上的手机响了一下，这是昨天徐炳辉送给她的。她一直把玩这部手机，这个世界真是奇妙，她老公在30%成功率的手术中活了下来，却死在了一部已经被时间淘汰的手机里。

她拿起手机，是一个陌生号码发来的短信："凯宾斯基住着舒服吗？"

一股熟悉的寒意从背后升起，就像一条冰凉滑腻的蛇缠在了她身上。她一口干掉香槟，压下了这股恶心，回了一条短信："你在看着我吗？"

接着她往窗边走了两步，伸开双臂摆出一个"大"字。她已经横下心，谁敢搅乱她的美梦，她就和谁拼命。

手机又响了一下："这就是你的态度吗？"

她给对方回了个短信："你是个连脸都不敢露的懦夫，我不和懦夫说话。"

电话响了，是对方打来的。

余诗诗接通了电话，没有说话。一个冷冰冰的女声响起："既然你不想和我说话，那我就和你的婆家人说说，你是怎么害死你丈夫的，看看他们会怎么对付你的父母和哥哥。"

这句话击中了余诗诗的命门，她瞪大双眼，僵在原地。

她之所以忍受丈夫十几年，赔上了自己的前半生，就是因为父母和哥哥在自己婆家人的手心里攥着。按照新时代的观念，她应该为自己的幸福和人生负责，而不是牺牲自己成全家人。她也明白这个道理，但从小就灌输在她灵魂深处的观念永远无法摆脱。所以她可以为有同样遭遇的电视剧女主痛哭，为她们的浴火重生欢呼，但轮到她自己，她就只有默默承受，甚至好像什么事情都没有发生一样。

就连她和徐炳辉的婚外情，也是徐炳辉完全掌握主动的，她只是接受。她与命运抗争取到的唯一胜利无非就是外遇后消除了对丈夫的愧疚之心。

她羡慕那些年轻女孩，但她永远没法做到那样的洒脱和独立，尽管她知道世界原本就应该是这样的。

"你想怎么样？"余诗诗问道。

"我想让全世界知道你的真面目。"对方冷冰冰地说道。

余诗诗想说话，却被脖子上那条虚空的蟒蛇锁住了喉咙。

"我怎么得罪你了？"余诗诗艰难地问道。

"这不是你该想的，你现在要想的是你的家人会被怎样折磨。等你想清楚这一点，我会再找你的。"说完对方挂断了电话。

余诗诗跌坐在地毯上。对方一句话就把她踢下深渊。她当然知道家人会被怎么折磨，她见过太多惨痛的实例。若不是忌惮这一点，她当年也不会咬着牙答应嫁给那个病鬼。就在她被恐惧啃噬的时候，手机忽然又响了起来。她吓了一跳，抓起手机一看，来电显示是马警官。她深吸了两口气，然后接通电话。

"余诗诗，你好，我是马烁。之前我们通过话。"马烁说道。

"马警官好。"

"我听徐总说你住在凯宾斯基酒店。"

"啊！"余诗诗颤了一下，她不知道徐炳辉为什么要告诉马烁她住在哪儿，但心里升起不祥的预感。

"我们在酒店大堂，有几个问题想要问你。"马烁说道，"你是想让我们上去还是你下来？"

"我……我下去吧。"余诗诗说道，"五分钟。"

"好的。我们在大堂咖啡厅等你。"

"等一下，"余诗诗追着问道，"你们找我什么事，方便说吗？"

"关于你丈夫。"

听到这句话，余诗诗的心脏停了一拍，跌在又软又厚的伊朗地毯上。她不知道怎么挂断了电话，怎么胡乱穿上衣服，怎么魂不守舍地冲出客房，朝着电梯走去。就在这时，一个男人朝她走了过来。男人戴着帽子，但他抬起头的一瞬间，她认出了这个男人。那个只见了一面就托付了命运的男人，那个把她救出地狱然后销声匿迹的男人，那个沉默木讷、眼光温柔的男人。他向她张开双臂。他就像一块巨大的磁体，她扑进了他的怀里。男人抱着她回到她的客房，关上门，在黑暗中轻轻松开了她。

"警察在下面。"她颤抖着说道。

"我知道。"男人的声音坚定而温柔，"我来是想告诉你，不要怕。他们什么证据都不会有的。他们一定会诈你，甚至会给你上测谎仪。不用担心，你只需要把我忘了，然后把你知道的事情一五一十告诉他们就可以了。"

"把你忘了？"她看着他模糊的身影。

"对，忘了我们在树林里的对话，忘了你把钥匙放在消防柜里，忘了你还在钥匙下面夹了根头发。"男人在黑暗中笑了一下，"如果警察问你认不认识我，你就说见过我，因为我是志愿者，而你是病人家属，我们没见过就太假了。"

"对不起，给你添了这么大麻烦。"

"不要这么想。"男人伸出双臂，和她拥抱了一下，好像要把自己的力量传送给她，"你现在下楼吧，我一会儿自己走。"

－ 25 －

尽管临近午夜，但酒店大堂里还是人来人往，咖啡厅里也几乎坐满了人。很多漂亮的男人和女人穿插在其中，他们端坐着，也在偷偷张望着，向每一个朝他们看过去的男人或女人投去暧昧的目光，寻觅下一笔各取所需的交易。他们等待客人，就像白鹭等待着大象。

马烁和武桐坐在角落里，短短五分钟已经有三个男人过来找武桐搭讪了。他们看起来都很像大象，手上戴着金表，肚子上顶着金色字母带扣，毫不掩饰色眯眯的眼神。第三个男人过来甚至直接问两万怎么样，马烁忍不住要起身抽他，被武桐拦了下来。武桐微笑着对男人说道，这位是我先生。男人撇撇嘴走了，没有表现出一丝尴尬和歉意。

"我们是不是坐错地方了？"马烁问道。

"不是我们坐错地方了，是她来错地方了。"武桐看着马烁身后说道。马烁转过头，看到余诗诗一边四处张望一边朝咖啡厅走过来。两人起身迎了过去。余诗诗见到他们，眼中闪过一丝恐惧。

"我们到外面坐吧，"武桐回头看了眼咖啡厅，"那边无聊的人有点多。"

余诗诗老老实实跟在两人身后，武桐轻车熟路地领着他们穿过走廊，来到户外的酒吧。这里就清静许多，大都是朋友们在喝酒聊天。

"你们喝什么？"余诗诗紧张地问道，"我去点。"

武桐按住余诗诗冰冷的手，微笑着说道："我们有规定，不能让你花钱。我知道这里的黑啤酒不错，想要尝尝吗？"

余诗诗茫然地点了点头。

武桐叫来服务员，点了两杯黑啤酒、一盘酸黄瓜和一份烤薯角。

"先生要一瓶苏打水。"武桐一边说一边把菜单递给服务员。

马烁困惑地看着武桐，难道和嫌疑人喝酒也是她的办案套路？但武桐既然已经点了，他也不能再说什么。最坏的结果无非就是余诗诗今晚说的话没法落实成有效供词，这又能怎样呢？想到这里，马烁也放松下来。很快服务员把酒水、食物端上来，还点燃了一支蜡烛。武桐扫码付了钱，把一杯啤酒放到余诗诗面前，拿起另一杯碰了一下，然后说道："来吧，干杯。你喝一口，之后你说的话，我们就不能当成供词了。"

余诗诗先是茫然，随即好像明白了一些，然后更茫然了。她端起酒杯，看到武桐一口气喝了将近一半，自己也跟着喝了那么多。

"我能理解你的痛苦，"武桐说道，"十几年那样的生活，谁也受不了。"

余诗诗低下头，把满脸的辛酸藏进阴影。

"好不容易快熬出头了，没想到，一个30%成功率的手术居然成功了。"武桐又和她碰了一杯，这一次她把剩下的啤酒一口喝干。

余诗诗看着她喝干，自己也跟着喝干。

马烁暗自咂舌，一杯500毫升的黑啤酒两口就干了，女人都这么能喝吗？

武桐叫来服务员，指了指空杯。服务员心领神会，又端来两杯黑啤酒。

"听说你丈夫去世了，我真的替你庆幸。"武桐缓缓说道。

余诗诗抬起头，惊讶地望着武桐，眼睛一闪一闪的。

"我不是以一个警察的身份说这些话，是以一个女人的身份。"武桐顿了顿说道，"我就有一点不明白，你为什么不选择离婚？"

余诗诗张了张嘴，但什么都没说出来，她望着武桐，眼泪簌簌掉下来。

"你不能离婚，对不对？你也不能不和他结婚？"武桐问道。

余诗诗轻轻点了点头。

"不管什么理由，总之你被绑架了，伺候一个你根本不爱的男人十几年，耗尽了青春。"武桐继续说道，"有人在乎过你的感受吗？你的家人？父母？"

余诗诗摇了摇头，泪珠掉落，在烛光的映染下化作一颗颗坠落的流星。

"就没人和你说，你要离开这个男人、离开这样的生活吗？"

余诗诗又摇了摇头。

武桐深呼吸了两口气，缓缓说道："所以，你的家人，他们其实是知道你在受苦的，对吧？但他们选择视而不见，还说什么嫁鸡随鸡嫁狗随狗，嫁什么人都是你的命。对吗？"

余诗诗点了点头。

"他们还说，女人要从一而终，否则会被人家戳脊梁骨，对吗？"

余诗诗又点了点头。

"你相信这些屁话吗？"武桐问道。

"我……"余诗诗终于开口了，"我的家人还在老家生活，我的婆家在老家有很大的势力。"

"所以他们的生活全靠你的婚姻？"

"如果我离婚的话，我婆家会搞死我家人，我老家是个小地方……"

"这话是谁说的？"武桐打断余诗诗的话，"你公婆，还是你丈夫？"

余诗诗小声回答道："是我父母说的，还有我哥哥。"

武桐看着余诗诗好久，缓缓说道："你有没有想过另一种可能性，你的父母和哥哥早被你婆家收买了，他们早就打算牺牲你，从你婆家换取好处，所以才编出这样的话来吓唬你。就因为你离个婚，你婆家就敢搞死你家人？怎么可能呢？"

"你没有真正见过，就不会真正了解的。"余诗诗摇头道，"这种事在北京可能不会发生，但在我们那种小地方真的有。虽然他们不敢真的杀人，但他们有无数方法让你活不下去。"

武桐还想说什么，但是忍住了。她看向马烁，马烁掏出手机，翻出靳巍的照片，放到余诗诗面前："我们找你，是想让你认个人。"

余诗诗看了一眼照片，又看了看马烁。

"有一天晚上你参加了亲人互助会。"马烁缓缓说道，"你说你丈夫有严重的心脏病，不能工作。你辛苦赚钱，还要带着他四处求医，家里十分贫困。然后你说他做了个成功率只有30%的手术，结果成功了。这时候你的情绪崩溃了，哭着跑了出去。"

"你怎么知道？"余诗诗惊讶地问道。

"我还知道有个戴着帽子和口罩的笨蛋在那儿鼓掌。"马烁看着余诗诗，诚恳地说道，"我就是那个笨蛋。对不起。"

"没关……"余诗诗惨笑了一下，又忍不住哭了，急忙捂住口鼻，低下头。

"我常常为这件事自责，也常常回忆起当时的情景。所以我记得你跑出去以后有个白头发的男人也追了出去。他是去找你了，对吗？"马烁问道。

"对。"余诗诗点了点头。

"他和你说什么了？"

"他是个志愿者，担心我出状况。"余诗诗低着头说道，"他陪我聊天，等我情绪稳定就走了。"

"你们后来见过面吗？"马烁问道。

余诗诗抬起头，坚定地说道："没有。"

"上周四你给我打电话说你遇到了麻烦，"马烁说道，"是谁找你麻烦？"

"我不知道。"余诗诗慌了一下。

"他还在骚扰你吗？"

余诗诗犹豫地摇了摇头。

马烁指着手机屏幕上靳巍的照片说道："另一个认识他的人被谋杀了，这也就是我们为什么来找你。你有可能是下一个受害者。"

余诗诗猛然想起刚才的电话，她的脸色立刻变了。

"你还知道什么？"马烁问道。

"我……"余诗诗下意识看了一眼手机。

马烁拿起余诗诗的手机，说道："是在这里吗？"

上午9点，马烁第一个在网监中心传达室登记。本来武桐说好今天给他放一天假，但是昨晚在余诗诗那里取得了意外收获，他今天便拿着余诗诗的手机来网络安全监控中心调取通信记录了。半小时后，他拿着一个厚厚的牛皮口袋出了网监中心大门，坐到车里，一张一张翻起来。然后他看到了那条短信：有人帮你杀了你丈夫，对吧？

余诗诗在这个城市举目无亲，能帮她杀了丈夫的人，除了徐炳辉，就是那个追着她出去的志愿者靳巍了。那个靳巍不仅帮她杀了丈夫，还帮窦勇杀了患有唐氏综合征的儿子。肯定还有更多人。现在的问题是他们依然找不到靳巍杀人的证据，所有死者早都火化了。

马烁忽然又想到了另一个问题，张宏的手机号码没有收到任何可疑短信，微信数据恢复后也没有发现可疑的信息，那么他们是怎么联系的呢？

　　武桐坐在余诗诗对面，这一次是真刀真枪的审讯了。可无论武桐怎么问，余诗诗就是不松口，坚称没有再见过靳巍，也不知道这条短信是什么意思。余诗诗对武桐讲了上周六晚上收到这条短信的前情后况，包括被人拉闸停电、堵猫眼，还发现有人藏在楼梯间。于是，武桐让焦闯带人去查余诗诗家的监控。焦闯看到自己一天没来就发生了这么多变化，也是心有不安；又看到武桐对自己表情冰冷，知道她已经发现自己开小差了，于是立刻带人离开。

　　"他说和你交换一个秘密，什么秘密？"马烁问道。

　　余诗诗摇摇头，说道："我能知道什么秘密？"

　　"什么秘密？"徐炳辉问道。

　　他坐在宽大的老板椅上，他很讨厌面前这个獐头鼠目、一双小眼睛四处乱转的男人。他见过这个男人几次，知道他是杜芃的叔叔，叫什么邦叔。五分钟前，秘书说邦叔要见自己，他很奇怪，但是本着服务精神，还是亲自招待了邦叔。没想到这个看着就很猥琐的男人一张嘴就问自己知道什么秘密。

　　"那我提醒你一下。"邦叔皮笑肉不笑地说道，"十七年前，你老丈人在滨海新区有艘游艇。"

　　徐炳辉一下就愣住了。

　　邦叔对他的反应非常满意，接着说道："有一天你带着一对母子出海，第二天可是你一个人回来的。"

　　徐炳辉看着他，没有说话。

　　"你要问我怎么知道的，"邦叔笑了笑，"那个孩子是你儿子吧？他拽着我问东问西，真可爱。"

　　噢！徐炳辉猛然想起来，游艇码头上有个管理员，原来就是他。

徐炳辉清了清嗓子，问道："你要干什么？"

"想起来了？"邦叔笑着问道。

徐炳辉点了点头。

"好，那既然咱们也是故人，我就不藏着掖着了。"邦叔说道，"我侄子，你知道是谁吧？"

徐炳辉又点了点头。

"我哥哥嫂子身后给他留了一大笔保险金。"邦叔说道，"按说呢，这笔钱放在银行里，利息就够他活了。等哪天我老了一蹬腿，我儿子，也就是他哥，还能继续照顾他。都是自家人，您说对不对？"

徐炳辉盯着邦叔，没有说话。

"可是我这侄子非得谈个女朋友，就那个瘸子丫头。您说这不是捣乱吗？瘸子配瞎子，说出去还不让人笑话死？"邦叔说着猥琐地笑了笑，"再说了，你说他俩万一要结婚了，那我哥哥嫂子这点身后钱不就肥水流了外人田吗？"

"你到底想要干什么？"徐炳辉问道。

"还能干什么啊，就是和您念叨念叨。"邦叔一边说一边起身，"您忙，我告辞了。"

说完这句话，邦叔转身离开了。

徐炳辉看着窗外的五角枫树，几场春雨下来，新枝芽越来越多了。他何尝不明白邦叔的想法，这个老浑蛋是想把亲侄子害死，霸占哥哥嫂子的保险金。看来他把侄子送到这里托管，是早就计划好的。只不过那件事已经过了快二十年，就算他知道也找不到证据。既然如此就没什么好怕的。徐炳辉松了口气，这件事绝对不能答应他，而且下次如果他再找自己，就录好音，找马烁抓他。他正在思考，手机响了起来，是柴韵打来的。

"我和爸爸说过了。"柴韵说道，尽管她还在刻意保持疏离的语气，但是兴奋的情绪已经抑制不住了。

徐炳辉心脏狂跳起来，问道："爸爸怎么说？"

"他同意了。"

"什么？"徐炳辉兴奋地挥了挥拳头，他没想过柴镛阁这么快就同意了。

"你怎么和爸爸说的？"徐炳辉问道。

"我就说你想让康养中心上市，他问我想好没想好，我说想好了。然后把你给我的协议拿给他看了，他说你签字他就签字。"柴韵说道。

"我现在就签！"徐炳辉说道，"你在家等我，我接你去见律师。"

"爸爸还说……"

"说什么？"

"说今年彩虹基金周年，他会过来，帮你宣传上市。"

徐炳辉瘫在老板椅上，感受着成功在血液里流动。

"喂？"柴韵说道。

"在呢。"

"我有个朋友在广州做苗圃，她说广州、深圳那边的鲜花生意很好做，我想给余诗诗出钱，让她去广州开个花店。一年至少也有几十万的收入。"

"你真的太好了。"徐炳辉摩挲着额头说道。

"你自己和她说吧。"说完柴韵挂断了电话。

徐炳辉叹了口气，他也不知道余诗诗还能不能从公安局里出来。昨晚马烁给他打电话的时候，他真的被吓到了。他早就猜到余诗诗老公的死有蹊跷，也猜到是靳巍在帮她。他不能眼睁睁看着余诗诗被警察带走，因为他绝不能让余诗诗供出靳巍来。于是他联系了靳巍，告诉他余诗诗在凯宾斯基酒店，警察因为她丈夫的死因正要去调查她。靳巍什么都没说就挂断了电话，这就等于承认了他和这件事有关系。

徐炳辉一夜都没睡好觉，那种熟悉的感觉又回来了，他再次站到人生的十字路口。十七年前他和柴韵结婚，完成了鲤鱼跃龙门的命运逆转。现在，他迎来了第二次鱼跃龙门的挑战——康养中心上市，他把一切都安排妥当，唯独漏了余诗诗。

余诗诗抓着靳巍的秘密，靳巍抓着他的秘密，他们是一连串多米诺骨牌。

他踱步到落地窗前，看着随风飞舞的五角枫，心情稍微舒畅了一点。没什么大不了的，他宽慰自己，余诗诗老公死于心脏病突发，这是经过官方认证的，就算天王老子来了也翻不了案。

- 26 -

武桐惊讶地发现，余诗诗远比她想象的坚强。不，不是坚强，是麻木。这个逆来顺受半辈子的女人早就习惯面对各种厄运，眼前这一幕可远远比不上她听到丈夫手术成功的那个瞬间。况且，就算她招认，她能招认什么呢？她丈夫死于心脏病发作，尸体也早已火化，就连死亡现场都已经成为别人的家。只要她不说自己明知道丈夫有心脏病，还故意惊吓他导致心脏病发作死亡，这个案子就翻不了。

下午5点，焦闯两手空空回来了。武桐把马烁、焦闯连同三个实习警员叫到会议室开案情分析会。首先发言的是焦闯，他照本宣科地说道："我去余诗诗租住的小区看了3月14日晚上的监控记录，没有发现可疑人。也不能这么说，其实是因为那个小区进出人员非常复杂，不好排查。我在那栋楼里转了几圈，只要有心，绝对能避开摄像头到余诗诗家。"

说到这里，焦闯停了下来，看着武桐。

"你继续说。"

焦闯停顿了片刻说道："我建议不要在这上面浪费时间了。"

他以为武桐一定会反驳自己，没想到武桐点了点头，宣布撤销这个工作项。

"马烁，你有什么想法？"武桐问道。

马烁沉思了片刻，说道："余诗诗丈夫死于心脏病，从结果来说这个案子很难翻了。但假设余诗诗和靳巍合谋吓死了她丈夫，余诗诗的动机很好理解，那靳巍的动机呢？我觉得他是出于同情。"

武桐点了点头，示意马烁继续说下去。

"因为同情，靳巍杀了窦勇的儿子，杀了余诗诗的丈夫，"马烁说道，"那么他也有可能因为同情杀了其他人。"

"可是他杀张宏的父亲张全友呢？也是因为同情吗？"焦闯问道。

"那是意外。张宏发现窦勇儿子死亡的疑点，要挟窦勇帮他杀父，否则就告发他。窦勇没办法只好找到靳巍，求他帮忙。为了避免暴露，靳巍答应帮张宏杀了张全友。"马烁回答道。

"既然如此，他为什么还要杀张宏和窦勇呢？如果杀张宏是因为张宏曾经要挟过他，那么窦勇又干什么了？他也要挟过靳巍吗？"焦闯又问道。

"我也不知道他为什么要杀窦勇，而且用那么极端的方式，"马烁说道，"也可能他们之间有什么我们还不知道的事。"

"张宏呢？张宏死那天他可是在三亚呢。"焦闯继续发问。

"他还有个同伴，和他一起去山西招工的。"马烁提醒道。

"好了！说你的结论。"武桐问道，结束了这场无意义的讨论。

"找到下一个受害者。"马烁说道，"如果靳巍真的是一个连环凶手的话。"

"具体点。"武桐说道。

马烁走到白板前，写下"同情""病人""折磨""解脱"。

"他因为同情而杀人，他同情那些长期受病痛折磨、也给家人带来巨大负担的病人，他把他们杀掉，解脱他们，也解脱他们的家人。窦勇的儿子和余诗诗的丈夫都符合这个模式。"

武桐点了点头。

"其实我们去找靳巍的时候，他就已经向我们宣示他的行动纲领了，只不过把纲领扣到了窦勇身上。"马烁敲着白板，"他知道我们怀疑他，但他不怕，因为他觉得我们找不到证据，就算怀疑他也不能拿他怎么样。他在挑衅我们。"

"那你有办法了吗？"焦闯指着白板问道，"你就拿这个去抓靳巍，然后跟他说，我们找到了你的作案动机，你最好赶紧认罪。Are you kidding me（你开玩笑的吧）？我们手里可是一点证据都没有。"

马烁想了一下才意识到焦闯说了句英语，他不想再看瘫在椅子上满脸不屑的焦闯，转头对武桐说道："靳巍本来是康养中心的志愿者，后来去了临终关怀中心。同样是志愿者，在哪儿帮忙不一样，为什么非要去临终关怀中心？"

"那边有更多目标。"武桐说道。

"对。"马烁点头道，"所以，我的想法是去临终关怀中心调查，如果我判断没错的话，去世的人里肯定有靳巍杀的。"

"那得查到猴年马月？"焦闯插嘴道，"你知道养老院一天死多少人？"

"只要查到一个就够了。倒查，从最近的死者开始。"武桐说道，"明天就启动。散会。"

几个人起身往外走去，武桐在后面说道："焦闯，你留一下。"

马烁走出队部，看着夕阳余晖，心里忽然空落落的。他本能地想找个地方打发掉时间，直到夜深人静再偷偷回家，第二天天亮之前再溜出来。

去洗澡是个好主意。他昨天晚上把余诗诗带回来以后，就在休息室里对付了一宿，到现在后背还有些发酸，去泡个澡很能解乏。他走到浴池门口，看到收旧家具的老头坐在平板车上和浴池老板聊天，忽然想起来马优悠说要回家住，让他把旧家具卖掉，再重新收拾下房子。他嘴上答应得好好的，可是根本没有实际行动。

他终于意识到自己一直在逃避，就像他不敢回家一样。

"大爷，留个电话，我想把家具都处理了。"

"行啊。那你回去先收拾收拾，倒空了我再上门。"老头说道，"留神把细软都翻出来，别跟着家具一块儿卖了。"

马烁点点头，转身朝着地铁站走去。

他换了两条地铁线，跟着晚高峰的人流涌出了西红门站。远处家具商场的巨幅广告在夜色中格外醒目。

马烁跟着人流走进购物中心，他想起和武桐认识的第一天他们就一起逛家具商场，吃快餐。武桐点了一份鸡腿饭，然后毫不扭捏地把一根大鸡腿啃得干干净净。他又想起武桐昨天晚上一反常态和余诗诗喝酒。人在脆弱的时候才喝酒，武桐这样坚强的职业女性，为什么会在那个时候变得脆弱？

每个人都有脆弱的时候，包裹再严密的心也会露出柔软的部分。这没什么大不了的，你只是因为关心她才会紧张，仅此而已。想到这里，马烁松了口气，一口咬住鸡腿。

吃完饭，马烁独自去逛展厅，他不知道该看什么，只好看别人。他看到一对情侣，男人拿着皮尺，女人拿着记事本，两人一边丈量尺寸一边商量哪几样家具可以堆满一面墙。这才是逛家具商场该有的样子，马烁羡慕地看着他们，再想想自己连家里尺寸都没量就来逛商场，就这样逛一百年也是白逛。

你必须做出改变了，就从现在开始，今天必须买个东西回去。马烁一边对自己说一边左顾右盼，最终买了个专门切水果的橡木垫板。

他拎着垫板走进家门，深吸了口气，按下开关，灯亮了。这是两年来他第一次看到家的模样，他想起了父母和过去的生活。

这一刻，他泪流满面。

马烁睁开眼睛，天亮了。

他摸了摸脸，眼泪早就干透了，好像压根儿就没有哭过一样。不过他现在已经不再害怕哭了，哭不会让他脆弱，逃避才会。一夜之间，他的身体里好像慢慢生出了一种力量，他觉得那就是勇气。

他一路跑到队部，早餐摊的老板惊讶地问他今天怎么来这么晚。他向老板微微一笑，老板的表情更诧异了。

焦闯拉着脸坐在沙发上看报纸，今天他没玩手机。看到马烁进来，他把报纸叠好，面无表情地把马烁拽到停车场。

"武桐是怎么知道我没回来的？"焦闯冷冷地问道。

明明是焦闯开小差，现在他却理直气壮地质问自己，好像自己是出卖同伴的叛徒一样。马烁深呼吸了一口气来舒缓情绪，然后尽量平静地告诉焦闯，武桐是如何从他回来的用时判断他是坐高铁回来的，进而猜到焦闯没有回来。

焦闯听完后也愣了一下。

"你为什么回去之后要和她报告？你不是家里有事吗？"焦闯盯着马烁问道。

"因为她问我。"马烁毫不客气地说道。

焦闯没想到马烁会直接回掉他，竟一时找不到合适的语言反驳。

"你不应该想我有没有打你的小报告，"马烁继续说道，"你应该想武队为什么会盯上你？"

"为什么？"焦闯问道。

"这是你该想的问题，不是我。"甩下这句话，马烁拉开车门坐了进去。

"轰——"车子咆哮了一声，然后发出哮喘一般的声音，同时抖动起来。焦闯翻了个白眼，用力拽开副驾的车门。

在前往临终关怀中心的路上，焦闯一直焦躁不安，终于忍不住说道："我哪里有问题了？不就是晚回来一天吗？这在以前也不叫事儿啊！再说我还是搭着休息日出差呢，这个她怎么不提？如果我周一去，今天都回不来呢。"

马烁看了一眼焦闯，平静地说道："你既然觉得自己没问题，为什么不和她打个招呼？"

"这是两回事！"

"这是一回事。"马烁说道，"其实你已经意识到自己错了，就是不敢承认。而且你一被人说中错误就恼羞成怒，这毛病是你老婆惯出来的吗？"

"你说什么！"焦闯喊了起来。

"人一旦发脾气就会变成笨蛋。"马烁说道，"昨天开会，你除了第一个问题水平在线，之后越来越糟糕。你是忘了讨论案情的原则吗？不问找不到答案的问题。可是你后面所有问题都是毫无建设性的，那不是在讨论，是在质问。"

说到这里，马烁看了一眼焦闯，然后继续说道："你有没有注意到那三个实习警员，他们都惊呆了。他们根本想不到，堂堂十几年的老刑警竟然会问出这么低级的问题，这些问题连他们都不会问。因为你考虑的不是办案，而是怎么在武队面前挽回颜面。你的方法就是压制我，所以我说的每个字你都要反对。可是我说得对，你的反对就成了强词夺理。如果你是领导，有人像个傻子一样在你面前胡说八道，你会不生气吗？"

焦闯一副要发火的样子，但直到马烁说完这番话，他也没有开口。

"你心平气和地想想，昨天的你是不是很蠢？"马烁看了一眼焦闯，"你再想想，你说塑料英语的时候是不是更蠢？"

"你是想教训我吗？"焦闯气得发抖。

马烁微摇了摇头，然后说道："我就是好奇，这么多年从来没人指出过你的问题吗？可能我也不应该多嘴。"

接着他做了个封嘴的手势。

临终关怀中心比康养中心寒酸太多了。如果不是门口的牌子，马烁以为到了一个破败的工厂家属区。这里有四栋三层红砖楼，年代都已经很久远，院子里一个人也没有，尽管在阳光明媚的上午，这里依旧寂静无声，死气沉沉。1号楼下停着几辆小轿车，侧边山墙下停着三辆黑色金杯车，每辆车的车头都绑着黑色花团。

马烁把车停在一辆轿车旁边，和焦闯走进1号楼。

一层有个三十平方米大小的门厅，地上铺着上世纪风格的地砖，门厅正对着楼梯，左边有个简陋的圆弧形前台。前台后面坐着一个矮个中年男人，摇头晃脑，一脸不耐烦。马烁向他出示证件，然后说道："我们要这两个月的死亡名单。"

男人瞟了他一眼，呛声道："死的多了，我们这儿天天死人。"

"去世前瘫痪的。"马烁又说道。

"那可巧了，死之前都瘫痪了。"男人说道。

"长期瘫痪的。"

"时候都不短。"男人翻了个白眼。

"嘭！"焦闯猛捶了一下桌面，然后绕到前台后面，把男人拎起来。

"你会不会好好说话！"焦闯的吼声在空旷的楼道里产生了回声。

"哎哟，您别急啊，楼里的都睡着呢。"男人立刻软了下来。

"我们昨天晚上就跟你们领导打好招呼了！说得清清楚楚！怎么着？到你这儿不好使呗！"焦闯继续吼道。

"没有，没有。您息怒，我这就给您找。"男人嬉皮笑脸地哀求道。

焦闯松开手，男人跌坐在椅子上。他整了整衣服，打开电脑。

"这几天靳巍来了没有？"马烁问道。

"谁？"男人抬起头看着马烁。

"靳巍，一个志愿者。你不知道吗？"

"噢，您说志愿者啊，"男人说道，"那我不知道，他们说来就来说走就走，没人管。"

"没人组织吗？"焦闯问道。

"饭都不管，还组织。"男人哼哼唧唧地说道，"他们是来干活儿的，又不是来当大爷的。"

"好好说话！"焦闯又瞪起眼睛。

男人下意识一躲，向焦闯赔了个笑脸。

"找着了！这个表全，什么信息都有，我都给您拷走，您慢慢看。"男人一副大功告成的样子。

"这是什么表？"焦闯问道。

"收费表，"男人笑着说，"再没别的比它准了。"

"我们去病房看看。"马烁说道。

"您随意，不过您要有个心理准备，反正一般人不好接受。"男人点头哈腰地说道，"我就不陪着您了。"

"为什么不好接受？"焦闯问道。

男人的笑脸忽然变得古怪起来，说道："这地方叫临终关怀中心，这里面住的都是马上要死的人了。要死的人身上都带着死气，一堆要死的人死气更重，所以您看这没有院子，连个鸟都不做窝。您就不觉着硌硬吗？反正那几栋楼，我们都是能不进就不进。"

"有没有志愿者在那边？"

"有，护工，志愿者，都有。"

− 27 −

马烁和焦闯来到2号楼，一层墙上贴着楼层示意图，每层是一个区，南侧是十个教室大小的房间，北侧是一条大走廊。一个穿着护士制服的中年女人走过来，不客气地问他们是干吗的。马烁拿出警官证，护士的态度立刻好了。

"我们随便看看，能不能给我们安排个志愿者？"马烁问道。

"当然可以，您稍等。"护士说着拿出手机，在群里发了条语音，让小蘑菇到大门这儿，有个重要使命交给她。过了一会儿，一个衣着朴素的年轻女孩顺着楼梯跑下来，气喘吁吁地和他们打招呼。

"这两位是警官，你带着他们转转。"说完护士就走了。

"两位想要看什么？"小蘑菇抚着胸口说道。

马烁等她呼吸平稳了才问道："'小蘑菇'是你的外号吗？"

"对，"小蘑菇笑着说，"我们都用外号相互称呼。"

"你认识这个人吗？"马烁拿出手机，屏幕上是靳巍的照片。

"认识啊，这不是白头翁大哥吗？"小蘑菇说道，"他咋了？"

"他最近来过吗？"马烁接着问道。

小蘑菇摇了摇头，说道："我们不是一个班，好久没看到他了。"

"走，带我们转转吧。"马烁说道。

"好。"小蘑菇来了精神，"那咱们先看看这个示意图。这栋楼有三个区，每层是一个区。简单来说，一层的病人状态最好，都是有意识、能独立进食、能说话，甚至能活动的。二层的病人状态就差一些，基本都瘫痪在床了，有一部分进来时就这样，有一部分是一层病人身体恶化送上来的。三层的话就是临终区了。"

马烁和焦闯跟着小蘑菇沿走廊走，南边的病房里阳光充足，每个病房有十二个床位，老人们穿着白色碎花睡衣，或是卧床，或是站在窗边晒太阳。走廊一侧的大面积窗户也能保证工作人员随时能观察到房间里的情况。

"所以，这里的顺序是一层、二层、三层。"马烁手指着上方说道。

"也不全是，还是要看各家的经济条件。"小蘑菇小声说道，"虽然这里是非营利机构，费用比一般养老院要便宜点，能把老人送来的人家，经济条件也都比较普通，但短期还好说，长期住在这儿也是一笔很大的开销。就像一层病人的剩余寿命普遍在六个月到二十四个月，最长的已经快三年了。一个月一万，这就三十多万了。"

"这么贵吗？"焦闯问道，"养老院一个月也才几千块钱。"

"您说的那是普通老人，临终老人住养老院，各项费用加在一起，一个月没两万绝对下不来。"小蘑菇说道。

"一般什么家庭会把老人送进来？"马烁问道。

"基本都是从医院和养老院转过来的，这边费用低，而且专业性强。"小蘑菇一边说一边透过窗户和病房里的老人打了个招呼。

"有没有把老人送进来之后又接走的？"马烁问道。

"有啊。"小蘑菇说道，"首先就是价格太高，比如说一层费用大概是一万一个月，三层加上特护费用可能要一万五。不过三层的老人基本上都处于点灯熬油的状态了，早点儿、晚点儿的区别，有的家属就觉得熬一天五百没什么必要，还不如领回家等着，说白了也一样；还有就是那种剩余寿命特别长的，家属可能觉得经济压力确实太大，也会把人接走。"

"反正就是钱闹的。"焦闯随口说道。

"您也不能这么说，"小蘑菇反驳道，"自家甘苦自家知，能把老人送到这里来就说明家属还是有这份心，总比一直扔家里臭着强吧。"

"你为什么来当志愿者？"马烁问道。

"因为我妈出家了。"小蘑菇笑着说道，"她出家前就在这里做志愿者。她说我只要在这里帮忙，就能去看她。我刚来的时候也挺不适应，但是习惯了发现这里也挺好的，看到他们，也觉得人生不需要那么多执着了。"

马烁随着小蘑菇的目光看向病房，人间最后的景致，淡定平和。他看到挂在四个墙角的摄像头，还有面前宽敞透亮的大窗户，他意识到这里肯定不是作案的理想场地。于是他问道："最近有没有老人被家属接走的？"

"有啊，每周都有好几个呢。"小蘑菇随口说道。

"最近有没有那种家庭经济状况不好，身体很差，至少瘫痪，被接回去的老人？"马烁问道。

小蘑菇想了想说道："上周有一个，从二层接走的，陈奶奶。"

五分钟后，马烁拿到了陈桂芳的入住登记表。他把陈桂芳的身份证号报给队部值班室，很快值班民警答复，陈桂芳已于上周日中午报告死亡。

马烁和焦闯从楼里走出来，原本晴朗的天空不知何时变得乌云密布。

走廊的墙壁上印满了疏通下水管的小广告，墙皮和水泥地一样黑。走廊左侧是三扇紧闭的户门，右侧是临街窗户，窗户支离破碎，窗框布满铁锈。马烁走到中间住户的门前，俯下身，看着花架上的吊兰，忽然发现侧后方一片叶子插进了花架两个隔板中间的缝隙。马烁轻轻用手一拨，叶子弹了出来。

所以这片叶子不是天然插进去的，有人碰过这盆花。马烁搬开花盆，后面藏着一把钥匙。

马烁用钥匙打开门，一股中药的苦味扑面而来。

"是什么时候发现死者的？"马烁问道。

"家属说是周日中午。"当地派出所的民警说道，"死者家保姆每天中午过来一趟给老太太换个纸尿裤，煎点药，再喂点饭，完事就回去了。周日中午过来的时候发现老太太已经死了。"

"这岁数了怎么还喝药？"焦闯皱着眉问道，"保姆联系上了吗？"

"马上就来。"民警说道。

这时一个小伙子出现在走廊里，他看到穿着制服的民警，愣了一下，转身就要走。马烁喊住了他，几个人过去把他围在中间。

"你是干什么的？见着警察躲什么啊？"焦闯大声质问道。

"没有，走错了。"小伙子低着头说道。

"走错了？"焦闯说道，"好，你要去哪儿？我跟你去看看。"

这时最左边的门打开了，一个女人探出头来，讪笑着说道："警察同志，他是我朋友，来找我的。"

众人回头看着女人，又看了看小伙子。

"对，我是她朋友。"小伙子低着头说道。

焦闯走过去，看了眼女人的房间，里面拉着窗帘，光线昏暗，点着粉红色的彩灯。焦闯对女人上下打量了一番，女人低下头。

"你住这儿啊？"焦闯问道。

"是啊。"女人讪笑着回答道，"您是要找哪家？"

"这家。"焦闯指了指旁边的门。

"噢。"女人点点头。

焦闯咳嗽了一声，看着女人，又看了看小伙子，再看向女人。女人立刻点了点头。

"你知道这家住着什么人？"焦闯问道。

"不知道啊，以前一直没人住。"女人说道，"最近几天倒是有人。"

"什么时候？"焦闯问道。

"上周五晚上，我就听见他们家有人回来了。"女人想了想说道，"其他时候就不一定了，偶尔能听见点动静。"

"上周五晚上？"马烁走过来，"你怎么知道有人回来？"

"听见关门声了。"女人说道，"我当时在门口等一个……朋友，就听见他们家关门声了，声音还挺大的。"

"不会听错吧？"马烁问道。

"不会，关门声挺大的呢，我家门都跟着震。"

马烁用力关上门，发出砰的一声脆响，门框上面的玻璃窗一阵震动。

"对，就是这样。"女人笑着说。

"还有什么？"焦闯问道。

"然后我那个朋友不是来了嘛，他认错门了，去敲那家门了，我赶紧开门把他叫进来。"女人说道。

"那家有人出来吗？"马烁问道。

"没人出来。"女人回答道，"我还挺担心人家出来人问呢，毕竟拍人家门打扰到人家了，结果也没有。"

"你确定是周五吗？"马烁问道。

"确定。我周六就出去玩了，昨天才回来。"女人回答道。

马烁对焦闯点了点头，焦闯对民警点了点头，民警让开一条路，小伙子犹豫了一下，转身离开。

陈桂芳家的保姆是个五十多岁的女人，身材高大，戴着很厚的眼镜，面对警察时丝毫不紧张，侃侃而谈："其实我不能算她家保姆，最多算小时工，每天中午去一个小时，给老太太换个纸尿裤，煎个药，再给她对付口粥啊面糊之类的吃食，反正就这么吊着。你说哪天一开门老太太没了，也一点不惊讶，老话怎么说，风烛残年，就是等着油尽灯枯呢。周六中午我过去的时候，老太太还挺好呢，还知道和我眨巴眼，意思你来啦，辛苦啦。你别看老太太躺那儿不能动，也说不了话，但一点都不糊涂。我还跟她说话呢，我说老太太，您好好活，我好好伺候您，我还指着您多挣点钱呢。"

马烁和焦闯频频点头，他们就喜欢这样的人，不用问，他们自己就竹筒倒豆子全说了。

"结果周日我一来，嘿，人没了。"保姆一拍大腿，"一天两百块钱的好活儿，没了。"

说到这儿，保姆遗憾地叹了口气。

"你一共干了多久？"马烁问道。

"其实一共也就不到一周。"保姆说道，"这种老人都是说没就没。你要赶上个能活的那你当然算抄上了。但是基本这种活儿也就是一周到三个月，极少有半年以上的。"

"所以你周五晚上没有过来？"马烁问道。

"没有啊。"

"她女儿会不会过来？"马烁又问道。

"她女儿也在床上瘫着呢。"保姆摇了摇头，"她女儿能过来，还会一天给我两百块钱让我来吗？"

"你每次都把钥匙放到花盆后面？"马烁继续问道。

"是啊。要不然我一周跑十五家，我还得随身带着十五把门钥匙？我累不累啊我！"保姆说道，"再说就她家里连个带响的玩意儿都没有，还能招贼？"

马烁和焦闯回到队部的时候，看到武桐正在送余诗诗往外走，武桐让他们到马烁办公室等她。两人走到马烁办公室门口，看到门上贴着一张打印纸，上面印着"312专案组"。马烁推开门，原来的办公家具都搬走了，摆着一张会议桌、六把椅子和两架白板，会议桌上还放着一台投影仪。整个办公室，只有门口的衣帽架和墙上的北京地图是马烁认识的。

"这是啥意思啊？"焦闯问道。

"我也不知道。"马烁找了一把椅子坐下。

焦闯在对面找了把椅子坐下，两人一个看天，一个看地，谁也不说话。直到武桐推门进来，身后跟着那三个实习警员，两人才站起身和武桐打招呼。

"把窗帘拉上。"武桐对身边的小伙子说道，然后对另一个说，"你去休息室，煮一壶十人份的美式咖啡，今天上午教你了，记住了吧？"

"明白。"另一个点点头出去了。

"来，你们坐。"武桐从马烁身后绕过去，坐在会议桌的中间。

马烁和焦闯对视了一眼，默默坐下，看着武桐。

"今天上午我和支队长汇报了案情，支队长也非常重视，把这个案子列为我督办的重点案件，要求限期破案。"武桐说道，"不过你们也别有压力，正常往前推进就行。"

马烁和焦闯又对视了一眼，然后同时点了点头。

"他们三个以后就跟专案组了。"武桐看了看两人，然后说道，"以后随时根据情况再加人，马烁做专案组的负责人。"

马烁和焦闯都很惊讶，尤其是焦闯，脸瞬间就垮了下来，但是武桐既然已经下达命令，就没有任何质疑的余地。

"好了，你们说吧。"武桐端起咖啡喝了一口。

马烁报告了他们去陈桂芳家调查的发现，重点提到邻居说周五晚上听见关门声，而且她的朋友去敲门时，没人出来应门。

"老人瘫痪在床，女儿也瘫痪在床，唯一出入她家的保姆中午来，大约一个小时就走。那么周五晚上开门的这个人就很可疑。我的假设是，凶手原计划周五晚上去陈桂芳家作案，但关门声惊动了邻居，所以他不得不推迟一天。"马烁说道，"我拿到了正对那栋楼大门口的周五和周六两天的监控录像。如果我的假设没错，一定会有人出现两次。"

"可是就算凶手周五晚上去了，如果他假扮成外卖员或者什么人，一个外卖员两天同时去一栋居民楼送餐也是有很大概率的，"焦闯说道，"再说都戴着头盔，你怎么判断谁是谁？"

马烁看着焦闯说道："试试就知道了。"

"好，我倒要看看你怎么填上这个坑。"焦闯挑衅似的说道。

"焦闯，你还有什么要说的？"武桐皱起眉头。

"我没什么说的了。"焦闯耸耸肩。

"散会。"武桐起身说道。

她走到门口，按了按门上的复印纸，转身说道："这个房间以后就是专案组会议室。马烁，你暂时在我办公室办公。"说完她朝几个人点了点头，就转身走了。

焦闯和三个实习警员都盯着马烁，马烁有些尴尬，想拿杯咖啡喝，旁边的实习警员立刻端起来送到他面前。

"你们哥仨先出去。"焦闯铁青着脸说道。

三个人立刻收拾东西走了，顺带关上房门。

"你们是不是早就商量好了？"焦闯问道。

"商量什么？"

"什么意思？成心挤对我，是不是？"焦闯愤愤不平地问道。

"你心态有问题。"

"我有什么问题？"

"你有什么问题，今天早上我就和你说过了。"马烁站起身往外走，走到门口时忽然停下，转身对焦闯说道，"九年前我犯了一个错误……"

"这个我们都知道……"

"你知道个屁。"马烁打断了焦闯的话，"我搭档比你厉害多了，但他也有自己的毛病。我发现了他的毛病，想给他提出来，但我没敢。就因为他这个毛病，最后出了那件事。所以我就想，以后无论我和谁搭档，无论我喜欢他还是讨厌他，只要我和他是搭档，他有问题我就一定要当面提出来，不管他爱不爱听。"

焦闯看着马烁，没有说话。

"你如果不信，可以去问老牛我是不是这样做的。"马烁说道，"如果你不想和我搭档，也随时去找武队说，不用在乎我怎么想。不过我还是建议你冷静想想从上周四到现在你都干什么了，专案组负责人我可以不干，但是你配吗？我要去看监控了，明天见。"

－ 28 －

队长办公室是个套间，里屋是武桐的办公室，外屋原本是会客室，现在沙发茶几都挪走了，摆上了马烁的办公用具。马烁敲了敲门，走进办公室，里屋的门虚掩着，他走过去，看到武桐正坐在办公桌后面办公。

"以后进来不用敲门。"武桐的眼睛还在电脑屏幕上，"这是钥匙，你收好。"

马烁看到桌角放着一把钥匙，于是拿过来串在钥匙扣上。他工作十年，还从未看到有人获得和队长一起办公的特殊待遇。他知道武桐在全力支持他，他十分感激，却无以言表。

"怎么了？"武桐看到马烁站在那里发呆，于是探出头问道。

"谢谢你，"马烁说道，"但我担心会给你添麻烦。"

"添什么麻烦？"武桐笑着说，"如果连自己欣赏的人都挺不了，这个领导当着还有什么意思？"

"那谢谢你了。"

"别光嘴上说，要用实际行动报答我。"武桐伸出手，攥了个拳头。

马烁认真点了点头。

"你刚才卖那个关子，我也没想明白，"武桐站起来说道，"你和我说说你怎么能找到靳巍？"

"说出来就不灵了。"马烁也笑了。

"行，那你先去查，我发几个邮件，一会儿过去找你。"武桐说道，"等你的好消息！"

马烁回到座位，打开电脑，接入SSD硬盘，打开监控录像，按照隔壁邻居提供的时间，大概21:45，他往前推了十分钟，点击播放，画面中不断出现晚归的人和外卖员。

外卖员进进出出，马烁猛地点击暂停键，画面定格在三个外卖员前后走出楼门口的瞬间。他前后播放这个两秒钟的画面，然后放大图片，脸上露出笑容。

"找到了。"马烁喊道。

"这么快！"武桐立刻起身，小跑着来到他身边。

"你看这个画面。"马烁一边说一边点击播放键。

三个外卖员前后走出楼门，画面定格。

"哪个是？"武桐问道。

"第三个。"马烁指着最后一个人说道。

"为什么？"

"前面两个人都是一边低头看手机一边赶路，急着去送下一家，只有后面这个人不紧不慢地往前走。"马烁说道，"这不是外卖员的状态。"

"嗯。"武桐拍了拍马烁的肩膀，"还有吗？"

"还有这双鞋。"马烁放大图片，"这个人穿的户外靴，至少一千多块钱。且不说外卖员会不会穿一双又贵又沉的大黄靴送外卖，就算会，上周五下雨，会有人穿它蹚水吗？反正我是舍不得。"

"没错。"武桐凑到屏幕面前，"这个人的身高体形也很像靳巍。"

"你去忙吧。"马烁说道，"我要看周六的监控了。"

上周六还是下雨天，又是周末，除了几个顶风冒雨的外卖员，几乎没什么人进出。马烁很快就找到了周五出现的可疑人，他依然穿着大黄靴，而且这一次的破绽更明显了。他走进电梯后直接按了八层，却没有拿手机确认订单或者打电话的操作，直到走出电梯也没掏出手机。马烁记得这台电梯不是每层都停的，很多老旧高层居民楼的电梯只停五层、八层、十一层等楼层。按一层八户计算，八层的配送范围至少是二十四户。正常的外卖员怎么可能记住外卖是送给谁家的。

马烁又回放周五晚上的电梯监控，电梯里只有另外两个外卖员，也就是说"大黄靴"周五没坐电梯。马烁再往前回放，也没有找到那人坐电梯上楼的画面。

所以这家伙根本就不是外卖员。

后面的工作就可以交给实习警员了，马烁终于松了口气。他看向窗外，一天又要结束了。

武桐让马烁按时下班，去商场给妹妹买个生日礼物。马烁走进更衣室，所有人都向他行注目礼，他们的目光或是好奇，或是疑惑，甚至带着嫉妒和敌意，但再也没有轻蔑和不屑。马烁没和任何人打招呼，从前也没人和他打招呼。好在他的更衣柜在更衣室另一侧，尴尬不会持续太久。他转过一排更衣柜，看到焦闯坐在那里。他刚要说话，焦闯冲他做了个"嘘"的手势。

"赶紧换衣服，停车场等你。"焦闯小声说道，然后从他身边走出去。

马烁换好衣服来到停车场，焦闯正坐在车里发呆。马烁上了车，焦闯一言不发开车离开队部。半小时后，焦闯把车开进自家小区，马烁这才想起来，焦闯的妻子侯琳说过周三请他来家里吃饭。

"我没买东西，"马烁着急道，"找个超市。"

焦闯没理他，把车斜着停在便道上，熄火下车，从后备厢里拿出两瓶青花瓷二锅头、两条中华香烟和一个大果篮。

"我把钱转给你。"马烁掏出手机，小声说道。

焦闯没有搭理马烁，拎着烟酒往楼门走去，然后拽开门，回头看着他。马烁赶紧跟过去，从焦闯手里接过礼物。焦闯打开家门，一股烟火的暖意涌出来。刚刚还面色阴沉的焦闯忽然声调提高了八度，喊道："我回来啦！"

侯琳系着围裙从厨房出来，她戴着浴帽和口罩，热情地向马烁问好。

"嫂子好。"马烁的声音也提高了八度。

"你好！焦宁，出来叫叔叔。"侯琳叫道。

一个胖嘟嘟的小男孩从房间走出来，眼皮都没抬，含混不清地说了句叔叔好，然后又转身回房间了。

"别回去了，洗手准备吃饭了。"焦闯喊道。

"不想吃，你们又抽烟喝酒的，"焦宁皱着眉头说道，"我一会儿还有网课呢。"

"那……"焦闯说道，"那你先回去，一会儿让你妈给你端过去！"

客厅中间摆上餐桌，餐桌上摆满了菜，茶几已经挪到电视柜旁边。焦闯闷着头坐在餐桌边开酒瓶，侯琳还在厨房炒菜，马烁夹在中间十分不自在。

"白的啤的？"焦闯终于开口了。

"都行。"

焦闯倒了三杯白酒，拿起烟和打火机，给马烁使了个眼色，然后推开阳台门走到阳台上。

马烁跟着走到阳台，一股夜风吹进来，夹杂着植物的清香。

焦闯点上烟，把烟和打火机递给马烁。马烁接过来，放到一旁的花架上。

焦闯清了清嗓子，小声说道："一会儿吃饭的时候……"

他转头看着马烁，马烁也看着他。

"工作上的事别和我媳妇瞎说。"

"好。"

焦闯又沉默了，低着头抽完烟，才闷闷地说道："走，吃饭。"

两人回到客厅，侯琳正好端着菜过来。焦闯立刻用高八度的音调喊道："兄弟，你坐这儿，别客气啊，这都是家常菜！"

"真是不好意思，给嫂子添麻烦了。"马烁笑着说。

"嘻！一家人说这个。"侯琳摆了摆手，"你们先喝着，我去收拾收拾。"

侯琳说完话又转身离开，焦闯和马烁坐定，焦闯端起酒杯，这杯足有一两。

"一半吧。"焦闯说完把酒杯端到嘴边，张圆了嘴巴，吞下去一半，然后打了一阵激灵。

马烁也端起酒杯，喝了一半。

"你可以啊！"焦闯先给马烁的碟子里夹了片红肠，然后夹了一片塞进嘴里。

"呼——"马烁吐了口气，把红肠吃掉，"这是42度的吗？"

"这是53的。"

两人对视，忽然同时哈哈大笑。

"干了吧，"焦闯端起酒杯，"第一次跟你喝酒。"

两人这才第一次碰杯，然后同时干掉杯中酒。

焦闯放下酒杯，吃了一块红烧肉，然后问道："你不是酒精过敏吗？"

马烁想起来这是上周五中午和焦闯、刘斌吃饭时，他因为下午要替武桐去接江临放学不能喝酒，临时编的理由。

两人对视，又同时哈哈大笑起来。

221

"你们哥俩笑什么呢？"

马烁转头看去，侯琳摘掉了浴帽、口罩和围裙，大波浪长发搭在肩上，身上穿着一件红色高领羊绒衫，脸上还化了很鲜艳的妆，显得韵味十足。

"嗜！怎么还扮上了？"焦闯惊叹道。

"就抹了个口红。"侯琳端起酒杯，"来，兄弟，嫂子敬你一杯。哎呀，你们都喝一杯了？那我追你们一下。"

马烁还没来得及阻止，侯琳一仰脖干掉了一杯白酒。

"你嫂子也是场面人。"焦闯一边说一边拿起酒瓶，给三个杯子倒满了酒。

"来，嫂子敬你。"侯琳说道，"你还没成家呢吧？"

"没有。"

"这么帅的小伙，眼界高。"侯琳笑着说，"嫂子敬你一杯。"

没等马烁说话，侯琳一仰脖，第二杯白酒又干掉了。

"你慢点！你当谁都跟你似的拿白酒当雪碧喝！"焦闯急忙拦着马烁，"你不用追她，按你的节奏喝。"

"谢谢嫂子款待。"马烁也干掉了一整杯酒。

"快快快！赶紧吃口菜。"侯琳和焦闯赶紧往马烁的碟子里夹菜。

"兄弟你太实在了。"侯琳拍了拍马烁的肩膀，乐呵呵地说道，"你不用这么喝。我跟你说，一般人都喝不过嫂子。哈哈哈，你看他耳朵都红了。"

"你没有难受吧？"焦闯问道。

"没事。"马烁笑着说，"嫂子做了这么一大桌菜，我要是不喝完，那就太没礼貌了。"

焦闯急得指着侯琳说道："我跟你说，你别这么喝了啊，他这人实在。你也是，你干啥了就二两酒干下去了，你也太实在了吧！"

"哈哈哈。"侯琳一边点头一边笑，"你这么一说我想起斌子来了。他跟你喝一杯酒，那小嘴巴巴的能说出花来。"

焦闯哈哈大笑，笑完了轻轻叹了口气。

"对了，斌子呢？你怎么不把他也叫来？"侯琳问道。

"斌子借调到支队了。"

"已经开始借调了？那你呢？"侯琳惊讶地问道。

焦闯一时语塞，不知道该怎么回答。

马烁看着焦闯左右为难、一脸窘迫的样子，忍不住说道："我们队里有个重点案件，现在闯哥是专案组组长。"

"真的？老公！"侯琳双眼迸发出惊喜的目光，立刻冲过去，给焦闯一个大大的拥抱。

焦闯皱着眉，一脸苦涩，轻轻抚摩着侯琳的后背。

"老公，你太棒了！你太棒了！"侯琳挂在焦闯身上摇晃着。

"行了行了，兄弟还在呢。"焦闯拍了拍侯琳的后背。

侯琳坐回来，拿纸擦了擦湿润的眼角。

"兄弟，不怕你笑话，"侯琳说道，"我担心老焦这么多年了。他业务强，人品也好，就是不会为人处世，太耿直了，所以这么多年也没再进一步。真的，我听这个消息比中了五百万还高兴。兄弟，你一看就是能人，以后你多帮衬帮衬我家老焦，嫂子在这儿先谢谢你了。"

说完侯琳端起酒杯一饮而尽。

"你看你！又干！"

"没事，兄弟你随意。"侯琳漂亮的脸涨得绯红。

"咱们两口吧。"焦闯端起酒杯，和马烁碰了一下。

侯琳说了很多她和焦闯的往事，在她眼中焦闯是英雄，是家里的顶梁柱。焦闯曾经让她骄傲过，但是这些年其他人越来越好，焦闯却原地踏步，她也逐渐担心起来。侯琳担心长期得不到认可会让焦闯失去自信，更怕他因为被这个飞速发展的时代甩下而绝望。如果一个男人绝望了，那么他的家庭就毁灭了。所以，当侯琳听到焦闯成为专案组组长的消息，她无比欣喜。

焦闯和躲在屋里的胖小子，就是她的全世界了。

"嫂子是做什么工作的？"马烁问道。

酒精上头，他倒是没有别的感觉，就是觉得房间里的灯更亮了。

"嫂子是护士。对了，嫂子身边很多优秀的小姑娘，回头给你介绍。"侯琳热情地说道，"我们医院是高干保健医院，平时工作压力不大，也没有其他医院那些麻烦事，挺好的。"

这时焦闯的手机响起了语音通话的铃声，屏幕上弹出一个名叫"玉桂狗和飞翔大叔"的微信好友。马烁扫了一眼头像框，是一张JK短裙和长腿的照片。马烁第一次在焦闯手机上看到这张照片的时候，她还叫"kuromi"，而焦闯的微信昵称就叫"飞翔的重卡"。马烁看了眼侯琳。焦闯的手机就在侯琳眼皮底下，她也看到了，但她立刻把脸扭过去，拿起酒瓶给马烁倒酒。

"公事。"焦闯拿起手机去了卧室。

"来，兄弟，嫂子敬你一杯。"侯琳端起酒杯，笑眯眯地说道。

马烁看着她一脸若无其事的样子，但她的手在抖，胸口起伏，嘴角也抑制不住地打战。

马烁想不明白，有这么漂亮贤惠的妻子，有这么温馨幸福的家，焦闯为什么还要去外面勾搭那些比他儿子大不了几岁的小女生？果然是围城吗？城外的人羡慕城里人的天伦之乐，城里人却憋疯了想逃出去自由飞翔。

焦闯就不担心自己出城飞翔的时候，城外进来个男人把城占了吗？以侯琳的条件，想攻城的男人估计也不在少数。

马烁端起酒杯，和侯琳干了一杯酒。

"你和闯哥都倒班，孩子怎么弄？"马烁为了打散尴尬，随口问道。

侯琳叹了口气，说道："小时候还好，让我爸妈带。现在就只能我们俩错开时间自己管。好在孩子懂事，知道自己学习，没让我们操心。"

马烁点了点头，也许所有警察的老婆都会这么说，可如果不这么说，她们还能怎么说呢？他意识到自己提了个愚蠢的问题。很多中年人聊天时都会问起别人生活中的麻烦，与其说他们关心别人生活得如何，不如说他是想证实别人过得也不尽如人意，自己并不孤独。

"听说你们的副队长就不用值夜班了，是吗？"侯琳问道。

"嗯。"马烁点点头，"逢年过节要领导值班，平时不用。"

"那就好。"侯琳满意地叹了口气，又给马烁倒了一杯酒，"如果老焦这次能当上副队长，就真的解决我们家大问题了。你不知道，我们现在连给孩子报奥数班都不敢，因为在海淀那边上课，没人接送。"

"嗯，"马烁点点头，"上周六我送你们的时候，听你在车上打电话了。"

"老师觉得我们孩子还是块料，想培养一下，我们更不能拖后腿了。你说孩子上学，一年一年的，耽误了一点儿就跟不上了。"侯琳举起酒杯说道，"老焦拖家带口的，嫂子尽量安排好，万一因为家里有点事耽误工作，还请你多担待。"

"你言重了。"马烁说道。

侯琳看了眼卧室紧闭的房门，小声问道："这次老焦有希望上副队吗？"

马烁知道说有希望对侯琳来说是饮鸩止渴，希望越大失望越大，但他更不能直白地告诉侯琳焦闯近期表现很差，甚至工作开小差被领导抓住了。这就像给一个癌症末期的病人注射吗啡，不注射会活活疼死，注射也会死，但不再痛苦。

于是他点了点头，言不由衷地说道："闯哥前段日子破了个大案，现在很有希望。"

焦闯从卧室出来，侯琳没有问他在和谁聊天，也不再谈副队的事，就像什么都没发生过一样。焦闯脸上洋溢着快乐和笑容，马烁十分确定这份快乐是刚才那通电话带给他的。马烁忽然产生了一股窒息感，他想尽快逃离这里，因为他非常讨厌焦闯，他怕自己忍不住拍案而起，把真相告诉侯琳。

吃过晚饭，焦闯送马烁出来打车。焦闯还一直和妹子聊语音，越说越露骨，最后竟然说到今天夜里偷偷跑出去，约妹子去酒吧"奔现"。

— 29 —

余诗诗没想到自己这么轻易就被放出来了，她想起昨晚那个威胁电话，反而开始害怕起来。

她想找徐炳辉，但是徐炳辉去陪妻子了。她一个人待在客房里，点了丰盛的晚餐，却一口也没吃。她猛然发现，现在的她和一周前的她并没有任何区别，还是那个被世界遗弃的一无所有的孤独女人。她忽然想起那个男人，然后抑制不住地满脑子都是他的样子。他也许是这个世界上唯一一个真正对她好的人了，但他们只见了两面，每次都匆匆而过。她的心底涌上一股热流，也许她并不是孤独的。

就在这时，有人按响门铃，按了两遍。

她缓缓走到门口，通过猫眼往外看去，外面一个人都没有，地毯上有一个白色的小盒子。她打开门，左右看了看，走廊里没有人。她拿着盒子回到客房，盒子里有一张卡片和一部手机。卡片上用漂亮的钢笔字写着：到天台酒吧，找个角落。翻过来，背面竟然是那个男人的照片。

余诗诗犹豫了片刻，拿着手机离开房间，乘坐电梯到达酒店客人才能光顾的天台酒吧。酒吧只有两桌客人，四重奏乐队演奏着舒缓的乐曲。她找了个角落坐下，服务生体贴地拿来一件毛毯披在她肩上。

她打开手机，通讯录里只有一个联系人，名字叫：我。她按下拨号键，很快对方就接通了。

"你是谁？"她低声问道。

"他帮你杀了你丈夫，对吧？"依旧是那个女人，声音依旧冰冷。

"我不知道你在说什么。"余诗诗裹紧了毛毯，"如果之前的短信也是你发给我的，那我告诉你，你的恶作剧闹大了，警察把我叫到派出所问了一整天！"

"你真是个自私的女人，你那么恨你的丈夫，为什么不敢亲手杀了他？而且也没那么难。"女人说道，"你为什么要让一个不相干的人做你的刽子手？"

"你说什么我听不懂。如果你还是这样胡说八道，我就挂了。"余诗诗威胁道。

"你还记得你丈夫的牙刷吗？"对方忽然问道。

余诗诗打了个寒战："那是你……"

"对。"对方笑着说，"你怕死吗？"

"你要干什么？"余诗诗蜷缩在沙发里，连质问都有气无力。

"从现在开始，你随时都可能死，也许就死于心脏病，"女人说道，"像你丈夫一样。你每天晚上都会恐惧，明天早上还能不能睁开眼睛看到阳光。即便你醒过来了，你也会想起有个幽灵跟在你身后，那就是我。我会看着你，除非你永远悲惨地活下去，否则我会在你的人生迎来幸福的前一秒杀了你。还有，我已经把你们合谋害死你丈夫的证据收集好了，明天一早就发到你婆家，还有你老家所有的亲朋好友。你老家的每个人都会在同一时间看到这个消息，然后你就会成为你们家乡的当代潘金莲，你的名字会永远被钉在耻辱柱上，你的家人也都完蛋了。"

"你为什么要这样对我？"余诗诗哭道，她极力压抑着哭声，不想引来其他人的注意。

"你猜呢？"

"你是不是想让我死！"余诗诗咬着手掌，才不会哭号出来。

"恰恰相反，我要提醒你，即便你现在从天台上跳下去，我也会把你谋杀亲夫的消息发到你老家。不仅如此，你还以自杀谢罪的方式'实锤'了这事，你的家人会永远背负着你的耻辱生活。"女人隔了一会儿才说道，"你现在唯一能做的是求我不要明天一早就把消息发出去。"

"我求你。"

"好吧，那我缩小范围，先把消息发给你父母。"女人说道，"家人就是要分担痛苦的。"

"不要。"

227

"为什么不要？我很想看他们的反应。"女人说道，"我想知道亲情的纽带到底有多结实。他们是会担心你，还是会责怪你？"

"求求你不要。"余诗诗泪如雨下。

"不行，我必须让你品尝到后果，你才能真正明白事情的严重性。"女人平静地说道，"明天早上等你家里的电话吧。"

女人挂断了电话，余诗诗回拨过去，第一次对方拒接，第二次就关机了。余诗诗在天台坐到深夜，她一直在想这件事在老家传开会引起怎样的轰动。她家的祖坟会被挖掉，老实巴交的父母会被逼死，哥哥嫂子也只能远走他乡。她一生为之牺牲的家就会一瞬间灰飞烟灭，这比杀了她还痛苦。

她喝得酩酊大醉，被服务生送回客房。在坠入噩梦深渊的前一秒钟，她下定决心，绝对不能让这件事发生。然后她失去了意识。

马烁走回家的时候，酒差不多醒了。

他打开家里所有的灯，拿出皮尺丈量房间的尺寸，画出户型图，然后盘算如何在这个五十平方米的小房子里放下他们兄妹的生活。他忽然冒出了一个想法，也许马优悠说的回家住并不包括他，也许马优悠需要自己的生活、事业和社交，他只是其中一小部分。他忽然意识到，马优悠在康养中心这两年努力学习如何独立生活，结交新的朋友，建立自己的事业，她在一步一步重建自己的生活，而他还躲在灾难的阴影里不敢出来。

于是他给马优悠发了个信息，问她睡没睡。马优悠很快给他回复说自己没睡。

他犹豫了片刻，终于鼓起勇气给马优悠打电话。

"咋了哥？"马优悠欢快的声音从听筒里蹦出来。

"没事，我在量咱家的房间，这不是打算装修嘛，"马烁尽量用平和的语气说道，"哥就是想问问你是怎么打算的，是自己住呢，还是……"

马优悠沉默了。

"没别的意思啊，"马烁立刻说道，"就是如果你想自己住，哥就把爸妈那间屋改成你的卧室，你那间小卧室就改成书房。如果你不想……"

"我想。"马优悠说道。

马烁沉默了。他心里忽然难过起来，他提出让马优悠自己住是一回事，而马优悠亲口说出想要自己住，那就是另一回事了。

"哥，我现在可以照顾自己了。我在康养中心这两年不也生活得挺好吗？我也都是自己照顾自己啊，我还在照顾别人呢。"马优悠又恢复了欢快的语气，"你不要担心我，我没问题的。"

"好，哥就是问问。这两天跑了好几次家具商场，有几个方案都不错。"马烁看着镜子，努力挤出一个笑脸，他听人说过，笑着说话对方会听到的。

"下次哥哥再去的时候可以和我通视频吗？我们一起讨论。"马优悠说道。

"没问题啊。好啦，我继续干活儿了，你早点儿睡吧。"

挂断电话后，马烁翻出支队发的台历，计算着日期，然后在3月22日画了个圈。3月22日是周日，这天之前他必须把房间腾出来。

马烁正在思考，实习警员打来电话，他们已经追踪到那个外卖员。

"那个外卖员骑着摩托车走了一段路以后，钻进一个桥洞，之后就再也没出现过。后来桥下开出一辆面包车，驾驶人是靳巍。"实习警员报告道，"半小时后靳巍驾驶着车辆进入他们公司的地下停车场。"

"车是谁名下的？"

"是他母亲吴明姝名下的，'姝'是女字旁加个'朱'。"实习警员回答道。

"他母亲不是已经死了吗？"

"对，可能是还没来得及变更。"实习警员顿了顿说道，"武队问你现在方不方便过来。"

229

"她还没下班吗？"

"她一直和我们看监控呢，"实习警员小声说道，"看一晚上了。"

"我现在过去。"

马烁一走进专案组办公室就闻到了浓郁的咖啡香味，立刻精神抖擞。武桐递给他一个马克杯，说是送给他的专属咖啡杯。马烁喝了口咖啡，说出一路上都在担忧的事情："就算找到车，如果找不到直接证据，单凭这些也没法定他的罪。法律没有规定不能穿着外卖员的衣服四处乱逛。而且陈桂芳周一就火化了，连尸检都没法做。"

武桐点头道："这就是最大的问题，而且所有死者，除了张宏和窦勇，其他人都已经下了自然死亡的结论，如果没有有力证据很难纠正。"

"如果我们现在去找靳巍，很可能会打草惊蛇。"马烁说道，"他如果以后不再作案，我们可能永远也抓不到他，而且我们也不能永远看着他。相反，如果我们想抓到他的犯罪证据，那就只能等他下一次犯罪，就意味着可能还会有人死。"

"如果让你选择，你会选择永远抓不到他，但是不会再有新的受害者，还是等他继续作案把他抓个现行？"武桐问道。

马烁忽然笑了。

"怎么了？"

"你这个问题让我想起九年前那个案子。"马烁喝了口咖啡，咖啡从舌尖流到舌根，发出酥麻的快感。

"说说。"

"现在的情形和九年前一模一样。我们知道那个浑蛋给队长的女儿下药，冰毒，但当时我们手里没有证据。我们也面临一个选择：要么抓他的手下回来审讯，但这样肯定打草惊蛇；要么继续等，直到哪天从天上掉下来新线索。"

"所以你搭档决定抓人回来？"武桐问道。

"这个决定是对的，我们不能把破案的希望寄托在老天爷身上，但

230

是人抓回来以后不应该那样处理。"马烁摇了摇头，"换作是我，绝不会那样处理。"

"换作你会怎么做？"武桐问道。

"我会找到那个人的弱点，他只是个马仔，但不是傻子。他有自己的立场和判断，比如他认为自己最多可以替老大扛两年刑期，如果让他扛十年他一定会背叛。只要耐心找到这个点，打破他们的同盟轻而易举。"马烁说道。

"你搭档是怎么做的？"

"他把那个家伙打了一顿。"马烁摇摇头，"这么说一个因公殉职的同事可能不太好，但他确实太草率了。"

"所以你后来没有包庇他？"

"如果我包庇他，我们两个都会被开除。"马烁说道，"调查组来之前我就和他说我一定会实话实说，如果他不想掉进囚徒困境，最好也实话实说。但他还是说了谎，他以为我不敢和调查组说实话。"

"这是你第一次和别人谈起这件事？"武桐问道。

马烁点了点头。

"那么现在呢？"武桐又问道，"你认为我们现在要找靳巍吗？"

"当然。"马烁说道，"破不了案是我能力不行，不能用打草惊蛇当借口。"

就在这时，实习警员推门进来，急切地说道："我们在查那辆面包车，发现它昨晚进出过凯宾斯基酒店的地库。我们已经和凯宾斯基联系上了，准备调取昨晚的监控录像。"

"很好。"武桐朝实习警员点了点头，他关门退了出去。

"靳巍是去见余诗诗的。"马烁肯定地说道。

"可是他怎么知道我们要去找余诗诗？"武桐问道。

"我问过徐炳辉余诗诗在什么地方。所以有两种可能，一是徐炳辉告诉余诗诗我们要去找她，然后余诗诗告诉了靳巍。"马烁看着武桐说道，"二是……"

"徐炳辉直接告诉了靳巍。"武桐的眼睛里迸发出火花。

马烁打开手机的录音机,播放他和徐炳辉的通话录音。

"我提到了余诗诗的丈夫,可没提到靳巍。"马烁说道,"如果是徐炳辉告诉靳巍的,那么徐炳辉一定知道他们之间的事。"接着马烁又播放了他和余诗诗的通话录音,这次的通话更短。马烁反复听着余诗诗惊慌之下喊的那声"啊",然后说道:"她不像是知道我们要去找她。"

"所以她不可能让靳巍过去找她。"武桐说道。

"徐炳辉知道余诗诗家的情况,也知道她丈夫的身体状况,如果还有谁能发现余诗诗丈夫死得蹊跷,那只有徐炳辉了。"马烁分析道,"他能猜到余诗诗丈夫死得可疑,这个我可以理解,但他怎么知道是靳巍做的呢?"

"靳巍在康养中心做了一年多志愿者,又捐了那么多钱,和徐炳辉有交集也是很正常的。"武桐说道,"搞不好徐炳辉早就知道靳巍在干这种事,但他一直没有点破,甚至在包庇他。"

"可这样做对他有什么好处?"马烁问道。

"也许他有一天也会用到靳巍。"武桐回答道。

靳巍的家简直比售楼处样板间还整洁,甚至看不出生活的气息。他对警察的到来没有丝毫惊讶,拿起外套就和马烁出门了。

"你的车在哪儿?"马烁问道。

"什么车?"

"那辆登记在你母亲名下的面包车。"马烁盯着靳巍说道。

靳巍笑着点点头,说道:"就在路边停着呢,你们来的时候没看到吗?"

他带着警察找到了那辆停在路边的黑色面包车。他打开车门,所有人都往后退了半步。

车里停着一口棺材。

－ 30 －

面包车里的棺材把所有人都吓了一跳。

靳巍解释道："明天早上要送四位老人，临终关怀中心的车不够了。"他顿了顿说道，"他们只有三辆车。"

"打开棺材。"马烁点亮手电。

靳巍打开尾门，然后跳上车，推动滑轨，棺材缓缓滑出车外。等棺材停稳，他走到侧边，打开暗扣，却没有翻开盖板。他站到一边看着马烁，好像在看他有没有胆量打开。马烁掀开盖板，里面铺着白色丝绸，四周堆着白色的纸花。他伸手摸了摸丝绸，确认中间没有夹层的空间，于是示意让靳巍盖上盖。马烁跳上车，看到滑轨都是固定好的，车地板上铺着黑色的地胶。马烁用手电照过去，地胶干净得连一个脚印都没有。

"这车是新洗的吗？"马烁问道。

"灵车必须保持整洁。"靳巍答非所问道。

"你的车里怎么还有固定滑轨？专门用来装这个的？"马烁追问道。

"你说棺材？是临时装的。"靳巍笑着说，"这个滑轨是用来固定设备的。"

"什么设备？"马烁盯着靳巍问道。

"比如大型无人机、机器人。"靳巍也看着马烁。

"摩托车呢？"马烁问道。

"也可以。"靳巍点头道。

"你通知他们再找辆车吧，"马烁拍了拍车身，"这辆车我们要带回去检查。还有你，我们有些事情要问你。"

"好，棺材呢？我可以让他们用吗？"靳巍问道。

马烁盯着靳巍的脸，他知道这个男人在挑衅自己。不知为何，马烁积压在心底的一股火气忽然被点燃，轰然爆发。马烁往前走了两步："你是不是觉得自己很厉害？"

"你说什么？"靳巍笑着问道。

"你觉得自己很聪明，又趁几个钱，还会摆弄无人机，你以为这样就能永远逍遥法外了？你妈要是知道自己养出了个杀人犯她会瞑目吗？"马烁直视着靳巍的眼睛质问道，"你以为你在干好事吗？不。因为你母亲得了绝症，但你无能为力，你错过了报答她的机会，只能通过别的方式代偿这份情感，比如靠给人安乐死来减轻你的痛苦和负罪感。你为什么会有负罪感？难道你妈妈也是你亲手送走的？"

靳巍一言不发地看着马烁，当马烁问出最后一个问题的时候，他的眼睛里也终于燃起火焰。

"马烁，"武桐喊道，"放开他。"

马烁轻轻松开了靳巍的领子，缓缓说道："你别嚣张，我会在24小时之内搞定你。"

马烁和武桐走进专案组办公室，三个实习警员还坐在电脑前看交通监控。他们已经总结出一套效率更高的配合方式：一个人按照靳巍可能的行进路线在路网图上找摄像头，另两个人按照他提供的摄像头编号去查看监控画面。

马烁拿起自己专属的马克杯，喝下一口凉透的黑咖啡，额头立刻有些针扎般的感觉。他已经开始慢慢适应这种饮品了。

"我们已经找到这辆车的行迹。"实习警员说道，"昨晚从凯宾斯基出来后前往亦庄开发区的科技大厦，我们同步调查了科技大厦的安保监控，靳巍从停车场前往位于第十三层的公司，在公司工作了大概两个小时，凌晨1点离开，开着这辆面包车返回住处，并将车子停到路边停车位。根据停车监控系统的记录，这辆车从停好到现在没有移动过。"

"他去公司加班，和他们公司的人确认了吗？"马烁继续问道。

"确认了，昨天夜里程序故障，他确实在加班。"实习警员报告道。

"从科技大厦到他的住处，沿途监控全覆盖了吗？"马烁又喝了一口咖啡。

"是全覆盖的，我们查过了，车子中途没有停留。"

马烁向武桐问道："他家里找到了什么？比如摩托车钥匙，外卖员的衣服、头盔之类的。"

"目前什么都没找到。"武桐摇摇头，在电脑上登录了自己的微信账号，墙上投影出微信软件。她打开一个群，里面是靳巍家的各种照片，"难道他把快递服和头盔扔了？"

"我今天上他的车，地胶非常干净，是仔细清理过的。"马烁说道，"上周六是下雨天，他把摩托拖上车，肯定会弄脏，所以他只能在周日到昨天晚上之间处理摩托车、衣服和头盔，并且把车收拾干净。"

武桐拿着白板笔走到白板面前，写下三行字：

1. 倒查3.17～3.14的行驶轨迹。
2. 重点一：可以洗车的地方。
3. 重点二：周一以后时间段。

"好了，收工！"武桐拍着手说道，"明天上班直接查这些。我写的都看得懂吧？洗车不一定去洗车房，有自来水的地方就要注意，一定要机灵点。还有重点查周一以后，因为周一我们去找他了，他有可能提高警惕。"

"明白！"三人回答道。

"你们去吃点夜宵，发票留好，我给你们报销。"武桐笑着说。

"谢谢武队！"三人鱼贯而出。

回家路上，马烁经过一家小龙虾店，他忍不住停下脚步看着窗边等座聊天的食客们。已经很晚了，但依然有源源不断的人从四面八方赶来篝街，吃吃喝喝，享受美好的午夜时光。他见惯了早起的人，没想到晚睡的人也这么多。他们都凭着自己的意志生活，人就应该凭着自己的意志生活。

可是他没有。他一直在逃避，他给自己预设了一个苦行僧一般的角色，他靠着折磨自己，当作对逃避的自罚。

生活真的就那么残忍吗？比起六十多岁瘫痪在床的女儿，还要巴望着八十多岁奄奄一息的妈妈，生活对他残忍吗？比起父母遇难，把自己独留在黑暗世界的杜芃，生活对他残忍吗？比起自己的妹妹，生活对他残忍吗？

生活甩给他一副重担，可是他却不想承担。仅此而已。

一瞬间，马烁打碎了那些虚假的、美好的幻象，他所做的一切，他像苦行僧一样的生活，像演戏一样和妹妹相处，花大笔的钱给妹妹复健——他其实知道用一半甚至三分之一的钱就能达到相同的效果，前提是他要花更多的时间在陪伴上。

所有这一切，其实都是在抱怨父母和妹妹把这副重担压在他肩上。

睡觉之前，马烁在手机备忘录里记下一句话：联系中介，退租。这是他两年来第一次安然入睡，因为他已经无所畏惧了，无论明天给他带来什么"惊喜"。

余诗诗一夜没睡着觉，她躺在柔软的大床上，看着窗外泛起鱼肚白。她点开手机屏幕，数着时间，眼泪打湿了枕头。不是因为情绪，只是单纯眼睛干涩的生理反应。

早上8点，手机忽然响起，屏幕上显示父亲来电。

余诗诗的心脏好像受到一记重击，脑袋嗡地一下就空白了。她划了好几遍都没能解锁，直到父亲挂断电话。她滚到地上，哇地一下把昨晚喝的酒都吐到了伊朗地毯上。电话接二连三响起，都是父亲打来的。

她看着窗户，真的想从这里跳下去，一了百了。可即便如此，那个女人也不会放过自己，更不会放过家人。

电话再次响起，她终于有气无力地接起电话。

"你怎么才接电话？"一个苍老的男性声音吼道。

"爸，你听我解释……"

"解释个屁！"父亲吼道，"你没有钱可以和我们说，我和你妈就算棺材本不要了也不能不管你！你怎么能去借高利贷？"

"高利贷？"

"你还和我装！放高利贷的人都把电话打到家里了！说再不还钱就把你的什么光屁股照片发到咱们家来！"父亲吼道，"你……你……"

"行了你少说两句！问清楚再说！"一个女人的声音钻出听筒，是母亲的声音。

"闺女，你借高利贷是不是为了给小曾治病啊？"母亲柔声问道，不等余诗诗回答，又说道，"这些年苦了你了，你爹不是冲你吼，他是心疼你，你有啥事也不和家里说，我们都不知道你受这么大罪。妈给你转了十万，连本带利应该够还了，剩下的你留着。下周妈把门市房卖了，剩下的钱也给你转过去。"

"妈！"余诗诗叫了一声，嗓子就被堵住了。

门市房是当年父母送给嫂子的彩礼，父母退休后，嫂子便把门市房的收入都给了父母做生活费。这些年门市房越来越值钱，是她家唯一的资产。

"闺女，这是你嫂子主动说要卖的。我们以前没和她说过你和小曾那些事，直到小曾去世了才和她说。那时候她就说要把门市房卖了把钱给你，我们都没让她卖，毕竟这是送给人家的彩礼。"母亲哽咽着说道，"其实我们怎么能想不到你受多大罪，我们就是假装看不见。我们不配做父母！妈妈对不起你！"

说到最后，母亲哭号起来。

手机被父亲抢了过去，他说道："这个门市房也能卖个一百万，你拿这钱买个小房子，不够的贷点款，有个自己的家，咋也比租房住强。那啥，刚才我不应该冲你吼，是我急了。我们就不影响你工作了，你去忙吧，我们都挺好的。"

说完父亲匆匆挂断电话，余诗诗看着屏幕上的短信提醒："您的账户收入人民币100 000.00元。"

她放下手机，趴在地上号啕大哭。

直到她累得哭不出来，才慢慢平复了呼吸，情绪也跟着平静下来。她忽然有了一种死里逃生的感觉，不仅如此，她还解开了缠绕在她和家人之间十几年的疙瘩，达成了谅解，找回了弥足珍贵的亲情。

这时桌面传来一声轻响，她慢慢爬起来，拿起桌上的手机——这是昨天晚上收到的手机。她打开手机，里面有一条短信："你会听我的吗？"

她哭着点点头，急切地回了一条："会。"

过了一会儿，对方给她发了一条信息。

"好了，擦干眼泪，享受你的生活吧。等我需要你的时候会再找你。"

她怔怔地看着这条信息，不知道该如何是好。一夜的噩梦转眼烟消云散，她甚至有些感激对方手下留情。

她去泡了个澡，化好妆，换上新买的职业装，然后打电话给服务台，让服务员换一条新地毯，并主动提出赔偿清理费。她叫了一辆商务专车，这是用康养中心企业账户叫的。她就要回到那个熟悉的地方工作了，兜兜转转，一晃半生。可不管怎样，一切都结束了，她要放下过去的所有，走向新生。

徐炳辉带着余诗诗在康养中心转了一圈，人到一定年纪就容易念旧，老同事见到余诗诗都发自内心地亲热。随后徐炳辉把余诗诗领到一间宽敞明亮的独立办公室，门牌上写着"采购经理"。

余诗诗没想到徐炳辉竟然把自己安排到如此关键的岗位上，激动得脸都涨红了。

"你在乙方干了那么多年，这里面有什么猫腻你比谁都清楚。"徐炳辉笑着说，"公司马上就要上市了，你一定要守好最后一道防线。"

"好的，徐总。"余诗诗紧张地说道。

徐炳辉转身看着窗外的五角枫树，低声说道："不要和任何人说咱们的关系，这样才能长久。"

"我明白。"

门外传来了高跟鞋的声音，接着秘书辛迪推开虚掩的房门。

"徐总，杜永邦先生找您。"辛迪毕恭毕敬地说道。

杜永邦就是杜芃的叔叔邦叔。徐炳辉皱起眉头，问道："他在哪里？"

"在您办公室，他说和您约好了。"辛迪回答道。

这个老流氓，越来越嚣张了。徐炳辉点点头，对辛迪说道："你先陪余经理熟悉下情况，今天一天你就陪她吧。"

"好的。"辛迪走到余诗诗身边，乖巧地朝她微笑致意。

徐炳辉来到办公室，看到邦叔正坐在沙发上吃车厘子，茶几上已经有一大堆车厘子的核儿。

"这东西吃多了对身体不好。"徐炳辉冷冷道。

"没事，平时没的吃。"邦叔猥琐地笑道，像一只潜入米仓的老鼠。

"找我什么事？"徐炳辉不耐烦地问道，"还有，你以后不要骗我秘书，你什么时候和我约……"他忽然愣住了。因为他看到邦叔从一个黑色垃圾袋里拿出一个破破烂烂的黄色的东西，那是一件救生衣。

当年，徐炳辉看着吴小莉笨手笨脚地把救生衣往儿子身上套，于是过去从吴小莉手里接过救生衣，打开卡扣，托着儿子细小的手臂穿过去，然后合上卡扣。

儿子摸着薄薄的救生衣，问他："这么薄怎么救命啊？救生圈那么大呢。"

"你看到这个了吗？"徐炳辉指着肩膀上的拉环说道，"你把这个拉开，救生衣一下就变大了。变这么大！这么大！"

儿子笑了起来，用手指拽拉环，被徐炳辉阻止："这个不能拽，救命的时候才能拽。"

儿子立刻松开手，认真地点了点头。

因为是爸爸给穿的，所以他睡觉的时候都没脱。

徐炳辉看着救生衣，过了良久才问道："孩子呢？"

"我亲手埋的。"邦叔眼睛里猥琐的目光已经消失，他阴沉地说道，"你不会妄想那孩子还活着吧？"

徐炳辉摇了摇头，无力地说道："你说吧，你想要什么？"

"我听说现在有把骨头也能验出DNA，是吗？"邦叔问道。

"对。"徐炳辉说道，"你不用和我说这些了，直接说你要干什么吧。"

"一命换一命。"邦叔说道，"我那个瞎眼侄子，你帮我把他送走。"

"送走？"徐炳辉无奈地笑了，"我又不是杀手。"

"对，所以我要找你。"邦叔说道，"如果他一看就是被杀的，那警察一定会调查，我岂不是也要跟着完蛋了？就算警察查不到我，我一时半会儿也拿不到钱。"

"这种事我干不了。"徐炳辉摇头道。

"怎么可能？你连亲儿子都下得去手！"邦叔冷笑着说，"我还记得，你儿子在码头上'爸爸、爸爸'叫得多好听，结果三天后孩子的尸体漂到了岸上。徐总，你真是天底下最幸运的人，让我捞着你儿子，替你料理了后事，这要是让别人看见，你早进去了，还能有今天吗？哈哈哈！徐总，你知道我为什么要花大钱把'瞎眼'送到你这儿来吗？就因为我知道你是个狠人啊。"

徐炳辉没有说话，如果他有刀，他真想一刀捅死这个无赖。

"你去举报我吧。"徐炳辉淡淡地说道，"如果我有罪，让法律审判我，我不会替你做这种坏事，更不会让你再抓住我一个把柄。"

邦叔转了转眼珠说道："原来徐总担心的是这个啊。那好，你帮我送走我那个瞎眼侄子，我告诉你你儿子埋在哪儿，从此以后两不相欠。再说了，我真继承了'瞎眼'的财产，那也算有钱人了，我还会冒着暴露的风险和你对着干吗？到时候咱们就是一条绳上的蚂蚱了。有恒产才讲信用，这个道理你应该懂。"

"你拿个破救生衣就想唬我替你杀人，太便宜了吧？"徐炳辉冷冷道，"你带我找到孩子的尸体，我给你一百万，就算是酬谢你安葬了那个孩子。一百万不少了，做人不要太贪。"

邦叔拍案而起，怒道："你觉得我是来要饭的吗？我告诉你，杜芃就是我命里该有的财。这笔财我必须拿到！你要想救他也行，他爸妈给他留了两套房，六百万保险金，还有一百万存款，加在一起两千万。你现在拍给我两千万，我扭头就走，绝不废话。"

徐炳辉无奈地笑了笑，没有说话。

"你也嫌贵，是吧？那就别装善人。你就好好琢磨琢磨，一边是个贱命一条的瞎子，一边是你和你的家庭，二选一。"邦叔威胁道，"我没和你开玩笑，你也别想糊弄我。断人财路如杀人父母，你要是不想让我把孩子的骨头交给警察，就趁早想好怎么对付我那个宝贝侄子。"

说完这番话，邦叔朝外走去，走到门口，他转身威胁道："明天这个点儿我还来，你最好在这儿。"

马烁一上午都在和实习警员一起调查靳巍那辆黑色面包车的行迹，一直忙到中午，终于把时间点推回到周六晚上，和周五同一个的桥洞，几乎相同的移动轨迹。但问题是，他们没有找到靳巍丢弃作案工具和洗车的线索。靳巍开着面包车从桥洞出来后就径直回到家，把车停到路边停车位。周日和周一都没有动车，周二晚上开车到凯宾斯基酒店，然后回科技大厦加班。

他回到科技大厦的时候，地下停车场的洗车店早就关门了，而且他立刻就上楼了，根本没有洗车的时间。他返家的路线全程监控覆盖，没有任何停留，一路开回家，停在路边车位上。

"周一下午您和武队找完他以后，这辆车一直没有动静。"实习警员指着监控画面说道，"直到周二晚上靳巍驾车去凯宾斯基酒店，回来后车子也没再动过。监控拍得很清楚，我们几个都仔细看过了，没有发现任何问题。"接下来大家都陷入沉默，三个实习警员看着马烁，马烁看着屏幕。靳巍的行程就像在一张白纸上画一个圆，简简单单，一目了然。

"哥，会不会是我们哪里搞错了？"终于有人沉不住气问道。

"他就想让我们觉得自己搞错了。"马烁忽然笑起来，一种久违的兴奋感回来了，"出发，跟我出外勤！"

"去哪儿？"

"回头我得亲自感谢靳巍，谢谢他帮咱们排除了其他的可能性。"马烁难得开起了玩笑，借用了一句福尔摩斯的名言，"剩下的不管多么难以置信，也肯定是真相了。"

－ 32 －

　　两辆警车冲进科技大厦地下停车场，绕遍了停车场的每条车道，从B2层转到B3层，再转到B4层。半小时后，他们在B4层的角落里发现了一辆挂着晋B号牌的黑色面包车。面包车上贴着深色车膜，手电光都照不透。

　　"这个车……"物业经理紧张地擦了下汗，看着手机念道，"这个车办的是长期停车证，已经停了……嗯……半年多了。"

　　马烁看向属地派出所的民警，对方的脸色立刻沉下来。

　　"车主叫什么？"马烁问道。

　　"车主……登记的叫窦勇。"物业经理回答道。

　　马烁点点头，看来他找对了。

　　"找个开锁师傅，把车打开吧。"马烁说道。

　　物业经理忙不迭点头，让手下立刻找一个开锁师傅过来。派出所民警把物业经理叫到一边，质问他是怎么落实排查清理长期车辆的。事已至此，物业经理也只好点头哈腰打马虎眼。民警没有办法，把马烁请到一边。他还没有开口，马烁就说道："我们就是来查案的，如果车里没有实在说不过去的东西，我们不会找你麻烦。"

　　"实在说不过去的东西，"民警问道，"你指的是……"

　　"比如车里有个死人。"

　　民警吓得往后退了半步，脸色更难看了。

　　"真会这么严重吗？"民警声音发颤地问道。

　　正说着话，远处响起轮胎摩擦地面的刺耳噪声，接着一辆轿车从远处开过来，停到警车旁边。穿着西装的物业工作人员带着一个穿着藏蓝色工装的开锁师傅走过来。马烁把胶皮手套递给开锁师傅，告诉他尽量不要碰车门，只要打开车锁就立刻退开。师傅看起来也是见过世面的，点点头，默默戴上手套和头灯，走到面包车的侧滑门旁边，蹲下，打开头灯，双手各拿着一个探针似的东西捅进锁眼。

咔嗒一声，师傅关掉头灯，站起身退到一旁，朝马烁点头示意。

马烁深呼吸了一口气，走到面包车旁边，缓缓拉开车门，一股浓郁的机油味道飘了出来。他精神一振，顺着手电光看去，头盔和外卖员制服，还有固定在滑轨上的摩托车，地胶上都是干了的泥土。

马烁把身体探进车里，借着手电光检视车厢，发现角落里有一个黑箱子。他放开手刹，几个人一起把车推出停车位。马烁打开尾门，把黑箱子拿出来，打开后发现里面是一架小型无人机。

原来靳巍并没有洗车，他是换了一辆车。

半小时后支队技术科的人赶到现场，支好工作台和探照灯，把车里的东西一一拿出来拍照、封存、装箱。

马烁站在一旁看着，总觉得哪个地方不对。他又拿出手机看了一遍上周六晚上陈桂芳家电梯里的视频，这才恍然大悟，外卖背包不见了。

外卖背包里肯定有作案工具，马烁心里凉了半截，难道靳巍已经把背包处理掉了？他很快又镇定下来，因为他想起靳巍从乘坐电梯下来到面包车驶出停车场的间隔只有几分钟。这里是B4层，靳巍没有时间步行把背包扔到大厦外面，要么装车带走，要么就还在这里。

从大厦出口到靳巍家的街道全覆盖了监控，靳巍并没有停车扔背包，而车里也没有发现背包，所以背包就一定还在这里。

马烁环顾四周，说道："有个外卖背包在这附近，大家去找找看。"接着他对物业经理说道，"去问下这两天有没有人捡到一个外卖背包。"

众人四散搜索，马烁沿着墙边走，一边走一边用手敲打墙体，声音忽然从"啪啪"变成了"嘭嘭"。这是一扇和墙体涂成一色的暗门，旁边墙上装着一个门禁读卡器。马烁拽了拽门，没有拽开。

物业经理跑过来，一边刷卡一边说道："这是我们机电设备房，平时都是锁着门的，也有人定期巡查，不会有问题。"

物业经理刷卡打开门，前面是一条两米宽的过道，地面铺着绝缘地板。

"您小心。"物业经理指着挡在门前的防鼠板。

两人迈过防鼠板，过道左侧墙上有一道门，门上粘着个文件袋，袋子里是巡逻记录。马烁拿起记录一看，已经写到三个月以后了。物业经理尴尬地刷卡打开门，马烁走进明亮的设备房，里面有五排两米多高的电柜，就像图书馆的书架一样，空气中飘荡着嗡嗡的风扇声音。马烁走到最里面那排电柜前，转身看去，远处墙角的地板上放着一个红黄配色的外卖背包。

技术科的人在外卖背包里发现夹层，夹层里藏着注射器和注射液，这些注射液被存放在特制的密封箱里。

马烁把这个好消息告诉武桐，武桐很快给他回了个大拇指的表情。他感觉胸口攒着一团东西，眼睛甚至都有点肿胀。他太久没有体会到成就感了。

没过一会儿，武桐打电话过来，问他和焦闯是不是在一起。

"没有。"马烁回答道。

今天上午焦闯就没来上班，也没和他打招呼。他给焦闯打了几个电话，都转到了秘书台。好在武桐给他配备了实习警员，才没有耽误办案。

"你知不知道他有可能去哪儿了？"武桐问道。

马烁想起昨天晚上焦闯和妹子聊天时说到去酒吧"奔现"，但不确定要不要和武桐实话实说。他犹豫的这几秒钟被武桐察觉到了，武桐说道："这么说吧，刚才支队过来检查，看到他早上没打考勤，打电话也找不着，就问我他是不是和你一起出任务去了。"

"噢。"马烁点点头，心中起疑，支队好端端查什么考勤？

"一会儿支队的人给你打电话问他人在不在，"武桐顿了顿说道，"你想好怎么回答就行了。"

"我怎么回答？"马烁直接问道。

虽然刑警的考勤在实际操作中非常灵活，但作为纪律部队，考勤还是最重要的基本纪律之一，一旦发现旷工必定严肃处理，所以如果他不替焦闯隐瞒，这件事甚至可能影响到队里。

"都是成年人了，应该知道要对自己的行为负责。"武桐说道，"你不用考虑这件事对队里的影响，该怎么说就怎么说吧。再说他不是第一次了，我刚来这边一周，他就缺勤两天，而且我刚找他谈完就又无故缺勤，还找不到人。他以前也总这样吗？"

"好的，我知道了。"马烁回答道，他想起焦闯做出的种种事情，也不愿替他解释。

"现场处理得怎么样了？"武桐换了个话题。

"地库有限高，拖车下不来，技术科正在商量该怎么把车拖到地面，还是直接开走。"马烁说道，"注射液已经拿回去化验了。"

"你盯住他们，不要污染证据。"武桐说道，"我现在去申请拘留证，今天晚上开始审靳巍吧。"

"好。"马烁犹豫了一下。

"你是有什么安排吗？"武桐问道。

"没有。"

最终技术科的人为了最大程度保护证据，决定不进入车的驾驶室，直接用硬连接的方式把它拖出地下停车场，然后再上拖车。

马烁押着车到了支队，有些人听说东部队破了个大案子，纷纷过来围观。三个实习警员得意扬扬地围在马烁身旁，已经把他当成老大了。刘斌高呼着马烁的名字从楼里跑出来，边跑边喊："咱们那个案子破啦！"他一喊，所有人的目光都被吸引过去。

刘斌跑到马烁身边，亲热地拍了拍他的肩膀，大声说道："你看我分析得一点儿没错吧？是不是都中了？兄弟，这回服了吧！"

马烁看了看其他人，如果现在掉回去，刘斌自然会沦为所有人的笑柄，但这小子一定会记恨自己，很可能还会背地里使小动作。马烁知道不能得罪小人的道理，于是应付地笑了笑，没有说话。

刘斌亲热地揽住马烁的肩膀，把他拉到一旁，低声说道："我怎么联系不上师父了？他去哪儿了？"

"不知道。"马烁看着刘斌问道，"你找他有事吗？"

刘斌转了转眼珠，说道："行，没事，我就是问问。我还忙，先上楼了。"

刘斌松开马烁往回走，一边走一边还大声说道："得了，我先上楼了，有什么情况咱们随时沟通，后面的事就辛苦你了啊！"

马烁办妥了手续，找了个没人的地方给武桐打电话，先汇报完工作，然后就沉默了。

"怎么了？"武桐问道，手里还在噼里啪啦敲着键盘。

"没事，领导忙吧。"马烁准备结束通话。

"快说。"

马烁犹豫了一下，说道："我想……回去正好路过东方广场，我想给我妹妹买个……"

"行，去吧。"武桐在噼里啪啦的键盘声中说道，"知道该买什么吗？"

"不知道。"马烁无奈地说道。

"你妹妹指围多大知道吗？"

"什么？"

"算了吧。"武桐放弃了和他谈论这个话题，"有个手链不错，"她说了一个首饰品牌，"很多小姑娘喜欢。你去了直接问柜姐要小红书爆款的古法金手链就行。"

"好。"马烁记住了"红书爆款手链"这六个字。

"你晚上回来吃饭吗？你要是回来我一起给你订了。"

"我回去吃，我一会儿就回去。"马烁说道。

马烁站在武桐说的首饰店外面，看着橱窗里的首饰。导购都在接待客人，他想自己就算进去了也没人招呼，于是在橱窗前徘徊。

"马警官！"

马烁回头一看，是欧米茄旗舰店的那个小伙子。

"你好！"马烁笑着打招呼，一时想不起对方叫什么。

"你是来买东西的吗？怎么不进去？"小伙子笑着说道。

"嗯，对。"马烁点点头。

这时一个导购送客人出来，朝着小伙子挥了挥手："阿珞，你怎么来了？下班了吗？"

对，马烁想起来了，这个小伙子叫阿珞。

"早着呢，我就是路过，顺便帮你们招呼下客人。"阿珞笑着说道。

"这是你朋友？"导购微笑着和马烁打招呼，"先生，让您久等了。"

"马警官，那你进去看吧，我不耽误你时间了。"阿珞笑着朝马烁挥了挥手。

"好，再见，阿珞。"马烁说道。

马烁看到阿珞脸上亮了一下，笑容更灿烂了。这样一来，马烁心里也好受了一点。虽然只有一面之缘，但毕竟人家记住了自己的名字，那么自己也应当记下人家的名字。

"你们是朋友吗？"导购微笑着询问马烁。

"对。"马烁看着阿珞的背影点点头，"朋友。"

"咱们进来说吧，您想看什么？"导购做了个请的手势。

"嗯……"马烁想了想说道，"红书爆款，手链。"

导购忍住笑，说道："我们好几款红书爆款，我拿给您看看。您是送长辈呢，还是送姐妹？"

"送我妹妹。"

"噢。"导购立刻点了点头，从柜台里取出两条金手链，一长一短。长的能绕手腕三圈；短的是单圈，下面吊着两颗纯金的小莲蓬。

"长的送姐姐，短的送妹妹。"导购介绍道。

"嗯。"马烁小心翼翼地拿起单圈手链，"这就是那个……"

"红书爆款。"

马烁掂了掂分量，问道："这个多少钱？"

"七千多。"

马烁犹豫了一下，他已经很久没一下子花过这么多钱了。他看到导购脖子上戴的项链，正是杜芃送给马优悠的那款，于是问道："你戴的这个多少钱？"

"我这个吗？"导购摸着吊坠说道，"我这个三千多。我们的价格都是按克数走的，您看的这个是实心的，分量重，当然就贵。也有空心的，要不……"

"不用了，"马烁点点头，"就它了。"

导购娴熟地开票、刷卡、称重、包装，然后把马烁送到门口。一下子花了七千多块钱，可是他的心情似乎也好了一些。

－ 33 －

马烁出来后，看到阿珞靠着玻璃围栏看手机，于是走过去打招呼。

"你这么快就买完了？"阿珞惊讶地问道。

"是啊。"马烁站在阿珞身边，看着楼下的冰激凌店，"你不去上班吗？"

阿珞看了眼手表，说道："还有十五分钟。"

"你也喜欢超霸。"马烁看着阿珞的手表说道，"最近我看好多人都戴它。有个大老板也戴这个，还是金的。"

阿珞晃了晃手腕，说道："那是迪通拿吧，劳力士的。"

"噢。"马烁点点头。

"对了，你的案子怎么样了？"阿珞笑着问道，"上次有帮到你吗？"

马烁点点头："还要多谢你们，你们聂经理说对了。"

"什么说对了？"

"那个死者不是赌鬼。"

"就是嘛。"阿珞点头道，"别的不敢说，但是买这块表的人都是有精神寄托的，有精神寄托的人怎么能是赌鬼呢？"

"我在他家找到一个达喀尔拉力赛的路书，也许他以前是个赛车手。"马烁说道。

"那就对了！"阿珞说道，"超霸是计时表，很多赛车手都喜欢它。虽然早就不需要手表来计时了，但是出于身份的认同感，很多人还是会戴它。我想那个人一定超爱赛车，并且特别怀念以前的日子，才会买一块321机芯超霸。"

"是吗？"马烁问道。

"手表最能寄托情感了。"

马烁想象着张宏窝在沙发里，一边喝啤酒，一边把玩手表，回忆从前参加达喀尔拉力赛的日子。是什么让他放弃了职业生涯呢？鲁娟吗？他和鲁娟的感情看起来也不像很好的样子，而且鲁娟也不一定能理解他的精神世界。为了求证这一点，马烁给实习警员发信息，让他去查鲁娟的职业状况。很快他收到了答案，鲁娟的工作是新城广场行政部文员，结婚不久就辞职了。

马烁看着新城广场的名字有些眼熟，接着想起这就是张宏拆迁六套房的新城家园小区里的商业街。也许张宏和鲁娟是在商业街认识的，也许是经人介绍相亲认识的，但无论如何，鲁娟和张宏的赛车生涯没有交集。

是什么让张宏忽然放弃自己的事业和梦想，回国和一个认识不久也没什么感情基础的女人结婚——如果他对鲁娟有感情的话，也不会在得知她外遇一个月后才带着离婚协议从容不迫地赶来捉奸。又是什么让他杀了自己的父亲，变卖了不断升值的房产？那些钱又去哪儿了？

马烁回过神来，看到阿珞还站在自己身边。

"我还有五分钟就要去工作了。"阿珞笑着说。

"对不起，我刚才……"

"没关系，我知道你在想事情，不好打断你，但又不好这样就走了，"阿珞说道，"反正我在哪里都是玩手机。"

"那我先走了。"马烁说道，"嗯……加个微信吧。"

"好啊。"阿珞把手机递过来，"你扫我。"

马烁回到办公室的时候，武桐正在打电话。

"我知道，我马上落实整改。"武桐一手拿着电话，一手扶着额头，"这次能不能先不通报？我不是那个意思，我是不想打击大家的积极性。好吧，我服从上级决定。好，再见。"

武桐挂断电话，揉了揉太阳穴，看向马烁："买回来了？"

"买了。"马烁点点头，然后指了指电话，"怎么了？"

武桐叹了口气，说道："还不是焦闯的事。现在支队把他抓了典型，要给咱们通报批评，还要整改。以后所有人上班，都必须先到队部刷指纹再出外勤。"

"这是谁的主意？"马烁皱起眉头问道。

"谢广军。"

谢广军是支队副队长，九年前是马烁的组长。调查组找马烁谈话之前，谢广军就找过他，让他包庇搭档，并向他保证没事。马烁没听他的。后来马烁听牛卫平说过当年调查组已经做好验尸准备了，如果马烁没有说实话，验尸结果证实死者身上的伤不是抓捕时造成的，那马烁和搭档就算不被开除，职业生涯也肯定终结了。

所以马烁很讨厌这个人。

"就算焦闯缺勤，为什么要给咱们队通报批评？"马烁问道。

所有人都知道一人犯错全员连坐的手段不仅不能起到以儆效尤的作用，反而会引起其他人的不满，从而增加管理难度。所以这不是傻，而是坏。

武桐靠在椅背上，看着窗外，摇了摇头，没有说话。

马烁忽然想起徐炳辉说的，是不是有人在针对武桐。他头脑一热，脱口而出道："是不是有人在针对你？"

武桐愣了一下，然后低下头，轻轻叹了口气。

马烁第一次看到武桐意志消沉，竟然比他自己受欺负还要气愤，他义愤填膺地追问道："为什么？就因为你是女的？"

在男女比例极度失调的刑警界，女刑警本来就凤毛麟角，而一个女人能成为领导，不仅意味着她行，还意味着和她竞争的男人都不行，否则几十个男人怎么竞争不过一个女人？所以很多人本能地排斥女性。这也就是为什么武桐在朝阳支队时闹出风波让很多人看笑话，却没有人施以援手。

武桐已经平复了心情，她半开玩笑地点点头："嗯，你说得对。"

"不能就这么算了。谢广军这个人专门欺软怕硬，你要是不反击，他下次会变本加厉。"马烁说道。

"那你说怎么反击？"武桐笑呵呵地问道。

马烁沉默了片刻，终于说道："要不我去证明焦闯没有旷工。"

"这可不像你的原则。"武桐看着马烁说道。

"跟这种人打交道不能讲原则。"

武桐站起来，对马烁说道："谢谢，但我不能让你因为这个事打破原则，而且我也不打算替焦闯遮掩。"

"可是……"

"你以为这点难题就能难住我吗？"武桐笑着说，"我告诉你我的想法。只要咱们能尽快把这个案子破了，以我的经验，这个功劳足够让支队长把咱们当大熊猫供起来了。到时候谢广军还敢搞小动作吗？借他一百个胆他也不敢，我不找他算账就算他烧高香了。"

"对。"马烁点了点头。

"想要不被人欺负，就要当大熊猫，否则你躲得了这次躲不了下次。"武桐目光灼灼地看着马烁，"不过我还是要谢谢你。"

徐炳辉看着窗外的五角枫树，天色将晚，他的心里越发不安。

办公室门被推开，一个挎着邮差包的男人走进来，招呼也不打，就自顾自坐到沙发上。他打开包，从里面掏出一摞文件，放到茶几上。

"你是自己看，还是我和你说？"男人用沙哑的嗓音说道。

"你说吧。"徐炳辉还在看着五角枫树。

"杜永邦，男，五十岁，十七年前在滨海新区游艇俱乐部工作，岗位是码头管理员，两年前辞职了。"男人念道，"杜永邦的妻子和儿子无业，儿子已婚，育有一子。目前一家五口人住在三元桥的一套房子里。我的同事盯了几天，没看到他们有外出工作的迹象。"

"一家吸血鬼。"徐炳辉喃喃道。

"我同事假装妹子加了杜永邦儿子的微信，和他聊天套话，发现他们一家人对杜芃都没有感恩之心。他甚至发朋友圈诅咒杜芃赶紧去死，就因为杜芃没有同意给他买跑车。"男人顿了顿又补充道，"那跑车落地要二百四十万。"

"你现在有没有盯着杜永邦？"

"我的人二十四小时监视他。"男人回答道。

"继续监视，监视他和他儿子，尤其是外出的时候。"徐炳辉说道。

"好的，有消息我会随时和你报告。"男人起身说道。

"你母亲的身体已经好很多了。"徐炳辉笑着说，"过去看看她吧。"

"费心了。"男人欠身道，然后转身离开房间。

徐炳辉坐回到办公桌后面，从文件盒里取出一份杜芃的体检报告。所有入住康养中心的客户都要提交一份三甲医院的体检报告，一方面是为了比对效果，更重要的是为了避免纠纷。尽管杜芃不是常规的寄宿客户，更多是心理复健和适应性学习，但客户经理依然要求他提供体检报告。

体检报告显示，杜芃除了失明以外，身体没有任何问题。徐炳辉想看他的脑部CT，因为颅内损伤造成失明的病例，颅内通常也会有其他损伤，以及残留血块，而这些都是相对合理的死因。

徐炳辉的A计划是雇用私家侦探跟踪杜永邦，寻机夺回孩子的遗骨。一旦这个计划失败，他就只能启动B计划，为了保全自己和家庭让杜芃死于急症。既然这个可怜的孩子早晚要死——连他最亲近的人都无时无刻不想杀他，何必再牵连一个无辜的家庭呢？也许死亡对杜芃来说也是一种解脱。

徐炳辉很快说服了自己，他不是为了自己这么干的，他是为了妻子、女儿和儿子才出此下策。而且这只是B计划，他还有至少50%的概率赢得A计划。如果苍天有眼，自然会保佑A计划顺利完成，否则就是杜芃命该如此。

徐炳辉翻完了体检报告也没有找到头部CT。他必须让杜芃做个CT，好在杜永邦会帮他。

接下来就需要一个白手套替他做这件事。他原本有个理想的人选，但这个人最近被警察盯上了。也许要准备C计划了，徐炳辉想着，在这个关键时刻，绝不能出一点纰漏。

他回忆着近期发生的每一件事情，好像一切都很顺利。可是不安的感觉是从哪里来的？他来到余诗诗的办公室，余诗诗还在查阅资料。

徐炳辉坐到余诗诗对面，问道："感觉怎么样？还适应吗？"

"当然，这么好的工作。"余诗诗笑着说道，摸了摸崭新的写字台。

"辛迪带你去过住处了？"

余诗诗点了点头，说道："房间非常好，我尽快搬过来。"

"好。"徐炳辉点点头，终于切入正题，"警察之前找你是什么事？"

余诗诗脸色一下暗淡下来，她低下头，轻声说道："问我丈夫的事。"

"你说什么了？"

"我什么也没说。"余诗诗抬起头，表情坚定，"我能说什么？我上班的时候他躺在床上玩游戏，我回家的时候他趴在地上，已经凉透了。"

"可你……总不能什么都不说吧？"徐炳辉摊开手，"在警察面前。"

"当然，那个女警察一直问我各种各样的问题，但我只回答我知道的。"

"她都问你什么了？"

"各种生活里的细节，比如他的药放在什么位置。"

"放在什么位置？"

"平时都放在床头，那天滚到了床底下。可能是他忽然犯病，去拿药的时候不小心碰掉了。"

"只有一瓶药放在外面吗？"

"其他药就在柜子里，他知道的。他死的姿势就是朝柜子的方向爬。"余诗诗平静地说道。

徐炳辉静静地看着余诗诗，过了一会儿才说道："你现在好像很平静了。"

"对，毕竟两年了，已经过了兴奋期。"余诗诗一笑。

"他们有没有和你提到过一个男人？"徐炳辉问道，"一个和你一起参加亲人互助会的男人。"

"你也知道了？"余诗诗问道。

"有个男警察，你应该见过他了，他妹妹就在这里康复。他说那次互助会他也参加了，看到你跑出去，然后那个男人跟着你出去了。"

"真是太巧了。"余诗诗摇了摇头，然后问道，"你认识那个男人？"

徐炳辉点点头，说道："他以前是这里的志愿者，后来走了。警察没有怀疑那个男人吗？"

"怀疑了，但又能怎么样呢？"余诗诗冷笑一下，"人家总不能因为劝了我两句就该死吧？再说我连他叫什么都不知道。我和那个女警察说了，我照顾我丈夫十几年，全世界最爱他的人就是我，这一点所有人都能做证。我的前半生已经陪着他一起火化了，现在我要开始新的人生。"

徐炳辉看着余诗诗坚定的态度，暗自松了一口气。

"走，咱们去吃饭。"徐炳辉站起身说道。

"我还有很多……"

徐炳辉攥住余诗诗的手，把她拽起来，笑着说："你刚才说了，你的前半生已经火化了。你用前半生把一辈子的苦都吃了，后面就该享受人生了。"

"你不怕被柴韵发现吗？"余诗诗看着徐炳辉的眼睛问道。

"她已经发现了，她还说要把你赶到南方去。"徐炳辉坦然地回答道。

"是吗？"余诗诗眼中闪过一丝恐慌，很快又镇定下来。

"是的，但我不会让你离开。"徐炳辉说道，"这里已经是我的了，她和她父亲不可能再对我手拿把攥[1]了。"

"你是在报复她吗？"

徐炳辉摇了摇头，不再说话。

- 34 -

晚上8点，支队技术科终于传来消息，外卖背包夹层里找到的注射液中检测出氰化物、管制类催眠剂和吗啡。毫无疑问，这些药物是用于安乐死的。现在的问题是，靳巍到底给多少人实施了安乐死？

靳巍轻松地坐在约束椅上，看着马烁和一个实习警员走进审讯室，露出嘲弄的笑容。

马烁还以嘲弄的笑容，问道："你猜我们找到什么了？"

靳巍摇了摇头。

1　北京地方俗语，形容对事情很有把握的状态。——编者注

"现在我和你讲一下政策。"马烁说道，"你已经失去了自首的机会，但是如果你现在主动交代罪行，还可以按主动坦白来算。相反，如果你什么都不说，非要等我把证据摆出来再说，那就不算坦白了。明白吗？"

靳巍点点头。

"你有什么要说的吗？"马烁问道。

"没有。"靳巍干脆地说道。

"把话说全了。你是谁，没有什么，对着镜头说。"

靳巍对着摄像机说道："我叫靳巍，我没有什么要说的。"

"好。"马烁点点头，把一张检测报告放在靳巍面前的桌子上。

"我们从你车里的外卖员背包夹层里找到了注射器和注射液。"马烁指着报告说道，"我们在注射液里检测到了氰化物、催眠剂和吗啡，你解释一下，你用这些东西干什么？"

"嗯……"靳巍想了想说道，"我不记得我车里有什么背包。"

"那车里有什么？"马烁问道。

"有一口棺材。"

"哼。"马烁笑了，"我就猜你会这么说。"

"事实就是这样。"靳巍嘲弄地看着马烁。

"我们已经找到那辆克隆车了，在你们公司地库B4层，车里有你冒充外卖员的那身行头。还有背包，你把它藏在设备房，但我还是找到了。你听说过微量物证吗？你知道要把一个人存在的信息全部抹去有多难吗？"马烁说道，"你以为戴个手套不留下指纹就行了？你能保证在那辆车里、头盔和外卖员制服里都没有留下你的毛发和皮屑吗？我告诉你，不可能。除非你把浑身毛发都刮干净，否则你肯定会留下痕迹的。怎么样？现在我们可以好好说话了吧？"

靳巍看着马烁，脸上仍然挂着不屑的微笑。

马烁看出靳巍不屑背后的动摇，于是继续说道："你在临终关怀中心认识了陈桂芳，她和她女儿都瘫痪在床，无力支付看护费，只能在家等死。于是你去了她家，给了她一个解脱。"

听到"解脱"两个字，靳巍愣了一下，微笑渐渐淡去。

"但我现在想说的不是这个。"马烁说到这里停了下来，他专注地看了靳巍很久，才继续说道，"我想说的是，你周五去陈桂芳家时，因为邻居打扰，你没能完成计划，所以，你要么周六再去一次，要么放弃解脱这个可怜的老人。"

靳巍的表情郑重起来。

"但是你周六再去的时候，就已经意识到可能暴露了。"马烁和靳巍对视，缓缓说道，"所以你才会坐电梯，你周五可是没坐电梯的。既然你已经意识到危险，为什么还要上去呢？是不忍心看着陈桂芳被折磨？"

靳巍不可能回答这个问题，但马烁还是决定停下来，让这个问题在空气中充分发酵。果然，靳巍的目光有了柔软的迹象。

马烁继续说道："如果你周六没上去，也许到现在为止你还逍遥法外，但你宁可自己暴露也不愿意让她继续受苦，"他停顿了片刻，诚恳地说道，"这一点倒让我们刮目相看。"

靳巍又笑了，但这一次没有了嘲弄和不屑。

"还有，你周二晚上见过余诗诗以后回公司加班，你既然有足够的警惕心调换车牌，你也大可以把背包夹层里的注射液处理掉。如果你处理掉了，现在我可能也不会坐在你面前了。"马烁点了点头，继续说道，"我想，因为这些药都是很难得到的，你不忍心浪费它们，更不忍心看到那些垂死的人因为没有药而继续受折磨，所以你才把它藏到机电设备房里，然后赌我们不会注意那个地方，对吧？"

靳巍脸上的笑容退去，眼神也空洞起来，似乎在想着那些再也等不到他的临终之人。

"你本可以继续隐藏自己，却因为不忍心而自投罗网。你是我们见过的最特别的凶手。"马烁停顿了片刻，然后才缓缓说道，"你能不能回答我一个问题，你到底用这种方式帮助多少人解脱了？"

靳巍又沉默了很久，最终还是摇了摇头。

马烁靠在椅背上，审视了靳巍好一会儿，才说道："那我换个问题，你认为自己是在犯罪吗？"

靳巍皱起眉头，似乎想要说什么，但还是忍住了。

"你既然不认为自己在犯罪，为什么不敢理直气壮和我们说呢？"马烁的态度忽然急转直下，"其实你知道那是犯罪，你也知道所谓帮助他人解脱只不过是你用来自我欺骗的狗屁说辞！你真以为自己是个英雄吗？别做梦了，你就是个只敢对毫无还手之力的弱者下手的无耻杀人犯。"

靳巍果然被马烁前恭后倨的态度激怒了，他瞪着马烁。

"我给你讲个故事。"马烁不容靳巍思考，继续说道，"九年前我抓了个强奸杀人犯。这个人专门在歌厅里找岁数大的小姐下手，用高价把她们诱骗出去，囚禁，强奸，杀人分尸。你是不是想到开膛手杰克了？那个膀大腰圆、长得像屠夫的中年男人？错了，凶手是个十七岁的男孩，长得还很帅。客观说，如果他想要的话，肯定不缺性伴侣。所以你猜他为什么这么做？"

靳巍瞪着马烁，他没有做出反应，因为他不知道马烁接下来会怎么羞辱他。

"因为他十四岁的时候强奸了寄宿在他家的表姐。"马烁看着靳巍的脸，"他表姐挣扎的时候，他失手掐死了她。但是他家里人不知道怎么运作的，竟然把这件事糊弄过去了，可能是不想再失去另一个孩子了吧。结果这个愚蠢的决定造就了一个杀人狂。因为所有人都觉得自己做的事情是正确的，一旦有了坏结果，那肯定是别人的错。这个浑蛋也是这样，他觉得杀死表姐不是他的错，那就只能是表姐的错。可是表姐错在哪里呢？"

听到马烁用强奸表姐的人渣来类比自己，靳巍气得直抖，脸颊涨得通红。

马烁顿了顿，继续说道："凶手告诉我，因为表姐是个卖淫的，每天浓妆艳抹勾引他，等他上钩了却又假装抗拒，所以他才失手杀了她。他认为是表姐害他成为杀人犯，表姐死有余辜。这个想法在他心里生根发芽，慢慢变成了所有卖淫的都该死。在这种意念的驱动下，他为了证明自己杀害表姐是正确的，他开始不断猎杀卖淫的。"

说到这里，马烁盯着靳巍的眼睛，缓缓说道："就像你为了不让母亲遭受临终之苦而亲手杀了她一样，事后你也会怀疑自己做的到底对不对。但人就是这样，当你意识到自己犯了错就会痛苦，犯的错误越大痛苦也就越大。你亲手杀了你最深爱的母亲，这是弥天大错，你为了消减痛苦就只能认定你做的是正确的。"

马烁又停顿了一下，他在靳巍眼中看到了火焰。这就对了，他想着，母亲果然是靳巍最大的弱点。他要继续朝这个方向猛攻。

"但你又不可避免地动摇，所以你需要一次次用'帮助别人解脱'的仪式巩固你的立场，证明你所谓的安乐死理论是正确的。其实你知道那就是狗屁，但你不敢面对，就像你不敢面对你母亲。她为了供你留学打三份工，结果活活把自己累倒，但你在她还剩不到半年寿命的时候才匆匆回国，对你来说，她就那么不重要吗？"

靳巍的身体绷成了一块铁板，要不是坐在约束椅上，他可能早就扑上去了。

马烁紧紧盯着靳巍，终于问出了最扎心的问题："你母亲让你帮她安乐死，究竟是因为熬不过病痛，还是不想拖累你？你现在想清楚了吗？"

靳巍身体一颤，慢慢闭上眼睛。

击中了。马烁暗自松了口气，对付自负的人，必须击溃他的自尊心。所以马烁先用了情绪震荡的谈话策略扰乱靳巍的心理防线，然后再用母亲之死来击穿靳巍大脑中"理想的我"，让他认清"现实的我"，以此击溃他的自尊心。

但现在还没到庆祝的时间，马烁必须一鼓作气，尽可能扩大战果。

"你母亲对你最后的爱就是让你抛下她，自己走。"马烁鄙夷地说道，"结果你还真是个听话的好儿子。"

"你什么都不知道。"靳巍缓缓摇了摇头，他终于开口了。

"那你说说。"马烁冷笑道，"最好摸着良心说，如果你还有那玩意儿的话。"

靳巍没有理会马烁的讽刺，用嘶哑的声音说道："她从没和我说过自己生病了，她一直说自己生活得很好，要不是我在和她通视频的时候，偶然发现了柜子里的药瓶……"

说到这里他停了下来，好像在用全部力气对抗那段痛苦的回忆。

"她希望我出人头地，因为她一辈子没有受过别人的尊重。"靳巍用平缓的语气说道，"但我只想陪着她，只要每天都能见到她，哪怕在我家楼下的便利店打工我都愿意。"说到这里，靳巍摇了摇头，"但这不是孝顺，真正的孝顺是完成她的心愿，所以我拼命成为她希望的样子，让她觉得自己的一生是值得的，是成功的。"

"所以你杀了她也是满足她的心愿，是孝顺？"马烁问道。

靳巍点了点头，然后说道："就算她不想拖累我，那也是她的心愿。我不想违背她，而且就算我什么也不做，她的时间也不多了。她已经受了一辈子苦，我不想让她临死前还受苦。我给她打了两个月的吗啡，每天陪在她身边。这是她人生中最幸福的一段时光，她对我说，她又活了一辈子，幸福的、安宁的一辈子。"

靳巍梦呓一般说完这段话，然后缓缓低下头，似乎在缅怀逝去的亲情。

马烁终于等到靳巍露出软弱的一面，他拍案问道："那你杀陈桂芳呢？也是为了满足你母亲的心愿？"

"不。"靳巍彻底陷入了情感的旋涡，"因为我看到她就想起我母亲临终前痛苦的样子。她让我想起我母亲，我是真的可怜她！"

马烁不动声色，心中却如释重负，靳巍终于招供了。

"你是做志愿者时认识陈桂芳的？"马烁问道。

靳巍点点头。

"她那时意识清醒吗？能说话吗？"

"不能说话了。"

"那你怎么知道她很痛苦？"马烁问道，"是你观察到的，还是她用了什么方式和你表达的？"

"你家里有瘫痪的人吗？"靳巍忽然反问道。

马烁的姥姥瘫痪了十年，但那时他年纪尚小，姥姥又是和舅舅、舅妈在一起生活的，所以他印象不深。再有就是马优悠了，但马烁不认为她是瘫痪，她只是下肢残疾，也许有一天她还能借助科技的力量重新站起来。于是马烁摇了摇头，说道："没有。"

"瘫痪是一种非常残忍的病。"靳巍看着马烁，缓缓说道，"别的病消耗的是生命，而这个病消耗的是亲情。得了这个病，你活得越久，家人就越讨厌你，暗地诅咒你赶紧去死，有些不堪忍受的家属甚至会制造一场意外，结束病人毫无尊严和质量的生命。"

马烁怔了一下，他忽然想起自己姥姥就是煤气中毒去世的。难道那也不是意外，而是受够了折磨的舅舅和舅妈干的？可如果是这样，他的父母难道没有察觉到疑点吗？他们为什么也要保持缄默？

马烁此刻无暇多想，继续问道："所以你决定结束她的痛苦？"

"是的。"

"你可怜她。"

"是的。"

"那你杀了张全友，也是因为可怜他吗？"

靳巍的眼睛忽然暗淡下去，他摇了摇头，说道："我不知道你在说什么。"

马烁看到靳巍身后的黄灯亮起，这是武桐通知他结束审讯的信号。

－ 35 －

马烁来到隔壁的观察室，支队长蔺前飞和副支队长谢广军都在单向玻璃墙面前坐着。蔺前飞一脸喜色，谢广军的表情有些复杂。武桐站在两人身后，朝着马烁悄悄比了个赞。

"不错，"蔺前飞说道，"查得不错，审得也不错，好好干吧！"蔺前飞说完站起身，拍了拍马烁的肩膀，径直走了出去。谢广军朝马烁点了点头，又回头朝武桐摆了下手，算是告辞，然后追着蔺前飞走出去。

武桐踱步到马烁面前，脸上洋溢着笑容。

"不去送送？"马烁问道。

武桐摇了摇头，说道："现在不让迎来送往。"

"他们还满意吗？"马烁问道。

武桐望着马烁，认真地说道："蔺队刚才很生气。"

"什么？"马烁愣了一下。

"他说东部队里竟然还窝着这么一个人才，他以前怎么从来没听说过。"武桐笑了起来。

马烁并没有高兴，反而从心底涌上一股酸涩，于是转过脸去看单向玻璃墙后面的靳巍，看似随意地问道："谢广军不会再找麻烦吧？"

"你破了这么大的案子，谁还敢找我麻烦？"武桐笑着说道。

"这还差得远呢。"马烁看着靳巍被实习警员带出审讯室，"要不……"

马烁转过脸，看着武桐："吃点夜宵，庆祝一下？"

"行，我请客！"武桐说道。

"不，这次该我了。"马烁说道，"等会儿别开车了，我也想喝点。"

马烁连干三杯啤酒，脸上堆满了笑，但眼神却是空洞的。

"家里有事？"武桐看出他有心事，于是问道。

马烁点点头，说道："优悠快出院了。"

"这是好事啊。"

"有个事情，你帮我分析一下，是不是我有问题。"马烁摸着啤酒杯上的水珠，天气好像不知不觉就变暖了。

"你说。"

"优悠要回来住，我家很小，所以我想她应该自己住。"马烁顿了顿说道，"就这点事，但我问她要不要自己住时，她立刻就同意了。我觉得她有意离开我，她不是嫌我打扰她，她是怕我时间长了嫌弃她。就像靳巍说的那样，家人会讨厌病人。她担心我讨厌她，可我从来不会，也永远不会。我一想到她会这么想，我就很难受。你能明白吗？"

"我能明白。"武桐说道，"我听优悠说，你为了她和女朋友分手了，有这回事吗？"

"啊！她怎么什么都和你说？"

"你不想耽误女朋友，因为你家里有个负担，所以才提出分手。对吧？"

"对，这对谁都不公平。"

"但是你把优悠当成了负担，也就说明你潜意识里想要照顾她一辈子，她在你心里的排位要比女朋友高。"武桐说道，"否则就算是亲兄妹，也是两个独立的成年人，应该有各自的人生。"

"如果她健健康康的，肯定是你说的那样，"马烁无奈地摇了摇头，"可她不是已经残疾了吗？肯定要有人照顾她的！"

"就算有人要照顾她，也应该是她的伴侣吧？"武桐说道。

马烁愣了一下，然后说道："可他……是个盲人啊。"

"一个不能走，一个不能看，但是他们在一起就什么都可以了，你凭什么说人家不能照顾？再说照顾是相互的，你是我的眼，我陪在你身边，他们可比很多正常人的结合还要稳固呢。"武桐喝了一大口酒，

"两个人在一起，就是要补足自己的残缺啊。"

"补足残缺……"马烁沉吟着。

"不过呢，你想要照顾优悠更多的是一种责任感，而不是情感。"武桐继续说道，"你觉得父母不在了，你就是她唯一的亲人了。这么想没错，但这不意味着你一定要对她负有什么责任。如果你为她负责任，她是不是也要对你承担相应的义务？你希望她为你承担什么义务？她会不会有心理压力？她为什么第一次见我就和我说你和女朋友分手的事，因为这件事一直压在她心里。你让她有了很大心理压力，她又没法纠正你，只能责怪自己，觉得自己是个累赘。"

武桐一番话让马烁目瞪口呆，他沉默良久，才说道："她的心理压力，其实是我造成的？"

"是的，所以你要调整自己的状态。"武桐说道，"你把她绑在身边一辈子，只会毁了你，也毁了她。因为总有一天你会厌烦，你会把她当成你生命中的累赘。假如有一天，你无法忍受这个累赘了，你会怎么做？"

马烁觉得武桐这番话就像一个黑洞，要把自己吸进去。

马烁赶到康养中心的时候，已经临近午夜。

武桐那句话一直缠绕着他的灵魂："如果你是优悠，你意识到有一天你哥哥会把你当成累赘，甚至把你当成他人生所有不如意的替罪羊，你会伤心吗？"

他站在住宿楼外面，陆续有家属从楼里出来。两年前他自己也是其中一员，每天夜里都会到外面站一会儿，这是他唯一能放空自己的时候。

当初他在马优悠房间的沙发上睡了半年，每天夜里马优悠都会从噩梦中惊醒，然后捂着嘴不敢哭出声来。他学会了从床被窸窸窣窣的声音里听出马优悠在无声哭泣，他会坐到床头，拍着马优悠的后背，直到她重新睡着。

半年后马优悠终于可以一个人睡了，马烁才回到了久别的家中。

他数着窗户，马优悠的房间还亮着灯。他走到前台，值班护士认出了他。

"优悠最近睡得好吗？"马烁问道。

"嗯……"护士犹豫了一下，还是说了实话，"她最近情绪不太好。"

马烁谢过护士，坐电梯上五楼，来到马优悠的房间外面。

他敲了敲门，里面传来一声清亮的声音："请进！"

马优悠从小就是这样，哪怕生病了，在外人面前也要强打精神。马烁叹了口气，推门进去。

"哥！"靠在床头的马优悠见到马烁，立刻兴奋起来，"你怎么来了？"

马烁晃了晃手里的手提袋，走到床前，把手提袋放到马优悠手边。

"这是什么啊？"马优悠兴奋地问道。

"生日礼物。"

马优悠拆开礼盒，拿出绒布袋的时候就已经兴奋不已了。当她拿出手链，立刻兴奋地叫了起来。"你怎么知道我爱这个？"马优悠晃着马烁的胳膊叫道。

"喜欢吗？"

"太可了！"马优悠捧着手链，认真地欣赏着。

马烁看到床头柜上放着个红色的小方盒，他拿起来，打开一看，里面是杜芃送的项链。

"哥！你怎么能想到给我买这个呢？"马优悠兴奋得涨红了脸，"你不是这么时髦的人啊。"

"嗯？"

"我本来都想好了，用我第一个月工资买一个它！"马优悠说道，"没想到愿望提前实现了！哥！你真是太伟大了！"

马优悠拽着马烁的胳膊说道："你怎么能想到买它的？哥，你一定得跟我说。我要是想不明白，今晚该睡不着觉了！"

"你哥也是走在时尚前列的。"

"快说！我一定得知道咱们兄妹怎么就心有灵犀了！太可怕了！我居然跟一个钢铁直男心有灵犀了！"

"小芃不是送你个项链嘛，我看你挺喜欢的，我就去找了那个牌子，觉得这款特别好，就给你买了。"

"那你知道这个叫什么吗？"

"这叫红书爆款啊。"

"红书爆款？"马优悠愣了几秒，然后放声大笑。

马烁知道自己露怯了，但他看马优悠笑得这么开心，也笑了起来。

马优悠笑够了，又喘了几口气，才说道："哥，你和我说实话，谁给你出的主意？肯定是个女孩子。"

"我们同事。"

"是那个短头发的姐姐吗？"马优悠眼中放出光来，攥着他胳膊的手更用力了。

马烁刚想解释一下，他想起武桐和自己说的，马优悠因为自己和女友分手而内疚，他要尽可能弥补这个裂痕。看着马优悠充满期待的眼神，他忽然意识到现在就是弥补裂痕的好机会。于是他点了点头。

"那你替我谢谢姐姐，找时间我请她吃饭！"马优悠笑着说。

"行，我帮你约。"

"说好了啊！"马优悠忽然想起来什么，目光立刻暗淡下来，"对了，这两天我总看到邦叔。"

"邦叔？"马烁反应了一下，才想起邦叔是杜芃的监护人，那个表情阴沉的中年男人。

"是啊，我看他从办公楼里出来。"马优悠担忧地说道，"他不会是嫌这里的收费贵，想把杜芃接走吧？"

"不会吧。"马烁安慰道。

"可是之前他很少来，"马优悠说道，"杜芃都是自己打车来回。"

"既然如此，你生日那天晚上他为什么来接杜芄？"

"我也不知道，反正最近他来得挺频繁的。"马优悠说道，"我一看到他就不舒服，浑身起鸡皮疙瘩。哥，我真的有点担心杜芄。"

马烁轻轻拍着马优悠的肩膀。她是在为杜芄担心，还是在为她自己担心？想到这里，马烁心里一阵难过，强颜欢笑地说道："哥告诉你个办法。"

"什么办法？"

"你送他个智能手环，"马烁说道，"你就能随时知道他在哪儿，甚至能看到他的心率。"

"可是这样好吗？会不会太侵犯隐私了？"

"主要是为了震慑邦叔，让他知道你关心杜芄，他就不敢轻举妄动了。"马烁说道，"再说，杜芄或许也想让你知道他在哪儿呢。"

马优悠想了想，问道："哥，你是不是也觉得邦叔有问题？"

若是在一周前，马烁也许还觉得马优悠多心了，但现在，他认为马优悠的担心是有道理的。

"一个孩子抱着黄金在街上走，肯定会引发别人的贪念。"马烁说道。

马优悠目光放空，幽幽地说道："所以人们才要寻找自己的伴侣，有人做伴才敢面对这个可怕的世界。就算有一天会死，死之前也有人拉着自己的手。"

马烁第一次和马优悠聊到生死问题，他有些紧张，不知该如何接话，沉默了半晌才说道："优悠想找伴侣了？"

"嗯。"

"优悠喜欢杜芄，是吗？"

"嗯。"

"哥现在就下单！"马烁掏出手机，"明天就给他戴上。"

"哥。"

"咋了？"马烁看向马优悠。

"今晚你在沙发上睡可以吗？我有点害怕。"

"当然，我就是想留下来陪你的。"马烁笑着说，"对了，还有个事情没和你说呢。我这周末就把老家具处理掉，下周开始进场装修。往后一段时间可能要经常来蹭你的沙发。"

"真的吗？你看好家具了吗？"马优悠兴奋地问道。

"差不多吧，等过几天咱们一起去看。"马烁说道，"你觉得把客厅直接弄成画室好不好？你不是一直想要个画室吗？客厅加阳台，给你弄个大的。"

"太好了！"

一切都会好起来的。马烁想着，每个人都在努力往前走，优悠、杜芇，还有带着儿子独自生活的武桐。虽然自己之前一直逃避，但现在也开始往前走了。生活没那么可怕，至少他的生活没有。

－ 36 －

第二天一早，马烁走进队部，看到一群人围着打卡机聊天。

"先打卡再出勤，这种新鲜事，我上了二十年的班还是第一次听说。"一个人说道，"那以后咱们出差怎么算？也得第二天早上之前赶回来打卡呗？"

"不用，"另一个人说道，"你头天晚上不打下班卡，这就算连轴转了。本来出差就应该全算工时。"

"是啊，以前不全都奉献了吗？"之前那人说道，"让咱们卖命的时候说的比唱的好听，现在一分钟都给你算清楚。既然这样，以后咱们也都算清楚，加班一分钟我也得填加班申请。"

"那可不！王哥一分钟能忙活好多事呢。"另一个人说道。

几个人哈哈笑起来。

"你们就是说怪话。"有人说道，"这是什么啊？这是新领导把朝阳支队先进的管理理念带到我们这个落后的集体，你们应该感到骄傲！"

"嘿！你丫应该当队长！"

"哈哈哈！"众人再次大笑起来。

马烁走过去，正要打卡，后面忽然响起一个阴阳怪气的声音："哟哟哟！看了九年饮水机，这会儿假积极上了。"

马烁看着那个人，手指按在指纹收集器上。嘀的一声，墙上显示屏里弹出马烁的照片和打卡时间。马烁朝里走去，听到那个人骂道："一颗老鼠屎坏一锅汤！"

马烁转过身看着那个人，对方呵斥道："怎么着，看什么看！"

所有人都面对马烁，眼中带着不忿。

马烁走到那个人面前，说道："我告诉你，先打卡再出勤的要求是副支队长谢广军提的，你觉得不合理可以去支队找他。你要是不敢，等武队来了你也可以去找她提意见，但你也不敢。你就敢在这儿起哄说风凉话，生怕别人不知道你们多厌似的。"

"你他妈再说一遍！"对方伸手往马烁肩膀上推过来。

马烁肩头一晃，抬手攥住了对方的手，反方向一扭，对方"哎呦"一声跪在地上。

"动手也行啊，咱们四楼练练。"马烁看了看面前这些人，"信不信？就你们这帮人，一起上也没戏。"

众人都僵住了，只听见被擒拿的那人不断发出呻吟声。

马烁手一甩，对方向后跌去，结结实实摔在地上。

"去你的！你都在这儿九年了，也没见你这么牛啊！"对方捂着胳膊骂道，"刚傍上新领导你就上天了，这九年晾着你就对了！呸！"

"行了，你少说两句。"有人充当和事佬，上前把那个人扶起来，然后挥着手对马烁说道，"你赶紧走吧，别在这儿待着了。"

马烁轻蔑一笑，问道："我怎么不能在这儿待着了？"

"你少说两句行不行？大家都是同事！"

"他说这些屁话的时候拿我当同事了吗？"马烁反问道，"还有你，你是交警吗？在这儿指挥交通呢？"

"你疯狗啊？见谁咬谁！分不出好赖人啊？"和事佬也急了。

"你是好人吗？没事跟着起哄，出事就装好人。"马烁说道，"刚才我抓着他至少二十秒，也没见你上来救他。我松手你倒冲上来了，你说你是好人吗？"

和事佬无话可说，脸憋得通红。

马烁环视了一圈，说道："如果让谢广军知道你们就是一盘散沙，他只会变本加厉，最终倒霉的还是你们。"

"你说得轻巧，天天先打卡再出勤，谁受得了！"捂着胳膊的那人喊道。

"你觉得不合理就去找武队提，在这儿撒泼起哄，除了让人看不起，没有任何作用。"马烁淡定地说道，"还有，如果你们觉得闹一闹领导就会妥协，那你们真应该去朝阳支队问问，武队是不是这样的人。"

马烁说完这番话，众人都不说话了。这时，专案组的三个实习警员一起走进来。他们热情地和马烁打招呼，然后排队按下指纹，兴致冲冲地上楼了。

"赶紧打卡吧，马上过点了。"马烁说道。

有一个人回头去打卡，接着第二个人也过去了，然后大家都默默跟过去，只剩下被马烁摔倒的那个人。马烁走到他面前，低声说道："下次再动手动脚，就没这么客气了。"

那个人往后退了半步，看着转身离开的马烁，惊慌中又带着点疑惑。这还是那个被排挤欺负了九年却从来没吭一声的家伙吗？

马烁顺着楼梯往上走，就像刚才那个人说的，他也不知道自己为什么忽然间像变了个人，竟然主动出头。也许是之前没有值得他出头的人，也许是最近他变得越来越勇敢了。

整整一上午，马烁带着三个实习警员追查靳巍的行迹。武桐已经帮他们申请到了查阅全市公共区域监控记录的权限，理论上现在他们可以查看到这座城市所有非保密区域的监控摄像头，只要这个摄像头没掉线。因为靳巍去三亚团建，上周四才回来，于是他们先调查靳巍上周四到上周五的行迹，最终连接上了靳巍去陈桂芳家的行动。接下来他们往前倒查，从靳巍去三亚之前，也就是3月6日往前查。查看录像理论上最高可以64倍速播放，但是保障效果的倍速最高是8倍，否则屏幕上的人影就会一闪而过。

这是个需要全神贯注且十分耗费精力的工作，不到两小时，兴奋劲过了的三个年轻人就开始哈欠连天。

"查到2月27号就休息，再坚持一把！"马烁给他们鼓劲，"尤其注意27号和28号，也就是周五和周六的行迹，没准儿就中了。"

"烁哥，你怎么知道？"其中一个打着哈欠问道。

"因为他给陈桂芳安乐死就是周五。"马烁说道，"他周四才从三亚回来，周五上了一天班，晚上还要去作案。他这么着急，就说明这个时间节点有可能对他很重要，所以咱们重点看下周五和周六。"

"你的意思是他偏好周五作案？星期五杀人狂？"

"也可能别的时间都有安排了。"另一个人说道。

"或者要加班。"第三个人说道。

"对，"马烁拍了拍他的肩膀，"你提醒我了！他是个程序员，程序员没有不加班的。他不能干到一半和老板说我要先走了，我要去作个案，所以他肯定是在确定不加班的时间才去作案的。你们把他公司的考勤记录找来，看看周五晚上是不是通常不安排加班。"

"我这就去！"第三个人起身往外走。

他刚走到门口，门被拉开了，焦闯一脸黑气站在门外。

"你出来。"焦闯指着马烁说道。他的声音沙哑，手指满是污泥和划伤。

焦闯阴沉着脸把马烁带到天台，两人绕到中央空调室外机后面。旁边

272

是20世纪90年代兴建的商场，对着大街的门面装点得时尚现代，后面却斑驳颓败，就像一个孱弱的老人戴着将军的面具，充满了无奈的滑稽感。

焦闯深呼吸了两次，然后质问道："你就那么喜欢出卖搭档吗？"

马烁看着他，没有回答。

"我在问你话呢，你就那么喜欢出卖搭档吗？看别人笑话就这么好玩吗？我成了全国第一个因为考勤被处分的刑警，你满意了？"焦闯瞪着马烁，恨不得冲上来给他一拳。

"你觉得你配当我搭档吗？"马烁反问道，"你配和我说这些话吗？"

"你什么意思？"焦闯往前走了两步。

马烁叹了口气，他不想一天动两次手，这不符合他的性格。但他又想起武桐和他说的，麻烦来了不能躲，否则麻烦会永远纠缠他。可能就是因为自己不喜欢和人发生冲突，所以这些年一直被人冒犯。想到这里，马烁说道："你往后退，我把你打伤了不好和侯琳交代。"

"侯琳是你叫的吗？"焦闯红了眼，向马烁的肩膀推过来。

看来想让他头脑冷静下来，就先得让他身体冷静下来。马烁打定主意，等焦闯快冲到面前时才迅速向左侧一闪身，焦闯扑空了，一个趔趄扑倒在地。焦闯笨拙地爬起来，骂道："你躲什么躲？"

"我不想被你这种垃圾人脏了手。"马烁平静地说道，"我真没想到你还有脸来质问我，咱俩不是一路人，你去找武队说吧，我也不想和你搭档了。"

"你放什么屁！"焦闯捂着腰骂道，刚才那一下抻到了后背。

"我一直以为你也就在网上聊聊骚，没想到你还真去约炮了。"马烁冷笑着说道，"你干的这些事侯琳知道吗？你儿子知道吗？"

"约炮？我什么时候约炮了！"焦闯猫着腰吼道。

"你不是去和那个什么玉桂狗奔现吗？"马烁冷笑道，"你还好意思叫自己飞翔的重卡，你顶多是报废的重卡。怎么样？奔现好玩吗？腰都玩报废了？"

"去你大爷的。"焦闯龇牙骂道，捂着腰缓缓坐倒在地。

马烁蹲下来，看着一脸痛苦的焦闯问道："你一个四十多岁的中年男人，去找二十岁小姑娘约炮，你是怎么想的？武队问我，我都不好意思和她说实话。"

"我……我……"焦闯喘了两口气，才缓缓说道，"我没有约炮……"

"那是什么？命运的召唤？"

"滚……"焦闯无力地骂道。他艰难地挪动身体，靠着天台边缘的水泥台边坐下，龇牙咧嘴了一阵，终于缓了过来，然后气喘吁吁地说道，"那是伪装小姑娘诈骗的团伙，我配合网监大队破案去了。"说完他把手机拿出来，扔到马烁面前。

马烁一愣，捡起手机，屏幕上的金刚膜已经四分五裂。

"自己看吧，相册里。"焦闯颓丧地说道。

马烁打开相册，第一个视频就是一群便衣四处抓人的场面。

"那你……"马烁迟疑地看着焦闯。

"我当然是去钓鱼的。"焦闯委屈地说道，"我能不知道变声器吗？我就算不知道你也和我说了啊。你觉得我就那么傻吗？再说我也四十多岁了，我天天水深火热四面楚歌的，我哪有闲心约炮！我就是有那心也没那力啊！"

"那你为什么不和我说？"马烁问道，"再说这种案子也不归咱们管。"

"唉！"焦闯重重地叹了口气，"侯琳她舅让人骗了十几万，说是什么收藏品投资，那是她舅妈治病的钱。我能不管吗？你也知道现在网络诈骗案有多少，网监手里那么多案子，什么时候才能轮到他？那不得我自己先去查清楚，然后再觍着脸请网监的朋友帮忙加个塞儿。这种事我怎么和你说？"

马烁有些愧疚，转念一想，自己又不是因为这一件事就对焦闯产生成见的，于是他说道："你带我去那个开锁的家里，吃完饭你非让人老婆送你出来。"

"对啊。"

"然后你把人家拽到小胡同里去，"马烁问道，"你干吗呢？"

焦闯愣了一下，然后才反应过来，又惊又气又委屈地瞪着马烁："那你觉得我是干吗呢？"

"还用说吗？"

"废话，当然得说了！"焦闯气得直蹬腿，"她在夜总会上班，手下有个小姑娘去诈骗团伙了，专门负责跟男人视频聊骚。我找她是打听那个女孩。她有那女孩的电话微信，我才能定位啊！"

马烁恍然大悟，点了点头。

"不是！在你眼里我就那么不是个东西吗？"焦闯委屈地吼道。

"既然话说到这分儿上了，你去大同找老同学叙旧，女同学。你还知道她家住哪儿，她还让你直接上家里。"马烁说道，"这也是冤枉你了？"

"哎我去——"焦闯疯狂地抓了抓头发，然后无奈地说道，"行，我和你说实话吧，我根本没去大同，也没什么老同学，我那天去五台山了，给我儿子拜拜文殊菩萨。那个女的是客栈老板，她把位置发我了，可不让我直接上她家吗？"

原来如此，那你俩整那么暧昧干吗？马烁咳嗽了两声，这次真轮到他尴尬了。

－ 37 －

马烁和焦闯，一个站着，一个坐着，良久相视无语。

"我想起来了，那天早上咱俩出警，我在车里和骗子聊天，给你留下了那种印象。"焦闯颓丧地说道，"你觉得我就是那种人，所以什么事都会往那方面想。这事不怨你，怨我自己。"

马烁再次伸出手，说道："行了，咱们现在一比一平了。"

"什么平了？"焦闯看着马烁，没有伸手。

"你说我喜欢出卖搭档，"马烁俯视着焦闯，"但是我没有出卖你，本来支队要找我核实的，可是到现在也没人联系我。"

"什么？"焦闯一脸不可置信。

"你冤枉我一次，我冤枉你一次，咱们扯平了。"马烁勾了勾手指。

焦闯抓住马烁的手，一使劲站起来。

"你手是怎么回事？"马烁问道。

"他们跑来着，"焦闯看了看自己的手，"有个小崽子拿刀跟我比画，后来抓着了一问才知道，敢情那小子还背着别的案子呢。"

"那你算立大功了。"

"立什么功，能把侯琳她舅扔进去的钱捞回来点比什么都强。"焦闯无奈地摇了摇头，"这事你就装不知道吧，侯琳不让我在外面瞎说。"

"那你和武队解释一下。"

"不解释了。"焦闯看着远处说道，"再解释也是旷工，毕竟这个案子也不是她安排我去办的。你们昨天干什么了？听说把人抓回来了？"

马烁看着焦闯，没有接话。

"怎么了？"焦闯看了看自己。

"你为什么对武桐这么大敌意？你和之前的那几任领导可不这样。"马烁说道，"解释一下又不会要你命。"

"我这个岁数，人家对我什么态度我还是能感觉出来的。"焦闯苦笑了一下说道，"再说，她问我为什么不跟她说实话，我又得和她解释一遍，那我不成祥林嫂了吗？"

"当祥林嫂也总比被误会强吧。"

焦闯摇了摇头，说道："如果她喜欢你，你犯了错误去找她解释，她会觉得你很可爱。如果她讨厌你，你去找她做同样的解释，她会觉得你怎么不去死呢。这是人的天性，没人和你讲道理。"

马烁想安慰下焦闯，但一时想不到该说什么。

"你没和武桐说过我和妹子聊骚之类的闲话吧？"焦闯斜眼瞧着马烁。

"有两次差点没忍住，"马烁坦诚地说道，"只是怕她听了恶心才没告诉她。"

"我谢谢你了。"焦闯无奈地叹了口气。

焦闯去休息室洗澡，马烁回到专案组办公室。实习警员们原本都很担心马烁和焦闯爆发冲突，看到马烁似乎心情不错，也都感到意外，但是他们也不敢问马烁究竟发生了什么。

"烁哥，武队刚才下来了，说让你回来后去找她。"其中一个人说道。

"好，你们怎么样了？"马烁看着白板问道。白板上多了一张纸，是靳巍公司提供的员工出入记录。马烁扫了一眼，发现靳巍经常在晚上7点以后才离开，有时甚至要留到凌晨。

"这个出入记录是打卡的还是指纹的？"马烁问道。

"是刷脸的。"

"这么先进？"马烁找到3月16日那一行，只显示了一组进出时间，但是他和武桐那天下午去找靳巍，靳巍离开过公司。"这个时间是怎么算的？"马烁问道，"中间出入的时间就没记录吗？"

"这个我问过了。"实习警员回答道，"他们说为了保护员工隐私，只记录最早一次进入时间，再进来的只要时间晚于上一次的就会默认不记录。离开记录也是一样，只要离开时间晚于上一次就会自动替代，所以看不到其他记录。"

"不可能没有记录吧？"

"不是没记录，而是在记录之前加了这个算法，只记录符合条件的。"实习警员想了想说道，"你可以理解这是一道计算题，他们把计算过程删了，只留下了答案。"

"比如上周五他没有离开记录，真正的离开记录是第二天1:05。"

马烁指着记录表说道，"因为他后来又回公司加班了，所以之前所有进出记录都不见了。"

"是这个意思。"实习警员点点头。

"这倒是个很好的不在场证明。"马烁说道，"如果我们没有特别怀疑他，没有找到他假冒外卖员作案的监控，或者过几年监控资料销毁掉了，那这个进出记录确实很能唬人。他上周五和这周二都去加班了，怎么这么巧？你们说他有没有可能是故意的？"

"这个我们问了，确实是公司招他回去的，说是设备忽然出了……"说到这里实习警员停住了，眼睛里放出光来。

马烁点点头，说道："没错，可能设备出问题就是他搞的。自己给自己留个BUG，让公司主动叫自己回去加班，这是制造不在场证明的好办法。"

"那我们应该多留意这种情况。"实习警员兴奋地说道。三个人立刻分工，忙活了起来。这才几天，他们已经干得有模有样了。马烁有些羡慕这些年轻人，他们更聪明，更专注，更懂得配合。他忽然想起小时候父亲总和他说，现在这个信息爆炸的时代，真是一代人比一代人强。

马烁忽然有点理解焦闯的中年焦虑了，但他应该也会骄傲吧，毕竟他儿子一定会比他强。

"烁哥。"实习警员看着发呆的马烁说道，"武队还等着你呢。"

马烁刚拉开办公室的门就看到身穿警服的武桐。

"焦闯是不是回来了？"武桐问他，"他找你了吗？"

马烁把焦闯旷工的隐情告诉武桐，当然没有说自己误会焦闯那一段，也没说自己和焦闯发生了冲突。武桐听完后表情平静，但没有表态。马烁补充道："他说自己没什么好辩解的，旷工就是旷工。"

"也好。"武桐点点头，"你觉得你还能继续和他搭档吗？"

"当然没问题，这只是工作。"马烁耸了耸肩说道，"又不是交朋友。"

武桐拿起手机和记事本，说道："我去支队开会了，没什么事，你下午调个休吧。"

"又调休？"马烁问道，"你又要找焦闯谈话了？"

"谈是要谈，不过不是因为他。"武桐从衣帽架上取下女警卷檐帽，对着穿衣镜戴在头上，"你不是还要收拾房子吗？趁这个周末抓紧时间。下星期开始，你可能就没时间了。"

"为什么？"

"这个案子已经惊动到市局了，老梁可能还要亲自过问。"武桐转过身，看着马烁说道。

"是吗？"马烁心里忽然一阵紧张。他也不知道自己为什么会紧张，按说破获大案应该高兴才对啊。但是他总觉得哪里不对劲，是靳巍认罪得太痛快吗？也不是。就算靳巍一句话不说，他们掌握的证据也足够给他定罪了。那他的不安感是从哪儿来的呢？

－ 38 －

马烁躺在地板上，直到窗外变成了黑色，依然一动不动。

房间里堆满了东西，连个下脚的地方都没有。他一直以为收拾东西是件非常简单的事，用武桐给他的半天调休就能轻松搞定，没想到东西越翻越多，简直像捅了马蜂窝。

和收旧家具的大爷约好了明天上门拉家具，现在的情况别说上门了，连进门都费劲。他忽然想到应该把另外那套大一些的房子给马优悠住，无论舒适度还是投资价值，那套房子都比这套要强得多。而且那套房子刚装修没几年，买好家具就能入住了。

就这么决定了，一会儿去康养中心当面和马优悠说吧。上次护士说马优悠最近情绪不好，马烁决定多陪陪她。

可即便把大房子给马优悠，他也不能住在这个一片狼藉的房子里。他看着墙上的时钟，这个钟还是马优悠和妈妈买回来的。时间停在2:50，应该停很久了，明天就把电池换了吧。

徐炳辉看着杜芃的头部CT胶片，看来伪造颅内出血死亡的计划行不通了。

"考虑一下交通意外吗？"徐炳辉看着胶片问道。

邦叔摇了摇头，说道："太明显了。"

徐炳辉又翻了翻杜芃的体检报告，说道："可他身体很健康。"

"没有绝对健康的人吧？"邦叔阴冷地笑着，"再说这是生是死，还不是你们医生说了算。"

徐炳辉感觉后背一阵发冷，皱眉道："你不觉得莫名其妙死了更容易招来警察吗？"

"那就要看你的手段了。"邦叔说道，"说到警察，那瘸丫头的哥哥好像就是警察。"

"你说话注意点，"徐炳辉用笔尖指着邦叔，"我的忍耐也是有限度的。"

"好好好。"邦叔抬起手，连说了三个好，然后缓缓说道，"今天早上我送我侄子过来，他和我说，他想向那位小姐求婚，所以咱们的时间可不多了。"

"对了，"徐炳辉摩挲着额头，喃喃道，"今天她还送了他一个智能手环。"

"什么？"邦叔问道。

"智能手环。"徐炳辉冷冷道，"优悠送给杜芃一个智能手环，不仅能时刻定位他的位置，还能监测他的生命体征，比如心跳和血氧浓度。现在让他猝死的难度更大了。"

"真麻烦！"邦叔骂道，"这个小婊子！"

"她为什么要送杜芃手环？"徐炳辉质问道，"她是不是察觉到什么了？"

"她能察觉到什么？"邦叔不屑道，"无非就是想贴他，跟他结婚不就等于搬了座金山回家吗？要不然谁会搭理个臭瞎子……"

徐炳辉难以忍受邦叔的粗鄙，于是拍案呵斥道："你嘴巴放干净点！"

"好！您是大善人，您说了算。"邦叔猥琐地笑了笑，嘬了嘬牙花子，然后说道，"不过呢，咱们是一根绳上的蚂蚱，往后您还得多担待。"

"这件事如果搞不好，让优悠的哥哥发现破绽，那咱们就都完蛋了。"徐炳辉低声说道，"优悠也不可能平白无故送他手环，所以我觉得还是从长计议。"

"不行，"邦叔立刻摇头，"他俩要是结婚了，我可就竹篮打水一场空了。"

"那你说怎么办？"

邦叔用一双鼠目盯着徐炳辉，过了半晌才说道："我觉得现在的关节在那个女孩身上，如果能解决了她……"

"你他妈疯了！"徐炳辉低吼道，"她哥是警察！"

"那又怎么样？"

"你还想让我帮你杀两个人吗？"徐炳辉怒道。

"关键是办成这个事儿，死几个人，那都是次要的。"邦叔又露出标志性的猥琐笑容，"如果那个女孩出意外死了，这事没准儿还真就好办了。"

"你想切断他们的联系，也用不着杀人吧。"徐炳辉冷冷道，"你给杜芃换一家康养中心不就行了吗？实在不行带他出国待一阵子，等他俩凉了再说。"

邦叔张开嘴巴，嘬了嘬一口黄牙，然后说道："不行啊，我等不及了。"

"等不及了？"徐炳辉问道。

"是啊，我身体也不太好，"邦叔说道，"所以我必须死之前把他带走，要不然我也不至于这么着急，毕竟是亲侄子。不过徐总，您也不要想着钻空子。如果我死之前这事还办不完，你就得替杜芃给我儿子两千万。否则，您就等着警察找上门吧。"

徐炳辉瞪着邦叔，过了很久才说道："既然话说到这个分儿上了，你也该让我看看你手里的证据了吧。"

"你想看什么证据？"邦叔冷冷地问道。

"我上次就说了，你不能用一件破救生衣就让我帮你。"徐炳辉说道，"如果连这点诚意都没有，以后咱们怎么在一条船上待？"

邦叔点了点头，说道："这样，我去捡块孩子的骨头，你拿去化验，看看是不是你的种。"

"好。"徐炳辉点头道，"我去做DNA鉴定。"

"那我就告辞了。"邦叔起身，看着窗外的夜幕感叹道，"多美的夜晚啊，又到了喝啤酒吃烤串的时候了。"

"你还有闲心喝酒？"徐炳辉冷笑道。

"当然。我的人生已经进入倒计时了，要及时享乐了。"说完这句话，邦叔转身离开了办公室。

徐炳辉从写字台下面拿出一部手机，拨通了一个号码。

"我看到他了。"听筒里传来一个沙哑的男人声音，"我会盯紧他。"

"好。"

一阵沉默，但男人并没有挂断电话。

"还有什么事？"徐炳辉问道。

"有人在监视你的办公楼。"

"谁？"

"那个坐着轮椅的女孩。"男人说道，"下次见面，你们最好换个地方。"

马优悠屏住呼吸，盯着眼前的碎石路，操纵着电动轮椅缓慢移动，尽量不发出声音。她的手心里全是汗水，不时瞥向前面的拐角，拐角后面是个小花园。邦叔从办公楼里出来后，就拿着电话奔向小花园，看起来像是着急和什么人通话。

　　"他同意了。"邦叔的声音传来，"按计划进行吧。你最近表现得自然点，不要让那小子怀疑。啊——"他忽然呻吟了一声，紧跟着一阵细细簌簌的声音，然后他狠狠道，"又他妈犯病了。我时间不多了，不能再拖了。"

　　"行了，这些事回去再说。"邦叔说道，"我先出去了。"

　　脚步声由远及近，马优悠想要倒车，但车轮被一块石头卡住了。她加大扭矩，车轮原地打滑了两圈，终于跨过石头。障碍消失，但马优悠没来得及收动力，于是轮椅以巨大的力量往后冲过去，一头扎进草坪里。哐当一阵巨响，轮椅撞到灌木上，幸亏没有翻车。马优悠系着安全带，没有被甩出去，但是也吓得不轻，于是抱着脑袋尖叫了起来。

　　"你怎么了？"邦叔的声音响起。

　　马优悠抬起头，看到一脸警惕望着自己的邦叔。

　　"我……路过……"马优悠惊慌地说道。

　　邦叔看了看四周，然后走进草坪，把轮椅推出来。

　　"你这是要去哪儿啊？"邦叔冷冰冰地问道。

　　这个花园后面就是围墙和市政绿地了，马优悠心里一颤，她不知道该怎么回答这个问题。

　　邦叔站在马优悠身后，坚硬的手掌忽然搭在她的肩膀上，距离她柔软的脖子只有几厘米，一股带着烟草味的臭气钻进她的鼻孔。她用全部力气维持呼吸，让自己看起来没有那么慌张，然后轻声说道："随便逛逛。"

　　"哦。"冷冷的声音从耳后传来，钻进了马优悠的脖子。

　　马优悠看不到邦叔的表情，也许他现在正在犹豫要不要杀掉自己呢？

　　"大晚上的，不要乱跑。"邦叔说道，"这要是摔到坑里了，找都找不到。"

马优悠浑身颤抖了一下，因为她忽然想起后面的市政绿地正在挖沟，四五米深。邦叔说这话是什么意思？难道一不小心把自己的真实想法说出来了？

"我知道了，谢谢邦叔。"马优悠鼓起勇气说道，"正好我也要回去了，我哥马上就到了。"

"他来看你吗？"那只散发着臭气的手悄悄离开了马优悠的肩膀。

"最近他都住在这里。"马优悠回答道，"家里装修。"

"啊，那是好事啊，"邦叔冷冷道，"装好了要请芃芃过去玩。"

"那当然。"

"我送你回去吧，这么黑。"邦叔一边说一边推着轮椅往回走，"你家装修要多久啊？"

"不知道，我哥在弄。"马优悠说道。

两人缓缓向前走，直到看见了一个监控器，马优悠终于松了口气。

"就到这儿吧，谢谢邦叔了。"马优悠说道。

马烁看着马优悠的手机屏幕，眉头紧锁在一起。今天吃午饭时马优悠给杜芃送手环，然后杜芃就回了。从App的监测记录来看，杜芃一下午都在家。既然如此，邦叔为什么要过来见徐炳辉，他在给谁打电话？他们有什么计划？不让谁怀疑？

这个邦叔越来越让人起疑了。马烁看着手机屏幕上杜芃的照片，琢磨到底要不要警告一下他。

"我刚才问过杜芃了，他说他没有离开这里的打算。"马优悠说道，"既然不是办理离院手续，邦叔去办公楼干什么？"

"他在办公楼待了多久？"

"至少半小时吧。"

"他出来后没有离开，而是直接去了后面的小花园打电话？"

马优悠点了点头。

"以后不要再做这么危险的事了。"马烁铁青着脸说道。

"好。"马优悠委屈地低下了头。

若在以前，马优悠一定会和自己争辩的。就像她和同学们第一次去酒吧喝得昏天黑地，手机关机都没注意，马烁开着车到处找她，脑子里全是《飓风营救》中男主角的女儿被人贩子拐走的画面。马烁找到马优悠已经临近午夜了，马优悠因为马烁的出现，让她在同学面前很没面子，两人在同学面前大吵了一架，后来还为这件事赌了半个月的气。

马烁觉得自己太严厉了，可能又要让马优悠认为自己是累赘了。他想缓和一下气氛，于是故作轻松地说道："我还有个事想和你商量一下。咱家不是两套房吗？你住那套新房吧。"

马优悠听马烁说要把大房子给自己住，立刻摆手道："不……"

"你听我说。"马烁坚定地说道，"第一，新房小区比较新，各种无障碍设施都很完善，不像老房子，坡道角度那么大，你一个人都不好上下。第二，房子大点你住着也舒服，以后我去看你也方便。"

"可是那是给你结婚用的。"

"我们单位以后可能还会分房，现阶段我一个人，住老房子也够了。"马烁说道，"就算以后单位不分了，我需要换房的时候把老房子一卖，当个首付，也都不是问题。"

"哥，对不起……"马优悠低下头，又开始自责了。

"我和你说实话吧，"马烁看着马优悠的样子一阵心痛，决定趁这个机会把话彻底说开，"我觉得以后我努努力还能换个好点的房子，所以先紧着你来。而且我过得好不好，结不结婚，和你，还有咱家房子一点关系也没有。结婚是要遇到喜欢的人、合适的人，不是为了结婚而结婚，更不是为了传宗接代而结婚。这不都是你的观点吗？怎么现在你也站到催婚那边去了？如果你觉得因为你需要照顾才耽误了我的婚姻，那我告诉你，这不是你的问题，这是我的问题。"

马烁顿了顿，继续说道："是我当初没有勇气面对这些事情，也没有能力解决这些问题，所以选择了逃避，以照顾你的名义逃避。我不知道有些事情是逃不掉的，我只顾着自己逃了，没想到将它们背到了你身上，让你委屈了这么久。我是个不称职的哥哥，我向你道歉。"

马优悠愣住了，不知道该怎么回答，她咬着嘴唇，脸颊憋得通红。

"这两年一直是你在治愈我。优悠，你比我坚强。"马烁停住了，他的喉咙上下动了动，然后缓缓说道，"是你挽救了咱们家。"

"抱抱！"马优悠伸出双臂。

马烁从窗边的椅子上站起身，缓缓走到床边，轻轻揽住马优悠。马优悠紧紧抱住他，就像抱住一棵大树。

"就算我去住新房，老房子你也要收拾出来。"马优悠闭着眼说道。

"嗯，明天我就让收家具的上门。"

- 39 -

第二天下午5点，马烁把家里的所有贵重物品都翻出来了，其中竟然还有一块早已停走的欧米茄手表，表盘乌蒙蒙的，皮表带已经糟透了。马烁看着表盘上"SPEED MASTER"的英文名字，还有三个小盘，认出这是一块超霸。

马烁摩挲着这块手表，他听妈妈说过这是姥爷年轻时公派去欧洲，花了五百块钱买的，五百块钱在当年可是一笔巨资，足够一个普通家庭生活两年了。

马烁没见过姥爷，只知道他抛弃了姥姥、舅舅和妈妈，跑国外去了。于情，马烁并不想要姥爷的破手表。他妈妈说过，姥爷和姥姥结婚不是心甘情愿的，大概就是觉得姥姥配不上他吧，他甚至从来没抱过舅舅和妈妈。所以他逃跑了，逃得那么着急，连手表都忘了拿。

马烁不知道姥爷是否还活着，但他记得姥姥一直戴着这块表，直到她去世前几天才传给妈妈……

想到这里，一个念头闪过。

姥姥是煤气中毒去世的，她在煤气中毒前把手表给了他妈。

难道她知道自己会煤气中毒？

马烁看着手表陷入沉思。难怪爸爸妈妈从来没有质疑过姥姥的死因，也许他们一直知道，甚至和舅舅一同答应了姥姥最后的哀求：结束她那早已失去尊严的生命。

这是犯罪吗？

他要去三亚的养老社区，把颐养天年的舅舅和舅妈带回来，打开这段尘封已久的、不堪回首的往事，让他们接受法律的审判吗？

如果他不这么做，他又有什么立场去审讯靳巍呢？

他的整个大脑都被那个问题塞满了：姥姥究竟是怎么死的。

没过一会儿，收家具的老两口上来了。老头披着脏兮兮的破棉被，把那些造型过时的旧家具系在后背上，然后猫着腰背出去。老太太双手套着拉环，拉环的另一头固定在家具的腿脚上。她提着拉环，既可以帮老头保持平衡，又能帮他分担点重量。

看着老两口相互扶持的样子，马烁忽然心生感慨，他们就是彼此的世界，确切地说，更像是一种相互依靠的共生关系。倘若一个人走了，另一个人也失去了活下去的能力。

这时武桐打来电话，说是有好消息。

"周一上午老梁要听报告。"武桐说道，"刑侦总队今晚要先过一遍，老蔺让我现在就过去。"

"刑侦总队？"

"是啊，刑总来了个新队长，事无巨细，什么事都要一根杆子插到底。"武桐说道，"之前他们都说这个新队长是空降下来的，不懂业务，所以很多人都不拿他当回事。"

"然后呢？"

"不拿他当回事的人都摊上事了。"武桐一笑，"所以今晚又得麻烦你照顾江临了。"

"要不我去吧？"马烁说道，"大周末的，你多陪陪他。"

武桐拒绝道："等周一你再去。"

武桐知道刑侦总队搞预演的目的，为了避免正式报告时被局长梁安治发现问题，他们要先集合总队的业务骨干过一遍报告，从各种刁钻的角度找问题，甚至到了鸡蛋里挑骨头的程度。只有经过这番锤炼，正式向梁安治汇报时他们才能心里不慌。这也是新任队长的个人风格，而前任队长则恰恰相反，被大家戏谑为手里攥张手纸都敢上台发言。

可想而知，今晚的预演会多么残酷。武桐不想让马烁经历这些，因为她发现马烁有点缺乏自信心，而这个过程最容易打击自信心。

－ 40 －

武桐去刑侦总队开会，马烁带着江临去玩攀岩。精神放松下来，姥姥死亡的疑云重新浮现在他眼前。他从口袋里掏出那块超霸手表仔细观察，除了自然老化的痕迹，这块手表保存得相当好。

老妈到底是怎么说的？是说姥姥去世前给她的，还是去世前两天给她的？他知道自己永远都不可能真正想起来了。就像他姥爷究竟为什么抛妻弃子，他也永远无法知道真相，他只能选择是否相信老妈的故事，或者已经患阿尔茨海默病的舅舅还有另一个版本的故事。

姥姥瘫痪了十年，这一点他记得非常清楚，因为老妈无数次强调过这个数字。一个瘫痪十年的人，她的家庭会变成什么样？他想起靳巍说的，瘫痪是最可怕的疾病，因为——

"别的病消耗的是生命，而这个病消耗的是亲情。得了这个病，你活得越久家人就越讨厌你，暗地诅咒你赶紧去死，有些不堪忍受的家属甚至会制造一场意外，结束病人毫无尊严和质量的生命……"

他想起小时候去过舅舅家，他依稀记得舅舅家住在平房里，房间里有一股呛人的味道。姥姥躺在床上，一个婴儿在她身上爬来爬去，那是他的表弟。每到表弟要爬远，她就用唯一能动的左手把他扒拉回去。她的左手戴着那块手表。她只有左手能动，所以应该是舅舅或者舅妈给她戴手表的。十年，三千六百多天，七千两百多次。

他自己有这样的耐心吗？他不知道。

他接着想到，如果瘫痪十年的是他的妈妈，当她哀求自己帮助她结束痛苦的生命时，他会怎么做？他会拒绝吗？他会一直拒绝吗？也许终有一天，他也会答应这样的要求。但是如果瘫痪的人无人可以托付呢？如果她是个孤寡老人呢？谁会愿意为了帮她解脱，甘愿背负杀人的罪名呢？

马烁用力摇了摇头，想要把这个念头赶出脑海。

说起来很久没有和舅舅联系了。上次还是在父母的告别会上，见到了已经变成老人的舅舅和舅妈。想到这里，马烁拿出手机，找到了表弟的手机号，也不知道他现在还用不用这个号码，权且试一试吧。

电话接通了，但马烁一下子紧张起来。

"烁哥！"一个男人的声音响起。

马烁松了口气，说道："你在哪儿呢？"

"我在家呢，带孩子呢。"表弟说道，"有啥事啊哥？"

"没事，我舅和舅妈呢？也在家呢，还是在海南呢？"

"一直在海南。咋了，你找他们有事啊？"虽然表弟语气很亲切，但一直在追问他打电话的意图。马烁忽然想起小时候总能听到的一句京剧："我家的表叔数不清，没有大事不登门。"

"没事。"马烁说道，"我这不是装修房子吗？找到一块老手表，我想这应该是你奶奶留下来的物件。想给你爸送过去，给他留个念想。"

"噢——"表弟拉了个长音，"那应该是我奶给我姑留下的吧。"

"对。"

"行，你直接和我爸联系吧。"表弟说道，"他不是有点老年痴呆嘛，他要是说不要或者说不利落话，你就留着吧。"

"行。你最近怎么样？"马烁随口问道。

"也还行吧……"表弟勉强地说道，"平时下班了跑跑网约车，贴补一下家用，反正还算过得去吧。我表妹怎么样了？"

"恢复得不错。"

"那就好。"

接下来两人都没话了。沉默了一小会儿，表弟客套地邀请马烁有时间过去看看孩子，马烁答应了，然后两人结束了通话。

这时武桐发来信息："你们吃饭了吗？"

"还没。"

"你们过来找我吧。"武桐发来一个定位，在刑侦总队旁边的胡同里。

马烁带着江临走进胡同里的东北菜小饭馆，看到武桐坐在窗边，一副心事重重的样子。桌上摆着三盘菜，熘肉段、地三鲜和青椒干豆腐，空气中弥漫着诱人垂涎的香气。

"这么快就预演完了？"马烁问道，接过江临递过来的酒精湿巾擦手。

"是啊。"武桐点点头。

"不顺利？"

"不，很顺利。"

武桐给江临的碗里夹了几块熘肉段，江临乖乖吃了起来，嘴里发出咔嚓咔嚓的酥脆声音。

"那你愁什么？"马烁也忍不住夹了一块熘肉段塞进嘴里，果然好吃。

"就是太顺利了。"武桐探过身子，"而且我总感觉主持预演的那个家伙不怀好意。"

武桐是个非常职业的人，一向公事公办。马烁从她嘴里听到这样的话，知道情况只可能更糟糕，于是大脑飞快运转起来："那人是谁？"

"二组组长，姓孙。"

"孙贺？"马烁眼中射出光芒。

"你认识他？"武桐皱眉道。

"当然。九年前我们那个案子，那家伙是调查组成员。"马烁小声说道，"我记得很清楚，他在审我的时候，总是有意无意引导我往抓捕时打伤嫌疑人的方向上说。我当时还以为他是为了保护我们，后来我才知道上面已经决定验尸了，如果我当时说谎，我们早都被开除了。"

"所以你觉得他是故意的？"武桐也压低了声音。

"是啊，他很清楚调查组来审我们的目的就是看我们有没有悔过，如果老实交代就放我们一条生路。既然如此，他为什么还要往死路上带我们？"

"你们得罪过他？"

马烁耸了耸肩，说道："我肯定没得罪过他，但是我搭档就不好说了。他那时候号称未来之星，你懂的，很狂。"

"敢作不敢当，算哪门子狂？"武桐撇了撇嘴，接着问道，"后来呢？你搭档说谎属于对抗审查，他怎么逃过一劫的？"

"调查组组长把他说谎的审查材料换掉了。"马烁说道，"可能是爱才吧，具体情况我也不知道。"

"调查组组长？"武桐沉吟了一下，习惯性地用刑警思维质疑道，"替换材料可不是小事，你是怎么知道这些的？"

"那个孙贺在四处吹风。"马烁说道，"孙贺审的我们俩，审查材料就是他整理的，但是最终审查报告上的材料被替换了，他肯定一眼就能看出来。能接触到这些东西的就那两三个人，谁换掉的不是一目了然嘛。但是当时结果已经定了，他也不能明着去翻案，只好四处吹风，说调查组组长徇私舞弊。"

"你认识那个组长吗？"

"我不认识。"马烁摇了摇头，"好像姓金……"

"金什么？"

"不知道。但他是刑总的人，这个我知道。"

"刑总姓金的……"武桐打开手机OA系统的名册，找到刑侦总队，搜索关键词"金"，很快显示没有结果。

"我是不是记错了？"马烁迟疑道。

"没有，"武桐看着马烁，"以前确实有个姓金的。"

"然后呢？"

"他就是持枪拒捕、杀害你搭档的那个黑警。"

- 41 -

武桐这句话好像一道闪电，劈到了马烁的头顶。

过了好半天，他才缓过神，看着桌上的熘肉段，已经一点胃口也没有了。

"他俩之前认识，这件事就没人查过吗？"马烁眼中迸发出火焰。

"我不知道，我没权限查阅这个案子。"

"那你怎么知道他姓金……"马烁的声音都在颤抖。

"全世界就你不知道吧。"武桐说道，眼中流露出同情。

"对。"马烁闭上眼睛，这时他感觉一个软乎乎的东西爬上了他的手背，他睁开眼睛，看到江临睁着大眼睛望着自己。"叔叔不要生气。"江临跪到卡座上，然后扑到马烁身上。

"叔叔不生气。"马烁把江临揽入怀里，他转头看向武桐，武桐的眼睛里好像蒙了一层雾气。

"先聊咱的事吧。"马烁平复了一下情绪说道,"孙贺绝对没安好心,他这人一贯流氓假仗义。"

武桐点头道:"他安没安好心先放在一边,他既然想看咱们的笑话,就说明我们工作有漏洞。"

"对。"

"先吃饭吧。"武桐扳开扣在一起的两碗饭,递给马烁一碗,"等会儿把他送回去,咱们再回队里加个班。"

"我去吧。"马烁看了看身边的江临,"江临今天晚上回家好好陪妈妈,叔叔周一早上送你上学。"

"真的?"江临两眼放出光来。

马烁把武桐母子送回家,然后开着武桐的车返回队部。他把车停到一个路口之外的社会停车场,然后步行前往队部。

空气冰冷潮湿,看来又要下雨了。马烁抬起头,即便在晚上,也能透过城市的灯光看到天空中又厚又黑的乌云,就像一张张窥探世间的魔鬼面孔。

队部办公楼除了值班室灯火通明,就只有312专案组办公室亮着灯了。看来那三个小伙子还在加班,这种大案对于每个实习警员来说都是天上掉馅饼的大好事,所以他们铆足干劲加班加点也是正常的。

马烁推开房门,却看到焦闯坐在里面。

"他们吃饭去了。"焦闯脸色通红地说道。

隔着几米远,马烁都能闻到一股浓郁的白酒味道。

"你怎么来了?"马烁问道。

昨天下午,焦闯和武桐进行了短暂的谈话后就回家了。马烁以为焦闯已经退出这个案子了,毕竟考勤风波闹得影响很大,他也不好在武桐亲自督办的专案组待下去。

"我……"焦闯打了个酒嗝,有些尴尬地说道,"就过来看看。"

搞清了焦闯最近神出鬼没的真相,马烁有点同情这个中年男人了。

尤其看到他现在这副失魂落魄的样子，马烁一下子心软了。

"说吧，怎么了？咱们不是搭档嘛，"马烁说道，"至少现在还是。"

"嗯……"焦闯犹豫了一下，"那我说了。"

"说啊，怎么磨磨叽叽的？"马烁笑着从迷你冰箱里拿出两瓶可乐，递给焦闯一瓶，"来，醒醒酒。"

焦闯一口气喝下小半瓶可乐，打了一串嗝，然后说道："我觉得这个案子有点问题。"

"有点问题？"马烁心里一动，他就是回来找问题的。

"咱们往回看，是怎么找到靳巍的？"焦闯提出了一个奇怪的问题。

"啥？"马烁疑惑地看着焦闯。

"我的意思是，咱们是通过证据和线索一步步找到靳巍的，对吧？"焦闯看着马烁说道。

"对。"马烁点点头。

"这个过程没毛病，但是……"焦闯顿了顿说道，"我觉得正是因为这个过程太顺利了，所以咱们忽略了另一个很重要的东西。"

"什么？"

"动机。"焦闯的脸上逐渐浮现出自信，"靳巍杀害张宏和窦勇的动机。"

"是啊。"马烁恍然大悟，他之前就觉得哪里不对劲，现在终于被焦闯一句话点破了。

焦闯见马烁附和自己，立刻来了精神，抓起桌上的笔记本念道："我总结了一些存疑的地方。第一，张宏死亡当晚靳巍远在三亚，有不在场证明。"

马烁并没有反驳，而是向焦闯点点头，示意他往下说。

"第二，靳巍杀死张宏的动机是什么？"焦闯皱起眉头，"杀死张宏的前提应该是张宏已经把酬金付清了，但是咱们调查时发现张宏还有一套房在售，就是他爹和唐氏儿童坠楼的那套房。张宏本人没有急需用钱的迹象，所以卖房的钱应该是给靳巍的。也就是说，张宏还没有付清全部酬金，靳巍为什么要着急把他杀掉？"

马烁又点点头，这次他是诚心实意地赞同焦闯了，这确实是个很重要但是又被忽略的疑点。

"而且就算要杀，为什么不伪装成自杀，还要嫁祸给鲁娟？他难道不……"焦闯翻过页，继续念道，"知道谋杀案会加大他暴露的概率吗？"

"你说得对。"

焦闯挺直了腰板儿，眯着眼睛快速念道："靳巍的外卖背包里找到的那些药剂足够杀死六个人，我们虽然不能确定他总共杀了多少人，但肯定不少。靳巍总不能把这些人的家属也全杀一遍吧。"焦闯指着笔记本说道，"而且，张宏和窦勇被杀都带着明显的报复意味，靳巍对他俩不应该是这种心态。我解释一下，这两个人一个是从自己家摔下去，一个是摔到矿坑里，都是摔死的。而张全友和唐氏孩子也是摔死的，所以，我觉得这个有可能是报复，以彼之道还施彼身那种。"

说到这里，焦闯抬起头看向马烁，马烁不住点头。

"所以我判断，这两个人的死有可能和靳巍没有关系。"焦闯总结道。

"我忽然想起件事。"马烁两眼放出光来。

"那你说吧。"焦闯靠到椅背上，一口气喝完剩下的半瓶可乐。

马烁在白板上写了个"余"，然后指着它说道："我忽然想起来，同样作为死者家属的余诗诗，也受到了骚扰和威胁，对方甚至破坏了她家的安全锁，但威胁她的肯定不是靳巍。"

"因为周二夜里靳巍去找她了，也没有伤害她，"焦闯立刻接口道，"而且靳巍是在预料到余诗诗有可能出卖他的前提下依然没有伤害她。"

"对，与此同时，余诗诗还在替靳巍遮掩罪行，"马烁说道，"尽管她这么做也是替自己遮掩。"

"没错，所以威胁余诗诗的另有其人，"焦闯点头道，"而这个人的行事作风符合杀害张宏和窦勇的凶手特征。"

"如果咱们的推测成立，那么真凶也那么凑巧是白头发吗？"马烁问道。

"那就不一定了，有可能也是为了陷害靳巍。"焦闯说道，"这就是我一开始说的，有人在制造各种证据和线索把我们引向靳巍。还有个疑点，我认为靳巍应该是没有同伙的，否则你把他抓回来之后，他的同伙有足够的时间去处理掉那个外卖背包。"

马烁吸了口凉气，如果焦闯分析得没错，那么远在三亚的靳巍就不可能是杀害张宏的凶手，也就是说他们一路跌跌撞撞，又回到了原点。更要命的是，另一个杀人狂魔还逍遥法外，随时会制造新的杀戮。

"厉害！"马烁对焦闯竖起大拇指，"姜还是老的辣，服了！"

焦闯疲惫地摆了摆手，没有说话。

"你是早就发现有纰漏了吗？"马烁从烟盒里拿出一支烟，递给焦闯，然后给他点上。

焦闯闭上眼睛用力吸了两口，把自己隐藏在烟雾后面。

"早也没想得这么清楚。"焦闯低声说道，"虽然有点怀疑，但那会儿心思不在案子上，我也是今晚才认真想的。"

"今晚？"

"嗯。"焦闯睁开眼睛，看了一眼马烁，"我们有个圈子，经常聚会，今天晚上也有个酒局。"

"噢。"马烁点了点头，焦闯一看就是从聚会上回来的。

"喝酒的时候，有个支队的老大哥随意聊起周一你们的汇报会，说武桐要出洋相了。我问他怎么回事，他就说今天武桐去刑总做预演，被主持预演的孙贺发现了纰漏，但孙贺憋着不说，他要等周一正式汇报的时候再发难，让你们在梁局面前下不来台。"焦闯说完又抽了一口烟，"我就想这事得和武桐说，但我又不能这样直接找她，说我们有个小圈子，喝酒聊你八卦的时候打听到了这个消息。我总得先琢磨琢磨，想出点眉目再去找她说。"

马烁忽然有些感动，更有些愧疚，他不知道该怎么表达，只好转移话题："孙贺怎么总干这种损人不利己的事？他是不是变态？"

"他才不是变态，他精得很。"焦闯缓缓说道，"他十有八九是看上你们这个案子了，想把你们踢出局，他来接手。"

"别老你们你们的，这是咱们的案子。"马烁说道，"昨天下午你和武队聊得怎么样？"

"挺好。"焦闯又吐了口烟雾，把自己的脸遮了起来。

三个实习警员回来后，马烁给他们安排了新的任务：重新捡起那辆套牌的黑色SUV，调查那辆车的行驶轨迹。这是他们唯一接近真凶的可能性了。

"还有个可能性。"马烁说道，"但我也不保准。"

"说说看。"焦闯大口吃着馄饨。

"张宏的手机一直没找到，我想可能被原地拆解了。"马烁说道，"可就算手机没了，通话记录和聊天记录也是能恢复的。他们三个看过了张宏登记过的所有社交软件的通话和信息，也没有找到任何有价值的东西。"

三个实习警员一起点头。

"所以他是怎么和那个人联系上的呢？"马烁问道。

"见面？"一个实习警员说道。

马烁摇了摇头，说道："可是那个人通知他鲁娟和王文佳已经回家，肯定是远程通信的。"

"那你觉得呢？"焦闯问道。

"我们只查了社交软件，还忽略了一个灰色地带。"马烁顿了顿说道，"手机游戏。"

三个实习警员的眼睛瞬间放出光来，焦闯更是喊了起来："你不早说？"

　　"我也是刚想到的。"马烁对实习警员说道，"去查下张宏的微信和支付宝，看看有什么手游消费记录，如果在应用市场里找到游戏下载记录就更好了。"

　　十分钟后，实习警员回来，答复什么都没查到。

　　"鲁娟呢？放回去了吧？"马烁问道。

− 42 −

　　马烁再见到鲁娟，发现这个女人好像老了二十岁，花白的头发像一蓬干草，脸上全是皱纹，眼角掉下来，腰背更是塌得不成样子，完全没有了第一次见到她时那种风韵和美感。

　　马烁看她情绪萎靡，于是直奔主题，问她知不知道张宏生前玩不玩手机游戏或者网游。鲁娟看着马烁和焦闯，眼睛深处射出怨毒的寒光。但她不敢得罪两人，因为她还住在她和张宏的家里，这个房子可能随时会被警方没收。

　　"你放心，我们不是来找你麻烦的。"马烁说道，"但是作为被害人家属，你有义务配合我们的调查。"

　　听到"被害人家属"五个字，鲁娟好像恢复了一点儿生气。她确实出轨了，张宏确实要和她离婚，她也确实签署了离婚协议，但两人终究还没有离婚。张宏没有家人了，如果没人主张，那么她就有可能作为家属继承张宏的遗产了。她的背稍稍挺直了一点，然后说道："谢谢警官。我一定配合。"她想了一会儿又说道，"我记得我老公玩一个塔防游戏，叫什么方舟。"

　　"《明日方舟》？"实习警员问道。

"对。"

"不是这个游戏。"实习警员看向马烁，"这个游戏虽然是网游，但是玩家之间不能在线交流。"

"还有其他游戏吗？"马烁问道。

"还有……"鲁娟困惑地挠了挠额头。

"近两个月开始玩的，有没有？"马烁提示道。

"噢！"鲁娟说道，"有个《奇迹MU》私服的手游，他好像玩过一阵。"

"什么时候开始玩的？"

"二月份吧。"鲁娟说道，"我还奇怪他怎么又玩上《奇迹MU》了，二十年前的老网游了，我上初中那会儿玩的。"

"哪个私服？"马烁问道。

"这就不知道了。"鲁娟摇了摇头，"不过有一点我能肯定，就是他没在这上面充过钱。"

"你怎么能肯定？"焦闯问道。

"因为他玩了一个多月，我看还只有三十多级。"鲁娟说道，"如果充钱了早就装备齐全了。"

马烁和焦闯对视了一眼，这个《奇迹MU》私服很可能就是张宏和那个人交流的渠道。一个随时会关闭的私人服务器，想找到它简直是大海捞针，再没有比这个更理想的聊天工具了。

一下子石沉大海，焦闯又开始发愁。他看到马烁似笑非笑的样子，于是问他在高兴什么。马烁告诉焦闯，那个家伙自作聪明，结果聪明反被聪明误。

"他以为找个游戏私服我们就没办法了，"马烁说道，"他忽略了一件事，张宏找到那个私服一定是扫邀请码的。"

"什么意思？"焦闯问道。

"打个比方，你从北京站坐地铁到西直门，我从东直门坐地铁到西直门，那么咱俩同时坐到一个车厢里的概率有多大？"马烁问道。

"这是脑筋急转弯吗？"

"正常能力测验。"

焦闯认真想了想，回答道："几乎没有吧。"

"如果一定要坐到一个车厢里，有什么办法呢？"马烁又问道。

焦闯又想了想，说道："除非之前电话联系好，我在哪趟车、哪个车厢，然后你在东直门站等我那趟车，上我的车厢。"

"对，邀请码就相当于能让我找到你的电话。"马烁说道，"张宏要用这个邀请码才能下载游戏程序，然后登录到那个服务器。"

焦闯点了点头，问道："所以呢？"

"所以你一般都用什么扫一扫？"

"微信啊。"焦闯恍然大悟，"我们一直没查张宏微信的扫一扫！太好了，明天上午我就去网监跟进这件事！"

"凶手处心积虑地把张宏的手机销毁，里面一定有很重要的信息。"马烁分析道，"如果能找到那个游戏私服的数据，也许就离真相不远了。"

焦闯叹了口气，说道："希望真相出来之前，不会再死人了。"

一条新铺设的四车道公路通向无垠的黑夜，渣土车遗撒的黄沙在昏黄路灯下飞舞，形成了一团土黄色的迷雾。公路北侧是刚刚建成的住宅小区，零零散散亮着几盏冷灯；南侧还是一大片建筑工地，黑漆漆的，十分荒凉。交通信号灯刚转成红色，一辆渣土车呼啸而过，卷起的黄沙腾起几米高，一瞬间便淹没了整个路口。这本是个十字路口，因为南北向还没有贯通，交通信号灯存在的意义只是保障南北通行的行人。

夜间几乎没有行人通过，加之这个信号灯周围没有摄像头，因此过往的渣土车司机默认这是个封闭路段，随意闯灯通行。两分钟后，第二辆渣土车呼啸而来，它一边飞奔一边抖落着渣土。它冲过路口后，这团迷雾更浓厚了。

交通信号灯再次由绿转红，卡车轮胎和沥青路面高速摩擦产生的巨大噪声由远及近，又一辆渣土车过来了。

迷雾缓缓散去，车行道的中间，隐约浮现出一个人影。

渣土车快冲到路口时，司机才看到路中间竟然站着个人。他不能紧急转向或者紧急制动，这个速度下，两种操作都会造成失控翻车，那没命的就是他了。他尖叫着抓紧方向盘，轻轻踩下刹车，拼命按汽笛，朝那个人冲了过去。

渣土车冲过路口六十米后才完全停下来，空气中似乎还回荡着汽笛声。司机茫然地跳下车，沿着烟尘滚滚的公路往回走。他打着手电四处寻找，直到照到了一只皮鞋上，他跌倒在地。

所有司机都知道，路面的皮鞋代表死亡。

他似乎听到一些窸窸窣窣的声音，他回过头，看向身后的浓雾，渣土车的双闪灯在浓雾中一闪一闪。

当务之急是通知后面的车队，让他们减速行驶，不要再撞到自己的车。他掏出对讲机，报告自己在红绿灯撞人了。然后他爬起来，点亮手电，沿着隔离带继续往回走。

走着走着，他听到了自己的哭声。

马优悠嘱咐马烁早点儿休息，不要喝太多水，然后结束通话，操纵电动轮椅离开房间。天气好的时候，她在睡觉之前都要到天台上透透气，静心凝神，想想今天发生了什么，做了什么，明天要做什么。

这是她七岁时养成的习惯。妈妈告诉她，这是人严格要求自己的第一步，如果连思想上的自省都做不到，何谈身体上的自律。人只有做到自省和自律，才能成为优秀的人。长大后，马优悠曾经一度丢掉了这个习惯。她认为这只不过是毫无意义的形式主义，而且妈妈自己也从来不照做。直到她住进这里，一开始每天脑子都昏昏沉沉的，什么都不敢想，好像脚下就是万丈深渊，睁一下眼睛就会掉下去。

有一天她来到这个天台，看到了刻在墙上的一句话。

"赶快勇敢起来，不然就会像我一样，软弱自杀。"

她如醍醐灌顶一般，立刻清醒了。她听到脚步声，转过头，看到了徐炳辉。

"你叫马优悠吧？"徐炳辉说道，"我是这里的负责人，我姓徐。"

说完他朝马优悠一笑，露出洁白的牙齿。

"我只是随便转转。"马优悠察觉到徐炳辉担心她轻生，于是说道，"我挺好的。"

"我知道。"徐炳辉走过来，坐在地上，仰头看着她，"我早就想找你聊聊。嗯，关于你哥哥。"

"我哥哥？"

"对。"徐炳辉点点头，"你是个坚强的女孩，我们大家都很佩服你。但你哥哥，怎么说呢，他没有你坚强，而且状态不好。如果继续放任下去，也许有一天，他会……"说到这里，徐炳辉看向天台的边缘。

马优悠听懂了徐炳辉的意思，她艰难地探过身子，说道："徐医生，你能不能帮帮我哥？"

"我们一起。"徐炳辉认真地说道，"可是你要做好准备，因为你要背上更重的担子了。"

"没事，"马优悠说道，两道泪水流了下来，"我就这一个亲人了，我一定能把他救回来。"

马优悠叹了口气，抹掉脸颊的泪水。两年了，她终于成功了。不仅如此，经过这番锤炼，她也变成了更坚强的人。她捡回了每日自省的习惯，这让她活得更有目标，也更有动力。

她看到了一个女人，那个女人穿着得体的工装，像是这里的员工。女人也看到了她，朝她招了招手，然后走过来。

"你好，"女人自我介绍，"我是这里的新员工，我姓余，叫余诗诗。"

"你的名字真好听。你还没有下班吗？"马优悠问道。

"我住在这里。"余诗诗笑着说。她已经习惯了别人恭维她的名字，但这个女孩的赞美还是让她甜到了心里。

"你也喜欢这个天台吗？"马优悠问道。

"是啊。"余诗诗迎面吹着风，"在这里吹吹风，什么烦恼都没了。"

"你真厉害！刚一来就发现了这里最好的地方。"马优悠笑道。

余诗诗一笑。她没有告诉马优悠，她早就知道这个"最好的地方"了，她还在墙上刻下了一句遗言呢。

"还没问你的名字。"余诗诗笑着问道。

"我叫马优悠。"

余诗诗一愣，竟然是那个警察的妹妹。

"很高兴认识你，"余诗诗笑着说道，"你的名字也很好听。"

马优悠和余诗诗来到天台的边缘，从这里能远眺市区的夜景，就像一片平原上的银河。

马优悠深深地吸了一口清新的空气，说道："我在这里获得了新生。"

"是吗？"余诗诗眺望着远方，温柔地问道。我也在这里获得了新生呢，她在心里说道。

"哪个女孩子也不想自己变成这样，对不对？"马优悠忽然问道。

余诗诗看向她，她脸上还挂着笑容，余诗诗稍微放下心。

"可是我也有了很多别人没有的东西。"马优悠接着说道，"我哥哥以前就是个笨蛋。但他现在是最好的哥哥。"她叹了口气，看向远处璀璨的灯火，"我也不知道这样交换值不值，但我至少看到了生活中美好的部分。"

生活中美好的部分。余诗诗想起父母在电话中向她忏悔，想起嫂子今天上午卖掉了门市房，下午就把钱打到了她的账户上。她想起了徐炳辉，在经历上周末的疯狂之后，他似乎又变回了那个克己绅士的男人。他给她一张银行卡，里面有一百万。她不在乎钱，她在乎人在乎她。

她想起那个男人，他现在在哪儿？他还好吗？

"生活没有值不值。"余诗诗缓缓说道，"我们没有智慧去评判生活的价值，更没有能力索取额外的东西。生活也不会因为我们的祈祷就变得仁慈。但是无论生活变成什么样子，发现它的美好是我们能争取到的唯一的乐趣。"

"姐姐。"

"嗯？"

马优悠仰起头，看着余诗诗说道："谢谢你来这里工作。"

送马优悠回到房间后，余诗诗回到自己的公寓，一套装修精美、有中央空调和新风系统的一室一厅。面积虽然不大，但整洁温馨，她一个人住刚刚好。

一切都在朝着好的方向走，但她心里总有一根刺扎着。她担心这一切只是生活折磨她的另一个恶作剧，甚至每次手机铃声响起，她都会心惊肉跳。

手机铃声猛然响起，她吓得闭上了眼睛。过了好一会儿，她才睁开眼睛，看到屏幕上"马警官"三个字。

"这么晚打扰你了，"马烁说道，"事关你的人身安全，我想和你见面。"

"现在吗？"

"对，"马烁说道，"你还在凯宾斯基吗？我去找你。"

余诗诗刚想说自己在康养中心，忽然想起来马烁的妹妹也在这里。她本能地意识到不应该告诉他，于是说道："我不在那里了，要不我们约个地方吧。"

"好，你发个地址给我。"马烁说道，听筒里同时传来了关车门的声音。

- 43 -

　　马烁摩挲着坑坑洼洼的咖啡桌，原来用坏木头打出来的物件也可以有别样的美感。咖啡桌上躺着一只粉色的玩具熊，它的真实身份是个桌牌。刚才焦闯抱着它走上楼梯的时候，马烁忽然联想到了《这个杀手不太冷》里让·雷诺抱着仙人球的样子。

　　焦闯挤在狭小的椅子上，身体朝向窗外，一副游离在谈话之外的状态，这样可以避免给坐在对面的余诗诗造成更大的压迫感。

　　余诗诗缩在墙角，低着头，双手搂着抱枕。

　　"有两个人死了，他们有个共同点，就是都托付靳巍杀了自己的亲人，然后他们被以同样的方式杀了。"马烁尽可能温和地说道，"我们担心你是下一个目标。"

　　余诗诗就像雕塑一样一动不动。

　　"可能永远不会有证据证明你丈夫死于谋杀，"马烁继续说道，"但是咱们都清楚你现在的处境很危险，而你……"

　　余诗诗像是受到召唤一样抬起头，看着马烁。

　　"而你会拒绝承认这一点，因为只要你承认了，就等于变相承认你和另外两个死者一样，都托付靳巍杀害了自己的亲人。"马烁转头看了眼焦闯，继续说道，"我们本来也可以装作什么都不知道，暗中监视你，拿你当诱饵去钓那个凶手，但我们不想这么做。所以我们来见你，就是想告诉你，你现在的处境很危险。"

　　余诗诗还是像雕塑一样，但马烁注意到她抓着抱枕的手更用力了。

　　"如果我推测得没错，你丈夫应该是被惊吓诱发心脏病而死。"马烁说道，"当然，吓死一个严重心脏病患者并不难，也许忽然一个噪声都能诱发他的心脏病，接下来只需要把床头的救命药扔到床底下，他就死了。"

余诗诗看着眼前冒着热气的咖啡杯，马烁猜测她会不会把这杯雕着心形图案的花式咖啡泼到自己脸上，可是该说的话还是要说："但是，如果换成是你呢？"他停顿了片刻，把余诗诗的目光从咖啡杯转移到自己脸上，"如果凶手也想要活活吓死你呢？你想象一下，每时每刻都有一双眼睛在背后盯着你，随时都可能出来吓唬你，不断变着花样折磨你，你害怕吗？你愿意在这样的恐惧中度过余生吗？"

　　"这不是……"余诗诗清了清嗓子，说道，"如果真有这样的人，这不是你们警察该管的吗？"

　　"你去医院看病，也要和医生说你哪里不舒服，否则再高明的医生也治不好你的病。我们也一样，如果你不配合，我们就无能为力。"马烁加重了语气，"而且我也可以告诉你，警察不可能随时随地保护你。"

　　"我说两句。"焦闯忽然瓮声瓮气地说道。

　　马烁往后靠在椅子上，把C位让出来。

　　"十年前我办过一个案子。"焦闯直眉瞪眼地盯着余诗诗，"老公装神弄鬼吓唬老婆，五年，最后把老婆整到精神病院去了。真的，好好一个人，生生给折磨疯了。"焦闯伸出手掌，比画了一个五。余诗诗看着焦闯的手，直到她的眼中流露出恐惧，焦闯才缓缓把手放下。

　　"如果一个人每天疑神疑鬼，精神很快就会崩溃。"焦闯说道，"老实说以前我也不信，因为我上学那会儿老师教的是精神病是遗传病。但是自从那以后我就彻底改观了，人是能被吓疯的，那真的比杀了她还痛苦。"

　　"所以你们也来吓唬我是吗？"余诗诗颤抖着质问道。

　　"我们只想让你知道事情的严重性。"马烁郑重地说道，"而且你也很清楚我们说得对不对，到底有没有人威胁你。"

　　"你们能帮我吗？"余诗诗问道。

　　"可以，前提是你配合我们。"马烁说道，"我们抓到那个人，你的危险也就解除了。"

　　然后呢？余诗诗没有问出来，她已经从这两个男人的脸上看到答案了。你们想利用我抓到那个女人，然后就轮到我了。你们会让那个女人告发我谋杀了我的丈夫，就算找不到证据，你们也一定会编造别的罪名抓我。你们这群浑蛋，你们不敢抓真正为非作歹的人，比如毁了我一辈子的婆家人，就只敢欺负一个被折磨了十几年的女人。

你们就那么见不得一个女人逃离虎口吗？就非要置她于死地吗？你们就只有这个本事了！余诗诗心里翻起惊涛骇浪，她双手紧紧攥住抱枕，否则下一秒就会抄起杯子朝这个道貌岸然的男人脸上砸过去。

你们休想毁掉我现在的生活，我前半辈子受了那么多苦，这都是我应得的。想到这里，余诗诗冷冷地说道："对不起，我不知道你在说什么。"

马烁和焦闯同时叹了口气。

"你们是警察，抓坏人是你们的事，不是我的事。"余诗诗站起身，"我现在过得很好，也没有人威胁我。很抱歉帮不上你们。"

说完这些话，余诗诗便快步离开了。

焦闯拿起手机："赵儿，目标出去了，你们盯住。"

"你觉得她能把凶手钓出来吗？"焦闯问道。

马烁沉默了片刻，忽然问道："凶手怎么知道她委托靳巍杀了她丈夫？你不觉得凶手好像在看着靳巍作案一样吗？"

焦闯搓了搓胡楂儿，若有所思地说道："你这么一说，还真是。"

"我早该想到！"马烁打了个响指，"凶手肯定和康养中心有关系，所以他知道窦勇和余诗诗的事情！"

"是他们。"焦闯掏出笔记本和笔，纠正马烁的措辞。根据他们在大同调查的发现，杀害窦勇的是个二人团伙。

"对，他们。他们要对付的人是靳巍。"马烁摸着桌面的疤痕说道，"他们用这种方式揭露靳巍的罪行，同时制裁了杀害亲人的窦勇和张宏。"

"以彼之道还施彼身。"焦闯点头道。

"先是窦勇。他们把窦勇弄到煤海巨坑，就是为了逼问张宏的事情，然后他们杀了窦勇。"马烁想了想说道，"这时候他们还没打算揭露靳巍的罪行，因为他们给了窦勇两万块钱，让窦勇告诉家里要外出打工半年。"

"对，"焦闯说道，"就算发现窦勇失踪，也是半年以后的事了。"

"但是张宏又不一样了。"马烁说道，"他们故意把嫌疑引到鲁娟身上，就是想让我们介入。"

"他就那么信任咱们不会冤枉鲁娟吗？"焦闯摇了摇头。

"我猜他还有后招，"马烁分析道，"一旦我们公布了鲁娟是凶手，他就会跳出来打咱们脸。"

"还他妈是个反社会人格。"

"他们找上余诗诗的时间和张宏差不多，甚至还早些，但他们并没有直接杀掉余诗诗，更多是把折磨她当成一种乐趣。"马烁说道，"比起窦勇和张宏，他们对余诗诗好像有强烈的报复欲。"

"是针对靳巍的。"焦闯很确定地说道。

"为什么？"

"因为靳巍的杀人动机是出于对死者的同情，"焦闯掰着手指头说道，"无论是他妈还是那个瘫痪老太太，甚至是窦勇的儿子。你仔细想想，他并不是想让窦勇解脱，他是想让那个孩子解脱。但余诗诗不一样，靳巍是因为同情她才帮她杀了老公，所以余诗诗可能和张宏一样都是计划外的行动，只不过一个是主动帮忙，一个是迫不得已。'反社会二人'组发现了靳巍对余诗诗有不一般的情感，于是拿余诗诗撒气。"

"你确定他有不一样的情感？"

"男人对女人的情感不一定是男女之情。"焦闯瞧着马烁，"有时候，一个男人就是莫名其妙想照顾一个女人，不求回报，也没有非分之想。"

马烁揉了揉脸颊，焦闯说的这两句话让他脸上有些发烫。

马烁坐在主审座位上，焦闯靠在他身后的墙边。靳巍被看守人员带进审讯室，他表情平静，朝两人点了点头。

"余诗诗失踪了。"马烁开门见山地说道。

靳巍愣住了。

"我们今晚找余诗诗，但她手机关机。我们去了凯宾斯基，她的行李还在房间里，但是人已经不见了。"马烁继续说道，"她最后出现在监控里是晚上8点，接了个电话，和两个男人离开了酒店。"

"啊！"靳巍忽然意识到自己的反应不对，立刻遮掩道，"我不认识她……"

"窦勇被人从好几十米的山顶上扔下去，全身骨头摔断，最后被活活饿死了。"马烁打断了靳巍的话，"张宏被人灌了迷药，从三十三层扔下去，摔成了肉饼。现在轮到余诗诗了，你还想等到什么时候？"

靳巍呆滞地看着马烁，嘴唇微微张开，像一条搁浅的鱼。

"你帮助余诗诗杀了她丈夫，是想帮她脱离苦海。"马烁探过身子，盯着靳巍的脸说道，"有人看不惯你的做法，但是他们没去找你，而是去找你帮助过的人，把他们挨个儿干掉，然后你所做的一切就都失去了意义，只剩下罪孽。"

靳巍抖了一下，眼睛也回过神来，他被这句话击中了。

"告诉我，谁在盯着你？"马烁问道，"两个男人，一个年轻，一个中年，他们知道你是白头发，他们还套了康养中心的车牌。他们是谁？"

"我不知道你在说什么。"靳巍摇头道。

"他们给余诗诗发短信，说他们知道你帮她杀了她丈夫。"马烁提高了声调，"他们还要和余诗诗交换秘密。告诉我，是谁？"

"我真的不知道。"

"那两个人是冲你来的！你和谁有仇你自己不清楚吗？快说！"马烁吼了起来，"别让一个女人当你的替死鬼！"

"两个男人？"靳巍闭上眼睛，"我真的不知道！"

"谁知道你杀了这些人？"

靳巍猛地睁开眼睛，眼神已经恢复了平静："我不知道你在说什么。"

"窦勇的儿子，张宏的父亲，还有余诗诗的丈夫。"马烁继续紧逼。

"我只见过一次窦勇和他的儿子，另外两个人我都没有见过。"靳巍面无表情地回答道，他逃回了自己的壳子里。

"余诗诗现在就在他们手上。"马烁盯着靳巍的脸吼道，"你怎么对待她的丈夫，他们就会变本加厉地对待她。别耽误时间了！"

靳巍的身体又抖了一下，他压抑着情绪，依旧面无表情地回答道："我很想帮你们，但我什么都不知道。"

马烁冷静下来，他审视着靳巍许久，缓缓说道："你妈和陈桂芳你都认了，为什么他们三个你就非不认？"

靳巍惨然一笑，回答道："因为我没做过。"

马烁按下按钮招来看守人员，吩咐道："把他带到禁闭室。"接着他站起身，居高临下看着靳巍，说道："等我们找到余诗诗，我会带你一起去，让你亲眼看看她是怎么死的。"

靳巍艰难地绷住脸，缓缓说了一句话："那是你们的耻辱，不是我的。"

两个看守人员架起靳巍，就像架着一副梯子，离开了审讯室。

- 44 -

审讯室的门缓缓关上，空气似乎还在激荡着。

"他扛不过一天。"焦闯吐了口气，说道，"你真是个演员。"

两人来到隔壁观察室，实习警员在大屏幕上播放刚才审讯的视频。

"停。"焦闯让实习警员在靳巍睁开眼说出"我不知道你在说什么"的地方暂停，然后命令往回倒带，直到靳巍闭上眼睛说"我真的不知道"停止。

"播放。"焦闯说道。

屏幕上播放着马烁审讯靳巍的情景，马烁把靳巍逼入绝境，接着靳巍闭上眼睛说出"我真的不知道"，又过了几个回合，靳巍睁开眼睛，说出"我不知道你在说什么"。

"停！"焦闯说道，"他再睁眼的时候，就决定要说假话了。"

"你怎么看出来的？"马烁问道。

"他之前很慌张，但睁眼之后就不慌了。"焦闯分析道，"他一开始慌张是因为他确实不知道那两个人，更没想到他们抓走了余诗诗。然后他做了一个艰难的决定，放弃余诗诗。因为他不想承认自己杀了窦勇的儿子、张宏的父亲和余诗诗的丈夫。"

"我也是这个感觉。"马烁点点头。

"就像你说的，他都承认杀害自己的母亲和陈桂芳了，为什么死不承认杀了那三个人？"焦闯继续说道，"这是一个疑点。"

"看起来靳巍真的不认识那两个人。"马烁自言自语道，"如果他认识，我在描述那两个人的时候他会有反应，但他明显是第一次听说这个概念。那两个人是干什么的？又是怎么知道靳巍干的这些事？"

"有没有可能是死者家属。"

突击审讯了一次，不仅没有挖到真相，反而疑点更多了。两人沉默地站在监控器前，各自陷入思考。实习警员小赵打来电话，焦闯按下免提："余诗诗打了一辆车，到达了泰谷康养中心，我们在大门外待命。"小赵补充道，"就是之前烁哥找到套牌黑色SUV的那个地方。"

马烁一愣，余诗诗去康养中心干什么？他想起徐炳辉和他说过，余诗诗是他的情人，应该是徐炳辉安排她住进去的。康养中心的安保措施十分严格，余诗诗待在里面按说会安全点。但是如果那两个人也能自由出入康养中心，她的情况反而会更危险，因为盯梢的侦查员只能在外围监视。

"要不要和那个单位打个招呼？"焦闯说道，"让咱们的人进去。"

"我认识康养中心的老板，我直接给他打电话吧，"马烁叹了口气，"但是该怎么和他说呢？"

"实话实说呗，"焦闯说道，"咱还能真拿余诗诗钓鱼？"

"当然不会。"马烁摇了摇头，"可我总觉得哪里不对劲。"

马烁再次陷入思考。焦闯点了支烟，去茶水间端回来一壶早已凉透的咖啡，给马烁和自己各倒了一杯。

"我又想到了一个疑点。"马烁喝了一口凉咖啡，又酸又苦，立刻恢复了精神。

"嗯。"焦闯又拿出笔和本，摆好准备记录的姿势。

"刚才小赵提醒我了，那辆SUV套的是康养中心的车牌。"

"对。"

"那是今年二月份的事。"

"对。"

"但是那会儿靳巍已经去临终关怀中心当志愿者了。"马烁说道，"如果他们针对的是靳巍，应该弄辆他那种面包车，套他的车牌。"

"也可能是之前靳巍在康养中心当志愿者的时候开过那辆SUV，那会儿就被他们盯上了。"焦闯分析道。

"如果是这样，那也说明靳巍和徐炳辉的关系很近。"马烁喝了口咖啡，解释道，"徐炳辉就是康养中心的老板。"

"你怀疑老板也在这里有事？"

"靳巍之前一直在美国留学，他怎么……"马烁眼前一亮，快步冲向门口，"我忽略了一个重要的事情！"

焦闯跟着马烁冲出专案组办公室，追问道："你又想起什么来了？"

"我忽略了一个人！"

焦闯愣了一下："谁？"

马烁一边快走一边兴奋地说道："靳巍的妈妈，靳巍的妈妈住的是平价部！"

"平价部？"

"对！康养中心平价部！说是给普通人准备的，但一般人根本挤不进去！"马烁说道，"我把优悠送进特需部还费了老大劲呢，最后签了个每年保底消费三十万的协议才进去的。"

"三十万？"焦闯咂舌道。

马烁按住值班室的门把手，说道："康养中心流传着一句话，特需部才是给老百姓预备的，毕竟能用钱解决问题。"

"懂了。"焦闯点点头，"现在你打算干吗？"

"查查靳巍的妈妈是怎么回事。"马烁推门进去。

值班室里坐着十几个警校学员，正在熬夜调查靳巍母亲名下的面包车的所有行迹。

余诗诗回到房间里，她疲惫至极，浑身冰冷，于是放了一浴盆热水，倒了花瓣和红酒，然后躺了进去。过了好一会儿，她的身体才慢慢暖过来。这时候她才发现自己已经泪流满面。

她拿起手机，给徐炳辉发了个信息：你睡了吗？

很快徐炳辉给她回了一条：我在书房。

她给徐炳辉打电话，徐炳辉立刻接了起来。

"我被警察叫走了，那个姓马的警官。"余诗诗颤抖着说道。

徐炳辉沉默着。

"那个男人是不是叫靳巍？"余诗诗问道。

一阵长时间的沉默。

"对。"

"警察说他帮助别人杀了他们的亲人，"余诗诗说道，"结果他帮助的人又被别人杀了，警察怀疑下一个被杀的就是我。"

"他也帮助你了？"

余诗诗终于哭了出来，她仰着脸，张开嘴，这样就能让哭声尽快消散了。徐炳辉还是听到了她在哭，他叹了口气。

"你没错，我支持你。"徐炳辉忽然说道。

"呜——"余诗诗想说话，但刚一闭上嘴，哭声就响了起来。

"我送你去国外待一段时间，"徐炳辉说道，"等风声过去了你再回来。"

"好——呜——"

"你锁好门，中心里很安全。"徐炳辉继续说道，"我现在过去找你。"

"你——呜——快点——呜呜——"

"你有没有和警察说什么？"

"我——"余诗诗强忍住哭泣，说道，"我说我什么都不知道，我什么都帮不了他们。"

"你真棒！"

"吴明姝，甘肃张掖人。1990年来到北京工作，她的档案履历不太全，只记录了第一份工作是长城饭店服务员，然后就没有了。社保记录查到她从十八年前开始连续缴纳社保，从公司看应该是人力代缴公司。"马烁盯着电脑屏幕，手指不断滑着鼠标。

焦闯一边嗯嗯应答一边在笔记本上记录。

"她名下有一套房子，93年买的，在方庄，一室一厅。"马烁说道，"现在房子还没过户到靳巍身上。她没有结过婚……"马烁皱起眉头，"非婚生子。也就是说，她和一个姓靳的男人非婚生了靳巍，在92年。"

"男方买的房？"焦闯猜测道，"那会儿方庄的房子也得两千一平了，又没有贷款一说，普通人的工资肯定买不起。她90年来北京，92年生孩子，93年花十几万买房，除非她是富二代。"

"不是，"马烁看了眼屏幕，"她是张掖下面一个村里出来的。"

"93年从大西北农村出来的姑娘，"焦闯摇了摇头，"不用想了。"

"我审讯靳巍的时候，他说过他母亲一辈子不受人尊重，也许和非婚生子有关系，也许单纯就是她的社会地位比较低。所以她是怎么认识徐炳辉的？"

"可能是男方和徐炳辉认识？"焦闯说道，"要不要再把靳巍提出来，问问他知不知道自己的爹是谁？”

马烁在键盘上敲了几个键，过了一会儿，表情忽然凝固住了。

"怎么了？"焦闯发现他的表情有异，凑上去问道。

马烁盯着屏幕，缓缓说道："徐炳辉和吴明姝是老乡。"

"我和靳巍的母亲是老乡。"徐炳辉闻了闻杯中的红酒，又将红酒杯轻轻放到桌面上。

余诗诗裹着浴袍，蜷缩在徐炳辉对面的白色真皮沙发里。她用金质的夹子夹着香烟，这样就不会熏到手指了。

"老乡？"余诗诗轻轻问道，吐了口烟圈，挡住了脸上的表情。

"对。"徐炳辉点点头。

"你猜我想起了什么？"余诗诗又问道。

"那个女人，和她儿子。"徐炳辉拿起红酒杯，一口喝光。

"好像姓吴，对吧？他们去哪儿了？还好吗？"

徐炳辉惨然一笑，说道："其实你都猜到了吧。"

余诗诗点了点头，说道："我记得他们来找你的下个月，游艇俱乐部发来了一笔账单，写着两大一小三位客人用了柴总的游艇。账单原本是寄给董办的，但是我先看到了。"

"是吗？"徐炳辉吃惊地坐直了身体，"然后呢？"

"然后？"余诗诗笑了笑，"我把账单偷走了，碎掉了，然后用自己的钱付清了费用。你不用不好意思，这些钱我都用发票冲回来了。"

"你……从来没和我说过。"

"为什么要说呢？"余诗诗抹了抹嘴角，"我没想到你会杀了她，我只是掩护一个和老家原配偷偷见面的男人，仅此而已。"她换了个坐姿，看着窗外说道，"过了多少年？三年？四年？忽然有一天，我想，操，原来是这么回事。我都干了什么？后来的十几年，每当我夜里睡不着觉的时候，我就会想，也许我这一辈子的苦难，都是对那件事的惩罚。"

"你什么时候想到的？"

余诗诗把目光从窗外移到徐炳辉身上，缓缓说道："在我第一次想杀了我丈夫的时候。"

徐炳辉愣了一下，从茶几上拿起香烟，默默点了一支。他深吸一口，呛得咳嗽起来。

"所以我没资格说你，我也是坏人。"余诗诗又抽了一口烟，然后把烟放到烟灰缸里，"而且，那对母子，他们死了也就死了。那么多年过去了，就算为他们申冤又能怎样呢？但你不一样，你也许会成功，所以我其实是在你身上押了筹码。"

徐炳辉点点头："你能这么说我很高兴。你押对了，我会报答你的。"

"我从来没想过你能回报我。"余诗诗眼中弥漫着雾气，"如果不是今晚，我也不会和你说的。"

"我明白。"徐炳辉感激地点点头。

"你继续说吧，"余诗诗又拿起一支烟，"你的老乡。"

徐炳辉叹了口气，缓缓说道："世上真的没有不透风的墙。我杀了吴小莉母子这件事有三个人知道，你，一个码头管理员，还有吴明姝。她是吴小莉表姑。吴小莉找我之前先在她家住了几天，也对她说了要来找我，后来吴小莉失踪，她就察觉到了。"

徐炳辉顿了顿，继续说道："但她一直没声张，直到三年前找到我，让我帮她安排住院。"

"不，"余诗诗摇了摇头，"不止三个人。"

"什么？"

余诗诗把手机放到茶几上，说道："你自己听吧。"

－ 45 －

"警察找你了？"女人冷冷地问道。

"你怎么知道？你一直监视我吗？"余诗诗慌张地反问。

"看样子你没和他们说实话，"女人自顾自地说道，"否则你就回不来了。"

"你是谁？你真的杀了他们吗？"

"当然。"女人顿了顿说道，"你为什么不向警察告发我？"

"因为你说过，只要我按照你的要求做，你就能放过我。"余诗诗说道，"我会听你的话。"

"好。"女人很满意，"我之前说过，要和你交换一个秘密。只要你把秘密告诉我，我以后就不会再来打扰你的生活了。"

"好，你说吧。只要是我知道的。"

"十七年前，你是徐炳辉的助理。"女人说道，"有一天，一对母子来找他，然后他们一起离开了。你知道他们去哪儿了，对吧？"

"我……"

"你说过会听我的话。"女人冷冷道，"这件事我早就知道了，你不用想着敷衍我。我现在要求你以证人的身份讲出真相，这就是我们的交易。"

"讲出真相……和谁讲……"

"和我，现在。"

"我能考虑一下吗？"

"好，最晚明天早上8点。"女人说道，"如果你拒绝，我会把你和那个男人合谋害死丈夫的真相传回到你老家。"

"能不能再给我点时间。"

"不行。"

徐炳辉和余诗诗对坐着，两人的目光都盯在已经黑屏的手机上。房间里一片死寂，连冰箱启动制冷的声音都格外刺耳。

"她是谁？"余诗诗终于打破了沉默，"是不是柴韵？"

徐炳辉想摇头，但头刚摆到左边就停下了。

"她没理由这么做。"徐炳辉说道，他的声音还是很冷静。

"我该怎么办？她说了，就到早上8点，如果我不告发你，她就毁了我。"

徐炳辉搓了搓脸，说道："连警察都找不到证据，她能玩出什么花样？"

"她不用找到证据，她只要在我老家散布这个消息，我家就完蛋了。"余诗诗说道，"你觉得那些看热闹的人需要证据吗？还是我婆家需要证据？"

徐炳辉思考了良久，说道："让你家人离开那里吧，换个地方生活，不，干脆直接出国吧。我来安排。就当是……对你的报答。"

"他们出国能干什么？靠什么生活？"

"在国内干什么出国就干什么。国外很多华人区的，加拿大，澳大利亚。"徐炳辉说道，"我会给他们买房子，让他们安顿下来。"

以后还可以通过他们帮我转移资产，这笔投资很合适。徐炳辉心里想着，但没有说出来。

"可是……"余诗诗低下头，看得出来她在认真思考这个建议。

"你也一起出去。"徐炳辉温柔地说道，"康养中心很快就要上市，然后我们就财富自由了。我会给你家人买一套很好的房子，再买几个商铺，这样他们就衣食无忧了。你呢，你愿意和他们住在一起也可以，不愿意就自己住。我们生个孩子，你和孩子一起生活。"

"生个孩子……"余诗诗抬起头，眼神空洞起来。

"对，你被那个浑蛋耽误了半辈子。"徐炳辉握住余诗诗的手，"我之所以说他是浑蛋，因为稍微有点良心的人，也不会霸占一个无辜女人十几年，而毫无愧疚之心。好在靳巍把你救出来，他什么也没做错，你也是。你现在唯一要做的就是享受新生活，做一个妈妈吧，孩子会抚平你所有的伤。"

"孩子？"余诗诗喃喃道。

"你还能生孩子，对吧？"徐炳辉微笑着说道，"趁现在一切还来得及。"

余诗诗望着徐炳辉："你想和我生个孩子？"

"对，因为那天你说，我还是你上一个男人。"徐炳辉说道，"你激发了我作为一个雄性的斗志和力量。"

"那我现在怎么办？"余诗诗又低下头。

"第一步，明天一早就把你的家人接到北京，"徐炳辉说道，"给他们办好出国手续，你陪着他们先出国旅游。然后，我们一起想办法把真相告诉他们，你才是这个肮脏家庭的受害者。等你们找到喜欢的地方，打算安定下来，康养中心那会儿也上市了，到时候我们一起买房置业，一切水到渠成。"

"孩子呢？"

"什么？"

"你不是说要个孩子吗？"余诗诗抬起头，看着徐炳辉，"什么时候？"

"随时。"徐炳辉摸着余诗诗的脸，"我们可以先用传统方式，如果比较难，还可以用试管。我都没问题。"

余诗诗攥住徐炳辉的手，说道："我把一切都交给你了，你不要辜负我。"

马烁和焦闯坐在市局传达室的长椅上吃泡面，故意发出很大的声音，值班民警听得不耐烦，打了两通电话催促数据中心的值班员下来接人。值班员进入全市人口登记数据库，这个数据库连接着全市所有需要身份登记的场所，比如宾馆、医院、车站、机场。康养中心因为接收国内客人住宿，也被纳入这个系统里。

值班员很快导出了康养中心身份登记的数据，因为是二代身份证扫描登记，所以信息非常完整。

马烁筛选户籍：甘肃省张掖市，只搜索到了吴明姝。

"你这个全吗？"焦闯问道。

值班员把目光从手机屏幕上挪开："只要刷了身份证，就有记录。"

马烁输入自己的身份证号码，弹出一连串在康养中心的登记记录，这都是他陪护期间登记的。

"你看，没问题吧？"值班员又把目光转回到手机上的短视频。

"除了这个吴明姝，他一个老家的人都没接待过？"焦闯问道。

"我感觉像有意为之。"马烁又把筛选条件改成甘肃省，出来很多结果，"你看，兰州、嘉峪关、武威，还有玉门，他好像故意避开老家人似的。"

"这倒是违背常情，"焦闯说道，"按说就算不帮乡亲，家里人总要照顾吧。还是说他家没有亲戚需要疗养？"

"所以就更奇怪了，"马烁说道，"他为什么偏偏帮吴明姝住进平价部？吴明姝来北京的时候徐炳辉才十几岁，他们能有什么交集？或者说，吴明姝有什么特殊的地方？"

两人沉默了一会儿，值班员再次把目光从手机屏幕上移开："完事了吗？完事了你们哥俩就活动活动吧，我还有别的事呢。"

"这个破案子，一脚踩个坑，一脚踩个坑！"焦闯用力踩着东交民巷的石板路，朝着停在路口的警车走去，"你们周几上会？"

"周一。"

"那还来得及吗？"焦闯拿出手机，"现在已经周日了。"

两人坐进车里，马烁打开车载导航，从历史记录里找到焦闯家。焦闯也在鼓捣着手机，过了一会儿，两个女性声音同时响起：准备出发！

"我去，这么远。"焦闯叫道。

“全程一千七百三十六公里，大约需要二十小时。夜间驾驶，请注意安全……”

马烁看向焦闯，焦闯咂舌道：“北京到张掖要这么远吗？”

“去张掖？”马烁愣了一下。

“我就随便看看。”焦闯关上导航，“你是负责人，你说了算。”

徐炳辉身上疑点重重，确实应该去趟张掖。马烁想着，可是徐炳辉毕竟和靳巍的案子没有直接关系，现在又是争分夺秒的关键阶段，要不要把资源投在徐炳辉身上，还是应该集中精力从靳巍身上寻找突破口？

选择摆在面前，马烁却陷入两难。

“我问下武队。”马烁一边说一边掏出手机。

焦闯按住马烁的手，说道：“你先想清楚再请示，领导最讨厌给自己出题的下属，这就等于喊领导过来背锅。”

马烁点点头，认真思考了一会儿，然后说道：“我觉得应该去张掖。”

“为什么？”

“因为张宏和窦勇不是靳巍杀的，我们找错人了，”马烁回答道，“我们现在得戴罪立功。”

“所以要再抓个人交差？”

“徐炳辉知道靳巍杀了余诗诗老公，徐炳辉把靳巍妈妈送进平价部，徐炳辉的SUV被凶手套牌，我们和凶手都认为徐炳辉和靳巍关系密切。更重要的是……”马烁顿了顿说道，“我觉得就以靳巍现在的状态来看，我们就算再突击审一天也不会有什么结果。”

焦闯沉默了片刻，问道：“你说凶手认为徐炳辉和靳巍关系密切？”

“要不然他们为什么套徐炳辉的车牌？”马烁拍了下方向盘，“对了，我想起之前徐炳辉家的物业经理给我看过那辆SUV的出入记录，它是徐炳辉尾号限行时的代步车，徐炳辉平时根本不开那辆车。”

“所以呢？”

“徐炳辉不开，靳巍也不会开。”马烁说道，“靳巍要伪装外卖员，就只能开他的面包车，那辆SUV里可放不下摩托车，所以它平时就放在地库里，凶手正是看准了这一点才套它的车牌，防止被套牌筛查系统发现。"

"所以凶手是在引导我们去找徐炳辉，而不是靳巍？"焦闯说道，"难道徐炳辉是幕后黑手？"

"这得调查之后才知道。"马烁问道，"你要不要安排下家里？"

"我不用。"

"可是开车去确实太远了。"马烁攥着方向盘，犯愁道。

"飞机的话，明天早上9点有一班。"焦闯翻着手机，"12点到。火车就别想了，二十小时起步。"

"好，"马烁下定决心，"明早8点机场见。"

"你自己回吧，我打个车走了。"焦闯推门下车，然后扶着车门说道，"当领导最重要的就是做决定，然后承担所有责任。"

马烁向焦闯点了点头。

凌晨6点，马烁在曚昽的晨光中醒来。他看着熟睡的马优悠，床头柜上不知什么时候多了一个小牌子。是倒计时牌，希望29天以后能回家。

放心吧。马烁放下牌子，悄悄离开房间。

对面行政楼里，有一盏灯从他昨晚回来到现在一直亮着。楼下斜插地停着一辆保姆车，马烁认得那辆车是徐炳辉的。

他走出康养中心大门，看到了街角车里的小赵。

"那辆保姆车是什么时候开进去的？"马烁把手机递给小赵，屏幕上是刚才拍下的保姆车照片。

"昨晚10:55。"小赵念着记录，"余诗诗回到康养中心五十分钟后。"

徐炳辉家在市区西北，康养中心在东南，夜间开车的话差不多五十分钟可以从家赶过来。也就是说，余诗诗回来后就立刻通知了徐炳辉，徐炳辉连夜过来找她，一直待到现在。他们肯定有重要的事，否则不会开了一夜的灯。

"盯住这辆保姆车，"马烁命令道，"再找一组人过来。"

－ 46 －

上午7点钟，马烁赶到大兴机场。五分钟后焦闯也到了。约好的8点，但两人不约而同早到了。

"睡不着。"焦闯打了个哈欠，"上飞机再补觉吧。"

马烁去买了两杯咖啡，回来后，发现焦闯已经躺到长椅上睡着了，手里还攥着笔记本。

马烁轻轻拿起笔记本。不得不说焦闯的字很好，马烁翻了翻他的笔记，昨天夜里写了密密麻麻十几页，看起来他在奋力追赶自己，既然如此，就不窥探他的成果了。马烁合上本子，轻轻放回到焦闯手上。

马烁给武桐发了个信息，告诉她自己和焦闯已经到机场了。武桐立刻给他回了信息，让他们注意安全。马烁本来想问武桐是不是也熬了一宿夜，但发送前又删除了。落地窗外，巨大的客机在晨光中白得耀眼，阳光洒进候机大厅。

又是美丽的一天。

小赵发来信息，徐炳辉和余诗诗驾驶保姆车驶离康养中心，正朝着大兴国际机场而来。

他们不会要逃跑吧？他们真的逃跑才好呢。马烁欣赏着外面滑行的飞机，喝了口咖啡，远没有武桐买的咖啡豆好喝。

12点整，航班提前到达了张掖市的甘州机场。天空阴沉沉的，乌云伸向天边。跑道上停着两辆警车。客舱里的乘客好奇地相互观望，都以为今天的航班坐着什么"大人物"。

"那是接咱们的？"刚睡醒的焦闯通过舷窗看到了闪烁的警灯，迷迷糊糊地问道。

"领导没说，难道是惊喜？"马烁一边说一边启动手机。

"各位旅客请稍等。"空乘说道，"请马先生和焦先生两位旅客，拿好您的个人物品到舱门处。"两人在众人的目光中来到舱门处，空乘打开舱门，一股冷空气扑了进来。站在前面的焦闯眯起眼睛看着外面，然后戴上帽子。

"两位请慢走。"空乘露出职业的微笑，"再见！"

焦闯扶了扶帽檐，向空乘点头致意，然后走出去。

其中一辆警车里下来三个警察，两个穿着便衣，一个穿着制服。几个人打过招呼，制服警察是市公安局派来专门接待马烁和焦闯的；两个便衣警察，穿着羽绒服的高个儿是县里派出所的，穿皮夹克的矮个儿男人是县刑警队的。

"走嘛，先把饭吃上。"制服警察瓮声瓮气地说道，"直接去乡上吃嘛。"

"安排好了，"矮个儿男人跺了下脚，"老马家嘛。"

马烁和焦闯上了车，焦闯掏出一包软中华，拆开，和制服警察抽了起来。

"你们现在来不受罪了，"制服警察笑着说，"以前没有飞机，来一趟要20多个小时。"

"没有高铁吗？"焦闯问道，"这一马平川的，修高铁多棒。"

制服警察咬着烟嘴，笑道："这边来的人少，飞机都坐不满嘛。"

"旅游的人不多吗？去敦煌。"焦闯说道，"我还想带老婆孩子去看看呢。"

"离敦煌还远着呢，那边也有机场。"制服警察很快就把一根烟抽完了，把烟头狠狠掐灭在塞满烟头的烟缸里。

马烁这才有时间认真看手机信息，结果第一条就把他惊住了："套牌SUV昨晚出现在房山和丰台交界的科教新城，我们正在追踪，有消息通知你。赵。"

吃过午饭，制服警察跟着县上的两个便衣坐一辆车在前面开路，马烁和焦闯开着另一辆在后面跟着，前往徐炳辉和吴明妹的老家吴家村。两辆车先后开上高速公路，道路两旁的风景变成广袤的戈壁平原，一条蜿蜒的山脉伏在北方的天际线上。

二十分钟后，他们来到了吴家村，一个藏在山脚下的小村庄。村口的老人和孩子看到这些"不速之客"，都显得很兴奋，小孩子还追着警车跑。

村里的民宅几乎都翻建了，超过一半的人家都盖了二层楼。马烁想起在窦勇老家看到的情景和这里差不多，看来无论哪里的农村都变好了。因为村子是依山而建的，过去只有平地上有口水井，村里人当然都想要临近水井生活，所以村里本姓的人家住在平地上，外姓人家住在半坡上。

徐炳辉家作为吴家村的边缘，再往上走就是坟地了。

"就是这儿了。"村主任一脚踏在坍塌的土墙上。

马烁看着眼前的断壁残垣，依稀能看出是两间又矮又小的土房，如果不是特别指明，说这里是猪圈恐怕都有人信。

"荒成这个样子了？"焦闯皱眉道。

"是啊，没人住可不就这样了。"村主任说道，"再有五年吧，没人住，村子就把地收回来了，这些破破烂烂就推掉了。"

"按说不应该啊，"焦闯说道，"他也算功成名就的人物了，至少回来收拾一下祖宅吧。"

村主任立刻摇摇头，说道："他祖籍不在这儿。"

"啥意思？"马烁问道，"他户口本上写的户籍所在地就是这里。"

"你不是问徐炳辉吗？他爸是个下乡知青，"村主任说道，"老家不在这儿的。"

"然后就留下了？"焦闯递给村主任一支烟。

"是啊，"村主任踢着石头说道，"和咱们村一个女的结婚了，生下他。他爸是个有文化的人，后来被县上招走修路去了，没几年出车祸

325

人就没了。"

"他妈呢？"焦闯给村主任点上火。

"他妈也死得早，他上大学没多久就死了。"村主任抽了口烟，"不过我记得清楚，他妈出殡的时候他都没回来奔丧。"

"为什么？"马烁和焦闯异口同声道。

－ 47 －

村主任看了看两人，又看了看旁边三个警察，脸上露出为难的神色。

"有啥说啥！"制服警察说道。

"毕竟也是我的亲叔叔。"村主任尴尬地说道。

"谁啊？"派出所民警问道。

"吴连贵啊。"

"吴连贵是谁？"马烁问道。

"当年的村主任，二三十年前的事了。"民警解释道，然后质问村主任，"吴连贵啥时候又成你亲叔叔了？你俩不是早八百年就分家的族亲吗？"

村主任一脸为难地尴笑。

"别给我整家丑不可外扬那一套，我们在查案，很严肃的。"制服警察严肃地说道。

"是，那我就说了，"村主任说道，"吴连贵和他妈搞破鞋。"

"就是啊，有事说事！"民警说道，"这种事我们见多了，接着说。"

"徐炳辉和他妈孤儿寡母的，靠着吴连贵生活，这也没啥。"村主任说道，"吴连贵拿钱供徐炳辉上学，一直供到大学。徐炳辉那时候对吴连贵还是很好的，又说要把吴连贵当亲爹孝顺，又说要一辈子对吴小莉好。"

"等一下，"马烁打断了村主任的话，"谁是吴小莉？"

"就是吴连贵的闺女啊。"村主任说道，"徐炳辉上大学，走之前还和吴小莉拜堂成亲了呢，村里人都喝喜酒了呢。"

"吴小莉住哪儿？"马烁看向下面的民房。

"她早不在村里住了。"村主任说道，"后来吴连贵不是出事了吗？她就带着孩子去县城了。"

"孩子？和谁的孩子？"马烁问道。

"还能有谁，徐炳辉嘛。"村主任笑道，好像马烁问了个可笑的问题。

马烁和焦闯对视一眼，马烁继续问道："他们母子一直在县城吗？"

"应该是，不过我们就不知道了，"村主任说道，"毕竟她迁走了。"

马烁点点头，又问道："吴明姝呢？"

"哎呀！"村主任挠了挠头，"我有点记不得了，应该很早就外出打工了吧。"

"就你所知，她和徐炳辉有什么特殊关系吗？"

"我真忘了，咱们去看看族谱吧。"村主任笑着说，"几十年不回来的人，你这么一问我，我还真有点蒙。"

二十分钟后，在村委会旁边的吴氏宗祠里，村主任上了一炷香，然后捧着去年修订版的吴氏族谱出来。

"有电子版的，我不会弄。"村主任戴上眼镜，迅速翻找起来，很快就找到了吴明姝的名字。

"她和徐炳辉不沾亲。"村主任抬起头，"她是吴小莉表姑。我想起来了，90年还是91年，吴连贵把她送北京打工了。"

至于徐炳辉和吴小莉如何保守这个天大的秘密二十多年，徐炳辉为什么会特殊照顾吴小莉的表姑吴明姝，看来这些只能当面去问吴小莉了。

半小时后，马烁和焦闯来到早已破败的前公务员小区，现在居民以退休老人和新近进城务工的年轻人为主。

"就是这家了。"民警指着一扇崭新的防盗门说道。

没等敲门，门里就传出了阵阵喧闹，好像在推杯换盏。民警按下门铃，很快门被推开了，一股烟酒气先涌了出来，接着一个中年男人出现在门口。中年男人穿着毛衣秋裤，脚下踩着拖鞋，警惕地看着门外一帮人。马烁往他身后望去，客厅里支着圆桌，一帮人正在聚餐。

"你好，我们找一下吴小莉。"民警开口道。

"找错了。"男人砰的一声关上门。

五个人面面相觑，民警脸上挂不住，直接上去用力敲门。男人开门后，民警不等他说话，掏出警官证，表明身份，用当地话呵斥他退后一米站好。男人可能意识到自己惹到不该惹的人了，于是乖乖往后退了两步。

"我们来调查案件，吴小莉在哪儿？"民警大声问道。

客厅里的六七个人围拢过来，男女老少都有，像是一次家庭聚会。

"没这个人嘛。"男人回答道。

"怎么可能没这个人？"民警问道，"这房子是你们的吗？"

"是啊！"男人肯定地回答道。

"谁是业主？站出来！"民警一边喊一边朝客厅看去。

"我就是啊。"男人说道。

"你就是？"民警上下打量男人，"产权证拿出来。"

男人不耐烦地哼唧了两声，转身走进客厅，一边走一边喊道："媳妇，把产权证找出来，大礼拜天的都不让人好好过，真讨厌！"

一个中年女人摔摔打打地翻箱倒柜，终于翻出一个塑料文件袋，通过透明塑料皮能看到里面的红色封皮。夫妻俩磨磨蹭蹭地拆开文件袋，把产权证递给民警。民警只看了一眼，便冷笑道："这不是这个房子的产权证。"

"什么？"男人挠了挠头，一脸疑惑。

民警打开手包，从里面掏出一张纸，正是这套房子的产权证明复印件，产权所有人是吴小莉。

"别装傻了！"民警把复印件拍到男人怀里。

男人的脸色一下子煞白，女人见状，立刻对另一个呆若木鸡的中年男人小声说道："建军，你先带妈回家……"

"都别动！"民警喝止道，接着从手包里掏出两样东西放在边柜上：一个执法记录仪和一副银光闪闪的手铐。

"你们到底是什么人？"民警冷冷地问道。

"我们家是开门窗店的。"中年男人揉搓着褶皱松弛的脸，一脸懊丧。他周围是深灰色的墙壁，天花板下面有一个排风扇，缓缓转动的扇叶是这间审讯室里唯一运动的物体。

"在哪儿开？"马烁问道，他坐在男人对面的椅子上。

两人中间本来还有桌子，马烁让人搬出去了。他就是要让这个男人产生一种无处躲藏的感觉。

"就在小区里。"男人活动了一下身体。虽然椅子上没加戒具，但不锈钢的材质让他感觉又凉又硌，十分难受。

"哪年开的？"马烁又问道。

"那早了，9……99年。"

"门市房是你自己的吗？"

"租的。"

"租谁的？"

"吴连贵。"

"继续往下说，"马烁说道，"想早点出去就好好配合，不要挤牙膏似的。"

"是。"男人抿了抿嘴唇，说道，"那会儿我们按年头交房租，一开始交给吴连贵，吴连贵死了我们就交给他闺女。"

"他闺女叫什么？住在哪儿？"马烁问道。

"吴小莉。"男人迟疑了片刻说道，"就住在我们住的那套房子里。"

"接着说。"

"吴小莉在我们小区有两个门市房，挨着的。一个租给我们开店，一个她自己开小卖部。"男人说道，"2004年春天吧，她忽然找我，让我帮她看几天店，说过段日子就回来，然后就带着儿子走了。"

"去哪儿了？"

"我没问，她也没说，"男人说道，"但是之后就再没回来。"

"然后你们就搬到她家住了？"

男人默默点了点头。

"她一直没回来，你们也没想着报个警之类的？"民警问道。他一直靠在灰色的墙边，已经快和墙融为一体了。

"我们寻思人家是有更好的去处了呗。"男人狡辩道。

"有更好的去处？"马烁冷冷道，"有更好的去处就连房租都不要了？"

"我们跟她非亲非故的……"

"非亲非故你住人家房子，一住就是十几年！"马烁喝道。

男人低下头，不说话了。

"你们就为了霸占人家房产，人家母子失踪了十多年，你们都一声不吭。你们住在这房子里就不会觉得心虚吗？"马烁继续质问道。

"这是我考虑不周。"男人点头哈腰地说道。

马烁叹了口气，都到这时候了，这个男人还在替自己的恶行遮掩，但这样的浑蛋比厕所里的苍蝇还多，马烁没时间和他耽误，快步走出审讯室。

走廊里，马烁碰到了焦闯和县里的便衣刑警。

"学校查完了。"焦闯说道，"吴小莉的儿子叫吴俊熙，04年春天吴小莉给他办了休学，就再也没回来过。"

"吴俊熙没有领取身份证的记录，之后也没有就学记录。"刑警补充道，"我们问了学校，因为吴小莉留的手机号停机了，学校联系不上，也就作罢了。"

"没人怀疑他们失踪了吗？"马烁问道。

"那些年人口流动非常大，"刑警无奈地解释道，"尤其我们这种落后地区，很多人走了就不回来了。"

"能不能查到吴小莉当年的去向？"马烁问道。

刑警摇了摇头，说道："那时候火车票还没有联网，汽车票也随便买，咋也查不到吧。"

"是啊，二代身份证是04年才有的，"焦闯说道，"如果吴小莉拿一代身份证买票住店，那肯定什么都查不到了。"

"我们这边05年才开始有二代身份证。"刑警皱起眉头，习惯性地掏出烟给焦闯递过去。

焦闯看马烁表情凝重，于是问道："你认为吴小莉怎么了？"

"死了。"马烁淡淡地说道。

"啊！"焦闯和刑警都叫了起来。

"吴小莉就算在外地生活，也不会不管自己的财产。"马烁说道，"两个门市和一套商品房，就算不想要，变卖了也可以啊。"

"会不会是徐炳辉把她养起来了？"焦闯猜测道，"送到国外去了？"

"那时候徐炳辉在干什么？"马烁看向刑警，"你们这有咖啡厅吗？"

马烁喝了一大口咖啡，头脑清醒了一点。他举着手机念道："2005年9月，我公司和德国X集团签订了采购一揽子计划，我公司将进口世界领先水平的专业设备，全力打造世界一流的康养领域龙头企业。集团采购部副总裁徐炳辉代表公司参与了长达一年的谈判……也就是说徐炳辉这时候最多是个部门副总，那时候他应该还没有能力把吴小莉母子改头换面养起来吧。"

"是啊。"焦闯翻着手机说道，"以她女儿名字命名的彩虹基金今年十六周年，说明十七年前他还没有孩子，应该结婚不久。我看看，他们把徐炳辉的居民信息发过来了，果然，徐炳辉是04年2月登记结婚的。"

马烁凑过来说道："如果徐炳辉刚结婚或者还没结婚的时候，吴小莉带着孩子找他去了，会是什么局面？"

"那可热闹了！"焦闯挠了挠脸，"那不得天翻地覆啊！"

"可是并没有天翻地覆，徐炳辉还是顺顺利利结婚了，"马烁说道，"女儿第二年出生。"

"你的意思是……"焦闯顿了顿说道，"他把吴小莉弄死了？"

"你想想，吴小莉不是一个人，她还带着个八岁的孩子。"马烁说道，"就算吴小莉出了意外，孩子也会制造出一些动静，引起别人的注意，而且七八岁的孩子有足够的智力说出个大概。所以吴小莉不可能就这么平白无故消失的，除了一种可能……"

"什么？"

"孩子和吴小莉一起死了。"马烁说道。

- 48 -

焦闯挑了下眉毛，问道："徐炳辉干的？"

"你觉得还能有谁？"马烁又喝了口咖啡。

焦闯思考了片刻，问道："那这事和吴明姝有什么关系？"

"你觉得一个考上大学后就再也没回过老家的薄情人，能格外关照一个和他八竿子打不着的乡亲吗？"马烁问道，"康养中心平价部一个名额，至少能值个百八十万的。要么徐炳辉欠她个天大的人情……"

"要么她攥着徐炳辉的把柄。"焦闯接口道。

马烁点了点头："吴明姝离开老家的时候，徐炳辉只是个十几岁的孩子，他们之间按理说不会有什么交集。之后徐炳辉虽然也来京上学，从他和老家坚决划清界限的态度来看，他和吴明姝应该也不会再有交集。再之后两人社会地位相差悬殊，就更不会有交集了，所以吴明姝怎么抓到他的把柄？"

"别说抓把柄，找到他都费劲。"焦闯说道，"徐炳辉虽说是个老板，但毕竟不算名人，吴明姝是通过什么渠道打听到他的呢？还知道他是康养中心的老板？"

"就是这个问题。"马烁分析道，"一个普通的打工妹，来北京后，因为人生际遇的转变中断了和老家的联系。换作谁也不想让自己未婚生子的事情在老家当成八卦的谈资。当然，帮她找工作的老哥吴连贵家可能除外。"

焦闯点了点头。

"吴小莉带孩子来北京，当年不像现在，连个手机地图都没有，"马烁继续分析道，"所以她肯定得先投奔吴明姝。两个女人有类似的遭遇，所以她们可能聊了很多，吴明姝也由此得知了吴小莉来京的目的，以及徐炳辉的一些情况。这是吴明姝了解徐炳辉的唯一机会。然后吴小莉带着孩子去找徐炳辉，却一去不复返。吴明姝刚开始可能也没注意，但时间长了，她一定会发觉。"

"这就是吴明姝能要挟徐炳辉的点，她一直关注徐炳辉也能说得通了。"焦闯说完活动了几下肩颈，脊椎发出嘎吱嘎吱的脆响。

"假设我们的分析是对的，当年又是谁把徐炳辉的近况告诉吴小莉的呢？"马烁正说话，手机响了起来，是小赵打过来的。

马烁接完电话，对焦闯说道："确认了，吴小莉从没换过二代身份证。"

徐炳辉把一张陈旧的塑料卡片放到茶几上，塑料卡片里面塑封着吴小莉的身份证。余诗诗拿起来仔细看了看，认出照片里的女人正是当年带着个小男孩来找徐炳辉的那个女人。

"你怎么还留着她的身份证？"余诗诗把身份证放回茶几上。

徐炳辉揉了揉太阳穴，低声说道："在她包里找到的，不知道怎么就留了下来。"

"烧了吧，被警察发现就糟了。"余诗诗说道。

"嗯。"徐炳辉拿起身份证，"现在可以烧了。"

他拿着身份证来到厨房，用烤肉夹子夹着身份证在燃气灶上点燃，然后放在水槽里面燃烧。余诗诗跟着走过来，打开抽油烟机，然后靠在门边，看着吴小莉的身份证被火焰吞没，变成黑色的烟雾和渣子。

直到吴小莉的身份证化为水槽里的黑色灰烬，余诗诗才问道："没有别的证据了吧？"

徐炳辉摇了摇头，打开水龙头，冲刷水槽。

"机票订好了吗？"徐炳辉问道。

"订好了。"余诗诗看了看手表，"晚上7点半的飞机，到曼谷。"

"嗯，泰国是免签国家，"徐炳辉说道，"你们一家人一起去玩玩儿。加拿大的签证我找人去办，等你们在泰国玩够了就去加拿大。"

余诗诗忽然笑了一下。

"怎么了？"徐炳辉问道。

"没什么。"余诗诗笑着摇摇头，"就忽然想起来，我和他结婚之前，我婆婆许诺让我们去泰国度蜜月。办完婚礼我再和她提这个事，她又说自己儿子有心脏病坐不了飞机，让我等一等，等他病情好转了就去。结果这一等就是十七年。"

"对了，你婆婆那边有没有什么动静？"徐炳辉问道，"那个女人不是说要向你婆家告发你？"

"还没有。"余诗诗摇了摇头，眯起眼睛说道，"我现在什么都不怕了，他妈没动静倒好，她如果敢来找我，我就撕烂她的嘴。"

"不要和这种人一般见识，他们在我们眼中就是蟑螂。"徐炳辉说道，"你和他们已经不是一个世界的人了。"

余诗诗平复了一下心情，说道："倒是你，你准备怎么办？这个女人不会善罢甘休的。"

徐炳辉摇头道："我不知道她有什么目的、她背后是谁，但我不在乎。最坏不过就是那帮资本流氓，他们为了阻止康养中心上市，往我身上泼脏水也不是一天两天了。"

"那你怎么办？"

"就像你丈夫的死一样，永远没有人能找到证据。"徐炳辉笑了，"如果他们真的有证据，就不会等到这个时候，用这种装神弄鬼的方法来诈你。"

"他们到底是什么人？有没有可能是那天你那两个同学？"余诗诗说道，"当年他们来拜访你，你出去后，他们也鬼鬼祟祟地离开了。万一他们看到了吴小莉母子，或许能猜到什么。"

徐炳辉抚着余诗诗的肩膀，温柔地说道："我也一直在想这个问题。不过没关系，就算他们看到了也找不到证据的。唯一知道这件事真相的吴明妹已经去世了。你不要担心我了，好好陪家里人吧，给他们描绘一个美好的未来，打消他们的焦虑，这是你现在要做的。"

余诗诗本来还想说什么，听徐炳辉这么说，只好点点头。

时间差不多了吧，徐炳辉看了看手表，应该快来消息了。

就在这时，他的手机叮地响了一声。

徐炳辉拿着手机走到花园里，站在他最喜欢的那棵五角枫树下。他拨打了一个号码，很快电话就接通了。

"和你汇报一下。"一个沙哑的男声响起，"我跟着杜永邦到新港码头，一路换了三辆车，应该很安全。他在新港码头开一条快艇出海了，两个小时后返回了码头。从海图上看，应该是去了新港东北的无人群岛。"

"群岛？"徐炳辉问道，"所以你也不知道他到底上了哪个岛？"

"是的。"

"好吧。"徐炳辉叹了口气，"还有什么消息？"

"还有就是，他儿子应该不知道这件事。"男人说道。

"什么？"徐炳辉来了精神，"为什么？"

"因为他一个人开了三个小时车赶到新港，又一个人开着艘破船出海两个小时，然后再马不停蹄开车回来，又要三个小时。我们两个人换着班开都有点吃不消，"男人顿了顿说道，"但是他儿子今天一天都躺在床上刷抖音。"

"对啊，"徐炳辉拍了拍五角枫树，"我真是急糊涂了，这种事怎么能告诉儿子呢？没有父母愿意把孩子拖进这种浑水里。"

"可怜天下父母心啊。"男人说道，"他现在快到康养中心门口了，我先挂了。"

男人说完挂断了电话。很快杜永邦给徐炳辉打来电话，说自己已经到康养中心了。

"你不是都到我办公室里等吗？"徐炳辉问道。

"上次出来碰上了那个瘸丫头，我不想在办公室里说了。"杜永邦冷冷地说道。

"哪里见面？"

"我把东西放到你车的右前轮上，你自己拿吧。"

"好。"

"多长时间？"杜永邦忽然问道。

"什么多长时间？"

"化验。"杜永邦冷冷道。

"大概要半个月左右。"

"你要我是吧！"杜永邦叫了起来，"你信不信我现在就把这东西送到公安局去？"

"我没有要你，就是要这么长时间。"徐炳辉平静地说道，"再说我拿着一块人骨去送检，这本身就是风险极大的。"

"我早就替你考虑到了，"杜永邦冷冷道，"我从下颌骨上掰了颗牙，这样你去化验就不会引起怀疑了。"

徐炳辉抚摸着树干，心里一阵悲伤。那毕竟是他的儿子，现在却躺在荒岛上，被这个老浑蛋糟践。

"多长时间？"杜永邦又问了一遍。

"三天。"徐炳辉咬了咬牙，说道，"你什么时候要办事？"

"那就三天后的晚上吧。"杜永邦说道，"我正想和你商量下怎么做。"

徐炳辉后背钻进一阵阴风，他打了个寒战。

"肯定不能在这里。"徐炳辉说道。

"我知道，我会找个地方，把他带过去，给他迷倒了。"杜永邦说道，"剩下的就交给你了，只要警察看不出来就行。"

"你说得简单！"徐炳辉强忍着没爆粗口，"你知道杀人有多麻烦吗？"

"一般二般的事，我也不会麻烦您啊。"杜永邦阴恻恻地笑道，"您打算怎么操作，说来听听。"

徐炳辉下意识环顾四周，然后低声说道："他的身体很健康，不能暴毙。我能想到的就是伪造成吸毒过量。"

"警察不会给他做尸检吗？"

"你不要求做，没人会给他做。"徐炳辉说道，"你是他监护人。"

"噢，那幸亏他和瘸丫头没领证，要不还坏菜了。"

"我不跟你废话了，你抓紧时间准备吧。"徐炳辉说道，"还有，这三天你不要出现了，马优悠已经盯上你了。"

"你干脆把她也一块儿办了得了。"

"住口！"徐炳辉低吼道，"你再敢说这种浑蛋话，我就撕毁所有协议！"

徐炳辉挂断电话，深呼吸了几次，终于驱散了杜永邦阴魂不散的冷笑。他刚转过身，就看到阳光下的马优悠。徐炳辉一下愣住了，她什么时候来的，自己怎么一点都没察觉到？

"徐总，你怎么了？"马优悠问道，"你脸色不好。"

"没事，"徐炳辉挤出个笑脸，"有个讨厌的家伙，不过这也正常，是吧？窗户打开了，和新鲜空气一起进来的还有苍蝇。"

"是啊。"马优悠点了点头。

"优悠你什么时候下来的？"徐炳辉故作平静地问道。

"我一直在那边晒太阳，"马优悠指了指远处的回廊，"刚才听到好像谁在叫我，我就过来了，看到您在打电话。"

"噢。"徐炳辉松了口气。

"刚才是您在叫我的名字吗？"马优悠问道。

－ 49 －

徐炳辉又像被电了一下，强颜欢笑道："没有啊，我没有叫你。"

"好，那我回去了。"马优悠阳光地笑着。

"对了，"徐炳辉蹲下，看着马优悠说道，"康养中心上市后，我们要把彩虹基金的规模扩大，还要加入临终关怀的业务。"

"真的吗？"马优悠的眼睛亮了起来。

"真的。"徐炳辉点点头，"只有受过伤害的人才知道如何抚平伤口。所以我想拜托你筹备临终关怀的亲人互助会，以后这两个互助会都由你来负责。"

"我吗？"马优悠有些受宠若惊，"可是我一个人的能力有限啊。徐总，您可以考虑一下杜芃，他也很优秀的。而且我和他聊过了，他也很愿意参与。"

"是吗？那太好了。"徐炳辉露出一百分的笑容，他感觉自己的心脏被撕扯成了一个丑陋的笑脸。

"对了，哥哥今天没来陪你吗？"徐炳辉站起身问道。

"没有，他今天出差了，"马优悠说道，"好像去甘肃了。"

听到"甘肃"两个字，徐炳辉忽然预感到不妙，一个北京的警察，为什么要去甘肃出差？是调查他还是调查吴明姝？他们有没有发现他和吴明姝的关系？一连串疑问就像一团阴云从徐炳辉心头飘过，无论警方调查到哪个层面，对他来说都是十分危险的。他必须当机立断，扫清所有威胁，否则他人生第二次鱼跃龙门就会生出风险。

他绝不能让这次命运跃迁存在哪怕万分之一的不确定性。

"两位还要传唤什么人吗？"制服警察打了个哈欠。

马烁摇了摇头。经过一下午的问讯，他们对徐炳辉的身世背景已经有了细致的了解。比如他父亲死后，她母亲用全部抚恤金从吴连贵家买了羊，结果这些羊不到冬天就全都病死了。比如他考上大学后申请特困补助，需要村里出证明，吴连贵却以此要挟他和吴小莉结婚。比如吴连贵以为他和他父亲一样，只要老婆孩子在村里，他迟早会回来，没想到他一去不复返，吴小莉和孩子成为村里的笑话。

"徐炳辉恨吴连贵，恨他母亲，甚至恨吴小莉。"马烁说道，"他恨这个村里的一切，所以他切断了和这里所有的联系，连孩子都不要了。"

"是啊，被人从小坑到大，临走还被当了回种猪。"焦闯摇摇头，"换我我也不回来了。"

这时便衣刑警拿着一张纸从外面快步走进来，他一边走一边扬着手里的纸兴奋地说道："你们哥俩真神了啊！找到两条记录，五年前吴明姝回来过一次，来Z69，回Z70。"

焦闯站起来接过这张纸，一张A4纸，上面只打印两行小字，正是吴明姝往返车次的信息。

"可是村里那些人，都说吴明姝没有回来过。"焦闯看着马烁说道。

"那就是她没有回村。"马烁也站起身，"去问问那帮鸠占鹊巢的家伙，看看他们有没有见过吴明姝。"

"您这么一说，好像还真有这么回事。"占了吴小莉房子一家的男主人回忆道，"但是几年前我记不住了，反正那天也是周末，我们也是在家里吃饭，然后就来了个女的，年纪挺大的，问吴小莉是不是住这儿。"

"然后呢？"马烁问道。

"我就说不是，"男人说道，"然后把门关上了。她还敲门，又问我认识不认识吴小莉，我说不认识。我觉得她挺烦的，就吓唬她再不走就报警了，她就立刻走了。"

马烁和焦闯对视一眼，如果吴明姝是来为吴小莉主持公道的，她不仅不会听到"报警"两个字就逃走，反而会主动报警。所以吴明姝确实是来调查的，但不是为吴小莉申冤。

吴明姝和眼前这个男人没有任何区别，他们都是发死人财的恶人，本质上和那些挖坟掘墓的盗墓贼有什么不一样呢？

"你看看，这里面有没有她？"马烁拿了十张照片摆在桌面上。

男人仔细看了一遍，迟疑地摇了摇头。

"确定吗？"马烁问道。

"确定！"男人点点头。

马烁又拿出十张照片摆在桌面上，男人看后指着吴明姝的照片说道："是她。"

"确定吗？"马烁再次问道。

"没错！"男人抬起头说道，"就是她。她神经兮兮的，弄得我挺紧张，所以印象很深刻。"

马烁起身要走，男人忽然说道："警官，这个事都是我干的，和我儿子一点关系都没有。"

"所以呢？"马烁冷冷地看着男人。

"如果要判刑，您就判我吧。"男人可怜巴巴地说道，"我听人说，如果我儿子有案底了，我孙子以后都当不了公务员了。"

又是这样，马烁厌烦地想着，犯罪的时候不想后果，出了事就装可怜，到现在还只想着自己的利益，没有一星半点的是非心和同情心。其实世间的恶意大都是这样的人制造出来的。

"我真的知道错了，我愿意承担。"男人苦苦哀求道。

"我刚才看了你们小区的房租，每月两千。"马烁冷冷地说道，

"你这十几年最多也就能省下三四十万的房租，但你的店每年至少能赚五十万，你为了这点微不足道的利益，毁了你的家庭和生意，甚至还有你孙子的前程，你知道这叫什么吗？"

"知道，这叫丢了西瓜捡芝麻。"

"不，这叫报应。"说完这句话，马烁转身离去。

马烁给武桐打电话报告了他和焦闯的调查结果。他心中不免忐忑，因为他们查出了很多新的线索，唯独没有找到对明天汇报有用的东西。

那两个凶手，他们开着套牌SUV，千里迢迢去到山西煤海边缘的闭塞小镇，就为了残杀一个杀害病儿的男人；他们暗中调查一个弑父的男人，利用他的家庭矛盾，费尽心机地炮制了一起伪装成自杀案的谋杀案。

他们也许还杀了更多的人，但都石沉大海，就像靳巍杀害的那些临终之人，没有引起任何人的注意。

他们是在竞赛吗？

马烁无法回答这个问题，关于这两个人的线索，他一点儿都没找到。

日落西山，一天又要过去了。马烁心中升起挫败感，也许今天应该全力以赴审讯靳巍。

"对不起。"他说道。

"什么？"听筒里传来武桐的声音。

"对不起，我们什么都没查到。"马烁小声说道。

"你在说什么？"武桐提高了声调，"你们已经挖到很多有用的东西了。过分谦虚就是骄傲了！"

"可是……"马烁揉着额头说道，"明天的报告会……"

"这不是你该担心的！"武桐立刻打断了马烁的话，"你们要做的就是心平气和认真调查，每一个可能性、每一个线索都不能放过。汇报会不是我们工作的目标，查清案情才是。"

"我知道，但明天你怎么和局长汇报？"

"哈哈。"武桐笑了起来，过了一会儿才说道，"你没参加过汇报会，以为像电影里那样，一群领导坐在下面，听我在上面汇报，汇报完了哗哗给我鼓掌。或者我说得不好，就被现场问责了。你想多了，我明天上去直接说，我们的确抓了一个连环凶手，但不是312案的凶手，我们回去继续查，有结果再说，拜拜。"

"这样说可以吗？"马烁吃惊地问道。

"那怎么不可以？"武桐反问道，"本来就是这样啊。"

"那么多领导专门过来听，你就这么说？"

"噢！"武桐好像明白了他的顾虑，问道，"你是不是以为专程为了我们这一个案子，就把市局'大脑袋'们全调过来了？你想太多了朋友，周一上午大概有三十个案子要报告，每个案子多了十几分钟，少了两三分钟。知道选秀海选吧，就跟海选差不多。"

"噢，那我就放心了。"马烁应道。他知道武桐在安慰他，如果真那么轻松，刑侦总队的孙贺也没有时间发难了。

"行了，以后会多带你见世面的。"武桐笑着说，"你们忙了一天，好好休息吧，有什么事明天回来再说。"

挂断电话后，马烁找到了焦闯："小赵来信，昨晚套牌SUV的行迹找到了。"

焦闯紧张了起来，问道："最后到哪儿了？"

"靳巍家小区。"

－ 50 －

保姆车停到大兴国际机场国际航班候机厅外面的停车湾。余诗诗和嫂子帮助父母下车，哥哥卸下行李，推着昏昏欲睡的孩子，一行人站在道边，等着徐炳辉从后面的轿车里下来。

"徐总，真是太感谢您了！还亲自送我们过来。"余诗诗的哥哥代表一家人向徐炳辉表达谢意。

"不要这么说，"徐炳辉笑着说，"我和余经理是多少年的老同事，我知道她不会开车，所以这点忙肯定要帮的。"

徐炳辉送一家人进了候机大厅，安检之后，礼宾人员就迎了上来。徐炳辉给余诗诗一家买的是头等舱机票，又提前打电话给机场，说明他们家人有老有小，又缺少坐飞机的经验，请客服部派人过来引导一下。礼宾人员把一家人带到VIP休息室，父母和孩子在沙发上休息，哥嫂到自助餐厅取餐。余诗诗带着徐炳辉来到隔壁房间，她坐倒在一张单人沙发上，终于松了一口气。

"行了，再没有人能威胁你了。"徐炳辉在余诗诗对面坐下。

余诗诗看着窗外的停机坪，大大小小的民航客机在落日余晖中染上了一层柔和的光芒。她安静地坐着，两行眼泪就这么落了下来。徐炳辉递过纸巾，她擦干了泪水。

"不舍得吗？"徐炳辉问道。

余诗诗摇了摇头："我巴不得早点儿忘掉。"

"这就对了。"徐炳辉笑着说道。

余诗诗看向徐炳辉："谢谢你。"

"不，该说谢谢的是我。"徐炳辉笑着说，"吃点东西吧，地上的东西再怎么样也比天上的好吃。"

半小时后，礼宾人员过来引导他们登机。一行人走到出口，一辆客车已经等在外面。

家人都上车了，余诗诗转身看着徐炳辉。

"走吧。"徐炳辉笑着说道。

余诗诗这才注意到，徐炳辉的脸上也长出了深刻的皱纹。

她看着徐炳辉，又转身看了看车里其乐融融的家人。

"我不走了，"她忽然说道，"我要留下。"

"你在说什么？"徐炳辉有些吃惊。

"我留下来帮你，你也需要帮助。"余诗诗坚定地说道。

"你不要蹚这趟浑水了。"徐炳辉小声说道，"再说你能帮我什么？"

"我至少能帮你做不在场证明。"余诗诗说道，"我不只是为了你，也为了我自己，为了我家人。"

她再次转头看向车里，家人都扒在车门处看着她。

"既然得到了，就要付出，"余诗诗喃喃道，"而且我要守护这些东西，谁也别想抢走。"

徐炳辉看着余诗诗，他发现这个女人变了，以前她是一只绵羊，而现在她已经变成了一头狮子，一头为了领地和家人不惜与全世界为敌的母狮子。

"这很危险。"徐炳辉小声说道。

"照顾心脏病不危险，"余诗诗冷冷道，"但我家人一辈子都不知道头等舱长什么样。"

"你准备好对付你婆家人了吗？"徐炳辉问道。

"当然。"余诗诗平静地看着徐炳辉，"他们不来找我则已，他们要是靦着脸来质问我，我绝对不让他们好受！"

徐炳辉看着余诗诗的眼睛，他在这双眼睛里似乎看到了年轻时的自己：受尽磨难，终于爬到了天堂的边缘，无论谁都休想把她拉扯下去。

余诗诗走到车门口，对着车里的家人们说道："我刚知道公司最近有一个很大的采购计划，我得在这里盯着，你们先去玩吧。哥、嫂子，你们照顾好爸妈，等我这边忙完了就去找你们。"

客车徐徐离开，余诗诗也松了口气。她忽然想到，自己留下来的另一个原因，或许是不知道该怎么和家人相处。将近二十年没有在一起的家人，果然已经和陌生人一样了。

但至少现在，她获得了极大的满足感，她感受到了自己的存在，她感受到了自己的分量。

"如果你和我回去，你就是我的同谋了。"徐炳辉开着车，夜色已深，机场高速两侧的灯光在他脸上掠过，忽明忽暗。

"这是我自己的选择。"余诗诗顿了顿又说道，"这世上唯一对我好的人，我如果不和他成为同谋，那我才是最大的傻子。"

徐炳辉叹了口气，缓缓说道："我可能会杀一个人。"

他看向余诗诗，本以为她会惊讶，没想到她竟然淡淡说了句："所以你才需要不在场证明。"

"你不想知道我要杀谁？"

"跟我有关系吗？"

"没有。"

"那不就得了，"余诗诗说道，"还不如商量怎么做不在场证明。"

徐炳辉默默点了点头。

"想杀他的那些年，我一直在看推理小说。"余诗诗说道，"不在场证明最好的方式是去酒店开房，私密空间，我说什么就是什么，只要你溜出去杀人的时候躲过监控就行了。"

"躲过监控……"徐炳辉沉吟道。

"最好就没有监控。"

"什么地方没有监控？"

余诗诗摇了摇头，说道："我也不知道，但日本推理小说里，很多海边或温泉的家庭旅馆是没有监控的，那种小木屋。"

"你这么说倒是提醒我了，"徐炳辉点头道，"我倒真知道这样一个地方。"

"哪里？"

"我家。"

靳巍租住的至美家园东侧是美食街，直到深夜还人来人往，纷繁热闹。

天气已经不那么冷了，人们三三两两走在街上。大多数是年轻人，也有些醉醺醺的中年男人，在车旁拉拉扯扯，直到骑着折叠电动车的代驾司机赶来，把这些不愿意回家的男人一个个送回家。

焦闯在一个柳州螺蛳粉档口买了两份虎皮猪蹄螺蛳粉，招呼马烁过来吃。两人站在档口吃粉，头顶的液晶电视重播着一场不知道什么时候的足球赛。

从下午决定要回来，现在已经过午夜，他们辗转于高铁站和机场，奔波一千七百多公里，连一口东西都没吃。

"你打算怎么办？"焦闯看着电视问道。

马烁认真啃着猪蹄，含混不清地说道："先把车找到。"

"他们找了一晚上了也没找到，"焦闯挑了下粉，一股热气冒上来，"也真怪了。"

"不怪，"马烁放下啃了一半的猪蹄，就着酸笋和汤头吃了一口粉，又吃了一颗花生，心满意足地咽下去后才说道，"这个车是租的。"

"租的？"焦闯愣了一下。

"对。"马烁挑起另一箸粉，看着不断冒出的热气说道，"租辆同样的SUV，把徐炳辉的车牌换上，办完事再把牌子换下来，打电话给租车公司，让他们派人过来把车开走。"

焦闯想了想，问道："你确定是租车吗？"

"不确定，但我想不到别的可能性了。"马烁看了眼焦闯，"想验证一下也非常简单，把全市有同款SUV的租车公司都统计一下，看看昨晚有没有到这里接车的就行了。"

"如果没有呢？"

"那就更简单了，把昨天夜里到现在，周边所有摄像头都看一遍，肯定有离开的同款车，一路跟过去就能抓到人了。我倒希望他们没租车。"马烁说完又吃了一大口。

焦闯放下筷子，点了支烟，问道："一会儿我们干什么？"

"上楼查房。"

"你知道在哪儿？"

马烁摘掉一次性手套，拿过焦闯的记事本，在上面画了个长方形，指着上边的一点说道："靳巍家住在北区的南向房间，能监视他家的只可能在南区的北向房间，"马烁一边说一边在下边描画着，然后指着下边的一点说道，"所以那两个人只可能住在南区这一排。按照这个距离，基本往上三五层是最佳盯梢位置，咱们在这个范围内，挨家挨户敲一遍就知道了。"

　　"不可能在东西吗？或者北区？"焦闯看着记事本说道，"比如在靳巍家隔壁租房。或者对门，只要在门上安个带摄像头的门铃，就能监视靳巍的一举一动了。"

　　"不可能。"马烁摇了摇头，拿起猪蹄继续啃了起来。

　　焦闯继续埋头吃粉，过了一会儿实在沉不住气了，问道："为什么不可能？"

　　马烁放下猪蹄，缓缓说道："因为我们上次来的时候已经把靳巍家上下左右都搜遍了。"

　　焦闯想起那天自己"和网友奔现去了"，不由老脸一红，咳嗽了两声，继续问道："你们上次为什么要把靳巍家上下左右都搜了？"

　　"因为他家里太干净了，武队怀疑他还有个工具房。我们还算走运，他家上下左右都住着人，很快就排除这个怀疑了。"马烁回答道。

　　这时对讲机里传来嘈杂的交谈声，由东城支队特勤大队和属地派出所联合执行的搜索行动已经开始了。

　　焦闯看着对讲机，不无担心地说道："会不会扑个空？"

　　"很可能。"马烁也看着对讲机，"已经快二十四小时了。"

　　焦闯把目光转到马烁身上，问道："我看你一点儿也不着急。"

　　"现在着急也没有办法，对方只给咱们留了这么一条路，"马烁说道，"我们一急，就正中他们下怀了。"

　　"话是这么说，"焦闯皱眉道，"可时机转瞬即逝，真让他们跑了……"

　　马烁把手搭在焦闯的肩膀上，说道："不要焦虑，他们跑不了。"

"我没焦虑……"

"你焦虑了。"马烁说道，"如果你心平气和地想想，就会发现他们每次开着套牌SUV出现，都会有人被杀。这次也一样，只不过我们还没有找到受害者。"

焦闯还要再说话，马烁的手机响了起来，屏幕显示联系人是小赵。

"烁哥，昨晚套牌车出现的区域，涉及两区三个派出所，现在信息已经全收集上来了，截至今晚7时，均没有接收到死亡报告。"小赵说道。

焦闯看了一眼马烁，但马烁仍然心平气和。

"好的，辛苦了，"马烁说道，"现在去查附近急救中心和交警队。"

"交警队？"

"对，交通事故死亡由交警处理，"马烁平静地解释道，"交警出具死亡证明后家属再去派出所销户，所以可能会晚上一两天。"

"噢，那我明白了。"小赵说道，"我现在就去查，估计很快就有消息。"

小赵挂断了电话，马烁也随即陷入沉默。

焦闯犹豫了一下，抬起手，拍了拍马烁的肩膀。

马优悠坐在床头刷微博，当天热搜是一个国外女孩因为车祸瘫痪，凭借人体外骨骼重新站起来，过上了和普通人无异的生活。这套装备能和神经连接，由人的意识控制，只要稍加训练，就能操控自如。公司负责人说，虽然这个设备还处于试验阶段，但相信不久的未来就能全面应用。

马优悠看着iPad，不知不觉泪流满面。这时外面传来了门铃声，她以为是马烁回来了，急忙擦掉眼泪，一边按下床头的门禁开关，一边叫道："请进！"

门推开了，但是没人进来。

马优悠下床困难，所以坐在床头，朝着门口喊道："谁啊？"

一道金属的冷光闪进来，接着传来嗒嗒嗒的声音。

- 51 -

"你怎么来了！"马优悠惊喜地叫道。

"不速之客"正是盲人杜芄。

马优悠的表情很快从惊喜变成惊讶，因为一向沉稳的杜芄不知为何变得惊慌失措，瑟瑟发抖。

"你怎么了？"她问道。

杜芄开口了，但原本温暖的声音变得像金属摩擦一样尖厉："对不起，我不想让你害怕，但我实在没地方可去了。"

"你过来。"马优悠说道，"我要不要报警？"

"先不要。"杜芄用盲杖点到了沙发，然后摸索着坐下去。

"先说，你怎么了？"马优悠再次问道。

"我……"杜芄忽然沉默了。

马优悠看着杜芄，她万分焦急，却不能表达出来，那只会让杜芄的情绪雪上加霜。

沉默良久，杜芄终于低声说道："我感觉我叔叔一家要害我。"

"什么！"马优悠喊了起来，立刻抓过手机，"我现在就和我哥哥说！"

"等一下，"杜芄阻止道，"你先听我把事情说完。"

"好。"马优悠急得眼里一下盈满了泪水。

"自从我叔叔成为我的监护人，他们一家就搬到了我家里，然后在我家楼下给我租了个独居，说是为了照顾我。"杜芄顿了顿说道，"其实他们从来没有照顾过我，就是每周安排个小时工给我打扫房间。"他一边说一边低下头。

"你过来坐，让我拉着你的手。"马优悠颤声说道。

杜芃拿起盲杖轻轻点了几下，定准位置，然后坐到床边。马优悠一下攥住杜芃的手，他的手像冰一样凉。

"昨天晚上……"杜芃像是被什么吓到了一样，停止了说话，艰难地咽了口唾沫，然后说道，"昨天晚上，我叔叔忽然下来找我，说给我带来一个国外的什么营养果汁，让我喝了。"

"你喝了吗？"马优悠问道。

"我和他说，我已经刷完牙了，但他非让我喝。"杜芃顿了顿说道，"我当时就感觉很奇怪，他以前从没管过我的饮食。"

"那你怎么吃饭？"马优悠急着问道。

"在这里吃，"杜芃低下头，"或者回家前在外面吃。如果都赶不上，那就只能饿肚子了。"

"你叔叔真是个浑蛋！"马优悠深吸了口气，"你继续说。"

"我产生了警觉，但我不知道该怎么做。这时候他接了一个电话，就到房间外面打电话了。"

"到房间外面打电话？"

"是的。"

"他为什么要回避你？"马优悠问道。

杜芃摇了摇头，继续说道："我趁着他出去的工夫，把那些东西倒掉了。他回来后没有怀疑，就走了。"

"然后呢？"

"然后我就躺下睡觉了。"杜芃的声音忽然开始发颤，"没过多久，大门忽然被打开了，我听到了两个人的脚步声。其中一个说你过去看看他睡着没有，另一个就过来试探我的鼻息。"

"是你叔叔吗？"

"我叔叔和我弟弟。"杜芃咬紧嘴唇，过了半晌才说道，"说话的是叔叔，过来试探我的是弟弟。他们以为我睡着了，很高兴，说看来这个药真管用。他们没有伤害我，就离开了。我只好装作不知道，今天一天都很害怕。"

"他们今晚也来找你了？"

"不。"杜芃握紧了马优悠的手，"就是因为他们今晚没来找我，我才更害怕。他们一定是为了什么事在做准备。我可能会被他们杀掉。"

"不！不会的！没人能伤害你！"马优悠高声说道，"谁敢伤害你，我就在他身上捅出个窟窿。我告诉我哥，他会保护你，把他们抓起来，把这群寄生虫赶出你的家！"

"他们为什么一定要杀死我？我已经把房子给他们了。"

"因为他们是贪婪的坏蛋，是披着亲人外皮的强盗！"马优悠说道，"从现在开始，你就住在这里，绝对不会有人敢动你的。我哥出差去了，估计明天就能回来，他会保护我们的！"

"好。"杜芃点了点头。

就在这时，一阵急促的手机铃声忽然响起来，杜芃像被电了一下，从兜里掏出手机，这时系统女声循环播放道："永邦叔叔来电，永邦叔叔来电……"

"你接！"马优悠说道，"我看他还敢来这里闹事不成？"

杜芃摩挲着按下接通快捷键，杜永邦的声音传了出来。

"你跑哪儿去了？"毒蛇吐信一样的声音，听不到一点焦急，满满都是阴森森的恶意。

"我出去了。"杜芃说道。

"这么晚了，你要去哪儿？"

"我可以有自己的生活吧？"

"那你也要告诉我，我是你的监护人。"邦叔狠狠道。

杜芃停顿了片刻，终于说道："你马上就不是了。"

杜芃的话让邦叔错愕了几秒，然后才问道："你说什么？"

"你马上就不是了。"杜芃一口气说道，"我已经找过律师了，律师安排了下周五去公证处，撤销你我之间的监护关系。"

"你在干什么？"邦叔低吼道。

"没什么，我不想再和你说话了，"杜芃说道，"但是我之前说过的，给我弟弟一套房子，我会说到做到，这周五我和律师一起去找你过户，算作这两年你们一家照顾我的报酬。"

"你这样就太没良心了吧！"邦叔急了，声音也变大了，"我们一家人辛辛苦苦照顾你，到头来就换回了这个结果？"

"是吗？等你有一天老了病了，希望你儿子也这么照顾你。"杜芃说道，"我告诉你，我明天就会和优悠的哥哥马警官说这件事，如果我出现意外，马警官一定不会放过你的。"

"你说什么？你怎么和我说话呢？"邦叔忽然吼了起来，"什么意外？什么警察？你赶紧告诉我你在哪儿，赶紧给我滚回来，咱们什么事没有！要不然……"

"要不然怎样？"杜芃戳破了邦叔的虚张声势，"我已经录音了，如果你再威胁我，我就报警。"

"你……"

杜芃挂断电话，过了很久，才叹了口气。

"我们都不能选择亲人，对不对？"他说道。

"但我们可以选择自己的生活。"马优悠抚摩着杜芃的手说道，"被这样对待不是你的错，很多时候善良的人才会受到伤害，我们改变不了这个事实。所以我们更应该努力生活，远离那些肮脏的人和事。"

"他以前不是这样的人。"杜芃喃喃道。

"人只会在财富面前暴露出本性，"马优悠说道，"海盗也只有在抢到财宝以后才会自相残杀。"

杜芃低下头，说道："我能在这里住一晚吗？"

"当然！"马优悠说道，"不仅今天，以后你也住在这里，直到你找到了新的安全的住处为止。"

"不。"杜芃摇了摇头，"我知道马警官也在这里住。"

"没事！"马优悠笑着说，"今天白天，房产中介给我打电话，说我家的租客已经搬走了，他可以回家里住了。不过呢，这段日子我会让他经常过来的，有我哥哥这么厉害的刑警保护你，这回放心了吧？"

"优悠，谢谢你。"

"谢什么？咱们不互相帮助，还指望谁帮助咱们？好了，睡觉吧。"马优悠拍了拍杜芃的手背，"沙发下面有两个抽屉，左边是枕头和毯子，右边是洗漱用品，都是新的。快去洗漱吧，放心，我不会偷窥你的。"

杜芃忍不住扑哧一声笑了，心情也放松下来，他摇了摇头，拄着盲杖去铺床、洗漱了。马优悠靠在床头看着他，忽然想到了未来。

窗外忽然一亮，马优悠向外望去，黑夜中闪过一连串闪电，树顶的枝叶像海浪一样起伏着。看来又是个风雨夜啊，她下意识裹紧了被子。

一颗巨大的雨点砸到新建的柏油路上，发出啪的一声响。

马烁抬头看了看天空，朝着车旁的焦闯做了个遮掩的手势，焦闯从后备厢里取出两件警用雨衣和两双胶皮雨鞋。两人刚换好雨具，夜空就下起了倾盆大雨。雨水很快汇流成一条条土黄色的溪流，爬向公路边缘的雨水管道。

马烁抬起头，欣赏着探照灯点亮的暴雨，它们像水晶一般璀璨，又像瀑布一般壮阔，雨声盖过了一切。这是独属于刑警们的风景，一处转瞬即逝的秘境。

马烁转过头，看到焦闯也靠在车旁，享受着这落下九天的银河。

十分钟后，暴雨变成中雨，雨声小了，雨水流下管道的哗哗声挤了进来。马烁踩着地面上的积水，在冲刷得干干净净的路面上踱步，似乎想要找回刚才那美妙的秘境。

三辆警车闪着警灯开到路口，车里下来八个人，三个身穿制服的交警，三个便装男人，和两个同样便装但垂头丧气的男人。

昨天夜里，这个路口发生了一起交通事故，一辆满载的渣土车在路口撞死了一个行人。当地交警队今天白天处理了这个案子，车队老板和肇事司机担下了全部责任，接下来就是漫长的诉讼环节了。半小时前，交警队忽然接到了来自东城刑侦支队的电话，询问他们昨天夜里有没有发生死亡事故。交警队的值班民警十分诧异，又不敢怠慢，于是打电话把队里领导从床上叫起来了。他们看到路口的阵势也都十分惊讶：四辆警车卡住了四条车道，其中一辆皮卡车上架起了三层楼高的探照灯，几个身穿防护服的技术员蹲在地上拍照。

交警队长看到马烁站在路口，于是走过去问道："是东城支队的同志吧？"

－ 52 －

"昨晚的车祸，是在这个位置吧？"马烁开门见山地问道。

"嗯……"交警队长转身喊道，"把他俩带过来。"

肇事司机失魂落魄地走过来，朝着马烁一点头，眼中已经失去了精神。

"把昨晚的经过再说一遍。"马烁说道。

"昨晚……昨晚我不应该闯红灯……"

"不是问你这个。"马烁打断了司机的话，"算了，我问你答吧。你们运渣土的一共几辆车？"

"七辆。"

"平时都那个时间段运渣土吗？"

"对。"

"运了多久了？"

"你说这个工程吗？"肇事司机问道。

"对。"

肇事司机看了眼老板，唯唯诺诺地说道："有半个月了吧。"

"每天都这么跑吗？"马烁说道，"过路口也不看灯？"

老板急忙上来解释："不是，我们……"

"没问你！"焦闯喝止了老板，转身对肇事司机说道，"你如实交代，我们不会为难你。"

"你是第几辆车？"马烁问道。

"第三辆。"肇事司机老老实实地回答道。

"前面的车过去之后，会不会用对讲机通报路况？"马烁问道。

肇事司机点点头，说道："他们都说路口安全，我们才……"

"你们每辆车之间差多长时间？"

"大概两分钟吧。"肇事司机说道，"出工地的时候比较慢，就拉出档子了。而且夜里我们也不敢开太快，基本上一分半、两分钟一辆车。"说到这里，他偷偷看了一眼马烁。

"事故发生后，你有没有发现什么可疑的现象？"马烁问道。

"没有啊。"

"你有没有第一时间找到死者？"马烁继续问道。

"没……没敢……"

"说说这个经过，从你刹住车开始说。"

"刹住车后，我就下车了。"肇事司机看向烟雨朦胧的前方，"当时周围全是尘土，什么都看不见。我看了眼车头，没人，我也不知道那人在哪儿。因为我刹车刹了六十多米，所以就往回找。找到了一只皮鞋……"说到这里，他停下来，喘了几口气，说不下去了。

"然后你干什么了？"马烁问道。

"然后我就想，完蛋了。我就继续往回走。"

"为什么？"

"我要叫停后面的车啊。"肇事司机有气无力地说道，"我已经走不了了，我不能让后面的车再撞到我。"

马烁点了点头，继续问道："你之后多久回来寻找死者？"

"半小时吧。"

"半小时？你就不想想他万一还活着呢？"焦闯喊道。

"不可能活着了。"肇事司机惨然一笑，"我们干司机的都懂，只要路上看到鞋子，百分百就是死了。"

"你尝试着回想一下，你快要撞上他的时候，有没有按喇叭？"马烁问道。

"当然按了。"

"他有没有动？"

"没有。"

"你从多远看到他的？"马烁问道。

"当时烟尘很大，基本快到路口才看到。"司机看了看身后的车道，"最多十米吧。"

"你当时的速度有多快？"

"七十。"

"确定吗？"马烁瞪着他问道。

"确定，我们这个车限速七十。"车队老板接口道。

"打的是远光还是近光？"马烁又问道。

"我们都打远光。"

"时速七十公里，每秒大概二十米。"马烁说道，"远光基本上能照一百米，打个折算八十米，死者至少也有四秒的反应时间。"

车队老板往前走了一步，委屈地说道："我们也觉得这个人是来自杀的……"

"谁叫你们闯红灯的！"交警喊道。

车队老板立刻低下头不说话了。

马烁看着路口，雨渐渐小了，但远处的黑暗中阴雷闪动。焦闯给交警使了个眼色，一个交警带着车队老板和肇事司机离开。过了良久，马烁终于说道："不是自杀，是谋杀。"

"为什么？"焦闯问道，脸上抑制不住兴奋。

"如果他是自杀，撞第一辆渣土车就完了。"马烁看向交警，"第一辆应该也闯灯了吧？"

"没一个不闯的。"交警说道。

"为什么躲开第一辆、第二辆，非要撞第三辆呢？"马烁说道，"因为一个车队通常会选择同一条车道，这样相对安全。第一辆开道车的车速最慢，警惕性也最高，他不敢贸然动手。前两辆车通过后，他才能确定车队会在右侧车道行驶，然后在这条车道上等第三辆车。"

"他在右侧车道上等？"交警皱起眉头，"他为什么要等？你说开道车警惕性高，这我理解，但是第二辆车开过来的时候，他冲出来不就得了？"

马烁看着交警，说道："我说的是凶手。"

交警吓得抖了一下，往后退了半步。

"他的意思是凶手看准了车队在右侧车道走，把受害者放到车道上。"焦闯向交警解释，然后对马烁说道，"死者无法逃脱，说明被什么东西困住了。"

"是的。"马烁点点头，"等渣土车撞过去之后，凶手再找到死者，把禁锢装置撤掉，而且他很确定司机不会去找死者。"

"为什么？"交警问道。

"我猜那只鞋是提前脱下来的。"马烁说道，"他利用了司机的迷信思想，看到地上有鞋，就以为人死了。"

"万一司机去找被撞的……受害者了呢？"交警问道。

"就像刚才司机说的，出事之后他最要紧的是去警示后面的车队，不要撞到自己的车，更不要撞到自己，这对他来说才是最重要的。至于被撞的人……"马烁吐了口气说道，"就算他有心过去看看，当他发现那只鞋，也会自我暗示对方已经没救了。"

"所以你的意思是凶手趁着司机去提醒后车避险的工夫，把死者身上的禁锢装置拿掉了。"焦闯确认道，"能把人固定住的装置可以这么容易拆下来吗？而且遭遇那么大的冲击力，会不会变形？"

"你们……稍等一下。"交警忽然开口。两人转身看着交警，交警说道："昨天我们处理现场的时候，找到了些奇怪的东西，当时不确定和这个事故有没有关系，所以就……"交警一边说一边走向隔离带，捡出一个滴着水的蛇皮袋子，从里面掏出两短一长三节木棍，正好能拼成一根手杖。

马烁在灯光下仔细观察这三节木棍，在两节短棍的中间和两头都有明显的砂砾感，长棍两头也有，这是撕掉胶布后残留胶粘上的沙土。马烁让焦闯双手背在后面，抓住一节短棍，然后蹲在他身后，把长棍搭在短棍中间，长棍够到腿肚子。

马烁蹲在地上问道："死者多高？"

"173。"交警在一旁说道。

"你呢？"马烁抬头问道。

"我吗？182。"焦闯回答道。

马烁站起来，掂量着手里的短棍说道："这就是那个禁锢装置，还是海南黄花梨的。"

"这就是？"交警张大了嘴。

"这个案子移交给我们吧，这是谋杀案，"马烁转身朝皮卡车喊道，"让支队技术科到交通队把尸体拉走。"

"你要尸检吗？"焦闯问道。

马烁看着手里折成三段的黄花梨手杖，说道："单靠这东西很难把一个成年男子困住，我怀疑他被下药了。"

"死者段育明，大鲁村资产管理有限公司总经理。"念到这里，小赵抬起头解释道，"大鲁村就是车祸发生的地方，五年前搞开发，村里为了管理开发收益成立了资管公司，村书记段建发任董事长，他是段育明的父亲。"

"现在一个村都能搞资产管理公司了？"焦闯打了个哈欠，现在已经是后半夜了。

"这是时下比较流行的做法。"小赵说道，"以前村里拆迁，直接把钱分到各家各户，很多人连赌带嫖没几年就败光了。钱花光了又没有别的谋生手段，这些人又成了不安定因素。后来再拆迁的村子就引以为戒，村子变公司，资产集中管理，每年给村民分红。"

"这个方法倒不错。"焦闯点了点头，"你挺懂啊！"

小赵羞涩一笑："我家就是村里的，和他们情况差不多。"

"我去！咱们这儿还藏着个'拆二代'呢。"焦闯打趣道，其他人也跟着精神了一点。

"拆多少钱那也是浮财，还得老老实实上班。"小赵挠了挠头。

"段育明的家里人联系上了吗？"马烁问道。

"正要汇报这个情况呢。"小赵说道，"段建发，也就是死者父亲，大约一年前出车祸死亡了。"

会议室里瞬间安静下来。就在这时，一声巨雷忽然在窗边炸响，震得桌椅发出一阵嗡嗡声。

过了良久，马烁终于问道："段建发车祸的资料，你们找到了吗？"

"找到了！"小赵立刻打开另一个档案袋，"事故经过是这样的，段建发每天晚上都要亲自视察工地，然后坐着轮椅回家。事发当晚，他操纵轮椅通过十字路口时，忽然停在路中间，这时候冲过来一辆卡车，把他撞死了。"

"轮椅怎么能停在路中间呢？推不动了吗？"焦闯问道。

"电动轮椅。"

焦闯点了点头："就是失灵了呗。"

"对。"小赵点点头。

"也可能是被远程操控锁住了。"马烁忽然说道。

会议室又瞬间安静下来。

焦闯咳嗽了一声，说道："咱们这儿好像还关着个这方面的专家呢。"

"给我看看。"马烁向小赵伸出手，小赵毕恭毕敬地递过档案袋。

马烁抽出文件翻看，看着看着，忽然把文件扔到桌上。焦闯拿起来一看，卡车司机的名字叫窦勇。

— 53 —

"儿子为什么要杀爹？"

几个实习警员你看看我，我看看你，谁也回答不了马烁提出的这个问题。

"李世民是为了江山，吕布是为了美人。"焦闯顿了顿说道，"当然，李世民也没真杀，只不过逼着老爹退位了。鉴于段建发已经坐轮椅了，为了美人的可能性极小，大概率是为了江山吧。"

"所以只要看看段建发死后，段育明投过哪些新项目，就大概知道他们父子间的矛盾了。"马烁说道。

"这事可能要麻烦经侦处了吧。"焦闯摸了摸刺猬一般的下巴。

"有困难找领导。"马烁看了眼手机，凌晨3点，"明天早上吧。"

"不过这事和靳巍有什么关系？"焦闯问道，"他不像是那种能为钱杀人的类型啊，而且我也看不出来老段的生活有多痛苦。"

马烁点了点头，对小赵说道："靳巍家对面的南楼排查得如何了？"

"他们还在现场，现在敲开门的都排查过了，没发现有可疑的。剩下的就要等明天早上，属地派出所和物业一起过来，拿到业主授权再开门。不过他们已经架好临时监控设备了，对进出人员也全部采集信息。"小赵回答道。

马烁点了点头，看向焦闯。

"行了，你们想吃夜宵，还是一会儿直接吃早点？"焦闯说道，"胡同里的早点摊包子不错。"

马烁想起焦闯从来不给早点钱，于是说道："把付款截图发给我，我给你们报销。"

小赵刚说不用，看到马烁朝自己指了一下，立刻不说了。

"行了，该买吃的买吃的，该休息抓紧休息，明天还一天硬仗呢！"焦闯揉了揉发红的眼睛。

实习警员离开会议室，焦闯沉默了片刻，叫马烁和自己去天台。

雨后的夜风格外清澈，马烁深呼吸了几口气，立刻头脑清明，好像所有的烦恼和疲倦都随着浊气排出去了。他不清楚这是新鲜空气的作用，还是案件迎来转机的喜悦。虽然案情还迷雾重重，但他已经隐约看到了山顶。九年来，这是他距离山顶最近的一次。如果说求生本能是一个人向前奔跑的驱动力，那么成就感就是向上攀爬的驱动力。

也许绝大多数"山顶"都是毫无意义的，唯一的作用就是满足人对成就感的渴求。但这就足够了，既然活着，为什么不打起精神？

他想起自己的前搭档，陨落的"未来之星"，正是这位搭档带他品尝到了成就感。虽然尘封了九年，但哪怕一个微小的刺激也会激活他对成就感的渴求，让他意识到自己并不是自认为的咸鱼，他从未忘记成功的美妙滋味。

所以他要感谢他的前搭档。

"那个……"焦闯的声音把马烁从遐想中拉回来，"我明天去支队了。"

"什么？"马烁愣住了。

"35专案组。"焦闯说道，"周五谈好的。"

"可是……"马烁语塞了，那这两天的奔波劳碌算什么？

"我就是想嘱咐你一下，别和别人说我这两天参与这个案子了。"焦闯有些尴尬地说道，"有人问，你就说都是你带着那几个小孩干的。"

"为什么啊？"马烁问道。

焦闯迟疑了一下，鼓起勇气说道："有些事说不清楚。虽说不是站队，但我总得选择未来的发展方向。对我来说，支队的发展可能更好一些。"

"你不是要当副队长吗？"

焦闯惨然一笑，说道："怎么可能呢？我争取在支队混个组长就得了。以前年轻气盛，总觉得自己是个人物，年纪大了才慢慢拎清自己几斤几两。你跟着武桐好好干吧，以后当了领导，多关照关照我这个老哥。"

"你两个礼拜前还不这样呢，再说咱们的案子都快破了，你这时候走亏不亏啊！"

"很多事都是一夜之间想明白的。"焦闯点了支烟，抠着额头上的痘痘说道，"现在想想之前那段时间真挺丢人的。行了，少一个人跟你分功你还不高兴？"

也许是武桐和他说了什么吧。马烁想着，也许武桐直白地告诉他，他不再有提升副队长的机会，所以他才另谋出路。他确实有很多毛病，尤其是张扬浮夸的老油条做派让人厌烦。但是就从这两天来看，他真的算一个完美搭档了。想到这里，马烁往前走了两步，伸出手说道："很高兴和你搭档。"

焦闯打开马烁的手，笑骂道："净整这虚的。还有个事托付你，咱们队有个协警叫小庞，你知道吧？"

马烁想了一下，才想起这个人，正是那天给他送喜糖的小协警："知道。"

"小伙子不错，以后多照顾照顾。"

马烁点了点头，他记得那个小协警工作认真，但没什么存在感。在这样的体制里，没有存在感通常就意味着老实，老实人不会抢焦点，永远默默工作，永远默默给别人当垫脚石。

"他爹是谁你知道吗？"

"谁？"

"唉，"焦闯无奈地挠了挠头，"你吃人家早点吃了这么多年，连老板姓什么都不知道吗？”

“你说胡同里……”

“行了，没别的事了。”焦闯大剌剌地拍了下马烁的肩膀，然后把手插到夹克兜里，说道，“你们案子要是破得早，没什么事的话，过来看看我。”

说完这句话，焦闯径直下楼了。

电梯又满员了。自从楼里一半房间被附近一个大部委包下来当宿舍，这种情况就愈演愈烈。武桐叹了口气，拉着江临冲进楼梯间。

“不要蹦！”武桐拽着江临的小手，“刚吃完饭，小心肚肚疼。”

“妈妈为什么要穿高跟鞋？还打扮这么漂亮？”江临不高兴地问道。

“因为妈妈今天上午要开会啊。”武桐专注地看着台阶，“你不想让妈妈穿高跟鞋吗？”

“妈妈把我送到停车口就行了。”江临板起脸说道。

学校为了方便家长，临时开通了一个即停即走的入口。家长不必再下车把孩子送进学校大厅，只需要停在入口，孩子自己进去，家长就可以开车离开了。但是家长都想把孩子送进学校大厅，再多看几眼孩子，所以除了马上要迟到的情况，停车口很少有人去。

“为什么呀？”武桐问道。

江临噘起小嘴，不再说话。

武桐背着江临的书包，书包的分量在明显变重。现在学校已经不允许考试排名了，但老师和她暗示过江临的成绩大约排在中游，最好上课外辅导班，培养学习能力，为初、高中打好基础。她也在考虑到底要不要这么小就给孩子报班，还是自己太过焦虑了。她正在思考这些问题，江临忽然挣脱了她的手，向前奔去。

她抬起头，看到了马烁站在小区门口。

“马叔叔送我去就行了！”江临笑得像一颗红苹果。

"你们熬了一宿，怎么还过来？"武桐皱起眉头。

"有个事和你说下。"马烁一手接过江临的书包，一手拉住江临的小手。

"怎么了？"武桐从包里掏出车钥匙，解锁车门。

马烁把书包和衣物包放到副驾上，让江临坐进车里，然后对武桐说道："我们昨晚又发现了新的受害者，具体情况你看下邮件，但是我们想查一下受害者公司最近的商业活动。"

武桐迎着朝霞，眯起眼问道："从什么时候开始？"

"大概去年这时候，邮件里都写着了。"马烁说道。

"这可能要去找经侦处帮忙，"武桐想了想说道，"正好今天上午经侦处处长也过去开会，我直接问她吧。"

"好，上车吧。"马烁说道，"先送江临，再送你去市局。"

"不用，我打个车就去了。"武桐笑着说道。

- 54 -

马烁送完江临后坐回车里，给武桐发了信息，告诉她江临入校了。武桐很快给他回了信息，说已经和经侦处领导打过招呼，中午之前就能有消息。

他看着车外拥堵的车道，上百辆车塞在这里，已经排成三排，等着前面的红绿灯放行。他放弃把车倒出去的念头，从包里掏出记事本，准备梳理一下案情。他摸到了一件硬物，又沉又凉，拿出来一看，竟然是姥爷的手表。这些天，这块手表就躺在包里，跟着他四处奔波。他决定拿着这块表去找住在三亚养老公寓的舅舅，不管结果如何，也好过永远带着怀疑。可是他也不能就这么拿过去，至少得保养一下。他在网上搜了一下保养手表的价格，至少也要三千块钱。

他摩挲着表盘良久，终于下定决心，从手机里翻出阿珞的微信号，问他今天上不上班，自己有块手表想带过去让他看看。

阿珞很快给他回了信息："好啊，我今天正好是早班，马警官想几点来？"

马烁看向后视镜，车流已经加速，看来很快就能脱困了。

马烁把手表交给阿珞的时候，阿珞明显愣了一下。

"这是……"

"这是我姥爷的。"马烁说道，"我想问问，保养一下大概花多少钱？"

阿珞小心翼翼地翻看着手表，犹豫道："这个我得给您问问了，要不咱们还是上楼吧。"

马烁跟着阿珞上楼，坐在接待区等待，阿珞拿着手表直接进了维修中心。十几分钟后，之前帮过忙的王经理和阿珞一起来到马烁面前。

"这块手表是您……"王经理表情郑重地问道。

"是我姥爷的。"

王经理点点头，说道："这块表，我们决定为您免费保养。"

马烁一愣，他看了眼阿珞，从阿珞震惊的表情中，他猜到这个保养肯定价格不菲，远超三五千的水平。

"明天上午9点，您可以过来取表吗？"王经理说道，"我们知道您工作繁忙，或者您自己挑一个时间，只不过，拜托您提前一天和我们确定好时间。"

"那就明天上午9点吧。"马烁想了想说道，"我想问下，这块表保养大概需要多少钱？"

王经理沉默了片刻说道："费用会按照保养难度来收取。这块表应该已经停了至少二十年，而且是一块将近五十年的表，保守估计一万元。"

"这还不算加急费用，"阿珞笑道，"正常保养的话，这块表至少要在店里放一周呢。而且王经理亲自下场，这可是VIP待遇。"

"我能问一下原因吗？"马烁问道。

"明天您来了自然就知道了。"王经理礼貌地说道。

马烁刚回到车里，手机就响了起来，是小赵打来的。他接通电话，小赵有些语无伦次，翻来覆去说他们终于找到了。"我给你发图片，你先看吧。"说罢，小赵挂断了电话。马烁打开小赵发来的图片，深绿的底色上有一团银白色的东西。他放大了一看，原来那是一顶假发。

马烁深吸了几口气，平复激动的心情。

罪恶已经慢慢浮向水面，露出黑色的轮廓。下一秒钟，也许它会张开血盆大口向自己扑过来，或者掉转方向潜回黑暗的深渊。所以，这个时候他要格外冷静，绝不能犯下任何错误。他忽然冒出一个想法：假发为什么会在那里？是他们遗落的，还是故意的？接着他想起焦闯说过的一句话："有人在制造各种证据和线索，把我们引向靳巍……"

消失已久的套牌车忽然出现，同样以彼之道还施彼身的作案手法，用一起谋杀案揭开了另一起谋杀案，然后套牌车把我们引向靳巍家的小区，让我们找到了假发。这会不会都是对方故意留下的线索？这一次要把我们引向何处呢？

除了跟着对方跑，就没有别的方法了吗？如果这些都是对方计划好的，他们也一定早就清除了痕迹，就算一路追下去，也只是陪对方兜圈子而已。

马烁看着那团假发，它变成了一张脸，正对自己发出轻蔑的冷笑。

这时候如果能有个人商量一下就好了。马烁闭上眼睛，努力把这些杂七杂八的念头从大脑中赶出去，他要集中精力思考，他不能追着对方兜圈子，他要找到那条路径，那条直接绕到对方面前的路径。

终于，他睁开眼睛，又给小赵打去电话。

"把技术科的人留在现场，你们都撤回来吧。"马烁命令道。

"什么？"小赵叫了起来。刚刚追查到重要线索，就让他们撤退，换了谁都会困惑的。

"撤回来。"马烁平静地说道，"你们现在有几个人？"

"五个人。"

"好，你记一下，"马烁说道，"安排一个人去网监查张宏的扫码记录，找到他和凶手一起玩的游戏。"

"是。"

"再去个人盯租车公司，今天中午之前我要结果。"马烁说道。

"没问题。"小赵应道。

"余诗诗那边怎样了？谁在盯着？"

"老孔。"小赵说道，"对了，他说昨晚余诗诗一家去了首都机场，走的是国际出发，是康养中心老总徐炳辉亲自送过去的，后来余诗诗和徐炳辉又回来了。"

"让小孔去查查余诗诗一家去哪儿了。"马烁沉吟了片刻说道，"小孔那边人手够不够？"

"他在那边待了快24小时，"小赵说道，"我回头替他。"

"我们现在都过去，去康养中心。"马烁说道。

"现在吗？"小赵迟疑地问道。

"对，现在。"马烁把手机放到中央扶手上，按下免提，然后发动汽车。

"为什么呢？我有点跟不上你的思路了。"

"我怀疑那顶假发是凶手故意留下的。"马烁把车挪出车位，跟着出口导向标志往外开去，"假设是这样，那么他们周六夜里开着套牌SUV去作案也是故意的，他们故意让我们发现他们的行踪和据点。"

"怎么判断出他们故意留下假发的？"

"你们找到其他有用的东西了吗？"

"还没有。"

"这不就得了！"马烁说道，"说明他们离开前已经收拾过据点了，那为什么会单单留下假发？"

"懂了！可这和康养中心有什么关系呢？是因为套了他们的车吗？"

"不，凶手在用套牌车引起我们的注意，"马烁攥紧方向盘，一字一顿地说道，"凶手怎么会知道咱们发现了他们在开套牌车？"

"噢！"小赵叫了起来，"所以那天我们去康养中心出现场……"

"凶手也在那里！"马烁说道，"那天是周一，3月16号。"

"我知道，是你妹妹的生日。"小赵接口道，"我们现在就过去，先把康养中心的监控视频拿到了再说！"

由于康养中心要筹备上市，余诗诗开始对之前所有采购合同进行内审。这是一项非常繁重的工作，但余诗诗不怕，相比之前十几年窒息一般的生活，现在简直身在天堂。

手机响起，她扫了一眼，是婆婆的手机号。该来的早晚要来，但她现在什么都不怕了。她甚至有些兴奋，这些天反复打磨的腹稿终于有用武之地了。

她接起电话，听筒里立刻传来婆婆的咆哮声。她把手机放在桌面上，继续工作，大概过了五分钟，听筒里传来婆婆微弱的叫唤声，她才不紧不慢拿起手机。

"你骂够了吗？"

"你个臭骚……"

余诗诗又把手机放在办公桌上，又晾了婆婆五分钟，然后拿起手机。

"这回骂够了吗？"

"你……你……你为什么要害死我儿子？"婆婆声嘶力竭地喊道。

"你说我害死你儿子？那你报警好了。"余诗诗平静地说道，"如果你想知道到底是怎么回事，你就先闭上你的臭嘴，听我说完。"

"你让她说！"听筒里传来公公的吼声。

"你们找个地方坐好，我怕你们一会儿血压高了。"余诗诗说道，"你们儿子死了两年了，终于想起给我打电话了？"

"你别废话！到底是怎么回事？"婆婆又吼了起来。

余诗诗拍了拍裤腿的灰尘，不紧不慢道："这个事其实非常简单，为了给你儿子治病，我就只能借高利贷，但我们没房也没车，就只能借裸贷。裸贷你们知道吗？就是我脱光了拍照片给人家，如果还不上钱，人家就把照片发到我老家。"

"你……"

"放心，我没拍。"余诗诗冷笑道，"因为人家看我岁数太大了，担心我没皮没脸，裸照要挟不了我，所以我们就商量换了个法子，把你们家的地址和信息当抵押物了。可能是他们觉着你们得要脸吧，毕竟在当地也是体面人家，所以就同意给我放贷了。条件是如果我还不上贷款，他们就去找你们。"

"你凭什么这么做？"

"凭什么？就凭给你儿子治病啊。"余诗诗依旧语气平和，"前段日子他们来找我还钱，我当然没钱了。他们就威胁我，说要骚扰你们。这些钱本来就是给你儿子治病用的，所以你们还钱天经地义。你们不想还也没关系，反正我是不会还的。而且我还要告诉你，现在是法治社会，东西不能乱吃，话也不能乱说。你认为我害死你儿子，你就去报警，看看警察听不听你胡说八道。我伺候你们家病秧子快二十年，不是为了等他死了听你们满嘴喷粪的！"

"你浑蛋！"婆婆又吼了起来。

"你们才是浑蛋。"余诗诗不紧不慢地说道，"你知道吗？你儿子活着的时候每天都在骂你，怪你把他生成这样，半死不活的。他做手术之前还诅咒你呢，说他如果挺不过来，变成厉鬼都会把你带走的。你有工夫找我的邪碴儿，不如担心你自己，看看半夜有没有鬼叫门。"

"我……你……"婆婆气得说不出话来。

"他真的非常恨你，还有你丈夫。"余诗诗说道，"老公公，你也在旁边听着呢吧？你儿子最恨的人是你，说他小时候本来有机会治好，都是让你给耽误了。好像是你把给他做手术的钱拿去做生意了吧？"

"胡说！儿子和我们好着呢！别听她胡说！"婆婆喊道。

"真的好吗？你儿子在北京生活了二十年，你们总共见过几次？"余诗诗戳穿了婆婆的虚伪，"要是没有我，你儿子早不知道死多少年了！所以，不要再让我听到你说我害死你儿子的鬼话，否则我真的会撕烂你的臭嘴！"

"你……你……把余新柱给我叫来！"婆婆疯狂地吼道。

"我爸妈和我哥嫂一家子都出国定居了，他们再也不会回来了。"余诗诗笑着说道，"所以我也不怕老家传这些谣言，在我眼里，那就是个笑话。你们一家子都是笑话。而且，就算我在别人眼中是个潘金莲，你儿子也是个武大郎！"

挂断电话，余诗诗积郁在胸中十几年的怨气全部发泄出来，她感觉身体每一个毛孔都在呼吸着新鲜空气。她亲手了结了过去十多年的恩怨，她为自己的勇敢感到自豪。她要谢谢那个暗中威胁她的女人，是她让自己变得坚强。她甚至还送给自己一个能活活气死婆婆全家的绝好故事。

她走到窗边，看着窗外的五角枫树，远处一队警车闪着警灯驶来。

－ 55 －

马烁坐在警车里，看着康养中心的办公楼，徐炳辉就在那里。

五分钟前武桐告诉他，段育明控制的一家投资公司投资了泰谷康养中心。经侦处查到这笔资金的来源正是大鲁村资产管理公司。

真相终于浮出水面：徐炳辉和段育明合谋害死了段建发，作为回报，段育明投资徐炳辉的康养中心，而靳巍和窦勇则扮演了杀手的角色。所以，窦勇和段育明接连被杀，靳巍被抓，这一切都是冲着徐炳辉来的。套牌黑色SUV也是为了让警方注意到徐炳辉。

现在的问题是，徐炳辉到底有多少人脉是用这种方式结下的？

马烁似乎看到了一个深不见底的罪恶深渊，可是他还不能进去抓走徐炳辉，因为直到现在他还没有找到徐炳辉犯罪的直接证据。他甚至无法证明段建发遭遇的车祸也是一起谋杀案。相反，如果让徐炳辉发现了自己在怀疑他，他一定会想办法销毁证据，比如清除掉和靳巍的联系记录。

对，他们有自己的联系方式。马烁大脑飞转着，靳巍的手机里有徐炳辉的电话和微信，但是除了春节互发拜年信息以外没有联系过。可是徐炳辉把余诗诗被警方调查的事通知了靳巍，所以他们一定还有别的渠道联系。

明知道徐炳辉就是凶手却无从下手，这种感觉真是窝囊。马烁想起九年前把他们打入谷底的那起案子，大概也是这么一回事。那种深深的无力感，直到现在都记忆犹新。说什么找到破绽分化凶手的策略，那都是之后才想到的，说到底不过是事后诸葛亮罢了。如果当时他能想到这个办法，也许就能拦下愤怒而盲目的搭档了。

这就是人生的考卷吧，上次做错的题目，这次变个样子继续出给你。

马烁还在胡思乱想，办公楼门开了，徐炳辉朝警车快步走过来。马烁叹了口气，推开下车，迎了上去。

"这么大阵仗！"徐炳辉一边走一边招手，"什么风把你们吹来了？"

马烁快步冲到徐炳辉面前，握住他伸过来的手，小声说道："徐总，我们来调查一些事情，抱歉给你们添麻烦了。"

"哪里话！配合公安是公民的义务嘛。"徐炳辉压低了嗓音，"不过，我们这里真的牵扯到什么案子了吗？我们可是马上要上市了。"

"的确有点麻烦，您还记得我之前问过您的那个叫靳巍的人吗？"马烁极力表现得淡定，他无法保证能不能骗过徐炳辉。

"记得啊，他以前是我们这里的志愿者。"

"他给病重的人实施安乐死，已经被我们掌握实际证据了。"马烁低声道。

"这样啊！"徐炳辉惊道。

"案情比较复杂，我就不和您多说了。"马烁回头看了下正在陆续下车的同事们，"我们需要调取咱们这里的监控记录，我的同事还要走访一些人。"

"没问题。"徐炳辉立刻说道。

"嗯。"马烁看着闪烁的警灯，拿起对讲机说道，"小赵，你们把车开到第二停车场，这里都是病人，不要吓到他们。"

"谢谢，你真的很细心。"徐炳辉诚恳地说道。

"徐总，有几个问题我也得走访一下您。"马烁掏出记事本。

"咱们去凉亭里说吧。"徐炳辉抬头看了看如洗过的蓝天，"多好的天气。"

"靳巍的母亲确实住在平价部，她也确实是通过我的关系进来的。"徐炳辉停顿了片刻说道，"我和她是老乡，这个你知道吗？"

马烁摇摇头，问道："您是甘肃人吗？我以为您是南方人。"

"你看得真准。"徐炳辉笑着点点头，"我祖籍确实在南方，但我也确实在甘肃出生长大的。"

马烁若有所思地点点头："所以您对靳巍有一定了解。"

"不，"徐炳辉摇摇头，"我是在他母亲入院后才知道他的。后来他从国外回来照顾母亲，我们接触就多了。因为我们都有留学经历，有些共同话题。"

"看来您对老家乡亲很照顾。"马烁说道。

"我家里条件不好，从小就算是吃百家饭长大的。靳巍的母亲，我管她叫姑，她非常善良，也很照顾我，所以我这也算是一种报答吧。"说到这里，徐炳辉叹了口气，"没想到她的儿子竟然是……"

马烁观察着徐炳辉说谎话时的样子，这个男人的演技真的已经炉火纯青了，也许他说的谎话自己都会相信吧。马烁配合地叹了口气，问道："他在陪护母亲期间，有没有什么极端表现？"

"你这样说的话，还真的有。"徐炳辉看了眼马烁，然后双手抱在胸前，低下头说道，"他母亲去世后，他留在这里做志愿者，这就是极端表现了。"

"为什么呢？"

"首先，人在面对负面情感的时候会本能地逃避。"徐炳辉看了看马烁，"比如亲人去世了，正常人都会想搬出去一段时间，有条件的甚至会卖掉房子，或者重新装修。这是正常的反应。"

"没错。"马烁点头表示同意。

"但是他母亲去世后，他一直留在这个环境里，这本身就是不正常的，而且还做志愿者。"徐炳辉摇了摇头，"你知道志愿者是最苦最累的工作，每天要接收大量的负面能量。"

"当时你没有警觉吗？"

"没有想到这方面，不过为了他的心理健康，我也找他谈过，希望他能接受一下心理评估，然后做适当治疗。"徐炳辉摊开手，"但他拒绝了。医生治病最重要的是病人配合，否则效果就是零。可他又是故人之子，我又不好这样放弃他，就把他留在身边，也算有个照应。结果去年年底的时候，他忽然要走，我怎么挽留都没用。"

"他在这里有什么朋友吗？"

"他和每个人都很好。"

"和谁有矛盾吗？"

徐炳辉沉默了片刻，说道："他和每个人都很好。"

马烁赶到市局已经中午11点了，然后又在市局门口排了十分钟队。就算开着警车，他照样被门口的管理员拦下来。他告诉管理员自己来A11会议室开会，管理员愣了一下，上下打量着马烁。

"A11的会开完了。"管理员说道。

"开完了？"马烁吃惊地说道，"可是我们领导让我来汇报……"

管理员眼中露出同情的目光，于是挥了挥手，说道："直接下地库。"

接着他走到马烁的车后，朝下一辆车喊道："接人的都到胡同外面等着，这里不让进！"

马烁开车进了地下停车场，找了个车位停下，给武桐发信息说自己到了。武桐很快给他回了一条信息，让他找3号电梯坐到五楼。马烁坐在车里定了定神。一个小时前，武桐忽然给他发来信息，让他到市局汇报工作。他想了一路也没想明白要汇报什么。汇报他已经找到了凶手，但就是没有证据吗？还是汇报他发现了两个凶手，但还没抓到人？

既来之，则安之吧。马烁放弃了思考，推门下车，穿过弥漫着尾气和二手烟味道的停车场，走进电梯。

电梯门再次打开，楼道里空旷寂静，和楼下的车水马龙形成鲜明对比。马烁的心情一下就平静了好多。这时身侧传来轻微的脚步声，他转过身，看到一个年轻女警。

"你是东城支队的？"年轻女警上下打量了他一番，高傲地问道。

"对。"

"跟我来。"年轻女警转身往回走。

年轻女警带着马烁走进等候室，让他在这里等着，然后推开另一扇门，蹑手蹑脚地走进去。马烁刚刚平静下来的心情立刻又紧张进来。

很快小女警出来，朝他招了招手。他深呼吸了一口气，走进那扇门。

一间不大的会议室，里面坐着三个人。一个瘦小的老头居中坐着，他的腰板挺得笔直，像一座钟。左边坐着一个戴眼镜的中年男人，白白胖胖的，像是在机关工作多年的人，脸上露着和气的笑容。右边是武桐，年轻女警走到武桐身边坐了下来。

"这是我们队的马烁。"武桐小声介绍，然后对马烁说道，"这是梁局，这是刑总的马队长。你别紧张。"

马烁点了点头，他能感觉到梁局的眼神正在自己身上打量，于是比刚进来时更紧张了。

"你是赵阳的搭档？"梁安治开口问道。

多久没有听到这个名字了？马烁忽然全身发木，说不出话来，只好点点头。

"可以。"梁安治看了看武桐，"九年了还这么精神，这就对了！"

"他还是看到您紧张，平时更精神。"武桐笑着说。

"好。"梁安治点点头，然后看向马烁问道，"你还记得那个案子吗？秦国力女儿的案子？"

马烁一怔，他没想到梁安治竟然会问起那个案子。秦国力就是九年前女儿被仇家报复吸毒的前任队长，也正是因为那个案子，他和搭档双双被下放。

"秦国力上礼拜死了。"梁安治转头对被称作马队长的男人说道，马队长忙不迭点头附和。

"他死之前我去看他。"梁安治继续说道，他的语气平缓，好像在说一件很普通的小事，"他得了癌症，医生说是抽烟抽的，我看他就是想闺女想的。"

马队长沉痛地点点头，说道："他女儿好像死了几年了。"

"自杀了。"梁安治抬眼看了一眼马烁，继续对马队长说道，"他死之前托付我给他报仇。到底是个老实人，临死了才敢说点心里话。"

梁安治停住了话头，会议室里安静下来，但马烁能感觉到一种看不见的力量在空气中缠结。

"请领导放心，"马队长说道，"我们不惜一切代价，也要把这案子破了。"

梁安治转过头，把目光放在马烁身上，似乎在等他表态。

"我不认识秦国力。"马烁忽然说道。

这句话像一把利刃，切开了纠缠在一起的空气。对面四个人都愣了一下。

"所以我该庆幸，"马烁继续说道，"不必背着让他死不瞑目的负罪感。"

"啪——"马队长拍了下桌子，压着嗓子斥责道："你怎么和梁局说话呢？"

梁安治抬起手制止了马队长，然后平静地说道："接着说。"

"九年了……"马烁顿住，他用力咬着牙，脸绷得像一块铁板。

一阵沉默，马烁再次开口："我就想问问您，我当年有没有做错？"

梁安治迎着马烁的目光，拿起水杯，又放下，然后说道："你是想问，当年把你调到东部队的处理有没有错，对吧？"

"不。"马烁摇了摇头，"把我调到哪里，我都必须服从。我是问我当年向调查组如实报告我搭档殴打嫌疑人，到底有没有错？"

又是一阵沉默。

"没错，"梁安治终于说道，"你做得完全正确。"

"谢谢，九年来我就在等这句话。"马烁看了一眼武桐，武桐也看着他，她眉头紧锁，眼中流露着感同身受的目光。

"我明白了。"梁安治点了点头，"这个说法九年前就应该给你，就像这个案子，九年前就应该查下去。"

"现在要往前看了。"马队长看着马烁说道，"你就说，你有没有信心把这个案子查下去，搞个水落石出？"

马烁冷冷道："当然，破不了的案子就是债。我可不想背着这些东西过一辈子。"

"辛苦了，年轻人。"说罢，梁安治向前探了探身子，他笔直的腰板终于微微弯曲了一下。

－ 56 －

焦闯在嘈杂的35专案组办公室里枯坐了一上午，大家忙来忙去，都没有时间理他。临近饭点，办公室忽然安静下来。等他反应过来，就剩他自己了。他正不知所措，刘斌急匆匆跑进来，拽着他往外走，说副支队长谢广军在大碗居给他接风。

大碗居里人声鼎沸，烟雾缭绕。刘斌带着焦闯七拐八拐来到包间，包间里已经坐了六七个人，为首的正是谢广军。众人见焦闯进来，纷纷站起身欢迎。焦闯和他们一一打招呼。

"斌子，赶紧让你师父落座。"谢广军拍了拍身边的座位，"斌子，你来，我问你点事。"

刘斌一屁股坐到谢广军身边的主客位置，和谢广军耳语起来。焦闯只好坐在刘斌外边，和身边的人寒暄。

服务员端上酒菜，这时两个人抱了一箱百年牛二进来，其中一个矮胖的男人笑哈哈地向谢广军请示："领导，咱们先来这一箱，不够我再叫他们送来。"

"对，先喝着。"谢广军拍了拍刘斌的肩膀，"给你师父倒酒。"

刘斌殷勤地给焦闯倒了满满一分酒器的白酒，还特意给焦闯斟了一盅。焦闯喝了二十年酒，当然知道酒杯定座次的规矩，看来不管他们有心还是无意，今天自己都坐不到主客的位置了，但是人在矮檐下，也只能低头。焦闯拍了拍刘斌的肩膀表示感谢，也没有多说什么。

"来，"谢广军端起酒杯，"欢迎老焦加入咱们东城支队这个大家庭！以后咱们齐心合力，同心同德，干好本职工作，对得起父老乡亲！来，干杯！"

众人干杯，然后一轮敬酒，气氛逐渐活络了起来。

刘斌一直给谢广军斟酒，他看到谢广军兴致好些了，于是问道："领导，今天上午怎么了？看你愁云密布的。"

"哼！"谢广军点了支烟，"别提了！"

"说说！"众人聒噪起哄。

"今天上午，那谁，刑总的孙贺给我打了个电话，"谢广军说道，"说武桐那个案子没翻成。"

他似有似无地看了眼焦闯，说道："也不知道武桐怎么了，是得着什么高人的指点了，还是之前就藏着一手，反正把之前预演的漏洞全补上了。"

"孙贺生气了？"刘斌问道。

"当然了，本来他想把这块肥肉叼走。"谢广军嘬了口烟，撇着嘴说道，"他这人，出门不捡钱包就算丢东西，心里能好受吗？"

焦闯有些酒意，于是说道："就算武桐办的有什么差头，也轮不着他刑总横插一杠吧。"

"师父，这你就不懂了。"刘斌借着酒劲说道，"这功劳给谁都行，就是不能给武桐啊。"

"为什么呢？"

"您想，武桐什么人？"刘斌压低嗓音说道，"她可是老梁的人，被贬到咱们这儿的。之前她在朝阳就是副支队长，要是让她在咱这儿立了功翻了身，那可就不是一个东部队能盛得下的了，没准儿蔺队一升，整个东城支队都是她的了。"

焦闯一想，刘斌说得还挺有逻辑。再看刘斌用眼神示意谢广军，他忽然明白过来，原来是谢广军为了支队长的位子在打压武桐。

"我还真没想到这一层。"焦闯挠了挠脑袋，端起酒杯说道，"谢队，我敬您一杯。"

谢广军端起酒杯，说道："老焦，我有句话本来不该说，但是今天酒喝到这儿了，我且多说一句。之前队里决定扩充35案成员的时候，第一个就是你，而且从来没变过。结果到了发通知前一天，把你换下去了。什么意思？不用我多说了吧。"

"师父，人家防着你呢。"刘斌说道。

焦闯心中莫名腾起一阵烦腻，不是对武桐，而是对这满桌油腻的酒菜。他点了点头，转移话题道："谢队，您看给我安排些什么工作？"

谢广军似乎没料到焦闯会这么问，转了转眼珠，说道："不急，先熟悉下情况吧。"

"我一上午把卷宗都看完了，"焦闯说道，"该掌握的要点也都掌握了。"

"噢，那好，那好。"谢广军抽了口烟，"咱们这个35专案组，虽然是我挂名当组长，但是大事小情还都是蔺队拿主意。你先别急，我看蔺队什么时候有时间了，我和他汇报一下，看把你安排到哪儿。这不是听斌子说你们前段时间办案也挺辛苦的，琢磨着让你这两天先调整一下嘛。"

焦闯听懂了谢广军的弦外之音，也不再多说，端起酒杯表达感谢。

马烁把车停到临街停车场，跟着武桐钻进胡同。一瞬间，车水马龙的声音都消失了，安静得连春风拂树的沙沙声都能听得一清二楚。

阳光温暖，他们安静地从一个树荫走进另一个树荫。转过一处拐角，来到了一家藏在胡同里的小店。

落座点菜后，两人安静地欣赏风景，过了一会儿，马烁才低声说道："刚才开会，给你惹麻烦了。"

"惹什么麻烦？你说得没错啊。"武桐把目光收回来，放到马烁身上，"这个案子为什么搁置了九年，直到老秦去世前找了老梁才被翻出来？就是因为所有人都知道这是个麻烦，谁都不想找麻烦。就像当年对你们各打五十大板，却没一个人愿意站出来说'其实这个人做得对'，也是因为怕麻烦。"

"但这也说明，在很多人眼中我就是个出卖搭档的人，对吧？"马烁说道。

"不包庇和出卖是同义词吗？"武桐反问道。

马烁笑了，武桐也笑了。

武桐端起果汁说道："谢谢你今天早上发来的那张假发照片。你不知道孙贺当时的样子，太解气了！"

两人碰杯，武桐接着问道："你们去康养中心有什么发现？"

马烁摇摇头，和武桐说了自己投鼠忌器的顾虑。在没有落实证据的情况下就对徐炳辉贸然采取行动，不仅没有意义，反而还有可能打草惊蛇，给徐炳辉销毁证据的机会。

"所以你没表现出怀疑他？"

"是的，"马烁说道，"但我问了靳巍母亲住在平价部的情况。这是个很明显的疑点，如果我不问，他可能反而会起疑。对了，他骗我说他和靳巍母亲当年关系很好，根据我们实际调查，他们在村里那些年没什么接触，所以徐炳辉这番欲盖弥彰，更说明靳巍母亲能住进平价部，是抓住了他什么把柄。"

武桐点点头，问道："你接下来打算怎么做？"

"当务之急是找到那两个凶手。"马烁说道，"目前来看，他们是有可能继续作案的，危险程度最高。"

"你确定他们上周一的时候在康养中心，看到你们检查徐炳辉的SUV？"武桐又问道。

"现在想想也不一定，也有可能是他们后来听别人闲聊天聊到的。这种事情在一向风平浪静的康养中心里肯定是个大新闻。"

武桐微微皱了下眉头，说道："这样范围会不会太大了？"

"不仅不会扩大，反而会缩小，"马烁笑了，"因为我已经找到了0号媒介。"

"什么意思？"

"当晚的保安，他带咱们的人进来，然后帮忙盯着出入口。当晚目击咱们调查SUV的无关人员就只有他。"马烁笑着说，"只要问他这件事都和谁说过，再找到第一批听众，问他们都和谁说过，以此类推，就能找到所有知情人，凶手就在里面。"

"所以你认为凶手潜伏在康养中心？"武桐问道。

马烁点了点头。

"既然是潜伏，他们一定会隐藏身份吧。"武桐说道，"那我们干脆摸排所有人员的身份，再配合你的调查，双管齐下，谁有问题不就一目了然了？"

马烁一愣，他从来没往这方面想过："可是……咱们人手不够了。"

武桐看着马烁，认真地说道："人手不够就管我要，你要学会利用团队的力量。"

"是。"马烁点头道。

他已经工作十年，这方面的经验却还是零。开始他的搭档赵阳习惯单打独斗，后来和牛卫平搭档的那些年又没有侦办过大案，但这都不是借口，既然知道自己飞得晚，就更要努力，才能追上别人的脚步。世上没有真正的公平，人生更是一场没有规则的长跑比赛。因为遭受不公就放弃了比赛，躺在地上怨天尤人，那才是真正的失败。

"我好像明白了。"马烁忽然说道。

"明白什么了？"

"和往事干杯。"马烁端起果汁，"敬你，Madam。"

马优悠从来没在工作时间内联系马烁，所以马烁看到马优悠来电时，立刻产生了不好的预感。

"哥，"马优悠带着哭腔说道，"邦叔真的要害杜芃。"

"你别着急，慢慢说。"马烁把车停到路边。

马优悠把昨晚杜芃来找她的事情和马烁大致说了一遍，然后说邦叔找到康养中心了，要以监护人的身份带走杜芃。现在杜芃躲在她的房间里不肯出去，邦叔正在楼下闹。

"徐总正在劝邦叔，但是邦叔死活不听，还骂徐总。"马优悠哭道，"邦叔还威胁要报警，我就先给你打了。"

"我这里过去大概二十分钟就能到。"马烁安抚道。

"真的吗？那太好了。"马优悠放下心，"哥，你不会让邦叔带走杜芃吧？"

这下马烁倒犯了难，按照法律规定，监护人有义务照顾被监护人。除非有法律禁止的情形，比如危害到被监护人的人身安全。但是如何界定人身安全呢？仅凭杜芃的证词吗？如果杜芃真的喝了邦叔给他的果汁，体内能检测到残留，那就好办了，可是他没有喝。

监护人和被监护人的矛盾时有发生，他在康养中心就见过很多次了。有母亲指控女儿要毒死自己的，有丈夫指控老婆虐待自己的，说得都有模有样，但调查后发现大多是被监护人的臆想或编造。这种狼来了的事情多了，就算报警也基本是当地派出所出警调解安抚，劝被监护人和家人回去而已。

谁会相信杜芇呢？大家也许都认为杜芇也和那些被监护人一样，产生了臆想，或者因为某些事情和监护人产生了矛盾。毕竟这在常年需要照顾的残障群体中是非常普遍的现象。

马烁不能和马优悠说这些，永远也不能说。

－ 57 －

康养中心的住院楼门前挤着很多人围观，马烁穿过人群走进大堂，看到徐炳辉、邦叔和民警站在中间交涉，邦叔张牙舞爪十分嚣张。民警带来的保安站在门口维持秩序，康养中心的保安守着不远处的杜芇。

杜芇坐在椅子上，双手拄着盲杖，全身绷直。马优悠坐在杜芇身边，手搭在他肩上。看到马烁进来，马优悠立刻朝他招手。马烁朝马优悠点了点头，便朝着邦叔走去。邦叔看到马烁，立刻愤怒地冲上来质问道："我们家的事，跟你妹妹有什么关系？她跟着瞎掺和什么？怎么着？跟我瞪什么眼？警察了不起啊？有本事你把我铐走啊！"

民警见状拉着马烁走到远处，小声说道："他是个刺儿头，逮谁喷谁，你犯不上和他较劲。"

"但是那小伙子可能有危险。"马烁也小声说道。

"情况我都了解了。"民警说道，"小伙子父母留下些财产，觉得叔叔想谋财害命。他的想法都能理解，毕竟是盲人，缺乏安全感，而且叔叔一家对他的照顾确实也不上心。这都没关系，回头让律师带他去把监护关系撤销就完了。"

马烁点了点头，说道："那现在怎么办？"

"事情都闹成这样了，这么多人看着呢。"民警说道，"退一万步说，就算那个老头有什么不轨的想法，这回也不敢了吧？"

"所以呢？"马烁看着民警问道。

"还是调解为主吧，能协商尽量协商。"民警看了一眼邦叔，"他也说了等撤销监护关系，侄子爱去哪儿去哪儿，他管不着，但现在监护关系还在，万一侄子出什么问题他还得承担责任。我觉着这话也在理。"

"所以你的意思还是让杜芃跟着回去呗？"马烁小声说道。

"嗐，这不是商量着来嘛。"民警无奈地笑了，"我们能有啥权力？"

"要不你就让律师过来！现在就切割关系！"邦叔忽然喊了起来，"他是死是活跟我一毛钱关系都没有，要不我今天就得带他回去！"

徐炳辉一脸尴尬，想要安抚，邦叔却越喊声越大："我替我早死的哥哥嫂子照顾他还照顾出罪过来了！怎么叫照顾好？天天吃龙虾、吃熊掌吗？"

"你跟我这儿充什么好人！"邦叔指着徐炳辉喊道，"说到底，还不是你们把我找来的？说他在那女孩房里睡了一宿，不符合规定，让我接走？这两头的话都让你说了！"

马烁看向马优悠，马优悠朝他点了点头。

就在这时，杜芃开口了："徐总，我给您添麻烦了。"

徐炳辉立刻走到杜芃面前，蹲下来说道："没事，孩子，马上就解决了。"

杜芃忽然说道："徐总，我信任您，我听您的。您说我应不应该回去？"

徐炳辉愣住了，不知该如何回答。

"如果您认为我应该回去，我就和他回去。"杜芃微微低下头，好像要专注地听徐炳辉接下来要说的话，又像是在接受命运的审判。

徐炳辉看着杜芃，咽了口唾沫，没有说话。

"徐总，您说吧。您是好人，我信您的。"杜芃微笑着说道。

"芃芃，"徐炳辉勉强开了口，"下周我们就能空出新的房间了，到时欢迎你入住，但中心毕竟有规定，也请你理解。"

杜芃点了点头，微笑道："徐总，我明白了，我和他回去。"

说完，他点了点盲杖，准备起身。马优悠攥住他的手，他安慰似的拍了拍马优悠的手背，然后站起来。

"不要吵了，我和你回去。"年轻的盲人面对黑暗的世界喊道。

这句话就像一颗子弹，打碎了凝固的空气。麻烦终于解决了，人们松了口气，发出一两声轻快的叹气。邦叔走过来，架起杜芃的胳膊往外走去。

"等一下！"

众人回过头，说话的正是马烁。

马烁快步走过去，拦在邦叔和杜芃面前，朗声说道："杜芃虽然是盲人，但不是无民事行为能力人，他有权决定自己的行动。你这样带他走，侵犯了他的人身自由。"

"你少给我扯没用的！"邦叔喊道，"你滚远点！"

马烁不理邦叔，对杜芃说道："你凭着自己的想法说，你想不想和他走？"

"你再废话我他妈扇你！"邦叔威胁道。

马烁亮出警察证，对邦叔说道："我已经亮出证件，我正在执法，纠正一起违法行为。你敢动我就是袭警，处三年以下有期徒刑。这是警告。"

邦叔见马烁来真的，于是往后退了半步，朝地上吐了口痰。

"杜芃，凭你自己的想法说，你想不想跟他走？"马烁对杜芃说道，"如果你不想，谁也不能勉强你。"

"我不想给大家添麻烦。"杜芃小声说道。

麻烦？马烁忽然想起武桐中午和他说的话。他们各自在遭遇不公的时候，没有人站出来说句公道话，就因为"怕麻烦"。

在街上看到幼儿在大人怀里疯狂吵闹挣扎，怀疑是拐卖儿童，但报警会耽误自己的时间。太麻烦，算了吧，也可能只是孩子不听话呢。

夜深人静听到小巷里女子在尖叫，想打电话报警，但一想警察来了还要问东问西，耽误明天上班。太麻烦，算了吧，那条街上常有喝多的年轻人撒酒疯。

面对一个盲人的求助，本该为他提供保护的人，却因为他家人的无赖纠缠而退避。太麻烦，算了吧，反正一家人也不会真的谋财害命。

麻烦是冷漠的最好借口，让袖手旁观不再有道义的压力，让见义勇为插上了傻瓜的草标。

"不麻烦，"马烁笑着说，"如果你不想回去，我帮你去订酒店，刚才徐总也说了，下周这里就能空出房间。或者我帮你找新房子，我、优悠，还有互助会的其他同伴都会帮你的。"

"真的吗？"杜芄伸出手向前摸索着。

马烁握住杜芄的手，说道："你不用害怕任何人，没人能威胁你的自由。"

"好，那我不想回去。"杜芄朗声说道。

马烁转身对邦叔说道："你听见了，他不想回去。如果你再威胁他，甚至胁迫他跟你走，你就是犯法了。"

"你要这么说，他这几天出什么意外怎么算？"邦叔梗着脖子问道。

"什么叫'怎么算'？"马烁审视着邦叔，冷冷道，"当然是我们去调查，用调查结果说话！"

邦叔一愣，气焰彻底被扑灭，嘴里不干不净地离开了。

徐炳辉走过来，握住马烁的手说道："谢谢你，马警官，你给我们解了围。"

"别客气，徐总。"马烁微笑道，他要尽力避免徐炳辉察觉到他的怀疑。

"哥，"马优悠忽然说道，"我想让杜芄住到咱们家。"

马烁愣了一下。

马优悠继续说道："我知道杜芄是不会住进康养中心的。"她看向杜芃，"因为有比我们更需要这里的人，我们不能占用这些资源。"

马烁看向徐炳辉，徐炳辉微微点了点头，露出欣慰的微笑。

"如果杜芃想要住进来，我一定会尽量安排，而且我刚刚也承诺了。"徐炳辉说道，"但优悠说得对，有更需要这些资源的人。优悠，谢谢你。"

马烁忽然间像是重新认识了自己的妹妹，心底升起了敬佩之情。

"可是，"马烁有些迟疑，"虽然租客已经退租了，但还没有搞卫生，生活用品也不全，连床垫都没有。"

"哥，我和杜芃可以去商场买，"马优悠兴奋地说道，"明天就能到货。今晚就让他先去酒店住一宿。"

"可是，就你们两个去吗？"马烁还有些迟疑。

"当然，杜芃经常自己过来。我虽然还没有出去过，但我相信自己也可以的。"马优悠眼中充满了自信和期待。

马烁思考了片刻，终于说道："好，我和你们一起去。"

他打电话给武桐，说明了情况，并报告自己已经安排好了排查工作。武桐很痛快地批准了他的调休。

马烁带着马优悠和杜芃来到家具商场。尽管马优悠和杜芃的组合引来了很多人的注目，但他们毫不在意。马优悠每看到一件心仪的商品，就会很细致地和杜芃描述一遍。杜芃听得十分开心，兴致勃勃地和她讨论。

马烁从没想过生活会变成现在这个样子，虽然残缺，但是美好。

晚上9点，马烁把杜芃送进康养中心附近的酒店。

马烁扶着杜芃坐在床上，自己坐在沙发上。

"小芃，和你认识这么久了，还没好好聊过。"马烁开口道，"我听优悠说过你的事了，你不要害怕，就算你叔叔有什么非分之想，我也绝不会让他得逞。"

杜芃点了点头，说道："谢谢你。"

"你叔叔是做什么工作的？"

"他在新港码头工作，已经退休了。"杜芃顿了顿补充道，"我记得他在游艇码头工作。"

"游艇码头？"马烁沉吟道，"他以前和徐总认识吗？"

"徐总？你说康养中心的徐总？"杜芃说道，"我不知道啊。"

"最近他经常去找徐总，你知道是为了什么事吗？"

杜芃摇摇头，说道："我也听优悠说了，但我不知道。他有什么事都不会和我说的。"

说到这里，杜芃微微低下头。

"把你送到康养中心，这是你的想法还是你叔叔的想法？"

"他的想法，以前我在一所盲校学习，后来就被他转到这里了。"杜芃无奈地叹了口气，"其实我更喜欢盲校，大家都是一样的，感觉会轻松些。"

"他有没有透露过，为什么要把你转到这里来？"马烁问道。

杜芃摇了摇头。

"你知道在盲校的费用是多少钱吗？"

"这个我知道，很便宜的。"杜芃好像来了精神，"因为是福利机构，学费和课本都是免费的，每个月只要交220块钱的伙食费，剩下的就是个人花费了。而且盲校经常组织活动，让我们接触社会，在那里非常开心。"

马烁心中产生了怀疑，康养中心的费用比盲校至少要贵十倍，以杜永邦的人品不可能无故就把杜芃转过来。

"你记得你叔叔工作的那个码头叫什么吗？"马烁问道。

杜芃又摇了摇头，说道："以前我父母和他联系很少的。"

"没事了，你早点儿休息吧。"马烁拍了拍杜芃的肩膀，离开了房间。

早上7点，小赵给马烁发来信息，今天上午10点30分第二次审讯靳巍。他看时间充裕，于是直接坐地铁来到东方广场的欧米茄店。

阿珞带着马烁来到二楼，一位老先生正端坐在沙发上，王经理坐在他身边。

"你是吴舟远先生的后人？"老先生和蔼地问道。

马烁愣了一下才反应过来，点头道："他是我姥爷。"

老先生笑着点了点头，朝身边的王经理使了个眼色，王经理端出一个漂亮的实木表盒，里面放着一枚崭新的超霸手表。

− 58 −

老先生拿起手表，仔细看着，说道："我年纪大了，有些活儿干不动了，好在年轻人工作也不马虎，总算没有愧对吴先生。"说完他把手表递给马烁，马烁接过来一看，全新的皮带，闪光的表盘和锃亮的钢质表壳，手表背面的底盖也换成透明的了，能看到齿轮在缓缓转动。

"它是我接触的第一块手表。"老先生说道，"那会儿还没有这些表店，我在王府井亨得利当学徒。有一个大雪天，我记得很清楚，吴先生来我们店里，说想要保养手表。那年头，有手表的人都不多，更何况懂得手表要保养的，那就更少了。我看他文质彬彬，一身书卷气，就问他要保养什么表。他就把这块表摘下来了，我一看，嚯！欧米茄复杂计时表。别说我了，我师父都未必见过。"

老先生好像回到当年的岁月，微笑着说道："就因为这块表，我和吴先生认识了。往后每隔四年，吴先生就会拿着它来找我保养。一次，两次，三次，这年头就不知不觉过去了。过了二十年吧，有天来了个大小伙子，是你舅舅吧，他拿着手表来保养，说你姥爷出国了，这块表给你姥姥戴了。我印象很深，这块表原配是钢带，你舅舅说换成皮带。我还和他说，原厂的皮带贵，让他去东安市场找个商铺买个国产的，我也给他换上，但是他不乐意，非要换原厂的。"

老先生絮絮叨叨地说着，马烁好像跟着他回到了过去。不仅是马烁，王经理和阿珞也都听得入了迷。

"他总共来过两次，换过两次表带。我记得很清楚。那时候，保养和换表带都是一笔不小的钱，我想他在用这种方式怀念吴先生吧。"老先生拿起手表，轻轻抚摩着，"我现在年纪大了，很多事已经都想不起来了，但是看到它，几十年前的事情就一下子全都想起来了，好像昨天才发生的一样。小伙子，谢谢你。"

老先生把手表戴在马烁的手腕上，他的手非常稳，保持着匠人的气度。

"真好看！"阿珞由衷地赞叹道。

"谢谢您。"马烁颔首道。

老先生摆了摆手，起身道："听说你很忙，就不打扰你了。让你听我说了这么多陈芝麻烂谷子的事，也是难为你了。"

"不，"马烁急忙说道，"感谢您和我说了这么多。我会好好照顾它的。以后我来保养，就找阿珞。"

"好啊，就冲你这句话，我也得在这儿干到退休。"阿珞笑着说。

马烁回到专案组办公室，或许是心态的转变，他从后辈们眼中看到了信赖与敬仰，他第一次觉得自己或许也能成为后辈的榜样。

"烁哥，这是我们的战绩。"小赵一边说一边把白板推出来，上面密密麻麻写满了字，最下面有三个名字。"这三个是我们找到的受害者，"小赵兴奋地说道，"用了您说的办法，把靳巍不用加班的日子挑出来，再从里面挑出他中途回去加班的日子，目前的成绩是三投全中。"

"非常好。"马烁点点头，接过旁边小伙子递来的咖啡，喝了一大口，"租车公司呢？"

"查到了，确实有个租车公司前天白天从至美家园附近提走一辆咱们找的车型。这是租车公司提供的合同，是网上租赁的，无接触自助租车。"小赵递上一张纸。

马烁看着那张纸，上面是一张行驶证的照片，下面是租赁信息。马烁看着照片，这个男人眼眶深陷，眼神空洞，面部表情因为神经被破坏显得狰狞而呆滞，一张标准的毒虫脸。

"这人是个毒虫，"小赵果然说道，"当地派出所已经把他控制起来了。"

"毒虫的驾照为什么不撤销？"马烁攥着那张纸问道，声音忽然又高又冷。

"因为他之前没被抓过，这是第一次被抓。"小赵不知道马烁为何忽然激动，于是小声说道。

马烁深呼吸了两口气，这才平复情绪。他松开已经褶皱的纸，抬起头，几个年轻人都忐忑地望着自己。

"把他带回来。"马烁晃了晃手里的纸，"一只从没被抓过的毒虫，他的社会关系一定很简单，极少与外界接触，才可能藏得这么好。所以，找他借驾照的肯定是熟人。"

"我亲自去。"小赵抓起外套。

"还有件事，"马烁说道，"新港有个游艇码头，你们查一查，有必要的话去一趟。"

"查什么？"小赵听说去一趟，两眼都放光了。其他人也兴奋起来。

"杜永邦。他曾经是那个码头的员工，我现在怀疑杜永邦和徐炳辉有什么不为人知的关联。"马烁顿了顿继续说道，"这样，你们先把毒虫带回来晾着，然后去调查杜永邦。"

马烁环顾四周，目光在一个沉默的年轻人身上停住。他好像姓黎吧，马烁想了一下，还是姓林？他是这些人里最沉默的，但是马烁好几次看到他在别人都走以后默默收拾办公室，整理文档。需要干什么活儿，他也第一个行动，完事却不声不响躲在别人后面。就是这么一个老实孩子，自己也没记住他的名字。马烁有点不好意思，指着他说道："你，跟我去做笔录。"

马烁把三张照片依次摆在靳巍面前。靳巍扫了一眼，然后平静地看着马烁。

　　"你见过这三个人吗？"马烁问道。

　　靳巍点了点头，说道："我做志愿者的时候，帮助过他们。"

　　"除此以外呢？"

　　靳巍平静地说道："我给他们实施了安乐死。"

　　马烁被打了个措手不及，他没想到靳巍这么快就认了。

　　"这三个人，你认清了？"马烁说道。

　　"我是看着他们离开人世的，我当然认识他们。"

　　"那这个呢？"马烁又拿出一张段建发的照片放到桌面上。

　　靳巍看了眼照片，面无表情地说道："不认识。"

　　马烁拍了拍之前三张照片，问道："为什么这三个你就痛快认了，这个就不认呢？"

　　靳巍看着马烁，滴水不漏地回答道："因为我没见过他。"他接着反问道，"你们是打算把那些找不到凶手的案子都安到我头上吗？"

　　马烁把桌上的照片都推到一边，拿出吴小莉的照片放到桌上，问道："这个女人你见过吗？"

　　"没有。"靳巍立刻说道。

　　"那我提醒你一下，她是你表姐。"马烁说道，"你十二岁的时候，她带着一个八岁的男孩去了你家，那个男孩应该管你叫……"

　　"舅舅。"

　　"对，舅舅，就像你要管这个女人的爸爸叫舅舅一样。"马烁点了点吴小莉的照片，"现在想起来了吗？"

　　"没有。"靳巍看着照片说道，"她也死了吗？"

　　"现在是我问你，不是你问我。"马烁说道，"好好想想，这个女人，她和她孩子在你家住了好几天。那会儿你上六年级，每天放学回家，就会看到……"

　　"我家里只有我自己。"靳巍打断了马烁的话。

"什么？"

"我家里只有我自己。"靳巍重复了一遍。

"那你妈呢？"

"我妈……"靳巍深呼吸了一口气，说道，"我妈不在家里住。她会在我回来之前做好饭，然后就出去了。我吃完饭就去温习功课了。"

"她一整晚都不回来？"马烁忍不住问道。

"那时候我正青春期，我知道她是干什么的，她也知道我怎么看她。"靳巍说道，"她为了不和我发生冲突才这么做，从六年级到高三，我们只有周末在一起吃两顿饭。"

"那你呢？"

"我？我每天吃完饭，把碗刷了，然后学习。学到12点，睡觉。第二天早上6点30分起床，从抽屉里拿十块钱，那是她留给我的一天的生活费。"靳巍陷入了回忆，"她说只要我每次能考年级第一，她就保持这个相处模式。所以我拼命学习，拼命学习，就是不想见到她。"

马烁沉默了片刻，问道："那你有没有想过，这一千多个夜里，她要去哪里？她能去哪里？"

"所以我是个浑蛋，"靳巍说道，"冷血的浑蛋。你不用骂我了，我这些年每天都在骂我自己，我也想杀了我自己。"

"其实我像你这么大的时候也一样。"马烁说道，"我妹从小就是那种别人家的小孩，我爸妈大概觉着我废了，就专注培养我妹。那些年我也不愿意回家，哪怕在大街上蹲着也不想回去。他们越觉得我废，我就越要废给他们看。于是我就抽烟、打台球、劫小孩钱。那时候我就想，如果家里没人，每天我回家都能自己待着，那该多好。"

马烁说完这番话，两人陷入了沉默。过了一会儿，靳巍忽然说道："你可能还劫过我呢。"

"是吗？"

"是，我看你眼熟。"

两人相视，忽然同时笑了一下。

"后来呢？你怎么变好的？"靳巍问道。

这一次马烁没有强调提问的人是他，他沉默了一会儿，说道："因为有一天我忽然明白了，就算我不对别人负责，我也要对自己负责，而且我本来是想做一个好人的，我怎么能因为别人对我不好，就把自己变成了一个坏人呢？"

又是一阵沉默，靳巍说道："你这是真心话，还是说给我听的？"

"听着，"马烁摆了摆手，"我知道你的软肋是你母亲，但我以后尽量不用这个来刺激你。"

靳巍愣了一下，目光中竟流露出一丝感动。

马烁探过身子，继续说道："但是挖出你的全部罪行，既是我的工作，也是我的使命，所以我会追查到底的。我知道你也是个有使命感的人，否则你干不出这种事。其实你对你母亲有很深的感情，也怀着很深的愧疚。就像你说的，你也想自杀谢罪。那你为什么没动手？肯定有更重要的人和事等着你守护。"说到这里，马烁把段建发的照片挪到桌子中间，盯着靳巍，"以前我以为你守护的人是余诗诗，但看来不是。那是谁呢？徐炳辉？他有什么值得你保护？"

马烁点了点照片，"你为什么会替他杀人？你不应该是这种人。"

"我不认识……"

"他儿子死了！"马烁说道，"段育明，徐炳辉的投资人，段建发的儿子，上周六夜里，被人用拐杖绑住身体，放在马路中间，被卡车撞死了，就像段建发一样！"

"砰！"马烁猛地拍了一下照片，把震惊中的靳巍惊醒："你到底帮徐炳辉干了什么？"

靳巍沉默了许久，终于说道："对不起，我真的不知道。我以我妈妈的在天之灵发誓。"

马烁盯着靳巍看了一会儿，缓缓说道："我会挨个儿调查徐炳辉的几个主要投资人，我会查他们的利益关系人里有谁死于非命。如果是你干的，我一定能找到证据。"

靳巍的眼睛终于发直了。

他在担心什么？他又在隐瞒什么？马烁继续说道："今天就到这里吧。"

他站起身，看了看这间审讯室，缓缓说道："放在十五年前，所有人看到咱俩都会认为，如果真要有一个人坐在你那里，那也应该是我，而你至少会坐在我的位子上。所以为什么会变成现在这个局面？你有很多时间独处，好好想想吧。"

− 59 −

马烁看了看手表，时间是14:50。

自从戴上这块手表，他的左手就一直处于无处安放的状态。

"你干吗呢？"

马烁回头，看到了武桐。

"你干吗呢？对着人家的玻璃墙搔首弄姿？"武桐问道。

"哪有！"马烁心虚地说道。

"不错，今天挺精神！哎，这是你姥爷那块表吗？"武桐眼尖，扫到了马烁左手袖口边上闪闪发光的表壳。

"啊，是啊。"马烁抬了下胳膊。

"真好看！"武桐笑着说，"之前就想和你说，男生还是要有块手表，能提升整个人的气质。"

"咱们进去吧。"马烁被武桐几句话说得脸红，于是看着旁边公安局档案中心的牌子说道。

半小时前，武桐打电话给他，让他到档案中心和自己碰面，去调取当年秦队长女儿被诱吸毒案的资料。自从马烁和赵阳被下放，这个案子就无人接手，几年后借着一次档案规范专项整顿的机会，东城支队把卷宗送到了档案中心。

好像看不见就不存在一样，马烁想着。尽管档案中心里凉风习习，但他还是觉得非常憋闷。

因为梁安治特批，档案中心领导自然十分重视，早就把拷贝准备好，等着他们来取。

"借我们一个借阅室。"武桐小声说道。

"好的。"管理员轻声说道，带着他们来到一间借阅室，还帮忙把放映设备调试好。

马烁拿起遥控器，正要播放录像，武桐忽然说道："再等个人。"

焦闯走进借阅室的时候，马烁眼睛都瞪大了。

他固然没想到武桐也把焦闯叫来了，另外，焦闯满脸胡楂儿的憔悴样子让他十分惊讶，这才一日不见，怎么就真的如隔三秋了？

焦闯看着马烁精神体面的打扮，更是自惭形秽，后背不由塌了下去。

"你怎么变成这样了？"马烁简直在质问。

焦闯低着头，找了把椅子，默默坐下。

"上周五就和你说，去支队你肯定要坐冷板凳，你还不信。现在信了吧？"武桐用轻松的语气问道。

焦闯点了点头，头更低了。

"一天冷板凳就把你坐成这样了？"武桐戏谑着说道，"你看人马烁，坐了九年还这么精神呢！"

焦闯抬眼看了一眼马烁，终于说道："我不如他……"

"行了。"武桐豪迈地拍了拍焦闯的肩膀，"知道你不是因为坐冷板凳变成这样，是受不了背叛的打击。"

"谁背叛你了？"马烁问道。

"还有谁？"武桐说道，"当然是……"

"刘斌。"焦闯沙哑着说道,"我真没想到,我辛辛苦苦带出来的徒弟,竟然为了一个小组长的空头支票就把我给卖了。"

"之前焦闯缺勤的事,是刘斌告诉谢广军的。"武桐解释道。

"噢!"马烁恍然大悟。

"本来焦闯还得在支队再坐一阵冷板凳,"武桐站在焦闯身后说道,"好在昨天老梁让我筹备这个案子的专案组,我一想,干脆把他捞出来吧,毕竟焦警官的业务能力在东城支队是名列前茅的。"说到这儿,武桐朝马烁眨了眨眼。

马烁意会武桐的意思,说道:"都出来了就别哭丧脸了,高兴点。武队这么帮你,你还不谢谢武队。"

"是要谢。"焦闯闷闷地说道。

"你真该庆幸,你的人生大崩溃,就这样被挽救了。"马烁忍不住感叹道,"这要是让你在支队待个三年五载的,你还不变成气氛组那些废物了?"

焦闯搓了搓脸,点头道:"你说得对。"

他忽然站起身,走到一旁,朝武桐郑重地鞠了一躬。"这是为我家人。"焦闯缓缓说道,"如果我事业完蛋了,我不知道我的家会变成什么样,我也不知道我该怎么面对我老婆、我儿子。谢谢你,你完全可以不管我,而且周五我和你说了那么多过分的话,但你还是……"焦闯沉重地叹了口气,继续说道,"你是好人,我愿意跟着你干。"

"好!"武桐笑着点点头,"行了,话说到这儿,到此为止,这件事以后谁也不提了。"

焦闯点了点头,转身对马烁说道:"去播放录像吧。"

马烁再次看到九年前的审讯录像,好像掉进了一个扭曲的时间隧道,一切都停止了。等他回过神来,手表显示已经晚上6点多了。他茫然地看向焦闯,焦闯笔直地坐在桌旁,正在奋笔疾书,摊开的几张复印纸上已经写得密密麻麻。焦闯终于停下,他揉了揉右手的手腕,这才抬起头,发现马烁和武桐都在看着自己。

"怎么了？"焦闯看着两人。

"有什么想法？"武桐问道。

"有一些，我再想想，"焦闯挠了挠头发，"但我大概知道他为什么死了。"

"为什么？"马烁和武桐异口同声道。

"灭口。"

"灭口？"马烁皱眉道。

"因为他知道一些秘密，"焦闯看着马烁解释道，"而你们随时可能再把他抓进来，他也随时有可能招供，所以他被灭口了。"

"他知道什么秘密？"马烁感觉喉咙发紧。

"他知道是谁勾引秦队长女儿吸毒的。"

"对啊！"

"但不是他老大。"焦闯说道。

马烁听到焦闯说出如此颠覆性的观点，浑身像过电一样颤了一下。

"6分55秒，你们问到是不是他老大刘辉为了报复秦队长才勾引他女儿吸毒，他的反应是嘴角微微翘起，露出不屑的表情。"焦闯说道，"你认为这是什么意思？"

"他觉得我们没有证据，所以有恃无恐。"马烁回答道。

焦闯点头，继续说道："13分34秒，你搭档说要把刘辉的团伙一网打尽，他面露迟疑。你认为这是什么意思？"

"他害怕了。"

"不，他在思考，万一你们真把刘辉干倒了，对他到底有什么影响。"焦闯说道，"或者说，他有什么退路。"

"是吗？"马烁下意识地问道。

"如果他和刘辉一条心，听到你们这么说，大概会有两种反应，要么就是不屑，觉得你们在吹牛；要么就是害怕，担心自己跟着完蛋，但绝不会是迟疑。"焦闯解释道。

"你这么说，我当时好像也察觉到了，他和刘辉不完全是一条心。"

马烁点头道，所以他后来才能想到分化马仔和刘辉关系的策略，可为时已晚。

"再回到6分55秒那段。他不屑的表情究竟是什么意思？"焦闯自问自答道，"如果他和刘辉不是一条心，就没有必要替刘辉有恃无恐，死硬到底，对吧？"

"你的意思是，他不屑是因为咱们怀疑错人了？"武桐问道。

"没错。"焦闯点点头，"他知道不是刘辉干的，但他和刘辉的关系不可能铁到刘辉所有的事情他都知道，所以他一定知道是谁干的，才能排除刘辉。"

三人又重新看了一遍录像，焦闯说道："他的不屑也是有恃无恐，但不是为了刘辉，而是为了他自己。他知道你们搞错了，你们肯定没有证据，所以无论你们怎么审他，24小时一到他肯定能出去。"

"所以他出去后……"马烁喉咙发紧，无法继续往下说了。

焦闯缓缓点头："被灭口了。毒虫的常规死法，吸毒过量。"

一阵令人窒息的沉默。

马烁清了清嗓子，说道："我一直认为刘辉杀了他是为了制造丑闻，好让自己脱身。"

"也可能是刘辉杀的，但肯定有幕后凶手。"焦闯说道，"不管幕后凶手是谁，他一开始肯定都要吓死了。因为你们无意间抓到了一个知情人。他担心这个家伙招供，没想到你们把人放了。"

马烁沉重地叹了口气，然后无奈地点了点头。

"还有一个更重要的问题，"焦闯顿了顿，才缓缓说道，"如果我的推断是正确的，不是刘辉引诱秦队长的女儿吸毒，那么这个人是谁？那时候秦队长的女儿可还活着呢。她一定知道是谁，她为什么不说？还要把黑锅甩给刘辉？她是在保护这个人吗？"

焦闯的一连串问题把马烁问得僵住了，他艰难地扭过脖子，看向武桐。

武桐拍了拍马烁的肩膀，安慰道："不怪你，如果给你们足够的时间，你肯定也会发现的。"

"是啊，要怪就怪那些把这个案子拖九年的人。"焦闯说道，"赶紧打起精神来，想想可能有哪些知情人。"

这句话点醒了马烁，他立刻说道："那女孩有个闺密，出事后，她俩总是形影不离。"

"她闺密也吸毒吗？"武桐问道。

"不知道。"马烁摇了摇头，努力回忆道，"她每次陪着秦队长的女儿来，也不说话，我们的注意力都不在她身上。"

就在这时，三人的手机同时响了一下，这是工作群里有人在发信息。这通常是好消息，如果是坏消息，他们会第一时间接到电话，而不是收到信息。

马烁打开微信，小赵发了一张PDF文件，是段育明的尸检报告。马烁略过大段的专业描述和分析，直接看结果：死者生前服用了苯丙胺类兴奋剂。

"段育明本身也是个毒虫，"焦闯坐在副驾，翻着手机说道，"派出所民警已经去过他家了，他几个老婆都证实了段育明有嗑冰毒助兴的习惯。"

"几个老婆？"马烁一边开车一边问道。

"五个，"焦闯说道，"一起生活的那种。"

"案发当晚段育明的行迹找到了吗？"坐在后排的武桐问道。

"去洗桑拿了。"焦闯转过头说道，"家里人以为他要在洗浴中心过夜就没过问，洗浴中心说他8点多就走了。"

"五个老婆还去洗浴中心？"马烁摇了摇头，"他是一个人走的吗？"

"是，保安说他自己开车走的，"焦闯说道，"看起来像是要去见什么人。"

"安排查下他的车。"武桐说道。

"好。"焦闯双手抓着手机，认真编辑信息。

晚高峰的车流慢慢退了，马烁加快车速，车厢里恢复了沉默——放松的、平和的沉默。

马烁敲开户门，一个看起来四十多岁的女人站在门口。她头发干枯，胡乱梳在脑后，身穿一身松垮的居家服。马烁认出她就是秦队长女儿的闺密，但她的年纪应该比自己还小，怎么会如此苍老？

女人见到门口的三个人愣了一下，然后盯着马烁，好像觉得他眼熟。

"你是韩菲菲吧？"马烁开口道，"秦艳的朋友。"

听到"秦艳"两个字，女人吓得往后退了半步。

"我是警察，九年前你应该见过我。"马烁掏出证件。

"请进……"女人下意识遮着脸，让到一边。

三人走进房间，这是个五十平方米的一室一厅，客厅很干净，餐桌上摆着吃过的快餐盒，还残留着麻辣烫的味道。

"你一个人住吗？"武桐开口问道。

"是。"韩菲菲低头道。

"我们来找你，是想问问九年前秦艳吸毒的案子。"武桐说道，"那时候你经常陪着她，对吧？"

"对。"韩菲菲点了点头，眼睛看着地面。

"到底是谁引诱她吸毒，你知道吗？"武桐问道。

韩菲菲身上抖了一下，双手环抱在胸前，没有说话。

"她死了，你知道吗？自杀。"武桐又问道。

韩菲菲又点了点头。

"她父亲最近也去世了。"武桐说道，"她父亲是战斗英雄，你知道吧？"

"知道。"

"他父亲刚去世，我们就接到举报，说引诱秦艳吸毒的不是刘辉。"武桐盯着韩菲菲问道，"举报人是你吗？"

韩菲菲像过电似的跳了一下，惊慌地说道："不是我！不是我！"

"那你知道什么吗？"武桐又问道。

"我什么都不知道……"

"你知道。"焦闯忽然开口了，"她说引诱秦艳吸毒的人不是刘辉的时候，你一点反应都没有，说明你知道这个事。然后她问举报人是不是你，你这才跳脚。其实你怕的不是我们，是那个引诱秦艳吸毒的人，你怕他认为是你举报的。"

"我……"韩菲菲向后退了两步，靠在墙角，可怜地望着三个人。

"这件事我们不查清楚是不会罢休的。"武桐说道，"你最好配合我们，如果你不想因为犯了包庇罪而被判刑的话。"

武桐给马烁使了个眼色，马烁拿出执法记录仪，放在餐桌上。

"我查过你的履历，你是很清白、很本分的人。"武桐温和地说道，"你今年才二十九岁吧，但你看起来像三十九岁，是什么把你折磨成这样？"

韩菲菲忽然情绪崩溃，大哭起来，边哭边喊："你们怎么才来？你们九年前为什么不来？为什么？"

－ 60 －

"那个女的叫陈宁，她和秦艳是艺校同学，就是她带着秦艳和那些二代一起玩。自从秦艳进了那个圈子就彻底变了，又虚荣又浮躁。后来我发现她经常颠三倒四的，手经常抖，身上还有一股说不出来的臭味。我上网一查，才知道她吸毒了。我和她说过远离那些人，但她一点儿都不在乎。她说她爸是刑警队长，谁也不敢害她。我实在看不下去，就买了个手机号，偷偷和她爸说了。她爸回到家从她包里翻出那些东西，就把她关进了戒毒所。

"她不知道是我告诉她爸的。她不敢和她爸说实话，因为那些二代能量都很大，她担心她爸去鸡蛋碰石头，于是就说那些毒品是个什么叫辉哥的人给她的。那个辉哥的确给她们供药，她爸就以为是辉哥引诱她吸毒的。

"她戒了无数次毒，每次都复吸，然后又来找我，什么事都找我。吸毒的时候找我借钱，过一段时间又来找我哭。说真的，我简直要烦死了。最后我就和她绝交了，换了房子。

"过了几年，我看同学群里有人发了她的遗照，才知道她自杀了。"

说到这里，韩菲菲哭了起来。

"这些事你为什么不早说？"武桐问道。

"我为什么要说？"韩菲菲哭着说，"就因为我多管闲事，把她害得家破人亡！我为什么要给她爸打电话？我为什么要多管闲事？她吸不吸毒和我有什么关系！"

韩菲菲慢慢滑倒，瘫坐在地上放声大哭，似乎要把这些年背负的委屈和煎熬全部释放出来。

一个小时后，他们在陈宁家门口堵住了正要去夜店玩的陈宁。她穿着火辣的吊带包身短裙，抹着黑色的眼影和猩红的嘴唇，但依旧遮不住空洞的眼神和眼角的皱纹。

听到武桐提起秦艳，她立刻慌了。在焦闯凌厉的盘问攻势下，她很快把所有事情都交代了。原来那时她和秦艳傍上了一个名叫鲁达的富二代，秦艳吸毒的事情暴露后，富二代立刻和她切割了关系。

说到这里，陈宁仍然恨意难平："要不是她，我早就混出来了，还至于过这样的日子吗？鲁达都已经答应给我投资了！"

"刘辉是给你们提供毒品的人吗？你见过他吗？"焦闯问道。

"见过。"

"让你辨认的话，你能认出来吗？"

"能。"陈宁下意识吸了吸鼻子，她以为焦闯不相信她，于是说道，"我之前为了拿货还和他交过呢，他左屁股下面有颗痣。"

"后来呢？你和秦艳还见过面吗？"焦闯问道。

"没有，她爸管她管得严，她也一天天要死要活的，烦得要死，我们就没再见过面。"

"去把妆卸了，换身衣服，和我们走。"武桐说道。

"干什么？"陈宁说道，"我知道的都告诉你们了。"

"去指认刘辉，"武桐看着她说道，"再做个尿检。"

武桐叫来警车把陈宁带走，马烁和焦闯继续出发去找刘辉。这些年刘辉一直处于警方的监视下，什么也干不了，小弟纷纷出走。但他也有生财之道，不知从哪儿搞了几十套商住小公寓，干起了租赁中介。两人轻松找到刘辉，刘辉甚至都没问为什么找自己，就乖乖坐进警车。

焦闯站在路边点了支烟，感叹道："本来挺简单的案子，愣是拖成了现在这个熊样。"他看了看靠在围栏边的马烁，"不是说你。"

"这事应该还没完。"马烁忽然说道。

"是，还要找到那个鲁少爷。"焦闯抽了口烟，"前两天我还看到一个公众号，说他家公司快要完蛋了。"

"不是他，是……"

一阵铃声打断了马烁的话，他拿出手机，是小赵打来的。

马烁按下免提，一股海风的声音从扩音器里钻出来，接着传来小赵断断续续的声音。

"烁哥，我们有重大发现！"小赵兴奋地喊道。

"什么发现？"马烁看了看手表，已经晚上9点了。

"杜永邦在一个名叫四海会的游艇俱乐部工作，"小赵说道，"我们刚刚在俱乐部找到了徐炳辉岳父柴镛阁的会籍资料。"

"什么？"马烁立刻兴奋起来。

"柴镛阁在这里有一艘游艇！"小赵说道，"但是已经卖了。我看看，是2000年买的游艇，2005年卖掉了，然后他的会籍也退了。他的资料，我们还是在原始资料库里翻出来的。"

"辛苦了！"马烁大脑飞转，柴镛阁的游艇是杜永邦和徐炳辉唯一可能产生交集的点。就算杜永邦当年对徐炳辉服务周到，这份交情也不可能持续这么多年，尤其是后来柴镛阁卖掉了游艇，两人理论上就更不存在交集了。既然不可能是交情，那么就只有把柄这个可能了。杜永邦很可能攥着徐炳辉的什么把柄，让徐炳辉不得不对他低头。

"你去查一下这艘游艇在04年春天有没有出过海。"马烁说道。

"好的，您稍等。"过了片刻，小赵说道，"我问过工作人员了，他们这里没留出海记录，但是港口管理处有所有船只的进出记录，只能明天去查了。"

"好，那你们在那边住一宿，明天去查。"

"好嘞！"小赵高高兴兴挂断电话。

"你怀疑徐炳辉带着吴小莉和他儿子出海，然后……"说到这里，焦闯停了下来。

"被杜永邦发现了。"马烁点点头。

"那杜永邦找徐炳辉是什么事呢？"

马烁心中忽然腾起一股不妙的预感，他立刻拨出马优悠的电话。

手机拼命在振动，徐炳辉拿起来，按下免提。

"喂！"毒蛇一样的声音响起，"今天晚上，该你办事了。"

徐炳辉看着坐在对面沙发上的余诗诗，对着手机说道："你是不是疯了？"

"我没疯，再过三天我就不是他的财产继承人了。"邦叔说道，"我们一家子可都指望着这笔钱翻身呢，我怎么能放弃啊，徐总？"

"他现在出了事，警察一定会找到你。"

"警察也是要讲证据的，只要你做得干净利落，警察再怎么怀疑我也没办法。"

"算了吧，我给你三百万，"徐炳辉说道，"你拿这些钱回老家买套房子，至少够你一家子平平安安活下去。"

"来不及了，徐总。"邦叔笑起来，"我已经把他绑了，还有瘸丫头。本来我不想理她，可她像个苍蝇似的总在他身边晃悠，我也没办法。如果你不来我就只能把他们放了，他们就会报警，警察就会抓我，我就只能把您也供出来。到时候我顶多是个绑票罪，投案自首。徐总你呢？杀了两个人，隐瞒十七年，足够判死刑了吧。"

徐炳辉感觉全身都在燃烧，他极力控制着身体，缓缓问道："他们在哪儿？"

"在一个安全的地方。"

"我怎么去？"

"我会告诉你。"

"马优悠怎么办？我绝对不会杀她的。"

"她现在睡着呢，什么都不知道。"邦叔阴笑道，"如果你办事利落，明天早上她一睁眼，还是她自己。"

徐炳辉闭上眼睛，缓缓说道："好吧，一小时后在西山口见。"

徐炳辉挂断电话，余诗诗起身走过来，蹲在他面前，双手握住他的手："你真的要去吗？"

徐炳辉点了点头。

"如果你真的决定要去，就拿出你的力量。"余诗诗在他耳边说道，"你没有害人，是有人侵略了你的领地。如果你不行动，你的领地就会被人霸占，你的家人和事业，你拼了命得到的这一切都会被夺走。这没有对错之分，就算有，你也是对的一方。看着我。你是个男人，你是这里的君主，你要为这里、为你的一切去战斗。放下同情心，因为没人同情你。"

"没人同情我。"徐炳辉喃喃道。

"快去快回。"余诗诗说道，"我在这里等你。"

徐炳辉长舒了口气，他站起身，拿起外套，走进家政间的楼梯。这部楼梯可以通到楼外，然后他沿着外墙的阴影往外走，穿过两个监控死角，就能走到一处铁栅栏门。这条路径是开发商为业主精心准备的秘密路径。如果不仔细看，栅栏门和旁边的铁栅栏几乎融为一体，只有门柱上的一个小小的钥匙孔才能显示出它的不同。

只有业主才有钥匙。

马烁给马优悠打了几个电话，但是都没人接。他打电话给康养中心，值班护士说今天上午马优悠收拾了些个人物品，申请今晚外出过夜了。

马烁飞奔回家，房间收拾一新，新买的床垫和床上用品也铺好了，卫生间换了无障碍马桶，两套新牙刷牙膏和漱口杯都摆放得整整齐齐。马烁再次拨打马优悠的电话，安静的房间里响起嗡嗡的振动声。马烁循着声音找过去，在沙发靠垫后面找到了马优悠的手机和杜芫的小米手环。

马烁告诉自己要冷静，但他根本冷静不下来，他全身都在颤抖。

这时一双大手箍住他的肩膀，把他按在沙发里。

徐炳辉沿着便道奔跑，看起来和附近的夜跑爱好者没什么区别。他一口气跑了五公里，这对常年健身的人来说算不了什么。路边停着一辆本田雅阁，这是用私人侦探老婆的指标买的。

他戴上棒球帽和口罩，开车来到西山口，把车停到地铁终点站旁边的停车楼五层，这是他和杜永邦约定的见面地点。他正要给杜永邦发信息，一道车光扫过来，接着一辆黑色轿车缓缓开了过来，停在他的车前。他立刻下车，打开轿车的后门，钻了进去。

"别起来。"杜永邦说道。徐炳辉在后座上趴着，闻着混合着烟味和霉味的臭气。杜永邦开着车驶出停车楼，朝着山上开去。徐炳辉正要起身，杜永邦立刻喝道："趴下！"监控闪光灯发出一连串刺眼的光芒，徐炳辉赶紧把脸藏到座椅后面。

"前面还有三个监控，"杜永邦冷冷道，"过了监控我自然会叫你起来。"

"快点，"徐炳辉喘着气说道，"我这样很不舒服。"

"这也是为了你的安全，徐总。"杜永邦冷冰冰地说道，但脚下的油门开始有意识地轻柔起来。

"杜芷在哪儿？"

"在山里。"杜永邦说道，"那是唯一没有摄像头的地方了。"

"村里吗？"

"林场。等你到了就知道了。"

"你怎么知道那个地方？"徐炳辉用手顶着门把手，"你慢点开，我这样会吐的！"

"不该问的别问。"杜永邦说道，"一会儿给你留了吐的时间。"

十分钟后，杜永邦把车停到半山腰的停车观景台。

"下车吐，别吐到我车里。"杜永邦嫌弃地说道。

徐炳辉挣扎着爬起来，干呕了两下，然后打开车门。

他正要下车的一瞬间，忽然向前扑去，两只手臂插到驾驶座前面，左手锁住杜永邦的脖子，右手攥着一根圆筒形的金属注射器，用力插进杜永邦脖子的动脉。杜永邦还没来得及挣扎，身体就僵住了，只有眼珠瞪着后视镜里的徐炳辉。

"你根本就没告诉过你儿子，对吧？你这个老浑蛋！"徐炳辉还保持着锁喉的姿势，咬牙切齿地说道，"你以为你能耍我！嗯？你以为我好欺负！嗯？我告诉你，我早就派人盯着你了！你一个人开六个小时的车和两个小时的船去掰我儿子的牙，所以你根本就没告诉你儿子。对吧？你是最后一个知情者了。你觉得我能放过你吗？用你的猪脑袋想想！你这个老浑蛋！"

徐炳辉猛地向后一靠，瘫在后座上，杜永邦直挺挺地坐在驾驶位。

"待会儿再收拾你。"徐炳辉踹了一脚座椅，把注射器装进口袋里，跳下车，踉跄地跑到一棵松树后面，剧烈呕吐起来。

- 61 -

徐炳辉眼前是一条笔直的缓坡路面，左侧是悬崖，右侧是山壁。这段路大约有三百米长，然后是一个右转弯。这个距离足够把时速从零加到六十公里，只要初始角度控制好，车子不偏出道外，能冲出尽头的隔离护栏就成功了。但是初始角度是最难估算的，毫厘之差都会让车子提前撞上护栏或者山壁。那就完蛋了。

想到这里，徐炳辉反而兴奋起来，他一辈子都在赌博，这时再赌一把又如何？

他把车开到路中间，找好方向，然后把杜永邦扛进车里。杜永邦的身体已经完全僵直，徐炳辉就像操纵玩偶一样，使他的双手分别握住方向盘的右下方和左上方，这是最稳定的握把姿势。徐炳辉挂上D挡，松开电子手刹，把杜永邦的右腿从刹车上抬起。一瞬间发动机发出轰的一声，这是发动机启停装置在运转，发动机启动了。

徐炳辉把杜永邦的右腿放到油门上，下压，汽车向前移动起来。徐炳辉右手按着杜永邦的右腿，左手扒着方向盘，跟着车往前跑。车速越来越快，他逐渐跟不上，压在杜永邦右腿上的力道卸去，车速立刻又降了下来。

徐炳辉刹住车，站直身体喘了几口粗气。这样下去不行，他看着前面的路，车速起不来就没法撞出护栏。已经浪费二十米了，必须换个方法。

他咬了咬牙，重新钻回到车里。这次他整个人都趴在杜永邦腿上，这样就不用跟着车跑了，也有足够的力度压着油门。车速越来越快。徐炳辉看到时速超过三十公里，立刻按下早已设置好的定速巡航，设定时速为七十公里。车子忽然咆哮起来，加速行驶，徐炳辉爬起来，站在车门边上，闭上眼往外一跳，同时用后退的惯性关上车门。他被巨大的惯性带倒，在地上翻滚了好几圈才停下。

他爬起来，这时汽车已经呼啸着冲向道路的尽头，撞断护栏，前空翻，车头朝下栽下悬崖。

好像黑白默片一样。

汽车坠入悬崖的一刹那，撞断护栏的声音才传了过来。先是一声闷响，然后隐约传来了几声嘎吱嘎吱的声音，最后又是几声闷响，终于回归平静。

听起来效果不错。一会儿可能还有燃烧甚至爆炸的精彩场面，但他不能留下来欣赏了。他深呼吸了一口气，活动了因紧张而僵直的四肢，朝着山顶跑去。

"我们已经发出协查通告了，"武桐说道，"优悠肯定不会离京的。咱们的人也在全力追查，很快就会有结果。"

马烁坐在沙发上，看着手里的小米手环，木然地点了点头。

"已经定位到杜芃的手机号了，就在这个小区。"小孔进来说道，"如果人不在这里，应该就是手机被遗弃了。"

"杜永邦呢？"焦闯问道。

"杜永邦的手机定位在他家，咱们的人已经去了。"小孔回答道。

"你知道杜永邦和杜芃还有别的住址吗？"焦闯问道。

马烁摇了摇头。

焦闯走过来拍了拍马烁的肩膀，安慰道："放心吧，杜永邦就算要对杜芃做什么，那也是为了财产。他不敢动你妹妹，他也不可能永远不露面，要不然他拿到这些财产也没地方花。搞不好你妹妹只是和杜芃出去玩，手机落家里了，明天一早她就回来了。"

马烁点了点头，终于说道："你说得对，杜永邦是为了财产，他不敢对优悠怎么样。"

"那个，我知道有个澡堂子不错，带自助夜宵的。"焦闯靠在门边说道，"我看这里好像也没你的房间，要不我带你去泡澡吧，泡完了吃碗面条，睡一觉。"

"对，你现在应该养精蓄锐。"武桐也表示赞同，"刚才我们已经把最坏的情况都想到了，优悠至少不会有人身危险。"

"杜芃呢？"马烁说道，"他有危险。对，我必须让杜永邦知道。"

他一边说一边拿起手机，给杜永邦的手机号编写了一条信息：

杜永邦，我是马烁。我现在联系不上杜芃和优悠，你知道他们在哪儿吗？杜芃和我说过你图谋他财产的事情了，我警告你断了这个念头，如果杜芃有什么三长两短，你就是第一嫌疑人。

发送之前，马烁犹豫了一下，他这么做到底是帮助杜芃还是在害杜芃？万一这条信息刺激到杜永邦呢？杜永邦以为自己暴露了，可能就会狗急跳墙。

他删除了信息，起身说道："走吧，我正好饿了。"

闭上眼睛之前，马烁对自己说：好好睡觉，不要辜负武桐和同事们熬夜追查的心意，在他们追查到杜芃和优悠的下落前，自己必须养足精力。

这句话起到了神奇的作用，马烁很快就睡着了，大脑一片空白，遁入了无边的寂静中。

有人轻轻拍他，他睁开眼睛，是前女友。女友拿着他的手机，屏幕上的蓝光映出了她的一脸幽怨。

女友把手机拿给他，他接过来一看，马优悠发来了一条信息：

"哥，周五我和爸妈就出发了，你们去不去？"

去不去？怎么去？马烁烦躁地想着，家里就一辆两厢小车，长途自驾去南京，怎么也坐不下五个人吧。就算能挤下，女友肯定也不愿意和他们一起挤。

马优悠又发来一条信息："哥，你们要去的话，就不开车了，坐高铁去。"

马烁把手机拿给女友，女友摇了摇头。女友的年假有限，他们已经商量好要去泰国玩。

马烁正对着天花板发愣，马优悠又发来一条信息："哥，你们考虑一下吧。如果觉得时间长，你们提前回去也行。爸妈想和你们一起出去玩。"

马烁忽然感觉眼睛发胀，鼻子发酸，一种从未有过的情感涌上来。父母年纪大了，不再像泰山一样强壮了。他们只是想和孩子们多积攒一些美好的回忆，然后靠着这些温暖，慰藉平淡清冷的暮年。这个瞬间，他理解了父母，温暖和喜悦包围了他。他拿起手机，给马优悠回信息："我们就不去了，你好好玩吧。我最近有案子要忙。"

为什么会写出这样的话？他急忙按下删除键，却怎么也删不掉，然后信息自动发了出去。怎么会这样！他急得在屏幕上乱按，却没有任何反应。

很快马优悠给他回了信息："好吧。你们照顾好自己。"

马烁惊慌失措地看着女友，想问她到底是怎么回事，但他说不出话，他急得快疯了，忽然喊了出来。

马烁睁开眼，看到穿着浴袍的焦闯正坐在旁边的休息椅上看着自己。

原来是梦。

"几点了？"马烁问道。

"5点。走，吃早餐去，"焦闯站起来，"然后出发。"

"有消息了吗？"马烁挣扎着坐起来。

"刚来的信儿，我以为你听着了呢。"

马烁抓起手机，工作群里一直消息不断。杜永邦家已经人去楼空，儿子和儿媳都不在了。武桐在马烁家小区监控里找到一个可疑的垃圾转运工，晚上8点，他骑着一辆三轮车从小区西门离开，车上装着两个垃圾桶。武桐和物业核实，晚上8点不是转运垃圾的时间。他们赶到小区西门外，看到了被遗弃的三轮车和垃圾桶。武桐调集人手对附近所有监控实施断面筛查，目前找到了七辆可疑车辆，其中有三辆租赁车，两辆年检不全的车，还有两辆套牌车。他们已经开始对这七辆车进行追踪，并发出了全市协查通告，预计两个小时内会有结果。

马烁看完了所有聊天记录，没有任何实质性进展。他的心情也坠入谷底。

凌晨的北京，安静得就像另一个平行时空。焦闯开着车在路上飞驰，目的地是杜永邦位于东坝的家。马烁看着两边向后掠去的路灯，再过两个小时，汽车和行人就会像潮水一样淹没整个城市，把他和马优悠困在各自的孤岛上。

他本来可以不去杜永邦家，但他必须去。他要打发掉这两个小时，也许还有更多的时间。他不能什么都不做，否则头脑里不断冒出来的可怕念头和画面会逼疯他。

尽管所有灯都开着，但杜永邦家里还是十分昏暗。搜查小组不得不在每个房间里都架起小型探照灯。这套房子是两室一厅，杜永邦一间，儿子儿媳一间。

马烁走进厨房，地上堆着土豆和白菜，冰箱里有新鲜蔬菜和鸡蛋，还有没拆封的啤酒。

小孔从杜永邦的房间里出来，他现在已经是这个搜查小组的负责人。

"没什么发现。"小孔说道。

马烁走进杜永邦儿子儿媳的房间，床垫已经被掀开靠在墙壁上，所有柜子和抽屉都以标准的搜查角度打开了。马烁看向衣柜，这是刑警的习惯。有人说衣柜里藏着主人所有的秘密，马烁认为这种说法虽然有些夸张，但是衣柜确实是迅速建立人物画像的首要途径。

衣柜里摆放着男女款式的当季衣物，花里胡哨的，质量又很差，可见主人的衣品非常糟糕。

马烁把挂着的衣服都拿出来扔到床板上，又打开所有抽屉和储物袋，把衣服倒在地上。别人知道他在泄愤，没人敢上前阻止。

最后，马烁踩着满地衣服走出来，对焦闯说道："他们已经不在这里住了。"

"什么？"几个人异口同声问道。

"可是冰箱里还有……"小孔辩解道。

"他们已经走了。"马烁面无表情地说道，"收队，不要浪费时间了！"

马烁往外走去，被焦闯拽住胳膊。

"不要情绪化。"焦闯小声说道。

"我没有情绪化。"

"那你至少给个理由。"

马烁转过头，看着惶恐不安的小孔，叹了口气说道："你们看看，这里有女式内衣内裤吗？"

"什么？"小孔还没明白过来。

"噢！"焦闯拍了下手，"杜永邦儿媳妇的内衣，有没有找到？"

小孔看了看其他人，其他人都朝他摇了摇头。

"他儿媳妇把内衣内裤都带走了，说明什么问题？"焦闯又问道。

"噢！"大家恍然大悟。

小孔正要说什么，马烁已经走出去了。

队长办公室里弥漫着咖啡的香气，明亮的白炽灯光把武桐脸上的憔悴照得越发明显了。

"杜永邦知道绑架警察家属是死路一条，他杀了杜芃也拿不到遗产，那么他们为什么还要铤而走险？"武桐问道。

马烁摇了摇头，说道："但他们一家确实潜逃了。他知道我们肯定会去搜查他家，所以在冰箱里留下很多食物，可能就是想伪造他们还在这里住的假象。他儿媳妇可能接受不了自己的内衣被外人看到，所以偷偷带走扔了。"

"马烁说得有道理。"焦闯说道，"我们后来又检查了一遍，杜永邦和他儿子的内衣裤子什么的都还在，唯独他儿媳妇的没了，所以肯定是故意的。"

"我现在怀疑另一种可能性。"马烁低沉着嗓音说道,"他们杀害杜芃的过程被优悠看到了,他们只好杀人灭口,只要两人的尸体不被找到,就只能按照失踪人口来算,这样他们一家至少还能潜逃活命。"

武桐想劝慰马烁,但看他目光坚定,于是稍稍松了口气。

"你说的这个是最坏可能。"焦闯说道,"退一万步说,就算他们杀害杜芃,他们图什么呢?杀害杜芃不能给他们带来利益。"

"如果杜芃以意外或者其他方式死了呢?"马烁问道。

"其他方式……"焦闯恍然大悟,"你是说徐炳辉?"

- 62 -

清晨的西山华府不像其他住宅社区那样喧闹,没有匆忙赶路的行人,没有拥堵交错的车流,远离人间烟火,宁静而惬意。

这种高级住宅区原本是不让车辆在地面上行驶的,物业经理看到了焦闯的警察证和车里三个人愠怒的表情,于是特批他们从消防车道进来。保安踩着平衡车在前面引路,焦闯开车跟在后面。轮胎压在石板路上,发出扑哧扑哧的轻响。

保安停下,指挥他们把车停到路边,向他们敬了个礼,然后离开了。焦闯正要开门下车,马烁的手机忽然响起来。是小赵来电。马烁接起电话,小赵兴奋的声音立刻冲出听筒:"查到了!2004年3月26号下午3点,柴镛阁的游艇出泊位。3月27号上午10点回泊位!"

马烁立刻坐直了身体,问道:"能查到谁在船上吗?"

"这个没有,"小赵说道,"但记录人是杜永邦。"

马烁思考了片刻,说道:"你现在去找26号下午所有的游艇出海记录，应该不多吧？"

"不多，三月是淡季，很少有人出海。"

"你找到记录，看看能不能联系上游艇的主人。"马烁说道，"也许能找到目击者。"

"明白，我现在就去。"小赵回答道。

挂断电话，马烁看了看焦闯和坐在后排的武桐。

徐炳辉坐在书桌后面，这张书桌总能在他心烦意乱的时候带给他平静的力量，但今天好像失效了。

半小时前IPO顾问通知他，因为主要投资人段育明死亡，并且被警方刑事立案，他必须退回段育明的投资并立刻找到新的投资人，否则会影响上市。退回段育明的投资倒是好办，他的三妻四妾和公司那些势利之徒就像秃鹫和鬣狗一样盯着他的遗产，巴不得接收这笔巨资。但是现在这个阶段，找一笔新投资简直是不可能完成的任务。

他左思右想，只有一个人能救场，就是他的岳父柴镛阁。但是柴镛阁能帮他吗？就算帮，这个老狐狸会开出什么苛刻的条件呢？

有那么一两个瞬间，他怀疑这一切都是柴镛阁在暗中搞鬼。

这时门禁的视频通话器亮了起来，他看到了马烁。

马烁看到开门的是余诗诗，不由得愣了一下。余诗诗朝他们大方一笑，侧身把他们让进来。

武桐和余诗诗去了餐厅，马烁和焦闯跟着徐炳辉来到书房。

徐炳辉打开一个保险柜似的箱子，从里面拿出一条红色的中华香烟，拆开，给焦闯一根，自己也点了一根。焦闯开门见山地问起2004年3月26日游艇出海的事情，徐炳辉略一思考，便点头承认了。

"你们为什么会关注这个？"徐炳辉一副不解的样子。

"徐总对十七年前的事倒记得挺清楚。"焦闯摸着光滑的下巴说道。

"因为你说三月嘛。"徐炳辉笑着说，"三月是出海淡季，风大浪急，所以记得清楚。"

"既然风大浪急，您出海干什么去了？"焦闯继续问道。

"当然是去玩了。"

"和谁？"

"这个必须说吗？"徐炳辉转头看了看马烁，然后说道，"和余诗诗。"

马烁和焦闯对视了一眼，马烁问道："徐总，你是不是和杜永邦认识？"

"对，他以前在游艇俱乐部工作。"

"你们有交情吗？"焦闯接着问道。

"交情谈不上，会交流一些游艇方面的东西。"徐炳辉说道，"但那都是十几年前的事了，后来就不联系了，直到他把杜芫送到我这儿来。"

"他有没有和您说过，为什么把杜芫送过来？"焦闯继续问道。

徐炳辉摇头苦笑了几下，说道："因为他想要挟我。"

"要挟你什么？"

"让我给他虚开收据，这样他就可以找保险公司报销了。"徐炳辉说道。

"他有什么能要挟你的？"焦闯把烟头掐灭在烟缸里。

"你们刚才不是问过了？我和余诗诗出海，那时她是我的情人。"徐炳辉淡定地说道，"杜永邦看到了，他认识我岳父，所以才会打起要挟我的主意。准确地说是敲诈，敲竹杠。"

"可即便如此，他也应该那时候就敲你，谁会一个竹杠等十几年再敲？"焦闯继续问道。

徐炳辉笑了："我也很奇怪，而且这个问题我也问他了。他说那时候他还有工作，他担心我向他们公司告发，他的工作就丢了，所以等到退休才来。"

"你答应了吗？给他虚开收据？"

"当然不可能！"徐炳辉摇了摇头，然后笑着说，"因为我和余诗诗的事情，上次经你们一查，已经让柴韵知道了。所以现在我没什么好怕的了。"

"这点我们倒是看出来了。"焦闯点点头，"你昨天见过杜永邦吗？"

"没有。"徐炳辉说道，"自从周一他来闹事以后，就再也没出现过。"

焦闯盯着徐炳辉，说道："那么，请您说一下昨晚的行踪。"

"昨晚？我吗？"徐炳辉指了指自己，"我有什么被怀疑的？"

他看到两人默不作声，立刻举起双手，说道："好的，我不该问。那就从下班开始说吧。"

焦闯掏出笔和本准备记录。其实他们带着执法记录仪，徐炳辉的一举一动都在监控中，这样做的目的主要是给徐炳辉造成心理威慑。

"昨晚我大概6点从公司离开，和余诗诗一起吃了晚餐。"徐炳辉说道，"然后就一起回来了，直到现在。"

"去哪儿吃的？"焦闯问道。

"燕莎附近一家店，她付的钱，手机上应该有消费记录。"徐炳辉说道。

焦闯点了点头，说道："这些我们会去核实的。你回来后有没有再出去？"

"没有。"

"你们两个人一起回来的？"焦闯又问道。

"对。"徐炳辉说道，"司机送我们回来的，你可以问他。"

马烁发信息告诉了武桐，过了一会儿武桐回复，余诗诗也说他们昨晚一起吃了饭，然后就一起回来了。马烁把手机递给焦闯，焦闯看完，若有所思地点点头。

徐炳辉咳嗽了一声，打破沉默，他问道："我能问二位一句吗？我04年和余诗诗出海这个私事牵扯到什么了？你们为什么要问我这件事情？"

马烁盯着徐炳辉，缓缓说道："我们收到一份匿名举报，说2004年3月26号，你带着一个女人和一个孩子出海，第二天上午你一个人返回。"

"不可能！"徐炳辉连连摇头，"我是和余诗诗一起出海的，我不知道谁为了什么举报我，但他在造谣。"

"有人能给你做证吗？"马烁问道。

徐炳辉想了想，皱起眉头说道："这我哪里记得？已经十几年了。但他凭什么这么说？他有证据吗？没证据的匿名举报，不就是诬陷吗？"

马烁和焦闯没有说话，他们安静地看着徐炳辉。

"对不起，我有些气愤。"徐炳辉舒了口气，说道，"我能叫律师吗？"

"还没到那个程度。"焦闯说道。

"不，因为这是诬告，我必须用法律手段维护我的权益。"徐炳辉看着两人说道，"我也能猜到他们是谁。"

"谁？"焦闯问道。

"资本流氓。"徐炳辉回答道，"他们一直想介入这个领域，然后用资本的优势占据市场。到时候他们就有了定价权，制定一个比现在高几倍甚至十几倍的收费。然而我们所有人，人生最后的旅程都会经历这个阶段，我们无法照料自己，需要专业的护理才能有质量地活下去。于是我们的养老金、储蓄甚至房产都会被他们收割一空。这就是真相。他们不想让我们上市，不想让我们找到一条不用靠他们就能生存发展的道路。所以他们一直不遗余力地攻击我，攻击我们的模式。马警官，这些你应该略有耳闻吧？"

"是的。"马烁点了点头。

"徐总，你说的这些资本流氓，有没有具体的人或者组织？"焦闯问道。

"我还想拜托你们去查呢。"徐炳辉说道，"你们是警察，可以查到谁在匿名举报吧？"

"你觉得他在说谎吗？"马烁边走边问。

"他嘴里就没一句实话，"焦闯按下遥控钥匙，车子响了两下，"尤其你诈完他以后，简直是自曝发言。"

这是马烁和焦闯为徐炳辉设置的一个小陷阱。

如果马烁按照正常顺序提问，率先说出有人举报徐炳辉2004年3月带一对母子乘游艇出海，徐炳辉肯定会做出疑惑的反应，这样就不好判断他是否说谎。

马烁知道徐炳辉的演技有多高，所以先问了他那天有没有出海。这个问题在徐炳辉听来和前一个问法是一样的，而马烁并没有说出"带一对母子出海"这个信息。但是，如果徐炳辉真的"带一对母子出海"，他肯定会脑补这个信息。所以，当马烁后来说到有人举报徐炳辉带一对母子出海时，徐炳辉下意识错过了表现出疑惑反应的时间，而是直接否定。

"他很快也意识到了，之后一直在补救。"马烁拉开车门，"不过他的演讲能力还挺强，慷慨陈词的。"

焦闯也坐进来，双手扶着方向盘，说道："人只有慌了的时候才会用大段演讲掩盖自己，他说的那套话应该已经对着镜子演练无数次了。"

马烁点了点头，说道："他慌是因为他认为真的有人向我们举报了。"

"咱们把他诈出来了。"焦闯嘬了下牙，"但没有证据，咱们也不能因为他慌了就抓人。"

这时余诗诗送武桐走出大堂，像女主人一样和武桐挥手告别。武桐坐进车里，焦闯松开刹车，车子在石板路上扑哧扑哧地慢慢走起来。

"余诗诗已经和徐炳辉达成攻守同盟了。"武桐说道，"她一口咬定04年3月26号和徐炳辉出海的是她。"

三人一阵沉默，焦闯忽然说道："问细节呢？"

问细节是打破同盟的常用方法，就是列出很多细节问题，比如当天天气、两人穿的什么衣服、吃了什么东西、在船上干什么了，以及游艇的特征，比如桌子椅子是什么颜色、门是什么颜色、楼梯是螺旋的还是"之"字形的，等等。然后让两人分别回答，如果对不上，就说明有问题，但是这种方法常用于发生不久的事情。如果时间跨度十几年，人的记忆难免会有偏差，就算对不上也不奇怪。

况且，既然徐炳辉和余诗诗已经达成攻守同盟，必定演练过多次，重点细节肯定也对照过。

"算了吧。"焦闯叹了口气，否决了自己的提议。

三人来到物业办公室，看了当晚的监控录像。正如徐炳辉所说，两人晚上8点从地下车库乘坐电梯返回家中。

"有没有监控覆盖不到的地方？"马烁问道。

物业经理立刻摇了摇头："不可能。我们小区是监控全覆盖的，而且门禁管理非常严格，进出都要刷卡。"

离开物业办公室，三人默默往车子的方向走去。

"我有个疑问。"马烁忽然说道，"他们为什么要串供？"

焦闯看了马烁一眼，说道："为了对付我们啊。"

"对，可是我们之前并不知道要问他游艇出海的事啊。"马烁说道，"我的意思是，我们是今天早上才知道徐炳辉04年3月出过海，而且过来找他问话的决定只有咱们三个知道。他们肯定之前就已经串好了，所以给他们压力、让他们串供的并不是我们。"

"我明白你的意思了。"武桐说道，"可能有人威胁他，要把他04年出海的事情举报给我们，他才会和余诗诗串供。"

"就是那俩开着套牌SUV的家伙。"焦闯说道。

"对了，你们抓的那个毒虫已经晾一宿了吧？"武桐问道。

马烁和焦闯对视了一眼，因为马优悠失踪，把这个事忘了个干净。

— 63 —

徐炳辉站在门厅里，余诗诗一进来，他就快步走过去，搂住余诗诗。

两人用力拥抱在一起。

昨天夜里，刚刚杀了杜永邦的徐炳辉逃回家，他惊魂未定、浑身颤抖，却发现客厅没人，又跑到书房，也没见到余诗诗。徐炳辉立刻慌了，余诗诗会不会跑了？他挨个儿房间找，最后找到卧室。他看到余诗诗躺在他和柴韵的床上。

徐炳辉喘了几口气，问道："你在干什么？"

"制造不在场证明。"余诗诗平静地回答道。

被肾上腺素和雄激素支配的徐炳辉情绪亢奋，欲火焚身。他扑上床，和余诗诗一起，把他和柴韵的卧室弄得一塌糊涂。他的心里获得了极大的满足。他感受着血液在身体里流动，理智也在一点点汇拢。

"说点正事吧。"余诗诗拿起一串葡萄，咬了一大口，把其余的对着徐炳辉的嘴挤了下去，葡萄汁溅得满床都是，把名贵的真丝床品都染花了。

"你说。"徐炳辉把葡萄籽和皮吐在地毯上。

"杜永邦死了，但难保他没有什么后手。"余诗诗说道，"从现在开始，04年3月陪你一起出海的人就是我了。"

徐炳辉思考了一下，点点头："但是杜永邦连他儿子都没告诉，应该不会告诉警察吧。"

"这总是个隐忧。"余诗诗坐起来，认真地说道，"你记住，第一，那时候咱们就已经是情人关系了；第二，那天是周五，我那会儿周日上课，所以咱们周五开游艇出去幽会，周六回来，只有这个时间合适；第三，为什么选在三月，是因为四月份你就要和你妻子度蜜月了。"

"好。"徐炳辉摸着余诗诗的肩膀说道。

"你重复一遍。"

徐炳辉按照余诗诗说的重复了一遍。

"如果警察问你，余诗诗为什么要让你带她这么冷的天去开游艇出海，你怎么回答？"

"我怎么回答？"

"你就说，她那会儿正在追一部剧，女主和男主开游艇出去看流星，她觉得很浪漫，就缠着我带她去。重复一遍！"

徐炳辉又重复了一遍，然后郑重其事地说道："等康养中心上市了，我买艘游艇，咱们去看银河。"

"不用买，现在租也不贵。"余诗诗说道，"最后一个问题，今天晚上你去哪里了？"

"我和我的情人余诗诗先去辛德勒吃了烤肘子，然后回到我的家里，共度春宵。为什么要回到我家里，而不是去酒店开房呢？因为家里更刺激。"

"谢谢你！"徐炳辉在余诗诗耳边说道。

"我是在帮我自己。"余诗诗喃喃道。

徐炳辉松开了余诗诗，两人分开的一刹那，他觉得自己爱上这个女人了。

"我现在还有一个烦心事。"徐炳辉说道。

"什么？"

"长话短说，我可能需要柴镛阁做我的投资人。"

"你的投资人不是够了吗？"

"出了问题。"徐炳辉看着余诗诗，"咱们一起想想办法，怎么能让老头给我掏钱，又不会提什么不公平的要求。"

余诗诗整了整衣服，从冰箱里拿出两瓶玻璃瓶咖啡，递给徐炳辉一瓶。徐炳辉喝了一大口，躺在沙发上望着天花板。

"你觉得董事长还惦记你什么？"余诗诗问道。

"还不就是集团10%的股份。"徐炳辉说道，"他的股份这两年稀释得厉害，他担心我吃里爬外，和外人联手做成大股东。这个老东西，我十几年死心塌地给他卖命，最后还是信不过我。"

"那你就把这10%的股份给柴韵。"余诗诗说道。

"什么？"徐炳辉说道，"这是我最后的尊严了。"

"反正他总会死在你前面吧，最后这些不还是你的？"

马烁和焦闯见到"毒虫"的时候，这个被毒瘾折磨大半天的家伙像一摊烂泥瘫在戒具椅上，脸上和脖子上挂满了黏液，胸口也湿了一大片。

"这样怎么问？"焦闯皱起眉头。

"这家伙脑子可能已经烧坏了。"马烁说道。

焦闯点了支烟。"毒虫"似乎被烟味刺激到了，稍微蠕动了一下身体，又立刻不动了。

"我都怕他被自己的鼻涕呛死。"焦闯小声说道。

马烁瞟了焦闯一眼："你就别跟着恶心人了。"

两人来到武桐的办公室，武桐听完"毒虫"的身体状况，也皱起了眉头。

"看来得先强制戒毒，等他清醒了再问。"武桐说道，"联系戒毒所吧。"

"至少要一周。"焦闯说道，"你看他才不到一天就这样了。"

"那也得等，"武桐叹了口气，"总不能让他嗑爽了再问吧。"

马烁和焦闯沉默了，看来也只有耐心等待了。

"你们不是说对付徐炳辉的人就在康养中心吗？"武桐说道，"等他恢复神志了，让他过去挨个儿认一下。你们想想这段时间还能做什么？"

"找找"毒虫"的联系人，"马烁说道，"他的社会关系应该很简单。"

武桐点点头："还有吗？"

"徐炳辉有四个主要投资人，另外三个也难保不会有买凶杀人的交易。"焦闯接着说道，"所以他们很可能也是那两个凶手的下一步目标。

我想最好能盯住那三个人，万一凶手再作案，我们也好及时做出反应。"

"盯他们至少要六个人。"武桐沉吟道，"咱们这个专案组，算上咱们仨已经十三个人了，摊子铺得太大了。"

马烁和焦闯都点点头，这件案子对于东部队来说可能太大了，而且眼下支队把人都抽走查35案了，武桐能保住现在的人手都很不容易。

"余诗诗已经确定和徐炳辉站队了，盯着余诗诗的那组人也可以先撤了。"焦闯说道，"这就有两个人了。"

"要不……找优悠先停了吧，"马烁说道，"能腾出四个人。"

"这样，康养中心排查先停一下吧。"武桐说道，"那边有四个人，加上盯余诗诗的两个人，够了。找优悠不能停。"

"可是……"

"你想让我挨黑枪吗？"武桐摆了下手，示意这个话题结束。

"武队说得对，"焦闯说道，"其实我也是这么想的。"

"我是想说，我可以去找优悠……"

"你还有靳巍的案子呢！"武桐打断了马烁的话，她来回看着马烁和焦闯，"靳巍的案子你们要亲自抓，下周一老梁还要听汇报，所以能挖多少挖多少。还有秦国力女儿的案子，老梁也盯得很紧。你们不是已经把鲁达带回来了吗？抓紧落实，尽快给老梁一个说法。"说到这里，武桐也叹了口气，"我知道你们怎么想的，但现实情况就是这样，咱们永远只能在资源不够的情况下干活儿。找优悠的事我来负责，你们查你们的案子。"

马烁点了点头，武桐能调动的资源肯定比他多，总好过自己无头苍蝇一样四处乱撞。他努力压抑着躁乱的心情，强迫自己思考工作，问道："徐炳辉呢？他杀了吴小莉母子，还指使靳巍和窦勇杀了段育明。也许还有其他人。"

武桐想了想，问道："吴小莉的案子你有把握很快破吗？"

马烁摇了摇头。

"那就往后放。"武桐果决地说道，"徐炳辉指使靳巍杀人，你们

424

也可以从靳巍身上入手。对了，你审讯靳巍的录像我看过了。"

说到这里武桐停了下来，她沉吟了片刻，看着马烁说道："我不客气地说，问题很大，他身上有很多东西你都没挖出来。你出了问题。"

办公室里陷入沉默。这是武桐第一次批评马烁，马烁有些猝不及防，脸颊发烫，鼻尖和额头冒出了细汗。

过了一会儿，武桐才问道："你觉得你有问题吗？"

马烁思考了一下，说道："我想听你的意见。"

"你觉得他给人安乐死是犯罪吗？"武桐直截了当地问道。

"当然。"

"你觉得那些人，比如陈桂芳，她应该被安乐死吗？"武桐换了个角度继续问道。

这一次马烁沉默了。

"所以你把他当成好人。"

"我没有……"

焦闯伸手按住马烁的胳膊，说道："听领导说。"

武桐看了一眼焦闯，继续说道："就是因为你把他当成好人，才会那么和他说话，希望他自己能悔悟。好人才会悔悟。"

马烁默默点了点头。

"他不是好人，他是杀人犯。"武桐说道，"他杀了段育明，也许还有别人，但他不承认，他只承认给那些临终的可怜老人安乐死。为什么？因为他知道你会同情一个慈悲的安乐死杀手。所以他在骗你，利用你掩护他。"

你为什么会同情一个慈悲的安乐死杀手？武桐没有问出这句话，但马烁听出了弦外之音。武桐质疑错了吗？没有。你就是同情他，认为他是一个迷失人生方向的好人。

但靳巍是个刽子手，他在掩藏自己的身份。

马烁意识到自己犯了个大错误，这让他怒火中烧。让他愤怒的并不是武桐批评他，而是他辜负了武桐的信任和希望。九年来，武桐是第一个信任他的人。他忽然想起那句话：认识到自己的无能，才是变强大的开始。但人都会本能地维护自己，拒绝承认自己的无能。所以能真正接受自己无能的人才有机会变得强大。

武桐让他认识到了自己的问题，这让他有了变强大的机会，他应该高兴才对。想到这里，他的情绪慢慢平和下来。

"你说得对，"马烁说道，"是我的心态出了问题。谢谢你及时指出，否则就要耽误事了。"

武桐点了点头，焦闯按在他胳膊上的手也放松了。

"我同情他，是因为他的话让我想起了优悠，还有我姥姥。"马烁看了看焦闯，"我姥姥瘫痪了十年。"

焦闯轻轻拍了拍马烁的胳膊，收回了手。

"所以我会本能地同情他。你说得对，他是在伪装。安乐死杀手可能是他的一个身份，但他绝不是只有这一个身份。"马烁说道，"他也许听优悠说过我家的事，他在利用我这个弱点。我会调整自己的心态和思想，但如果你觉得我无法胜任，我也可以撤出。"

焦闯立刻皱起了脸，就像吃了一口酸橘子。

武桐笑了起来，问道："我为什么觉得你无法胜任？这不是已经做好心理建设了嘛，这就没问题了啊。"

听到武桐这么说，焦闯也笑了起来。

马烁尴尬地说道："我只是担心……"

武桐从抽屉里摸出几颗巧克力扔在桌上，焦闯率先剥了一颗塞进嘴里。

"工作中肯定会出现错误，"武桐把一颗巧克力推到马烁面前，"注意改正就行了，不会犯错的工作哪有乐趣？"

焦闯用力点了点头，又拿起一颗塞进嘴里，然后解释道："我低血糖。"

马烁和焦闯来到队部会议室，这里已经成为312专案组的新办公室。

那些年轻的实习警员坐在下面，他们面露疲态，但眼神透亮。

马烁重新分配了任务，四个人继续追查马优悠的下落，其余六人分别盯梢徐炳辉的三个重要投资人。"徐炳辉周五会在彩虹基金周年庆上发布上市消息，这三个人也会去。你们要做的就是在今天到周五的时间里盯住他们，重点是晚上。"马烁说道，"如果你们发现他们有可疑举动，比如独自开车离开，怎么办？"

"报告，跟踪。"六个人异口同声道。

"好。"马烁拍了拍手，"记住，都放机灵点。"

"是。"

这时一个坐在角落里的男孩举起手来，他就是那个老实又努力的小男孩，叫黎想。马烁这次记住了："黎想，怎么了？"

听到马烁叫自己名字，黎想有点手足无措，说道："您让我查的网络游戏私服的事情，已经有结果了。"

－ 64 －

"这是他们的聊天记录。"黎想把一份文件递给马烁，边角已经用彩色贴纸标好了。

马烁把文件放到一旁，看着黎想说道："他们聊什么了？你给我说说。"

"我说？"黎想看了看旁边的焦闯，尽管会议室里只剩他们三个人，他还是有点紧张。

马烁拍了拍文件，说道："你看得这么仔细，当然你说。"

"好……"黎想拿过文件，说道，"他们的接触总共分为三个阶段。一开始张宏表现得并不相信对方，一上来就向他要链接，而对方给了他链接。这个链接关联到网盘，已经失效了。两人之后的通话是'看了吗？看了。信了吗？信了'。所以这个链接可能是张宏妻子与人约会的视频。"

马烁和焦闯点了点头。

"第二阶段是这个人指使张宏做了一些事情，这个阶段大概持续了一周。这期间他们对话最多的是'我到了、你在哪儿'之类的，应该是多次线下见面。"黎想说道，"之前我们都认为张宏每天都去赌博，这样看，也许不是的。我这里有个建议，如果能找到张宏那时候的手机定位，也许能看到两人见面的监控。"

马烁和焦闯再次点了点头，这次更多的是对这个内向男孩的认可。

"第三阶段就是实施捉奸计划了。"黎想越说越自信，"包括他们商量怎么把窗帘洗了，张宏如何配合他在卧室窗外安装摄像头，在情人节那天……"

"等一下，"马烁叫停，"这是什么时候的事？"

"2月13号。"黎想回答道。

"不对。"马烁皱起眉头，"那天下午，凶手刚来张宏家的小区看房子，他们怎么可能之前就认识了？"

"这个……"黎想立刻紧张了，"可是日期确实是2月13号，然后情人节那天张宏假装去玩牌，给鲁娟和情夫创造约会的时机。这些他都和这个人说了。两人还在对话里提到了拍摄清晰度和隐蔽性。"

马烁点头道："你说得没错，是我疏忽了。"

焦闯见状，立刻用手指示黎想停下。

"是我疏忽了。"马烁说道，"鲁娟说过，情人节之前张宏把窗帘洗了，她当时还很奇怪，后来才想明白是为了偷拍她和王文佳约会。我记得她还把一瓶香水砸到婚纱照上了。所以偷拍情人节视频是张宏和那个人一起完成的。"

"是啊。"焦闯点头道。

"所以那个人给张宏看的鲁娟偷情视频，是在情人节前至少一周拍的。"

"是啊。"焦闯又点点头。

"那时候他还没有租下对面楼的房子。"马烁说道，"既然他们用窗外贴摄像头的方式偷拍，为什么还要在张宏家对面租房子？"

"也许是单纯地为了嫁祸靳巍？"焦闯耸耸肩说道，"我也不知道了。"

"他租那套房子另有用处。"

"有什么用处？"

"既然不是为214准备的，那就只能是为312准备的了。"

梁军十年前给商务租车公司开车，在偶然的外派工作中认识了徐炳辉，便被他聘为家庭司机。十年来，梁军始终和这个家庭保持着适当的距离，这反而让他更好地融入了这个貌合神离的家庭。也正因如此，他的收入远超当年那些老伙计。算上各种外快，他的收入已经赶上采购经理余诗诗了。

一个被生育末期焦虑折磨的中年男人，又有点小钱，于是经常在各种交友软件上寻觅猎物。

前天，一个名叫鲁娟的女人主动加他为好友。他打开她的相册，一下就闻到了这个女人的欲求不满。

三天是一次狩猎的周期，梁军轻车熟路布下陷阱，果然鲁娟一步步上钩。今天他问她愿不愿意出来约会，两人聊了一上午，她忽然问他有多厉害，梁军立刻欲火焚身。接着鲁娟又问他，想不想看自己和情人的视频，还挑逗地说，如果他没有自己情人厉害，就自觉删除好友。

有那么一瞬间，梁军有点迟疑，觉得这是个骗局，但鲁娟发来的视频让他立刻就放下心来。因为视频里的女人就是相册里的她，更生动，更刺激。

梁军偷偷看了一眼后视镜，家政员于金凤正往学校的小门走去，他大概有五分钟时间好好欣赏一下这段精彩的视频。

天上下着淅淅沥沥的小雨，于金凤拖着老寒腿往学校的小门走去，她要接徐炳辉的大女儿柴鸿回家，准备后天的彩虹基金周年庆。柴鸿，彩虹，柴镛阁用了这个蹩脚的谐音为基金命名。

因为不是正常的接送日，学校大门是不开放的，所以于金凤要拐进巷子，走到通常用来运送货物的小门。巷子西边是学校食堂的背墙，常年弥散着一股霉味和油烟气，地面脏乎乎地流淌着黑色的污水。

柴鸿一脸不耐烦的表情，说好下午1点钟来接她，现在已经1点05分了。她撇下还在慢吞吞做登记的于金凤，顶着小雨走出小门，朝着小巷东口走去。于金凤急忙跑过来，给她打上伞。

"小姐，在那边。"于金凤小声说道。

柴鸿停下脚步，回头看了眼肮脏的小巷，然后冷冷地看着于金凤。

"你让我怎么过去？"柴鸿看着脚下的粉色小牛皮靴问道。

小巷西头进来个骑着三轮车的男人，三轮车骑得很快，所过之处污水四溅。

"为什么不停那边？"柴鸿斥责道。

"老梁不想绕路嘛。"于金凤小声抱怨道，"我和他说了……"

"我不想听！"柴鸿喊道，"让他到那边接我！"

说完柴鸿朝着东口快步走去，身后还有一辆野蛮的三轮车。它的声音越来越大，就像野狗一样追着自己。它一定是想把脏水溅到自己身上，这些讨厌的人！

三轮车丁零当啷冲过来，柴鸿只好站在路边，愤怒地闭上眼睛，等着三轮车从自己身边冲过去，毁掉她最喜欢的这双小皮靴。

我一定不会让你们好过！一个米虫，一个油耗子，柴鸿在心里赌咒，我要和我外公说，把你们都赶走。

三轮车冲到柴鸿身边时，却猛地刹住车。

送货员从车上跳下来，掏出一个瓶子对着于金凤脸上喷去，于金凤还没来得及反应，就靠着墙瘫倒在地，双手捂着脸呻吟起来。

柴鸿愣住了，她甚至忘记了喊叫，眼看着这个蒙面男人扑过来，用一块抹布捂住了自己的脸。

绑匪骑着三轮车从小巷里冲出来，一个甩尾直冲到机动车道上，接着连跨两条车道，冲到路口掉头，在对向车道上飞奔起来。

"停！"马烁喊道。

画面定格在绑匪骑着三轮车即将冲出屏幕的一刹那。他在画面左上角，影像模糊，但能看出他戴着墨镜和口罩。

马烁想起失踪的马优悠，心底涌起一股难以抑制的烦躁。他拼命压抑着内心的痛苦，从桌上的烟盒里掏出一支烟，叼在嘴里。刺啦一声，马烁低下头，看到了火光，是焦闯给自己点烟。

"要不你出去待会儿？"焦闯小声说道。

"不，出去更烦。"

焦闯拍了拍马烁的肩膀，朝小赵点了点头。

"这辆三轮车在三公里外的一条巷子里找到了。"小赵介绍道，"那边是个待重建的棚户区，有一片监控死角。"

"能不能找到他换了什么交通工具？"焦闯问道。

"棚户区直通四环辅路，路口也没有监控。"小赵摇头道，"从路口出来直接并进辅路的车流，什么也找不到。"

"徐炳辉家的保姆怎么样了？"马烁加入讨论。

"没什么大碍，就是被喷了一脸防狼喷雾。"小赵说道。

"司机呢？"马烁问道，"当时他在干什么？"

"司机当时在巷子西头的车里等着，只有保姆进去接人了。"

"车在西头等着，她们为什么往东边走？"马烁追问道。

"这个……"

"还有，那辆三轮车是从巷子西口开进去的吧？"马烁继续说道。

小赵想了想，点头道："应该是。"

"当时司机把车停到什么位置，你给我指下。"马烁打开地图软件，"在巷子西口的南边还是北边？"

"北边的路边停车位里。"小赵一边说一边在地图上标了一个点。

马烁在地图上比画着："三轮车应该是从南往北开过来，然后开进巷子。那司机有没有看到？"

"嗯……"小赵又想了想，"应该能看到。"

"他当时干吗呢？"

"我当时在车里等着。"梁军说道。当他得知柴鸿被绑架后，本能地就把鲁娟发给她的视频和聊天记录删掉了。

"你没注意到后面有辆三轮车进去吗？"焦闯问道。

"没有。"梁军摇了摇头，"于姐进去以后，我忽然想起玻璃水没了。当时又下着小雨，我想一会儿还要用，就下车灌玻璃水了。"

他的确灌了玻璃水，不过是在出发之前。

"然后呢？你接着说。"马烁问道。

"然后我就回车里坐着去了。等了有七八分钟，她俩还没出来，我就觉着有些不对劲，往常早就该出来了。"梁军说道，"然后我就下去找她们去了，这不就看到于姐躺在那儿了。"

"这七八分钟里，你干什么了？"

"没干什么啊，刷刷短视频啥的。"梁军假装淡定地回答道。

"你们今天中午来接柴鸿这件事是什么时候定下来的？"马烁问道。

"早就定了吧。这种事得提前和学校说。"

"你有和谁说过吗？"焦闯忽然问道。

梁军愣了一下，他好像和鲁娟说过。今天上午他和鲁娟聊天的时候，问她能不能出来，鲁娟问他什么时候有时间，他说中午接完老板孩子就没事了。

难道是鲁娟？梁军忽然后背发麻，浑身上下立刻发出了一层冷汗。

马烁和焦闯对视一眼，这个眼神忽然发直的男人一定捅了什么大娄子。

"你和谁说过吗？"马烁又问了一遍，只不过这次变成了审讯的口吻。

梁军抬起头，茫然地点了点头。

鲁娟看着自己和王文佳的偷情视频，气得两眼发直。幸亏梁军在看视频的时候，把视频存到了手机保险箱里，马烁才拿到了这个视频。

"是张宏给你看的那个视频吗？"马烁问道。

鲁娟僵硬地点了点头。

"你没给别人发过这个视频？"马烁又问道。

"我也是第二次看到这个。"鲁娟闭上眼睛，流下两行眼泪，"我承认自己婚内出轨是错的，所以我就活该被这样反复侮辱吗？"

马烁站起身说道："我们会和网监部门联系，检测视频有没有流出。如果有，他们会尽量清理。"

"谢谢……"鲁娟捂着嘴说道。

"没有感情的婚姻是一种折磨。"马烁说道，"每天面对着冷漠的丈夫，只好去外面寻求情感的慰藉，说起来也是能理解的。"

"真的吗？"鲁娟抬起头看着马烁。

马烁点了点头，说道："你唯一的错误就是没有早点儿结束这段错误的婚姻。"

鲁娟哇的一声哭出来，哭号着："我也很后悔……"

－ 65 －

马烁和焦闯赶回徐炳辉家时，海淀支队的人正忙着安装各种设备。武桐带他们下楼，告诉他们因为绑架案发生在海淀，根据属地原则，海淀支队会主导绑架案，如果发现绑架案和312案有关联，就会把案子交给他们。

"徐炳辉怎么说？"焦闯问道。

"他很同意。"武桐顿了顿说道，"我觉得他好像很想让海淀支队接手。"

"还是不想让咱们接手？"马烁接话道。

"你有什么想法？"武桐问道。

马烁直接说出结论："绑匪就是312案的凶手，而且他和徐炳辉认识，很熟。"

"为什么？"武桐有些惊喜，她看了眼焦闯，焦闯也点了点头。

"和司机聊骚的鲁娟是绑匪假扮的。绑匪用鲁娟和王文佳约会的视频勾引司机，这个视频只有杀张宏的人手里才有，所以绑匪就是他。这个推论你没意见吧？"马烁说道。

武桐点了点头。

"绑匪怎么知道司机爱聊骚的？"马烁问道。

焦闯接口道："绑匪肯定认识司机，而且知道他是这种色鬼。"

"绑匪是前天通过'附近的人'加的司机。"马烁分析道，"第一，他知道司机经常用这种方式和女性搭讪。第二，他当时在司机附近。前天是周一，司机送完孩子上学，就去康养中心了。"

"所以绑匪当时就在康养中心。"焦闯说道。

"现在范围又缩小了，他知道司机有这个爱好，但不代表他们认识，"武桐说道，"也可能他一直在暗中观察司机。"

"所以下面这点最重要。"马烁说道，"绑匪知道周五是彩虹基金周年庆，也知道柴鸿会提前回家准备，他是看准了这个机会才出手的。如果周五正常接学生，他完全没有机会绑到柴鸿。"

"周五正常接学生？"这回轮到焦闯愣了一下。

"那所学校是寄宿制，周五接，周一送，接送学生时整个一条街都堵得水泄不通。"马烁说道。

"是吗？"焦闯挠了挠头，"这个信息你从哪儿看的？我还真不知道。"

马烁意识到自己说漏了，于是看了一眼武桐。

"所以绑匪还有一个特征，"武桐说道，"了解周年庆日程。"

焦闯的注意力果然被武桐吸引过去，说道："这样看，范围可就不大了。"

徐炳辉站在窗边，看着楼下的马烁、武桐和焦闯在交谈，心中涌起一股不祥之感。他知道这个案子已经交给海淀支队，可那些东城支队的人为什么还不走？他回到书房，从保险柜里拿出那部直板手机，确认没有留下任何数据，然后取出SIM卡，把卡冲进马桶。他把手机放到书柜里，和老相机、望远镜、打字机、Walkman这些老物件摆在一起。

柴镛阁到现在还没有露面，柴韵在外面哭哭啼啼。还有那些讨厌的警察，他们与其说是监视绑匪，还不如说在监视自己。徐炳辉甚至开始后悔了，还不如不报警。

"叮！"

徐炳辉划开手机，竟然是女儿柴鸿的微信给他发来的两条消息。他还没来得及雀跃，就立刻坠入了万劫不复。

第一条信息是个视频，第二条信息是一句话："别声张，看完视频。"

视频里，窦勇跪在黄土地上，镜头围着他转了半圈，能看到他的双手和双脚被绑在了一起。镜头又往前探了探，前面是一条巨大的深沟，底下漆黑一片。

"我叫窦勇，山西大同窦寨人。"窦勇低着头自白道，"我有个儿子是个痴呆。我去年带着他到北京治病，医生说这个病没治了。然后有个人过来找我，他年纪不大，白头发。他劝我说我儿子活得痛苦，我也受罪，他可以帮我把我儿子送走。我实在是……养活不起了，就同意了。本来我以为这就完事了，没想到我的房东发现我儿子坠楼不是意外，他就威胁我说要去报警，或者把那个'白头发'介绍给他。我害怕，就带他去找'白头发'了。他们怎么谈的我不知道，但我觉得对不起'白头发'，就问他能怎么补偿他一下，他就说让我帮他撞个人。

"我乍一听也很害怕。他说没事，警察不会找上我。他给我在渣土车队里安排了个活儿。有一天他找我，说他都安排好了，只要我出发前告诉他我的车排第几就行。等我开到路口，发现有个人坐在轮椅上，我怎么按喇叭他都不动。我一想应该就是这个人了，于是我比往常慢一点踩了刹车，把他撞死了。然后他给了我五万块钱，让我回家了，后来我也再没见过他。"

"是他吗？"一个男人说道，把一张纸递给窦勇。

窦勇点了点头："是。"

"念。"

"靳巍，1101061992……"

徐炳辉知道，如果外面的警察看到这个视频，他就彻底完蛋了。

这个时候绝对不能乱。徐炳辉对自己说，你和命运是一对死敌，现在就是你们的决战。你要彻底打败命运，为你遭受的所有屈辱和不公复仇。

他忽然斗志昂扬，精神抖擞，好像每一个神精末梢都开始高效运转起来了。

不能坐以待毙，你得主动出击。

他冲出书房，走到客厅，对着正在忙碌的警察们喊道："各位警官，请你们暂停一下，我想撤销报案。"

"什么？"负责人过来，"徐总，这可不是开玩笑的。"

"我没有开玩笑。"徐炳辉严肃地说道，"陈队长，请问你们能保证我女儿安全回来吗？"

"谁也不能百分百保证。"

"你有多大把握？"徐炳辉追问道。

"这个要看情况。"

"所以我要撤案，我不能把赌注押在连多少把握都说不清的你们身上。对不起，我没有讽刺你们的意思，你们很辛苦，我很感激。我只是说实话，我想给绑匪赎金，换回我的女儿。"徐炳辉看着刑警们说道，"我认为这个方法要比你们介入成功率高。"

"这是绑架案，我们必须……"

"这是我女儿。"徐炳辉打断了陈队长的话，"如果因为你们介入，绑匪杀了我女儿怎么办？"

"你给他钱，他也可能……"

"至少是五五开，"徐炳辉说道，"我愿意用我全部身价去赌这50%。"

徐炳辉一边说一边悄悄递给陈队长一张纸条。陈队长打开一看，里面写着：绑匪是熟人，他可能在监视我。

陈队长点了点头，悄悄递给徐炳辉一部手机，然后对手下们一招手："收拾东西，撤退！"

"谢谢，"徐炳辉低下头，"给你们添麻烦了。"

"我希望你女儿能安全回来。"陈队长说道，"我也希望等她安全了，你再来找我们。"

警察走后，徐炳辉坐在书房里，静静地看着书桌上的两部手机，其中一部是陈队长给他的。警察撤离时，陈队长给他留了个纸条，告诉他警方就在附近，有情况随时联系。他自己的手机屏幕亮了起来，是女儿柴鸿发来的语音通话请求。他拿起手机，走进隔壁的隔音室，关好门，然后接通。

一个男人的声音响起："徐总，你很明智。"

就是视频里说话的那个男人。徐炳辉问道："我女儿还活着吗？"

"活着。"

"我要和她说话。"

"不行，她现在没空。"

徐炳辉揉着额头，缓缓问道："你想要多少钱？"

"五百万。"

"好。"徐炳辉说道，"你要保证我女儿的安全。"

徐炳辉的手机震了一下，他拿下来一看，绑匪用柴鸿的微信给他发来一张柴鸿的照片。柴鸿坐在椅子上，没有被捆绑，也没有明显的伤痕。

"好，你不要伤害她，我会尽快给你钱。"徐炳辉拿起手机说道。

"你不用去筹钱吗？"

"这是我的事，你说什么时候要钱就可以了。"徐炳辉保持着主动。

"那就今晚10点，位置我再发给你。"

"好。"徐炳辉说道。

"你会带警察来吗？"

"不会。"

"如果你带警察来，我会杀了她。"

"绝不会有警察。"徐炳辉说道，"你能监视到我家吧？警察刚才已经被我赶走了。"

"好，今晚9点我给你发消息，带着钱来找我。"

"我会找人把钱送过去。"

"你要自己来。"

徐炳辉停顿了片刻，问道："为什么要我去？你只是要钱而已。"

"你不想接你女儿回去吗？"

"我可以安排可靠的人。"

"你不敢来？"

徐炳辉大脑飞速运转，意识到这个绑匪不是冲着钱来的，而是冲着他来的。

徐炳辉沉默了很久，终于说道："可是警察还在我家楼下。"

"你不是说警察被你赶走了？"对方笑了。

"我在骗你。"徐炳辉摸着额头，"警察怎么可能真走了？我只是暂时把他们支开了。"

"只要你配合，我可以帮你甩掉警察。"对方说道，"你会冒这个险吧？"

"我要和我女儿通话。"

对方轻笑了一声，说道："你愿意出来可不是为了你女儿，所以不要再假惺惺了。"

对，我愿意出来可不是为了我女儿。

徐炳辉在隔音室里坐了很久，盘算着往后该怎么做。最后他删掉视频，起身去餐厅，看到了两眼红肿的柴韵。她的几个闺密在这里陪着她。要不是这些女人在场，徐炳辉真想质问柴韵，出了这么大的事，你爹跑到哪儿去了。

徐炳辉走到柴韵身后，双手搭在她肩头。柴韵身子一抖，本能地想要躲开，却被徐炳辉牢牢抓住。徐炳辉俯下身，轻轻说道："亲爱的，我要和你说两句话。"

见柴韵没动静，徐炳辉两手暗暗用力，柴韵只好起身和他走了。

"给这几位美女再弄些下午茶。"徐炳辉指着家政员说道。

两人来到卧室，徐炳辉关上房门，柴韵双臂交叉站着。

"坐。"徐炳辉坐到椅子上。

柴韵颤声质问道："坐？"

她猛地掀开床罩，指着床单上的污渍质问道："这是什么？"

"噢。"徐炳辉平静地说道，"余诗诗喜欢吃葡萄。"

"你……你们竟然吃到我的床上来了！"柴韵低吼道，但她不想让自己的声音传到外面那些闺密的耳朵里。

"是啊。"徐炳辉说道，"你天天闺密之夜，我就只能带余诗诗回来了。"

"你无耻！"柴韵气得浑身发抖。

徐炳辉笑了，说道："那也没有你爹无耻。"

"你不要什么事都扯上我爸爸！"柴韵继续低吼。

"为什么不要？你和你爹都一样。你们想要什么从来不说，非得让我自己去琢磨，但凡我有一点儿不愿意，你们就变着法挤对我，给我气受。"徐炳辉说道，"你们一直把我当成外人，一只能生金蛋的鸡而已。你对我有感情吗？"

"现在说这个有什么用！"柴韵咬牙切齿地说道，"我女儿被绑架了！"

"这是我该操心的事，不是你。"徐炳辉说道，"而且你也不操心，你爹也不操心。外孙女都被人绑架了，他老人家到现在还没露面。还有你，你除了在外面像个傻子一样哭哭啼啼，给那些八婆幸灾乐祸，你还干什么了？"

"我能知道该怎么办吗？"

"所以我说你不操心啊。"徐炳辉欣赏着柴韵愤怒而无助的样子，"发泄情绪谁不会？你坐那里哭，你女儿就能回来吗？就算回来，也是被大卸八块送回来的！"

柴韵猛地抖了几下，想到女儿将面临的噩运，蹲在地上哭了起来："那也是你的女儿，你就这么说她吗！呜——"

徐炳辉站起身，走到柴韵身边，把她抱起来，在她耳边小声说道："我今晚就去救她。"

"什么？"柴韵又抖了一下。

徐炳辉扶着柴韵坐在床上，柔声说道："我今晚和绑匪见面。对方要五百万现金，要我给他送去。他答应不伤害鸿鸿。"

"真的吗？"柴韵捂着嘴，失声痛哭起来。

"你还想见到女儿，对吧？"

柴韵哭着点了点头。

"所以我去做我该做的事，你去做你该做的事。"

"什么？"

"首先，什么都不要和警察说，"徐炳辉小声说道，"否则鸿鸿真会被人大卸八块。"

柴韵恐惧地点了点头。

"然后，你去和爸爸说，我放弃集团10%的股权了。"

"啊？"柴韵睁开眼睛，空洞的眼神里恢复了一丝生气，她惊讶地问道，"你为什么要这样做？"

"我有个条件。"徐炳辉捧着柴韵的脸，"让爸爸做我的主要投资人，并投资两个亿。集团的股份至少值十个亿，他赚大了。"

"你为什么要这样做？"

徐炳辉用拇指擦掉柴韵脸上的泪水，新的泪水又掉了下来。

"你知道吗？我为了你，为了咱们的家，我受尽了委屈。"徐炳辉说道，"我求爷爷告奶奶拉来的投资，结果投资人出车祸死了。但我不能停止上市，所以我必须再找一个投资人，目前只有你爸合适。咱们都知道他不会轻易答应的。所以我才想到这个方法，用我的股份换他救场。股份我可以不要，但康养中心必须上市，它以后是你和孩子们安身立命的靠山。哪怕有一天我不在了，你们也……"

"你别说了，我去找他说。"柴韵捂住徐炳辉的嘴，哭道，"以后你有什么事可以直接和我说，不要再用那个女人伤害我了。"

徐炳辉品尝到柴韵手掌里的泪水，顺势搂住她，低声说道："好了，不哭了，我今晚就把鸿鸿接回来，后天你们一起漂漂亮亮地参加周年庆。"

"好，我这就去找爸爸。"

"我让司机送你过去。"

"不！你把他开掉。"柴韵恨恨道，"我再也不想见到他。"

"好，我这就把他开掉。"徐炳辉松开柴韵，轻声说，"让你闺蜜送你去吧，你们一起去，这样我能安心点。"

- 66 -

马烁看着徐炳辉家的保姆车驶出地库，正要发动汽车，就听到焦闯在对讲机里说道："车里没有徐炳辉，是他老婆和几个女人。"马烁松开钥匙，剥开一颗牛黄上清丸，放在嘴里嚼了起来。像蒸笼一样的脑袋终于慢慢有了一丝凉意，眼睛和太阳穴也没那么疼了。

他看了看手表，已经快一天了，马优悠还没有消息。

他知道那些实习警员肯定在拼命工作，事实也的确如此。他下午听到武桐打电话批评小赵，因为小赵拿不出中午吃饭的发票——他们没有吃午饭。

一个小时前，海淀支队撤出了徐炳辉家，他们也只得跟着离开小区。现在海淀支队的两组便衣警察守在小区外面，等着徐炳辉联系他们。

马烁知道徐炳辉在犯罪：十七年前他杀了吴小莉母子；这两年他指使靳巍杀了段建发，可能还有其他投资人的利益关系人；现在他要和杜永邦合谋，也可以说被杜永邦威胁杀害杜芃，甚至马优悠。但他们手上没有证据，就算带走徐炳辉，十二小时后也要把他放回来，除了打草惊蛇，一点意义都没有。

焦闯决定在小区外蹲守，他的理由是：万一徐炳辉说的是真的，昨天晚上他真的带余诗诗回家偷情，那么杜永邦也许还会联系他，所以在这里盯着徐炳辉是绝对不会错的选择。

马烁很感激焦闯，他知道他们留在这里的真正原因是他们无处可去。尤其是他现在的状态，剥开一颗牛黄上清丸都费劲，更何况干别的了。

焦闯提着两个塑料袋从便利店回来，一口袋是饮料，一口袋是食物。马烁打开一瓶矿泉水，狂饮而光，上清丸的药劲随着冰凉的水融入五脏六腑，他感觉轻松了一点。

焦闯从塑料袋里掏出一卷手纸放到中控台上。

"干什么？"马烁打了个嗝，闻到一股药味，感觉精神好了一点。

"吃牛黄喝凉水，你肯定要拉肚子。"焦闯说道，"提前准备好。"

"谢了。"

"这个时候着急一点儿用没有。"焦闯点了支烟，"刚才武桐让经侦处查过杜永邦一家的银行取现记录了，他们最近没有提取过现金。"

"什么意思？"马烁转头看着焦闯。

"现在支付都用这东西，"焦闯晃了晃手机，"只要他们用手机支付，咱们就能找到他们。不想被发现就只能用现金，他们也没提取过。没有钱花，他们潜伏不了多久。"

马烁点了点头。

"我再多说一句。"焦闯说道，"就算真出了什么事，马烁，那也和你是不是警察没关系。那是因为你妹妹是杜芃的女朋友才会被卷进去的，你不要给自己太大压力。"

马烁看着焦闯，焦闯也一脸真诚地看着他。

"谢了。"马烁点点头，"之前的事，我一直想……"

"别说了，尴尬的人是我。"焦闯说道，"我应该感谢你。要不是你提醒，我还没有意识到自己已经变成那么招人讨厌的样子，其实我也不想变成那样。"

马烁没料到焦闯会这么说，他刚要说话，焦闯却拍了拍他的肩膀，马烁只好把两句不咸不淡的安慰又咽了回去。

焦闯看向前方，抽了口烟，继续说道："这几天我一直在想，人为什么会堕落？其实就是因为看不到希望。刚工作的时候，领导都是老大哥，那会儿充满了希望，就想象着等我到了他们那个年纪，肯定也能当上领导。后来慢慢地就有同龄人上去了，也没事，人家优秀。再后来，比我年纪小的都上去了，我还在自我安慰，人家可能是有关系有背景。直到有一天我发现，其实不是别人在超我，而是我掉队了。"

焦闯皱起眉头，把已经燃尽的烟头掐在烟盒里，说道："你知道吗？人真是会被打垮的。你不想让人家看出你是个废物，那就只好装成一根老油条，这样别人至少不愿意招你。到了那个时候，你为了获得安全感，就会下意识地去找和你一样的人，和他们混在一起。然后你就会模仿他们，最终变得和他们一样。等你偶尔醒过来的时候，你已经无法抽身了。这时候你就会看着周围的人，对自己说，算了吧，反正大家都这样。"

说到这里，焦闯叹了口气，然后继续说道："但是看到你，我忽然明白了，一个人是可以不被打垮的。说真的，我真他妈挺嫉妒你的。然后我就想，既然你能挺得住，我为什么不行……"说到这里，焦闯停了下来。他拧开一瓶矿泉水，默默喝着，似乎在心里和自己说着后面的话。

马烁没有打扰焦闯。他想起牛卫平说的那句话："我用了九年时间，证明了你是个好人，但别人没有这份耐心。"当时他倔强地回答："我是好人，我不用向谁证明。"

一阵冰凉的风吹来，夹杂着土腥气。马烁抬起头，看着天边滚动的乌云，又要下雨了。

就在这时，两人的手机同时响了起来。

马烁接起电话，武桐兴奋的声音传了出来："优悠找到了！"

徐炳辉站在书柜前面，抽出一本破破烂烂的《牛津英语词典》。

这本书是他改变命运的阶梯，当年花了两块五从一位弹着吉他、长发披肩的学长手里买的。虽然是二手书，但到了他手里还和新的一样。他用了一年时间把这本词典背下来。那时的他每天都是亢奋的，因为他当时只有一个信念：如果不能出国，就跳楼自杀。

他现在好像又有点亢奋的感觉了，他抚摩着破损的封皮，轻轻打开。

词典内部被掏出了一个暗格，暗格里有一把精致的小手枪，还有两颗子弹。

他检查了油封和撞针，接着把两颗子弹压进枪膛。

三年前他又有了自杀的想法，所以购得了这把小手枪。卖家告诉他这把枪虽然小，但只要放进嘴里，绝对有足够的威力一枪毙命。用来防身，十米之内同样有致命杀伤力。

终于派上用场了，他把手枪装到口袋里，离开了家。

马优悠是在玉蜓桥下的环岛上被环卫工人发现的。环卫工人看到一个女孩在轮椅上昏迷，就立刻报了警。指挥中心民警听说是坐轮椅的女孩，想起挂了一天协查通告的马优悠，于是立刻通知了当地派出所去现场。

马烁在医院走廊里飞奔，武桐迎上来一把拦住他。

"没有伤口、没有针眼、没有性侵。"武桐在马烁耳边轻声说道，"优悠还在睡觉，检查、化验都做完了，没什么问题。"

武桐的话像是抽掉了马烁的全部力气，马烁身子一软向武桐身上歪去。焦闯跟上来搀住他，和武桐一起把他放到椅子上。马烁把头埋在手掌中，无声地哭了。

武桐坐在马烁旁边，轻声说道："医生说等她自然醒来就能进去了，放心在这里等吧。"

马烁点了点头，哽咽着说道："对不起，我就是高兴。"

"理解，我们也高兴。"武桐靠在椅背上，拍了拍马烁的后背，"我们也很高兴……"

徐炳辉确认身后没有车子跟踪自己，他把车汇入西四环晚高峰的车流，终于安心了一点。他掏出手机给女儿柴鸿的手机拨去语音通话，很快就接通了。

"不是9点吗？"徐炳辉看着中控台上的时钟，"现在才不到7点。"

"因为你要走很远的路。"对方说道。

"多远？"

"我会给你发定位的。"对方说道，"你赶到这个地方就停下来，等我给你发第二个位置。"

"警察肯定会发现我跑了。"徐炳辉说道。

"不用担心，我已经安排好了。"

对方结束了通话，很快给徐炳辉发来一个定位，是京沪高速公路天津市段的第一个服务区。

一个小时后，徐炳辉开到了服务区，发出语音通话。

"看到休息区了吗？"对方说道，"你现在马上下车，去卫生间。第三排靠窗第二个门。"

徐炳辉看向四周，小车停车场稀稀拉拉停着几辆车。他开门下车，小跑着来到男卫生间。服务区的卫生间都规模巨大，能同时容纳数十人使用。现在是低谷时段，所以第三排蹲位已经被隔离带拦上了，徐炳辉左右看了看，钻了过去。他打开对方说的第二个门，门后贴着一个纸袋子。他拿下纸袋子，里面有一把车钥匙和一部手机。

"把你的手机放到纸袋子里，贴回去。"对方说道，"我把车牌号发给你，换那辆车走。"

徐炳辉开着对方指定的车正准备离开服务区，从后视镜里看到一辆汽车快速冲进停车场。他一边往外开一边看着后视镜，那辆汽车停到了自己的汽车后面，车里下来两个男人，围着自己的车转圈，手里举着手机，正在和什么人联系。

新手机响了一下，徐炳辉拿起来一看，是下一个坐标：新港新区的一个加油站。

徐炳辉愣了一下，他记得这个加油站。接着他想起了一件事，浑身像过电了一样发麻。

一个半小时后，徐炳辉开车来到加油站。还是那个位置，扩建装修了，加油枪多了一倍，原来的小卖部变成了连锁便利店。

他下了车，僵直地走进连锁便利店。

"爸爸，我想吃那个。"

“好。吃哪个？”

“别给孩子吃这些甜的东西！”

往事在徐炳辉的心底翻滚，掀起了巨浪，淹没了他的理智。十七年前，他带着吴小莉和儿子途经这里加油，儿子想买个棒棒糖，吴小莉制止了他，儿子十分乖巧，立刻就不要了。

徐炳辉看着不远处的一家三口，男人还是给孩子买了棒棒糖，女人一脸嗔怒拍打着男人，男人一脸幸福，孩子一脸雀跃。

“先生，”营业员的声音叫醒了徐炳辉，“您是哪个枪？”

“噢，六号枪，谢谢。”徐炳辉从兜里掏出三张百元钞票放在柜台上，然后转身离开。

“先生，您的小票，交给外面的人。”营业员说道，“一次加油满三百，我们送您一箱牛奶，您自己拎一下吧。”

“不用了。”徐炳辉从架子上拿下一根棒棒糖，“这个就好。”

马优悠迷迷糊糊睁开眼睛，看到了光，看到了一团模糊的影子。影子慢慢清晰，变成了哥哥。

“哥哥……”马优悠刚喊出这两个字，就哇的一声哭了出来。

马烁和焦闯连忙把病床升起来，马烁坐在马优悠身边，把她搂在怀里。马优悠很快挣脱了马烁的胳膊，急切地问道：“杜芃呢？”

“还没找到。”马烁说道，“你先说遇到了什么事，从头说，说得越详细越好。”

马优悠闭上眼睛，长舒了口气，皱着眉说道：“让我想想，我好像做了个很长的梦，头很疼。”

“别着急，”武桐走过来，柔声说道，“慢慢来。昨天早上的事情你还记得吗？”

马优悠点了点头，说道：“昨天上午，我和杜芃还有小绿、大树一起回到我们家，收快递，布置房间，接家具。”

“非常好。”武桐继续问道，“中午吃的什么？”

"吃的……吃的饺子。大树爱吃饺子，我们订的饺子。"马优悠说道，"然后下午继续布置，一直到晚上……"她忽然抖了一下，马烁感觉到，用力揽住了她的后背。

"下午的时候就全收拾好了。晚上我们在家里吃的火锅，小绿和大树去超市买的食物。"

"你们什么时候吃完的，有印象吗？"武桐问道。

"7点吧，他们收拾好就走了。"马优悠说道。

"然后呢？"

"然后我和杜芃一起听音乐。"马优悠忽然哽咽了，"他还问我，和他在一起是不是很无聊……"

这是他们共同生活的第一个晚上，却也可能是最后一个晚上。想到这里，马优悠的眼泪像断了线的珠子一样掉下来，武桐拿出纸巾递给她。马优悠擦了眼泪，深吸一口气，说道："然后，忽然停电了。我让他在房间里等着，我出去看电表。结果我刚一出门……"马优悠说不下去了，扎进马烁怀里哭了起来。

过了一会儿，马烁才缓缓问道："后来的事你还记得什么？"

"然后我醒了，我脸上蒙着黑布，被绑在一张床上。"马优悠说道，"杜芃在我身边，他一直和我说话，让我不要害怕。他让我不要动，只要我不动，最后就能安全离开。后来有人进来，把他带走了。"马优悠停顿了一会儿，"那个人走之前解开了我身上的绳子，我摘掉面罩，发现自己被关在一个没有窗户的屋子里。不知道过了多长时间，有人从门洞里递进来一杯水和一张纸。纸上写着'喝了水，躺到床上，你就能回家了'。我按照纸条的要求做，等我醒过来，就到这里了。"

"那个人把杜芃带走的时候，他们说什么了？"焦闯问道。

马优悠沉默了片刻，说道："我听到杜芃说，你们把她放了，我就把财产都给你们。"

几个人同时松了口气，也许杜芃还活着。

— 67 —

夜里的海水是黑色的,像魔鬼一样。

徐炳辉沿着码头一路找过去,在路灯下,他看到了舷号为149的快艇。

"把手机放到岸边,船里有导航,你跟着开就可以了。"对方说道,"船里有对讲机,到了位置我会和你联系。"

"我不会开船。"徐炳辉举着手机,左顾右盼。

"快点吧,一会儿巡逻队来了。"说完对方挂断了电话。

远处的房子里人影绰绰,码头上又空空荡荡,无处躲藏。徐炳辉只好一咬牙,跳进小船。

徐炳辉打开手电,照亮了驾驶舱,钥匙插在控制面板上。徐炳辉照亮面板,把钥匙从断电一侧扭到通电一侧,咔嗒一声轻响,电源指示灯亮了起来。他按下发动机启动按钮,"轰——",发动机咆哮了几下,转速稳定下来,噪声也小了。他摘下拴在码头上的绳套,把手机藏到桩子后面,回到驾驶舱,将挡位拨到低速前进挡。

小船缓缓驶出码头,在两侧大型渔船的掩护下,驶入黑色的大海。

港口慢慢消失在黑暗中,徐炳辉换上高速前进挡。他按照导航的指引,沿着海岸线一路往南,他看到了一片海滩,海滩向外伸出了一座小码头。导航的终点就是这里了。徐炳辉把船靠在码头边,拴上缆绳。忽然一道闪电划过,他吓得缩了下身体。他抬起头,乌云就压在半空中,紧接着一连串闪电在乌云中翻滚,就像魔鬼睁开了眼睛,凝视着他。

借着这耀眼的光芒,他看清了周围的地形,海滩的北侧是礁石群,南侧是一座高耸的悬崖。

十几秒钟后,隆隆雷声从天而降。

对讲机响了起来,徐炳辉喘了几口气,把对讲机放到耳边。

"岸边有条小路，你沿着路上来。"

"是在悬崖上吗？"徐炳辉问道。

"对，我在这里等你。"

徐炳辉摸了摸右手兜里的手枪，祈祷这次遇到的敌人不要超过两个人。这样他就可以一枪一个把他们干掉。如果这还不保险的话，他又摸了摸左手兜里的弹簧匕首，这把匕首可是美国三角洲特种部队专用的。

悬崖远比徐炳辉想象得还要高，他感觉自己爬香山都没有这么累。他终于爬到了山顶，这是一个几百平方米的平顶，光秃秃的沙土地，远处坐着一块孤零零的巨石。

石头上坐着一个人，背对着自己。

徐炳辉用手电照过去，那人转过头来。

徐炳辉一愣，他认识这个人。

坐在他面前的竟然是杜芃，而且手电打在杜芃脸上，杜芃用手遮了一下。

他不是瞎子？

徐炳辉愣住了，他不明白杜芃为什么会出现在这里。

杜芃微笑着说道："你好，爸爸。"

"什么……"

一道闪电掠过，徐炳辉吓得退后两步。

"是我。"杜芃笑着往前走了两步，"我是你和吴小莉的儿子。"

又是一道闪电掠过。徐炳辉感觉千万道闪电穿透了自己。他呆若木鸡地看着杜芃，过了好久才说道："你就是那个孩子？"

杜芃点了点头，微笑着说道："谢谢你教我用救生衣。"

雷声乍起，大地都跟着震颤。徐炳辉心跳漏了半拍，这下绝不会错了！他往前走了两步，看着杜芃很久，最终却只说了三个字："你没死？"

杜芃笑了，然后点点头，说道："你是想问我为什么没死吧。我在海上漂了几天，然后被人救了。"

"杜芃？"

"不，是一艘东南亚走私船。"杜芃冷笑道，"你不要问了，你不会想知道我这些年是怎么活过来的。"

"哦。"徐炳辉茫然地点了点头，果然就不问了，"那杜永邦呢？你什么时候找到他的？"

"他也不是杜永邦，他和你说的所有当年的事情都是我告诉他的。"杜芃坐回到石头上，"你记得三年前，你的投资人段育明，他的小妈生孩子，结果莫名其妙得了孕期糖尿病，大人小孩都死了。你忘了？这不是你干的好事吗？"

"所以这个杜永邦是……"

"他是那个女孩的父亲。"杜芃说道，"我告诉他，他的女儿是怎么死的。"

一连串闪电划过，徐炳辉下意识向后闪躲，过了几秒钟才高声问道："你告诉他的？你为什么要告诉他……"

滚滚雷声淹没了徐炳辉后半句话，他看起来就像是一名被背景音乐盖住台词的滑稽演员。

杜芃扑哧一下笑了出来，等天地安静下来了，才缓缓说道："当然是为了报复你啊，爸爸。"

徐炳辉如梦初醒，他往前走了两步，掏出手枪，问道："柴鸿在哪儿？"

"别急，时间还早。"杜芃露出戏弄的笑容，"咱们这么久……"

"快点！把她交出来！"徐炳辉吼道，枪口对准了杜芃。

"这是手枪吗？爸爸？"杜芃挺起胸膛，"你还要再杀我一次？"

"你别逼我。你把柴鸿还给我，什么事都好商量，"徐炳辉说道，"否则我不介意再杀你一次。"

"我也不介意。"

徐炳辉转了转眼珠，喊道："你不想再见到马优悠了吗？"

杜芃摇了摇头，平静地说道："当然不想了。我不想让她见到我真正的样子。你把我变成了一个怪胎，我活到现在就是为了毁掉你。"

"毁掉我？就凭你？"徐炳辉瞄准了杜芃，摆出要开枪的架势。

"果然啊，单凭血缘是无法产生亲情的。"杜芃叹了口气，"其实我很理解你杀掉我和我妈。这件事就怪我妈，她太傻了，竟然相信了你的话。我只想问问你，那天你带我们开游艇出海，是早就想好了要在海上杀了我们，还是临时起意的呢？都这个时候了，你不介意说实话了吧。"

乌云里翻滚着闪电，徐炳辉猛然想起十七年前那个夜里，同样电闪雷鸣，同样被逼入绝境。老天爷，你还在那里看着我吗？好吧，我来给你演一场更精彩的大戏，看你会不会为我喝彩。

他把目光转向杜芃，冷冷道："当然之前就想好了。你把柴鸿还给我，我今天就放你走。"

"好。"杜芃点点头，"你放心，我会把她还给你的。先把枪放下吧，万一走了火，我死了，你也不知道她在哪儿，她就只能被慢慢饿死。那种滋味太太太痛苦了，相信我，我经历过。"

徐炳辉迟疑了一下，慢慢放下枪口。

"昨晚你杀了邦叔，是想杀他灭口呢，还是为了救我？"杜芃又问道。

"都有吧。"

"这事也不怪你。"杜芃点了点头，"仔细想想，我甚至应该感谢你，毕竟你是为了救那个可怜的盲人杜芃杀了他。本来我们打算做个局钓你上钩，然后……"

"然后把我骗过去，录下我给你下药的视频，然后毁掉我，是吧？"徐炳辉质问道。

"是。"杜芃挠了挠头，"为了让你亲自出场，我们可是费了老大劲才把你的得力干将弄进去。"

"靳巍是你们弄进去的？"

"这也算做点好事，对吧？"杜芃微笑道，"还有那个段育明，我们把他杀了。杀他之前我们争论了好久，最后我说服了邦叔，用了和你们杀他爹同样的方法。"

"你们做这些就是为了让警察怀疑我？"徐炳辉咬着牙问道。

"这些年我想了无数种杀死你的方法，"杜芮平静地说道，"但是怎么都不解恨。后来我想明白一个道理，真正的报仇不一定要杀了对方，而是让对方看着自己最珍贵的东西被毁灭。你最珍贵的就是你的事业吧，所以我要毁掉它。"

徐炳辉摇了摇头，又举起了手枪："你要这么说，今晚你就走不了了。"

"我希望你杀了我。"杜芮微笑着说，"我是个变态，是个怪物，是个死了十七年都没能转世投胎的孤魂野鬼。我和马优悠在一起的时候，我就想，如果我真的是个瞎子就好了，如果我真的是杜芮就好了。但我不是。爸爸，是你把我变成了这样。你知道我为什么会杀掉那个司机吗？"

"司机？"徐炳辉想了一下，"你说哪个司机？"

"帮助靳巍撞死段育明的司机，他的儿子是唐氏。你不是下午才看过他的自白视频吗？"

徐炳辉抬了抬枪口，问道："为什么？"

"因为，如果他不想要那个孩子，为什么要把他带到这个世界上受苦呢？他和你一样都是不负责任的浑蛋。"

"我根本不知道吴小莉怀了你！"徐炳辉低吼道，"我如果知道会这样，当初就不会和她上床！"

"你为了上大学才和她上床的。"

徐炳辉激动起来，往前走了两步吼道："我本来就可以上大学！是她爸爸扣着村里的公章不给我出特困证明，我才会受这份屈辱！你要恨，就去恨你妈，恨你姥爷！是这一家浑蛋造出了你这个孽障！"

"你说的有道理，"杜芮点点头，"那你开枪吧，打死我这个孽障吧。"

"我……"

"犹豫什么，你对我又没有感情。"杜芃笑了，"还不如对那个盲人杜芃呢。"

徐炳辉愣了一下，缓和了语气，问道："告诉我柴鸿在哪儿。"

"滨海别墅区27号院。"

"滨海别墅区……"

"耳熟吧，就是段育明的老爹开发的。"杜芃把一张门禁卡扔到徐炳辉面前，"这套别墅是老头送给邦叔女儿的。"

"他儿子呢？"

"哪有什么儿子，那是他雇来的一对演员。"杜芃笑着说道，"真正的杜永邦一家和杜芃早都送去三亚……"

"砰！"

杜芃脸上还挂着微笑，他缓缓低下头，看着自己的胸前冒出一朵血红的花。

徐炳辉大喊一声，往前走了两步，又开了一枪。

杜芃身体一震，向后倒去。

徐炳辉感觉自己的手湿了，是杜芃的血溅到手上了？他拿起手电，原来是一颗巨大的水滴。紧接着，另一颗水滴砸在土地上，砸出了一个比一元硬币还大的坑。

他抬起头，电闪雷鸣中，倾盆暴雨从天而降。

徐炳辉拖着杜芃的尸体来到悬崖边，他看着被暴雨洗礼的儿子，就像睡着了一样，如此安详。也许这是你最好的归宿了，至少你不再是游荡在人世间的孤魂野鬼了。

他蹲下去，摸了摸杜芃的脸，忽然瘫坐在地上，号啕大哭起来。

暴雨下了半小时，终于变小了。

徐炳辉的情绪也逐渐归于平静。他看着杜芃的脸，他在微笑。他为什么笑？他为什么要在中枪后露出微笑？

他忽然觉得杜芄的笑容流露着诡异，一瞬间，恐惧爬满了后背。他晃晃悠悠地站起身，脚踩在杜芄身上，向前一蹬，把杜芄踢进下面的黑暗中。

他用手电照了照，黑色的海水反射出灯光，就像无数只魔鬼的眼睛窥视着自己。这还不够，他想着，也许会被人发现。他拖着被暴雨浇得疲惫不堪的身体返回沙滩，开船找到了杜芄的尸体。他用缆绳拴住杜芄的脚踝，拖着自己的儿子驶向漆黑的大海。

一个小时后，徐炳辉开着车来到滨海别墅区。这是一片高档别墅区，门禁都是高级的升降桩式道闸。徐炳辉刷了门禁卡，地桩缓缓降下，前方路面上亮起向右行驶的标志。

别墅区里十分僻静，徐炳辉跟着路标来到27号院。他把车停在门口，走到大门前，尝试着刷了门禁卡，朱漆大门缓缓打开。门后是一座半封闭式的连廊，灯火通明。徐炳辉向右侧的墙上看去，立刻心惊肉跳。墙上挂着很多照片，第一张照片就是这栋别墅的主人，那个被他害得糖尿病死亡的女人。

他走到回廊的尽头，推开门，里面看起来像是一间会客室。房间里只摆着一台电视，电视里播放着视频。

视频好像是从远处偷拍的。画面里，一个男人坐在落地窗前喝着啤酒，接着另一个男人从后面走来，站在他身边。

站着的男人就是杜芄。

"恭喜你！你已经摆脱你老婆了。"杜芄说道。

环境噪声很大，应该是杜芄在录音，然后和视频合成在一起的。

"谢谢，不过我一直想问，你为什么要帮我？"

"因为我想请你帮我解释一个小疑惑。"

"哦？"

"你怎么发现那不是一场意外？"

男人笑着摇摇头，说道："因为那是我家的房子，我知道纱窗上

455

的儿童锁有多难开。不要说那个智障儿童，就算我也不可能随便就打开。"

"你这里也安装儿童锁了吗？"杜芃看了看窗户。

"没有。"

"那就好。"

"什么？"

男人忽然向后倒去，躺在躺椅上不动了。

杜芃走到窗前，对着镜头说道："每一个为了钱财杀害至亲的人都该死，坠入地狱，永世不得翻身。你说呢，徐炳辉？"

说完，他拉上了窗帘。

- 68 -

徐炳辉推开对面的房门，里面才是真正的客厅。客厅有四十平方米，但是几乎空无一物，只有对面墙上巨大的一百寸液晶电视和客厅中间孤零零的一把椅子。

椅子上坐着一个长发少女，背对着徐炳辉。电视里正播放窦勇跪在悬崖上被审问的视频。

面对如此诡异的情景，一股寒意从徐炳辉背后升起。他蹑手蹑脚地绕到椅子侧面，看清了少女的脸，是柴鸿。

徐炳辉立刻冲过去，一把抱起柴鸿。柴鸿身体僵直，看着徐炳辉，慢慢张开嘴，终于哇的一声哭了出来。

"鸿鸿别怕，爸爸来救你了！"徐炳辉在柴鸿耳边喃喃细语，"你能走吗？"

柴鸿哭着点了点头。

"你等一下爸爸。"徐炳辉把柴鸿又放回椅子上，这时他才发现，柴鸿身上没有被捆绑。

徐炳辉跑到电视机旁边摸索，找到了U盘。他拔下U盘，电视变成蓝屏。他在电视边框上摸索到了开关，关掉了电视。

别的房间里也许还有这些东西，徐炳辉想着，冲到其他房间搜查。可是其他房间都和客厅一样四壁皆空。徐炳辉跑到二层，同样都是空房间。走廊尽头的木质楼梯通往三层阁楼，徐炳辉忽然有些莫名的恐惧，但他还是咬着牙爬上了吱吱呀呀的楼梯。楼梯的尽头是一扇原木色的门。徐炳辉按住黄铜的门把手，轻轻打开门，里面漆黑一片。

徐炳辉摸到了开关，按下，没有亮灯。

房间里是完全的黑暗，他往前走了一步，不知道被什么磕了一下腿。他忽然想起兜里有手电，赶紧拿出来照亮，却吓得他双腿一软，差点从楼梯上跌下去。

房间足有一百平方米，里面堆满了家具，家具上都盖着白布，阴森得就像陪葬的墓室。天花板上的灯架只剩下一圈黑洞洞的窟窿，难怪开灯没反应。

这里会不会还有什么东西？徐炳辉心里起疑，但实在没时间在这间家具墓室里翻腾了。他之前过路口的时候被监控拍了照片，如果他在这里停留时间过长有可能会引起怀疑，所以他必须尽快离开。

他和杜芃一起甩掉警察，警察一定会找他麻烦。他必须在警察找上门之前编出一套合情合理的说辞，更不能让警察发现那个悬崖和这栋别墅。

想到说辞，徐炳辉又烦躁起来。他稳住情绪，关好电视和灯，把挂在连廊上的照片和两个U盘收好，然后带着柴鸿离开。

徐炳辉特意没上高速公路，而是绕道省道和县道返回北京，他要尽量争取时间思考怎么应对接下来的状况。夜晚的县道公路一片漆黑，只有路过十字路口的时候会有几个路灯。

驶出居住区时，又有监控抓拍。过了监控，徐炳辉缓缓把车停到路边，打开后备厢，把柴鸿从后备厢搀下来，扶到后排座位上。柴鸿从刚才就很乖，一直躺在后备厢里。徐炳辉摸了摸她的头发，已经多久没摸过了？柴鸿乖巧地摸了摸他的手。

徐炳辉安顿好女儿，拿着照片和U盘走下坡道，下面是一条排洪沟。排洪沟里流淌着溪水。

他本来想烧掉照片，但看到排洪沟两侧砖头松动脱落，于是把照片团在一起塞进几个空洞里，再用砖头盖上。U盘的体积更小，他用石头把U盘砸碎，把芯片扔到水流湍急的暗沟里。

应该差不多了吧，但总觉得还差点什么。徐炳辉忐忑地跑回到车里。

车子平稳地往前开着，路边都是树林，时不时出现一块大石头。

"鸿鸿。"徐炳辉看着后视镜，忽然开口道。

后视镜里的柴鸿蜷缩在角落里，她身体僵硬，目光呆滞地望着前面。

"你见过绑架你的人吗？"徐炳辉问道。

柴鸿哆嗦了一下，然后缓缓摇了摇头。

"他和你说过什么吗？"

柴鸿又摇了摇头。徐炳辉偷偷观察自己的女儿，她虽然还很僵硬，但目光却四处游离。她和她母亲一样，一紧张就不敢看人。

"那你知道视频里是什么事情吗？"徐炳辉再问道。

"不知道。"柴鸿低声说道，此时，她的脑海中全是那个男人的声音。

"如果他问你见没见过绑架你的人，你一定要说没见过。"男人说道，"如果他问你知不知道视频里是什么事，你也要说不知道，否则他会杀了你。"

柴鸿不可置信地看着眼前的男人，他为什么要和自己说这样的话？

"你以为他是你爸爸，所以不会伤害你？"男人笑了，"那你就错了。我也是他的孩子，他已经杀过我一回了。"

听男人讲完自己的故事，柴鸿的眼睛瞪得更大了。

"如果你爸来接你，说明我已经死了。你就成了全世界唯一一个知道他全部秘密和罪恶的人了，你觉得他会放过你吗？"男人平静地问道。

"你为什么要告诉我这些？"柴鸿第一次开口。

"因为……"男人叹了口气，"因为我要复仇，你是我复仇的工具。你并没有伤害过我们，但你是无辜的吗？对我们来说不是，因为我和我妈被他扔进海里的一周年，你出生了。"

"求求你放过我。"柴鸿哭了出来。

"我当然不会伤害你。"男人说道，"唯一可能伤害你的是你的父亲，所以你一定要小心他。"

小心他。

"鸿鸿！"徐炳辉叫道。

"啊——"柴鸿如梦中惊醒一般，回过神来。

"你在想什么？"

"没什么。"

"他给你看那些视频，没告诉你什么事吗？"

"没有，他什么都没说。"

徐炳辉点了点头，又说道："他既然没有绑着你，你自己为什么不跑？或者报警？"

"如果你跑了，或者报警，警察就会找到这里，你爸爸的犯罪证据就会被警察发现。然后，不仅是他，你们全家都完蛋了。你也不想全家跟着他一起完蛋，对吧？所以你要在这里等，你爸爸会来接你的。"

"如果他来不了，我也会放你回去。"

"你会杀了他吗？"柴鸿记得自己这样问过，但没有得到答案。

"你家里还有谁能对付他？你外公吗？"

男人的话在柴鸿耳边回响。

"你唯一能做的就是假装自己什么都不知道，等安全到家了，再把这件事悄悄告诉你外公，由他去处理吧。

"这是大人的事，交给大人处理。你只是个孩子，你又能做什么呢？"

柴鸿满脑子都是那个男人在喃喃细语，到最后，也分不清是男人在说话还是自己在说话了。

"鸿鸿？"

柴鸿咽了口口水，说道："我知道爸爸会来救我。"

徐炳辉沉默了一会儿，忽然说道："鸿鸿，你好像变了一个人。"

"什么？"柴鸿像被电了一下。

"如果你什么都不知道，以你的脾气，不应该上来就朝我发火吗？"徐炳辉微笑着说道，"威胁找外公制裁我。"

柴鸿低下了头，小声说道："我不懂事，我知道错了。当我遇到危险，来救我的是爸爸。"

徐炳辉看着前方的路牌，距离北京市界还有三十公里，地平线上闪起了星星点点的灯光，那是一座新兴的卫星城。过往车辆也多了起来，有些是货车，还有一些是晚归的双城通勤族。按照现在的车速，再过半小时，等他们到达进京检查站的时候，一切就都尘埃落定了。

"鸿鸿。"徐炳辉再次开口。柴鸿立刻望向后视镜。

徐炳辉盯着镜子里慌张的女儿，缓缓说道："这些事，外公都知道。"

"什么？"柴鸿叫了起来，"外公怎么会知道？"

徐炳辉猛然转过头来，脸上露出冷冰冰的笑容。

柴鸿吓了一跳，忽然意识到自己上当了。她看着徐炳辉白森森的牙齿，父亲好像变成了一个吃人的魔鬼。她瘫在座椅上，动弹不得。

"他和你说他是谁了吗？"徐炳辉问道。

此时再掩饰已经毫无意义。柴鸿第一次看到父亲脸上露出那样的表情，最后一丝勇气都被抽干了。她颤抖着，像一只羊羔。

"他肯定会和你说吧。"徐炳辉把头转回去，像是自言自语地说道，"我知道他想干什么。他把你变成最后一个知情者，看我怎么对待你。"

"爸爸，我会守住这个秘密的。"柴鸿哽咽着说道。

"我知道，我当然知道，"徐炳辉一边说一边点头，"你一定会守住秘密的。"

听徐炳辉这么说，柴鸿稍稍松了口气。

"他和你说过十七年前的那个夜晚吗？"徐炳辉忽然问道。

柴鸿摇了摇头，她拼命看着后视镜，想在里面找到爸爸的眼神，但爸爸却一直看着空荡荡的公路。

"我把他妈妈掐死后，绑上重物沉到海底。"徐炳辉喃喃说道，"轮到他时，我心一软，没有先把他掐死。我想，再怎么样他也活不成了吧。没想到，老天爷和我开了这么大的玩笑，差点害死我。所以，做人不能心存侥幸。"

"爸爸，我会守住秘密的。"柴鸿哭了出来，"爸爸，我会守住秘密的……"

"对不起，鸿鸿，爸爸让你失望了。"

徐炳辉再次转过身，最后看了一眼柴鸿，然后咔嗒一声，解锁了车门。

他狠狠踩下油门，发动机瞬间咆哮起来，紧接着，巨大的推背感把两人死死按在座椅上。

"下辈子，找个好爸爸。"

徐炳辉轻轻转动方向盘，车子冲出公路，朝着干涸的河床飞去。

马烁看着刘辉，这个男人的内心正在煎熬。

半小时前，刘辉的女人跑到队部又哭又闹，说刘辉两岁的儿子发高烧，求警察放了他。焦闯告诉她，刘辉涉嫌九年前一起命案和多起涉毒案件，肯定是出不去了。她两腿一软瘫倒在地。焦闯让两个值班的实习警员带着女人回家，然后再送孩子去趟医院。三个人刚走，马烁就来了。马烁听说徐炳辉甩掉海淀支队的侦查员，现在下落不明，就立刻从医院赶来了。

"虽然来了也干不了什么，但心里踏实点。"马烁说道，"刚才走的是谁？"

"刘辉老婆。"焦闯把手机递给马烁，"你看看这个。"

马烁看了焦闯拍摄的女人大闹队部的视频，于是把刘辉提出来，给他看了一段。原本滚刀肉一样的刘辉看完视频，立刻沉默了。

"她人呢？"刘辉终于开口了。

"你这么懂法，应该知道该怎么处理吧。"马烁反问道。

在公安机关寻衅滋事，视情节严重性，通常是行政拘留五日至十五日。

"孩子怎么办？"刘辉抬起头，求助地看向焦闯。他看出焦闯也是一个父亲。

焦闯撇着嘴，耸了耸肩膀说道："正要问你呢，家里还有人吗？"

"没人了。"刘辉说道，"你们能不能先把她放了？"

"她已经被派出所带走了。"马烁说道，"她把两个民警的脸抓花了，民警已经去验伤了，这事没个五天出不来。"

刘辉继续看着焦闯，哀求道："我孩子发烧了，求求你们救救他。"

焦闯流露出同情的表情，他刚想和马烁说什么，马烁却先开口了："她已经被送到派出所了，你现在追也追不回来。再说她把派出所的人抓伤了，我怎么跟人家开口？"

焦闯点了点头，靠在墙边抽烟去了。

"我孩子发烧了，我求求你们，救救他！"刘辉说道，"我家里真的没有别人了。"

"你没有同事吗？"

"我们店里就我们俩人。"

"那就没办法了。"马烁靠在椅子上，打了个哈欠说道，"行了，把你提出来就这事。老焦，把他带下去吧，困死了。"说罢马烁起身要走，刘辉立刻就急了，竟然伸手去抓马烁。马烁回头瞪了他一眼，用手指了指他，然后冷着脸出去了。焦闯靠在墙边抽烟，见马烁出去了，他也要跟着往外走。刘辉立刻叫道："大哥你留步！求求你救救我孩子吧！"

焦闯看了眼走廊，然后走到刘辉面前，低声说道："不是我不帮你，我也有孩子，我知道这份急。但那小伙子是我领导，他都发话了，我怎么帮你？"

"求求你想想办法。"刘辉眼看要哭出来。

"他说的话你也听着了，"焦闯摇了摇头，"真没辙了。你还是想想能托付什么人吧，我可以帮你通知。"

说罢焦闯转身往外走去。刘辉立刻喊道："我告诉你鲁达的事！"

焦闯转身，无奈地说道："你省省吧，就你现在这个情况，说什么都不能作为有效供词。你踏实等着吧，回头我打个电话，也许三天就能放了。"

说完焦闯转身向外走去，在他关上房门的一刹那，刘辉喊道："我有证据！"

凌晨2点，马烁和焦闯看完了鲁达和刘辉的谈话视频。视频是刘辉把一台手机藏在花瓶后面偷拍的，有几个瞬间能看到张牙舞爪的鲁达，其他时间都对着坐在沙发上的刘辉。整个谈话过程中，刘辉一直把这个公子哥玩弄于股掌之中，让他紧张他就紧张，让他愤怒他就愤怒。最后鲁达抓着刘辉的领子怒吼，让他处理掉那个麻烦。刘辉答应了他，说明天等那个人放出来，只要在他的毒品里下点猛料，保证他一命归西。

所谓"猛料"就是高纯度海洛因，这个细节和当年的尸检结果是吻合的。

关掉视频，马烁沉闷了很久，终于说道："这么简单，我们竟然没发现。"

"不怪你，你那时候是才一年的新人。"焦闯说完吃了一大口方便面。

"可是我搭档也没发现。"

焦闯放下面桶，问道："你觉得他没发现？"

"什么意思？"

焦闯叹了口气，说道："就算查下去，会有什么结果？"

"什么？"

"除了让所有人都知道秦队长的女儿和富二代鬼混、吸毒、滥交，让老秦丢尽脸面，还有什么结果？"焦闯停顿了片刻，继续说道，"也许你搭档把人暴打一顿，糊涂了账，是对秦队长和他女儿最好的结果了。"

马烁愣住了，他从没想过这起案子背后的人情。

"当然，这事也不怪你，因为你搭档没和你说实话。"焦闯说道，"也没准儿他想把你撇干净，故意不和你说的。我们只能看一个人干了什么，但他的动机永远只有自己知道……"

马烁听到焦闯说到"把你撇干净"时，大脑好像一下被抽空了，后面的话都听不到了。真的是这样吗？他极力想回忆起当初的情景，但大脑一片空白。也许他的灵魂正在抹去那段记忆，取而代之的是焦闯和他说的这个故事。也许他需要这样的故事。

两人正在沉默，手机同时响了起来。马烁拿起来，是楼下值班室打来的。

"徐炳辉把女儿接回来了，"值班实习警员说道，"但他们出了车祸，在距离市界二十公里的省道上。海淀支队已经过去了。"

"车祸？什么情况？"马烁立刻站起身。

- 69 -

"他说，如果我带着警察去，他就把鸿鸿带走，"徐炳辉闭上眼睛，隔了一会儿才继续说道，"然后每周给我寄回来她的一块肉，我真的不能……"说到这里，徐炳辉哽咽了，病房里陷入沉默。

在这间单人病房里，徐炳辉躺在病床上，头上缠着纱布，脖子上套着脊椎固定器。海淀支队的陈队长坐在病床右侧，柴韵坐在病床左侧，对面坐着两个年轻刑警，一个照看摄像机，一个做文字记录。

陈队长点了点头，看来理解了他为什么甩开警方擅自行动。

徐炳辉闭上眼睛，第一关闯过了。

"绑匪让你带着五百万现金去见他，你按照他的指示到了京沪高速服务区。然后呢？"

"他让我在服务区里换了车和手机，把我的手机扔在那里。"徐炳辉有气无力地说道。

"具体扔在什么地方？"做记录的刑警问道。

"男卫生间，三排靠窗第二个门。"

这个刑警迅速在本上记了下来，然后离开病房。

"最终目的地你记得在哪儿吗？"陈队长问道。

"一个码头。"

"你见到他了吗？"

徐炳辉想摇摇头，但最终只是转了转眼珠，说道："我在那里等了很久，然后他让我把钱扔到一个垃圾桶里。"

其他人屏住呼吸，他们知道关键部分要来了。

"他告诉我鸿鸿在京塘路上。"徐炳辉说道，"我在路边找到她。我就带着她逃跑，忽然一辆车从后面跟上来。我知道是绑匪追上来了，然后我就害怕了，就使劲加速，然后……"

徐炳辉说不下去了，他闭上眼睛。

"你找到她时，她有没有意识？"陈队长问道。

"有的。"徐炳辉痛苦地说道，"她很害怕，抱着我，死活不撒手。"

"周围有什么东西，比如路牌之类的？"

"她坐在一块石头上。"徐炳辉闭着眼睛，像是在回忆，"一块大石头。"

"直路还是弯路？石头上有没有刻字？"陈队长继续问道。

"直路吧。"徐炳辉说道，"我没注意石头上有什么。"

陈队长看向另一个刑警，对方点点头出去了。

"你之前和我说这是熟人作案，你为什么会有这样的判断？"陈队长问道。

"外人不可能知道鸿鸿周三回家，只有知道周年庆安排的人才知道。"

"这一路，柴鸿有没有和你说过什么？比如绑匪长什么样？"

"没，我怕刺激到她。她一直很害怕。"徐炳辉懊悔地说道，"我应该给她系上安全带的……"说到这里，他又哭了起来。房间里再次归于沉默，只有徐炳辉和柴韵两人的啜泣声。

这样总可以了吧。徐炳辉想着，谁会怀疑一个孤身营救女儿的英雄父亲，谁会怀疑一场一死一伤的惨烈车祸？

代价的确太大了，但是和他已经付出的代价相比，和他未来的人生相比，这又算什么呢？

谁的人生不是一件反复出售的货物呢？

马烁按下暂停键，徐炳辉躺在病床上的样子停留在电视屏幕上。窗外已经微微发白了。

"你怎么看？"马烁看向焦闯，焦闯的脸已经被烟雾遮住了。

"绑匪既然已经拿到钱了，又把人放了，为什么还要回过头追他？"

"海淀支队的说法，可能是徐炳辉情绪紧张臆想出来的。"马烁说道，"事故地点附近的车辆确实比较多。"

"你是怎么想的？"焦闯把脑袋伸出烟雾，看着马烁。

"我不相信他说的话。"

"为什么？"

"因为他是亿万富翁，我不相信他的圈子里有为钱绑架的亡命徒，至少不会为了五百万就铤而走险。"马烁说道，"另一个可能，绑匪就是312案凶手，这次他们直接对徐炳辉下手了。无论绑匪是谁，都不是为了钱，所以徐炳辉说用五百万换回女儿就是在说谎，在掩盖真相。"

"问题的关键，"焦闯顺着马烁的思路说道，"就是他和绑匪到底聊了什么。"

"你们去查？"武桐的声音在免提模式显得格外空寂。她咳嗽了两声，声音恢复了精神："绑架案归海淀支队管，咱们去查，总得有个理由。"

"因为徐炳辉和312案有牵连。"

"你确定吗？"

"不确定，你不是要个理由吗？"

"朋友，你5点钟把我叫起来，就是让我去忽悠领导吗？"

"不能说忽悠，这一切都是有关联、有因果的。"马烁说道，"我们只是暂时还没找到关联，但我知道绑匪不是为了钱绑架他女儿，那是为什么？312案也是冲着徐炳辉来的，有没有可能绑匪就是312案的凶手？"

武桐沉默了片刻，重重地"嗯"了一下。

马烁继续说道："如果我们能顺着绑架案找到绑匪的蛛丝马迹，也许就能知道绑匪为什么要对付徐炳辉，进而知道徐炳辉到底干了什么招人恨的事，也许就能和312案关联上了。"

马烁看向焦闯，焦闯暗戳戳地比出了一个大拇指。

这段长十五公里的公路，马烁和焦闯已经开了三个来回。就算以四十公里的时速开，算上等红灯的时间，半小时也能开完全程，但是在昨晚的交通监控拍照记录里，徐炳辉的车走完这段路程却用了四十分钟。

　　整整一上午，马烁和焦闯都在沿着徐炳辉的返程路线，一路比照着监控记录复盘。其他地方都没发现问题，唯独这段路，徐炳辉好像用时长了一些。

　　焦闯一边开车一边说道："他肯定在什么地方停下了。"

　　前方左侧有个小区，经过小区门口时，马烁降下车窗，看到门口奇石上刻着"滨海艺墅"四个金色大字。

　　"就从这儿开始找吧。"

　　马烁让焦闯把车开到入口，很快门岗里跑出来个保安。保安看到两人的证件，立刻用对讲机把物业经理叫出来。物业经理听说他们要查看昨晚的监控录像，躲出去打了两个电话，很快当地派出所的民警赶了过来。焦闯告诉民警他们在查一起连环杀人案，物业经理吓得脸色都发白了，然后一个劲摇头，表示他们小区管理非常严格，绝不会有坏人进来。

　　"我没问你有没有外人进来，我现在要看录像！"焦闯不客气地说道。

　　"那我再请示一下领导。"物业经理想往外钻，却被马烁挡住去路。

　　马烁拿着一本精美的项目楼书，问道："这人是你们老板吗？"

　　焦闯凑过来，看到马烁指着中间一张奠基仪式的照片，一排戴着各色安全帽的中年男人站成一排，他们前面就是那块刻着"滨海艺墅"的奇石。

　　照片下面有一行小字介绍："中间为集团董事长段建发先生。"

　　"是啊……"物业经理预感到不妙，立刻软了下来。

　　"你们老板已经去世了，你知道吗？"马烁又问道。

　　"啊……不知道啊……"物业经理慌了神。

　　"这个人是他儿子，你知道吗？"马烁指着段育明说道。

　　"小段总……这我知道啊。"物业经理忙不迭点头。

"他也死了，你知道吗？"马烁又问道。

"啊！"物业经理往后退了两步。

"你到底是不是经理？"焦闯在后面拍了一下他的肩膀。

"经理……助理……"

"他们在这里也有房子吧？"马烁让开门口，"带我们去看看。"

马烁走进空空荡荡的客厅，看到客厅中间那把孤零零的椅子，一股难以名状的兴奋感从心底迸发而出。他看向焦闯，焦闯也向他投来兴奋的目光。

"这是以段总夫人名义买的。"物业经理介绍道，"夫人去世后，这个房子就一直空着了。"

"什么时候去世的？"

"得有三四年了吧。"

马烁走到电视面前，上下打量了一番，问道："你确定一直空着吗？"

"是啊！"

"那为什么电视还插着电源？"

"这个……"

马烁拿起接线板，放到光线下看，表面没有积灰。

马烁和焦闯来到阁楼，推开门，里面黑乎乎的什么都看不见。两人打着手电走进来，家具不时碰到身体。马烁小心翼翼地走到窗边，拉开窗帘，阳光一下子照进来，两人都捂住了眼睛。

"这就是传说中的黑幕吧。"焦闯适应了光亮，慢慢睁开眼睛，看着一室满满当当的盖着白布的家具。他们把盖在家具上的白布撤下来，都是高档的金丝楠木家具。这些家具在阳光的照射下金光灿灿，富贵逼人。马烁走到最里面，两组大立柜后面藏着一张小床，这张廉价的单人行军床显然和这一屋子高档家具格格不入。

马烁坐在床上，说道："有人住在这里。"

"不可能吧，"门外的物业经理接话道，"这房里都没灯。"

马烁在床上摸来摸去，最后在枕头下面摸到了一根短棍。

"这是什么？"焦闯一路丁零当啷地走了过来。

马烁一抖，短棍甩出来好几段，然后变成了一根长杆。

"这是盲杖。"马烁听到自己的声音在颤抖，"我知道这是谁的。"

"谁的？"焦闯的声音也颤抖了。

"对，"马烁抬起头，看着焦闯，"就是杜芃的。"

"杜芃不是盲人吗？可绑匪不是盲人啊，所以杜芃在装瞎吗？"焦闯一口气问道。

"杜芃肯定是盲人，否则保险公司这关就过不去，"马烁说道，"所以我们认识的是假杜芃。"

"也就是说，杜永邦也是冒充的。"焦闯接口道，"他们用假身份证？可是假身份证怎么通过康养中心的审核呢？"

"查一下杜芃的身份证是什么时候办的？"马烁对着手机说道。

很快小赵发来了杜芃的身份证复印件，是一年前办的。

"他办了个真的身份证。"马烁说道，"杜芃今年二十七岁，首次办身份证是在十六岁。十年后也就是去年，正好要换领新证和更新照片。于是假杜芃就顺理成章换了自己的照片，顺便登记了自己的指纹。"

"对，十一年前还没有指纹采集。"焦闯点头道。

"他假扮成盲人，戴着墨镜，还拿着杜芃的户口本，甚至有可能是真杜永邦陪着去的，所以民警放松了警惕。"马烁说道，"谁会想到有人假扮盲人。"

焦闯点头道："而且一个男孩，从十几岁长到二十多岁，相貌发生变化也属正常，尤其是身体遭遇严重创伤的。"

马烁看着屏幕上阳光温柔的大男孩，说道："他们处心积虑接近徐炳辉，还演了一出苦肉计，到底是为什么呢？"

"我忽然有个想法。"焦闯说道。

"我忽然也有了个想法。"马烁一边往外走一边对着手机喊道，

"把杜永邦的照片传到大同，让那边的人找到窦勇的那个工友，辨认一下杜永邦是不是招工的人！再派人去张宏家小区，联系租给凶手房子的大妈，辨认一下杜芇是不是租房的人！"

队部先传来好消息，房东大妈一眼就认出杜芇就是租她房子的那个年轻人。

"我已经和海淀支队沟通了，现在案件正式由咱们接手。"武桐在电话里说道，"你们接下来要去哪里？我马上安排人支援你们。"

"去码头。"马烁观察着连廊墙上的透明胶带，"让技术科来一组人到滨海艺墅小区，刚才我们看了小区的监控录像，确认昨晚徐炳辉来过这个小区，停留二十分钟。"马烁顿了顿说道，"而且杜芇也在这里住过，我想他应该是在这里训练如何成为一个盲人。"

"好的，我马上安排。"武桐说道，"我把位置发你手机了，新港码头。现在已经下午了，你们先把饭吃了，休息一会儿，等技术科的人到了你们再走。"

马烁看着躺在树荫下眯觉的焦闯，他们都已经一宿没合眼了。

"噢，对了，还有个情况汇报一下。"马烁说道，"这个别墅的所有人是段建发小老婆，三年前怀孕的时候死亡了。杜芇选择这里肯定是有目的的，这个女人肯定和他有关联。"

"你的意思是段育明忽然多出来个弟弟分他家产，所以他起了歹念？"武桐一边说一边噼里啪啦打字。

"对。"

"好了，我去安排。"武桐说道，"赶紧吃饭，把发票和点餐截图留好，我要检查的！"

"是，领导。"马烁打了个哈欠，坐在焦闯身边。

下午3点30分，黎想带着技术科的人赶来。其间马烁和焦闯轮着眯了一会儿，恢复了一些体力，于是立刻出发前往新港码头。

"他就是从这个门进来的，"码头安保经理用手机播放着码头停车场入口的监控录像，指着一辆黑色轿车说道，"就是这辆车。"安保经理站在停车场入口，看着手机，用手比画向右的手势，说道："进来后就右转了。"

马烁顺着安保经理的手势望过去，那边一片空地，停着几辆厢式货车。

马烁和焦闯往停车场走去，安保经理立刻跟了上来。

"那边是我们的货运车停车场。"安保经理介绍道，"咱们这有些渔船，都是近海养殖的。所以这边辟给他们装货用。"

"小车停车场在那边。"安保经理指了指身后，"我们是分开管理的。"

马烁看着面前的指示牌，上边有货车往右、小车往左的标志。

"停车场有监控吗？"马烁问道。

"小车停车场的监控都是很完整的，"安保经理说道，"但是货运车停车场，领导考虑到经济效益，就只在出入口安装了监控。毕竟这些货车都是船东的，说起来也算是内部车辆，管理上就没那么细化。"说话间，三人来到货运车停车场，安保经理看了看视频，说道："车子进来后左转了，再出去大概是……一个半小时以后了。"

马烁和焦闯继续往前走，穿过停车场就到码头了。码头左侧是一排水泥板房，右侧是泊位，一排小船停靠在泊位上，远处沿着岸边停着两艘大船。

对岸也是码头，布局和这边对称，同样靠近陆地停泊小船，远处停大船。两岸中间有大约五十米宽的航道。

马烁一边往前走一边左右观察，焦闯追上去问他在找什么。

"垃圾桶。"马烁说道，"能装下五百万现金的垃圾桶。"

"你还信他的鬼话？"

"不，但他一定看到了垃圾桶，才会编出这样的鬼话。"马烁停下脚步，前方路灯下摆放着一个大号黑色垃圾桶。

"他走到这里了，"马烁说道，"他停下来观察，记住了这个画面。"

马烁一边说一边走到垃圾桶旁边，踩下开盖踏板，一股恶臭扑面而来。他忍着呕吐的感觉，屏住呼吸往里看去，黑色塑料袋堆到了大约三分之二的高度。

"都是死鱼死虾。"安保经理捏着鼻子说道，"他们在这儿装货，为了保证新鲜，就把死了的扔在这里了。"

"难怪这么腥。"焦闯立刻掏出烟点上，也给了安保经理一根。

"有几个垃圾桶？"马烁问道。他松开脚，盖子"嘭"一声扣上。

"就这一个。"安保经理吸了口烟，"每天就这点东西，你放八个桶，他们也都给你弄脏。"

"从停车场走到这里不到五分钟。他待了一个半小时，他肯定还去了别的地方了。"马烁把目光投向岸边的小船，"他既然没开车，就只能开船了。"

"你是说他开船出海了？"焦闯问道。

马烁点点头，向安保经理问道："附近有哪些能停小船的地方？"

"往北都是工业港，停货轮的。"安保经理说道，"往南没咋开发，要说能停这种小船的，那还得往南找了。"

"你们有巡逻艇吧？"马烁问道。

话音未落，远处驶来一队闪着警灯的警车。

－ 70 －

马烁看向南侧的悬崖，几组探照灯打在它身上，好像一场隆重的大戏即将拉开序幕。

他们下午4点多出发，沿岸搜索了五个地方，找到这里天已经黑透了，但大家的情绪反而越发高涨，就像一把左轮手枪已经打空五枪，最后一枪肯定会响。

一行人爬到崖顶，技术科的人架起探照灯，整个平顶瞬间亮如白昼。

"有脚印！"一个技术员指着一个黑色浅坑喊道，"注意点！"

立刻有人过来量尺拍照插标，他们发现脚印都是朝外的。

"干燥的土地不会留下这么深的脚印，"技术员说道，"说明来的时候没下雨，之后下了很大的雨，把地面浇软了，所以走的时候留下了脚印。"

"这里平时有人来吗？"焦闯看向远处，黑夜里亮着一排路灯，那是南下的高速公路。

"当地人早迁走了，"陪同的当地民警摇摇头，"连个小卖部都没有，没人来。"

"这些脚印是一个人的！"技术员喊道，"鞋底花纹是一样的。"

"如果徐炳辉和杜芃、杜永邦在这里见面，"马烁说道，"他们要么就是下雨前走了……"

"要么就是从那边走了。"焦闯看着悬崖说道。

果然，技术员又喊了起来："来这边！"

脚印一直延伸到了悬崖边缘。

马烁探头望向悬崖下面，搜索队正在水面上搜查，黑色的海水反射着白色的灯光，就像深渊在凝视着他。

技术员在石头和悬崖边缘检测到血迹，于是收集了一些样本。可除此之外，他们没有找到有价值的线索。

"地方是对了，可找不到尸体也白搭。"焦闯茫然地看着海面。

就算找到尸体，也不一定能找到锁定凶手的证据。大家心知肚明，但谁都没有说破。

"明天上蛙人吧。也许能找到什么。"技术科负责人终于开口，但听起来更像是安慰。

搜索队返回码头，技术科的人垂头丧气地给设备装车，焦闯强打精神招呼大家一起吃晚饭。

马烁独自站在路灯下，想象着徐炳辉来时的情景。

徐炳辉走到这里，停下了，看到垃圾桶。他是先停下，还是先看到垃圾桶？

船是杜芫安排的，所以杜芫一定告诉了他船舷号，然后他一路找过来。在这种紧张的情绪下，他应该没工夫注意一个垃圾桶。

马烁沿着码头走来走去，果然，光线有限的情况下要看清舷号都很吃力，根本无暇顾及其他。所以徐炳辉是先找到船，然后停下脚步，才注意到垃圾桶。这是他第一次看到垃圾桶。第二次是他把船停好，上岸时看到的。马烁停下脚步，看向正对路灯的两个泊位里的船，它们的舷号分别是149和327。

马烁先跳进327，船舱干净整齐，没什么特别之处。接着他跳进149，忽然听到鞋底和地板摩擦发出了沙沙的声音，他用手电一照，地板上还有不少沙土鞋印。他心跳加速，小心翼翼避开鞋印，用手电照亮了控制面板，最后在两个托架上停下来。这是对讲机的托架，底座上有充电触点。托架还在，但是对讲机没了。

他回到码头，看着焦闯正在和管理中心主任抽烟聊天。他走过去，问主任船上的对讲机会不会被船主带走。

"不会吧。"主任习惯性地皱起眉头，"一个来讲，对讲机都是海上作业用的，日常也用不上。二个来讲，对讲机电池很小，最多维持一两个小时，不用的时候都要插在充电器上，不然很快就没电了。"

"149号的两台对讲机都没了。"马烁对焦闯说道，"船舱里还有不少沙土鞋印，但是旁边的那艘船就很干净。"

半小时后，149号船被拉进检修船坞。

两台巨大的探照灯把船坞周围照得亮如白昼。马烁再次回到船舱，这回他才注意到控制面板下的一块扣板上贴着一张卡通画：一个穿着黑色恶魔小礼服的可爱女孩。

马烁猛然想起来，这是马优悠画的。

他小心翼翼地把画揭下来，画的背面写了一段话：正因为你看不到，才把它送给你。全世界都不知道，其实我是个小恶魔。

马烁鼻子有些发酸，他把画重新贴回扣板上，然后小心打开扣板，里面是一个黑盒子。马烁用手电照过去，看到黑盒子后面拉出一根数据线，向上伸出了线孔，看位置应该是连接了控制面板的某个设备。

"这根数据线是接到船载对讲机上的。"维修技师钻进扣板里面，"这应该是个录音设备。"

"船载对讲机是什么？"马烁问道。

"就是这个。"维修技师起身，拿起舵盘旁边的有线对讲机，"这个对讲机是船上自带的，可以和移动对讲机通信。你可以理解为座机。"

"所以这个黑盒子是给它录音的？"马烁问道。

"是啊，但是这根线接得不对，"维修技师说道，"他把输入和输出都接到黑盒子上了，对讲机就没法用了，听也听不到，说也说不出去，完全成摆设了。"

马烁恍然大悟地点点头："他是故意的。"

技术科的人很快就搞清了黑盒子的使用方法，里面存着一段录音。

"你好，爸爸。"

"是我。我是你和吴小莉的儿子。"

"你就是那个孩子？"

徐炳辉的声音，非常清晰。

马烁深吸了一口气，忽然觉得身体无比放松。他看着焦闯伸来的手，上前和他击掌庆祝。

维修技师分析，应该是在两人通话之前，杜芄用移动对讲机和船载对讲机建立了通话，然后移动对讲机采集到了两人的谈话，传给船载对讲机，最后由黑盒子录下了整个过程。

船坞一片欢腾。

马烁一个人来到外面，一股无法抵挡的疲惫侵袭了他。他索性躺在岸边，海风吹过，海浪的声音像催眠曲一样，慢慢淹没了他的意识。夜空像洗过一样透亮，满天繁星，似乎遥不可及，又似乎近在眼前。也许爬上顶峰的感觉就是这样吧。他闭上了眼睛。

等等，既然徐炳辉已经杀了杜芷和杜永邦，那么车祸是怎么回事？

马烁又挣扎着坐了起来。

"柴鸿是我们的宝贝女儿，她带给我们无数的快乐，愿她在天堂幸福快乐，再没有悲伤。"说到这里，徐炳辉摘下眼镜，擦了擦泪水。

所有人都肃穆地低下头，就连记者都停下了快门。

"现在，我宣布悬赏一千万，用于奖励协助警方抓住绑匪或者提供有价值线索的人士！"徐炳辉提高了声音，"以及，康养中心上市后，将以彩虹基金的名义开拓三十家带有公益性质的临终关怀中心。关怀中心将以微利模式经营，我们将侧重为生活贫困的临终老人提供有质量、有尊严的照顾，护送他们走完人生的最后旅程。"

徐炳辉艰难地欠身致意，台下爆发了热烈而长久的掌声。

马优悠跟着其他人一起鼓掌，她看着黑白帘幕的舞台和柴鸿的遗像，那本应是一场欢乐温馨的成年礼。成人礼变成追悼会，最悲伤的莫过于台上坐着轮椅的男人。他的身体还没康复，就要主持女儿的葬礼了。

秘书和柴韵上台，柴韵推着轮椅下去，秘书宣布今天的追思活动结束。

马优悠的目光追随着徐炳辉，看着他和人们握手，接受他们的悼念。然后柴韵推着轮椅，一行人走进了办公楼。

马优悠看向自己身边的空座，那是她哥哥的座位。

柴韵推着轮椅往电梯走去，忽然停下脚步。前方电梯口拐出三个人，她见过他们，他们是警察。

她下意识转过头，身后也出现了几个年轻人，堵住了大门。为首的女人走过来，拿出一张盖着公章的纸，递给了轮椅上的徐炳辉。那个女人宣布道："徐炳辉，我们正式逮捕你。"

柴韵茫然地抬起头，看向后面两个男人，他们面色憔悴，但眼睛里却闪烁着坚定的光芒。

她看着警察带走徐炳辉，没人告诉她原因，但他们看她的目光，好像在看一出悲剧。

"砰！砰！"

武桐关闭播放器，继续说道："除了当晚的录音，我们还在船上找到了凶手拍摄的杀害窦勇等人的作案过程，以及其他资料，对我们破获靳巍连环杀人案有很大帮助。"

"所以这个谁……"

"吴俊熙，吴小莉儿子。"武桐说道。

"这个吴俊熙，"梁安治用激光笔指着屏幕上的照片说道，"这小子当年被徐炳辉扔到海里，大难不死，十七年后回来复仇，杀了这些人，通过模仿犯罪的形式把我们引向徐炳辉犯罪团伙。"

"是这个意思。"武桐笑着说。

"这孩子尸体呢？"

"找到了。"

"是不是那个徐的儿子？验了吗？"

武桐点了点头。

"行，这案子过了。"梁安治大手一挥，其他人纷纷鼓掌。

"老秦闺女的案子。"梁安治说道，"这个也算过了吧？"

梁安治话是对武桐问的，却看向马烁。焦闯见马烁心不在焉，于是踢了他一脚。马烁抬起头，正好撞上梁安治的目光。

"秦艳案，你们还要查什么吗？"武桐提醒道。

马烁迎着梁安治的目光说道："这个案子完了，但我搭档的案子还没完。"

所有人都看向马烁，梁安治更是皱起眉头。

"你说说。"梁安治点了支烟。

"赵阳和那个警察九年前就认识了，一年后两人一起死了。"马烁顿了顿说道，"我认为这不是巧合。"

"你是说他俩之前就认识了？"梁安治用力吸了一口烟，但锋利的目光还是穿透缭绕的烟雾，直击马烁的心底。

马烁心里好像被这目光点燃了一团火，说道："赵阳本来不承认审讯时殴打嫌疑人，但他的口供被那个人改了，才保住了职业生涯。这件事刑总的孙贺应该也能做证。"

梁安治看了眼身旁的马东，马东立刻表态回去认真调查。马烁看向武桐，武桐正朝他微笑。

"不管什么案子，只要发现新线索，就要查下去。"梁安治说道，"马东，这个案子你们和重指部一起研究，老人查不明白就换新人查。马东，我看这个庙大庙小还真不一定哪个灵。"

"您说的是。"马东点头道，然后看了一眼马烁，"我回去组织力量。"

马烁回到队部，一群实习警员正在整理物证。黎想抱着个箱子过来，小声问马烁这些东西怎么处理。马烁打开箱子，都是从徐炳辉车里搜出来的内衣。

"这个应该……"马烁忽然想起了武桐。

那天晚上他去找武桐汇报工作，看到她盯着这些被扯碎的内衣发呆。还有他们去酒店找余诗诗那次，武桐也十分反常，不仅主动点了酒，和余诗诗谈话时也流露出强烈的同情和义愤。

"烁哥？"黎想叫道。

马烁回过神来，让他把这个箱子先收好，他会去处理。

"好。十分钟后审讯靳巍，您别忘了。"黎想说完就抱着箱子出去了。

马烁看着对面的靳巍，他忽然想尽快结束这一切。

"徐炳辉已经招了。没有上市了，也没有临终关怀中心了。都结束了。"

靳巍万念俱灰地闭上眼睛，低下了头。

"他说了你们的交易。"马烁说道，"你帮他们杀人，他们投资临终关怀中心。你手里有他们雇凶杀人的证据，所以他们不敢违约。我终于明白你为什么只承认安乐死，不承认帮他们杀人。如果只是安乐死的罪名，有可能不会判你死刑，你是想留一条命威慑他们。现在没有临终关怀中心了，你也不用再包庇那帮浑蛋了，把证据给我吧。"

靳巍低着头，喃喃道："二十家临终关怀中心……"

"三十家。"马烁说道，"在他女儿的追悼会上，他承诺三十家。"

"三十家。"靳巍抬起头，望着马烁，"你知道三十家中心能让多少老人逃离病痛的煎熬吗？"

马烁没有回答。

"我算过。"靳巍说道，"一家中心有一百个床位，一年能收一千人，三十家就是三万人。我至少还能活三十年，那就是一百万人。一百万个老人……你们的正义能值这么多吗？"

"你的意思是，没有徐炳辉，这一百万老人就会像陈桂芳那样，是吗？"马烁反问道。

"是！因为没人愿意投不挣钱的行当。"靳巍激动起来，"你以为徐炳辉心里就想投吗？不！因为他们的把柄攥在我手里，他们想要安安稳稳赚大钱，就要付出这些代价。

"对，他们是有罪，但你能让那些没有罪的、清清白白的有钱人掏钱，盖三十家临终关怀中心吗？你不能！你就会说'啊！我们要维护正义'。好，现在正义给你了，那一百万老人怎么办？没人管他们！

"所以，这一百万老人就是你们所谓的正义的代价，对不对？"

沉默了片刻，马烁终于说道："那不是正义的代价，是你的代价。你听说过有谁和魔鬼做交易做成了吗？"

"如果那个孩子当年就死了……"

"他死了也会有别人的。"马烁打断了靳巍的话，"你知道吗？地狱里有一种闪电，就是那些死不瞑目的冤魂化成的。就算你躲过了阎王，也躲不过它。杜芃就是那道闪电。"

"想不到警察也迷信。"

"这不是迷信。"马烁探过身子，"地狱的故事都是根据现实改编的。"

马烁翻开文件夹，把一摞文件放到靳巍面前，然后把目光探向窗外，那只喜鹊还在枝头孤独地跳着。昨天这个时候，它的同伴死在了窗台上，被焦闯埋在树下，它却不肯离开，一直在它们生活的树上，等着同伴回来。

真是让人堵心啊，马烁心里抱怨着，可即便如此，他也不想再去看靳巍的眼睛。

喜鹊落寞地飞走了，马烁也终于听到了自己的声音：

"那些被你实施安乐死的老人，他们的家属对你提出了集体诉讼。"

- 谢幕 -

一条昏暗的走廊，两边相对的房间都敞着门，所以空气还不错。

马烁一路找过去，终于找到了324号房间，透过纱门往里看去，一个老人正坐在床边，看着阳台外面的椰子树。

从门口能看到房间里的陈设，所有房间都一样，两张单人床，一张餐桌和两把椅子，一台电视和一个衣柜。

马烁想拉开门，犹豫了一下，还是按了门铃。

舅妈从卫生间里跑出来。她看到马烁，脸上立刻焕发了光彩，打开纱门把马烁让了进来。

"老头子，马烁来了！"舅妈高声喊道，她的声音还是这么洪亮。

舅舅转过身，一脸笑容地看着马烁，说道："马烁来啦！坐，坐！"

马烁觉得舅舅的举止有些诡异，他来不及细想，走到舅舅面前，拉住他苍老的手。

"你们聊着，我下趟楼。"舅妈说着推门走了。

马烁坐在舅舅身边，舅舅还是一脸笑容，但看马烁的眼神有些怪异。

"您身体都挺好的吧？"马烁问道。

"挺好，就是……"舅舅指了指脑袋，"忘性大了。"

"那您还记得这个吗？"马烁把姥爷的手表递了过去。

舅舅接过手表，摩挲着，笑容慢慢退掉了，表情变得急切起来。他忽然转过身看着马烁，急切地问道："这不是我爸的表吗？您是在哪儿捡着的，我爸呢？"

马烁愣住了。

"师傅，这表您是在哪儿捡的？还是什么人托付您了？"舅舅张着嘴，焦急而又不敢失礼，几近哀求地说道，"您别让我着急啊，您是不是见着我爸了？"

马烁从舅舅的眼睛里，看到一个惊慌的十几岁少年。

"我爸去哪儿了？您告诉我吧，您告诉我吧。"舅舅像个孩子一样哀求着，哇一声哭了出来。

马烁像僵住了一样愣在原地，看着舅舅放声大哭。

舅妈跑进来，把舅舅搂在怀里，像哄孩子一样哄着他。舅舅的哭声变小了。舅妈抬起舅舅的左手，无名指上戴着一枚金戒指。

"还记得这个吗？"舅妈问道。

舅舅点了点头。

"这个呢？"舅妈抬起自己的左手，无名指上也有一枚金戒指。

舅舅又点了点头。

舅妈搂着舅舅，喃喃细语道："你有一个金戒指，戴了一辈子。我也有一个金戒指，戴了一辈子。你只要记得金戒指，就知道我们过了一辈子。"

她像在唱儿歌，舅舅安静下来。

"吓着你了吧？"舅妈看着远处的海岸线，悠悠地点了支烟。

"我进去的时候舅舅叫了我名字，我还以为他还记得我呢。"马烁摸着手腕说道，不戴表了，还真有点不适应。

"他哪儿记得，是我告诉他的。"舅妈抽了口烟，笑着说道，"他虽然脑子糊涂了，还是个爱面子的臭脾气，不想让人知道他痴呆了。真是江山易改本性难移啊。"

马烁点了点头，说道："他是不是已经……"

"是啊，什么都忘了，"舅妈伸出手，看了看金戒指，"就记得这个。你舅舅这个抠门鬼，当年为了打这对金戒指，我跟他可怄了不少气呢。"

"辛苦您了。"

"唉——"舅妈叹了口气，"只要人在，这都不算苦。"

舅妈又抽了口烟，接着悄悄抹了把脸。

"舅妈，"马烁顿了顿说道，"我想问您件事。"

"问啊。"

"那年您带着我弟回娘家，我舅上夜班，我姥姥煤气中毒了。"马烁沉默了一会说道，"我前段日子忽然想起这个事。"

舅妈怔住了，过了好久，才把烟头掐在烟缸里，又抽出一支烟点上。

"你是想问你姥姥寻死的事吧。"舅妈吐了口烟圈儿，平静地说道，"哎呀，你姥姥寻死，那前前后后可是闹了四五年呢。从我们刚结婚那会儿她就闹，说不想给我们当累赘，后来我怀孕了，她才踏实了有三四年吧。你弟弟两岁多的时候，她又开始闹，还让你舅把你们一家也叫来了。你还记得吗？"

马烁点了点头，那是他为数不多见到姥姥的记忆。

"他们娘仨聊了好久，反正最后你舅让我带着孩子去娘家住了半个月，再回来就是奔丧了。"舅妈看向夕阳下的大海，"我记得当时警察也来了，街道也来了，最后说是意外。"

马烁点了点头。

舅妈忽然笑了，笑得特别坦荡："我还记得，当时的街道主任是个大妈，指着我家五好家庭的牌子和警察嚷嚷：'这家媳妇伺候瘫痪的婆婆十年！这么孝顺的孩子，你们怎么能怀疑她！'当时我就忍不住……"

说到这里舅妈忽然哽咽了，过了好久才说道："就算不是意外，那也是你舅和你妈的事，我一点都不知道。要不你把你舅带走吧。要怪就怪你舅，怪他没本事，他要是有钱，找三个保姆轮班伺候你姥，说不定还能活到现在呢。"

马烁点了点头，继续沉默。

"嘻，又说气话了。"舅妈又点了一支烟，"孩子，其实我也没怪你。你长大了，忽然就想明白这个事了，问也正常。家家有本难念的经，有啥说啥才叫亲人呢，对不对？"

马烁走到路边，看到焦闯站在车子旁边，托着一颗椰子发呆。

"表呢？"焦闯问道。

"给我舅了。"

"老头怎么样？"

马烁指了指脑袋："糊涂了。"

焦闯开车带马烁来到一个名叫荔枝沟的地方，这边有个商业广场，广场上有旋转木马、音乐小火车、广场舞团，还有汽车展销和套圈的小摊。焦闯把车停好，带着马烁穿过马路，走到对面的巷子里。焦闯兴奋地说道："非常正宗的螺蛳粉。"

"你怎么爱吃这东西？"马烁问道。

"还不是侯琳带的。"焦闯买了两瓶椰子水，"她看综艺里那些演员吃她也买了一堆，结果把我吃上瘾了。"

螺蛳粉店里有五张桌子，墙上画满了卡通风格的宣传画，桌上摆着各种卡通人偶，处处流露着店主对这个小店的热爱。两人默默吃完粉，焦闯终于开口了："我要去重指部了。"

"重指部？"

"市局重指部。"

马烁想起武桐在朝阳支队赶走的那几个气氛组老油条都去了重指部，他不明白焦闯为什么要去那里："你不是才和武队表过忠心？"

"就是她让我去的。"焦闯笑了一下，"她和重指部的林处是好朋友。"

"林处？"

"你不知道吗？"焦闯睁大了眼睛，"你老搭档的女朋友。"

"噢！她啊！"马烁恍然大悟，"怎么忽然把你调到那边了？"

"还不是托你的福，这回露了大脸。"焦闯笑着说。

马烁沉默了片刻，低声问道："是去查那个案子吧？"

"哈哈。"焦闯打了个哈哈，"这次过去直接提正科，林处说了，只要好好干，三年落实副处。"

"你想好了吗？"

"有挑战才有机遇嘛。"焦闯笑道："一个男人，一辈子就七次机会。再掐头去尾，就剩三五次了。我这个岁数，机遇不多了。"

焦闯满不在乎地笑着，但马烁从他眼睛里看到了一闪而过的酸涩。

"放心吧，道路千万条，安全第一条！"焦闯举起椰子水，"别眼红了，祝我一切顺利吧！"

两人来到商业广场，露天舞台上正在表演敦煌飞天舞，台下围着许多观众。另一拨观众围观着广场舞团，今天她们是带妆彩排，跳得格外卖力。

马烁站在喷泉池边上，看着音乐小火车在广场上穿梭，孩子坐在里面笑，家长跟在外面跑，穿着白衬衫的销售人员还在卖力地向路人介绍最新款的国产新能源汽车。孩子们从小火车上跳下来，又去玩旋转木马。家长们站在外面拍照，他们的脸上都洋溢着真实的快乐。

马烁被闹哄哄的烟火气包围着，一股热流从心底涌出，把他熏得眼睛都胀了。这时半空中驶过一列高铁，而舞台上也换成了一个歌手，唱着："我向你奔赴而来，你就是星辰大海——"

马烁推开门，看到武桐和实习警员们围在电视前，专心致志地看着一个审讯的视频。马烁走过去，武桐小声告诉他，那是35案的凶手。

画面中，一个有些谢顶的男人坐在那里，满嘴胡楂儿，目光呆滞，看起来不像穷凶极恶的变态。

"你为什么要杀人？"画外音响起。

"因为我老婆、我妈和我女儿，被那两个浑蛋杀了。我的人生被毁了。"男人回答道，"我想不通这是为什么。"

"所以你就要杀别人？"

"对。"男人点点头，平静地说道，"我就想不通，她们在家里好好的，为什么就冲出两个吸毒的浑蛋把她们杀了。为什么？你们能告诉我吗？"

"那是意外。"画外音回答道。

"我也这么想。"男人说道，"那么，为什么意外只出现在我家？为什么你的老婆和孩子没有被人宰了？你告诉我，我该怎么面对这件事？"

对面沉默了。

"你们都不知道，我也不知道。"男人继续说道，"我想，可能我就是那个被随机挑选出来的倒霉鬼吧。可我凭什么是倒霉鬼？凭什么你们都像没事人一样，继续高高兴兴地活着！凭什么！"

"嘭！"男人用力拍了一下戒具椅。

"你冷静点。"画外音响起。

"冷静？我凭什么冷静？我老婆、我妈和我没出生的孩子，被两个浑蛋当成动物一样宰了！你凭什么让我冷静？好，你冷静！那我就看看，等你老婆孩子被人砍死之后，你能不能冷静！"他停下来，胸腔里好像有什么东西憋着，把眼睛都憋得凸出来了。过了一会儿，他继续说道："所以，我就想让你们都陪我一起下地狱，这就是我杀人的原因。"

实习警员们出去了，武桐坐回办公桌后面，马烁坐到她对面。

"没想到35案的凶手竟然就是焦闯破的那个案子的受害者。"马烁摇头道。

"如果我们继续冷漠，就会有更多这样的悲剧。"武桐摸出两颗巧克力放在桌上，"去三亚还顺利吗？"

"还好。"马烁点了点头，"真杜芃和杜永邦都找到了，该问的也问清楚了。具体起不起诉，就看检察院了。"

"看你情绪低落，怎么了？"武桐把一颗巧克力推到马烁面前，"看你舅去了？"

"我舅老年痴呆了，什么都不记得了，"马烁叹了口气，"就记得给我舅妈买的金戒指。"

武桐点点头，叹道："家家有本难念的经。"

马烁想起舅妈也是这么说的，舅妈还说亲人之间就要有话直说。他倒没想过一定要和武桐发展成多么亲密的关系，但就算是背靠背的同事，也不能心存猜疑。

想到这里，马烁坐直了身体，说道："问你个问题，问错了能不能别生气？"

"不能。"武桐把费列罗塞进嘴里。

马烁点了点头，说道："我之前看你对余诗诗很同情，所以在想你是不是也……"

"那是因为我母亲，她被我父亲家暴。"武桐认真地说道，"我从小看着我母亲的遭遇，所以我最受不了女人被欺凌，所以我看到余诗诗的遭遇会气愤，所以我会当警察，去抓那些强奸犯。"

"你真有勇气。"马烁真诚地赞叹道。

"勇气也都是一点一点攒起来的，"武桐笑着说，"但我还是要谢谢你。"

武桐说谢谢你的时候，眼睛亮晶晶的。

马优悠和马烁来到康复者之家的更衣室。尽管马优悠就住在康养中心，但康复者之家仍然给她配了一个更衣柜。她更喜欢这个更衣柜，这让她看起来更像个工作人员而非病人。她依依不舍地抚摩着更衣柜的门。今天就要走了，她辞去了康复者之家总干事的职务。她把自己的个人物品都拿出来，马烁帮她装到箱子里。她摸出一个盒子，上面用淡紫色的丝带扎着漂亮的蝴蝶结。

她打开盒子，最上面是一张今年过生日时和杜芄的合影。照片背面写了一句话：

"如果可以的话，想请你留下这张照片，你是唯一知道我曾来过的人。"

照片下面铺着白纸，掀开白纸，是一个水晶球八音盒。水晶球里面有一间小房子，房子外面，一对情侣正在玩耍，男孩在堆雪人，女孩坐在长椅上仰望天空。

马优悠按下按钮，伴随着简单而动人的旋律，水晶球里飘起绚烂的雪花。她望着坐在长椅上的那个"自己"，她多想进入那个世界，哪怕永远这样一动不动地坐着。

盒子里还有一个白色的隐形眼镜盒，马烁拿起它，打开，里面是一对灰色的隐形眼镜。

马烁俯下身，抱住了失声痛哭的马优悠。

那个问题，他终究还是没有问出来。

优悠，其实你没有和我们说实话，对吧？

杜芄早已向你和盘托出了一切，他的身份，他的仇恨，他的计划；以及为了完成这个计划，他需要一个新的同伴，帮他引开我们，让他从容报仇。

你知道他是抱着必死的决心去的，但你支持他，因为你知道生命是弱者的最后一件武器。你也知道只有让徐炳辉再犯一次罪，才能让他落入法网，揭开这一切的真相。

你有你的选择，我难过的是让你经历了这些。你爱上了一个人，却不得不看着他走向死亡，你甚至还要帮助他走向死亡，只因为你爱他。

我能想到你们生离死别时的情景，生死见证了你们的爱情，但它们依然会在你的心头剜出一个洞，就算有一天愈合，也会变成一道疤。

但没有人是完美的，正因如此，爱才有它的价值。

哥，你怎么了？

没事。哥哥今天看到了一个凶手。看到他，我忽然想起那些曾经缠绕我的噩梦。是你带我走出噩梦，让我重新找回了人生。优悠，谢谢你。

我也会带你走出来的。

-完-

本书中出现的一切人物、机构、事件纯属虚构。

读客®
悬疑文库

认准读客读悬疑，本本都是大师级。

专注出版中、英、美、日、意、法等世界各国各流派的顶尖悬疑作品。

为读者精挑细选，只出版两种作品：
经过时间洗礼，经典中的经典；口碑爆表、有望成为经典的当代名作。

跟着读客悬疑文库，在大师级的悬疑作品中，
经历惊险反转的脑力激荡，一窥人性的善恶吧。